良宵

王虎华 | 著

南京师范大学出版社

图书在版编目(CIP)数据

良宵 / 王虎华著. —南京：南京师范大学出版社，2017.9
 ISBN 978-7-5651-3403-6

Ⅰ.①良… Ⅱ.①王… Ⅲ.①小说集－中国－当代 ②散文集－中国－当代 Ⅳ.①I217.2

中国版本图书馆 CIP 数据核字(2017)第 144248 号

书　　名	良　宵
著　　者	王虎华
责任编辑	王欲祥　向　磊
出版发行	南京师范大学出版社
地　　址	江苏省南京市玄武区后宰门西村 9 号(邮编:210016)
电　　话	(025)83598919(总编办)　83598412(营销部)　83598297(邮购部)
网　　址	http://www.njnup.com
电子信箱	nspzbb@163.com
照　　排	南京理工大学资产经营有限公司
印　　刷	南通印刷总厂有限公司
开　　本	787 毫米×960 毫米　1/16
印　　张	33.75
字　　数	490 千
版　　次	2017 年 9 月第 1 版　2017 年 9 月第 1 次印刷
书　　号	ISBN 978-7-5651-3403-6
定　　价	98.00 元

出 版 人　彭志斌

南京师大版图书若有印装问题请与销售商调换

版权所有　侵犯必究

自　序

　　时间真快,我都快六十岁了。想来想去,还是出一本自选集吧。曾经写过一篇小说,题目叫作"良宵",就拿来用作书名。

　　回头看自己写的东西,觉得:一、不见得发表在大报刊上的就比小报刊上的好(所以我根据喜好选编了);二、不见得现在写的就比过去写的好(所以我把时间打乱了);三、不见得过去觉得好的现在还觉得好(所以我删除了一些曾经觉得好的);四、不见得发表的就比没有发表的好(所以我也选了少数没有发表过的)。

　　这样的遴选和反思,对于我判断应该怎么写,很有意义。

2016 年 8 月

目　录

自　序 / 001

小　说

车辚辚 / 003
河豚鱼 / 022
重　名 / 099
台柱子的位移 / 110
最清洁 / 117
良　宵 / 125
归　途 / 133
爱的挽颂 / 145
除夕夜 / 217
梦里沐朝晖 / 225
奇　案 / 229
干部履历表 / 232
籍　贯 / 234
关于一只野兔的悲喜剧 / 236
国际长途 / 238
谋　杀 / 240
笑赴黄泉 / 243

散　文

烟花三月下扬州 / 249
烟花三月瘦西湖 / 251
落日余晖中的平山堂 / 254
你这颗流星 / 256
不老的大河 / 263
东西南北宜居城 / 266
南山吟 / 269
谒陈独秀墓 / 272
独行千里拜东坡 / 276
梅香如故 / 279
棠樾牌坊群随想 / 282
从瓜洲渡到大散关 / 287
草原上的湖 / 289
缘悭一面想天池 / 291
兜率寺散记 / 294
铁山寺感怀 / 297
荷　殇 / 300
雨劫桃花 / 303
君山银针 / 305
君山红绿叶 / 307
溱湖盛会 / 309
"船到十二圩小" / 314
桥的随想 / 316
孤　山 / 318

故园老屋 / 320

小　车 / 325

埭上来了勘探队 / 328

迷恋手枪的岁月 / 335

清明行 / 337

心中的琴 / 339

永远的敬重与怀念 / 341

高山景行 / 343

一页荒唐的历史 / 346

寒夜里的歌 / 348

有朋自台湾来 / 350

高　考 / 353

五兄弟见证高等教育史 / 355

无法告别 / 358

冬至记梦 / 361

母亲的足迹 / 363

山　歌 / 365

送别母亲 / 368

求　人 / 371

西瓜感言 / 375

馒　头 / 377

伤心月饼 / 379

火钵头 / 381

逃　票 / 383

被自己写的情书感动 / 386

背　影 / 388

欢乐时光 / 393

青春寄语 / 395

没有上天的风筝 / 397

冷水澡 / 399

高教练 / 402

哑子金生 / 404

旅伴唐兄 / 406

地球之巅的邂逅 / 408

笔　名 / 412

随　笔

时　间 / 417

不争朝夕 / 419

历史悖论 / 424

回　归 / 426

奸佞一笑 / 428

"贫·贱·穷"与
　"富·贵·达" / 430

"我"和"我们" / 432

说"傲" / 434

防人之心不可多 / 436

唱给眼睛的悲歌 / 438

笑谈学笑 / 440

回　首 / 442

别以为……
　——致朋友 / 444

生日是哪天？ / 446

那时候…… / 448

收藏自己 / 450

清　理 / 452

垃　圾 / 454

牌局与人生 / 456

扬州麻将 / 458

与书交友 / 461

乡谚教我 / 463

懒汉风采?! / 465

鸡毛掸的命运 / 467

李白的过错 / 468

文字的魔力 / 471

"好话"与"坏话" / 473

皮包水　水包皮 / 476

扬州虚子 / 478

欢迎订阅《中国会议报》
　　——虚拟广告 / 480

我为孩子呐喊 / 482

标　准 / 485

呼唤营养师 / 487

绿色生活,从心开始 / 489

日全食 / 491

走投无路 / 493

"打的"的夯货 / 495

同顶一个毒辣日头 / 497

女人要脸 / 499

千万别跟臭男人们握手! / 501

"马桶盛饭"不再是故事 / 503

恪守与放纵
　　——读《廊桥遗梦》/ 505

对生活的渴求
　　——读《梵高传》/ 507

文学家写的艺术史
　　——读《人类的艺术》/ 509

光忏悔还不够 / 511

告别"一种声音" / 513

海明威的胜利观 / 515

日月经天　江河行地 / 517

笑着回首
　　——代后记 / 520

小 说

车辚辚

一

如今在靖江,小车可是不多见了。那时候可不同,这东西处处看得见。也难怪,它的用场实在大。田里的庄稼不得壮,要到靖江城里买粪,是用小车——车上装两个大推桶,一次能推四五担。卖菜,卖粮,卖鸡鸭鹅……全是用小车。农闲了,就推个小车进城做生意,什么都推——帮鱼行推刀鱼、鲥鱼、带鱼;帮菜场推生姜、荸荠、慈姑;帮油坊推烧酒、陈酒、糯米酒(那东西可不是谁都敢推的,尖底小坛子,车子一倒就得吃赔账)……

然而,推得最多的,是人。去得最多的,是通州,是通州的狼山。

去狼山做什么?——烧香。

哎呀,那年头去狼山烧香的人哪,才真叫多!

狼山菩萨的显灵,据说在通州倒不怎么神,可是在靖江,狼山菩萨的灵,是家喻户晓、妇孺皆知的。靖江有句歇后语,就叫做"狼山菩萨——显远不显近"。从靖江人上狼山的声势和靖江人在狼山香客中的比例看,这话大约是真的。所以,靖江人——不管贫富——很少有不上狼山烧香的。没病没痛,求菩萨保佑赐福,平安吉利;有灾有祸的,求菩萨降妖伏魔,除病祛邪。

谁都晓得,积德行善,因果报应,非一朝一夕之功。求神拜佛,道理相同。按习俗,靖江人一年上一趟狼山(一般是每家派一两个代表),家家如此,代代相传。要不然,单等到有事情才想到去求菩萨,那就晏了。——古训早有"寻常不烧香,急来抱佛脚"。万万使不得,菩萨会发怒的。与其心不诚,不如不要做鬼,弄不好反而招灾呢!

烧香最忙的是三月,因为这时节田里没什么活计可做,天气也不冷不热,所谓春暖花开的季节正是。路上,但见香客们熙熙攘攘,络绎不绝。无论男女老少,梳洗穿戴都十分整洁新鲜,比平时走亲戚的打扮要好得多——这可是去见狼山菩萨呢!每个香客身上都背一只黄布做成的香袋,样子像小学生的书包。当然远比书包精巧醒目,因为不单单是黄颜色显眼,而且包的两面都绣有考究精致的图案和"朝山进香"四个红字,边上还缀着一圈红须须。香袋里的东西大抵有四样:线香、纸马、蜡烛、铜板或大洋——前三样是敬给菩萨的,后一样是解决自己食宿的。

这一年,是民国三十年,也就是日本人上岸(他们是从长江里上来的)的第五年。这年的夏天,不知为什么,狼山的香火忽然又盛起来。许多人都去凑热闹,烧"二遍香"变成是一种时髦。据说是狼山上的一个僧人传出了一句话,说是这年秋天或许会有什么大灾——什么灾没有说。事有凑巧,五月里天上出现了扫帚星,这无疑是在验证那僧人的谶语。于是不知是谁起了个头,一传十,十传百,百传千……狼山菩萨面前竟出现了从来没有过的盛况。这一来不要紧,菩萨还是那一尊泥塑金身,他老人家身边的出家人却陡地满了一回腰包。——这都是题外的话,这里要说的是由此却引出一段故事来。

二

靖江城向北五六里,有一个王家村。村上的人并不都姓王,姓王的只有三家,不知是不是他们的祖先最早在这里落脚的。其他人家都是杂姓,一共十二家,就有十二姓。

姓虽不同,却出奇的和睦齐心,远近都闻了名的,外村人都喊他们"王家帮",或许是因为都有共同的营生吧——他们家家都有人推小车。至于为什么被唤作"王家帮",固然是有王家村村名的缘故,但更主要的,恐怕是因为这个帮的头子姓王。

他叫王老三。他有大号,叫煆甫,虽很文,但拗口,又难认,谁也不喊。他也有小名,叫卵卵,这是惯宝宝的名字,小时候大家都这样喊。大了,他自己不说,别人也嫌俗了,便渐渐废了。他排行第三,大家就叫他王老三,既不文也不俗,也上口,喊得响。

王老三祖上世代推车。曾祖父留下的一部小车如今传到他手里。那小车谁见了谁羡慕,通体黑里透红,光滑得像大姑娘的腿肚子。揽手被几代人的粗手抓出了几道凹槽,车瓣子磨出的槽子也有半寸深了。

王老三能当王家帮的头头,凭什么呢?

王老三的辈分大。别看他三十三岁,喊村上的任何人都只需直呼其名——年纪最长的孙狗郎八十三了,才只是他的侄儿辈呢。孙狗郎的曾孙刚刚养了儿子,这囡儿该称王老三什么,人们已搞不清楚了,只听见做爹娘的教着喊"老老太太"。

当然,光靠他的辈分大加上有一部一百三十岁的好小车,就想当头头,还远不够。王老三还有一身的特别处和一身的真本事。在王家村的男人中,王老三的个子最大,饭量最大,酒量最大,身上的疙瘩肉最多,力气自然也最大。他的立足极好,能挑二百五六十斤,走五里路不换肩。推车的本事也数他第一,雨天推双座走泥路,把打赌的对手比得三天没能动弹。推酒坛子,村上没有第二个人敢推四个的,只有他王老三。这也是打过赌的。靖江城的火王庙桥,是小车夫们谈虎色变的鬼门关。王老三推四坛酒稳稳当当过了桥。对手也过去了——四个坛子打碎了三只,吃赔账借了"驴打滚"(一种本息成倍翻的高利贷)。

王老三自幼聪明。他只读了两年半的私塾,《四书》至今还能背到《论语》的《公冶长》(当初跟老先生只读到这一段)。村上人要写个字据或讼子什么的,大多找他。而且,他办事公道,好打抱不平,胆子比谁都大。两年前在如皋的石庄行,一个落单的日本兵硬是把一个姑娘拖进了荻柴窝。几十个身强力壮的推车人只当没看见,车子不停,步子不减,惟恐避之不及。王老三气得头发直竖,"咚"的一声放下小车,蹑手蹑脚摸进荻柴窝,只见那畜生正扒去衣裳扑向已被剥得精光的小姑娘。没等他动作,王老三操起那畜生扔在一边的三八大盖,一枪托抡了过去……那姑娘执意要跟王老三,说一辈子做牛做马也要报答他。王老三觉得自己在姑娘面前未免成了乘人之危的小人,正色地告诫姑娘不要这样说更不要这样想。后来一打听,果然这姑娘是许过人家的,正月里就要过门了。她叫立秋,是立秋日子生的,长得很水灵。两年来,王老三和同伴们常在她家里歇脚,但很少有人知道他们是如何相识的。——日本人一直以为是新四军杀了他们一个弟兄,万没想到是靖江的一个推车人把那畜生绑上石头沉入了河底。

王老三能当上王家帮的头头,就凭这些。

三十三岁的王老三,还是光棍一条。村里人都晓得,他不娶老婆有两个原因。一是家里穷,父亲早就殁了,老大老二那年闹霍乱也一道去了阴曹地府,留下了一个只有半条命的老妈妈——瘫痪了,光能吃不能做。二是他心里一直恋着一个人,那个人虽早就出嫁生孩子了,但他们一直来往。只因这两条,不管谁给他说人,他一概回绝。

村西头住着两个人。一个是孙筛大(靖江叫筛大的特别多,据说都是在娘肚子里的时候请瞎先生排过八字的,必须生在筛子里才不致被阎王捉去,并因此而得的名),此人个子极矮,却一身呆肉,力气仅次于王老三。两次和王老三打赌——雨天泥路推双座和推四个酒坛子过火王庙桥——的正是他。他也三十来岁,曾和王老三同过私塾,就是书性不好,吃书比识字快,被人送了个绰号叫"呆筛大"。但因他力气大,凡王家帮打架遇上强手,都用得上他,因此他在王家村也有些地位。还有个人叫高汉庆,五十一二岁。他的为人只需用七个字便可概括:胆小,自私,点子多。凡有打赌或打架之类的事情,大多是他起的头。事起了,他却只管看冷铺,好处少不了,坏处捞不着。打赌他作中人,终归能得一份;打架他胆小如鼠,加之体瘦年高,总是别人护着他,毫毛不损。

这三个人是王家帮的主心骨,只要有这三个人,王家帮就会变得有胆有识,有勇能谋,不致被人欺负了。

当然,王家帮也不想欺负别人,他们只想太平无事地做做生意,糊口养家。

自从狼山的"二遍香"旺起来以后,王家帮的生意也得以又一次好起来。

推人上狼山,工钱不贵,但也不算贱——一个来回一斗米,乘客管饭。这在那年头,还是很划得来的。

三

这一天是六月初六,王家帮结队去狼山。

生意都是隔夜就讲好的,第二天起大早动脚。

因乘客住处不一(他们自然大都是靖江城里大户人家的,太太们居多),早晏总有参差,车夫们每回都是约好在城东四五里的叹气坟集合,人齐了一道走。

叹气坟,这地名颇有点吓人的。相传这也是一个梁山伯祝英台式的故事。一双男女,男的名苏小五,女的叫张巧云。相爱不成,小五思竭而死。入葬后,过路人屡有于三更天听见坟中叹气而被吓坏得病的。启棺视之,尸犹熟睡,不腐,却又不见还魂。复葬,叹气如故。张巧云哀痛欲绝,守墓旁一步不离,并不闻一丝声息。越七日,巧云终因滴水不进,绝食而亡,临终求与小五合葬。说来也奇,自此再不曾有人闻见叹气声。叹气坟的名字却流传开来。

王老三起得早,到叹气坟已有两袋烟工夫,还不见别人来。

今天乘王老三车的,可是王家帮的老熟人——周七妹。七妹是从王家村嫁出去的,小王老三两岁,是王老三的邻居。他们岂止是邻居!王老三十多年来一直恋着的,就是这个周七妹!

王老三和周七妹青梅竹马,两小无猜。两家大人早就说好了的,反正都是老实的种田人家,只是辈分不对,那也无妨。谁料那年闹霍乱,村上死得找不到人抬棺材。老三家只剩下了娘儿俩,七妹家一去五口,塌了天。人死债不死,七妹爹向城里开腿行的沈庆生借的"驴打滚"没法还了。沈庆生乘人之危,说只要七妹肯给他做小,这笔账也就算了。漏屋偏遭连夜雨,有什么办法呢?七妹想寻死,又舍不得妈妈,更舍不得王老三。她劝住了几回要去闯祸的王老三,自己也没有死。她终于被沈庆生用八抬大轿吹吹打打地迎走了。但在这以前,她早就把自己给了王老三。十三年来,她生了两男二女。谁都看得出,四个孩子有两个是王老三的。只要七妹回娘家,就会把王老三叫过去。七妹妈一直把王老三当亲儿子看,她心里不好过呀!沈庆生有的是钱,对七妹妈的供养一点也不吝啬,可是,人不是单单为着有吃有用才活在世上的啊。

这会儿,王老三和周七妹正坐在叹气坟旁的茅草地上,一边等着人,一边款款地说着话。他们有三个月没有相会了——沈庆生硬是带了几个老婆去苏州、杭州出了一回风头。

"吱咛嘎咕嘎——咕!吱咛嘎咕嘎——咕!"

王老三一听这车子声,便知是呆筛大来了。

"是老三和七妹吧!我还当是遇上了苏小五和张巧云呢!"呆筛大老远就喊起来。

他也推了一个女客。夜色朦胧中,只见那女客穿了一身淡色的旗袍,露出两条雪白的长腿来,头发是烫成卷卷的。

又过两袋烟工夫,人就差不多齐了,就是不见高汉庆父子俩。

最后一个到的说,他刚才从高汉庆的门前过,不见亮灯,喊了几声也没应。

高汉庆是不会睡过头的,他无疑又先走了。他常常搞这种鬼,事先约好了,又先溜走,大家白等一场不说,他反过来怨别人迟了。

车队上了路。十几部小车,咿哩哇啦响成一片。一路纵队(路很小,容不得并行),绵延百余步,浴着朦胧的星光,剪开清凉的东风,迤逦委蛇,缓缓而动……

——可惜,如今再也见不到这并不古老的景象了!

有人唱起山歌来——小车夫们大多唱得一口好山歌——唱的是《十二个月》:

> 正月里来是新春,
> 新春脱单手好伸;
> 为有恩爱日子过,
> 姐忙织布郎忙耕。

> 二月菜花黄如绸,

绸里郎姐手牵手；

陈年麻油郎吃面，

新打菜油姐梳头。

……

提到梳头，七妹忽然想起梳子忘带了，悔恨不已。

"梳什么呀，手撸撸算了。"王老三漫不经心地劝她。

"瞎说，到通州务必帮我记得买一把。"

王老三答应了，他知道七妹笃信菩萨，不梳好头是不肯上狼山的。

四

到西来庵，天刚麻麻亮。果然看见高汉庆爷儿俩坐在路旁歇脚。车夫们远远就骂不绝口，却听不见这老家伙回嘴。这难免叫大家诧异——这张嘴可是从来不肯让人的呀！

也是恶有恶报，高汉庆这一回弄巧成拙了。他和儿子起得比王老三稍早了一点，为了先溜一脚逗逗笑，一阵紧跑。谁知走得急了，腿肚子抽了筋，动不了啦。儿子呼哧呼哧跟在后头，不出二十里，浑身发冷，两腿筛起糠来——倒霉，十有八九是染了"三牙齿"（疟疾）。到了西来庵，牙齿碰得咯噔咯噔的，说话也不连腔了。

王老三在高汉庆的腿肚子上用力揉起来，一袋烟工夫，总算勉强能走了。儿子是不能再走了，高汉庆打发他推空车回家去。小伙子年方十八，蛮壮的，这回连推空车也双脚打绕了。

多了一个女客，临时叫车已不可能，高汉庆打算推双座。

可是原来乘老头子车的大胖子男客死活不肯，一会儿说嫌慢，一会儿说嫌热，一会儿又说怕跌跟斗。高汉庆好说歹说，大胖子就是不允。到临了，胖子急了："不就是不嘛，亏你想得出来，男女同车，晦气……"

那女客一听，陡地来了气："你嘴里放放清爽！"

两个香客吵起来。

王老三站出来:"算了算了。汉庆,谅你推双座也到不了狼山,给筛大推吧。"又转向筛大:"你推吧,两个太太也抵不上这位胖先生。"

"这倒也是。"呆筛大应允了。

女客还在骂个不休,胖子都不作声了。有一句话他忍了几次没敢说——他嫌这女客长得难看,心里作泛。

原先乘筛大车的那个女客倒没有意见。她长得很体面——她也懂得,陪上一个难看的,她更体面。

于是呆筛大推了双座。车队又上了路。

高汉庆气得鼓鼓的,心里在说:你这头肥猪,咱们走着瞧!

这一带桥多。遇上大桥,客人们不下车也可以过去,小桥就非下不可。前面一张桥,不大也不小,路也平坦,胖子不肯下车——他心里也有气呢。

"不下就不下吧。"高汉庆大度起来,并不与胖子计较。

走到桥心,小车忽然晃起来,随后向一边倾斜……高汉庆紧张地喊起来:"不好不好,要倒,要倒!……"

胖子吓得死猪般地叫:"稳住,稳住,稳住呀——"

车子晃了几晃,并没有倒下去。——不会倒的,高汉庆手里有数。

胖子吓出一身汗。

过了桥,高汉庆轻描淡写地说:"其实就是倒了也不碍事,这河我下去过,不深。何况又是夏天……"

"是的,是的。阿弥陀佛,阿弥陀佛。"胖子余悸未消。不管深浅,他可不会弄水呀;再说,夏天虽夏天,衣裳湿了总归不好,桥又那么高。

他也知道老家伙在报复他,又有什么法子呢?

前面又有桥,是张大桥,且有简易的栏杆,但胖子还是老远就坍下了地。

"其实这样的大桥用不着烦你下车的。"高汉庆态度十分和气。

"不不不,还是下来好,下来好。阿弥陀佛,阿弥陀佛。"胖子直往本来已经嫌大的肚子里咽气。

太阳上来后,大地像上了灶的蒸笼,陡地热起来。车夫们一个个像张着翅膀喘气的老母鸡,呼哧呼哧地。乘客们纷纷撑开了洋伞(实为"阳伞",在靖江人心目中和洋火、洋油之类一样的属于洋货),有红的,有黑的,也有黄的、蓝的、灰的、绿的、花的……十二部车子十三把伞,长长的一队,好看得很!

忽然,走在头一的呆筛大停下来,呼地一下扒掉褂子,赤了上身。

这下坏了,那个体面女客说什么也不肯上车,要罚呆筛大穿上衣裳,不准他赤膊。

"这就稀奇了,你坐你的车,我赤膊关你什么事了?"他还有一句话没有出口:我又不曾叫你也陪我赤膊!

更奇的是,那个难看的女客也帮起腔来,说假如车夫不穿衣裳,她也不上车。

呆筛大推车也十来年了,还从来没有遇见过如此莫名其妙的客人!

正僵持着,王老三发了话,他也要让呆筛大把衣裳穿上!呆筛大没法,只好穿上褂子,老大不高兴:"高汉庆也赤了膊嘛,怎么别人就不作声呢!"王老三说:"算了算了,别说呆话了,叫你穿上就穿上嘛,嫌热就敞敞怀吧!"

体面女客鼻子里重重地哼了一声,似乎连敞怀也不让。

真是莫名其妙!

五

过了袜子沟,又过了薛家桥。好不容易到了石庄行,太阳已过了头顶,车队停下来吃饭。

王家帮照例是在立秋——被王老三从日本人手里救出来的那个姑娘——家歇脚。立秋过门后,嫁的是一个开小饭摊的老实人,小日子过得蛮不错的。

车夫们照例由香客管饭。大方些的,饭菜就好些,否则就孬些,碰运气。香客烧香的几日全是吃素,车夫们也只好跟着吃素。这没什么说的,何况有的车夫也顺带烧香,理应茹素。

呆筛大推了双座,两个女客的身子合起来虽不及一个胖子重,饭菜却是一人一份,把呆子吃得笑眯眯地直打饱嗝儿。

光着膀子的高汉庆又和那个胖子吵起来。一斗米工钱让呆筛大赚了去,高汉庆心里横竖不痛快。当然他不怨筛大,全怪这头肥猪操了蛋!

这回是高汉庆要吃肉,胖子不肯买:"伙计呀,这是去烧香呐,吃什么肉呢?作孽,作孽,阿弥陀佛,阿弥陀佛。"

"对的,对的,你去烧香,不能吃肉。可我又不烧香,凭什么不能吃肉?"高汉庆两臂抱在像一块搓衣板似的胸脯前,一本正经。

"这……你看别的人,也没有哪个要吃肉呀!"胖子一急,汗更多了。

"别的人?就不要提别的人了吧,你也不看看,有哪个客人像先生你这么富态的?我不想要你出双倍工钱,求你买点荤菜搭搭饭总不为过吧?老酒我也就不想麻烦你拷了……"

胖子的话被噎住了。肉还没有赖得过,又来了老酒!他情知缠不过这老冤家,只得悻悻地掏出钱包去买肉。

高汉庆毕竟是高汉庆,他美滋滋地饱餐了一顿。

太阳实在忒毒,车夫们不得不在树荫下歇一阵。有的人打起盹来,高汉庆大概是吃肉来了劲,又要让人猜谜。

"猜谜可以,可不许再来龌龊的。"呆筛大一边打着草鞋(天好赤脚用不着,下雨就要穿上扒滑),一边警告。高汉庆不知从哪里弄来许多龌龊谜语,很讨人嫌,连呆筛大也听不惯。何况,这回旁边还有连赤膊也不许的体面女客。

"不说下作的,今天不说下作的。"高汉庆连连保证,说起来:

小小姑娘真苗条,
公子搂住她的腰;
轻轻脱下短裤来,
露出尖尖一撮毛。

这家伙肚子里横竖没得好货!体面女客转过身去,撑开了洋伞。

没有人猜出来——根本没人敢猜。

高汉庆十分正经:"唉,我说不下作就不下作——毛笔嘛,文房四宝之一呢!文雅得很的东西,你们有几个人抓得动?不说了,不说了!也不知道你们这些人又想到什么地方去了……"说罢朝那个体面女客的脊背重重地咳了两声,仰面倒去,不一会便不知真假地打起呼噜来。

这个老滑头,别人尚没有说他什么,他倒反过来奚落旁人一顿,得胜回朝了!

呆筛大的草鞋打了一半,立秋的一个十二三岁的小姑子坐过来看稀奇。小丫头从未见过打草鞋,随便问起来:"这么粗硬的稻草,还不把脚磨破了?"

"别瞎说!哪像你们女奶奶们的脚那么金贵!"呆筛大生气了——小丫头乱说"开口话"(不吉利的话),晦气。他右脚踝上正生个小疖子,沤着脓,越来越疼,怎经得起丫头家再说什么"破"呀"破"的。

六

从石庄行上路,天就发了暗。六月的天,孩儿的脸,一天变几变。

真不巧,刚刚到一段前不巴村后不着店的荒野地方,暴雨就瓢泼一样地浇下来。这边又是雷又是闪,而一里外的地方却是太阳汪汪。暴头雨隔田埂呢,一点不假。

乘客们纷纷撑开了洋伞(这也是没法,那时候人们是不用洋伞遮雨的)。不料风大,体面女客的洋伞一下子被风吹翻了,活像一朵没有开足的南瓜花。等她手忙脚乱地把伞再翻过来,浑身已淋得透湿。这下子可不得了啦!她穿的熟罗旗袍本来就极薄,又是淡色的,一湿透,便紧紧地贴在身上,清楚地映出里面白白的肉来。体面女客羞得满脸通红,一个劲地用手这儿那儿地拎着,想把旗袍拎空松了。无奈旗袍本来就紧,拎了胸口,却沾了后背;拎了后背,又沾了胸口……

呆筛大想想上午这女客还不准他赤膊,可现在……乐得他吱起嘴来。

云去天晴。车夫们的衣服大多湿透了——他们都只戴了斗篷。赤大膊的高汉庆却不紧不慢地从车袋(挂在车架下的有盖的柳条方篓)里摸出干衣

服来,穿上,还瞅着呆筛大摇头晃脑地哼起了即兴创作的自度散板:

> 稀奇呀真稀奇,
> 大雨那个淋湿别人衣;
> 只因我不怕太阳打赤膊哟——
> 雨过天晴嗯哪,
> 我笑吱眯眯哦穿那干衣……

呆子受不了这奚落,一不做二不休,又呼的一声光了上身,把湿衣裳往车篷上一晾,说:"唉,该死的雷公爷,给老子洗澡也不看看是什么辰光!上车赶路吧!"

体面女客什么也没说,两手护在胸前上了车,随即又撑开洋伞,打得低低的遮住脊背。

呆子又来了呆劲:"我说太太,天又不下了,太阳又不辣,伞撑着反而划风呢!我又推双座,路又这么烂……"

体面女客把伞放得更低些,没有睬他。

眼见得太阳只有树头高的时候,车夫们着了慌。——到三十里(即平潮镇,离南通三十里)投宿还得加把劲呢!

这时候不比过去,日本人在大小城镇都设有"挡子"(关卡),太阳下山挡子就关,谁也不准进。

太阳又大又红只剩下一大半了,车队离挡子约摸还有五六百步。远远地看见几个日本人和黄狗子(伪军)已在准备搬动挡子口的横木了。

车夫们急了,啪嗒啪嗒地甩腿飞跑起来。只听见十几部小车咿哩哇啦响成一片,热闹至极。

呆筛大又倒了霉。下雨后穿上了新草鞋,脚踝上的疖子叫细麻绳勒破了,疼得钻心。渐渐地落下来一大段。偏偏体面女客不当心,把旗袍(这时候早晒干了)的后摆缠进了车耳板。哗啦一声,旗袍豁到了大腿根!停车扯出来一看,后摆也已磨出了一个洞,还沾了一大片黑乎乎的油腻!体面女客急得直骂"死人",又情知这怪不得车夫,便责怪呆筛大跑得太慢。难看的女客也急了,一个劲地催着上车快跑。

呆筛大一拐一拐地跑起来。

可是已经迟了。三个人被关在挡子外边。

守挡子的日本兵说什么也不准进。

两个女客大骂呆子跑得太慢。呆筛大也火了,责问体面女客为什么不把旗袍捞好,要不然再慢也赶得上。偏偏脚踝子又疼,于是又怨立秋的小姑子说了"开口话"……

骂也没用,只好到村上的人家去说好话借宿。

进了挡子的人,到一家旅店里投了宿。香客大多各自开了房间,车夫们自然是睡"大通铺"。

晚饭后,推车人照例是赌钱。车夫都赌钱,但腰包里有限,只能小来小去,输赢不大。最吝啬的高汉庆也常说:"辛苦寻钱快活用嘛!"

高汉庆上了个茅厕迟了点,就只剩下三个人。三缺一,打不成。一查人头,少了王老三。

有一个说:"准是又和七妹不知钻到哪儿去了,我看他早晏要被那个女人缠死。"

高汉庆随即制止:"别瞎说!七妹是我看着长大的,是个好丫头,怪只怪那个沈庆生不是个好东西。"

他们说对了,王老三和周七妹此刻正坐在旅店后头的墙脚跟说着话。

"三哥哥,"自从七妹出嫁前和王老三共度的那一夜以后,老三就让她把"三伯伯"改成"三哥哥"了,"我求你就好歹成个家吧。我看立秋的大姑子倒蛮温顺的,人也体面。中午我有意无意地试探了几句,她对你蛮不错呢。后天回头我就去提提看吧……"

"你千万别!我一个瘫子妈妈还养不起,还能再养老婆囡儿?再说,唉——"

王老三不作声了,他默默地把七妹拥在怀里,抚摸着她的头。

七妹推开他:"现在别……还没烧香,作孽呢。等回头再……瞧,头发都弄乱了,梳子还没买呢。"

王老三从兜里摸出了个什么,塞到七妹手里。

是一把梳子!

"你……"

"中午在石庄行买的,是把桃木的。"

"三哥哥,你待我太好了!可是我……"

七妹忍不住扑到王老三怀里,嘤嘤地哭起来。

王老三扶住她,用粗大的手帮她抹了抹泪:"别哭了,早点进去歇着吧,明早还要赶路呢,啊?"

七

第二天上午走三十里到通州,再走十八里到狼山,天刚近午。呆筛大也起了大早,已经和两个女客等在山脚下了。

狼山,相传有白狼居而得名。一说因山似狼盘腿而坐,故名。不详。山位于通州城东南十八里的长江边,江水西来,直奔山脚而转弯向南。就像江阴的鹅鼻嘴一样,狼山也是逼江转向的中流砥柱,形势委实险要。

山上有寺,名广教寺。远近显灵的狼山菩萨,即居寺内。

这回烧"二遍香"的盛况,只要从不时有人由山上挑下来的成担的蜡烛上,便可看出来。(蜡烛大多只焦了一个头便撤下来了,到山下续上一截,又是新的,再卖——难怪山上的和尚要发财。)上山进香的各色人等,红红绿绿,川流不息。有面黄肌瘦的穷人(他们都是徒步),也有肥头胖耳的阔佬和妖冶艳丽的太太(他们都坐轿子——下山时轿子却反抬,客人面朝山上,背朝山下,否则当然会头朝底滚到山下去),有男,有女,有老,也有少。更有心诚之至的香客,爬一个台阶磕三个头,且都把前额触到石头上,前额上都有通红的血印;有的干脆膝行而上……

广教寺大门前有一平台,人头攒攒。大门面江,平台下即是峭壁。雨后的江面,蒸出漫天的水汽,迎面什么也看不见,仿佛这里就是天边。太阳悬在雾中,像是充满热气的澡堂子里挂着的一盏大汽灯,发着暗淡却闷热的

光。江风猎猎,却也是热的。这是眺江的佳处了,门框上的一副对联写得恰到好处:

> 登高一啸山鸣谷应,
> 举目四顾海阔天空。

当然,并没有人"一啸",也很少有人"四顾",人们不是来赏景的,只想早些进庙烧了香下山,天实在热得吃不消。

进门要给四个铜角子(门票),呆筛大却不肯给:"我又不烧香,凭什么给钱?"说罢想硬挤。

把门的瘦和尚撸了撸袈裟:"你想干什么?"

呆筛大也知道和尚多少都会几套拳脚,惹不起的,但又不肯就此退出去。两人僵持着。

体面女客在后头说:"就放他进去吧,他是推车的,香都不曾带。再说,你们这样的大庙也不在乎几个铜角子。"

瘦和尚听见悦耳的女人声音,先是一愣,回头一看竟是这么个漂亮太太,忍不住多瞟了两眼。呆筛大乘机溜了进去。和尚伸手接钱时,偷偷在体面女客白嫩的手上捏了一把,一边涎着脸笑:"好说,好说。"体面女客甩了甩手,说声"讨厌",便进门去了——她也怕再惹出什么事来。

过了穿堂,便是气势宏伟的"大雄宝殿"。紫铜皮包着的门槛足有老尺十寸高,铜皮被香客的鞋底撞得锃亮。殿内一片昏暗,满屋的香烟浓烈得呛人,无数支蜡烛在浓烟中闪闪烁烁。香烟味和汗臭味混为一体,令人翻胃。也亏得庙里的出家人耐得了苦,这么热的天还穿了厚厚的袈裟,一丝不苟地作着功课。钟、磬、鼓、铙、木鱼齐鸣,撼人耳膜。老少僧人,闭目合十,念念有词,煞有介事。

远近显灵的大圣菩萨,坐得倒很高,个子却小得可怜,加上香火太盛,熏得黑黑的。殿内烟浓,又少亮光,许多香客根本不曾看清大圣菩萨的尊容。不过,或许人人都看得清反倒又不灵了,也难说。

进上线香、纸马和蜡烛,跪在蒲团上磕几个头,再拜几拜,就算完了——百里迢迢上狼山,真正烧香却花不了一袋烟工夫。多少个善男信女的喜怒哀乐、祸福安危、生老病死……以及他们所希冀的风调雨顺、五谷丰登、金榜题名、高官厚禄、封妻荫子……全都寄托在这一袋烟工夫里了!

王老三、呆筛大和高汉庆都没有进香,也没有磕头。呆筛大不久前刚来烧过香,他不相信烧二遍和一遍有什么区别——难道第一遍的不算数还是怎么的?高汉庆说等下回再说——他昨天吃了肉,烧了也没用,弄不好反而惹菩萨生气。王老三呢,他根本就不信这一套,狼山他来过无数趟,可从来不曾烧过香。

七妹劝他磕两个头,香就算她帮敬了,可他死活不肯。劝得急了,他把手一甩:"磕它做什么?有个屁用!"七妹气得狠狠瞪了他一眼,嘴里连念"阿弥陀佛"。

好不容易挤出了门,贵人贱人,胖子瘦子,同是一身臭汗。

香客们纷纷迎风吐出一口长气。——狼山菩萨呀狼山菩萨,见你一面还真不容易呢。今生今世,全靠你保佑了!

八

赶到三十里的挡子,太阳还有丈把高,这回可以不慌不忙了。挡子两边,站了四个日本兵和六个黄狗子,持枪立正,神色肃然,并不像平日里那般稀拉散漫。

原来,炮楼里走出来一个足蹬马靴,腰里别着手枪和指挥刀的日本军官。——不少人都认识,这是三十里有名的凶神中队长。他身边跟了一个尖嘴猴腮的中国翻译,穿着一身笔挺的西装,脖子里还扎了一根花花绿绿的领带。

中队长是来检查岗哨的,例行公事。

王家帮的车队刚好进挡子。过挡子乘客是要下车走的,还要接受哨兵随时可能进行的搜查。

中队长托着下巴站在一旁看热闹。

忽然，中队长对翻译咿哩哇啦说了句什么，翻译随即走到低着头的体面女客面前，拦住了她。中队长也笑嘻嘻地走了过来。

翻译说："太太，皇军说你的旗袍很好看，请你跟我们去一下，他想给他的太太照样子做一件。"

中队长猥亵地笑着，连连点头。

体面女客已经吓得说不出话。

十几部小车全都停下了，王家帮渐渐地围拢来。

日本中队长下意识地扶了扶腰间的指挥刀，哇哩哇啦喊了一句。

翻译狗仗人势地大叫："都走开都走开！有什么好看的?!"

王家帮没散开，反而围得更近，且又加进来几个香客。

周七妹先走上前："皇军老爷，放我们走吧！如果要旗袍式样，我包袱里还有一件，可以留在这儿……"

中队长皱了皱眉，哇哩哇啦。

翻译："很好，你也一起留下吧！"

七妹急了："不……我是说把旗袍留下……"

中队长又哇哩哇啦起来。

翻译："都走吧，都走吧！这两位太太留下！"

看来非出事不可了。

高汉庆带头跪在了中队长面前，接着又跪下来几个人，哀求皇军开恩放人。中队长挥挥手，让翻译把女客和七妹带走。

王老三站在一旁，一直没吭声，腮帮子上的疙瘩肉一抖一抖的——难道我王老三就眼睁睁地看着她们被这畜生掳走?!

只听他猛地朝跪着的人大喝一声："都给我站起来！"

所有的人都一愣。王老三已经走到中队长跟前，盯着他。

七妹知道不好，上前拉他："三哥哥，你走开！"

王老三把手一甩："你别管我，青天白日，我看他敢怎么样！"

矮小的中队长在铁塔般的王老三面前，就像是马群中的一头草驴，难免有几分发怵。可是，这杀人成性的畜生唯恐吃亏，"刷"地从腰间拔出了手枪！

王老三喘着粗气,伸手解开衣扣,袒露出壮实的胸脯。

四目相对,相距只二三尺……

七妹惊叫一声,走到两人中间,用身子护住王老三。体面女客也上前和七妹紧紧站在一起。

中队长的两眼射出淫邪的凶光,伸出左手托住女客的下巴,往上抬着,一边挑衅地瞟着王老三……

"我日你奶奶!"

王老三拨开七妹,一拳打在中队长的下巴上!

"叭——!"中队长捂住流血的嘴,扣动了扳机!

子弹射进了王老三的右胸!

"我操你祖宗!"

又一拳,打碎了中队长的鼻子,血直喷出来。

"叭——!"

第二粒子弹射进了王老三的左胸!

王老三倒下了!铁塔般的王老三终于倒下了!

他倒在七妹的怀里,双目怒睁,右手仍颤抖地指着用手捂着鼻子的中队长……

王家帮震惊了!王家帮愤怒了!

他们缓缓地围向神色慌张的中队长,十几个香客也紧紧跟在后面……

端着枪的日本兵和黄狗子连忙上了前,挡住赤手空拳的人们。可是,车夫们仍然缓缓向前,逼得这帮强盗一步步后退。

中队长惊恐地望着一双双充满杀机的眼睛,一只只捏得发抖的拳头,跟着一步步后退。突然,他猛一转身,向右边的炮楼溜去。刚过吊桥,就有人把桥板摇了上去。

王家帮把持枪的日本兵和黄狗子逼到了河边,几十双眼睛愤怒地瞪着炮楼那黑洞洞的门……

可是,他们毕竟手无寸铁呵!

王老三气绝了,他给七妹留下了最后一丝微笑。

体面女客止不住痛哭起来。

七妹没有哭。她默默地为王老三扣好染得通红的褂子,让筛大把他抱到那辆一百三十岁的小车上,又用自己的包袱给他枕住头。

王老三静静地躺着。

七妹轻声地说:"三哥哥,我们一同回家吧……"说罢拢了拢两鬓,把车辫子搭在后颈上,慢慢弯腰套上揽手,缓缓地站起来。

"你……"体面女客十分惊慌,上前抱住七妹,以为她是伤心过分了。

其他香客也都上前劝她。

王家帮谁也没有动。——他们都知道,七妹会推车。王家村的女人都会推车!

七妹似乎又想起了什么,放下车,撑开洋伞,遮在王老三身上。——下露水了,露水凉呢。她想。

七妹起步了。头几步似乎有些不稳,走了十来步,就不再摇晃了。

她穿着蓝色的旗袍。

她又返身走出了挡子。

她要连夜把王老三送回家。

车夫们谁也没有说什么,纷纷跟上去,却都是空车——香客们没有一个再肯上车,他们都默默地跟在车夫们的后面走着。

枪声引来了不少三十里镇的居民。他们惊讶地望着这支由一个穿着旗袍的女人领头的空车队……

天黑了。车队溶进了初七夜淡淡的月光中。一串长长的黑影在夜色中缓缓移动,一片清晰的小车声在夜色中久久回荡。

夜色中,车辚辚,车辚辚……

(1986年)

河豚鱼

　　河豚：……肉鲜美，唯肝脏、生殖腺及血液含有毒素。

　　　　　　　　　　——《辞海》1979年版（缩印本）第911页

　　要是我们的主人公还活着的话，也不过就是七十多岁的光景。因而，如今他们依然健在的可能性是完全存在的。哈，要是真的有谁发现了他们的下落，不使××县地方志办公室的人高兴得手舞足蹈才怪。

　　××县靠近长江边。这地方的人讲话很特别，比方说，他们把河豚鱼简单地叫作"河鱼"。这一带盛产河鱼，从古到今。吃河鱼年年死人，从今到古。河鱼到底好吃成什么样子？看书上写，听别人说，什么"鲜""细""嫩""味"……终归难以体会，最好还是亲口去尝。然而，"拼死吃河豚"是妇孺皆知的警句，胆小怕死的不敢吃。故而此地有一条不成文的民约乡规，叫做"吃河豚只喊不请"，姜太公钓鱼——愿者上钩。某人要吃河鱼了，便事先与亲朋好友关照一声："今天我家烧河鱼了，要吃就来噢！"胆大的到时就来了。吃了，没事，胡子一抹，杯盘狼藉，一哄而散。吃死人，自认倒霉，家里人为"馋鬼"收尸拉倒。从每年都有人为这美味舍命的事实看，似乎是值得为此一死的。此地人吃河鱼的历史，便这般自宋代写到如今。首蓿河豚、蟹黄汤包、枸杞羊肉，是为此地吃食"三绝"。

　　"蒌蒿满地芦芽短，正是河豚欲上时。"看来苏东坡是喜欢吃河豚的。事实上，历代官府年年发布禁令，而那些历代的颁令行令者未必就真的不吃，恐怕还是吃得最厉害的。

　　河鱼金贵，烧河鱼的厨师更金贵。

王老三烧河鱼远近闻名。

这是祖传的手艺,不拜师也不带徒。听到有人吃河鱼送命的消息,王老三往往只骂一个字:"猪!"意思当然是说那厨师比猪还笨。要是哪个称赞他烧河鱼本事好,这辈子没吃死过人,他会骂:"日你家娘,这算什么屁本事?"他把这种称赞看作是对他的污辱,难道他的手艺仅仅只是不曾毒死过人吗?真正懂得王老三本事的人晓得,他烧的河鱼味道是一吃就能吃出来的,方圆几十里没有第二个。知趣的人不会向他讨教,不知趣的人问他,他就说:"告诉你吓死你,你不敢吃!"

其实,王老三烧的河鱼吃死过人,而且不止一个人,也不止十个人。这事情只有两个人知道——一个是他自己,一个是他老婆叶子。叶子?怎么听起来像个日本女人的名字?是的,王老三的老婆是日本人!这事情也只有两个人知道——一个是他自己,一个是他老婆叶子。

民国二十六年旧历冬月初六,也就是冬至后的第七天,日本人上了岸。那一天一早,飞机在天上呜啦呜啦乱叫,炸弹在城里轰隆轰隆乱响,当场被炸死的就有二三百人。日本兵的头子叫竹林,带了一千多个士兵冲进县城。司令部设在一座大庙里,当兵的分别住在一所学堂和几个大户人家。当然,这些情况二十三岁的王老三是后来才知道的,当时他只晓得和乡邻们一起跑反,带着老婆躲到三十多里外的丈人家去。

日本人因为在上海吃了几个败仗,眼睛杀红了,所以一上岸就乱砍乱烧乱奸女人,军纪一塌糊涂。县城里的人差不多都跑光了,只留下些老弱病残。日本人在城里没有大的收获,便只有下乡掳掠。

王老三住的王家村,距县城只有七八里,属于危险地带。日本人下乡找粮食、找壮丁、找木材、找女人,往往只敢走到不足十里的地方,再走远就有点胆怯,怕遭暗算。王家村常常是日本人下乡的终点,晚了,就掉头回城;早了,就逗留一阵。因而这里的损失也就比别的地方大,人们都不敢在家里久蹲,大多住到离得远的亲戚家去。好在时值冬季,地里没什么活干,落得躲在家里好好歇歇。只是兵荒马乱,谣言四起,人心惶惶,不是人过的日子。

转眼过了春节，田里的活计急等着人做，王老三在丈人家蹲不住了，要回去间粟子。老婆和丈人横劝竖劝没劝住，只好由他上了路。

王老三迎着料峭春风，走在回家的路上。但见田里已有不少人在忙碌，不时可听到嘹亮的号子声。麦苗还是这样的绿，粟子还是这样的绿，阳光还是这样的暖人，全然没有一丝打仗的样子。王老三心情顿觉舒畅，喉咙发热，不由自主地哼起了山歌。庄稼人唱歌离不开做活计，他哼的是此地流行的车水号子——

  山歌不唱忘记多，
  大路不走草成窝；
  钢刀不磨要生锈，
  坐立不正背要驼。

  无姐无郎不成歌，
  河歪无头两半个；
  螃蟹无头八只脚，
  旱鳝无头会唱歌。

  山歌好唱口难开，
  樱桃好吃树难栽；
  米饭好吃田难种，
  河鱼好吃不敢挨。

……

哎呀，又是吃河鱼的时候了，今年看来是吃不成了，我日她娘的日本人，好好的日子不过，死到中国来杀人放火！这些狗日的祖宗还是我们中国人呢，"日本人，中国种，叫我老子我不懂"，儿子杀老子，我操他家八代！王老三一边走,一边恶狠狠地骂着,哼山歌的兴致已是烟消云散。

忽然,脚底下好像踢着了什么,低头一看,是一样从来没见过的东西。捡起来细瞧,是一把小小的刷子,做工很是精细,毛排成三排,白颜色,不是猪鬃,比猪鬃硬,柄是黄颜色的,不是木头也不是竹子,有点像玉,但又没有玉硬和光滑,不知道是什么鬼名堂。王老三很是蹊跷,忽然又看见刷子柄上有隐隐约约的洋码子字,心里顿生疑惑:该不会是日本人丢下的什么希奇东西吧?不管他,先收起来再说,洗洗鞋子帽子总是可以的。他把小刷子装进口袋里,继续赶路。

日上三竿,远近的村子里已有一些烟囱冒出了缕缕炊烟,再过三四个庄子就是王家村了。

正被即将到家的喜悦心情驱使着加紧赶路的王老三,这时远远看见了迎面而来的一个人,要想避让已来不及,只好硬着头皮迎上去。

就是这个人,注定了王老三大半辈子的大部分命运!

来人名叫孙海林,和王老三同一个村的。此人三十来岁,因为识得字,早年专门帮人家写写讼子,很有点名气。后来又在城里的国民党政府里混了个小官,算是吃皇粮的了,气粗得很。日本人来了,城里的大官小官都跑光了,这家伙怎么没跑?

王老三正疑惑,孙海林远远地打起了招呼:

"老三!回来啦?"

王老三发现,这家伙一点也不像自己慌里慌张邋里邋遢,还是穿着那身灰布棉袍子,戴着那顶黑毡帽,干干净净,从从容容。他这阵子是躲在哪里的?今天又是从哪里来?到哪里去?

"告诉村里人,可以回来忙活计了,日本人正在整肃军纪,近来不会下乡瞎闹的。"

"你怎么晓得的?"

"我一直在城里,怎么不晓得?"

"啊?你又在帮日本人做事了?"

"哎呀老三,到什么山唱什么歌,一朝天子一朝臣,人总不能在一棵树上吊死啊！日本人也是人，也不用太怕，他们也是没办法，被逼出来当兵的。坏就坏在日本的皇帝身上，以为中国有多少东西好抢呢，派兵到中国来打，其实中国有什么屁东西？你说我们这儿有什么值钱的东西？丫头堂客倒霉！她们的那个臭东西分钱不值，但日本人个个欢喜。也难怪，都是十七八、头二十的嫩小伙子，离家那么远，脑壳子也不晓得是今天抛还是明天抛，还不是能快活就快活？不过当官的也晓得这样不来事，这几天正在整呢。听说日本要从自己国内派女的来让他们玩，免得惹是生非……"

王老三见他说得倒蛮新鲜，就是越说越不上路，心里已经很是不快活，但又不敢当面骂得太狠，只好婉转地说："你不怕日本人？你又不是丫头堂客，能为他们做什么事？"

"我能做什么？起初帮他们带带路，寻寻东西，后来学了几句日本话，顺便做做翻译。"孙海林说着，脸上露出一丝得意。

在王老三心中，翻译当然是个了不起的角色，他没想到孙海林还能做翻译，不觉对他有几分佩服，但想想他是为日本人做事的，就更加憎恨他。

"为日本人做事要小点心啊，三十年河东，三十年河西，前头路是黑的，哪个都算不准。"

"我也晓得的，汉奸不能当，将来没有好结果。反正我也不做什么大坏事，不杀一个中国人，将来就是日本人败走了，也不会办我什么大罪。唉，做人不容易啊，老三！"

王老三心想：做人当然不容易，但也不见得就都要去当汉奸！谁叫你识什么屁字的？识了字就怕吃苦，就想享福，就只好去当官。日本人来了，还是不肯吃苦，就只好当汉奸！恶有恶报，你说不杀中国人，到时候日本人一走，他们杀人的账还不都算在你头上？话不投机半句多，王老三不想跟他啰嗦，就说："我要回家间粟子呢，你忙吧！"说完径直回村去了。

"不忙不忙……"孙海林话没说全，忽然手一拍大腿，自言自语地骂骂咧咧起来："他妈妈的，怎么一时就没想到他呢？这不是送上门来的人吗？真是巧郎妈妈遇上巧郎娘了……"

孙海林如同拾到了一样宝贝，欢天喜地，掉头而去。

王老三踏进家门,大吃一惊:这就是我的家吗?

　　大屋小屋一块门板也没有了,锅碗瓢盆统统变成了碎片片,水缸被砸了一个大洞。两头猪和一条牛不见踪影(好在几只鸡当初带到丈人家去了),农具一样也找不到。房子四周的树和后面的竹子几乎全被砍光,只称下狗啃似的桩桩……

　　王老三痛骂着走进里屋,忽然就又有了新的发现。

　　他先是看见抽台上的一件怪东西,毛竹升箩般大小,铁壳子上涂了漆,印了花纹,拿起一看,里面装着一只亮刷刷的玻璃瓶。他用眼睛凑近,想看看里面是什么,只听见瓶中传出微微的嗡嗡声,放到耳边细听,嗡嗡声更大。王老三大为诧异,横竖弄不清这是个什么玩艺儿。

　　转身再望,床铺上的稻草一塌糊涂,中间竟有隐约的斑斑血迹,王老三随即想到一定是有哪个黄花姑娘在这里遭了殃。杀千刀的日本人,作孽作到老子家里来了!

　　正骂着,就又看见了铺草里有一样小东西。这东西更奇,软软的一只小袋子,薄薄的像一层皮,光滑细腻,一拉能拉出蛮长。王老三想起了过年杀猪时常玩的猪尿脬,把猪尿脬灌上几粒黄豆,吹鼓了用线扎起来,一拎一晃,梆郎郎直响。于是,他把这怪东西放到嘴上一吹,果然和猪尿脬十分相像,只是要小得多。

　　今天真是日了鬼了,一下子碰到这许多蹊跷东西!都说小日本聪明,这些希奇古怪的东西到底是做什么用的呢?

　　王老三顾不上多去研究,他要到田里去看粟子苗。肚子饿了,到竹园里的地洞里一摸,还好,山芋芋头还在。他往怀里揣了几个山芋,又拿着一个边走边啃,找了一只破篮子,急忙往自家的粟子地里走去。

　　天哪,田里的杂草快比粟子长得高了!今年的收成是不谈了,这许多粟子要间,麦田要浇粪,豆田要薅草,老婆又不敢回家,这日子还怎么过呢?王老三来不及多想,立马蹲下来间粟子苗。

　　庄稼人做活计最嫌时间过得快,一眨眼,日头偏了西,王老三全然不觉。起初他还不时抬头看看四周可有什么动静,后来一直连个鬼影子也看不到,就索性头也不抬了。就数我王老三胆大了,村上的人一个也不曾回来呢。该回来了,这粟子再不间就收不到了,收不到明年的日子怎么过呢?王老三这样想着,双手飞快地动作,身后很快堆起了一座座杂草和粟苗的小山。

"老三!一刻儿功夫就间这么长啦?"

王老三抬头一看,不由得呆住了——

孙海林已经站在后头的田埂上,身旁跟着两个背长枪的日本兵!

相距只有三四十步,王老三本能地站起来,拔脚想溜。

"不能跑,老三!一跑他们要开枪的!不跑不要紧。"孙海林喝住王老三。

王老三知道跑不脱,就站在原地不动:"海林你这个贼坯想做什么?我和你又没什么仇气……"

"你听我的话,好好地走过来,他们不会伤你的。我也是没有办法,你以后就晓得了。"

王老三只好听他的话,老老实实地走过去。

"老三你不要怕。是这样的,日本太君要找一个会烧河鱼的厨师,全县城一个也找不到,都溜掉了。竹林先生限我三天之内一定要找一个来,否则要杀我的头。也该应我不死,今天上午正好遇到你,我一时懵懂居然不曾想起来!你可是救了我一条狗命啊,老三兄弟!跟我们走吧,去帮忙烧一个春天,有吃有住有玩。跟他们混熟了就好的,还可以时常回来望望。"

王老三这才明白发生了什么事。我日你娘的孙海林!你自己作死不算,还要找我去帮你垫背!这下子怎么得了呢?田里像坟园,急等要弄草,老婆还在等我,丈人老头子叫我不要回来的,这下子要把他们急煞了!溜又溜不掉,信又送不到,怎么弄呢?你这杀千刀的孙海林……

这时,一个日本兵叽哩咕噜了一句,孙海林拍了拍王老三的肩膀:"走吧,太君说天不早了。"

王老三这才认真看了看两个日本兵,这是他这辈子第一次看见日本人!

两个日本人都比王老三矮,年纪也比他轻。身上穿着颜色蜡黄的呢制军装,脚上穿的皮鞋特别大,鞋底厚得出奇。背上的步枪足有扁担那么长,刺刀磨得雪亮,比杀猪刀要长要尖。这两个人大概顶多二十岁,胡子还只是比汗毛稍为黑些。从面孔上看,日本人和中国人一点没有什么两样,要是脱掉军装,恐怕连小孩子也不会说他们不是中国人。

王老三立即又想到那句咒语:"日本人,中国种,叫我老子我不懂。"看来这话是真的了,怎么从头到脚,从鼻子到眼睛,没有一点跟中国人不同的地方啊?小时候就听大人说,薛仁贵征东一直打到日本,从那时起日本就是中国的了。这两个小伙子弄不好还是薛仁贵的后代呢,反过来又来欺负同一个祖宗的中国人,真是一报还一报啊!也真是的,远隔千山万水,翻来覆去的你杀我我杀你,到底为了什么呢?要说为了吃和穿,日本人不是吃得比我们好穿得比我们好吗?要说为了女人,日本难道没有女人吗?世界上哪里没有女人啊?女人的那东西还不都是一样的呀?妈妈的,你们日本人要女人我们中国人就不要啊?这下子我一走,不晓得还有没有命再见到老婆的面呢……王老三就这样一边乱七八糟地想着,一边稀里糊涂跟着走。

孙海林晓得王老三恨他,也不主动多说话。王老三更不愿跟他搭讪,只顾跟着走。两个人都觉得很尴尬,又没有办法,只好各自打着自己的小九九。

那两个日本兵一边走一边叽哩咕噜说着话。至于说的什么,担了个翻译名的孙海林也是一句懂九句不懂,为了讨好,他只好一个劲地"嗨!嗨!"个不停,听起来像是喉咙里塞着什么东西总是咳不出来。

日本人大概也觉得无聊,忽然咿哩哇啦唱起歌来。

王老三固然听不懂他们在唱些什么,但他只觉得这歌的音调还是蛮好听的,有点像他自己唱的山歌调子,每一句中间的拖腔都很长,而结尾则都很短促。这是不是日本的山歌?一定是的!这更说明他们是中国种了,连山歌的调子都差不多!

日本人唱完了,要孙海林也唱。孙海林推不过,用卖烂蚕豆的粗嗓子唱起来:

　　山歌好唱口难开,

樱桃好吃树难栽；

米饭好吃田难种，

河鱼好吃不敢挨。

　　王老三一听来了气。这是他上午唱过的歌啊，上午哪想到下午有这个倒霉的事啊？都是你这个狗日的坏的事，还唱什么河鱼河鱼的呢！他忍不住喝道："不要唱了！开什么穷心！我看你也是脑壳子长得太牢了，不晓得几时要搬家！"

　　孙海林自知有负于他，便不再作声。

　　那个瘦一点的日本兵忽然拍了拍王老三的肩膀，竖起一个大拇指，叫喊起来："后通！后通！霍气！霍气！"

　　王老三不懂，孙海林连忙说："他说河豚鱼好吃得很，希望你快去烧给他们吃！"

　　王老三没好气地瞟了他一眼："吃吃吃！吃屎呢！"

　　孙海林轻轻地说："老三，进了城可不能这样瞎说呀，那个竹林中队长什么中国话都懂都会说，你不要惹祸！连累我事小，你家里老婆又体面又年轻哪！"

　　这话一说，王老三也知道轻重了，说声"我晓得"，不再吭气。

　　太阳还有丈把高，四个人进了北城门。

　　中队长竹林给王老三的第一印象，也一点不像个日本人。这不仅因为竹林不是穿着军装而是穿着中式长袍，更因为他的长相和举止。面孔白白净净，头发向后梳着，一丝不乱，戴一副金丝边眼镜，一脸和善的神情，加上桌上的书和纸笔，使他很像一个坐馆的先生。只有墙上挂着的一把军刀，才叫人把他和杀人放火的日本兵头子联系在一起。

　　他一开口，更使王老三减轻了恐惧感，这家伙说的是标准的中国官话！

　　"王师傅，从现在起我们就是朋友了！听孙海林君讲，你是有名的厨师，我很佩服你！在我们日本，好的厨师的地位是很高的。这次请你来帮忙，主要是请你烧几顿河豚鱼,实在不好意思,工资我们会多多发给你的!我们日本和你们中国一样,喜欢吃河豚鱼。听说此地还有一些关于河豚鱼的美妙传说,能讲给我听听吗?"

王老三想起了路上孙海林的叮嘱,知道今后只有听话才能保命,便把自己听过的故事讲出来:

"从前,长江口有一对老夫妻庞公庞婆在摆渡。他们的心黑得很,常常把人渡到江心,锚一抛,向客人要钱,要多少就得掏多少,没钱就剥衣服,人们吓得都不敢过江。后来观音菩萨晓得了,就下凡来为老百姓解难。她变成一个老太婆,喊要摆渡。船到江心,庞公庞婆老办法,抛锚要钱。观音菩萨说:'你送我到江边再说呀!''少啰嗦!没得钱就脱衣服!'观音菩萨摇身一变,变成一个绝色美女,站在船头上。两个坏蛋一看,吓得魂不附体,跪下来就求饶:'哎呀菩萨,你开开恩,封我们个东西吧!'菩萨说:'你们这两个害人精,我封你们一人做一条东海大河豚。人吃了你们的眼睛眼就发花,吃了你们的血头就发昏,吃了你们的子肚就发胀,吃了你们的油嘴就发麻要翘辫子。凡间的人晓得了,就要剥你们的皮,抠你们的眼,拉你们的油,踩你们的子,而后再吃你们的肉!'从此,东海就有了大河豚……"

"哈哈哈哈!"竹林中队长发出了开心的笑声,"观音菩萨变得好!这两个人太坏了!这么说,多吃河豚还是多消灭坏人啊,那就让我们大大的吃吧!哈哈哈哈!王师傅,此地吃河豚鱼有什么规矩啊?"

王老三就把"只喊不请"的规矩说了一遍。

"烧的人呢?"竹林微笑着,轻描淡写地问。

王老三晓得这是个要紧问题,连忙答道:"厨师先尝,过两袋烟工夫客人再动筷。"

"嗯,和我们的规矩差不多。在我们日本,有专门培养厨师的学校。烧河豚这门课的考试,就是让学生把自己烧的河豚吃掉,没有毒死,就算及格了。"

王老三第一次听说这样的新鲜事,不由得笑起来。他觉得这个日本军官很有趣,很会说笑话,不像想象中的日本鬼子那么可怕,一直吊着的心也就慢慢放了下来。

"你觉得河豚身上哪一块地方最好吃？"竹林又问。

"当然是鱼白子。就是白得像羊油，嫩得像鱼脑子的那一块。"

"知道那东西还有什么好听的名字吗？"

王老三摇摇头。

"哈哈，你这个大厨师这下子不如我啦！告诉你，那叫'西施乳'，就是西施的奶水！"竹林说着拿起桌上的一本书扬了扬，又说："这可不是我造出来的，是你们中国的书上写的呀！看，这书名字叫《五杂俎》，是明朝一个叫谢在杭的人写的。其实，当初越王勾践卧薪尝胆打败吴国以后，西施和范蠡浪迹江湖，有没有生儿育女都是个疑问，那就很难说有没有什么'西施乳'了。看来说河鱼白子像'西施乳'，完全是读书人丰富的想象。王师傅你说呢？"

王老三没法回答。西施和范蠡他小时候听说书的提到过，但从没听说过什么西施的奶水，这个日本人怎么晓得这么多希奇古怪的名堂？

竹林起身为王老三倒了一杯水。王老三一眼看见了和在家里抽台上看到的一模一样的那种怪瓶子，原来是装水的！奇怪的是，说了老半天话，这瓶子里的水怎么还是烫的？就这样，他认识了热水瓶，心里不由得对小日本十分服帖。大冷天能随时喝到热水，你说怪不怪？

这时，进来一位穿着高筒皮靴的日本兵，"咔嚓"一个立正带敬礼，哇哩哇啦叫了一通。只见竹林脸上忽然乌云密布，挥了一下手。王老三正莫名其妙，一个日本兵被押了进来。

举止斯文的竹林忽然像一头暴怒的狮子，冲上去左右开弓给了那个日本兵两个响亮的耳光，一边咿哩哇啦乱叫。

日本兵被拉走以后，竹林余怒未消，对着王老三喊起来："这些混蛋！不懂皇军的使命！什么是'王道乐土'？什么是'大东亚共荣'？他们统统的不懂！他们只知道吃饭、睡觉、搞女人！混蛋，八格，统统的斯喇斯喇的！……"

事后王老三才听孙海林说，原来有一个日本兵光顾强奸妇女，被人从后面用石头砸了脑壳子，步枪也被弄走了。那个被打耳光的是个班长，没管好手下的兵，所以吃了处分。看来孙海林说得不假，日本人正在整顿纪律。

王老三不情愿地开始了他的工作。

在两个日本兵的严密监视（名义上是配合）下，第一餐河豚鱼烧好了。王老三正要盛一段自己先吃，立即被制止了。一个勤务兵牵来了一条足有半人高的大狼狗，把王老三的碗放在它面前。狼狗闻了闻，警惕地看看王老三。周围的日本兵比狗更警惕地望着这位厨师，唯恐有什么意外。狼狗终于把鱼吃了下去，美滋滋地趴在一边休息了……

过了两袋烟工夫，没事。

竹林背剪着手走过来，歪着头问："王师傅，你敢毒死我们吗？"

"不敢，要死我先死。"王老三答。

"不，你也不能死！你死了我们哪有河豚吃呢？"竹林笑着说。

王老三这才明白，他们怕他寻死，故而用狗先做试验。唉，我怎么肯寻死呢？好死不如赖活着。再说，家里还有人在等着我，我只指望早点熬完春天，赶快回去忙活计。想到这里，他按照当厨师的规矩，盛了一段鱼，大吃起来。

竹林看着，爽朗地笑了，把手一挥，大声地招呼四周的日本兵："哈咿！米西米西！米西米西！"

有如风卷残云，一大锅河鱼转眼间就被消灭了。日本人边吃边向王老三竖大拇指，那个会唱山歌的家伙又嚷起来："霍吃！霍吃！"这一回王老三听懂了。

饭后，竹林又把王老三叫到屋里，问："如果出了事，你用什么方法解毒？"

"太君，"他从孙海林那里学来这个称呼，"我保证不会出事，还不好吗？"

"不要叫我太君，叫我竹林先生就可以了。我说的是万一出事，不是说你会出事。"

王老三不作声。他想，那种土法子能跟他说吗？太恶心了！

"没有什么办法？不要紧的，你说说看。"

"假使嘴边发麻，就赶快到茅缸边去……去……"

"嗯？刚刚吃下去到茅缸去有什么用？"

"拿一根打通节巴的竹管,吸……"

竹林望着王老三,见他不是开玩笑的,就认真地点了点头,不再追问。

王老三说的是真的,此地就是这个办法。拼死吃河豚,真正到了那一步,还是命宝贝,就管不得恶心不恶心了!

"很好,谢谢你!"竹林送给王老三一包香烟,挥了挥手。

就在退出门的那一刻,王老三看见竹林从一只杯子里取出了他曾经捡到过的那种小刷子!只见竹林往小刷子上撒了些石灰一样的白粉,端着水杯走出去,蹲在墙根下,把小刷子塞进嘴里哗啦哗啦刷起来!

王老三望着竹林嘴里冒出的白沫,大惑不解:牙齿还用得着这样死命地刷吗?

是的,在他看来,成天喝稀粥,没东西塞牙齿缝,要是吃了韭菜大蒜,顶多用稻草梗子拨拨,至于吃了鱼肉荤腥,只恨不能在嘴里多留几天,还舍得马上刷掉?俗话说,狗肉塞牙缝,三天都是香的!这日本鬼子啊,也真是怪,刚刚吃了河鱼就刷什么牙齿!吃的是香喷喷的河鱼呀,又不是吃的狗屎!作孽作孽!

竹林刷完牙,才发现王老三呆呆地在望着他,似乎明白了什么,返身进屋,取了一支簇新的牙刷,送给王老三,说:"你们中国人太不讲卫生了,从明天起你也开始刷牙吧!当厨师的,更应该讲卫生的。"

王老三收下牙刷,嘴里说:"谢谢!"心里说:"作怪!"他并不打算用这希奇东西刷牙,而仍然打算用来刷鞋子或帽子。

这时,他忽然想到,那天见到的三样奇怪东西已经认识了两样,还有一样是什么?那只考究的小袋子,是用来装吃的还是装用的?凭他的智力和想象力,无论如何也猜不出。

第二天一大早,王老三上菜场买菜。在竹林住的房子的屋檐下,他看见了一个蹲着的女人!这是王老三看到的第一个日本女人!这女人穿着一件没有衣领的奇怪的花袍子,腰里系着一根宽宽的带子,背上仿佛背着一只方方正正的包袱。最有趣的是她的头发,四周齐齐地往上收拢,发髻梳得很高很高,很像是一个栽秧田里的小秧把子。从蹲着的女人的背后,王老三看见她的屁股是圆溜溜的，随着她一抖一抖的动作，圆圆的屁股也一上一下地微微抖动着。她穿着一双底厚得出奇的花布拖鞋，两只脚白嫩细腻，小巧玲珑，使王老三不敢多看……

这女人在刷牙。

王老三正要从她身边走过，女人抬起了头。哎呀，王老三惊得差点儿呆住了，他这辈子还是头一回看见这么漂亮的女人！面孔雪一样白，腮帮柿子一样红，眉毛细细弯弯，眼睛亮晶晶水汪汪……

王老三慌得手足无措，正想夺路而逃，那女人居然用生硬的中国话向他打起了招呼："王、师、傅、你、早！"王老三再慌乱地一看，女人正鲜艳地笑着，露出了一排整齐的雪白的牙齿！

王老三本能地应了一声"早早早"，急忙奔逃而去。他已经猜出来，这是竹林的老婆，他听说竹林是带了老婆来的，只是他来了这几天还从来没见过。天哪，竹林的老婆这么漂亮呀，真没想到！

世上叫人没想到的事情实在多得很。王老三此时会想到他日后能与这个日本女人有什么瓜葛吗？他会把这个女人和自己的老婆作任何的联想吗？不会的，绝对不会的。他虽然不识字也不算聪明，但他的神经至少还是正常的！

竹林的老婆叫叶子，这一年刚刚满二十岁。二十的女人，正是鲜花怒放的季节，是忘情吮吸生活的琼浆玉液的季节，是既有甜蜜回忆又有美妙憧憬的季节……从外表上看，叶子似乎确实处在这样的季节里。她是这般的鲜艳，这般的柔媚，这般的动人！然而，如果所有的人都能让别人从他（她）的外表上（包括容貌、表情、举止等等）直接窥见他（她）的内心世界，那么地球上大概就不会有这许多争斗、仇杀、阴谋、邪恶和罪孽了。王老三的外表和内心完全统一吗？孙海林的外表和内心完全统一吗？竹林的外表和内心完全统一吗？不，都不！叶子呢？当然也不可能。别的不说，只要问一句：你是怎么到中国来的？你到中国来干什么？叶子就会十二分无奈地悲从中来了。

这个出生在日本畿内平原的妙龄女子,按理说现在应该守着自己的丈夫孩子,在那十几亩上好的土地里勤劳耕作,过着安定、富足、舒心的日子。可是,贪财的父亲嫌叶子看中的小伙子太穷,不会有大出息,硬是把女儿嫁给了当军官的比女儿大十来岁的竹林。起初叶子也没有觉得有什么大的不满意,他当他的兵,我种我的地,熬几年也就过来了。可是,天有不测风云,日本对华战争爆发,竹林奉命出国作战。先是到朝鲜,替换别的部队留守,后来又到了中国。来中国的时候,竹林的官阶又升了一级,按规定可以带妻子随军。叶子是一百个不愿意,竹林再三催促,她只好身不由己地踏上了这异国的土地。

日本的女人以温顺驯服著称,叶子固然也不例外。然而,温顺驯服不等于就是傻子白痴,叶子的心里明镜般亮堂。与竹林相聚后不久,她就发现了丈夫的巨大变化。丈夫居然会说一口流利的中国话,这是她首先感到意外的。原来,早在朝鲜的时候,竹林的部队就接受了严格的中文训练,竹林还得了个优等生。其次是丈夫鼻梁上架起了金丝边眼镜,一有空就坐下来看书,颇有点学者的风度。她真不明白,在刀光剑影血雨腥风之中,丈夫哪来的这种闲情逸致。再就是进驻这个小县城后,竹林对部下的管束甚是严厉,尤其是对强奸妇女的官兵更是严惩不贷。而且,在处理那些作恶官兵的时候,他的脾气就会变得喜怒无常,叫人十分害怕。作为竹林的妻子,她当然知道丈夫最大的变化恐怕还在于更隐秘的夫妻生活方面,这使她犹如哑巴吃黄连——有苦说不出。每当她看到丈夫严惩强奸案犯的时候,她不得不作一些很自然的联想,尽管这种联想对她非但毫无益处,反而令她更加苦痛。丈夫对他脾气古怪的解释是,他近来很不被重用,驻在这座毫无战略地位可言的小县城里无异于一条看家狗。但聪明的叶子心里坚定地认为丈夫的这种解释只是一个借口,这里面一定有一个很重要的秘密,她希望这秘密能及早揭开。

自从占领这座小县城初期的混乱过去以后,竹林率领的千把日本兵实在没什么大事可做,无非是隔几天到周围的小镇村庄去转一转,造造声势。竹林感到无聊,叶子更感到无聊。闲则生非的道理,竹林自然是懂得的。他知道他和妻子之间有着不可告人的隐秘,因而也知道应该防备的是什么事情。须知,在这座兵营里,只有叶子这么一个日本女人啊!而且又是如此的年轻漂亮!为了分散妻子的注意力,他开始教叶子学中文。叶子的聪明从学习中充分得到了证实。不出一个月,她便能说一般的日常用语了。

这天,叶子忽然对丈夫说:"我去跟那个姓王的学烧菜吧,将来回去也可以多一门手艺。"

竹林正在认真地看一本厚厚的《纲鉴易知录》,他看这类书很投入,往往别人说话他是听不见的。叶子又说了一声:"我去跟王师傅学烧菜,好吗?"

竹林这下子听到了,很感兴趣地答:"哦?好哇!特别要把他的烧河豚鱼学会,看看他到底有些什么秘密!"

在竹林心目中,根本没把王老三作为防范的对象。事实上,如果他把叶子和王老三在性别上作什么联想,只能说明他脑子坏掉了。这还用得着联想吗?除非王老三的贼胆从屁眼里屙掉了!

叶子第一次来到大庙后的厨房里。这里原来是僧人们造斋饭的地方,今非昔比,眼下这里天天大鱼大肉,鸡啼猪嚎,血流遍地。好在僧人们早都全跑光了,要不然他们会一天念上一万遍"阿弥陀佛"耳根也无法清静的。

王老三正出门倒一盆污水,就与款款而来的叶子打了照面。

阳光灿烂。灿烂的阳光中,地面蒸发起阵阵淡淡的雾气。也许是雾气对阳光的折射,也许是从黑暗中走到明亮处而引起的幻觉,总之,在王老三眯着的眼中,叶子乌黑高耸的发髻和鲜艳白嫩的脸庞,笼罩在五颜六色的光晕里,朦朦胧胧,若隐若现,宛如年画上的九天仙女。王老三使劲眨了眨眼睛,看到了一个实实在在的日本女人叶子。这个与他有过一面之缘的女人,转眼已有二十多天没有见过了。他知道自己的身份,立即端稳水盆,原地肃立。

令王老三万分意外的是,叶子停住脚步,两手交握于腹前,向他鞠了一个九十度的躬!他正手足无措瞠目结舌,叶子轻启朱唇,语调绵绵:"王师傅,我想拜你为师,跟你学烧菜。"比起二十来天以前,叶子的中国话已经熟练连贯得多了。

王老三一时还没有来得及判断出发生了什么事情，这事情对自己到底是福是祸，只好听天由命，泼去污水，把叶子领进屋。

屋里很暗。刚刚从阳光下走进来的叶子，产生了同王老三适才在外面的感觉正好相反的幻象。在她看来，王老三仿佛是一幅底片上的人像，在黑色的背景中似有似无。随着眼睛对光线的适应，他犹如放在显影液里的照相纸上的画面一样慢慢显现出来，并且变得越来越清晰。这个显现过程虽然只是短暂的一瞬，却使叶子对王老三有了一个十分完整而深刻的印象。同时，这个过程又一次充分证明，只有在女人的眼中，男人在形象上的长短得失才能得到恰如其分的评判。

这是一个体态健壮的男子。——女人们看一个男人，总是首先注重获得关于他的整体印象，特别是他的身高尺寸和体形比例，而后才去留意他的面孔；这和绝大多数男人们看一个女人的顺序正好相反，他们总是最先盯住女人的脸，这一盯便从根本上决定了他们对某个女人的兴趣的有无或浓淡。这种观察顺序上的差异，导致了被观察对象的不同部位在对方心目中的重要程度的明显区别。也就是说，女人对于男人，脸盘重于体形；而男人对于女人，情况就相反了。这是不是与男人和女人的不同社会地位有关？女人有一张好脸蛋，便算是有了一定的资本，至少不会惨到衣食无着的境地；而一个男人要是光凭一张小白脸，别的本事一点没有，恐怕连他的生计也要大打折扣的。当王老三在叶子的眼中从模糊到清晰地显现以后，他的形体上的价值得到了充分的确认。二十多岁的年龄给了他成熟的体格，先天的遗传给了他高大粗壮的骨骼，后天的劳作给了他发达丰满的肌肉，这便使他具备了一个优秀男人的魅力。至于他的面孔，虽说不上英俊，却称得上出众。霜雪之刀毫不留情地刻下了道道纹路，阳光之笔日积月累地涂下了片片紫褐，而风雨之帛却情有独钟地擦亮了那双黑黑的眼睛。眼睛，无论是对男人还是女人，都是太重要了！

有那么短暂的一刻，叶子的脑子里发生了某些联想。这并不能说是多大的罪过。要是让一个二十岁的少妇，尤其是像叶子这样的结婚几年的、饱尝过相聚之欢和相思之苦而又忽然在和丈夫终日相伴的情况下中断了实质性夫妻生活的少妇，见了王老三这样的男人却不作那样的联想，恐怕才是真正的罪过！当然，就这时的叶子而言，联想也仅仅是联想而已，因为它没有丝毫实际意义，故而就十分短暂，转瞬即逝。只是在这一瞬之间，叶子又一次为那个尚未解开的秘密感到十分悲哀。

王老三对这个日本女人没有什么恶感。这并不单单是因为她长得漂亮，他只是觉得她成天被关在屋里也蛮可怜的。其实，更重要的原因他自己没有意识到，那就是他还没有亲眼看见过日本人干什么坏事，还没有对日本人产生直接的仇恨，因而也就不会间接地把这个女人和仇恨联结在一起。

叶子开始跟王老三学烧河豚鱼。

"先学什么？杀鱼吗？我可不敢。"叶子说。

"知道河豚鱼哪里最毒吗？"王老三问。

"这个知道，是鱼子最毒。听说一粒鱼子吃下去能胀成花生米那么大。"

"错了，不是的。"

"啊？那……"

"鱼肝最毒，就是这个。"王老三指着紫色的鱼肝说，"我们这里又叫它'鱼油'，生油往嘴边上一抹，再用舌头一舔，要不了两袋烟工夫就送命了！"

叶子听了，惊得张开了小嘴。王老三注意到，她的牙齿整齐雪白，舌头鲜红小巧。

"那怎么办呢？手不能不碰哪！"

王老三言简意赅地讲了第一课。叶子知道了，烧河豚的第一要诀是洗——洗鱼要彻底，洗刀、洗碗、洗盆、洗砧板、洗手……无一不要彻底，稍有疏忽，都会出人命。

王老三一去不归，自然急坏了他的老婆张氏。这根顶梁柱子，可不能就这么不明不白的倒掉啊！

过了几天，孙海林托人带信来，家里人才知道是这么回事。张氏气得骂了好几天——孙海林说了谎，他说是王老三得知日本人要厨师后主动跟他去的，去了又有吃又有玩，开心得很，家都不大想回了！张氏自然恨透了这个杀千刀的丈夫,成天骂不绝口。她父亲开头也陪着女儿骂,后来见女儿都快急出病来了,就反过来劝她,说,事情已经这样了,骂也没用,还是再等等看吧,说不定过几天就回来了,回来再找他算账也不迟。张氏慢慢也就心平下来,想想老这样等着也不是个事,就说服了父亲,壮着胆子跑回家,起早摸黑忙活计。

当张氏走到自家田里一看,简直不敢相信自己的眼睛。田里的杂草长得比粟子还高,分不清哪是墒沟哪是田埂。这可怎么得了?要是这一熟绝了收,今年冬天和明年春上的日子还怎么过?张氏不敢多想,埋下头来就干活。起先她还十分害怕,一会儿就要抬头往四周望望。四周连一个鬼影子也没有。日头静静地照着,风儿轻轻地吹着,云朵慢慢地飘着……张氏渐渐地放下心来,以农家妇女特有的麻利和气力,拔除茂密的杂草和多余的粟苗。不一会儿,她的身后便堆起了一座座草与苗的小山。

整整一天,平安无事。

第二天上午,张氏到粟子田里理墒沟。太阳当头时分,天气热起来。张氏把头上的毡帽往头顶上推了推,又解开了领口的两个扣子。——她今天的打扮发生了一些变化,戴的是她丈夫的酱色老毡帽,穿的是她丈夫的蓝布夹袄,远远看去完全是一个中年男人的模样。这种打扮,是日本人上岸以后许多乡下女人的通常化妆。一些年轻女人干脆平时就是这身装束,因为她们弄不清什么时候会忽然撞上摸到乡下来的日本人。模样有几分俊俏的,还会在脸上抹些锅锈灶膛灰什么的,想方设法把自己糟蹋得难看点。日本人下乡,不外乎有几件事:找鸡、鸭、鹅、猪、牛、羊等去杀了吃,抢青树、竹子、门板、砖头等去修炮楼,拉强壮男人去做苦力,抓年轻女人就地强奸……

"喂!那个田里理墒沟的是谁呀?"

埋着头的张氏抬眼一看,吓得差点儿瘫在地上——田头的小路上,站着三个人,一个是穿长褂子戴礼帽的中国人,两个是穿黄衣裳背长枪的日本兵!

张氏稍稍缓过神来,便本能地扔掉手中的钯子,拔脚想溜。

"不要动!一动他们要开枪的,不动不要紧。"那个中国人扯着嗓子喊道。

果然,有一个日本兵已经摘下肩上的长枪,斜端在手里。

张氏三魂失掉了二魄,只得原地站着不动,听候菩萨的发落。

吓昏了头的张氏并没有认出穿长褂子的孙海林。

孙海林却在心里连连叫苦:"这夫妻两个和我是什么前世里的冤家对头?怎么都叫我孙海林碰上了?"他在良心的驱使下,决定要尽力使这个年轻的女人逃脱虎口。他用日本话跟两个日本兵嘀咕了几句,一个日本兵点了点头,另一个端枪的日本兵重新把长枪挂上了肩。

孙海林扯着嗓子对张氏喊:"喂!听着,我跟太君说了,你是良民,不找你什么麻烦了。你干你的活吧,千万不要溜!"

张氏听了,如获大赦,将信将疑。就在这时,她做了一个动作,这动作虽然是下意识的,却大错而特错。就是这个大错特错的动作,迅速改变了她自己的命运,进而迅速断送了她自己的性命!——由于炎热,她已把老毡帽过多地推向了头顶的方向,这使得她额上的头发撒下了一些。也由于炎热,她夹袄领口的扣子解开了两个,露出了里面紧身小棉衣上的一些小碎花。这些破绽,站在百步开外的日本兵原本看不出,所以他们相信了孙海林的话,以为这是一个种地的男性"良民"。就在日本兵准备转身继续赶路的当儿,张氏抬起了右手,飞快地将撒下来的一绺头发往毡帽里塞了塞……

这个细小却明确的动作,被那个年长些的日本兵看到了!他蓦地睁圆了双眼,瞪着孙海林的脸,喊道:"嗯?她的……花姑娘的?"

孙海林一时语塞,嘴唇瑟瑟地发抖:"这……太君……我……我不知道……"

日本兵伸手操了他一把,骂起来:"八格呀路!"接着一推,将他推了个趔趄。孙海林就势一歪,跌坐在田埂上。只听他嘴里喃喃地念着:"阿弥陀佛,阿弥陀佛……"

张氏望着远处突如其来的变故,一时还没弄清是怎么回事,就已经看见两个日本兵飞快地向自己奔来。当她感到被巨大的恐惧淹没的时候,她已经被日本兵一左一右地架着,拖向不远处的一座看瓜人住的小茅棚……

一转眼,王老三在城里住了已是好些时日。他终于明白,竹林把他找来,并不单单只是为了烧几天河鱼,而是要他正儿八经地当一名伙夫。他曾试探性地问了两回孙海林,什么时候能让他回去看看,孙海林总是支支吾吾地应付,说是"过几天再说",或者干脆推托说:"你去跟竹林中队长说说看嘛。"王老三知道这家伙当初是为了骗他来才说了能回家的话的,其实根本不是这回事,心里不由得更加痛恨这个汉奸。但横想竖想又没有任何办法,只好安下心来熬一天算一天。

叶子三天两头到厨房来学烧菜,同时帮做些轻活。这使得王老三很有些为难。让她做吧,怕日本人说他偷懒,居然敢指使竹林的老婆;不让她做吧,又怕日本人说他不肯教叶子烧菜的手艺,居然敢对太君保密。再说,王老三总觉得叶子到厨房来是竹林的旨意,说到底是对他不放心,以学烧菜的名义来监视他。既然如此,王老三只好任其自然。叶子问什么,他就答什么,叶子干什么,他就由着她,最多说两句关心的话。

这样,叶子在不长的时间里就学会了河豚鱼的烧法,只是她胆小,不敢一个人独自烧了就吃,总要在王老三的过目下完成整个操作,而且也还是不敢先尝。即便如此,叶子已是十分高兴,学烧其他菜的兴趣也更大了。她不但在厨房帮忙,而且偶尔还和王老三一起到街上买菜,既学到了菜的搭配,又学到了许多汉语名词,还散了心健了身,一举数得。

竹林很为妻子的高兴而高兴。在这之前,他对妻子的负疚简直达到了无法形容的地步。有好一阵,他十分后悔把叶子召来中国,让她遭受着身与心的非人的煎熬。然而事已至此,他又有什么办法呢?他只能在努力中等待,在等待中努力。他相信迟早会有那么一天,他会结束自己的苦难,同时也结束妻子的苦难。现在既然妻子有了一个好的心境,总是一件好事,他自己不就是渴望着一个好的心境吗?夫妻间的事,有了一个好的心境,一切问题就都解决了呀。

叶子高兴的时候,就会把从王老三那里听到的一些有趣的事讲给竹林听,这使竹林对王老三渐渐地产生了不少好感,觉得孙海林找来的这个厨师不但手艺好,教给了妻子几道好菜,而且还能讲不少笑话,给妻子和他打发了一些无聊的时光。

这天晚上,竹林查完哨回来,钻进叶子的被窝,照例有一句没一句的交谈起来。叶子想起白天王老三讲的一个笑话,便说给竹林听。

这笑话是关于河豚鱼的——王老三烧河豚有名,关于河豚的笑话也多。说是有一个厨师请客吃河鱼,大家吃得正来劲,忽然有几个人觉得嘴边发麻,满桌人全都大惊失色。嘴边发麻是河鱼中毒最明显的特征,有人吓得呜啦呜啦哭起来。这厨师也慌了,连忙取来事先准备好的打通节巴的竹管分发给众人(常吃河鱼的人家都备有这样的竹管以防不测),带头奔向茅厕,把竹管伸进茅缸,死命吸起来。当大家争先恐后地跟着他,手操竹管围着茅缸开始大吸的时候,就有人发现这家伙在偷偷地笑!动作快的人已经吸了几口粪水,连忙停住。这位厨师终于忍不住大笑起来。大家知道上了当,急忙扔了竹管,找他算账。原来,这家伙为了捉弄大家,在第二碗鱼上桌的时候,悄悄地在鱼碗里放了一调羹辣椒水!而他自己伸进茅坑的竹管,根本就没有打过节巴!大家都怪他玩笑开得过了头,太缺德了。特别是那几个吸着了粪水的人,从此跟这人结下了冤仇……

"太缺德了,太缺德了,"竹林说,"要是让大家都拿没打节巴的竹管还差不多。这笑话一定是编出来的,要不这位厨师就是姓王的自己。"

"不会是他,他也大骂这个厨师太缺德的。"叶子说。

"不好不好,反正这个笑话不好。"

"那还有另一个,你听听好不好。不过这不是笑话,王师傅说是真事。"

"不妨说来听听看。"

叶子又说起来——仍然是关于河豚鱼的故事。

有一个年轻姑娘长得十分漂亮,和同村的一个小伙子从小要好,人们都说他们是天设一对,地造一双。不料到了结婚的日子临近的时候,姑娘被一个财主看中了,硬要把她带回去做小老婆。姑娘死活不愿意,就提前把自己的处女宝给了那个小伙子,并对小伙子说,我生是你的人,死是你的鬼。小伙子劝她千万别寻死,等他设法把她救出来。姑娘被那个财主派人用八抬大轿抬走了,临上轿前谁也没注意她偷偷地往口袋里塞了几粒河鱼子。当财主强迫与她合房的时候,姑娘拼死反抗也无济于事,便把河鱼子吞了下去……

"不要说了不要说了!我不要听这些乌七八糟的东西!"一向斯斯文文的竹林忽然粗鲁地打断了叶子的叙述,显得十分暴躁与恼怒。

叶子不知道自己在什么地方得罪了丈夫,莫名其妙地问:"怎么了?这并不算什么乌七八糟的东西呀?"

竹林依旧没好气地说:"以后这一类的事不要讲,你不知道我最痛恨男人对女人的强暴吗?"

"对不起,我一时忘了。别生气,我以后不说了,好吗?"叶子小心翼翼地说。

本来高高兴兴的交谈一时冷了下来,夫妻俩都感到很尴尬没趣。

叶子心里又一次勾起了对丈夫的疑问。为什么他对这种事特别敏感特别厌恶?莫非这和他的毛病有什么联系?痛恨这种事是好的品德呀,犯得着跟我发这么大的脾气吗?他心中到底有什么不能告诉我的秘密?他是从什么时候犯了这种怪病的?为什么催他找医生他总是不肯,坚持说自己没什么病?没什么病怎么会是这样呢?……凭直觉,叶子认定丈夫一定有什么瞒着她的重大隐秘,而且这隐秘一定是关于男女性事方面的,只是她无法猜出其中的细枝末节。

竹林见叶子没了声响,知道她又在想那些同样令他烦恼的心事了。他忽然为自己的失态十分后悔,是他把妻子的思想引到了那个最不该去的地方,到头来他只有咎由自取。他不得轻轻叹了一口气,对叶子说:"对不起,我也不知道为什么不想听这些事。是我不好,也许是我越不愿意让你生气,反而倒越是让你生气了。原谅我吧,好吗?"

既然丈夫这样打招呼,叶子还有什么可说的呢?她连忙不再多想,将身子转向丈夫,伸手在他的身上轻轻抚摸着。竹林也随即回报以同样的抚摸,心里又漾起一阵熟悉的温情,这温情从心底涌起,向全身弥漫。他深知,在肉体上,自己绝对没有任何缺陷,他的毛病在心里,而且在心的深处。他也曾设想,把一切都毫无保留地告诉叶子,也许一切苦难都将结束。但他不敢,万一结果恰恰相反呢?他宁可把心中的那份侥幸存放得长久些,好让自己在这份侥幸中不断地努力,或许就能在某个夜晚忽然成功。而要是那份侥幸一旦失去,那就一点挽回的余地也没有了!

叶子虽说对丈夫的康复并没有完全绝望,但至少在短时间内不抱什么幻想,比如说在今夜。而且,出于经验,她知道不能对丈夫过多地撩拨,否则只会将两个人同时拽进痛苦的深渊。因为丈夫总是起初完全正常,到了最关键的时刻却迅即崩溃,使夫妻俩陷入欲罢不能欲进无路的灾难之中。因此,叶子已经学会对一些情境的控制,把事情的进展控制在可以接受的范围之内,以使她和竹林都能在有限的爱抚中获得些许可怜的满足。

正当叶子准备对竹林的努力作出抵挡的时候,忽然从远处传来一阵急促而杂沓的脚步声。

竹林警惕地坐起,从枕头底下摸出那把勃朗宁手枪抓在手上,杂乱的脚步声已经响到了门前。竹林一边叮嘱叶子躺着别动,一边敏捷地跳下床,摸黑穿好衣服和鞋,静静地守候着。

脚步声平息,敲门声响起,轻轻地,不像有什么危险情况。竹林松了一口气,镇静地问:"谁呀?这么晚有什么事?"

"报告竹林中队长,有一件重要的事不得不打扰您,实在对不起。"竹林听出来了,是今夜值勤的一个军曹的声音。

竹林点亮灯打开门,便有两个士兵押着一个反绑着双手的人走进来。在竹林万分惊讶的同时,那个被绑着的人开了口:"竹林先生,惊动您了,对不起。"——此人不是别人,正是刚刚请来不久的烹调高手王老三!

竹林向军曹发问:"怎么回事?"随即又向士兵下令:"快快松绑!"

军曹保持着立正的姿势,答:"他偷偷翻越城墙,被哨兵发觉。问他干什么去他死活不说,坚持要见中队长先生。我犹豫再三,只好来找您,实在对不起。"

叶子在里屋听到了声音,觉得十分奇怪,也穿好衣服走了出来。松了绑的王老三胆怯地望了叶子一眼,便垂下了头。

竹林点燃一支香烟,问王老三:"王师傅,能告诉我这是怎么回事吗?"

王老三抬头望了望竹林，又望望叶子，欲言又止。

竹林向叶子使了个眼色，示意她回里屋去。

王老三又看了看泥塑木雕般站着的军曹和两个士兵，依旧嗫嚅着："我……这个……"

竹林挥了挥手，让他们都退到外面去。三个日本军人遵命退出，样子颇有些不情愿。

竹林感到事情很有点奇怪。根据经验判断，王老三似乎根本没有什么暴力方面的不良企图。竹林索性在椅子上坐下，盯着王老三，说："没别的人了，你说吧。"

王老三的声音很低，样子也显得有点害羞："我……我来了有好多天了，想回去看看，我……我想老婆了。"

"哈哈哈哈！"竹林突然发出一阵爽朗的大笑。他万万没想到竟是这么回事！这个中国小伙子真是有趣，居然偷偷翻城墙回去会老婆！"你怎么不跟我说呢？这是人之常情呀，我当然会批准的。"

"孙翻译官叫我找你的，我不敢，他也估计你不会同意。"

"不不不不，你不懂，孙也不懂。不要把日本人想得那么坏嘛。我们和你们中国人在许多地方并没有多少差别的，知道吗？这样吧王师傅，你今天好好睡一觉，明天一早回去和你老婆团聚，我放你三天假，好不好？"

王老三没想到事情会是这种结局，自然喜出望外，连忙说："谢谢，谢谢竹林先生。我一定准时回来。"

"那好，就这样了，回去代我向你老婆问好！"

"谢谢，谢谢！"王老三受宠若惊。

"来人哪！"竹林向屋外喊，"把王师傅送去休息吧。"

军曹和士兵把王老三带走了。

竹林关好门熄了灯走进里屋，重新躺到叶子身边。黑暗中他忽然发现叶子背朝着他，身子一抖一抖的。再一听，妻子正发出一声声显然是强忍着的低低的抽泣！

"怎么了叶子？你怎么哭了？"竹林焦急地问。

这一问,叶子的哭声更大了。竹林越劝,她哭得越厉害。竹林被她哭得莫名其妙,禁不住有几分烦躁起来:"深更半夜的你这是干什么呀?真是!有什么话尽管讲嘛!"

叶子转过身,情绪显得十分激动:"你今天一定要告诉我,你心里到底有什么秘密!"叶子带着哭腔的声音,使竹林悚然一惊!

她终于开始了这审讯式的质问!竹林顷刻间明白了,是刚才的突发事件引发了妻子的哀伤。是啊,王老三离家不多天便忍不住要回去会老婆了,而且不顾被哨兵开枪打死的危险翻越城墙。可是自己终日与妻子相伴,却让她过着寡妇般的日子。难道她没有理由向自己发出责问吗?完全有理由啊,这完全是她作为一个妻子的权利呀!

竹林默默地坐起来,摸索着点燃一支烟,许久不出声。

夜静得可怕。香烟发出的红光,仿佛一盏闪烁明灭的鬼火……

叶子害怕了。她搂住丈夫的一条腿,把脸靠着他的髋部,柔声地说:"你生气了吗?怪我不好,我不该胡乱猜疑。"

"不,你没有错,叶子。是我对不起你,我……我不是人!"竹林的声音跟平时完全两样,仿佛是从什么遥远的地方飘忽而来。

叶子更害怕了,她急得用手捂住了丈夫的嘴,说:"不要说了,快躺下吧。什么也不要再想了,时间不早了,我们早点休息吧。"

竹林扔去烟蒂,从容地躺下来,声音也变得同样的从容:"你听着,叶子,我要把一切都告诉你……"

竹林起初当兵,是在日本本土的九州岛上。不久,卢沟桥事件爆发,日本开始了大规模的调兵遣将。原来驻扎在朝鲜的第二十师团被调往中国的华北,竹林所在的部队被派往朝鲜接管,具体的地点是在离中朝边境不远的三城里。

朝鲜自古就有"产金国"之美称,金矿常与银矿、铜矿共生。三城里属平安北道,它和相距不太远的云山、大榆、昌城是朝鲜四个最大的黄金产地。竹林的部队奉命守卫三城里的一座产量很大的金矿。金矿的工人都是从附近抓来的朝鲜人，也有的是从中国东北掳来的。说是工人，其实和犯人没什么区别，充其量不过是少了一副手铐或脚镣。由于青壮年男子不少都被抓去当兵了，工人中就有近半数的是女人，她们与男人一样被强迫干活和严加看管着。这样，就屡屡发生日本军人强奸妇女的事。军官们对此也只是喊喊空洞的口号，事实上是听之任之。因为对当官的而言，在这个鬼地方驻守本来就是不被重用的标志，加上条件艰苦，他们对抓军纪根本不感兴趣。这样，强奸事件就很快成为一种法不治众的普遍现象。

一天夜晚，竹林与伊藤和小山三个人一同值勤站哨。他们所站的哨位处在矿区边缘的一个出入口，天黑以后，大门一关，路障一放，就无事可做了。

时令已是夏末秋初，夜色中飘来阵阵凉爽而略带寒意的风。四周一片寂静，远处偶尔传来矿车行驶的隆隆声。三个人站着站着难免觉得无聊起来，竹林只见听大个子伊藤和小个子小山在低声地交谈着什么，不时发出一阵淫邪的笑声。他知道，这两个家伙无非又在讲一些关于女人的话题了。伊藤对此一直津津乐道，竹林为此对他很是反感。此时的竹林与叶子结婚时间不长，难免时常沉浸在新婚燕尔的甜蜜回忆里。他是一个在男女关系问题上持严肃态度的人，对那些强奸丑闻十分厌恶。这使得周围一些热衷于强暴女人的同僚在对他警惕的同时产生了忌恨，伊藤便是其中的一个。

对那两个家伙的交谈的猜测，使竹林不由自主地又一次想起了自己可爱的妻子叶子。此刻她在干什么？估计差不多该睡觉了吧？她每天睡觉的时候也和我想她一样想着我吗？不知道她怀上孕没有？啊，要是怀上了，不久我就要当父亲了！不过，要真是那样，可就苦了她了，没有我在她身边照应，生孩子这一关她怎么过呢？最好还是没怀上，等到将来两个人在一起的时候再生孩子也不迟。唉，到什么时候才能和她在一起共同生活呢？一个是自己退役，这看来还早得很；再一个就是自己升迁，有了一定的官阶，老婆就可以随军了，这就要靠自己的努力加上天皇的保佑了！在这个听不到枪声炮响的鬼地方要升迁恐怕不容易，最好尽快能到中国去，那里才有立功受赏的机会。不过，那就离家更远了，离叶子更远了，弄不好还会把小命送掉，变成一个永远回不了家的孤魂野鬼！唉，好好的打什么仗？现在我们打他们，打胜了当然好，打败了呢？将来他们打到我们国家来怎么办？现在我们抢他们的东西，奸他们的女人，将来他们打进来，不也要抢我们的东西，奸我们的女人吗？……

竹林正胡乱想着，忽然听到大个子伊藤喊他："竹林君，我们都觉得冷了，你怎么样？"

"我也有一点……"竹林忽然发现小山不知什么时候不见了，忙问："小山君呢？"

"我让他去找样东西来取取暖，一会儿就来，你等着吧。"

"酒吗？我可不会喝呀，要喝你们喝吧，我走动走动。"

"不是酒，比酒更好的东西，你一定会喜欢的！"

没等竹林弄清是什么好东西，他就看到远处有两个人影走过来，他警惕地问："谁？"

"我，别大惊小怪的。"是小山的声音。

大个子伊藤笑着说："这么快就弄来啦？货色怎么样啊？"

小山答："你自己看吧，我的眼力不会比你差的。"

这下子竹林看清了，小山带来了一个女人！

"你们？……"竹林十分生气，一时不知说什么才好。

大个子伊藤忽然捷步走到竹林跟前，一把夺过他手中的长枪，扔在地上，恶狠狠地说："你今天别给我们装正经！告诉你，我和小山君商量好了，今天先尽你，我们排后边，你别不识抬举！"说着，对那个站在小山身旁的女人说："快点，就在那块油布上吧！"

那女人顺从地走向铁丝网边的一团油布，把油布摊平，而后慢慢地脱光衣服，躺到油布上。淡淡的月光下，女人的身体一动不动，显出一团耀眼的惨白……

除了叶子以外，竹林从没看见过其他女人的裸体，他全身的血液仿佛一下子都涌到了头顶，脑袋胀得生疼，似乎马上就要炸裂一样。他一时站在那里急得不知所措，张着嘴巴呼呼直喘粗气……

大个子伊藤不耐烦地喝道："快点！没见过你这样子不中用的家伙！"说着伸手要解竹林的衣服扣子。

竹林挥手想要赶走伊藤的手，不料伊藤稍一用力，就把他推了一个趔趄，差一点儿摔倒了。竹林怒火中烧，冲上去和伊藤厮打起来。然而他哪是伊藤的对手，三下五除二就被按倒在地，动弹不得。伊藤卡住竹林的脖子，咬着牙说："我就不信你是什么了不起的正人君子，让你玩朝鲜女人呀，又不是让朝鲜人玩你的老婆！"

一直站在一边冷眼旁观的小山这时也恶狠狠地开了腔："事已至此，也由不得你了！"说罢走上前，动手帮忙解竹林的纽扣和裤带。竹林被大个子伊藤卡住颈脖，根本无力反抗，转眼间衣服就被剥光了。伊藤和小山把挣扎着的竹林背朝上抬起来，强迫他趴到那个一直躺着不动的女人身上……

这时竹林已经被折磨得筋疲力尽了，但他还是挣扎着试图离开女人的身体站起来。然而，他的努力无法成功，伊藤和小山死死地按着他。等到他实在没有气力了，只好不再反抗，伏在女人的身上喘息着。

伊藤还在骂个不停："这下子你再也别想装什么清白了，你和我们一样玩了女人！别想去申冤报功，没人会相信你的，你这个假正经的浑蛋！……"

竹林的脑子里出现了说不出是什么滋味的奇异感觉，既有对伊藤和小山的兽行的刻骨仇恨，又有对这种兽行无力回击的恼怒；既有对朝鲜姑娘受辱的百般同情，又有对这位柔弱女子无力相助的悲哀；既有对自己难堪处境的屈辱，又有对身为两个坏蛋的"同伙"的深深负罪感……

等到两个家伙发泄够了，竹林终于挣扎着爬起来。就在他离开女人身体的一刹那，他忽然又想起了他可爱的妻子叶子！啊，叶子，你知道此时此刻我的狼狈处境吗？我该死，我对不起你呀！可是这不能怪我啊，全是这两个畜生作的孽啊！

就在这时，一直躺着不动的那个女人用低低的声音说了一句话，她说的是朝鲜语，但竹林听懂了："你是一个好人，你一定会很爱你的妻子……"

竹林仿佛挨了一记电击一样，浑身掠过一阵颤栗。他出于本能地寻找到自己的衣服，抖抖索索地穿上。他好像把浑身仅有的气力全都用完了，一下子跌坐在地上。

几乎就在同时,大个子伊藤飞快地脱去衣服,趴到那个女人身上,野狗一样忙碌起来,嘴里不时发出一种饿猪咂食一般的"叭哒叭哒"的响声。

竹林痛苦万分地闭上双眼,他无法赶走对新婚不久的妻子叶子的联想,他在心里一遍遍呼喊着:"叶子,叶子……"

接着是小山对伊藤所作所为的毫无二致的重复……

这一夜的经历,如刀刻般留在了竹林的记忆深处。只要一静下心来的时候,那丑恶的一幕就会在他的脑海里浮现。更令他惊恐不安的是,只要他一想起自己的妻子叶子,就会立即联想起那可怕的一幕来,怎么也赶不走!他清楚地明白,无论如何不该把自己和亲爱的妻子那段甜蜜的新婚生活与这种丑恶的事情联系在一道,但他却无法不使自己产生这种联想。他为此痛苦万分!他希望尽快改变环境,希望尽快与叶子相聚,希望彻底消除那一段可怕的记忆!

然而,后来环境改变了,后来又与叶子相聚了,他却无法消除那可怕的记忆。他哪里知道,这种由重大事件引发的强迫性记忆,是一种很难对付的精神症状。他越是想对叶子隐瞒,对他内心所造成的精神损害就越加深重!

是的,他与叶子再聚之初是多么的兴奋。可是,他很快失望了!只要一接触叶子的裸体,他就像冰消雪化一样全线崩溃。无论是在灯烛的柔和光晕里,还是在漆黑如墨的夜色中,只要一附上叶子光滑如玉的身子,那种被强迫按到朝鲜女人身上的罪恶感就会铺天盖地地席卷而来,无法抗拒地在瞬间将他全部淹没。

他已经在一条精神歧路上走得很远了,即使立即停止前进,也并不等于就能立刻回到起点,因为还得有一个返身往回走的过程,这段返程的距离是和迷失的距离完全相等的,尽管往回走的步伐可以尽可能地加快些。

当张氏披头散发地走出那座歪斜的小茅棚的时候,太阳已经偏西了。她迈着踉跄的步子往回走,正好迎着刺眼的阳光,双眼便不由自主地眯起来。

村子里一个人影也没有。脑子里如同一盆糨糊的张氏,这时已不可能为自己的过于大胆和疏忽而后悔。她只感觉到难忍的头晕、恶心和浑身乏力,她只想尽快走到家,往下怎么办,一切等走到家再说。

等到她真正到了家,跌坐在没有门板的门槛上,她才开始体会到无边无际的绝望……

一切都变得没有任何意义。

我忙来忙去为了什么?得到了什么?那个没良心的东西原来说得蛮好,说要回来间粟子,说节气不能耽误,说再打仗再混乱也要吃饭,可是他一听见孙海林说日本人要找烧河鱼的厨师,就急猴猴地死走了。孙海林说得倒好,说他在城里有吃有用又有钱寻,可是他一去就是好几十天,连个影子也没有了!要不是又有了相好的,也不至于这么长时间都不回来望一望啊。我真呆,也不知道为了什么奔回来忙丧,忙到最后就是这样的下场!这下子好了,男客跑掉了,自己被日本人污糟了,我还有什么脸皮回去见爹爹妈妈呢?孙海林那条老狗,还能不四处去乱说吗?那我还有什么脸做人?背脊骨被戳通的人还能算是个人?难道我一辈子就用唾沫洗澡?自己洗不完还要留给下一代?……啊,不……

想到下一代,张氏的心中更是凉了一大截!哪来的下一代呢?自己结婚将近三年了,到如今还是没有一点动静啊!是啊,怪不得那个没良心的东西一点不恋家,谁叫我连个孩子也不会生的呢?

可以肯定,如果张氏这时看不到小屋屋檐下挂着的那只破篓子,她就会用别的办法把自己送到她想去的地方。当然,这只是一种假设,事上她看到了那只篓子。她是在找一根结实一些的绳子的时候看到那只篓子的,本来她心里只想找一根足以承受自己体重的绳子,没想到却发现了这只篓子。她觉得一切都是天老爷或者菩萨早就安排好了的,他们把一切都安排得停停当当,妥妥帖帖,她自己只要照着样子去做就是了。

于是,她走过去把篓子解了下来,取出里装着的东西。那是一包风干的河鱼子,去年就挂在那里了,已经挂了一年多了。它是准备用来下毒的,毒那些不自觉的人家放到别人家田里来啄食的鸡鸭鹅。后来一直没有用,也就一直挂在那里。

张氏从墙旮旯里找到一只豁了一个大口的破煨罐,抹了抹里面的尘土,放上水,把河鱼子倒进去。又找了几块断土坯把煨罐架起来,再弄来一把稻草和一捆豆秸,吹火筒也在灶门前寻见,接下来便是生火煨煮了。

一蹦一跳的火苗,映红了张氏年轻的脸。她望着火苗中那只熟悉的煨罐,嘴角现出了一丝苦笑。不久前,她求子心切,下狠心花几块钱找城里的中医先生开了一剂专治不孕的偏方"得子汤",就是用这只煨罐煨煮的呀!当时谁又晓得会有今天呢?

不一会儿,水就开了,煨罐里飘出一阵夹杂着腥味的香气。张氏连忙把火踩灭,她此时十分清醒,如果一大意,火候足了,再毒的河鱼子也会变成一顿美味佳肴。而她此时所需要的,是半生不熟的河鱼子,既香喷喷,又具剧毒,送人上西天没有弯转。

张氏把煨罐里的东西倒在一只碗中,趁着让它慢慢冷却的当儿,她倒了一盆水,认真地洗了洗下身。一边洗,就默默地流下泪来。杀千刀的日本强盗,两个人轮流污糟我还不算,还逼着我一会儿朝上一会儿朝下,那不是地地道道的畜生吗?是他们的狗日的爹娘教他们这样干的吗?

洗完了,张氏便找结婚时只穿过一回的新棉袄新棉裤。这时候还远不是穿棉衣棉裤的季节,但张氏必须穿,她早就听说过阴间里的季节与阳世间是相反的,她不能一走在路上就被冻着。找了半天没找着,才想起跑反的时候带到娘家去了。这可怎么办?只好多穿几件单的和夹的了。她穿好衣服鞋袜后,又仔细梳了梳头,这才端起那碗河鱼子来吃。尽管这是要人命的东西,却很香很鲜。张氏已经好久没有吃过这么香这么鲜的东西了,她三下五除二就吃完了。

她又认真洗了洗脸,而后走到屋外看了看天。天很好,西天布满了漂亮的红霞。太阳只有树头那么高了,又大又红,像一只煮熟了鸭蛋黄。早霞阴雨晚霞晴,看来明天还是没有雨下,再不下田里快要冒烟了。冒烟就冒烟吧,只要那边风调雨顺就好。张氏回到屋里,把门关好。这时候她的头已经有点发昏了,就和干了一天重活的感觉差不多,于是她就躺到床上去了。

不一会儿,张氏就听到自己的肚子里咕噜咕噜地叫起来,而且一阵紧似一阵,胸口也隐隐地一阵阵作痛。她知道,阎王爷已经派了小鬼来请她上路了。她闭起双眼,不知怎的就想到了她的丈夫王老三。你这个没心没肺的东西,日本人一勾就把你的魂勾去了!日本人污糟了你老婆,你还去帮他们做事?你这个不要脸皮的汉奸王八蛋!你心里没有老婆,你嫌我不会生孩子,你当我不知道?那好,我走,让你称心,反正你在城里有得吃,有得用,有体面婊子玩!

当张氏努力睁开眼睛向窗外望去的时候,天已经完全黑了。

竹林以讲别人的故事的口气讲完了自己隐藏了几年的秘密。尽管他的声音很低,尽管他自始至终一动也没有动,却仿佛在个把小时里走过了几年的路,浑身上下感到十二分的疲惫。

叶子一动不动地躺着,没有丝毫声息,她似乎是睡着了。可是竹林知道,妻子这时候无论如何也不会睡着。他转声望了望,黑暗中只见叶子的眼睛睁得大大的,许久不眨一眨。细看,有两点微弱的幽幽蓝光从叶子的双目中射出,令竹林感到森然可怖,不寒而栗。

"叶子,叶子……"竹林轻轻地喊。

叶子没有回答。

"叶子,你怎么了?"

叶子依旧没有回答。竹林觉得周身发冷。

"该死的伊藤!"叶子冷不丁咬牙切齿地冒了一句,把竹林吓了一跳。

"该死的小山!该死的战争!"叶子的声音一下子提高了几倍,竹林被吓得不由自主地半坐起来。他不得不轻声地劝阻说:"你轻点……当心让别人听见……战争是天皇的旨意……"

"该死的天皇!该死的日本天皇……"

竹林迅即捂住叶子的嘴,动作之快之猛,完全出于本能的条件反射。叶子的嘴和鼻都被堵住,一时透不过气来,急得死命地掰着竹林的手。竹林只是稍稍移动了一下手的部位,让叶子的鼻子能够呼吸,却不肯让她的嘴巴能发出任何声音。

叶子很快冷静下来,她意识到了她的歇斯底里将会带来的后果,自己也吓坏了。她随即不再反抗,听任竹林牢牢地捂着她的嘴。

竹林惊魂未定,就发现了叶子已在哭泣。他连忙松开手,重新躺下,为妻子擦着脸上的泪。擦着擦着,竹林的心中也就有了巨大的悲伤袭来,他也禁不住呜呜地哭起来。

听到丈夫的哭声,叶子马上意识到了自己的责任。她深深地感到后悔了。她无论如何不该在这个时候哭泣!因为这只会让丈夫加倍地伤心!此刻丈夫最需要的是劝慰、谅解、关怀和爱抚,而不是雪上加霜的悲伤、诅咒和绝望!

于是,叶子很快与竹林交换了角色。她止住抽泣,把竹林揽进怀里,一只手为他拭着泪水,另一只手在他的后背上抚摸着,轻拍着……

竹林被深深地感动了,他把头埋在叶子的怀里,尽情地哭。他实在是太悲伤了,太疲惫了。就如负重远行的人,一下子释去重负,生命之弦反而有断裂之虞一样,此刻的竹林,身心之力瞬间走到了崩溃的边缘。在叶子的轻抚中,他很快迷迷糊糊地睡着了。

叶子却久久无法入睡。

竹林讲述的一切,无疑使她的心灵受到了难以形容的震撼。在这之前,她对丈夫心中的秘密曾做过种种猜测,却不曾料到事实竟是如此离奇荒唐!她从心底里增添了对丈夫的同情和了解。他不但是无罪的,而且是清白的。怪不得他对部下的强奸行为是那样痛恨!可是,可是……即使如此,也不该对夫妻之事产生这么长久的影响啊。现在既然已经讲出来了,一切也就应该正常了吧?要是不能呢?啊,太可怕了!结婚这才不足三年,往后的日子长着哪,还有多少个三年呀。再说,还不曾有孩子,要是一直这样下去,哪来的孩子呢?天哪,那可怎么办呀?

就在这时,叶子发现了丈夫竹林身体上的重大变化!沉睡中的竹林,忽然又成了一个真正的男人!当然,这并不是什么新的发现,这样的情景以前曾经许多次地出现过。只要丈夫一经醒来,一切就都成为过去。丈夫在梦中的坚挺和清醒时的疲软,正是叶子怀疑他心中藏有秘密的缘由。今天夜里的这场重大变故,会不会成为一个新的历史性的开端?叶子当然不会放弃一次试探性的努力。

她悄悄地移动着自己的身子,同时也小心翼翼地调整着丈夫的体位。竹林睡得很沉,当叶子完成了所有准备的时候,他依然毫无知觉。叶子开始了单独的运动。竹林平时睡觉很容易被惊醒,只要是发生与今天相同的情况,他就会马上醒来。而他一经醒来,也就等于事情的终结。今天不一样了,叶子从沉睡的丈夫身上居然开始获得了久违的愉悦。叶子不觉十分兴奋与激动起来。啊,难道石破天惊的历史性转折就要在今夜发生?她不敢相信,不知不觉间便泪流满面了。

就在叶子的动作忽然变得明显剧烈起来的时候,竹林被惊醒了。

"竹林……你好了吗……哦……太好了……"叶子喘息着。

竹林完全清醒了。他当然明白正发生着什么,他当然希望这是真的,他一如以往那样抓紧时机,向那梦幻中的峰巅攀登……

然而,很快地,又一次天塌地陷!

一切和从前无数次发生过的一样短暂。

"叶子,我……"竹林带着哭腔。

"什么也不要说了,你……你会好的……睡觉吧,你太累了……"叶子说。

王老三三天以后再一次走进北城门,站岗的日本兵没有审查他的良民证。他们已经早就认识他了,从第一次吃他烧的河豚鱼的那一天就认识他了。

王老三跟岗哨点头躬腰的时候,心里恶狠狠地骂了一句:"狗日的,你们等着!"他一边向大庙走,一边再一次盘算着在一路上已经盘算了几十遍的计划。他相信这计划是可以办到的,除非老天爷不帮忙。至于这计划后来又做了重大的修改,他这时候固然不可能料到。

就在刚进城门不远的路上,王老三碰上了翻译官孙海林。王老三并没有把这个同乡与自己老婆的死做什么联想,孙海林却做贼心虚地先开了口:"老三兄弟……这事情……这事情无论如何不能怪我!我倒是一心想帮你家老婆瞒的,是她自己让日本人认出来的。你不信可以问你家老婆……也怪她胆子太大了,一个女人家怎么能大白天到田里去呢……"

王老三这才知道老婆的死与这个狗日的有关,而且这狗日的还不知道张氏已经寻死了。王老三曾做过几种猜测,总觉得张氏的突然自杀十有八九是因为被日本人污糟了,但又无法证实,现在孙海林竟主动说出来了!王老三一把揪住孙海林的衣领,凶狠地说:"姓孙的,你老实给我讲清楚是怎么回事,我就饶了你。要不别怪我不客气!我是寻死不如闯祸!"

孙海林吓得脸色发白,连声说:"确实不怪我,确实不怪我……"说着将王老三拉到一个墙角落里,一五一十地把那天的事情讲了一遍。最后还劝道:"想想开算了,老三兄弟。没被日本人打死已经算是好的了,说到底就这回事,眼不见为净,反正也不曾少了什么,其实你老婆不告诉你不也拉倒?……"

"放你的狗屁!我老婆已经吃河鱼子死了!都是你这个狗日的做的好事……"

"啊?……这……哎呀,这是何苦呢?这……这真是太不值得了,这种事我见得太多了,也没有听说哪个寻死的。唉,你老婆气量怎么这么小?好死不如赖活嘛……"

王老三被他气得一时没有话说。孙海林还不知趣,又说:"算了,老三,兵荒马乱的,谁也不晓得明天的事。遇到合适的再找一个就是了,我帮你留心,好吧?"说罢急急地走了。

王老三望着孙海林的背影,心里恨得揪揪的。他忽然就又想起了方才盘算的计划,心中猛地一亮。好,这么说更应该设法去实现它了!

现在的关键是要沉着,一定要沉着,否则肯定会坏事的……王老三边走边想。

说话间王老三便回到了厨房。几个临时帮忙的士兵已经烧好了午饭,只等分配盛装了。见王老三一来,那几个士兵一哄而散,他们早就对这个临时抓来的差使牢骚满腹了。

做完了剩下的活,王老三便坐在门槛上发呆。这时候,他就听到了一阵急促的哨子声响起来。自从他进城以后,已经听到过几次这样的哨子声,知道了这是紧急集合的信号。由于这座县城许久以来并没有什么战事,官兵们整日无所事事,军心很有些浮动。竹林为了整肃军纪,保持部队的战斗力,只好搞一些紧急集合之类的演习来绷一绷官兵们的战备之弦。常常是带着大队人马出城转悠一圈,造造声势,最多打打靶,就又折回来,实在没什么实战的机会。今天的哨子声,在王老三看来,无非又是老戏新唱,没什么真名堂。

随着一阵杂沓的脚步声,队伍很快整理完毕。空旷的大院子转眼间被一片蜡黄的日本兵塞得满满的。竹林站在一块石头上哇啦哇啦了一通,样子很像是有什么重要情况。王老三并没有觉得奇怪,因为每次集合时竹林的讲话都是十分认真的,仿佛真的要去打什么大仗似的。王老三起初还感到新鲜,几次下来,就不当一回事了。他想,当一个军官,老是没有仗打,大概也是蛮难过的,就像庄稼人没有地种就闲得难过一样。

终于,王老三还是发现了与往日不同的细节。那就是今天日本人不但把平时很少动用的重机枪抬出来了,而且还把笨重的小钢炮(迫击炮)也绑上了马背!真是日鬼了,难道真的要打什么大仗了?这一回倒霉的将是哪一部分的中国兵,还是哪个地方的老百姓?

日本兵浩浩荡荡开出了大庙,大院子转眼间又变得空空荡荡。院子门口留下了四个哨兵,起初还规规矩矩地像木头人一样地站着,后来也就松懈了。两个人蹲下打盹,另两个人无聊地交谈着。

王老三在门槛上坐着坐着就觉得困了。他这两天实在是太累了,不单单是身累,更是心累!于是,他立起身,走进那间暂时属于自己的小屋,在床铺上躺下来。

不错,王老三看出的关于重机枪和小钢炮的异常情况是有来由的。竹林带着全城的日本兵和伪军倾巢出动,是要去袭击一个国民党部队的驻地。那是国民党江苏省保安第四旅下属的一个营,这段日子临时驻扎在县城西北二十多里的石桥头。

当探子报告了石桥头驻军的一情一节以后,竹林大喜过望。确实,没有战事的日子对一个尚武的军官来说,简直是莫大的耻辱。这使得竹林十分恼怒,他常常连向上级写一份奏报都无从下笔,实在拖不过,只能送去一些空洞无物的东西,他也知道上峰看了一定不满,却没有丝毫办法。今天,机会终于来了,竹林难免心花怒放,他踌躇满志,迫不及待地引兵向石桥头进发。

然而,仗打得有点像雷公打豆腐,简直没有什么意思。重机枪没打几发,迫击炮只是象征性地轰了几下。毫无戒备的国民党官兵根本不堪一击,便死的死,伤的伤,逃了一大半,抓了一小半。唯一值得高兴的,是抓住了一名副营长。就如大人和小孩子打架,大人把小孩子打败是天经地义的事,并不显得大人有什么荣耀一样,竹林感到十分无聊,甚至对以强凌弱的部下们在村中的无度烧杀也感到有几分厌恶。这样,当被俘的副营长解押到他面前的时候,他对这个俘虏的痛恨,就是一种恨铁不成钢的痛恨了。要是这位副营长跪地求饶,竹林恐怕连杀他的兴趣都提不起来。可是,出于意料的是,副营长颇具几分英雄气概,他非但没有下跪,反而昂首挺胸地站着,向着竹林骂不绝口!

和许多崇尚不屈精神的日本军官一样,竹林骑在高头大马上,听着个子矮小羸弱的副营长的怒骂,心中生起一丝丝快意。他"唰"抽出指挥刀,挑逗性地在副营长头上晃了晃,笑着说:"好样的! 很好,没想到带着一群豆腐兵的小头目还有一点军人的血气! 你真的不怕死吗?"

"呸!"副营长的嘴里飞出了一口带着血污的痰液,正好打在竹林中队长漂亮的马裤呢军服的前襟上。

"八嘎呀噜!"竹林手起刀落,削去了副营长肩头上的一块肉。

鲜血从副营长的肩头涌出来,他晃了晃,重新站稳,骂了一句:"我日你妈!"

估计竹林没有听懂,他收刀入鞘,掏出手帕擦去衣襟上的痰迹,顺手把手帕扔了,喊了一声:"带走!"便策马而去。

王老三迷迷糊糊中忽然听到有人叫了他一声，他想睁开眼睛，却怎么睁也睁不开，只看见面前红彤彤的一片，像是傍晚西天的灿烂烟霞。他再一次使劲地睁着眼睛，便看见从红色的烟霞中走来了一个陌生的女人。

"你是谁？"王老三奇怪地问。

那女人什么也不说，只是向王老三轻轻招了招手，就转身慢慢地走了。王老三心中十分疑惑，正要再问个明白，那女人停下来，转身向他微微一笑，又神秘地轻轻招了招手。王老三看不出有什么危险，便不由自主地跟着这个女人走起来。

天色依然是红红的一片。王老三努力往天上看了看，并没有看到耀眼的太阳。他忽然发现前面这个女人走路的姿势是一跳一跳的，有点像竹林的老婆叶子。再一看，果然，她也穿着一件印着碎花点子的长衣服，背上也背着那种小包袱一样的东西。再看她的头发，王老三更确认她就是叶子无疑——她的头发盘成一个高高的发髻，上面插着一根闪亮的白银簪子！

"叶子太太，你……"

女人回过头来，王老三吓了一跳！不是叶子，是一个王老三根本不认识的人！不过王老三倒并不害怕，因为这个女人长得很漂亮，依旧向他微微笑着。

王老三正疑惑，好像听见女人轻轻说了一句："到了，进去吧！"

王老三抬头一看，咦，这不是自己的家吗？怎么这么快就到了家了？我老婆刚刚死，这个女人领我到这儿来干什么？

那女人忽然拉了王老三一把，王老三感到她的手是软软的，不觉浑身一惊。接着就看见女人"吱呀"一声关上了门。这使得王老三更加奇怪，我家的门不是早就没有了吗？什么时候又装上了？

不等王老三多想，那女人已经把他拉到了里屋。只见她三下五除二便脱去了全身所有的衣服，一丝不挂地躺在床上，羞怯地向王老三望着……

王老三惊呆了！他一时手足无措，不知如何是好。他实在弄不明白这是怎么回事，就被那女人拽到身上去了。他忽然想起已经好久没做这样的事情了，不觉十分激动，浑身竟有些微微发抖，他清楚地听到了自己"扑通扑通"的心跳声……

就在这时,忽然有"咚咚咚咚"的声音响起来。这声音很像是有人在敲门,再听,又觉得比敲门声要重得多。怎么回事?王老三有点害怕起来。他使劲睁开眼睛一望,才发觉并不是在自己家里,而是在什么别的地方。那个女人呢?也根本没有任何踪影了!

王老三醒了。

他的心还跳得很厉害,他知道自己做了一场春梦,不觉摇了摇头,叹了口气。唉,怎么在这时候做这种梦的呢?难道是张氏托的梦吗?可刚才梦中并不是她呀!对了,好像是那个日本女人!妈的屄,她这个时候来撩拨的什么名堂?我日你娘的日本人,你们等着……

"咚咚咚咚!咚咚咚咚!"

这一回王老三知道不是在做梦,他听到了外面屋里确确实实传来了一阵响声,这响声和方才梦中的一模一样!他完全可以肯定,刚才自己就是被这种声音惊醒的。

王老三转过头一看,不觉蓦地悚然一惊!

从半开着的门中,他看到了灶台旁站着的一个女人!

——那是叶子!日本女人叶子!中队长竹林的老婆叶子!

叶子站在灶台边,正在砧板上切着晚上要烧的茄子。王老三看见的是叶子的背部。她穿着一件藕色的和服,腰带勒出了这个年轻女人的优美曲线。最显眼的是她的臀部,浑圆,饱满,却不臃肿。按照此地老百姓的说法,有着这样的屁股的女人是最会生孩子的。叶子的腰肢,随着她切茄子的动作一左一右地微微扭动着,使得她浑圆的臀部更具迷人的煽动性。从卷着的袖口中,露出一截白皙圆润的手臂,灵巧地舞动着。手腕上戴着的一只翠绿色玉镯,在手臂的舞动中悠然地晃动,射出一道道幽幽的光。那镯子偶尔碰到了刀背,便发出一声悦耳的脆响。叶子依然梳着那种高耸的发髻,梳得十分考究,乌黑油亮的头发纹丝不乱。这种发式,加上和服的低领,使叶子的颈脖得到了充分的暴露。叶子的颈脖在墨黑的头发和藕色的衣服的映衬下,更显得光洁、白嫩而细腻。由这光洁、白嫩、细腻的颈脖,王老三自然就推及了叶子同样光洁、白嫩、细腻的背、臀、胸腹和全身……

当王老三准备坐起来的时候,才发现自己梦中没有做完事的下部仍然坚挺着,热乎乎的血流在全身每一个角落里一股股奔涌着,他清楚地感到心在胸腔里"嘭嘭嘭"地狂跳。他不再犹豫,迅捷地一跃而起,三步并作两步窜到叶子身后,一把夺下了她手中的厨刀,扔在灶台上。对付这样一个女人,他自然用不着任何凶器。

叶子所受的惊吓是可想而知的。但这惊吓毕竟十分短暂,因为它主要是来自王老三动作的突然和粗暴。当她发现夺刀的是厨师王老三时,她的惊恐就释去了大半。她甚至还以嗔怪的口吻与这位厨师打着招呼:"王师傅你起来啦……"

然而,叶子很快就发现了问题的严重,这不但反映在王老三的神情上,更反映在他的行动上——王老三一把抱住她,不由分说地拖向他刚刚走出来的那间小屋!

"王师傅……你……"叶子的嘴立即被王老三捂住了。

"别出声,要不我杀了你!"

叶子显然明白发生了什么事,她不敢再说话了。

王老三把叶子放倒在床铺上的当儿,仿佛是随意地向窗外看了一眼。他心中已经确认其实无须看,因为他完全想起了今天午后发生的情景。

大院子里空无一人。阳光灿烂。平坦的泥地上泛着一片耀眼的白色。门口的四个哨兵有三个在蹲着打盹,另一个面向大门外站着,好像还倚着门框。

"一定是菩萨的安排。"王老三想。他再低头看躺着的叶子,只见她紧闭双眼,四肢一动也不动,唯有胸脯在急促地起伏着。

当叶子的衣服被一件件除去以后,王老三简直看得呆了!尽管他已经结婚好几年了,然而在此之前,这个种庄稼的年轻人还从来没有在大白天如此清晰地见过一个女人的裸体。他但觉周身难忍的燥热,接着就有些头晕目眩起来。他不敢再多耽搁,以无可抗拒的冲动和暴力,向眼前这个日本女人发动了袭击……

王老三的强健,使他自己也感到意外。他不但为时间的经久而意外,更为感觉的奇异而意外!原来他一直以为,男人和女人无非就是那么回事,和这个和那个还不都是一样的。可现在……啊,不一样,大不一样!是因为在白天?还是因为这是一个日本女人?要不就是因为这个日本女人的皮肤太白了?……

叶子轻轻的一声呻吟,把在钻入骨髓的痛快中飘浮着的王老三唤了出来。王老三惊讶地发现,叶子闭着的双眼中淌出了一股股泪水!他忽然有些慌了,用粗糙的手在叶子白嫩的脸上抹了抹。旧的抹去了,又有新的淌出来。王老三感到刚才充满全身的快意正在一丝丝消去,转眼间就一点也没有了。代之而起的,是一阵莫名其妙的犯了罪的感觉。

叶子的泪水还在汩汩地流,流得王老三更加慌张了。他一时不知所措,只好在忙乱中爬起来,把自己的衣服寻来一件件穿上。他穿衣服的手居然有些不听使唤,到后来就抖抖索索的了。

叶子仍然一丝不挂地躺着。王老三忽然不敢再看这个雪白耀眼的裸体了,他抓起一件内衣,轻轻地盖到叶子身上那个他最不敢看的地方……

就在这时,叶子开口说话了:"姓王的……你……你为什么要这样?竹林先生刚刚给你放了假……让你回去见你的……太太,你为什么还要……欺负我?你……"

叶子的话使王老三刚刚产生的罪恶感一下子消失得无影无踪。他对着叶子几乎是吼叫起来:"住口!我老婆死了你知道吗?她是被你们狗日的日本强盗强奸了寻死的你知道吗?我今天这是报仇!报仇你懂吗?……"

王老三连珠炮似的本地方言叶子一定没有完全听懂,估计是王老三的神情把她吓坏了。她不由自主地坐起来,睁着两只惊恐的眼睛望着王老三,并顾不上去掩饰几乎没有丝毫遮蔽的身体。

王老三以命令的口气说:"快把衣服穿起来!"

叶子这才仿佛从噩梦中惊醒,立即手忙脚乱地穿好衣服,急急地离开了厨房。

王老三舒了一口气,接着叶子没有干完的活,切起茄子来。没等他全部切好,竹林就带着日本兵浩浩荡荡地开回了大庙。

叶子回到屋里的第一件事,就是对着镜子整理发髻和衣衫。还好,发髻乱得不算厉害,不需要重梳。而内衣的一根带子被王老三扯得脱了线缝,一时还来不及缀补,好在尚没有完全掉落,只好由它去了。叶子又舀了一盆水,洗了洗脸,重新敷了些脂粉。做完这一切,她坐下来,才感到周身十分的疲惫。

刚才发生的一切,恍惚如一场噩梦。唉,我怎么想起来一个人到那个鬼地方去的呢?我是知道今天下午大庙里是没有人的呀!可哪里料到这姓王的有那么大的胆子呢?要不要告发他?只要对竹林一说,这个家伙顷刻就会人头落地,我的屈辱就可以立即得到洗刷。可是,事过之后呢?这对我有任何好处吗?再说,竹林会相信我的话吗?我为什么不以死相拼?只要我高声呼救,哨兵也许是能听得到的。那样也许姓王的会把我杀死,他同样也会被哨兵抓获或者枪杀。舆论一定会认为我为清白而死,死得值得,死得壮烈。可是……可是……姓王的说他的老婆是被我们的日本兵强奸了才死的?他说他今天做这事是为了报仇,要是他老婆不出事,他今天还会有这么大的胆子吗?不,不会的,看他那样子可以肯定是不会的。该死的日本兵为什么要强奸他的老婆?他老婆是怎么死的?他好像说是什么"qin 死"的,什么叫"qin 死"?"擒死"?"揿死"?"请死"?……竹林不是最痛恨强奸妇女吗?他的士兵怎么还在做着这种事情?啊,他本人就是强奸的受害者呀!他受害还不算,让我也陪着他一起受害!他的病还没有好,今天却又发生了这样的事。做丈夫的不能干这种事,那姓王的干这种事却是那么……那么厉害!这……这不是报应吗?这一定是老天爷的报应啊!姓王的不顾性命深夜翻墙回去会老婆,他老婆却被日本兵强奸了,qin 死了!怪不得一向显得老老实实的人,忽然间就变成了一头野兽!这么说,还要不要告发他?告发了对我自己没有什么好处,可是,不告发,他还会不会有什么别的企图?只要我不说,他一定也不会说,那就没有任何人知道,也就任何事也不会有了。那……那就算了?……

就在叶子胡乱想着的时候,轰隆轰隆的脚步声滚进了大院。叶子知道是竹林带着人马回来了,便起身走到窗户下向外张望。

来到这座小县城以后,叶子从来没有见过竹林的部队一下子抓了这许多中国俘虏。叶子粗粗数了数,大概有三十五六个。他们一律被反绑着双手,有的昂着头,有的低着头。其中有一个人看上去是个头目,肩膀上胡乱缠着几道绷带,绷带上全是血。这人的嘴巴被一团什么东西塞住了,头高高地昂着,一副毫不怕死的模样。叶子正不知道竹林如何处置这些中国军人,一幕幕使她毛骨悚然的场面接二连三地发生了!

在竹林的指挥下,日本兵和伪军分两个方阵站好。俘虏们被拉到围墙边一字儿排开,紧贴着墙壁站着。那个被塞着嘴巴的副营长,则被单独绑在那根升着膏药旗的柱子上。离他不远的地方,一个日本兵牵着一条高大的狼狗,狼狗的舌头伸得长长的,耳朵竖得笔直,身子向前挣扎着,把拴在脖子上的皮带绳绷得紧紧的,一副随时准备出击的样子。

竹林走到一名俘虏面前,微笑着用中国话问:"怎么样,愿意为皇军做事吗?"

那个俘虏好像没有听见竹林的话,眼睛木木地望着什么遥远的地方。翻译官孙海林走到他面前,厉声问:"太君跟你说话,你听到没有?"

俘虏瞟了孙海林一眼,低声地骂了一个字:"狗!"

竹林挥了挥手,哇啦哇啦地喊了一句。

一个日本士兵走出队列,端着长枪冲向墙根猛地一刺,血从俘虏胸口的刀眼中直喷出来,俘虏惨叫了一声,便瘫了下去。

还没等竹林走到第二个俘虏面前,那个人已经"扑通"一声跪倒在地,连连告饶:"太君饶命,太君饶命吧……"

竹林微笑着,走到副营长身旁,一把拽去他嘴里的破布,说:"你说饶,我就饶了他们! 当然,也包括你!"

"日你娘!"副营长骂。

竹林收起了笑容,"唰"地从腰间拔出手枪,向那个跪着的俘虏"叭"射了一枪,俘虏应声扑地,脑袋上开了一朵大红花。

忽然,"呼啦"一声,三十几个俘虏中至少有一半人跪倒在地,告饶声乱哄哄地响成一片:"副营长求饶吧……""副营长救救我们吧……""副营长你开开恩吧……"有几个人吓得呜噜呜噜地大哭起来。

竹林对副营长狞笑着:"哈哈哈哈!副营长先生,听到了吗?你的部下不是向我求饶,而是在求你饶命啊!你说怎么办哪?哈哈哈哈……"

副营长的脸已经扭曲得不成样子,他气得连咒骂的话也说不完整了:"你……狗日的东洋鬼子!……要杀要剐趁早!别拿我的弟兄们杀气!我……我日你娘的东洋鬼子!……"

竹林不再听副营长的怒骂,他走到那几个依然站着的俘虏面前,"嗖"地拔出军刀,双手握着刀把,将刀尖戳在地上当拐棍一样撑着,问:"怎么,你们几个真的和你们的长官一样不怕死吗?"

俘虏中随即又"扑通扑通"跪倒了两个,他们也求饶了:"太君饶命!太君饶命……"

竹林向一个伪军头目下达了命令:"射击!站着的,统统的!"

那个伪军头目犹豫了一秒钟,便转向他的部下:"第一排向前一步——走!举枪!预备——射击!"

"叭叭叭叭叭……"所有站着的俘虏以各种姿势瘫倒下去。大多数人瘫下去以后便没了动静,有几个没有被打中要害部位,倒在地上痛苦地抽搐着。喷射出来的鲜血,把墙壁上染得一片斑驳,也溅了跪着的俘虏们的满头和满身。有两个人并没有中弹,但也同时吓得瘫倒在地。

竹林重新走到副营长跟前,问:"你说,这些想活的人怎么办?你帮不帮他们说话?"

副营长已经恢复了平静,他斜眼看着竹林,说:"强盗,还用我说吗?你应该先杀他们。"

"好!痛快!"

竹林中队长转过身,问一个刚刚放过枪的伪军士兵:"你敢刺死他们吗?嗯?"他向跪着的俘虏们指了指。

那个士兵看上去大约还不到二十岁,他的嘴直打哆嗦,根本说不出话来。

竹林又问旁边的伪军士兵:"你们呢?"士兵们纷纷低下了头,有一个更年轻的吓得哭起来。

"哈哈哈哈……"竹林向一名日军小队长挥了挥手:"刺啦刺啦的,统统的刺啦刺啦的!"

小队长哇啦哇啦地下了命令。只见十几个日本士兵排成一排,端起上着雪亮刺刀的步枪,随着小队长的口令,发疯般地嗷嗷号叫着,冲向跪着的俘虏,把刺刀捅进了俘虏们的胸膛!俘虏们在扭动着,抽搐着,蹬踢着……一会儿便全都直挺挺地躺在地上了。

日本兵一个个持枪肃立,伪军们大多低着头不敢看。大院子里一片寂静。

俘虏中只剩下副营长一个活的了。竹林问:"你还有什么话要说?"

副营长怪异地笑了笑,说:"下手吧,但愿我的今天不会变成你的明天!"

竹林挑逗性地眯着双眼,目光亮晶晶的:"我想让你的中国同伴看看你的心是什么样的,好吗?"他挥着军刀向伪军的方阵舞了一舞。

"你弄错了!"副营长说,"应该让你的日本同伴看看,中国人的心为什么是红的,而你们日本人的心为什么是黑的!"

竹林又一次恼怒了,他向那个牵着狼狗的士兵喊了一声。士兵随即松开了手中的皮带绳,狼狗像离弦之箭飞奔上前。它先用嘴三下五除二地扯烂了副营长的前襟,而后用锋利的前爪几下子便撕开了副营长的肚皮!一团绿黑色的肠子立即从裂口中翻了出来,随着副营长急促的呼吸,挂着的肠子显得十分笨重地一起一伏。副营长发出了一声声惨叫和痛骂,但他的声音很快就被狼狗的下一个动作打断了——狼狗的一只前爪捷速地从撕开的裂口中探进了副营长的胸腔,只见它在里面一阵熟练地抓挠和抠挖,很快便将副营长血淋淋的心脏掏出来扔在地上!

副营长的头垂下了,那团绿黑色的肠子停止了起伏。

竹林对那个小队长说:"让他们都看看!"

于是,小队长操起步枪,将副营长的心脏挑在枪刺上,平端着走到日本兵的方阵前。日本兵依然一个个持枪肃立,仿佛一群木头人一样。

竹林中队长向着方阵用日本话喊："为了大日本帝国，为了神圣的天皇，我们只能血战到底，谁也不能当俘虏！日本军人除了胜利，就是以死报国！懂吗？"

"哈咿！"全体日本兵的吼声惊天动地。

竹林又走到伪军的方阵前，用中国话喊道："你们听着，皇军的信条其实和你们中国人是一样的！作为军人，就是要血战到底，誓死不当俘虏！中国的孟子不是这样说的吗？——'鱼我所欲也，熊掌亦我所欲也；二者不可兼得，舍鱼而取熊掌也。生亦我所欲也，义亦我所欲也，二者不可兼得，舍生而取义也。'孔夫子也说过，'杀身以成仁'嘛！为了皇军，为了你们中国，也为了整个大东亚的共荣，希望你们好自为之！听到没有？"

"哈咿……"伪军的方阵中传出了几声低落而凌乱的回答。竹林生气地又问了一句："听到没有？"

"哈咿！"声音大多了，但仍然不能与方才日本兵的喊声相比。

竹林满面春风地走进屋，叶子还站在窗口发愣。他顾不上与妻子打招呼，就坐到桌旁急切地书写起来。

中队长太兴奋了，他必须立即起草一份战报，派人火速送给大队部的长官，以改变上司对他总是递送一些空洞无物的报告的不良印象。他思路十分顺畅，当勤务兵送来晚饭的时候，他的报告已经写好了。

竹林端起饭碗，才发现叶子的脸色不大好，忙问："你怎么了？不舒服吗？"

叶子轻声地说："太……太可怕了！"

竹林笑了："你……你都看到了？是啊，是残忍了一些。可这是你死我活啊，要是他们捉住了日本人，也同样会如此残忍的。"

叶子没有作声。她草草吃了几口，便说："我有点恶心，吃不下了，你吃吧。"说罢就走进了里屋。

竹林叹了一口气，独自吃起来。他心情依然很好，吃得很香。

这时，一名机要员送来一份密件，竹林立即放下筷来拆阅。看着看着，他的脸色慢慢沉了下来。

这是一份日本军部下达的"关于招募营妓之注意事项"的绝密文件,要求"各派遣军在招募营妓时,必须慎选人员,要与地方上之宪警单位密切合作,严格身体检查,以杜绝性病的蔓延……"

"又是营妓,营妓!"竹林恼火地嘟囔着,把文件丢到一边。

自从两年前日本大本营决定对士兵的"性欲问题进行统一管理","火速建立买春制度"以后,各派遣军所到之处,纷纷建立了"慰安所"。由于像竹林所在的小县城按规定不够条件建立"慰安所",士兵们因而很有些牢骚。竹林出于自己的黑暗经历而对强奸事件严加惩处,却并不完全符合有关文件的规定。尽管他对军部的一些精神并不赞同,却又不能公开违抗。比如,有关文件明确规定,必须给所有官兵发放避孕套,以防止被奸妇女的怀孕和性病的流行。竹林对此十分反感,却又不得不按规定如数发放,否则如有下属反映上去,或是被上面的检查人员发现,就会给自己招来麻烦。这次的文件,竹林作为中队一级建制的军官,只是"传阅",没有执行的任务。尽管如此,竹林还是很不高兴。这一类的东西,难免勾起他对那段黑暗经历的回忆,因而他总是努力不去放在心上。

竹林吃罢饭,忍不住又拿起那份刚刚写好的报告看了一遍。看着看着,不由得为自己适才喷发出来的激情和灵感十分得意。正如人们在失意的时候希望有人为自己分担一样,人们在得意的时候也常常希望能与别人分享。竹林当然希望和亲爱的妻子叶子一起分享心中的得意和喜悦,于是他拿着战报走进卧室,打算让叶子荣幸地充当第一读者。

没想到叶子已经早早地上了床,竹林只得放下文稿,关切地问:"怎么?你真的很不舒服吗?要不要找医生来看一看?"

叶子睁开眼睛,笑了笑:"没什么……大概……大概是因为第一次看见杀了这许多人,怕得不得了……"

"哦,这不要紧,一开始总是这样的,慢慢就会好的。"竹林轻轻拍了拍叶子的头顶,"不要怕,叶子,我来到这个县城,难得有了这一回战绩,你不为我高兴吗?"

"当然高兴,祝贺你……"叶子说。

"谢谢。谢谢。"竹林感动了,低头吻了吻妻子的嘴唇。这一吻,使竹林随即感到了体内有一股热烈的冲动。他没有犹豫,迅速脱去外衣,躺到叶子的身边。

既然丈夫有了那种欲望,做妻子的叶子就只好顺由着他。叶子从来就是一个柔顺的妻子,对丈夫的欲望一直是有求必应,何况是在竹林为战功而精神振奋的今天!可是……可是他的努力已经够多的了,他横竖没有那个能力呀!莫非今天这场可怜的胜仗所带来的兴奋,能使他走出在夫妻生活一再失败的泥沼?也许能呢?那当然最好,而且,但愿能!但愿一切都从头开始!

叶子难免不时想起下午那惊心动魄的一幕。她从来没有接受过男人那般强烈的暴风骤雨般的冲击,即使在竹林完全正常的日子里也从来没有过。几个小时以来,王老三的强暴所带来的惊悸时不时地袭扰着叶子的身心。即使是在目睹杀人惨剧的时候,这种袭扰也没有完全止息。直到这时,她身体的某些部位仍然有着明显的异样感觉。说不上是难受,也说不上是痛苦……是一种淡淡的惬意?还是一种深深的遗憾?抑或是一种暗暗的企盼?也很难说得清……

竹林在兴奋中由舒缓到激越地忙碌着。他忽而上,忽而下,忽而左,忽而右,忽而前,忽而后……遗憾的是,他总是在关键的时刻一而再,再而三地委顿,就如一个爬坡的人,屡屡在离坡顶一步之遥的地方滑落下来,使整个追求因功亏一篑而一无所获!

相比之下,叶子则显得十分被动。这种情形她太熟悉了,简直已经成了一种程序化的固定模式,使她因而不再感到意外。

唉,为什么拥有合法身份的丈夫,却无力完成几乎是任何男人都无师自通的事情?而那个姓王的强暴者倒是那般孔武有力强健无比?这到底是为什么?竹林今天的兴奋,恰恰是出于白天对无辜者的杀戮;那么,在上帝面前,对无辜者的强奸与杀戮,究竟哪一个更邪恶,更残暴,更应该得到诅咒和惩罚?丈夫因在朝鲜的强奸事件导致的性无能,王老三老婆的死,自己的遭强暴,那许多俘虏和那个副营长的惨酷下场……究竟哪一个是因,哪一个是果?哪一个是罪恶,哪一个是报应?……

叶子此刻似乎成了一个灵魂出窍的人。她的思维困扰在一团理不清头绪的乱麻中无以自拔,而她的躯体则听凭竹林百般摆布搬弄着。

失去了妻子的帮助与配合,竹林比从前失败得更惨。他从大脑的每个细胞到全身每一个毛孔都处于极度亢奋之中,却唯有最派用场的地方始终毫无起色!他禁不住变得烦躁起来。见叶子依旧一块大面团般的被动、冷漠和死寂,竹林的心中产生了明显的埋怨,他竭力克制着。他也知道不能责怪妻子,只能责怪自己,妻子的忍耐、宽容、压抑、等待以及所有这一切带来的痛苦与绝望难道经受得还少吗?

在竹林瘫倒一旁稍事休息准备再作一搏的当儿,他的手触到了那个枕头底下的小盒子!

这是一盒避孕套,是竹林按规定与士兵一同领取的,至今从来没有用过。他根本无须用这种东西,——如能使叶子怀上一个孩子,正是他们夫妻俩都求之不得的事情,避孕自然无从谈起!可是……也许这东西能给自己的失败带来历史性的转机呢?竹林心中倏地闪过一道光亮!他循着这道希望之光,重新向渺茫的目标追逐……

丈夫在黑暗中窸窸窣窣的摸索之声,使叶子感到奇怪,她弄不清今天这个无用的人瞎忙了一阵之后又在搞什么鬼名堂。不行就是不行,有什么新花样能翻得出来?要有什么新花样,恐怕早就翻出来了,也不至于等到今天!

竹林忙完了,拉过叶子的手,发出了请求:"叶子,你……你帮帮我吧……"

叶子手触之处,给了她不小的惊吓:"这……这是什么东西?"

竹林这才想起妻子还不认识这玩艺儿,便做了简明的介绍。叶子一听,不由得顿生怨恨:"想还想不到,还要避什么?你有那个本事倒好了!你这不是多此一举吗?"说罢手一缩,不料那套子本来就因为竹林的疲软而一点也不牢固,这一缩就轻易地碰掉了下来。

"你……你今天是怎么了？我……"竹林此时是标准的恼羞成怒了。

"我怎么了？应该问你怎么了！不行就是不行，别再给人家增添痛苦了！"

"你……你你你……你上次是怎么说的？你不是说这不能全怪我吗？"

"不怪你怪谁？难道倒应该怪我吗？真是笑话！你连这种事都不能做了，还算得上一个男人吗？你……"

"啪！"叶子的脸上生平第一次挨了丈夫的重重一击。

"好哇，你打我！你居然有脸打我！"

"啪！啪！"这两记打得更重！

短暂的寂静之后，叶子爆发出极度哀痛的哭喊。几乎就在同时，她的嘴巴就被竹林捂住了。叶子的哭喊随即变成了摆脱窒息的挣扎。

这对日本夫妻谁都没有想到，在他们结婚几年后的今天，发生了如此严重的争吵。白天打了胜仗满心喜悦的竹林没有想到，白天横遭强暴满心屈辱的叶子也没有想到。

一片沉默之中，他们都十分疑惑：今天到底是怎么了？

一连几天，心中忐忑不安的王老三没有发现什么关系到自己生命安危的反常情况，于是他更坚信了自己的判断：那个日本女人没有告发他。这样，准备拼命一死的他在渐渐放下悬着的心的同时，反而产生了一种浓烈的负疚感和罪恶感。本来，他对漂亮的叶子并没有丝毫仇恨，不但没有仇恨，而且有着对仙女般的可望不可即的崇拜与仰慕。就像一个街头乞丐无论如何也不会把自己和皇帝的女儿做任何联想一样，王老三也绝对不曾去想过自己会与这个日本军官的太太有什么瓜葛。正当他因妻子的被害而对所有日本人恨之入骨的时候，叶子孤身一人送上门来，在没有丝毫救助的情况下充当了他报仇的替罪羊。世上怎么会有这么巧的巧事？王老三想来想去，只能归之于天意。老天让他报了杀妻之仇（尽管找错了对象），同时又让他得到了此前连做梦也不敢想的美人！随着危险感觉的渐渐淡薄，王老三对那次事件的细节的回忆越来越清晰，也越来越怀恋。他的那个关于女人的全新认识在他的心中进一步加强了。是的,女人与女人之间是不一样的,甚至完全不一样!叶子那暴露于午后光亮中的白皙、丰腴、匀称的裸体,像一幅年画一样牢牢张贴在王老三的心底,并不时地在他脑海中显现,怎么也赶不走。他当然知道叶子是无辜的,尽管自己对她的强暴有一点站得住脚的理由,但这并不能说明自己就没有一点罪过。作为一个堂堂正正规规矩矩的男人,对一个毫无反抗能力的柔弱女人采取暴力,无论如何不是一件光彩的事。因为他从来都是一个堂堂正正规规矩矩的男人,加上有妻子遭辱而死的切齿痛恨,所以他在时过境迁之后便有了深深的罪恶感。

叶子自从那天以后一直没来过,这也使王老三感到不安。细想起来,他的不安有几方面的原因。第一,叶子一定是在受辱以后对王老三痛恨到了极点,根本不想再见到他,对此,王老三感到内疚与自责。第二,没有出事之前,叶子经常来跟王老三学烧菜,他能经常看见她,表面上虽然未做什么非分之想,潜意识里其实十分满足,现在一下子忽然看不到了,王老三难免感到失落与惆怅。第三,叶子既然没有告发他,就不应该表露出任何反常,而她一连这许多天不到厨房来,岂不因此泄露了天机?对此,王老三感到担忧与恐惧。

就在这种不安中,王老三又不时地想起自己返城的时候就已萌生的计划。这个本来已经很是周全的计划,因为叶子的缘故而被打断了,但他并没有因此而放弃,只是朦朦胧胧觉得有必要进行一些修改。

王老三盼望着叶子的再度出现。

然而,当叶子真正再度出现的时候,他没有料到自己竟是那种表现。这种表现与第一次见到她的时候不同,与以往任何一次见到她的时候都完全不同!

这天下午——又是下午!——王老三正在专心修理一只买菜用的竹篮子,他仿佛听到什么轻微的响动,抬头一看,叶子已经站在离他只有几尺远的地方!王老三感到了一阵熟悉的眩晕,忍不住使劲眨了眨眼睛,头也禁不住微微晃了几晃。

在王老三仰视的目光中,叶子还是穿着那身藕色的和服,还是盘着那只高高的发髻,还是施着那份淡淡的粉妆,面孔还是那样鲜艳,颈脖还是那样白嫩……

王老三觉得这个熟悉的女人已经许久没见到了。他根本来不及细算,要是他一算,一定会使自己大吃一惊,因为那个刻骨铭心的日子,只不过刚刚过去五天!

王老三的视线忽而模糊忽而清晰,站着的叶子也随着这模糊与清晰迅速变幻着,一忽儿是一幅裙裾飘逸的九天仙女,一忽儿是一幅不挂一丝的如玉裸体……他终于支撑不住了,收回散乱、游移而又慌张的目光,缓缓地低下了头。

叶子望着王老三这酷似小孩子做了错事害怕受到处罚的神情,心里涌起了一股很复杂的感觉。她忆起了第一次看到这个男人的那个初春的早晨,从他偶然碰到异性的慌乱目光中,她曾经看到了一个中国农民的朴实、憨厚、羞涩和安分守己。这样的目光她曾不止一次地见过——在日本农民中她见到过,在由日本农民变成的日本士兵中她也见过。这一定代表了某种共同的本质,她曾想。她又忆起在这个厨房里第一回细细端详这个男人的那个阳光灿烂的上午。她同样见到过那种熟悉的目光,这使她在这个男人面前有一种天然的安全感,因而也就没有恐惧,没有拘束,没有提防。后来她之所以常常到厨房里帮厨,既出于打发无聊时光的需要,也出于这种安全感的驱使。她万万没想到会有那个晴天霹雳般的下午。万万没有想到这个男人会有那种饿狼般的凶恶目光和饿狼般的凶恶行动!当她得知他的老婆是因为什么而命归黄泉以后,她似乎明白了是什么东西使他从一只绵羊变成了一头恶魔。

眼下,那头恶魔不见了,这个男人仍是一只温顺的绵羊!

一阵难堪的沉默。

还是叶子首先打破了这难堪的沉默:"王……王师傅,我帮你干点什么事吧。你……别的你什么也不要说了……"

王老三忽然从心底里十分感激这个日本女人。他当然知道叶子没有控告他是为了保全自己的名声,但这毕竟更保全了他作为一个罪人的生命啊!

因而,他在感激之余,心中的负罪感就愈加深重了。

随着叶子的话语,气氛变得缓和与自然起来。王老三不敢怠慢,立即答了腔:"现在……现在也没什么大事可做,你就……就把那筐青蚕豆剥剥吧。"随即又说:"不着急,你慢慢剥,明天中午才烧呢。"

于是,叶子开始剥蚕豆,王老三继续修篮子,两人仿佛又回到了若干天以前的那种一起劳动的情形之中。然而,这看似相同的情形却有着明显的区别。那就是现在没有了以前那样的从容自若的交谈,一点也没有。不过,这种沉默已经没有了刚见面时的沉默那样的难堪。随着时间的秒秒分分地流逝,两个沉默中的人似乎都感觉到了那么一丝淡淡的温馨!

王老三的温馨,是面对着一个自己用暴力获得过的漂亮女人的、因为受到宽恕而十分感激且又掺杂着忏悔与自责的温馨。叶子的温馨,则是面对着一个曾对自己施暴而又知罪悔罪的男人的、因为饶恕了罪人而感到仁慈且又夹杂着同情与怨怼的温馨。从由稀疏而短促到频繁而持久的对视中,叶子在对方的目光里识出了那些感激、忏悔与自责,王老三也在对方的目光里读出了那些宽恕、仁慈、同情与怨怼。那起事出有因的暴力事件,居然把施暴者和被害者的命运神秘地联系在了一起! 不管是谁泄露了秘密,都会在给对方带来惩罚的同时,也给自己带来惩罚。一经事发,叶子失去的将是宝贵的名声,王老三失去的将是宝贵的生命。而在相当普遍的意义上,失去了名声,也就等于失去了生命!所有这些,在都是聪明人的叶子和王老三心目中,早已是一清二楚的了。因此,王老三自然不会泄密,叶子也同样会守口如瓶。今天叶子之所以要重来厨房,也正是为了不使别人看出他们之间有任何反常。叶子的良苦用心,也正符合王老三的愿望——从他自身的角度考虑,性命与名声相比,毕竟前者要更重要一些呀!现在叶子把二者看得同等重要,无论如何是他所求之不得的了!

大半个下午悄悄过去,两个人几乎没有再说什么话,就这样默默地各做各的事。他们不时地抬头望望对方,一经目光相遇,便努力从对方读到更多的新内容,直至被对方盯得支持不住。

豆剥完了,叶子面前的豆壳堆成了一座小山。王老三的篮子却还没有修好,他今天的手脚似乎慢多了。叶子立起身,拍拍衣服上的尘土,准备离开。

"哎哟!"就在这时,王老三发出了一声低低的叫唤。叶子一看,禁不住也随之叫了一声:"哎呀!"

王老三左手的食指被锋利的竹篾划了一个长长的口子,鲜血直往外冒。

一般女人都有程度不等的恐血症,叶子也不例外。上次目睹副营长被杀,她一连好几天闻不到饭菜的香味而只闻到血腥味。她愣了片刻,随即转身四处寻找可供包扎的东西。王老三却格外的镇定,连声说:"不要紧,不要紧的。"说着从身上扯下一截布条在伤指上缠起来,一只手毕竟不怎么听使唤,最后的结很难打起来。叶子见状,趋步上前帮忙。

低着头的叶子,雪白柔嫩的颈脖正好凑到了王老三的眼睛底下。啊!王老三浑身的血液一下子呼呼地涌向头顶,他好一阵头晕目眩,身体似乎也站立不稳……待他稍稍定神以后,容不得片刻的思考,双手迅即钳住了这个有着如此柔嫩颈脖的女人,他的脸毫不犹疑地埋了下去,埋向那使他眩晕的柔嫩颈窝……

叶子立即意识到发生了什么,她没有来得及做任何考虑,全力挣开了王老三的拥抱,夺路奔出了厨房。

几乎就在一瞬间,王老三的心中亮起了一道耀眼的光线。他忽然明白了自己的计划应做什么样的修改……

对,就这样!应该这样!一定要这样!

叶子自然不知道王老三有过什么样的计划,当然更不会知道这计划还有了什么重大修改。——她只是在几个月以后才明白了事情的大致经过,那是王老三在事成之后告诉她的。

她从厨房溜回自己的屋子里,心还在怦怦地跳个不停。还好,竹林不在,叶子才稍稍安了些心。她只觉得颈窝里痒痒的似有小虫在爬动,用毛巾擦了好几遍也无济于事。对着镜子一照,脖子都擦红了,还有些微疼,她弄不清是自己擦疼的还是王老三的胡子戳疼的。唉,这个人怎么这样的呢?

自己手上坏了那么大的一个口子,还有心思对我无礼!不过,这次非礼与上次相比,似有着大的不同。这种不同不在于程度上,而表现在动作上,表现在动作的速度和力度上。上一次的强暴带着一种兽性的凶猛与野蛮,是一种地地道道的罪恶的总爆发;而这一次,平心而论,叶子觉得不能这样说。尽管她心中不无厌恶和恐惧,但她不得不承认,她从王老三的动作中感到了一种发自内心的冲动与温情。这种冲动与温情,对于像叶子这样的经验已很丰富的女人,是不难体会的。当然,不管怎样,对于曾是野蛮施暴者的王老三的任何温情,叶子也是无论如何不能接受的!

然而,事态的发展却不以叶子的意志为转移。

应该说,也不以王老三的意志为转移,因为他根本无力对周围的环境作哪怕是一丝一毫的更改。他的些微的轻举妄动,都会给他自己的生命划上一个铁定的句号。

那么,到底是谁在决定着事态的发展呢?没有人能够知道。或许,只有老天知道。

一切似乎都是在重演着——人还是这些人,地点还是在这座县城;而一切又不只是简单的重演——具体的时间、地点、细节毕竟都已不同。

这天上午,刚吃过早饭,竹林便带了大庙里的所有日伪军倾巢而出。和上次一样,只留下了两三个守门的哨兵。至于这一次出击的目标是国民军还是新四军,抑或是其他什么杂牌军,则无从知晓。反正,又是一场杀人放火的灾难不可避免。

王老三挑着空菜篮刚出大门不远,就看见大部队急匆匆地从身旁飞驰而过。骑在马上的竹林看到了王老三,用马鞭轻轻敲了敲他的扁担,笑着说:"王师傅,多弄些好吃的啊!今天又要好好慰劳慰劳弟兄们了!劳驾你了噢!"说罢扬鞭策马而去。看起来,今天又是一个有把握的胜仗了。

望着大队人马卷起的滚滚烟尘,王老三突然感到一阵莫名的兴奋。这阵势他是第二次看到了!只不过那次是在下午,这次是在上午!想起那个下午,他怎能不感到兴奋!那么,今天呢?今天的叶子呢?

王老三来不及多想,立即飞快地奔到菜场买了菜,又飞快地奔回大庙。

门口的岗哨看见他挑着的菜篮如此丰盛,高兴得咿哩哇啦直叫,他几乎什么也没听见。

回到厨房一看,叶子不在。——她今天自然不敢再来了!

王老三撂下担子,直奔出门。想了想,又返身拎了只水桶,装作到井台打水。他往四周望了望,院子里空无一人,大门口的哨兵正在无聊地闲谈着。

一切正常!

王老三扔下水桶,三步并作两步跑到了叶子住的屋前。

屋门关着,门上没有锁。王老三推了几下没推动,门里的闩插上了。叶子无疑在屋里!

王老三绕到屋后的窗户下,轻声地叫:"叶子太太,叶子太太,开门!"

屋里没有丝毫动静。凭感觉,王老三知道叶子正瑟瑟地躲在哪个角落里。他又叫了两声,叶子还是没有答应。王老三急中生智,说:"你不作声,我就砸窗子了!窗子坏了可就糟了!"

这一招果然灵验,叶子低声喝道:"你……你别胡来!你不要命啦?"

"那你把窗子打开。"

"不!你快走开,要不然我就喊人了!"

"你喊呀!"

屋里没有了声响。

"你再不开我只好砸了!"王老三说着真的在窗上砸了一拳。这扇窗户早已年久失修,被王老三的这一拳砸得立即摇摇欲坠。

叶子吓得连忙走到窗子下求饶:"王师傅,我求求你千万别砸!我……你……你快走吧!"

这颤悠悠的求饶声,在王老三耳边无异于进军的号角!他再也按捺不住,抓住窗框使劲摇晃起来,窗户上的尘土随之纷纷飘落。

眼见得窗板就要散架,叶子连忙制止:"别摇别摇,我开,我开……"

窗户开了!王老三敏捷而轻盈地跳进屋里。

短暂的对峙过后,王老三把惊恐万状的叶子揽入怀中。惊恐中的叶子不可能觉察,与前一次的强暴相比,王老三这一次的动作已很难称得上是袭击。这种动作或许可以被叫作单方面的爱抚?其实,叶子的反应和第一次也是不同的。那次她毕竟还作过短暂而徒劳的反抗,这次却没有,有的只是与第一次完全相同的听任摆布。

王老三没有像上一次那样急于完成实质性的行动,而是搂着叶子不住地亲吻和抚摸起来。他在搂抱、亲吻和抚摸的同时,嘴里竟然说出了纯粹的本地土语:"别怕,乖……乖乖,我……我实在是太欢欢你了……"

叶子固然听不懂这些亲昵的土话,但估猜也能猜出个大概来。在这种情景之下听到这样的语调,她的心中真有说不出的味道。就在这说不出来的感觉中,叶子又一次被厨师王老三抱到了床上。

紧闭着双眼的叶子被放倒在褥垫上的时候,肩胛的部位感到被什么东西硌着了。她伸手一摸,心里不觉大吃一惊!——是那盒竹林想用而没有用成的避孕套!

啊!要是怀孕了怎么得了?!所有企图保密的努力,无论是对罪人的宽恕还是对屈辱的忍受,都将是徒劳的。一切都将成为公开的秘密!一切惩罚都会依旧如数而至!……

怀孕,生一个可爱的孩子,这其实是叶子早就梦寐以求的事,从和竹林结婚的那一天就梦寐以求的事。可是她一直未能如愿。在日本时和竹林的短暂相聚没能怀上,到中国后竹林却失去了这方面的能力,叶子知道自己的希望成了泡影。然而没想到发生了被王老三强奸的事!强奸同样能使女人怀孕,叶子明白这一点,竹林关于日军为什么要发放避孕套的解释也证明了这一点。那个可怕的下午会不会已经使自己怀孕?叶子心中早就有了隐隐约约的恐惧,但又总觉得事情不会有那么巧,这几天她正焦急地等待着能够侥幸逃过那种灾难。可是能不能逃过去尚未可知,王老三竟又送来了新的危险!这怎么得了啊!叶子被巨大的惊恐淹没了。她急得哭起来,又不敢哭出声,只好强忍着。

叶子的哭,使被强烈欲望驱使着的王老三有些手足无措。他再次说出了一串土语:"别哭,乖乖……别怕,我真的不想欺负你……我真的是欢欢你,啊?……"

叶子意识到了新的危险的逼近,而她却无力阻止它。忽然,仿佛是老天的提醒,叶子找到了避免危险的办法。她立即伸手从肩胛下摸出了那盒东西,取出一只来,递给王老三。

王老三疑惑地望着叶子手中的东西,恍惚觉得在什么地方见过。对了,在自己家里的铺草中!那个他曾经觉得奇怪,曾经把它吹得像猪尿脬似的东西。叶子怎么也有这东西的?她此刻拿它出来做什么?王老三茫然不知,讷讷地问:"这是什么?……用它做什么?"

叶子指了指王老三的下部,又用手在自己腹部划了一个弧形。

王老三从叶子的手势中悟出了这小皮套子的用途,他不由得在心里骂起来:狗日的日本人,真是聪明得过了头,亏你们想得起来造出这种东西!到中国来污糟女人还想到不留下坏种,是怕小日本种长大去寻自己的老子要钱,还是怕他们长大以后反过来杀到日本去要了那些畜生老子的命?和女人做这种事,戴上这劳什子还有什么意思?那还不如剐块猪肉掏个洞玩玩算了!

但是,王老三还是按照叶子的暗示办了。——他已经不自觉地在内心希望获得这个日本女人的欢心,他认定自己还会与这个女人发生更密切的联系。

叶子释去了对怀孕的恐惧,便继续听任王老三的摆弄。她只希望他快些完事快些离开,只希望今后老天永远也不会再给这个男人以可乘之机!

要是此时叶子知道了王老三的计划,知道了这计划中她自己的位置,她会不会仍然这样想?没有人能明白。

偏偏王老三表现出了作为一个旺盛男子的强健。或许,那个小小的工具更增加了这种强健。这使即便是惊悸中的叶子,也不能不产生关于丈夫性能力的一些联想。她弄不清楚,世事为什么如此叫人奇怪?温柔夫妻生活中伴着自己的,却是无能的丈夫;而使自己蒙羞受辱的,却正是攻击者该死的强劲!这种强劲她从丈夫身上曾经获得过,后来在长时间里迫切希望重新获得而未能如愿,如今却在这个攻击者的身上得到了久违的体验!这到底是怎么回事？……

就在两个人起身各自穿着衣服的时候，也就是说在叶子庆幸危险终于即将成为过去的时候，一件令两个人都十分意外的事情发生了。

在一阵难忍的恶心过后，叶子暴发出了剧烈的呕吐。她不得不蹲了下去。王老三下意识地拍着叶子的背，嘴里不住地问："怎么了？你这是怎么了？"

叶子稍稍平静以后，站起身来，两眼惊恐万状地望着王老三。她已经清晰地感到，一场灾难终于还是降临了！她嘴里喃喃着："天哪，难道真的这么巧？怎么办？怎么办呢？"

王老三不明白，因为叶子情急之中说的是日本话。当叶子抚着胸口的双手缓缓地移向腹部的时候，他似乎明白了一点什么。但是，即使王老三想到了那种可能，他也只能是无动于衷。一个日本女人怀孕了，与他有什么关系呢？她有她的男人在身边啊。只是，只是……王老三想起了他的已经修改的计划，觉得有了很大的问题。如果这个女人有了一个日本种，那怎么办？这……

情知大祸临头的叶子忽然歇斯底里地叫起来："你的！你的！……这是你的，你知道吗？"这一回叶子说的是中国话。

王老三望着叶子，目光有些发呆。他还没弄清楚到底是怎么回事。

叶子又叫："我……我丈夫他……他不行！他一直不行！……你……只能是你的！就是上次的……你……你说怎么办？……"

这下子王老三清楚了！

她怀孕了，这个日本女人怀孕了！而且，她怀的是我的后代！啊，这难道是真的？和自家堂客结婚几年不曾有名堂，怎么和这个日本女人弄了一回就结了果？以前和堂客张氏淘气斗嘴，一来二去总免不了陷入生理上的互相攻击，自己骂老婆是只会抱窝不会下蛋的瘟母鸡，张氏则骂他是只会爬命没得精虫的骚公猪。如今看来是不辩自明了！王老三万万没想到，自家的田种了几年一无所获，而到别人的地里一播种就有了收成！他难免生出了作为男人的欣欣与骄傲。

我做了父亲了！

是这个女人让我做了父亲，这个漂亮的日本女人。那么，她生下的孩子是算中国人还是算日本人？当然是算中国人！因为他（她）的老子是中国人！王老三又想起了那句顺口溜："日本人，中国种……"妈妈的，也是一报还一报啊，你们日本人奸了我老婆，杀了我老婆，我就也奸了你们日本女人，而且还叫她怀了孕，这不是还我一条命吗？不是老天爷让你们日本人还我们中国人一条命吗？！看来是我王老三命不该绝后，老天爷看我死了一个老婆可怜，又给我送来一个，而且还是一个日本女人。如此看来，我的计划不但修改得对，而且应该加快去实现它！……

这样想着，王老三对叶子的态度更显出了温情。他一边轻轻拍打着她的后背，一边低声地劝慰说："别怕……别怕，我有办法的。只要你别说，只要我活着……听到了吗？我一定有办法的，啊？"

叶子茫然地望着王老三，不知他是为了逃脱罪责而在敷衍她，还是真的有了什么好的办法。从他的表情和语气上判断，她觉得似乎是后者；急于摆脱这一筹莫展的处境的强烈愿望，也使她宁可相信是后者。

望着叶子可怜巴巴的模样，王老三忽然感到自己责任十分重大。他再次搂住叶子，深深地吻了一下她的苍白的嘴唇，坚定而又柔声地说："我真的会有办法的，你相信我。记住，什么也别说，等着我！"

叶子没有点头，也没有摇头，她仍然是那种呆呆的目光，呆呆的表情。

王老三此时变得十分沉着镇静，他把弄乱了的被褥理了理，又把扔在地上的那只避孕套捡起来塞进口袋里，而后轻轻拍了拍叶子的肩膀，说："我走了，记住我的话。"说罢拉开门走了出去……

只过了四天——王老三和叶子记得同样清楚——那场历史性的变故就发生了。

人在危险的环境里，常常会想出一些保护自己、消灭威慑势力的高超办法来，这被叫作急中生智。这些天的王老三，便可被称作一个急中生智的人。不过，光有智似乎还不够，如果有智而无勇，照样会在关键时刻把自己的小命断送。那么,在这场历史性变故中,王老三又可以称得上是一个智勇双全的人了。

智勇双全,加上天时地利,或许就是王老三成功的缘由。

这天傍晚,天气出奇的闷热,看来一场大雨正在酝酿。王老三只穿一件短裤子,卖力地挑着水,他要赶在大雨到来之前把几个大水缸全部挑满。

就在挑第六担水的时候,王老三撞上了到井台洗衣服的叶子。好,六六大顺,正好是个吉利数字,看来事情一定能成!他想。

王老三放下担子,打了一桶水倒进叶子的木盆里。乘着弯腰倒水与叶子靠得最近的当儿,他轻声地说:"记住,今天不管发生什么事,你都不要作声!千万!"说罢,不管叶子如何反应,打满一担水挑着径自走了。

叶子愣了愣,继续洗她的衣服。

自从那天怀疑有了身孕以后,叶子陷入了巨大的惶惑之中。她起初还希望这不是真的,然而后来又发生的多次恶心越来越证明了她的担心。她再把行经的日子一推算,对自己的担心几乎已是确认无疑。她不能不感到惶惑。作为一个女人,她渴望早日成为母亲,几年来这渴望在她心中一直是一种甜蜜的憧憬。作为一个妻子,她为长期不能享受正常的夫妻生活而哀怨,同时也为迟迟不能怀上身孕而焦躁。作为一个被强奸的女人,她感到屈辱,而自己长期渴望的怀孕居然在被强奸后成为现实,这使她又在屈辱的基础上更添了恐惧与绝望!如果要了这个孩子,显然是自寻死路。两全其美的方案根本没有,那只有尽快除掉。可是有什么办法能除得掉呢?她实在是走投无路,一筹莫展。那天王老三离开她的屋子时说的话,在她的心中存下了一丝希望。凭女人的直觉,她断定王老三不是骗她的。首先,她已经从这个中国男人的眼睛里和手足间看出了他对自己的倾慕与爱恋,尽管这些情感是从最初的邪恶和强暴衍生而来的,但她还是无法否认它。既然如此,他当然就会设法处理这件棘手的事情。一个男人爱上了一个女人,他无疑就会担负起那份应该由他担当的责任来。其次,即使没有上一点,王老三也会设法的。因为早从第一次强奸发生之日起,他们的命运就紧紧联系在一道。当初两人只要共担保密的责任就行了,而现在口头上的保密已无济于事,随着叶子腹部的隆起,秘密就将不言自明。人到了性命交关的节骨眼上,谁又能稀里糊涂置若罔闻?这样,叶子就对王老三产生了越来越强烈的依赖。无奈,绝望中的她,除了这种依赖以外,并没有其他任何办法。

王老三在挑第七担、第八担和第九担水的时候,都说了同样的话:"记住,千万不能作声!"以后就再没有到井台上来——他的水缸都挑满了。

叶子心中充满了疑惑和惊惧。她横竖猜不出王老三有了什么好的办法,又隐隐约约感到一种会出什么事的担心。他能有什么好办法除掉我肚子里的胎儿呢?会不会连我的小命也一起给他送掉?不会吧,那样不是连他自己也完蛋了吗?

就在这时,天色已经陡地阴沉下来,轰隆隆的雷声骤然响起,暴风卷起的沙尘和草屑猛地扑向叶子的脸上身上。她不由得连打了几个寒噤,立即端起木盆,急速地走回住处。

叶子刚跨进屋,雨就哗哗地下起来了。

霎时间,电闪雷鸣,震耳欲聋,惊心动魄。狂风肆虐,樯折楫摧,树倾庐覆。雨不是从天上掉落下来,而是直倒下来,直泼下来。粗大的雨柱在风的间歇里垂直砸向地面,而在大作的暴风中则左右摇摆,仿佛跳着疯狂的舞蹈。交加的风声、雨声和雷鸣声,组成了一曲杂乱无章的恐怖摇滚。

这是这一年的第一场暴雨,它比往年来得早多了,烈多了。

王老三站在厨房的门槛旁,手扶门框,望着远近的雨景,一脸的兴奋神情。

大庙的宽阔院子里转眼间已积水盈尺,院子看上去成了一个方方正正的池塘。辽阔的水面上,雨柱击起"哒哒哒哒"的声响,像是由万人军乐队奏出的激越鼓点。亿万朵水花,随着这鼓点声在欢快地跃动。屋檐下的水沟里,水流急速地向院墙角落的出水口奔去。檐头水砸出了一个又一个足有牛眼睛般大的水泡,这些水泡刚刚露面,转眼间就被新的水柱砸碎,一个个新水泡又代之而起……

王老三看了一会儿,便转身去忙他计划中的事情。

他从锅里盛了一小盆粥,从另一只锅里盛了一碗豆瓣炒咸菜,从碗橱里拿了两只碗两双筷,一并放在一只竹篮里,找了一块油布盖上。他又走到门口四处张望了一回,除了震耳的雨声、风声和阵阵雷声以外,什么新的发现也没有。他放心地折回屋内,打开碗橱最底下的门,从一只碗里取出一块紫色的东西,塞进口袋里。而后,他走到屋檐下,在雨水中使劲洗了洗手。做完这些,王老三戴上斗笠,拎起竹篮,出门走进急雨中,一阵小跑,来到了竹林先生和叶子太太的住所。

竹林正趁着大雨带来的雅兴挥毫写字。这一回他写的是中国古籍《淮南子·兵略训》中的名句:

  疾雷不及塞耳
  疾霆不暇掩目

此时此刻,书写这样的句子真是再合适不过了。难怪竹林有几分自得之色,他对在一旁帮着研墨压纸的叶子说:"中国书法十分深奥,是世界上独一无二的。日本文字源于中国的汉字。假名的发明虽说是一种进步,但是对书法艺术来说,假名却没有丝毫意义了。……"

王老三冲进门的一刹那,两个人都微微吃了一惊。王老三先开口:"竹林先生,雨下得太大了,勤务兵也难走动,我给你们把晚饭送来啦。"

竹林一听,连连致谢。叶子则迈着碎步搬了一张板凳送给王老三,说:"王师傅请坐。"

"不坐不坐,你们快吃晚饭吧。"王老三说罢便帮着收拾饭桌,摆碗布碟。他娴熟地盛了一碗粥放在竹林面前,又盛了一碗递给叶子。要是他们两个人留心的话,就会发现王老三把粥碗盛得都很浅,都只有大半碗。但是,他们并没有注意到这个细节。王老三盛好粥,在那只小板凳上坐下来。

竹林礼节性地招呼王老三一起吃,王老三说:"不不,你们慢慢吃吧,我等一会儿,把碗筷顺便带走。"说完掏出烟斗来吸烟,不料旱烟和火柴都被大雨淋湿了,划了几次也没划着。竹林见了,扔给他一包"老刀牌"的香烟:"抽这个吧。"

叶子闷着头吃粥，一言不发。竹林边吃边和王老三有一句没一句地谈家常。

雨还在哗哗地下着，丝毫也不见转小。雨声大得使他们的交谈受到了很大的影响，彼此的话都听不大清，所以只能是断断续续的。大体上是竹林提问的多，王老三是一问一答，两问两答。天色已是十分晦暗，对方的面孔也已看得不十分清晰了。这给了王老三以极大的掩护。要是在白天，竹林和叶子一定都能在他脸上发现异样的神情。他回答竹林的问话，也很有些心不在焉，哗啦啦的雨声同样给了他以掩护。

叶子很快就吃完了，王老三起身帮她添粥，她却说不吃了。王老三心中暗喜，把空碗放在那只篮子里，重又坐下来。

竹林终于在叶子吃完后许久也吃完了第一碗，王老三照例起身帮他添粥。就在接过空碗的一刹那，王老三的手故意一松，碗掉在地上打碎了。他嘴里连连说："该死该死，对不起，对不起……"

竹林宽容地说："算了算了，没关系的。就拿那只空碗再盛吧。"

王老三拿起篮子里的那只空碗，说："我来洗洗吧。这檐头水是天水，干净得很的。"说罢走到外面的屋檐下，接着哗哗的雨水洗碗。就在这当儿，王老三从口袋里掏出一块什么东西，放在洗过的碗中捷速地一抹，又捷速地把那个什么东西塞进口袋里，返身走进屋。这一切几乎是在两三秒钟之内完成的。朦胧的夜色，嘈嘈的雨声，背朝里屋的方位，都给了王老三以绝好的掩饰，使他的伟大行动变得意想不到的沉着、果敢、简短而天衣无缝。

竹林接过王老三递上的第二碗粥吃起来，一边吃，一边不住地夸赞这粥烧得好，咸菜豆瓣炒得香。还问王老三家里怎么样，叫他过两天再回去看看。王老三听了连声说："好的好的，谢谢，谢谢竹林先生。"

待竹林吃完，王老三收拾了餐具，又冒雨跑回了厨房。他看到原先盛在一个个木桶里的粥和一个个盆里的菜都已被各班日伪军抬走，便自己弄些粥吃了，开始洗锅淘米，准备明天的早饭。

王老三想着刚刚办完的一件大事，心里既高兴又紧张。他又一次盘算了一遍下一步的行动计划，觉得不会有什么问题。

水米下锅后,王老三小坐了一会儿,便开始点火烧起来。像这样的大甑锅,要烧将近两个时辰才能烧开。平时,王老三都是鸡叫头遍就生火,烧到鸡叫三遍烧滚,再焖到天大亮。舀好分好,差不多刚好早操解散,跟着开早饭。今天要比平时提早多了,因为王老三有一件天大的事要办!

王老三拉着风箱。风箱"叭哒叭哒"的声音淹没在仍然大作着的风雨声中,远没有往日嘹亮。柴块在大风箱强劲地鼓吹下熊熊地燃烧着。蓬勃的火焰映红了王老三生动的脸。他望着闪烁不定的火苗,设想着今夜及明晨将要发生的一切,心中不由得十分激动。想着想着,他忽然轻声地唱起一曲哀怨缠绵的情歌来——

> 我和姐家门靠门,
> 你老公打你我心疼;
> 既想伸手去拉你,
> 又怕你老公不是人。
> 好姐姐呀,
> 又怕惹火自烧身!
>
> 我和姐家门靠门,
> 你老公打你我心疼;
> 如若你老公再打你,
> 我们两个打他一个人。
> 好姐姐呀,
> 你我都是可怜的人!

……

这样唱着唱着,王老三心中十分难受起来。他想起了与张氏婚后几年的宁静日子,想起了自己那个温馨的小家,想起了原先造房子买田的发家宏图……这一切都被该死的日本人搅掉了!他又想起了这几个月来的倒霉遭遇。自己被抓来的一情一节,竹林所说的过一段日子就放他回去的许诺,老婆张氏的惨死,他心中急于报仇的愤怒,对叶子的强奸,以及由此而引起的报复的快感和对叶子的倾慕与爱恋,因叶子怀孕而带来的欢欣和实施新计划的紧迫感……

一要保命,保自己的命,保叶子的命,保胎儿的命。二要报仇,为妻子报仇,为副营长报仇,为所有被杀的中国人报仇!王老三想。

锅里的水开了。王老三立起身,从碗橱里拿出一大团比原先那块大得多的紫色的东西,放进一只盆里用水泡。不一会儿,盆里的水便成了酱褐色,且越来越浓。他用手在水中搅了几下,捞出那团紫色的东西,拧干,扔进灶膛里。随着一阵"吱吱"的响声,灶洞里飘出一阵炸鱼似的香味来。过一阵,这香味变成了刺鼻的焦煳味。王老三显得有些慌张,他向如墨的夜幕望了一眼。风雨如故。他用拨火棍捅了捅灶膛。过了片刻,焦煳味便没有了,他的脸色也随之平静了。

又过了两袋烟工夫,王老三揭开锅盖,把那盆紫褐色的水倒进锅里,操起长柄勺子搅匀,重把锅盖盖好。而后,他端起那只空盆走到屋檐下,让檐头水把盆冲淋干净,又认真洗了洗双手。

做完这些,王才三抓起一截下午就挂在门后的麻绳,走进了伸手不见五指的夜雨中……

吃罢晚饭,叶子点上油灯。从门缝和窗缝里钻进来的大风很快就把灯吹灭了。复点燃,又很快吹灭了。

竹林说:"算了,别点了。早些上床休息吧。"

叶子便不再点灯,铺好被子,脱衣上床。竹林也随之脱衣上床。

当竹林的身子碰着了叶子的身子的时候,叶子下意识地往里边让了让。自从被王老三强暴以后,叶子就对丈夫的身体有了一种本能的反感。她自己也不明白这是为什么。而自从发现自己怀孕以后,这种对丈夫的反感,简直就成了一种恐惧。尽管如此,叶子毕竟是一个聪明的女人,她心中十分清楚地知道自己应该怎么做。

她早就千百次地考虑过摆脱灾难的途径。作为妻子,她当然知道,只有和自己的丈夫结合的怀孕才是合法的。而自己的丈夫却没有这个能力,这恰恰是问题的根本所在!如若丈夫能在这关键时刻恢复了他的功能——这对于许许多多的丈夫来说都是与生俱来的功能,那么,一切担忧和恐惧都将烟消云散!啊,竹林不但会为自己重新成一个真正的男人而欣喜若狂,而且也一定会为自己这么快就成为一个父亲而心花怒放!至于这父亲其实是名义上的,那又有什么关系!只要自己不说,就不会有丝毫妨碍。既然如此,就应该为之努力,为之奋斗。只要有万分之一的希望,就应该全力以赴,不遗余力!于是,尽管叶子对丈夫反感,她仍然违心地表现出了充分的热情、持久的耐心和足够的主动。她是多么希望奇迹能在某个瞬间发生啊!

可是,没有,十多天来一直没有发生。

那么,今天呢?奇迹会在这个电闪雷鸣的雨夜发生吗?

当竹林再一次靠近叶子的时候,她不但不再退缩避让,而且还热情无比地迎了上去。

竹林受到了莫大的鼓舞,立即以同样的热情给妻子以回报。他的手在叶子身上开始了急切而细腻的搜索,须臾间除去了叶子身上仅有的一点衣饰。叶子给了他积极的配合,她不但积极地使自己完全裸露,而且也积极地帮助丈夫褪去身上的所有衣服,两人几乎是在同时变得没有丝毫纱线。

竹林的体内似有熔岩在奔突涌动,周身燥热难忍。他忽而坐起,忽而躺下,忽而趴到叶子身上,忽而又钻到她身子底下。他的双手急切而盲目地在叶子周身游走,双唇仿佛旋风般地一遍遍刮过叶子身上的每一个角落……

窗外,风雨依旧。一阵闪电划过,把室内照耀得如同白昼,所有物件在瞬间里变得一清二楚,迅即又恢复为墨染般的死寂。就在这闪亮的瞬间,竹林和叶子都看见了对方惨白的面孔和惨白的身体,他们看到双方赤裸的身上发出一种蓝白色的光芒,显得怪异而可怖。蓝光熄灭以后,便有震耳的雷声响起,俩人总也免不了悚然一惊。

一切都笼罩在由风声、雨声、雷声和闪电的光亮造成的激越、暴烈、亢奋而又不乏阴森、恐怖、惊惧的诡谲莫测的气氛中。

在这种气氛中,久经沙场的竹林中队长感觉到了格外的刺激与兴奋。频繁的运动、热切的期望和全身心的投入,使他唇干舌燥,浑身颤栗。他下床摸索着喝了几口水。重新上床时,他觉得有些头晕目眩起来。他摇摇晃晃地爬上床,爬到叶子身上,只觉得手脚抖得比先前更加厉害了。他不敢怠慢,也不肯怠慢,因为此刻他感觉到了体内汹涌的热流已经奔向了小腹和下部,他的全部精力集中到了那热流涌动的部位。

在竹林的耳中,周遭变得一片寂静,风声、雨声、雷声仿佛都退到遥远的天边去了。而在他的眼中,一切物件,尤其是妻子娇艳的脸庞和洁白的玉体,都清晰地显现在一种柔和悦目的橘黄色的光亮中。闪电仿佛改变了颜色,而且连成一片,不再熄灭,把一切带入了类似傍晚时分的若明若暗的迷人光晕里……

说不清是感觉造就了辉煌,还是辉煌烘托了感觉。总之,竹林中队长一步跨入了灿烂炫目的福地!这片灿烂福地,他固然早在三年前结婚时及婚后的一段美好时光里就曾徜徉流连过,也曾在数十天前的那个夜晚短促地涉足过,然而,由于他能力的长期丧失,由于因能力丧失所导致的重返佳境而不得的渴求、焦虑与绝望,使此刻的辉煌比过去经历过的所有辉煌,要珍贵百倍、千倍、万倍!这是失而复得的辉煌,来之不易的辉煌,是通过千万里跋涉和无数次拼搏而夺来的辉煌啊!竹林感到了极度的快慰与满足。这种快慰与满足,是那些无论是一夜暴富、腰缠万贯,还是金榜题名、鸡犬升天……等等所带来的满足与喜悦都无与伦比的!

唉,要是不当兵,不去韩国,就不会遇到那次可怕的强奸,也就不会与叶子分离,当然就不会有这段晦暗的经历了。这该死的战争,这令人诅咒的战争啊!还好,总算老天有眼,拯救我于绝望与毁灭之中!黑暗业已逝去,光明已经来临。从现在起,该好好消受这步入正常的、珍贵无比的男欢女爱了……

竹林一边在恍恍惚惚中思想着,一边在叶子身上跃动着,喘息着。

丈夫性功能的突然恢复,使叶子万分惊喜,她简直高兴得快要发疯了!刹那间,对风雨、雷电和暗夜的恐惧,都随着对怀孕的恐惧的冰释而化为乌有,似风吹烟云般顷刻消散。她原先勉强的主动与做作的热烈,转眼间变换成由衷的应答与默契的配合。是她带着丈夫步入了福地?还是丈夫携着她登上了圣殿?她不知道。她只知道自己意外而身不由己地被卷入了铺天盖地的爱的狂潮,一任自己被这狂潮裹挟着上下翻飞、左右冲撞、前后磕碰……她期待着自己被推上更高的波峰,被扔进更深的浪谷。她开始了快乐的叫喊:"哦——!噢——!啊——!"

不知过了多久,当叶子从巨大的畅美中渐渐缓过神来,才发现丈夫竹林趴在她身上一动也不动。她轻轻推了推他的双肩,没有什么反应,只听到轻微的喘息声。从呼吸声判断,竹林大概是在极度满足后的极度疲劳中悄悄睡着了。叶子不忍心打扰他,便决定让他睡一会儿。

这下好了,叶子想,再过一些天,我便可以向他宣布我怀孕的秘密了。这么快就当上了父亲,不知他会有多高兴呢!尽管不是他的亲骨肉,但这并不十分重要,只要我永远不说,就什么事也不会有。万一将来在容貌上露出破绽,他也应该在明白真相后原谅我。这实在也怪不得我呀!只是……只是那个王老三今后还会搞出什么新的名堂来?哦,对了,他今天在井台边说的话是什么意思?他为什么一再叮嘱我不要作声?难道他有什么不可告人的阴谋?在一片刀枪的森林之中,他一个两手空空的伙夫还能有什么阴谋?可是……可是要没有什么阴谋,他为什么要那样说?他会不会因害怕我说出真相便铤而走险?像本地人说的那样"寻死不如闯祸"?他曾说他喜欢我,会不会因喜欢我又得不到我而发疯要除掉我?不……不会的,有竹林在,他无论如何不敢的。可是……他既然发疯,就很难说了,他会不会先对竹林下手,再对我下手?……

想到这里,叶子不由得连打了几个寒噤。她下意识地又推了推竹林,丈夫依然没有什么反应。他似乎完全瘫软了,口水流了一片,把叶子的肩膀和颈脖弄得黏糊糊湿漉漉的,沉重的躯体已经压得叶子几乎喘不过气来。叶子又拍了拍竹林的后背,轻轻地喊:"竹林,竹林,你怎么了?你醒醒呀,我实在受不了了,你下来吧……"

竹林仿佛从沉睡中迷迷糊糊地醒来,他发出了类似呻吟一般的声音:

"哎呀,叶子……我头昏得厉害,口干死了,肚子里也很不好受……我要喝水……"叶子轻抚着丈夫的后背,说:"亲爱的,你太累了,你下来吧,我去帮你倒水。"

竹林试图爬起来,但两手刚刚撑着床板,身子刚刚抬起一点儿,便轰然一声塌下了,复又重重压在叶子身上。"我怎么了,叶子?……怎么一点力气也没有了?……怎么会累成这样?……"

话没说完,竹林的喉头一阵古怪的响动,接着"哇——"的一声,吐出了一股秽物,浓烈刺鼻的酸腐气味顿时随之弥漫开来。

叶子大惊,急切地问:"你怎么了亲爱的?怎么回事?哪儿不舒服?"叶子用力推他,却又推不动。情急之中,她慌乱地扯过枕巾,擦拭着喷在自己胸脯上及褥垫上的呕吐物,擦拭着竹林的嘴和两腮。她还是无力推开瘫软在自己身上的丈夫,只好让他继续趴着歇息。她不停地问:"你怎么了?……你怎么了?……你好点了吗?……"

竹林有气无力地答:"我也不知道这是怎么了,我心里难受极了,浑身一点力气也没有……"说罢又吐了两口。

叶子一边擦一边说:"那你就再歇一会儿吧,也许是好久没有出这么多力了,过一会儿就好的。"她一边努力安慰着丈夫,一边努力把他的身子托起一些,以减轻一些难忍的重压。

屋外,风雨依旧不见减弱。时间在悄无声息的忧惧中流逝。在这个凶恶骇人的暗夜,到底会出些什么祸事?叶子的心中彻底的惊恐起来……

蓦地,一阵闪电划过,只听"咔嚓"一声巨响,天空滚过一记震耳欲聋的炸雷!叶子仿佛听到了窗户被震得发出了一声大的响动,待她转头看时,不觉被惊吓得差点儿昏死过去!

闪电的余光中,一个人影从窗口一跃而入,三步并作两步窜到了床前!

叶子正要使劲再推一下竹林,黑暗中依稀看见那人把一根绳索迅捷而准确地勒上了竹林的脖子!竹林的喉间只发出了一声短促而古怪的呻吟,便没有了声音。叶子感到丈夫的双手在空中胡乱抓舞,两脚在床上胡乱蹬踢……这使她被揉压得又疼又闷,几乎就要窒息了!

没有等叶子完全反应过来,黑暗中传出一声低吼:"不能作声!作声只好一起死!"

果然是王老三!叶子在一瞬间明白了一切。这个该死的家伙到底还是动手了!真没想到他的阴谋竟是这样的残酷!

"你要干什么?……快放开他!你……你想找死吗?"叶子发出低抑而严厉的斥责,同时竭尽全力想挣扎着松开丈夫脖子上的绳子。

王老三没有作声,只是更加用力地勒着绳索,直到把竹林勒离了叶子的身体,重重地摔到地上去了。

叶子长长地舒了几口气,长时间的重压,加上短时间的揉挤,她的胸骨仿佛已经全部断裂,四肢不听使唤地抽搐着,浑身一丝力气也没有了。

被摔到地上的竹林又挣扎了片刻,便毫无声息了。

叶子在很久以后才知道,王老三在竹林最后的晚餐中投了毒——那块在碗里抹了几下的紫褐色的东西,是一团河豚鱼的肝脏!竹林在严重中毒的情况下,被王老三轻而易举地收拾了。那么,还有倒进锅里的那盆紫酱色的水,无疑也是毒水了!叶子此时固然更不知道这个情节,当然也就不会知道这事情的后果,不会料到这个后来在方圆几百里轰动一时的大案,反而使得她对案犯王老三产生了一种全新的认识。

此时,她对王老三有的只是切齿的痛恨!这个强盗,两次野蛮地强奸了我,使我怀孕,这还不算,竟又残忍地杀害了我的丈夫!他还想干什么?

"姓王的,你……你干脆也把我杀了吧!……你……你这个强盗!"叶子歇斯底里地喊道。

"不要喊,婊子养的!谁是强盗?他,你的狗丈夫才是强盗!你们这帮狗娘养的日本人都是强盗!要我杀你?没那么便当!告诉你,我喜欢你,你知道吗?我要你做我的老婆!你肚子里有我的种,这是一个中国种,他姓王!从现在起你就做一个中国人吧,也好帮你的男人赎赎罪!"王老三向着叶子低声地喊着。这低沉的声音在叶子听来,却不亚于是外面响着的一声声闷雷。她蜷曲在床上,不知道该说什么,也不知道该干什么。

"把衣服穿起来,再把头梳一梳,打扮得跟平时一样。从现在起,一切都按我说的办,保证不会有什么事。要是不老实,可别怪我不客气!"王老三发出了命令。那声音听起来没有丝毫可以商量的余地。

叶子在黑暗中摸索着穿好衣服,又摸索着梳头挽髻,涂脂抹粉。由于屋里伸手不见五指,叶子只能在偶尔亮起的闪电的光芒中寻找自己所需要的东西,动作难免迟钝缓慢。王老三并不说一句话,只是默默坐在床边上抽着烟。

竹林的尸体在地上横陈着,无声无息。依稀有一阵阵淡淡的臊臭味钻进叶子和王老三的鼻孔中,大约是竹林临死前大小便失禁了。这是中毒身亡的人惯常出现的症状,原本就没有什么奇怪,而眼下对两个惊魂不定的人来说,根本没有心思去理会。

叶子机械地做完王老三吩咐的一切,坐到一张小凳上。她既不愿在闪电的光亮中看到王老三可怕的脸,又不敢看到丈夫可怕的尸体,便索性闭上双眼,静静地听候命运的处置。

王老三吸足了烟,立起身,把竹林拖起来,摔到床上。尽管他手脚不重,还是发出了一些骇人的声响,这声响使叶子胆战心惊。王老三又扯过被子,盖在竹林身上,对叶子说:"等到天有些亮,你把床上再整理一下,地上要打扫干净。记住,哪儿也不要去,就在这里等着我!还是那句话,一切听我的,你什么话也不要说!知道吗?!"说完,王老三走到窗户下,一个腾跳,从窗口钻了出去……

叶子一个人被撂在屋里——还有一个人是一具死尸,她丈夫竹林的死尸。

雨不知什么时候停了,雷声也已远去,周遭一片漆黑,一片死寂。

叶子泥塑木雕般坐着。一切的一切都恍惚如在梦中。人在做美梦的时候,总希望能在梦中留得长久些,可是往往在不想醒的时候醒了。然而,在做噩梦的时候,越是希望快些醒,往往越是醒不来,只得留在恐怖惊惧中煎熬。叶子此刻便有在噩梦中挣扎的感觉,她不知道这梦何时能醒,也不知道这梦还会如何发展,最终如何收场。

怎么办?姓王的还要干些什么?是一切听他的,还是另想办法?是跟着他做他的老婆,还是找机会让人把他逮住,以报杀夫之仇?听他的,他会把我带到哪儿去呢?不听他的,我还能保住性命吗?从他胸有成竹的样子看,他是早有预谋的了,而我却一点准备也没有,要想逮住他,恐怕没那么容易。那……那怎么办呢?……

这时,叶子忽然感到一阵强烈的恶心,肚子里仿佛有东西搅动了一下。啊,是那个小东西在活动!孩子,还有这孩子怎么办?看来只有听他的了,要不这孩子只好和我一起同归于尽!天哪,孩子是他的,生下来以后怎么办?长大以后又怎么办呢?这……

天空渐渐露出了淡淡的曙光。叶子想起了王老三关照的话,不得不立即机械地站起身,机械地按王老三的命令整理和打扫房间。

天色大亮的时候,南城门口的哨兵看到了挑着两只柳条筐子的王老三和拎着一只竹篮子的叶子走过来。王老三笑哈哈地跟哨兵打招呼:"早早早!辛苦了!"叶子仿佛是习惯性地向哨兵微微鞠了一躬,脸上却没有现出人们常常可以见到的那种谦恭的笑容。

那个年轻而漂亮的士兵"叽哩咕噜"了一通什么,王老三没听懂,他估猜是问他们一大早出城去干什么,便大大咧咧地说:"竹林中队长又要慰劳弟兄们了,叫我们去弄点鸡呀鸭呀蛋呀什么的。昨天孙翻译官和赵家庄的赵保长说好了,叫我们起早去拿。你们就等着中午开大荤吧!"

果然,哨兵哈哈哈地大笑起来,连连喊:"哈咿!哈咿!"

王老三转身对叶子说:"走吧,早去早回。"

使王老三大吃一惊的是,叶子的眼中忽然闪烁着明显的犹豫!

我们无法知道,如果此时王老三恶狠狠地向叶子瞪上一眼,事情将会是一种什么样的结局。我们只知道,犹疑中的叶子同样大吃一惊。她从背对着哨兵的王老三的眼睛里,看到了那种十分熟悉的目光!是的,这目光叶子十分熟悉——她在那个初春的早晨第一次见到王老三的时候依稀地见过,在那个阳光灿烂的上午细细端详这个男人的时候清楚地见过,在那个噩梦刚过的寂静下午更是深切地感受过……只是……只是它比从前任何一次都更为强烈,更为深情! 而这种强烈与深情之中,又掺杂着浓郁的凄凉、悲壮和绝望!

叶子又一次犹豫了。这却是与瞬间之前意义完全不同的犹豫……

王老三仿佛是十分随意地接过叶子手中的竹篮,顺势牵引着叶子向前迈步。他一边领着叶子穿过哨卡,一边忽然滔滔不绝地说起话来:"赵家庄你没有去过吧? 不远,只二三里。庄里的人一边种地,一边打鱼。去年春天我去过一次,那时候你们还没有来呢,我是去买刀鱼的。啊呀,去年刀鱼是大年,那里的人天天吃,变着花样吃。红烧、清蒸当然不稀奇了,最特别的是,赵家庄的人居然会烧刀鱼饭! 要知道,刀鱼的刺是最多的呀,怎么能烧饭呢? 嘿,那里的人有办法,他们先把刀鱼钉在锅盖反面,隔水一蒸,再用手在锅盖上猛拍几下,鱼肉就都掉到锅里了,鱼刺留在了锅盖上! ……"

心不在焉的叶子只觉得王老三谈兴浓得有些反常,两腿机械地迈着步子,不知不觉间已经跟着他出了城门,朝赵家庄的方向走去……

过了半个时辰,换岗的时间到了。两个哨兵一望再望,却迟迟不见顶替的士兵前来上岗,禁不住骂骂咧咧起来。又过了半响,仍不见一个人影,那个年长一些的哨兵对年轻一些的哨兵说:"你去看看到底出了什么事。这帮王八蛋,只知道自己吃了早饭死玩,不顾别人饿得前背贴了后背!"

那个年轻而漂亮的哨兵巴不得早点溜回去吃早饭,背起三八大盖就往大庙走去。

只有约摸一袋烟工夫,这个哨兵就空身跑步返回来,老远就对着那个年长的哨兵大声叫喊:"不好了,出了大事了! 弟兄们吃了早饭全都吐得一塌糊涂,有几个好像都快不行了! ……"

两个哨兵一前一后向大庙奔去。年轻的空身走在前面,年长的紧跟在后面,长枪在他的屁股上一碰一撞,发出一声声有节奏的脆响。

……

一九九三年五月，新编《××县志》出版，有关部门举行了隆重的首发式。该书洋洋二百余万言，史料极为翔实丰富，受到了上级史志部门的充分肯定和高度赞扬。书的第二卷第五百五十五页写着：

一九三九年农历五月初十，驻城日军发生集体中毒事件。中毒官兵计约六十余人，经抢救多数脱险，有十七人不治而死。日军特务机构宣抚班会同伪自治委员会组成了联合调查组，确认有人在是日早餐赤豆稀饭内投了毒，但最终未能查明毒物种类。

同日，日军中队长竹林被暗杀。尸体解剖表明，为中毒后又遭绳索勒缢而致机械性窒息死亡。毒物种类与早餐内所投之毒物种类相同，但中毒时间为前一天的晚上，比集体中毒时间早约八九小时。

同日，日军中队长竹林之妻叶子与本地王姓厨师同时失踪，嗣后一直下落不明。

为了寻找那个王姓厨师的下落，县志办的人花了很大的人力、物力和财力，最终还是一无所获。虽然没有确凿的材料能够证明，这位姓王的厨师就是杀死包括日军中队长在内的十八个日本官兵的孤胆英雄，但人们几乎都不怀疑这一点。至于那个中队长的妻子叶子为什么会和姓王的一起神秘失踪，人们则做出了种种猜测。但毕竟既无人证又无物证，猜测也仅仅是猜测而已。

从县志办搜集到的材料看，整个抗日战争期间，发生在该县境内的大大小小的抵抗战斗或偷袭行动共计一百多起，但歼灭日军官兵总数只不过五十四人。其中战果最大的一次战斗歼敌二十三人，这二十三人当中倒有十四个伪军，日本兵只有九个。也就是说，除了那次中毒事件中死去的十七人和被勒死的一人，其余上百次战斗一共只消灭了二十七个日本人。因此，要是能够证明那个姓王的厨师一下子毒死了这么多日本官兵，并且勒死了一名日军中队长，那他无疑是全县最了不起的抗日斗士和民族英雄了！可是，却没有足够的史料证实这一重大历史事件，没有线索找到这位伟大的抗日英雄,这不能不说是一件万分遗憾的事情!

　　写史修志,是十分严肃的、影响到千秋万代的大事,讲究"无一字无来历",不允许有半点的猜测、想象或虚构。县志办的秀才们在所有努力失败以后,只得放弃了对这一重大事件的考证,按他们所掌握的材料作了如上的记述——他们毕竟不能因为这件事而耽误了整个县志的出版时间。

(1993 年)

重　名

事情弄到这步田地,我可是万万没有想到。是悲是喜?是酸是甜是苦是辣?都是,又都不是。

记得那一天上班,刚进传达室取了报纸信件,就有人拍我的肩膀:"你这家伙也真行啊,成了两栖动物了,恭喜恭喜!"我着实一愣,正想问个究竟,此人已经舍我而去,留下一个意味深长而我却莫名其妙的黠笑:"这回可得好好请客噢!"

我想大概是出了什么误会了,得问问清楚。

校长、主任和几个同事和我打招呼时都有点异样,我只觉得他们热情得有些可疑。转而一想,又觉得这大概是因为我的疑心。本来嘛,出差几天,没少辛苦,领导同事表示起码的关心和体恤,事实上没什么奇怪。

跟着就开会,全体教学人员会议。我正走神,忽然听到校长好像在表扬我。我一惊,连忙仔细听:

"……我们搞教学,搞科研,就是要像苏靖山同志这样勤勤恳恳,老老实实,扎扎实实……"

会场一片寂静。眼睛的余光告诉我,有不少人向我瞟了瞟,目光似乎是艳羡的冷漠的不屑一顾的和不怀好意的。怎么回事?

"……我们知道,苏老师是搞中国古代史的,在我校也可以算得上是一块牌子了。他发表的文章在相同条件的同志中是第一个,而且近两年内就有三篇,级别也不低,都是省级刊物。可他却不骄傲,不松劲,又默默地搞起了其他研究。昨天我看了他在这一期《社会学》杂志上发表的那篇文章,长达一万二千字,写得多深刻,多及时,多好!可我们有些人呢?我看未免太不踏实,太不刻苦,太显得浮躁浅薄了吧……"

我立刻知道发生了什么样的误会，没来得及多想，就伸直脖子开口。可没想到众目睽睽之下，懦怯羞愧惊恐和尴尬使我结结巴巴语无伦次了："不不不……校长……我不知道……怎么回事……"

校长正在兴头上，向我摆了摆手："苏老师你不必谦虚了。"见我还想说什么，他显得很不耐烦，不再看我也不容我再开口，自顾自地说下去："……我们是学校，是要以教书、写文章为本的。我看是越有点水平的人倒越是谦虚，越是发愤。上次我到省里开会……"

我再也无法听清校长在讲什么，大意是以我为榜样在训诫那些不用功的人。

我下意识地摆弄着一摞刚刚取来的报纸和信件，心中盘算着会后如何向校长解释这件倒霉的事。无意间，我发现了陈平的一封信。我这人性格内向，怯弱，交友极少，但所结都是至交，轻易不断往来的。陈平是我大学四年间结交的最好的朋友，现在石城大学历史系任教。我们的通信，也像情人似的频繁。我每次等他的信，也确实像等哪个情妇的信似的急切，这使我老婆不无醋意，不阴不阳地说还是人家两地分居的好。此刻我横竖心里乱，也顾不得校长开会最讨厌有人看东西，急忙拆信看起来。

靖山：

你好！

久不回你的信，我老觉得耳根热，料你不是等急了，便是骂够了，现在是"渡尽劫波兄弟在"了。

是一件蹊跷万分的事，促使我写这封信的。且听我细细道来。

五月廿五日至三十日，我去了一趟"皇都"，参加一个小型的先秦孝道思想讨论会。想不到竟遇上了一桩"今古传奇"。在报到处，我一眼就看见了你的名字，高兴得失声大叫。心中又大骂你这家伙真鬼，事先不说，想给我一个喜出望外。假使我有心脏病，岂不叫你送了小命？再一看，一桶冰水从头浇到脚——原来这个"苏靖山"是冒名的顶替的，他在"从何处来"一栏里填着"东方大学社会学系"！真他妈见鬼，社会学系的人跑到这个死人骨头会上来混什么饭吃？

我垂头丧气地上了楼。开门，便见着了那个冒名的苏靖山。这个苏靖山使我彻底失望，矮、瘦、黑，土不拉几的，一点没有我的朋友那般伟岸魁梧，一表堂堂。我懒得和他搭讪。他倒热情十分，没话找话与我攀谈。不谈则已，一谈叫我差点儿卡死他！

世界之大，无奇不有。可世界又如此之小，叫我遇上了这个恬不知耻的"苏靖山"。（老兄，我简直想劝你改名了，省得我又气又讨厌又无可奈何！）我问他搞社会学怎么跑到这儿来了，他便吹开了大牛。一吹吹破了遮掩，露出他的羞处来！他把你的文章全都吹到他的头上来啦，我的兄弟！世上竟还有他妈的这么做人的吗？世上竟还有这等巧事吗？看来我们今后也不能一味责怪那些离奇的小说胡编乱造了。你仅有的三篇大作，他竟不慌不忙一一道来，看来这家伙唯一值得我学习的就是看杂志目录还挺仔细。

你能够想象，出于对友情被极度亵渎的切齿痛恨，我是怎样没待他的兴致减退，就婉转地、心平气和地、毫不留情地剥去了他的画皮。可是，出我意料，事情出现了某些转机。他先一再承认这件事他做得是十分混账的，而后又说他也有他的苦衷。活见鬼，你他妈的欺世盗名、良心喂了狗还有什么苦衷？不料这家伙的嘴巴还是蛮乖巧油滑的。他说并非他有意冒名吹嘘，招摇撞骗，是他的同事先造成这场误会的，而他的一个好友怂恿他将错就错，原因是职称评定工作即将"解冻"，凭他的资历，要争个讲师头衔是不容易的。而既然他已发表了三篇史学文章，可能还有些希望，云云。看他那诚心诚意的蔫了的样子，也不像个职业骗子，我只觉得既可怜，又可恨，且可嫌。思及自己，不也在为讲师职称呕心沥血，舍命发奋，四处钻营，而前途尚凶多吉少？悲凉之情不禁亦由此丑闻油然而生。有鉴于此，我倒又动了恻隐怀柔之心（我这人很可能倒就倒在这易动同情心上）。其实他也不就借了你一个名字而已么？何况这确实也是他自己的名字，他也不曾得你一分半厘稿费。评职称想必将是一场白刃战，谁不想拼死一搏，以求一逞？！我竟答应他不再理会，并应承在你们两个苏靖山之间调停斡旋，让他在步向讲师的台阶上多两块砖头。不知兄弟你可有这个气度？如果你翻了脸，那可怜的家伙可就让我出卖了！书及此，心中说不出的烦躁。那个苏靖山的谈吐很不俗，又颇江湖气。怎么样？是否就由我来牵牵线，你们两个从此交个无赖朋友？

靖山，再让我来出个歪点子。职称评定在即，你何不借彼苏靖山之名，多报两篇社会学论文？相信这将对你发生终生之影响。当然，你这书呆子也许会觉得这样做未免过于昧了良心，可是老兄或许比我还清楚，今天"良心"二字已被玷污成什么样子了呵？凭什么我们臭书生混成这个鬼模样？凭什么那些老家伙要来挤我们的额子？凭什么人家可以你争我夺你践我踏你针尖我麦芒而我们就不可以略施小计？他妈的谁叫成者为王败者为寇老地主藏变天账被枪毙老干部低头认罪唯唯诺诺以免一死而后又上访喊冤平反昭雪官复原职工资补发油水捞足再离职离休去写满是狗屎狗屁和珠光宝气的回忆录那帮乌纱上还没来得及沾上尘土和脑油的新贵对上司笑得满脸打皱对下属和百姓脸绷得生疼像要裂开令人想起来百思不得其解做起来不思便得其解……好了，我又激动了，毛主席教导我们牢骚太甚防肠断。算我是胡说八道，算我什么也没有说。请你赶快狠批痛骂吧！

写得不短了，再晚回去老婆又要啰嗦了。前几天为了做不完的家务我已和她干了一架。现在的女人们明显退化了，做什么事包括下个蛋生个孩子都嫌苦。不过也难怪，时代都发展到超导体研究成果累累，谁让我他妈的连一个保姆也请不起的呢？唉，打住吧。

向嫂夫人和孩子问好！

拥抱你！

平弟叩上
5 月 31 日

我当然已不知道自己还在开会，还在聆听校长的谆谆教诲。天下竟真有这样的奇事？我该怎么办我该怎么办我该怎么办呢？坦白？哦不，我还毋须坦白，该坦白的是苏靖山，哦不……哦是，是那个苏靖山那个东方大学的苏靖山。将错就错，假戏真做？哦不那未免太不光彩太堕落太狼心狗肺了。可职称……我本来正愁文章太少，这下不就够了？再说我也并非有意剽窃，哦不谈不上剽窃，要说剽窃是他，那个东方大学的苏靖山先剽窃的。可人家不是也很可怜，且也不是有意的。陈平说得对，双方互相借个名字而已，哦不也毋须借名字本来就是自己的。光彩，什么是光彩？光彩也解决不了讲师职称啊。工资一个月就差近二十块，补两年又是四百多块，有四百多块洗衣机不就不成问题了？老婆洗衣服也实在太辛苦了，相信有了洗衣机她的脾气会好得多的……那就这样了？总不大好呀，还是散会后去找校长吧。可校长已经讲了这许多我再去说能不能说得清呢？再说这么大的事为什么会上没有及时解释清楚造成这么大的影响校长丢了面子怎么说得过去校长可是最顾面子的呀！唉怎么会有这种奇怪的事情的呢？早知这样我当初用个笔名不就没事了，哦不用了笔名岂不就没有这个机会了么哦不只要那个苏靖山不用笔名还是有这个机会的而且他倒反而没有这个机会了而我反而倒仍有这个机会……

"……职称问题，下半年就要评定了！"校长的话声音突然高了八度。职称？我一惊。职称！急忙竖起耳朵听：

"……评职称当然会有具体条例的，目前还没有下达。不过我想，这个问题在改革东风劲吹的今天主要看什么呢？总不能再像从前光看年龄、教龄等等这些人人会有的东西了吧？总要主要看看我们的水平了吧？看什么水平？我想无非就是教学、科研加上政治思想表现吧？旁的人我不敢说，苏靖山同志评个讲师我看总没有什么问题吧？有人可能会说他的资历不够，资历不够可以看水平嘛！他那三篇史学文章写得不错大家是知道的。而这次的社会学文章写得多漂亮！不说顺理成章，就是破格，我看也可以了。当然，评定工作会照章办事，我这里只不过是想说，我们应该学习苏老师这种踏踏实实的精神，开拓进取，齐心协办，把我们的学校办得更好更有生气更有活力……"

啊？啊！啊，啊啊啊啊……

……

我一直没有去找校长解释,我竟心安理得地干了这件昧良心的事情,我真混账。

紧张的角逐较量。正儿八经的开会评议。乱七八糟的各种争论。诚心诚意的说情。不顾廉耻的吹嘘表白打击诽谤视而不见无中生有。从来没听见过的桃色新闻。谄媚的笑由衷的骂无可奈何的叹息。响个不停的电话。撞了门槛的陌生的脚。暗夜的路上颤颤的手拎着的包里装着的不知从哪个贩子手里买来的高档的烟和酒。镇定自若稳操胜券的面孔。冠状动脉粥样硬化的却不得不忐忐忑忑一夕数惊的心脏。赤膊上阵破釜沉舟背水一战老子不达目的誓不罢休否则我叫他下不了台收不了场叫你们一个高兴不成充其量弄个处分再调走那正好我不干了我正厌烦透了呢这回我是下决心干到底了。能上就上不能上下次再说留得青山在不愁没柴烧当然不是说不力争实在争不上就算也不必伤了和气小不忍则乱大谋路漫漫其修远兮千万要镇定冷静。这下完了反正我不想上再说工资也挂不上钩说到底还不是几个钱再加个名声也没什么意思混混算了怒伤肝喜伤心思伤脾恐伤肾要心安理得心平气和。烦死了真烦死了搞什么职称不搞不是蛮好看搞成什么样子了完全是原始的弱肉强食适者生存这还哪像个有知识的人待的地方简直是罗马斗兽场无聊无聊实在无聊庸俗透了……

正像校长说的,我虽然资历浅,但沾了"水平"的光。三篇史学文章再加上那个苏靖山的两篇优秀的社会学论文,在同仁中已是无可匹敌,我成了最没有争议的人物,将轻而易举地(哦不,一来我确实没少用功,二来我负着别人无法想象的良心上的重债)评上讲师职称。啊,评上就好了。有了这头衔,讲课,寄文章,参加会议当然都能说得响,登文章或许也能更容易些。再说,工资,我的工资才七十六块。他妈的老婆比我还多五块钱,难怪她要这么神气。这下好了,一来可以杀杀她的气焰,二来经济状况可稍稍好转好转。洗衣机无论如何得买了,就买那个什么伯乐牌全自动的。啊?伯乐牌是电冰箱?那就买那个什么乐牌的反正是最好的全自动的。对,买好些的,让她高兴高兴,往后关系也可望融洽些,我好有更多的时间和精力看看书写写文章。这下她会同意我买《史记》了,不过他妈的书价怎么就黑了心地乱涨,上回十一块钱一套的《史记》不买这下要花十九块八毛等于是两张工农兵了。我知道她对我买书意见最大每次想买书总像是小孩子打碎了碗似的不敢正眼看她也真他妈的太窝囊了。陈平说得对,现在的女人是太不像话了,生一个孩子也带不了,真不知当初我的爹娘是如何三头六臂把七八个孩子猪狗般地抚养大了的。嗯嗯唉,副教授可就不那么容易混了,说什么也得有本像样的专著,还得熬到那个屈背佝腰满嘴牙齿松动的年岁呀。臭教书匠活得也真他妈的不易,过一关脱一层皮。你看臭鳖那小子,连《资治通鉴》都读不通的人,才几年就混上了副处级,工资遥遥领先,小汽车出出进进,美酒佳肴不断,高档烟茶不脱,哪儿来的？早知道我们也不犯那傻了,什么事业专业,狗屁啊！看点书写点文章还要受老婆的窝囊气。不过话说回来,我也不是那块当官的料,溜须拍马欺上压下见风使舵嗯哼啊哈没话找话说固然不提,连坐那个桑什么纳的也晕车……

　　这期间我和那个东方大学的苏靖山通了几封信。想不到我们两个活宝把自己的不光彩互相坦白后竟也一见如故。我们的信没有一封不充满了真诚的和虚假的自谴自责。我们对另一个苏靖山是那般宽容到极点,对这一个苏靖山又是那般严厉得近乎凶恶。我们每封信都把自己骂得连一堆烂狗屎都不如,似乎非如此良心便得不到一点安慰。

　　职称评定投票的日子越来越近了,我因心底那块发霉的地方作祟,总有些疑神疑鬼,恍恍惚惚,草木皆兵。我不停地咒骂自己怎么就如此不中用,林秃子说不说假话办不成大事,我搞了这点小小的阴谋就这般惶惶不可终日,未免也太可怜太不成器了,典型的小生产心理,典型的小资产阶级分子心态！

　　这天晚上刚睡下,就听见有人敲门,我一个人在家,也不知老婆跑到哪儿去了,不免心里有些发虚。

　　"谁？"

　　"老熟人,开门吧！"声音很细,像个女人的男人声音。

　　门开了。三瓦节电荧光灯的微弱光亮中,现出了一个可怖可憎的面孔。头颅颇大,却瘦得像一具骷髅上蒙着一张面孔,眼窝深陷,朝天的鼻孔喷着两团白雾。嘴巴大得出奇,牙齿在黑色的背景上发出一排荧白色的光点。

他正咧着嘴似笑非笑地望着我:

"怎么,连自己也不认识啦?我是苏靖山呀!"

"啊天哪,你怎么这么晚地不期而至?"

"乘飞机来的。"

"飞机?这里没有飞机场啊!"

"不要迂腐了,快弄点吃的来吧,饿坏了。"

他大模大样地走进屋,我这才发现他什么行李也没有,穿着背心短裤头,赤着脚,像是刚从睡梦中惊醒了赶来的。他竟一步跨上床,像北方人上炕那样坐下来,我看见了他的大脚丫很脏很黑。

我不好多说,进厨房找了一碗剩饭和半碟剩菜端给他。可他却已捡了一个堆放在床头的没有洗过的番茄在大口吃起来!他或许是太饿了,可也不至于如此狼狈呀!唉,这就是和我重名的苏靖山?

"老兄。不必忙了。坐下来吧。我的时间不多了……"

"你……"

"我倒了霉了。职称泡了汤啦。我是逃出来的。我无论如何要上告。不!你替我上告。我再有罪他们搞非法拘禁也是犯法的。而且还打了我。不知是哪个混账做了手脚。他们硬说我的文章全是假的。怎么全是假的呢。我至少有两篇是真的呀。再说他们怎么就知道我冒了你的名呢。起初也是他们硬说成是我的呀。我也想过了。我曾经想交代清楚。可我只是怕连累了你。不过他们迟早要来搞调查的。士可杀而不可侮。我是决意不活了。这样活得太窝囊……"

"你你你……"

"我是死路一条了。我赶来就是为了见你一面。你无论如何要替我上告。别的不告就告他们非法拘禁。你会不会原形毕露我也没有办法了。你多保重吧老兄……"

说罢他把吃剩的半个脏番茄往窗外一扔,还没等我反应过来,他飞快地向我一拱手,追着那块番茄一纵身,跃下了窗台!

"啊苏靖山你不能这样你不能死即使要死也不能死在我这儿再说要死

我们一起死！"

我极度惊恐，未及多想，也跟着他一跃而起跳出窗外……

这是二楼跌下去也许不会死可是也说不定下面是坚硬的水泥地啊事情怎么这么突然那么再见吧职称再见吧爱妻爱儿再见吧陈平再见吧亲爱的爸爸妈妈……

奇怪的是我下跌的速度极慢极慢。往下看，这哪是什么二楼至少有一百层楼高简直就是万丈深渊！苏靖山他在下面我苏靖山在上面，就差那么一点点悠悠地往下坠，就是坠不到底。我想起这短暂惨淡的一生想起吃不饱的童年少年和初中高中和当农民的年月想起爸爸佝偻的腰妈妈昏花浑浊的眼想起可爱的儿子和可气可怜但并不可恨的妻子想起我一贯对人生的留恋可马上就要血肉横飞粉身碎骨我恐惧万分我不得不绝望地大叫——

"啊——啊——啊——！"

"靖山靖山怎么啦你怎么啦?！做噩梦了吗你醒醒呀！"

——哦，他妈的原来是一场噩梦！心跳得像奔腾的马蹄，浑身大汗，衬衫全沾在身上了。

"怎么啦你？做了什么可怕的梦了？"妻子体贴地抚着我的胸口，倒也没有责怪我惊醒了她的酣睡。

"唉——！"跟你怎么说得清呢？有许多事情跟女人是说不清的。"你睡吧，我梦见了一条毒蛇要咬我，真见鬼。"

"叫你别把手压在胸口上你偏不听，睡吧快睡吧，明天还要上班呢。"妻子又很快睡去了。

可我再也没有睡着，睁着眼睛挨到天明。脑子昏昏沉沉像滚开的一锅粥……

第二天我无精打采地去上班。照例先打开信箱取报纸信件，一眼就看见那只东方大学的大信封，急急拆开，但见信略曰：

靖山吾兄如晤：

有道是"多行不义必自毙"，难道我真的劫数已到了？本系职称评定已于昨日揭晓，陈平老兄不幸而言中，我名落孙山，榜上无名。我虽不像你那般稳操胜券，信心百倍，然事到临头仍免不了瞠目结舌，犹如挨了当头一棍。早知今日，何必当初。我何苦受了这半年多的食不甘味、寝不安枕、惶惶惑惑、恍恍惚惚的洋罪呵！然思及"谋事在人，成事在天"之古训，只得自认晦气命苦。黄鹤已去，他日再图吧。

　　靖山兄，祝你成功。依我看，我们也不必再为那小小的阴差阳错自责无期了。天地玄黄，宇宙洪荒。古往今来，窃国窃邑窃金窃银窃权窃政窃名窃利者何其众也！泱泱大国，衮衮诸公，我辈何物？可叹我等谦谦君子，实乃十足的戚戚小人。长此以往，遥遥无期，岁月蹉跎，终无宁日矣！细思近半年来，为这自谴自责、自怨自艾所累，我竟一事无成，连一篇早已有了框架结构的文章也没能写得出来，岂不可怜可憎亦复可叹！有一度时期，我差点像契诃夫的小公务员那样去找主任坦白，好了却这块心病，终于怕连累你尊兄而作罢。现在看来，只有天下最大傻瓜才会那样做。我经昨日一记闷棍，恰似醍醐灌顶，已完全甩去包袱，清醒过来。连夜伏案疾书，竟思如潮涌，今日已得万言有余矣！妈妈的，老子这条狗命与他拼了！

　　靖山吾兄，人生得一知己足矣。我们虽未谋面，可也算得上是一对知己了吧？若不嫌弃，弟乞携手，轰轰烈烈干他一场！我的这篇狗屁如能面世，求你堂而皇之去禀报上司，难道就算我们合作的还不成?！兄若再有大作，弟亦乞分享，不再以为耻。就让苏靖山真的成为一个人吧，何如？妄出胡言，我心惴惴，盼得圣旨！

　　明日（不，今日）还得血战，书不尽言，草草即此。笔走龙蛇，谅兄能宥。

　　即颂

冬祺！

弟靖山顿首
11 月 10 日凌晨 3 时于
东方大学芜园

碧空万里,朝阳彤彤,又是一个好天气。我因一夜未眠,加之出了一身冷汗,早起倍觉恶寒,穿上了全毛华达呢中山装。看罢信,迎着太阳走向会议室,浑身顿觉闷热,匆匆解开领扣,一阵凉爽的微风直扑心扉,心情和精力陡地好了许多。

　　今天开会是要公布职称评定结果,同事们神态各异,却没有一个迟到的。

　　会议准时开始了……

(1989年)

台柱子的位移

台柱子者,教学之骨干、名牌、脊梁也。白某自脱颖而出到日渐泯没,大约当了近十年的台柱子。从知从何时起,众人友善、亲切而常带几分钦羡地称他为"白台柱子"。

实话实说,白台柱子享有这一尊称,并非完全因为他水平高、功底深,主要还是因为他有上进心、肯吃苦、表达能力强,再加上熟悉干部教育的特点,或者说是掌握了干部教育的某些规律。

在干部学校做教员,是要有点本领的——这当然是指做一个出色的教员。干校有许多不成文的规矩,或曰传统,比如这"教员"一词便是。须知"教员"是不同于"教师"的,"员""师"一字之差,便区别了所谓谦逊与骄傲,尊重与轻慢,实在与虚荣,忠诚服务与好为人师等等。因此,妄称"教师"是万万要不得的,白台柱子就深谙个中道理。比如,最基本的,上课伊始,他总是极谦恭地一微笑,几点头:"同志们!现在我们就开会了!"开会?对,开会。要知道台下都是相当一级的领导干部呵,你个小小教员凭什么开口就要给人家上课?上课可是老师对学生的语言,使不得的。而后,他便坐下来(这一点又与其他学校不同,既是开会式讲课,教员坐下来是顺理成章的;而且,这样做既可免干部们仰视教员而生居下临高之错觉,又可免教员几多局促无措),说:"今天,我和各位领导一起学习第×章第×节第×个问题。我先把我个人学习的粗浅体会向各位领导作一简要汇报,不当之处在所难免,务必请领导同志们批评指正……"于是,学员们(领导干部们)纷纷翻开教科书和笔记本,会抽烟的点燃一支烟,美美地吸上第一口;好喝茶的打开茶杯盖,缓缓一吹,呷上第一口香茗;不抽烟也不喝茶的,就拿起笔,准备记录。至此,一种下级向上级汇报工作的、学生接受老师批评指点的、互相沟通谅解的、极其融洽和谐的气氛,便在会堂里形成了。从"我的汇报分为×个部分……"起,到"敬请各位领导多提宝贵意见"止,白台柱子的讲课自始至终听不到一句诸如"下面我讲……""我认为这个问题……""大家一定要注意……"之类的语言,而是:"下面我开始汇报……""我不成熟的体会可以分为三点……""这个问题我个人体会是比较重要的,是不是恰当,请领导同志们斟酌……"等等。

白台柱子对干部教育事业热爱而忠诚。他第一回受命充任某短训班主讲教员,是老校长看中的。那次校长临时出差,便把原先准备亲自担任主讲的三节重头课交给了白台柱子。那一次白台柱子过于激动了,提前进入了角色,竟至一夜未眠,第二天精神恍惚,上不了台,只好请求教务处通知学员:上午三节课因故延期,改为自学。这一细节,是老校长在一年以后教育几个不安心干校工作的年轻人时偶尔透露出来的。

白台柱子很刻苦,经常攻读到午夜过后。他不读太多的参考书,马列原著更不问津,他主要是钻研教材。一本教科书,从头至尾,没有一段不划着密密麻麻的杠杠。先是蓝的,再是红的,而后是黑的、绿的、棕的、紫的。谁发明了七色水彩笔,实在功德无量。教科书往往只分章、节、纲、目,而许多大段论述则不分小点。于是白台柱子在书上划出了大一、二、三、四,次大〈一〉、〈二〉、〈三〉、〈四〉,中(一)、(二)、(三)、(四),次中1、2、3、4,小(1)、(2)、(3)、(4),次小①、②、③、④……有条不紊,眉清目秀。白台柱子把这项艰苦的工作比喻为"梳辫子",是讲好一堂课的"基础工程",要用扎扎实实的"水磨功夫"。正由于此,再深奥的教科书,白台柱子在讲台上也能把它演绎成使许多只具"相当初中"文化的领导干部们一听就懂的浅显理论。一般说来,他可以把某段教材归纳为最基本的几点即重点、次重点、难点、疑点、出发点、着眼点、关节点和落脚点,加上诸如一个"中心"、两个"明确"、三个"提高"、四个"关系"之类的提要。有时还编成五言或七言要诀,排比对仗,工整押韵,朗朗上口,人人能记。学员考试时万一忘了某要诀,只需同桌人提醒两三个字,便可唤起记忆,相视而笑,奋笔疾书,妙语连珠,洋洋洒洒,瓮中捉鳖,胜券稳操。考卷评出,人人高分,难辨伯仲,皆大欢喜。

白台柱子最善于吸收运用群众语言,说明白点就是用顺口溜。比如,形容大呼隆时农民出工:"一喊不吱声,二喊应一声,三喊头一伸,四喊才动身。"形容某些干部的不正之风:"工资五十三,家庭有负担;抽的是牡丹,酒瓶一大摊;房子五六间,本事不简单!"这些取之于民、用之于官的形象化语言一念,台上台下情绪极易沟通,效果是了不得的。

白台柱子的讲课很快赢得了盛誉。领导干部们纷纷说:"太好了!干校的教员都能像他这样就好了!"

话说回来,白台柱子也有他的短处。

其一是白字较多。据粗略统计,大致有:深川(圳)、居心巨(叵)测、棵(裸)体、病入膏盲(肓)。不过这些后来大多逐步更正了,余下的只是一些小小的讹误,比如:坐(挫)折、敬(擎)天柱、从(耸)立、甫(哺)育等。

其二是讲课时间把握不住。白台柱子上课,精神饱满,抑扬顿挫,很有感染力。讲到得意处,春天会捋捋袖子,夏天则脱去衬衣,秋天就解开门襟,冬天便抹掉帽子,目或闭之,首或颔之,臀或磨之,手或舞之,足或蹈之。有时不顾台下人来得及反应与否,兀自先朗声大笑起来,效果极佳。传说有一回他的毛线衣袖口不幸脱了针,撒下好几尺长,又舍不得拽断,便绕成团塞在袖筒里,等老婆晚上帮他缀上。不料上课说到忘情处,手一甩,毛线团飞将出去,像捕鱼人放了飞叉,惹得台下哄堂大笑。巧的是该堂课讲稿中高潮迭起,白台柱子实难自制,竟至毛线团屡屡飞出复又塞入,如是者三。阴错阳差,无心插柳,效果出人意料,一时传为佳话。课后某女学员出于尊师之心,想帮白台柱子把袖口织好,白台柱子经过慎重考虑,终为避嫌觉得不妥而未允。干校上课历来无所谓上下课时间,一讲一上午,中途休息一次。白台柱子讲课容易出神入化,从不看手表,对上下课时间是很不介意的。八十年代初干校办起了正规大专培训班后,问题来了。五十分钟一课,届时电子自动控制系统就打铃,准确无误,学员听到铃声难免走神,而此时白台柱子往往正讲在兴头上,不章不节不纲不目不小点,打不住。要么就拖课,影响学员透气解溲,学员就有意见,令白台柱子好不伤神。

其三是笔力欠佳。论写讲稿,别人弄不过白台柱子,因为他有上述诸点诸关系诸要诀的专利,别人横竖学不像。然写文章,他就打了噎了。先前还行,批林批孔、批邓反击右倾翻案风那时节,他都登过文章,还有三百六十五字的短论上了理论界的殿堂《红旗》杂志。到后来形势不断发展变化,他老跟不上潮流,文章中总免不了"东风劲吹,红旗猎猎""是可忍孰不可忍""此种谰言可以休矣""难道……吗"之类的句子,编辑们已不再喜欢。

在事业上和仕途上,白台柱子很顺利地过了一关又一关——教研组副组长、组长,教研室副主任、主任。教研室主任虽说只管了四个人,但正科级却是明文宣布过的。

孰料,不多时,白台柱子的道路便渐渐不顺遂了。

看来,是这么几件事造成了他的失着。

一九八二年起,一批年轻大学生分进了干校。二十来岁的小毛头,还远不知天有多高地有多厚。校领导出于关怀、爱护和栽培,请老教员向他们传授教学经验。要说经验,当然首推白台柱子。他清了清嗓子,抑扬顿挫地开了口:

"同志们!我国、历史上、著名的教育家,韩——愈、说过,'古之——学者——、必有师。师——者,所以传、道、受、业、解、惑也'。从教员的——角度理解,这段话,说得很——好。我们身为——干校、教员,任务就是:一要传——道,传——马列主义、毛泽东思想之道;二要授——业,授——实现四个现代化之大业;三要解——惑,解——四化建设中、出现的、新情况、新问题之惑。然而,干校,有干校的、特点,这个特点,首先、表现在、我们的、服务对象上,那就是,我们台下坐的、都是各级领导、干部,水——平,比我们高,年——龄,比我们大,资——格,比我们老,经——验,比我们足……"(为免拗口聱牙,往下表抑扬顿挫之标点符号不再标出,请读者诸君见谅。)

这番话是说得很好的,老校长微笑颔首的神情便是结论。白台柱子一兴奋,千不该,万不该,不该说了下面这几句:

"……怎样才能克服初次上台的恐惧胆怯心理呢?首先当然是要认真备好课。俗话说得好:手中有粮心不慌,心里有戏不怯场嘛!但从教学法的角度讲,根据我个人的粗浅体会,主要是要做到'目中无人'。就是说讲课时只当台下没有人,只有桌子板凳,那都是没有生命的木头做的。你也可能实在做不到这一点,因为你眼睛里事实上有人啊。那你就只当台下都是小学生,都是幼儿园的娃娃,再说难听点,都是第五人民医院的白痴……这样,你的胆子自然就壮了,声音、手势、神态也自然就镇定自如了!"

就这几句话,彻底坏了白台柱子的大事。谁都知道,世事纷纭,有许多人人都在做的事情,人人都在想的东西,却不是可以随便拿到桌面上去说明白的。白台柱子当了一回二百五——原来如此噢!这不等于你从前的一切谦虚、恭敬、实在、忠诚服务等等全都是骗人的么?你对我们的领导着四化建设的各级干部哪里还有半点无产阶级感情呢?真是得意吐真言,不打自招啊!而且,在向新教员传经送宝的场合说出这番话来,影响该有多坏!老校长当即红了脸,把白台柱子狠狠剋了一通。这大概是白台柱子担任干校骨干教员后的第一次受挫。

又一次,白台柱子在某大专培训班上课,他用的是三年前写的历来享有盛誉的讲稿,难免又兴奋起来。台下有两个人一直在窃窃私议,他并未在意。不料临近下课,他正语调铿锵地高声诵出结束语,台下竟有人发出了和他完全同步的声音:"……让一切、宣扬、唯心主义的——荒、唐、论调,统、统、见鬼——去吧!"满教室的目光霎时集中到那个发出同步声音的所在。白台柱子发现,那是刚刚在窃窃私议的两个人中的一个,他很感诧异和恼怒,又不知原委,不便发作。这时下课铃响了(此时白台柱子已能较准确地把握下课时间了),他只好急急收场。不待白台柱子追问盘查,便有意见反映到校长那里,说白主任讲课的例子完全是抄的一本《通俗哲学讲话》上的,讲稿也和三年前的完全一样,几乎一个字没有动,希望学校领导督促他改进改进。——原来那位同步声音发出者三年前来过干校,聆听过白台柱子的"汇报",他是在念他昔日的课堂笔记呢。校长又一次找了白台柱子,要他引起注意,不要做有损干校声誉的事情。这在白台柱子的头上无疑又是一棒。

此后,白台柱子命途多舛。他又受到了那帮年轻小毛头的挑战与威胁。小毛头们博览群书,思路怪异,信口开河,动辄大谈弗洛伊德、尼采、萨特、马斯洛……把以白台柱子为主构筑的诸点诸关系诸要诀的教学体系冲得稀里哗啦,摇摇欲坠,岌岌可危,眼看就要瓦解了。白台柱子不懂那些稀奇古怪的舶来货,但又不甘偃旗息鼓,善罢甘休,于是挑灯夜战,加紧用功,想尽了办法。他开始反击了。刚好那些日子晴转多云偏西风转偏东风三到四级并逐渐加大到五到六级,政治气候正合适。那日,白台柱子为全体教员开公开课,他借题发挥,旁敲侧击,呼地一下就把他研制多时的重磅炸弹扔了出来。

"……改革开放以来,形势大好,有目共睹。不仅经济技术吸收进来不少,思想文化方面也涌进了一些东西。当然,主流是好的。可是,正如有些权威人士所说,窗户一开,新鲜空气进来了,这是好事;可同时苍蝇、蚊子、臭虫也撞进来了,因此我们要立即着手装纱窗。这个比喻何其贴切!那些什么弗洛伊德的精神病分析学(不好,因还完全没弄清而把'精神'误为'精神病'——引者注)、潜意识、性心理学能引进吗?!简直是诲淫诲盗嘛!什么尼采的意志与超人,完全是极端个人主义、悲观主义的东西!什么萨特的存在主义,玛丝洛娃(糟糕,马斯洛误为《复活》中的女主人公——引者注)的第三思潮心理学,完全是早已被马克思主义者抛弃了的唯心主义破烂货色!引进这些东西?是可忍,孰不可忍!我们要引进的是马克思列宁主义!而这在中国早就引进了,早在五四运动时期就引进了!我认为这方面现在不存在什么改革开放。我们早已引进了一条'流水线',这就是马列主义的世界观和方法论。我们党用这条'流水线',把马列主义原理与中国实际这两种原料相结合,生产出了世界上的最新产品,这就是——毛泽东思想!我们还在用这条'流水线'不断生产,我们必将生产出更好更新的产品,那就是不断丰富发展了的毛泽东思想!"

"哗——!"大出白台柱子的意料之外,台下爆发出一阵雷鸣般的掌声。白台柱子原来只想借机反击一下那帮小毛头的挑衅,不料遇上满堂知音,激动得眼眶顿时有些潮湿。

然而,白台柱子的这番话在教师中引起了激烈的、不可调和的争论。几个小毛头甚至义愤填膺,去找老校长评理。校长耐心听完,未置可否,只是事后把白台柱子找了去,说:"老白啊,以后这种事情不要自作主张在公开场合造成影响。你那个比喻也太不确切了,简直有点庸俗化。怎么能把严肃的马克思主义比成没有阶级性的流水线呢？我早就说过，打比方要慎之又慎，你偏不听。而且，事先不认真研究，把一些名字和概念也说错了……"

白台柱子一肚子怨气，敢怒不敢言。适逢职称改革开始，他决定在这场真枪实弹的战斗中与同事们决一雌雄。他申报了副教授这一高级职务。可是根据评定细则，三中全会以前的观点有明显问题的文章不能算在科研成果之内。这下糟了，白台柱子的主要成果出自批林批孔和批邓那个时期，不可能没有问题。他不服，拿了几本发了黄的《红旗》《学习与批判》《批林批孔理论文章汇编》等书刊，去找评审委员会，说："难道这些不是成果吗？有几个人在这么高的级别的刊物上发过文章的？文章有点问题怎么能怪我们小老百姓呢？难道作为普通党员，现在强调要和中央保持一致，那个时候就不要保持一致吗？"评审委员会汇报了老校长。校长向白台柱子发了前所未有的大火，责问他党性原则哪里去了，责问他是不是想弄个党内处分，责问他想不想要职称并继续在学校干下去了……

白台柱子既与老校长吵翻，自知再在干校待下去既没意思也没前途，于是走了些门路，找几个赏识和同情他的老学员帮忙，调走了。

他走的时候四十三岁，到一个局里当了党委副书记，副处级。这个局是个要害部门，白台柱子进进出出都是乘的皇冠牌小轿车，而干校那辆灰不溜丢的上海牌他一共还不知才坐过几回呢。听人说，即将离休了也才只不过是正处级的老校长，在听到白台柱子就任副书记职时，什么也没说，只是轻轻叹了一口气。

（1989 年）

最清洁

史学界巨星陨落　《官制史》功亏一篑

新华社碧城五月五日电　我国杰出的历史学家、碧城大学教授韩渊先生因心脏病突发,医治无效,今晨五时五分在碧城逝世,享年69岁。韩渊教授毕生从事中国历史研究,著作等身,治学严谨,在国内外史学界享有盛誉。近年来,韩渊教授致力于中国历代官制研究,所著《中国官制史》,预计三卷150万字,已出版两卷,第三卷原计划年内问世,不幸积劳成疾,溘然长逝。韩渊教授的逝世,是我国史学界无法弥补的巨大损失。

小秋水是少先队的中队长,经常穿着一套洁白的小西装,一双洁白的运动鞋,鲜红的红领巾和两道红杠的臂章在白颜色的映衬下,格外引人注目。再加上她那白里透红五官端正的小脸蛋,那一头乌黑发亮的头发,谁见了她都喜欢。

秋水的这身使周围的小朋友争先模仿的打扮,是她的妈妈精心设计的。因为别人的模仿,小秋水便不再出众。妈妈不得不被迫弃旧图新,另行设计新的吸引人的款式。这样的事已经不止一次的发生了,小秋水不自觉地成了班上"领导服装新潮流"的人物,这使那位总是不修边幅的班主任很有点讨厌。但小秋水的本意并不是标新立异,而且穿戴也根本谈不上是奇装异服,因此班主任还是不得不经常在班上表扬秋水,说她是全班从来最讲卫生的一个人,希望同学们向她学习。

秋水的衣服,夏天每天换洗当然是不用说的。春秋除了下雨衣服晒不干，也从来是每天换一套。即使是冬天，最多三天，是一定要换洗一次的。至于洗头洗澡，就是冰冻三尺的大雪天也不破例，假使三天不洗，晚上简直难以入睡。因此，选她担任学校少先队的清洁委员，是再合适不过的了。

小秋水的讲清洁，是妈妈从小教育熏陶的结果。妈妈的洁癖，是远近闻名的。连妈妈的父母也不知道她是从哪里学来的一套卫生方法——饭碗菜碟，先用上海白猫牌洗洁精（杂牌子不行）洗净，再用滚开水冲洗，而后用纱布一一抹净，每餐如此；食物中所有家禽和鸟类的蛋（是从屁股后头那地方出来的）、所有诸如猪狗牛羊之类走兽的下水（与血尿屎有关的）、所有蟹蚌螺蚬之类的鲜货（泥和排泄物都无法彻底除净）以及所有带腥味腻味辣味混味怪味的东西，一概不吃；菜肴必须是自己或自己信得过的人烹调的，否则不动筷子；再饿也不到一切饭馆饭摊饭庄饭店里去吃东西；所有棉毛织物必须用名牌洗衣粉（杂牌子不行）精心洗涤后用开水烫泡（化纤织物不可，因为曾经烫缩了几件尼龙衫）；洗头要用玫瑰牌洗发精，水换四遍（共五遍，先用清水洗一遍，再用洗发精洗两遍，而后用清水汰两遍）；洗澡要用牡丹牌檀香皂，一律用开水，生水是不能掺进点滴的；每日晚上"用水"，专用盆专用布自不必说，还需要专用水，即煮沸十分钟以上的开水，否则不安全；擦地板不用拖把，而是跪着（穿着专用的工作服）用抹布蘸了肥皂水一寸一寸地拭；沙发巾平时备两套，客人走后随即换下洗涤冲泡（脏是次要的，主要担心传染病）；中午谁也不准睡午觉，因为叠被刷褥单至少也要一刻钟，太费时费力，何况睡午觉往往不洗脚，难免污了被子……

妈妈上班很轻松，她负责厂里的来客登记一事，常常是一边打毛衣一边聊天，所以她有充沛的精力致力于家庭的清洁卫生工作。凡是去过她家的人，总是看见她在忙着洗、泡、冲、擦、烫、搓、熨、抹、掸、扫、刮、刷……据她自己骄傲地讲，她成年以后用过的搓衣板，已经突破三十大关了。

小秋水受妈妈的影响，自幼讲清洁，当然不足为怪。别的不说，她的书包就有三只，经常换洗。手帕有几块数不清，平时总是随身揣着三块，一块擦汗，一块揩嘴，一块抹鼻涕和脏东西。妈妈常对秋水说："人就是要讲干净，不然和畜生还有什么区别？"小秋水觉得这话很对。

最清洁

　　小秋水和妈妈一样,讨厌一切不讲清洁的人。听妈妈说,爸爸早先就很讨嫌,不大注意干净,还老跟妈妈吵嘴,说什么花那么多时间和力气搞卫生是浪费生命。后来终于被妈妈制服了,如今搞卫生也很出力,回家再也不老是捧着书本了。以前的事秋水不知道,反正现在的爸爸是很讲干净的,秋水喜欢他。爸爸是大学老师,更应该讲干净,像我们那个脏班主任,还好意思当什么教师呢,屁,不要脸皮。

　　由于秋水讨厌脏人,她心里就经常装着一个烦恼。这烦恼平时在家并没有,只要一到外公家里就有了。

　　听爸爸讲,外公是大学教授,水平高得不得了,外国人都称赞他。秋水不知道什么是教授,只看见外公家里旁的好玩的东西没有,只有书,有的书很旧很脏,还舍不得扔掉。早先秋水的爸爸也喜欢把书到处乱放,常常被妈妈批评,还吵过嘴,后来爸爸索性把书搬到大学的办公室去了。是应该搬走,家里没有书,整齐多了,好看多了。外公很疼爱秋水,听爸爸说,秋水这名字还是外公取的呢,说有什么深刻的含意,等她长大了才懂。外公是很好,经常给好吃的,讲好听的故事,买好看的连环画和好玩的玩具,还买衣服和鞋子,这些,秋水都喜欢。

　　但是,秋水讨厌外公。外公太不讲清洁啦!除非夏天,他总是一个星期甚至十天才洗一次澡,身上总不像爸爸妈妈那样永远散发出一股香味。至于衣服他更不像爸爸妈妈那样经常换洗。头发经常是乱的,胡子总是老长老长……外公喜欢秋水,小时候总想抱她亲她,秋水从来就不喜欢。

　　特别让秋水讨厌的,是外公的书房。那哪里像是人住的哟,到处是书,到处是纸。看的书翻着,不看的也翻着,还在书里夹着许多乱七八糟的碎片片,长短不齐,宽狭不一,风一吹,哗啦啦直响,像清明节坟园里的鬼旗一样。许多写过字的废纸,从来舍不得扔,有的用绳子扎着,有的用夹子夹着,这儿一团,那儿一卷,和豆腐店里的馊百叶差不多。那些书,放满屋子,有的像砖头,有的像日记本;有的簇新,有的像用线订着的大便纸;大大小小一点不整齐。还有那些报纸,大多发了黄。一捆一捆的有,一张一张的有,剪得七零八落的也有。那张足有单人床那样大的办公桌上,从来没有干净的时候,连个搁茶杯的地方也找不到……这么乱的房子外公是怎么蹲得下去的？大学里面到底查不查卫生？外公一天到晚看书不整理书，算什么大学教授？

而且，只要小秋水说到外公不讲清洁，外公总是傻乎乎地笑着，说："小宝贝，你还不懂！"哼，什么不懂，懒虫，还好意思笑呢！小秋水要是讲起爸爸妈妈如何讲干净，外公就会叹气地摇头，说："你长大了就知道了，你爸爸就是给你妈妈的干净干净作贱了。可惜呀，你还不懂！"又是不懂，就你懂！妈妈讲干净怎么作贱爸爸了？我就是不懂！要是秋水引用妈妈的话："人不讲干净和猪有什么区别？"外公就会很不高兴的摇头，说："别瞎说！她就知道人会讲干净，人还有比猪发达得多的大脑呢！唉，你长大了也许就懂了。"秋水见外公不高兴，心里也很生气。看我长大能懂什么，难道你屋子里这么乱是应该的吗？还替我取名字叫"秋水"呢，我看你这些烂书和书架倒是应该用水好好洗洗了。要是秋水主动把凌乱的书报和字纸弄弄整齐，外公便会像有人要抢他钞票似的惊慌十分，连连阻拦。小秋水心里很不服气。自己不讲卫生，别人帮忙还不让，真不学好！

外公总是躲在家里不上班，听妈妈说他工资拿得还很多。大学里怎么一点也不讲组织纪律性？小秋水很不明白。她们学校要是旷课超过五天，三好学生就没有份了。这且不去说它，更讨厌的是，外公老是待在家里，使小秋水的一个计划总是无法实现。她耐心地等待着。机会迟早总是会有的，她想。

四月份，碧城轰轰烈烈地掀起了创"三优"活动。"三优"指的是优质服务、优良秩序和优美环境。其中前两优是比较难以在短时间内创出来并持之以恒的，而且检查评比的尺度也很难掌握。只有创"优美环境"是最容易抓出成效且最便于检查、总结、评比、赏罚的。因此，和许多城市一样，碧城的创"三优"活动一开始就把创优美环境作为重点、要害、中心、关键、主攻方向、薄弱环节、关节点和突破口。有个关于创"三优"的紧急通知指出：

……创优美环境，是创"三优"的首要任务和基础，因为这个问题长期以来是一个被忽视的掉以轻心的薄弱环节，群众对此意见较大，由来已久。……当前,我们的主要任务是:清除垃圾、清扫室内,解决一个"脏"字;疏理阴沟、排除污水,解决一个"臭"字;消灭死角、统一安排,解决一个"乱"字;治理"三废"、造福人民,解决一个"害"字;领导带头、以上促下,解决一个"懒"字;争分夺秒、惜时如金,解决一个"慢"字……全党动员,全民上阵,层层发动,落到实处。我们相信,在市委的领导下,奋战一个月,一定能叫旧貌换新颜。我们的目的一定要实现!我们的目的一定能够实现!

通知的文采姑且不论,它的鼓动性和号召力是显而易见的。当然,曾经有人议论,说这"三优"是一个整体,似乎不可偏废,不能顾此失彼,创"三优"不能搞成形式主义,等等。这些意见与轰轰烈烈的形势显然是不协调的,是很消极的,根本不值一驳。

小秋水所在的学校和她的家所在的居委会,当然也一起紧急行动起来了。

小秋水可忙了,成天穿着那身洁白的小西装,膀子上套着印有"卫生小哨兵"字样的红袖章,手上戴着一副簇新的白手套,领着卫生检查队四处检查监督。许多学生都怕她,怕她翻书包翻领子翻袖口,怕她闻头发闻手帕闻手丫,怕她查袜子查指甲查牙齿……而那些班干部,则最怕她那双簇新的白手套,因为这双手套往窗棂上、门框上一抹,只要有一点污迹,班干部就要挨批评并组织同学突击返工。

小秋水感到最得意的事,就是戴着手套去检查门窗桌椅。看着许多同学的惊恐紧张的神态,小秋水的心里别提有多高兴了。

秋水妈对卫生检查的兴趣,简直无法形容。事实上,只有在这时候,才显出了她的很少有人能与之匹敌的才能。人是需要得到承认的,被承认是一种莫大的精神寄托。成名成家,发明创造,事业和爱情,当官,写文章,唱歌,演戏,上大学,烧饭做菜……大同小异,都有个企图被承认的问题。秋水妈在厂里搞来客登记,没有什么太多令人羡慕的(最多有些女人羡慕她的空闲和轻松),但她的整洁干净是没有人不称赞的。秋水妈平时并不关心什么国家大事,唯有对创"三优"活动表现出非凡的关注和亢奋。有关消息不断从她嘴里传出来——某某商店用肥皂水洗了柜台;某某学校正为大检查赶制校服,每个学生要交十五元钱;某某工厂停产两天整顿厂容;某某机关一科长因擦窗时不慎从二楼窗台上跌下险些丧命……

从前历次检查,小秋水家得到一张"最清洁"的红纸片是不用说的。这一回,秋水妈忽然灵感爆发,急急地跑到居委会主任花奶奶那里提了一条建议:这回再不要搞那种红纸片片了,一来嫌寒碜,与大好形势不配;二来日子一久又是发白又是脱落,有碍眼目。人家文明工厂、商店都是挂的特制金匾,我们居委会至少也该弄个玻璃镜框吧!"最清洁",用大红镜框镶红底金字;"清洁",用黄镜框镶粉红底金字;"尚清洁",用黄塑料皮印上绿字;"不清洁",用白塑料皮印上黑字。这样,一来符合形势,二来赏罚分明,三来是对创"三优"的重视,四来也是带头改革,发明创造,有希望在全市评比中得到名次。居委会主任花奶奶是十分好强的,搞卫生从来没有落后过,这回听了秋水妈的建议连连称好,立即差人去办。

在提这个合理化建议的同时,秋水妈也发了几句牢骚,提了两句批评意见。说以往历次检查,也还有形式主义的地方。检查团只注意表面上的东西,而那些垃圾成山、污水横流、蚊蝇乱舞的角落,那些粪便四溢、臭气刺鼻、无法下脚的厕所,他们却从未光顾。秋水妈很有些愤愤然,建议花奶奶向上面提提意见。花奶奶毕竟是在位多年、经验丰富的居委会主任,知道这个意见是提不得的,提了对本居委会的夺魁有百害而无一利。于是她说服了秋水妈,让她一心一意搞好自己职责范围的事,其他事情不要去管。秋水妈也就没有多说,只是她心里总有点不快,觉得有些单位光做表面文章也能得到好成绩,未免占了便宜。

小秋水的班级,小秋水的家,能得"最清洁"当然是没有问题的。但秋水这些日子总是心事重重。检查的日子就要到了,外公家别的地方的打扫整理倒还差强人意,只是书房依然如故,成了她的心病。唉,要是外公家得不到"最清洁",让人家知道了多难为情啊!小秋水心急如焚,她几乎每天去外公家一趟,了解外公的行踪,她知道外公不许人动他的书房,只好等外公不在家的时候,好好帮助他一下。

功夫不负有心人,机会终于来了。

外公这些日子一阵紧忙,不停地在纸上涂涂改改地抄写着什么。抄完的纸,有的叠在一起,有的东一张西一张,有的大,有的小,乱七八糟。外公似乎把房间弄成这样还很得意,脸上老是笑眯眯的,高兴起来还哼上几句京戏。

这一天,外公穿戴整齐出门了,说是到什么出版社去开会,三天才回来。小秋水知道以后,心里高兴得直跳。

第二天一大早,小秋水便从气窗里爬进了外公的书房(外公不准人单独进书房,随手上锁,但这也难不了小秋水),把门打开,而后开始了紧张而欢快的劳动。她先把书架上的书全部整理了一遍。大的归大的,厚的归厚的,硬面的归硬面的,线订的归线订的。书中所有长长短短的纸条,一概抽去。这一整理,好看多了。接着,小秋水把那些乱七八糟的报纸杂志捆好,塞进几只纸箱里,其中黄的、旧的、破的剔出来,统统扫出门去。至于那些涂涂改改的字纸,小秋水是最憎恨的。她把稍稍整齐些的放进箱子里,其余乱哄哄没有头绪的统统和废报纸一道,扫到门外的垃圾箱里,用火柴点着。转眼间,这些讨厌的东西便付之一炬,成了一堆黑灰。再往下,小秋水掸去屋顶的灰尘和蛛网,端来清水,把书架、桌椅、门窗仔细擦拭了一遍。望着窗明几净、一尘不染的屋子,小秋水简直不相信这就是外公那猪窝般的书房!她心里蓦地荡漾着一股只有劳动过后才能有的骄傲和喜悦,脸上露出了天真活泼的笑容。

三天后,秋水的外公回来了,一时怀疑走错了家门,因为门楣上醒目地挂着一只油光闪亮的大红镜框,里面镶着三个拳头大的金字——"最清洁"。细看,知道自己并没有走错门,是有人把房子认真打扫过了。外公摇摇头,喃喃地说:"如此讲究的镜框,大可不必,大可不必。"

外公精神很好,仿佛遇见了什么喜事似的。他放下公文包,泡上一杯浓茶,开门走进自己已经在里面度过了半辈子时光的书房——

这回他彻底惊呆了,杯子里的茶水洒了一半。在他还没有明白是怎

回事的时候,已经看见光光的办公桌上放着一张纸条,他急急地一看,上面写着:

> 我亲爱的外公:
> 　　望你永远保持下去!
> 　　　秋水　5月4日

外公已经预感到了这是一场什么样的灾难,但又不敢相信。蓦地,他发疯似的开始翻箱倒柜,倒柜翻箱,很快把书报纸张扔了一地。在最后一线希望破灭之前,他横冲直撞、跌跌爬爬地跑到了屋后的垃圾箱前。映入眼帘的,是一堆漆黑的厚厚的纸灰……

外公眼前一黑,随即胸口刀绞般的刺痛,他晃了几晃没有站稳,终于重重地倒在垃圾箱旁。两只手下意识地竭力前伸,深深地插进了那堆乌黑的纸灰……

小秋水的外公倒下了,他再也没有能够爬起来。

小秋水的外公,便是我国杰出的历史学家,碧城大学的韩渊教授。

(1986年)

良　宵

她会说些什么呢？

他站在昏暗的路灯下，把已经想过千百遍的话又想了一遍以后，这样问自己。

或许，她会像"她"那样，意味深长地一笑："很好，我也正希望这一天的早日来到呢。"那当然很好。可是，他总讨厌自己这样的心情：一个女孩子在他面前越是表现得镇静和坚强，他心里就越是不高兴甚至厌恶，似乎自己因此失去了什么，尽管他也知道有许多姑娘是为了捍卫自己的尊严才这么违心地表现的，就像他自己被先前那个她回绝时的情形一样——但他无法容忍别人也这样做。人啊，为什么别的事情都能够好聚好散，唯独这件事就不能呢？

或许，她会像"她"那样，不等他说完，便声色俱厉地破口大骂，骂他虚伪阴险，骂他不仁不义，骂他玩弄别人的感情……那是最好不过的了。曾记得，他从中得到过多大的享受！一个斯斯文文、语调绵绵的漂亮妞儿，竟还有这样一副金刚怒目，这样一张如剑利嘴，这是他万万没有想到的。他的关于恋爱不成，何必睚眦相见的理论，又一次遭到彻底破产，他知道，这也是一种爱情的表示。大概也是爱到极点了吧？他早就听说，她对他的本科文凭和一米八〇的个子很是崇拜的。要是她也这样就好了，那他将没有自责，也没有仇恨，只有解脱后的浑身轻松。

或许……唉，他又一次想起了那个"她"。他是多么爱她，那个文静，娇小甚至是孱弱的她！和她见第一面，他就有一股强烈的欲望——想用自己高大的身躯去卫护这个娇小身躯的欲望，她甚至心里充满了崇高和神圣。他的心如此地被感动和激荡，在他二十五年的生活中，那是第一次。他太幸福了。可是,那一天,第三次约会的那一天,月黑云低,寒气逼人。他清楚地看见她在寒风中瑟瑟抖动,他再也不能控制住要卫护这娇小身躯的渴望,一把将她搂在怀里。然而,她抖得更厉害了,两只永远盛满忧郁的大眼睛盈着泪光,惊恐地望着难免有几分粗鲁的他,两只小手死命地推他。他刚想说些什么,他的心跳得是那样剧烈,血涌到了全身每一个角落。她忽然"哇——"的一声大哭起来。他惊呆了,迅即放开了两只拥着她的手。"我……我实在不喜欢你呀……"她哭得更厉害了,娇小的身躯蹲在了地上,抖成一个团。他的心颤栗了,粉碎了,两眼愣愣地望着黑黑的天边。这么可怜的人儿,她竟然不敢说出她不爱我!他忍着心的破裂安慰着她,把她送回家。她那哭肿了的眼睛望着他半响,说:"你要是不恨我,就做我的哥哥吧,我没有哥哥。"他调动了所有的自制才没让自己掉下泪来,温和地说:"我愿意,好妹妹。再见吧!"他没有再去找她,尽管她邀请过他好几次。

唉,又想这些干什么呢!他摇了摇头,想把那无边的思绪甩开去。

剪不断,理还乱。

要是她也是这样想的就好了,我又会多一个淳朴柔顺的妹妹。可是,他清楚地知道这不可能。她的眼睛,她的笑靥,已经明白地说出了那藏在心底里的一点什么东西。唉,但愿我猜错了,但愿她也像我一样希望这一天的早点来到。他自欺欺人地想。

"有一些话我想尽早对你讲一讲。我们相识一个多月了,约会也有了五六次。我不知道你对我们相识的前途有些什么想法,我只是想我应该把已经考虑成熟的想法告诉你……我们还没有讨论过爱情。对爱情,我是有我的见解和追求的。简单说,我觉得爱情应该是这些——吸引,渴望,思念,兴奋,冲动……要求做出贡献乃至牺牲的,同时渴求得到灵魂的寄托、依靠和归宿的欲望,以及由所有这些带来的巨大的幸福和几乎与之等量的巨大的痛苦。就这些。我曾经有过,但失去了。我相信我会重新找到的。坦率地说,我和你相识以后,也在努力发现和追求这些。可是,我不能再自己骗自己了,也不能再耽搁你了——我要的这些,在我们之间……几乎没有,甚至完全没有。不管你认为我是真诚的还是虚伪的,我还是想说,我几乎说不出你有什么叫我不满意的地方,真的。我经常说,并不是两个好人——即使是伟人——在一起就能产生爱情的,不知道你同意不同意。还有,我心里明白,爱情是双方的,是两颗碰撞和溶化的心。它应该排除哪怕是一丝一毫的因为怜悯和同情或者其他一些因素而产生的勉强。否则,结果对任何一方都不会是十全十美的幸福。因此,我预计我们俩似乎不会成为一个美满的家庭中的两个人。我不能再不说了……"

她会说些什么呢?

他把早已想好的话又背诵了一遍以后,还是这样问自己。

站得久了,脚有些麻。他不由得看了看表,六点二十九分。他和她都主张恪守时间,他们从来都是准时相遇的。今天不知为什么,他提前了二十多分钟。

终于,她像一朵轻云飘到他的跟前,她从来都是这样的。没有称呼,只有意味深长的一笑。在那双黑得发亮的眸子溢出的光彩里,在那对独特的笑靥里,显然越来越清楚地写着些什么。他今天更不敢多看了。

她今天怎么打扮得比往常漂亮?奶黄色的滑雪衫,银灰色的筒裤,颈项上围了一条洁白的钩织纱巾——通体的色调是素淡的,给人以纯洁明亮的宁静感。衣服很合身,身段匀称苗条而又丰满,这是充满青春活力的人才有的躯体。他不能不承认,她是美的。

她今天的话怎么特别多?他除了应付之外,沉默着。他心里有些烦躁。

她知道我马上会说些什么吗?

以往,路线都是由她选择的。今天他却主动了:"我们到运河边去吧。"那儿人少些。

夜真静。河水真静。真是一个良宵啊。

他们在河边坐下来。

她还是说个不停,眸子里映出河水的波光,闪闪烁烁的。或许,对他的沉默,她早已习惯了?

大概不下十次,他那背得烂熟的话刚刚涌到喉头,又被她不停歇的叙述或者发问捺回去了。

这怎么行呢？他的心怦怦跳起来。

终于，有了一个难得的停顿。他立即开口："我有些话想尽早对你讲一讲……"

唉，这党小组长找人谈心式的语调和她那兴奋的情绪是多么的不和谐！可是，他话一出口，却已经格外的镇静。他的全身心仿佛在一瞬间得到了永恒的解脱。他感到一种很少有的庄严。

她不再做声了，不由自主地把食指的第二个关节放在嘴里咬着。

夜真静。河水真静。真是一个良宵啊。

他不敢再看她，径自把话说下去——不，背下去："我们相识一个多月了，约会也有了五六次……"

…………

背完了，一切复归于寂静。他就像对滔滔运河水说完了一切。

许久，他看了她一眼。

她像一尊雕塑，姿势一点没有变。眸子里闪烁着河水的波光，食指的第二个关节咬在嘴里。

他真担心她会这样坐到天明。

夜深了。河面飘来一股股清新、湿润的寒气，他一连打了几个寒战。仿佛凝固了的空气越来越紧地把他裹起来，他觉得空气浓重得简直吸不进鼻孔了，他担心自己马上就会窒息。他只想立即离开这河边，离开这个使他如此难堪的人。

"你不要急着想走，时间还早。陪我多坐一会儿，这样对我、对你都有好处。"她开口了，声音轻轻的，也像是对着河水说话。

他望着她那凝滞而深邃的眼睛，心中涌起一阵疑惑：莫非她想……？！他猛地又打了一个寒战。

"放心，我不会有任何意外的。"她顿一顿，还是那样轻声地说，"你对爱情的见解，我完全赞同。我也是这样想的，只是我不会像你这么准确地表达出来。在分手之前，我要把我心里的一些话告诉你，本来这些话无论是我们结合还是分离都是不用说出来的。结合了，这话应该在一举一动里体现；分离了,这话应该烂在心里,因为每个人都有可怜的自尊,尤其是心胸狭窄的女人们。你所说的一切,也正是我所要得到的,而且,今天,直到刚才,我全有,一点也不少——吸引,渴望,思念,冲动……要求做出贡献乃至牺牲的,同时渴求得到灵魂的寄托、依靠和归宿的强烈的欲望,以及由所有这些带来的巨大的幸福和巨大的痛苦……"

他惊呆了。她几乎一字不漏地记下了他说的一切,在这几乎是短短的一瞬间!

"可是,你没有。你说过你曾经有过,又失去了,我完全能理解。因为在这以前我也从来没有过,而且,我也马上就要全部失去了。我为什么不希望你继续去寻找呢?只要有信心,只要有毅力,失落的东西,迟早是一定能重新找到的。我是相信这一点的。我小的时候,有一年冬天,在家门口的小桥上丢了一只铜葫芦。桥下的溪水很深很急,但我发誓要把它找到。到了夏天,我就下水去摸。水底全是光滑的鹅卵石,按说应该很容易摸到。可是,没有。我不死心,第二年,第三年,每年夏天我都去摸,还是没有。到第五年,我忽然想,水这么急,铜葫芦会不会被水冲到远处去了呢?我一下子十分相信自己,就从掉下去的地方往下游摸。一天,两天,三天……到了第十四天,葫芦终于被我摸到了。它已经被冲出去六七十步远了。而且,它不但一点没有锈,反而被溪水和鹅卵石磨得锃亮锃亮的。我那时的心情是无法用语言形容的,说不清是高兴还是悲伤……"

他被她的这段故事深深地吸引了,他没有料到她竟还是这样一个倔强的女子。

"我们都去寻找吧。你寻找那过去曾经有过而又失去了的,我寻找我最近才得到而又刚刚失去了的。我不想为了保卫我可怜的自尊而向你隐瞒我的内心。在分手以前,我还是要告诉你,我喜欢你,我爱你……"

他微微一颤。他的预料终于得到了明白无误的证实。他曾经希望这预料是真的,因为他渴望得到真诚、执着的爱。但他更多的时候则违心地希望这预料是假的,因为他实在不爱她。

"为什么要欺骗别人,又为什么要欺骗自己呢?谢谢你陪我坐到现在,天很冷。在分手以前,我有一个请求,不知道你……能不能答应我……"

一阵浓烈的惆怅袭上他的心头。永别了的时刻又要来到了。我这是怎么了?我不是希望早些离开她吗?

"你说吧,我一定办到。"

她却不作声了,又恢复了那种使他压抑、烦躁的姿势——两眼凝视着河面,右手食指的第二个关节咬在嘴里……

他忍不住了:"你有什么请求,说呀。"

"吻吻我吧……或者说,让我吻吻你吧……"声音低得几乎听不见,但却是坚定的,冷静的。

这太使他意外了!对于这些,他是十分严肃和看重的。他怎么可以去亲吻一个自己不爱的人呢?而且,对于那种男子的主动往往意味着征服和占有,女子的主动常常是一种贡献或恩赐的传统道德观,他一向是厌恶的。当然,他和她,似乎谈不上什么贡献和恩赐,更谈不上什么征服和占有,可这算是什么呢?他茫然了。

她已经紧紧地靠近了他。一双大而黑的眼睛大胆地、泰然自若地望着他。他不敢正视这双眼睛,他的两条腿开始摇晃起来。

她的眼睛轻轻地闭上了。她微微仰起了头。

在他看来,那两道长长的睫毛像是两道黑色的屏障。

他的目光移向别处。

良久,她睁开眼睛:"怎么,你……"

啊,这双眼睛里盈满了泪光,盈满了无边的委屈、哀怨和痛苦……

他的嘴唇和他的心一样在颤抖。

这双眼睛又一次闭上了,泪水顺着白皙的双颊淌下来。

他犹豫地、谨慎地吻了吻她的右腮,泪水的咸味渗进了他的嘴里。

这是理智的亲吻。他违心地吻了一个自己不爱的人。是亵渎吗?是罪恶吗?他不知道。

蓦地,她一把紧紧抱住了他厚实的身躯,忘情地在他那躲闪不及的嘴唇上、两颊上热烈地吻起来。眼泪像奔涌而出的泉水,流满了她的面颊,滴在他的脸上、衣服上……

他的心震颤了！他的全身像是被电击过后的一阵麻栗,而后是一阵几欲瘫软的疲惫……

夜真静。河水真静。真是一个良宵啊。

终于,她冷静下来。右手理了理散乱了的鬓发,左手掏出手帕擦干了脸上的泪水,而后,拉了拉揉皱了的滑雪衫,将白纱巾重新系好,站起身来。

他也身不由己地站起来,木然地望着即将离去的她,心里忽然像丢失了什么似的空落落的,他甚至生出了想要阻止她离去的念头。

"请你尊重和满足我的要求——不要送我。如果什么时候有什么事情想找我的话,不要客气,也用不着不好意思。我是讨厌恋爱不成就成仇人的。或许,我也会再去找你,就像一个最一般的熟人,希望你不要回避。"

啊,这些话原本是应该他说的,但那样,无疑会成为虚伪的托词和近乎羞辱别人人格的安慰。他讨厌那样说。可是她这样说了！他感到一阵燥热,几乎是蛮横地喊起来:"不,你不能再找我了！我也不会再去找你的！"

他立即为自己的这种举动后悔和恼怒了。这是做什么呢！莫非我真的如此没有涵养？

她惊讶地注视着他那神不守舍的怒容,眼睛里像忽然发现了什么似的闪过一束奇异的光彩,同时,她的脸上现出了一丝不易觉察的惊喜。但是,这一切稍纵即逝,她突然变得十分平静:"你太激动了。早点回去休息吧,多保重。再见。"

她留给了他最后一瞥,最后一个微笑。

多么深情的眸子！多么独特的笑靥！

好像有人在他脑门上击了一记,他的心中腾起了一股热流,这热流涌上了脑门,使得他的头脑在瞬息间变得从未有过的清醒,他禁不住使尽全力大喊一声:"等等……"

可是,并没有一丝声音从他那张大的嘴巴里发出来。

她已经走过了桥边的拐角,桥上明亮的路灯将她长长的影子投向远处。转眼间,这黑影铺满了河面,铺满了整个天宇。她转过去了,隐没在路旁女贞墙的暗影里……

他想追上去拉住她,他忽然觉得有许多话要对她说。可是,他的双脚怎么也迈不动。

(1985 年)

归　途

许多事情,是因为我们没有遇上,故而不信。这种不信,蕴含着明显的抵触与忌恨。

当他拎着可怜巴巴的行囊,迈进那个乱哄哄的候车大厅的时候,心情简直灰色到了极点。

满屋子的人,人满为患。有的傻乎乎地站着,东张西望。有的疲惫不堪地坐着,目光呆滞。也有人捧读三毛钱一张的印刷粗劣的街头小报,闹中取静,神情专注;那家伙情不自禁地兀自咧着嘴傻笑,大抵是看到了男女主人公脱衣上床的段落。不少人仰天卧在乌黑油污的长椅上,嘴巴微张,响亮地打着呼噜。汗臭味,污水味,烂苹果味,和厕所里飘来的腥臊味凝为一体,在大厅里骄横地弥漫。

我日他娘,这鬼地方还算什么省会,狗屁!

他拣一处空地方坐下,点一支香烟吸着,任失望、后悔和懊恼塞满胸膛。

半个月前,他以何等迫切的心情离开了那个家,仿佛走出煎熬了几十年的监狱似的。尽管如此,他还是将欢快的心情藏于心底,做出十分留恋的样子,一遍又一遍地对妻子说着体贴之至的废话,他自己都觉得肉麻和恶心。妻子却很有些感动,临别前的晚上给了他少有的热烈和狂放,使他的心里充满了犯罪感。

他信心十足而又心中无数地走出了那个日日进出的家门,心里实在没有半点留恋。出乎意料,火车上邻座的是一位姿色尚可的姑娘,看年纪约摸二十二三岁。袖子很短,领口很低,露出妻子所没有的白皙而丰满的胸脯。列车一颠,不时从领口里颠出迷人的乳沟。他获得了一些愉悦,又痛恨自己怎么竟就变得如此淫猥。按说,都是孤身一人的旅行,应该出现书中惯常描绘的情节。可惜没有。姑娘只是懒懒地回敬了他的搭讪,就很快软软地瞌睡起来。他好没趣。旅行的中国人怎么总是如此瞌睡?他只好一边消受着不时传来的清香飘溢地头的撞击,以及腿与腿偶尔触碰而生发的惬意,一边任失望与哀怨煮煎着干涸已久的心。十来个小时的旅行就这样白白地挥霍着。唯一使他感到有趣的,是那姑娘把用剩的零钱,都悉数从领口塞进绷紧的乳罩内,下次再用时又从那里面掏出来。裙子没有口袋,这倒是个好办法。但这方法妻子最好不要学,他想。

他当然知道,火车上艳遇毕竟太少,虽然这不无遗憾。但他再一次极度悲哀地怀疑了自己的吸引力。个头不高,却又明显地发胖了。其实并没有吃什么好东西,这团肉也太贱了。今年冬天无论如何得开始锻炼。怎么连故意露出封面的《查泰莱夫人的情人》也没有引起她的注意呢?也难怪,看样子她不像个读书人。

那姑娘几乎瞌睡了一路。

乏味的旅行!

至于他对什么研讨班,根本不抱任何奢望。这种狗屁班早就领教过几回了。一帮挂着教授研究员头衔的老头半老头儿,照着胡乱拼起来的讲稿漫无边际地瞎吹一通,便由小卧车载去各风景点转悠一遭走人。来往飞机票加上房钱饭钱和讲课金,一个学者搜刮几千块,造孽!姜太公钓鱼,自己也心甘情愿地做一回鱼,诱饵便是十几天的凉爽和那北方海滨城市的夏日风光。何况,鱼儿上钩便无生还之理,自己只不过是免费旅游一回而已。

只有他自己明白,他似乎另有所图。是啊,每一回都有,每一回照例落空。单身汉的时候,踌躇满志,每每用英国王子一样的目光,百般挑剔地搜寻大街上每一个适龄的女子,俨然天下的姑娘都可以成为自己的老婆。彼时也有失望和缺憾,但又总是被永不熄灭的希望推搡着,追寻的精力永远充沛。后来突然被一棍子打晕,就这样稀里糊涂地成了婚,欢快而苦痛的追寻遂画了一个大而圆的句号。要早知道结婚就是这么回事,哪个狗娘养的心甘情愿地自投罗网!他不时地在心底里恶骂着。简直没有半点罗曼蒂克,就迅即被锅碗瓢盆和无休无止的哭闹声淹没了。于是这三年便没有外出过。今年下了狠心北上一趟,为此在妻子面前说了许多一定要留意为她和儿子买上几件漂亮衣服之类的虚情假意的话。他只觉得滑稽和恶心。

使他最为诧异的是,自己观察女人的目光竟然发生了如此巨变。不能光用夏天衣衫单薄之类的理由来解释。他无法不使那许多迷人的身躯在自己的眼睛里一瞬间就成为晃荡涌动着的优美裸体。或许别的男人也都一样,只是没有说出来吧?他安慰自己,为自己堕落到如此可恶而难堪的境地而再三开脱。

研讨班一百多号人,竟就没有一个可意的女性。他简直愤怒了。有两个起初看看倒还顺眼,两天后就不堪入目了。他不得不慨叹:要在学问圈子里发现佳丽,纯属误会和幻想。漂亮女人在这个圈子里是久留不住的,除非那些心如死灰的性冷淡者。他一面异乎常态地在走向食堂的路上大唱"妹妹你大胆地往前走哇",以解心中无限愤懑,一面在人们无休无止的麻将扑克大战中奋笔疾书,十天里就译完了剩下的三万多字。译笔出奇的准确、流畅和生动,真出了鬼了!他像拾到了一只金表(他渴望有一块好表)一样兴奋不已却又困惑不解。他也试图用弗洛伊德的学说来诠释这怪事,但总难免使自己浑身不自在。

接着是铺天盖地的空虚和疲惫。他无法不惊异于那群母鸡对他的与众不同竟如此不闻不问和无动于衷。这世界莫非真的变到这步田地了么?那些夸夸其谈的牛皮大王怎么就能那般轻而易举地把小妞儿们哄得吆鸭子一样团团转的?他娘的!

半个月又平淡无奇地靡费了。毕竟译了三万多字。他不住地安慰自己。

人群中款款走来一个女子,他的心头为之一亮。然而,那姑娘径直走向相反方向去的那排长椅。她看来实在疲惫了——又是一个疲惫!——央求旁边的人挤出一块地方,随即软软地躺了下来。她就懂得一点仪态,不像那些人四仰八叉,而是屈曲着侧卧,成熟女子起伏的线条便优美地显现。

好一只白天鹅,可惜是往北飞的。他想。

人声嘈杂,百味扑鼻。头晕晕的。他想走出去躲避一会儿,但广场上的炎热使他却步。大半天的所谓游览,使他觉得在这块陌生的土地上,自己实在似一个十足的孤魂野鬼。

唉,真不该来。真不该来。他后悔之余,开始朦胧地希冀着早些回到那个还算温暖的家。温暖?他看见了妻子惊喜而怨艾的目光。他苦笑了。

"旅客同志们!为了丰富你们的文化生活,录像室正在播放录像。你可以到四号检票口买票入场。你看完录像后还可以优先检票上车!现在放映的是惊险武打片《李小龙传奇》!旅客同志们!为了丰富你们的文化生活……"喇叭里的女人一遍遍叫喊着,那声音真叫人为她的丈夫悲哀。

他实在不想看什么武打片,他为车站的无孔不入既叹服又讨厌更无可奈何。但他还是拎起行囊走向四号检票口。只要能先上车,反正报销,管他妈的什么节约差旅费,靠我节约这几毛钱有屁用!

李小龙实在叫人无趣,英雄美女。他决定先上车安顿。检票员态度好得使人生疑,五毛钱买一个媚笑,固然值得,只是未免太贱了。

走进空空的车厢,胸中也像车厢一样的空空。找到铺位,八号,上铺。上铺也好,头受些委屈,却免去许多骚扰。

哀怨地瞥一眼邻近的五个空铺,仍不无"可能会有"的幻想。他坐在窗边的简易座位上静默而焦急地等待,心里暗自为自己的浮躁无情地嘲笑。

一阵乱七八糟的响动过后,五个铺位上都已满员。四男一女,其中有一个老头子和一个老太婆。他简直气得要笑出声来了。

他以充满敌意的目光欣赏了这五个不受欢迎的旅伴,憎恨一阵过后,便转而憎恨自我。

直到这时,他才意识到应该收一收这半个月来的胡思乱想了。什么玩艺儿!也未免太混账了!可耻而无聊!

列车悄悄地驶离了站台。他瞟了一眼这灰黄的省城,把一切荒唐的烦恼扔出了窗外。

他从包里摸出译稿,准备好好看几页。回去誊清后就该寄发了。

小腹似有压迫感。列车已然哐啷哐啷地奔驰。他向厕所走去。

无人。他扭开门把，方推一半，骇了一跳——里面有人用力把门推了回来！惊惧之中，他眼前依稀晃动着一个雪白的臀儿，右大腿根部，一颗清晰的黑痣特别刺目。

他在门锁坏了的门前兀自呆立着，记忆的天幕上一片空空，只有一颗放大了无数倍的黑痣……

哦，天，这不可能！

喀嚓一声，厕所里的人已经走了出来。

四目相对。两只嘴巴同时惊愕地张开。定格。

这就是我们经常在书本上看见而又总是难以相信的巧遇、邂逅、重逢一类的场景。

终于遇着了！然而竟是她！

她也是来参加一个讲习班的。夏天的北方讲习班生意特别兴隆。孩子交给奶奶照看。聪明的年轻人，结婚务必要考虑到带孩子的人选，除非你有不育症。当时并不曾想到这问题竟如此重要，不然她一个人根本无法远走千里过十来天清静舒适的日子。"现在的年轻人儿女心太轻了，只图自己快活。我们过去……"婆婆讨厌的唠叨她只好当没听见。人到底是为自己活着，还是为孩子活着或是为别的什么人活着？她始终想不明白。

太累了，这生活。学习十来天，她几乎打了十来天瞌睡。这是一个瞌睡的世界。不足三十岁的少妇，正是诱惑力极强的光景。她讨厌无法躲避的目光和无聊透顶的挑逗。就凭你们这副草包样，想占我的便宜？没门儿。她并不赞成守身如玉的道德观，尽管她行动上并未违逆它。要守，男人女人一起守。不过问题倒是什么样的男人值得自己失贞（多么可笑的肉体的贞！），她讨厌那些馋猫一样的浅薄男人。十来天一晃就过去了，她才从瞌睡中醒来，为即将重新投入孩子闹、丈夫叫的烦恼生活而忧心忡忡。

不料却遇上了他！

这家伙明显发福了。难怪，我不是也富态多了么？三年多了，竟一面也没见过,那城市可并不大呀。

那颗黑痣仍在眼前晃动,他已想到应该邀她到自己车厢里坐一坐;如果她乐意,也应该把铺位让给她躺一宵,坐十几个小时硬席实在太累了。

他还是这样体贴人,丈夫这一点就是教不会。她随他走进车厢。

两人面对面坐在窗口。膝盖无意间碰在一起,也就不再避让。

他细细端详了她。远比妻子白,脸更圆更大了。浑圆的臂与丰满的胸洋溢着成熟女人的蛊惑。衣裙霎时间失去,仍是三年前那个熟悉不过的肉体。他烦躁而懊恼地转向窗外,把目光撒向远方。

远处是两座并列着的黛绿色山峰,曲线优美柔和,酷似身旁这温软的胸膛仰卧着。

他被悲哀淹没。他感到惊讶,昔日铺天盖地、伤痛欲绝的情感是那么遥远而陌生,而且简直有几分滑稽。可悲的是那曾经是真真切切的爱情,实在是昏了头的人才有的真情实感,可歌可泣而又可叹可笑。只有这身体是熟悉的,再熟悉不过了,包括右臀的这颗黑痣……

"有孩子了吧?"

"啊?哦,有了,男孩。"他收回目光,认真地盯着她的眼睛。这眼睛仍然清澈如湖水,但却没有了那种梦幻与天真,很实在。

"那好,我们结个娃娃亲怎么样?嘿嘿。"这家伙实在是个温情的男人,这世界多么缺乏温情!我不能再让他伤感了,当初他的泪水恐怕淌干了。唉,都说女人的眼泪不值钱,想不到值钱的男儿泪也能如此骇人。男儿泪当比女儿泪珍贵千百倍!

"好像哪个混账学者说过,婚姻是一条空船,靠爱情和孩子两样东西压舱,如果二者兼有,合力压住空舱,婚姻之船就是一条快乐的船;如果不能两者具备,只剩一个,船就开始摇晃,介乎沉与不沉之间了。"

"柏杨老汉说的,下一句更重要:单靠爱情去维持愉快的婚姻,固然可能,却十分艰难,这和道德人格无关。"

"哦,柏杨先生可不是混账。看来,我们的婚姻之船一时都不会沉了?"

回答是沉默。她把脸转向窗外。阳光充足,仲夏的炎热刚刚开始。列车在疾速后退。事实上关键还在于讨厌的道德和人格,怎么能无关呢?人还是得为别人活着,为别人活着也就是为自己活着。她似乎忽然明白了。

他很快意识到再重复三年前的缠绵悱恻已不可能,也不应该,更不值得。

"你到铺上躺躺吧?"

又来了,你知道这体贴只能使我伤感么?也好,省得如此难堪。

"好,有什么好书吗?"

"《查泰莱夫人的情人》。"

"真的?!快拿来!我找了好久了!都说是本好书。"

在她攀向上铺的时候,他想再次估测一下那颗美丽的黑痣的部位,没想到忽然间发觉黑色的镂花长筒袜竟释放出如此强烈的煽动。网眼里的腿太白了,白得揪心。

他试图认真地看几页译稿,但做不到,只好漫无目的地望着遥远的群山。在他看来,那每座山峦都仿佛车顶下那抚摸过无数遍的乳峰。

三年多了,真快。想不到臭知识分子干涉起女儿婚姻来赛过野蛮农夫百倍千倍,而方式竟又是如此高雅而堂皇。我们都是懦夫,这世界上的懦夫是不少的。一句坚如磐石的"脱离父女关系"就截住了排山倒海的爱潮。谁也说不清是磐石真的坚固还是爱潮委实乏力。

长江路100号的夜晚永远令人回味。为什么一想起来就怅然如失千金财富呢?爱情真的意味着急切而无耻地捣毁心上人的处女膜?那东西真的如此价值千金?要不是这样,又为什么当时那般珍视,非得等到新婚之夜再去施行何其毫无意义的圣典?

咣啷啷的轰鸣中,上铺不时传来书页的翻动。

列车进入夜间行驶,灯光太弱,字迹太潦草,译稿看不下去了。他索性伏在小桌上,其实一点睡意也没有。他十分清楚列车将把他和她载向何方。

三年,足以使一个浪子回头,也足以使一个君子堕落,然而对平庸者而言,三年和一日无异。

"旅客同志们,为了保证大家的休息,列车播音室就要停止播音了。同时,卧铺车厢的灯光也将关闭,请旅客同志们作好安排。祝你晚安!"播音女的声音带着明显的睡意。

车厢里已是鼾声大作。瞌睡的世界里却总有人清醒着。

"哎,上来吧,我们再说说话。"

他一边感激,一边自责,一边猴子一样轻捷地攀援而上。

黑暗可以驱走羞怯与忸怩。可怎么总觉得有些别扭?许久他才明白,从来妻子都是躺在左边的。

旧梦重温,并没有应有的极度兴奋或极度伤感。纯真而脆弱的感情如果说是宝贵的,那也只会在儿子女儿身上发生了。这到底是好事还是坏事?值得庆幸还是应当悲哀?如此看来,我早该去找她了,不应该在这动荡不宁的列车上。

他仍像长江路100号那样轻柔和规矩。啊,美好的月夜,毫无保留地同卧一室,游遍对方所有领地,却仍以童男处女之身骄傲地吻别,足令世界上所有淫男荡妇们羞辱得无地自容。几千年的文化传统,铸就了这一类人的性意识。这完全谈不上什么可敬可佩或可悲可叹。各人有各人的处世道德观,用不着总以为自己就是高尚的化身,而别人则都是淫邪的混蛋。

"你觉得这是部淫书吗?"

"不是,《金瓶梅》删去的部分才是淫秽的。"

啊,她竟有本事弄到令许多人费尽心机的文字!

毛巾被下拥着的两个健全的躯体出奇的安宁,这决不单单因为是在人口稠密的车厢里。他的手很快地找到了那颗黑痣。大腿依然柔软光滑。

他不再为自己的下流无耻而无休止地自责。

"哎,你后来就没有想过再去找我?"

"想过,想过无数次。"

"可是你不敢,你是比我更无用的懦夫。"

"这样也是好的,大家都好。"

"嘿嘿,不说这个,不说这个。"再说这家伙准得又控制不住自己的泪腺了。她想。

"对贞操的看法有没有什么进步？还坚持那种男女同样应该守身如玉的高论吗？"为什么语调中总要有明显的揶揄呢？她有些后悔。

"怎么说呢，行动上是这样，思想上似乎不是了。"

说话间就糊里糊涂地拉下了裙裾下的三角裤，大手缓缓地探向那个最隐秘的部位。她并不反抗。而且，那地方似乎已不大安宁。

看来他是比三年前进步多了，但毕竟动作远比丈夫轻柔。可他那地方仍令人惊异地安静如初。你呀！

她正犹豫要不要采取主动，对面铺位上的老太婆忽然翻了一个身，黑暗中依稀可见她转向板壁去了。随即鼾声又起。

"你说爱情和婚姻能统一吗？"

"能，部分的。你说呢？"

"女人看事情大多数凭直觉。她不喜欢谁，就是不愿意和他在一起。反过来，就老愿意和他在一起，谈话、游玩、跳舞、眉目传情，甚至……"

"睡觉？"

"对，理论上是这样。"

"那你对我呢？"

"这还用问吗？我们是睡过觉的。我对你的人格崇拜之极，直至今天，直到永远。我当时老觉得欠了你很多很多，虽然也知道这是修女的心理。"

"现在呢？"

"那不能叫欠，谁也不欠谁的。可是只要一不遂心，我就总想起那段美好的时光，又反过来觉得自己太对不住自己了。"

他无言以对，开始动情地吻她。他奇怪自己怎么会反过来有有负于她的感觉，难道当初在100号尊重她的意愿倒是个过错？他为自己的秉性感到委屈，他在女人面前永远是一个带着原罪感的角色。

她迎接着他温柔的吻。真奇怪，有些事情总是真假难辨，如梦似幻。难道当初真的把初尝禁果看得如此神圣？那后来为什么对并未结婚的丈夫又表现得那么主动，以致使丈夫生了几分疑心？难道那是一种报复或反拨？

她忽然发现不知什么时候已经把他的手引向自己阵阵紧张的乳巅。

哦,这样非出事不可。他想。可左手还是愉快地开始了劳作。三年前竟丝毫不知道这是个灵敏异常的机关。

啊,这家伙原来是如此强健!看来真的进步了。可悲的进步!

"我后来老是后悔当初没有对父母说个谎,就说我们已经睡过觉了,其实这是真的。但可惜那不是通常所说的'睡觉',要说二者还有什么区别,当然鬼都不信。"

"你说了能有用吗?他们是没有半点还价余地的。"

"应该有用。听我奶奶说,我就是爸爸妈妈未婚先孕的产物。本来我外公外婆也是死活也不同意的。"

他已说不清应该对自己施行何种最恶毒的诅咒才足以抚慰自己无边的后悔。他忽然企图粗鲁地翻向她的身上。

她以温柔而坚定的力量阻止了他。他安静下来。她像哄女儿入睡一样轻轻拍着他的脊背,节奏和力度却随着自己喘息的渐强而减弱。

火车的轰鸣变得遥远了。弄不清自己是在前进,还是后退,还是离地飞升……

"喀嚓轰隆!喀嚓轰隆!"列车驶上了黄河铁桥!扣人心弦的轰鸣,似一阵阵催马奋蹄的激越战鼓!

"呜——!"汽笛声撕心裂肺。啊!这是不容违逆的舍命厮杀的号角!

"喀嚓轰隆!喀嚓轰隆!"

哦……

"呜——!呜——!呜——!"

哦!噢!啊……

"喀嚓轰隆!喀嚓轰隆!"

快乐的喘息与呻吟淹没在惊心动魄的鼓角声里……

啊,黄河!

原始之河!

野性之河!

父母之河!

生命之河!

当朦胧的曙色渗入车厢的时候,他在轻柔的抚摸中醒来。他首先被这奇特的姿势所吸引。呵,看来空间是并不重要的,不重要的。

天亮了。

天亮了!

他们从容地坐起来。

即使是一分钟以前的事也可以是遥远的。

应该说,并没有千百次憧憬的那般神秘与畅美,但也不像千百次担忧的那样后怕和难堪。原罪感是几乎没有了,但上帝注定我成不了那种享乐永无止境的人。他的抑郁一如从前。

旅伴们仍在呼呼大睡,一切如初。

或许当初在长江路100号就是另一回事了,她想。她理了理头发,发现了他的木然。

"哎,别这么无趣。你现在最迫切的理想是什么?"

"回去后修改誊抄稿子,寄给出版社。我老婆正等这笔稿费买彩电或冰箱呢。"

"一样高档的还没有?"

"没有。买彩电的钱刚凑够就涨价了。"

"用时下流行的混账观点看,你是没用的男人了。你别激动,我决不想羞辱你。不过,应当承认,没有彩电和冰箱的家庭确实不能说是美满的。要让我父母知道了更要得意了,他们的冰箱还是我们赠送的呢。"

"我操他娘!"

"不谈这个,你似乎有点狭隘了。"

"你们女人都是一个样!"

"我知道我们女人的浅薄。可是你心平气和地回答我,当你沉浸在刚发表一篇文章的骄傲和快乐中的时候,你儿子却闹着要去邻居家看电视或是偏要吃冰淇淋,你心里决不会仍是骄傲与快乐吧?"

"别说了!无论如何,你应该感激你爹娘的干涉的。为我们庆幸吧!"

她缓缓地垂下头:"别这样,亲爱的,我爱你。你误会了,我和你一样痛恨不公。我丈夫是没有理由得那么多钱的,可他没有一点非法行为。"

说罢,她拉过他的手,温柔地抚摸着。

"原谅我。"他握了握她的手,又拉了一下:"到外面透透风吧!"

他们来到车厢连接处。四眸凝视,不再言语。

不知是哪一对眼睛里先涌出泪来,另一对眼里也随之潮湿。四眼泉水出自同一个源头。

列车倏然减速,车厢里传来混乱的声音。

到站了。

到站了!

双手匆忙地拭去对面眼睛里的泪水,各自不好意思地笑了。

列车停靠在曙色初浴的站台。

出口处,走出一对行李轻便、神色倦怠的男女。他们在广场上握了握手,便各自走向方向相反的公共汽车站。

海关大钟敲响了六记。

灰蒙蒙地城市从梦魇中醒来……

(1992年)

爱的挽颂

All is true.（一切都是真情实事。）

——莎士比亚《亨利八世》

莎翁在设置骗局。老听人说，文学几乎全都是骗人的。

——作者题记

一

　　事到如今，我相信能把它献出来了——献给你，更献给我自己。看起来，它只是我们两个人之间的事情；然而，我固执地认为，它无论如何在一定的范围内具有普遍且深刻的意义。因此，我也想把它献给和我们相同命运和思想的姐妹们和兄弟们——你们当然明白，这是我们共同的血和泪。至于别人，我别无所求，只祈求你们能够用像上帝那样博大的胸怀给我以宽容。是的，只求宽容而已，别的——怜悯、同情、声援、指责、辱骂、脏话以及可能有的称颂、赞美、批判、围攻或无休无止的争论——我都不想获得丝毫。我并且满怀信心地相信，这将是我迄今为止所写的最好最美的文字，因为它比我的其他文字更少虚假。我知道，我必须不停歇地为自己鼓劲，否则，很可能又像以前无数次那样中途辍笔。

　　现在，我坐在明亮的台灯下，丈夫和女儿已在隔壁进入了不知是甜蜜还是忧伤，还是恐怖，还是别的，还是什么也不是的梦乡。我毫不费力地写出上面的开头，我不免为我的平静、顺畅和从容不迫而有几分惊诧，这或许证明我写这篇东西是水到渠成、顺理成章的时候了。可是，一年前，我那般急不可耐，那般心潮激荡、无法自已地要写出这篇文字来，却毫不奇怪地失败了。那份残稿就在我的面前。开头是这样写的——

　　你如今在哪里？我亲爱的弟弟！整整一年了，自从我们一别至今！真让我当初说准了：出门便是天涯别，明日思亲梦里人。是啊，当初我们是咫尺天涯，在喧闹的世界上不得不视同陌路之人。如今呢，我们是天涯咫尺，一年来鱼沉雁杳，音讯全无。我心头只有我们别离时留下的信念——我们的心是无论如何不会分离的了。我的眼前，再也不会消失你那令我战栗的一瞥！一年了，星移斗转，周而复始；日月依旧，阴晴圆缺。我的生命之火又留下了一堆小小的灰烬，我的抽屉里又多了几册载有我的文字的赠刊，我日益成功。可是，我为什么时时感到难以排遣的空虚、烦躁、寂寞、压抑和痛苦呢？我亲爱的弟弟，只有你能够知道这是为什么，只有你啊！然而，你却听不到我的哀诉。这是完全意义上的别离，不单单是看不到彼此的身影，听不到彼此的声音，而且也看不见彼此的只字片语的真迹。对我们任何一方而言，另一方在世界上似乎已经彻底消失。当然，我们都清楚，谁也没有消失，我们从来不曾分离过，也永远不会分离的。春夏秋冬，三百六十五个日日夜夜，我何曾有哪一日没有想到过你啊！在我又一次被难以排遣的追忆和渴思折磨得神不守舍、坐卧不宁的时刻，你在哪里呢？你在干什么呢？你在想什么呢？……

　　一看就知道，这是一个尚未从爱的苦海中挣扎上岸的女人的痴言谵语。尽管这是完全真实的，足以感动现在的我，甚至感动我以外的别的一些人。但是，作为作者与主人公合一的我，在这样的文字中，是无法讲完这个哀怨的故事的。如今回头看，就像让一个正在住院的精神分裂症患者冷静而准确地叙述他的思想和活动一样，一年前的我，是没有叙述这故事的包括自觉、自省、自控等意识的行为能力的。痴人说梦，恐怕正是一年前我伏案而书时的可悲而真实的写照。

　　我为什么要那般隐讳朦胧地、企图涂抹神秘而美丽动人的色彩的开头呢？我为什么不直截了当、开门见山地告诉读者朋友——这是一个有夫之妇与一个未婚男子间的已经完美了结了的爱情故事？

天哪，简单明了地说出这几个字，难道竟要一年亦即十二个月亦即三百六十多个日日夜夜的痛苦踌躇与修炼么？这或许正是一年来我总是写不出这则故事的根本症结。现在好了，在丈夫和女儿熟睡的一墙之隔，我能毫不迟疑地写出这句"内容提要"，证实了我新的开头的自信，相信这是个好兆头。

二

你也知道，那并不是一个像春天那样的风和日丽、百花争艳、万物生机勃发、许多有生命的东西热切地殷殷求偶的美好季节。相反，那是一个多年不遇的冰冻雪飘的冬日。

可是，十分不幸，也许是我们女人特有的直觉，一见面，我就那样真切地颤栗地预感到，我们之间难免不发生镂骨铭心的、也许会影响我们一生的爱情的灾难。后来你也多次说过，你的感觉和我是一样的。但我总怀疑其中掺有事后反思的感情成分，你当时的感觉不会有我的强烈、坚定而可怖。请相信我，我绝不想故意渲染和夸张。要知道即使在你和我之间，也是不可能完全相通的，因为你毕竟是男人哪。

我母亲从我长成一个漂亮姑娘的时候起，就不住地对我说：小瑜，你的感觉是奇特的，我总觉得你以后迟早要出事。她也知道这想法太不吉利，但总是忍不住唠叨，希望我能当心。

事实上，直到我与你相识之前，我对母亲的担忧一直不当一回事。我没有拜三托四地请人说媒，我没有失恋的经历，我顺利地从一个少女变成了一个妻子，一个母亲。难怪我的妈妈总忍不住笑逐颜开地为我、为她自己庆幸，更为她自己祝福。瞧她那抱着外孙女时的得意神情！多么幸福、美满、和谐、温暖的家庭！

可是，我遇见了你。

也许仍值得庆幸，因为这幸福、美满、和谐、温暖（啊，如今这又是多么令我心酸的字眼!)的家庭一如既往,稳固如初。而且,完全可以肯定,它将永恒,直到它的成员一个个化为尘埃。

记得,后来你说过,你长这么大没有见过这么大的一场雪。当然,这事实上无关紧要;问题在于,你长这么大没有遇见过像我这样的一下子就叫你丧魂落魄的女人。大雪与我们的相遇有什么联系,其实哪值得我们去煞有介事地深究。我们都被语文老师教会了浅薄的借景抒情。雪就是雪,人就是人,是两桩叫人或爱或厌的东西。无聊的人们,总是要么因雪讴人,要么因人非雪。我们也是这样,我在那一天的日记中这样写着——

> 昨天一天,晶莹的雪花漫天飞舞,画出了一个银的世界。我从小就喜欢下雪,喜欢它所带来的安宁,喜欢在没有人践踏过的雪野上留下第一行清晰的足迹。不知道她从哪里来,也不知道她往哪里去。我还喜欢独自一人在飞舞的雪花中漫步,不要雨伞,不要雨衣,像晴日一样注目远方,任雪花带着惬意的寒冷轻抚我美丽娇嫩的脸。这时,透过迷乱的雪帘,我尽情地体味心中特有的宁静,特有的悠远……雪花,从灰色的天官中飘下,轻柔无凭,任寒风吹送,忽直忽斜,忽东忽西,彼此追逐碰撞,沿着美妙的曲线悠悠浮沉。它们似乎在寻找,似乎在挣扎,但又抗不过风的支配和地的吸力,终于,落到了地上,一动不动,不知是否满意地找到了自己的位置。它们静静地躺着,暂时地组合成壮观的晶莹。然而,谁都知道,等着它们的是阳光的无情照射和消蚀,它们将无声地化为水滴,或渗入泥土,或汇成细流,走向洼地、渠沟、小溪、江河湖海……我觉得这很像人生。

上午,与同事中不安分守己的分子在雪地里打了一场痛快的"恶仗",心儿咚咚,周身汗湿,好不舒畅!正穿着羊毛衫余兴未尽地评战,办公室进来一个陌生男人,连忙穿好外衣,整肃起党政干部应有的仪容。

我无法准确描述我对这个男子的真切感觉。

他是找我的,受领导之命来联系我们厂向他们学校选送学员的事。

我不得不描绘一下他的外貌。一米七〇左右的中等个子，浑身显露出的，是北方男子常见的强健与剽悍（我实在想不到别的词了）。首先吸引我的注意力的，是那一对微微凹陷、乌黑发亮、鹰隼般深邃锐利的眼睛。这眼睛使我不敢直视，却又具有强烈的吸引力（也许是我过分敏感了？）。我只觉得这眼睛能窥透肺腑，直掏心灵。眉峰如"北京人"（我不愿用有贬义的"猿"字）般的突起，双眉乌黑，好像画家笔下两道刚劲的墨迹。鼻梁周正，雕刻般挺拔。浓密胡茬包围着的嘴唇，偏厚，线条分明，富于感染力。现在想起来，那似乎是这个人意志力的象征。也许是我观察得过于细心了，他的面孔，还使我第一次意识到了下巴对于一个男人的重要。如果他的下巴也像"北京人"那样后撤，那将是一张令人厌恶的脸面。相反，他的下巴微微前置，这既表现了男性应有的沉着和刚毅，又掩去了他吻部略嫌突出的不足。啊，我竟如此细致地刻画了他的形象，怎么解释？唯一使我感到不满的，是这张脸的表情未免过于严肃了，简直近乎冷漠。即使在我面前，他也只是愣了不过一二秒钟，便再也看不出有什么不安。诸多男人在我面前由于迷醉而惯常生出的慌乱无主、左顾右盼、手足无措或语无伦次，在他则没有发生。他至少不是一个浅薄的男人，这是我的第一印象。

前后不到一刻钟，我们的公事就办完了。临别前，他向我投来深深的一瞥。我已记不清我是如何反应的了。我看见了他的第一个拘谨、真诚而动人的微笑。

我不知道为什么在这个美好的雪夜记下这么长的文字。我有些心慌。这批选送的学员中有我，我还会与他相遇。我为什么总有几分不祥之感呢？

天，若是让丈夫看见了这篇日记，无疑不好，好在他从不管我的事。十一点了，打住吧。下午是到二分厂参加座谈会的，谈青工思想政治工作。

看来，当时我虽有预感，但还是坦然的，不然不会留下这篇日记。这从后来我们热恋之初我的日记反而那样简洁的反常中,可以得到证实。

而同一天,你却是这样写的——连你的日记也得我抄了还给你,你未免过于慷慨了;你一再说看了烧掉,可你也明白,这等于叮嘱我永远保存下去——

> 大雪初晴,本该有所感慨,可惜我已没有那个雅兴。
> 上午去兴华炼油厂出差,为招收下一届干部短训班学员事。六十公里路,汽车跑了两个多小时,这就是这场雪的功德。接洽的是一个不足三十岁的少妇,可称得上是标致、迷人——相貌上的。可她毕竟只是凭着肉体的力量使我有几分心悸,这又解决什么问题呢?有趣的是,或许我过于冷峻,倒使得她有几分慌乱走神,连开水也倒洒了。这好比在我麻木的心海里撒进了几块瓦砾,激起了几圈倏忽即泯的涟漪。漂亮的女人人人爱,这只是指生理上的,与爱情是两回事,我以为。好了,无聊了,无聊至极。
> 下午汇报。樊主任交代了干部班教学的事。

原来那次我竟如此粗劣,且没有逃过你的审察,你这双鹰隼般深邃锐利的眼睛啊!一物降一物,我长期负着的"高傲的公主"的亦褒亦贬的顶戴花翎,在你的词典里顷刻间嬗变为庸俗与卑微。

然而,事实也多多少少地证明,我至少还称得上平凡,你的词典后来也公允地改写过了。而事到如今,你我都毫不犹疑地确认,我们绝不平凡,我们也许是屹立在人生观和爱情观的峰巅上为数不多的人们中的两个。

应该说,是你先征服了我,而后我又征服了你,完成了互相的占有。互相征服与占有,当是爱情最简单明了的注脚。当然,如果仅仅把这征服与占有理解为肉体上的,那是对爱情最庸俗浅薄的亵渎与玷辱。多少可怜的人们,常常骄傲描述他(她)是如何征服某个女人或男性的。如果那不是违心地装点门面,那便是可悲的愚蠢——他(她)连自己先被对方征服都不知道。要是他(她)没有轻而易举地俘虏了你,还用得着你去费尽心机地去"征服"

吗?把俘虏误作将军去当,把皇帝错当成奴隶去待,竟是这许多人的悲剧!在这些问题上,我们都已进入"大辩不言"的境界。我多么希望有尽可能多的人们,读了我们文字,能作如是观啊!

对你我来说,重温那些早已铭镂于心的细节,当然是乐意的,然而那已是多么次要,不足挂齿!我们要回忆品味的实在太多,像那个戏剧大师借朱丽叶之口所说的——我们无法清算我们所有的财富的一半。我们只能像一个富有无比却糊里糊涂的持家者,需要多少花费,就随手从银行里提取多少了。

我们再次相见,是在两个月之后,在简陋的师生见面仪式上。你鹰隼般的目光倏忽间穿透了我的胸膛,我当时脑子里冒出了一个怪诞的念头:这该死的家伙该不会把我的那篇日记一览无余吧?现在想起来那念头其实并不怪诞,据说日记能使人养成多疑的性格(这多疑似也可以理解为敏锐)。我们都记日记,恐也称得上是多疑和敏锐的了。那回,我鼓足了全身的勇气,迎着你鹰隼般的目光,投去了狠狠的也是深深的一瞥。这一瞥,在你的日记里留下了这几行不祥的文字——

……那个兴华炼油厂的宣传科长白瑜今天来了。我自诩心同木石,修炼已成,却想不到被这妇人的一柱目光射得直有几分心旌摇荡。说实话,这目光不同寻常,我感到它能洞察我心中的阳光和污浊,使我不敢正视。美使人清洁,使人为自己的丑而羞惭。她的丈夫真幸福,当然,我仍只限指肉体上的。至于灵魂,只有上帝知道。等待是明智的,呼唤与被呼唤的如何听得见!好不容易碰上一个如此强烈地吸引和撼动我干涸的心的女人,却又是个年轻的母亲。当然,从理论上说,可以有许多假设,假设她的家庭不睦?假设她思想不俗?假设她与我有缘?(无聊了!)唉,这不是那个讨论得沸沸扬扬的"第三者"插足破坏他人家庭的傻问题了么?其实,世事哪有那样简单!"第三者"的力量真有那么大?似乎太有些滑稽了罢?好了,我可决不想去当什么"第三者"。但愿什么白瑜黑瑜的,与众多辉煌可爱的小妞儿们一样,只是浅薄无知的尤物。浅薄、无知和轻狂,常常是美貌女子的通病。我深知,"憎恨常常和美貌住在一起,不要太过草率地追求着美貌"。可以肯定,至少我还不至于受性欲的驱使去书写什么艳史。据说樊主任又要为我"牵线",这回还不定又是个什么样的主儿!可叹的是我竟像逛衣服摊一样坦然……

弟弟,我其时当然不知道你在如何想,我只随着我的意志行动着。我根本不顾这事情还会有什么后果之类的怪题目。不错,我已是有夫之妇,我已是一个孩子的母亲(我的好女儿,但愿你能最终理解妈妈,但愿你不会重罹妈妈之难!),可我后来越来越清楚我稀里糊涂做了些什么样的事情。一切都本可挽回,却让我弄得一切都不可挽回!这且留待后面再说。

我还是应该趁情绪还好,先拣回一些美好的回忆。

三

我向你发动了理性的却又似乎是无意识的"进攻",把你,也把我自己推向幸福与痛苦等量的苦海。我们好不容易才爬上来的啊,我的弟弟!总算爬上来了,谢天谢地。

那一天,你给我们上了第一堂课。你对教材中的现实主义论述进行了未免过于无情的揶揄和嘲讽。许多人都不服气,包括我。可是,对你的莫名其妙的情感和对你那雄辩之才的折服,又使我企图接受你的观点。当然,这其中还有一个原因——我是一个女人,根据科学的证明,很不幸,女人是比较容易被说服和同化的。

我敲响了你办公室的门。你端坐在桌前,并没有在看任何书籍,似乎一直在等着我的来临。后来我才知道,原来事情已经颇不寻常了——

……晚饭后,出校门踱了一回,似百无聊赖,便往办公室走。远远望见穿着银灰色风衣的白瑜款款而来,步履轻盈,绰约飘逸,心中怦然有所动。忽然意识到她有可能是来找我的,竟莫名其妙地有几分惊喜和希冀,这无疑是我的空虚无聊在作祟。我的估计不无根据,因为今天课上她投来的是和许多人一样的不解、不同意、要辩驳的冷漠却又热切的目光。这完全正常,我冒犯了"正统",本该争鸣,何况是在这群"谋政"的特殊学生面前!下课后她已明确表示不同意我的观点,却又说不出多少道道来。这时难保不会重整旗鼓,杀上门来。

敲门声谨慎而自信,她飘然而入。毫无疑问,这是个漂亮、健康、韵味十足的女人!

谈话摘要——

她:要写出贴近生活、撼人心弦的作品,没有现实主义怎么行呢?你不该对现实主义进行嘲讽。

我:我没有嘲讽现实主义,而只是嘲讽了那种把现实主义奉为"正统",只此一家,别无分店的形而上学的态度。

她:把其他创作方法与现实主义方法相提并论,恐怕不妥吧?

我:只要你不像有些人那样喜欢拿帽子扣人,我愿意和你讨论。我是信奉马克思主义的,如果认为我是反对或歧视现实主义,那是严重的误解。我只是说,除了传统所说的现实主义和浪漫主义的简单区分外,还有许多曾产生了鸿篇巨制的创作方法。而在当今世界上流派纷呈,我国尚未摆脱传统偏颇的影响的情况下,我们万不可作茧自缚,盲目排他。

她:你说得似乎有道理,但愿我能信服。等我多看几本书后再向你请教。我曾写过一些小说、散文和报告文学,自以为都是现实主义的,下回带给你看看,请你指教,好吗?

我:不敢。互相学习。

谈话远远不止这些,我们在不知不觉中竟度过了两个多小时。她颇健谈而不俗。说如何视官阶如粪土,只想多学点东西多出点作品,说如何爱玩爱闹不像个母亲,说我置身的环境如何沉闷,还说爱情和婚姻应如何力求和谐统一……我的天,她说了不少,我也说了不少。

傍晚时的无聊、失落感烟消云散。我有些担心起来了……

我们的预见就这样在各自的担忧和热望中一日日变为现实！

弟弟，我至今无法判断，我是无心还是有意做出了"害人之举"。虽然我的心已平静，但回忆旧事，仍难免勾起既幸福、兴奋、愉快，又自咎、自责、负罪等等诸多复杂的情感。不过，我相信我能驾驭，我能自控。我的写作都在夜间，丈夫和女儿在隔壁酣睡。我此刻又冒出一个怪诞的念头：假如这篇文字能够发表，我定要用稿费为他（他近在咫尺，我却用着遥远的第三人称！）买一件他渴望已久的羊皮猎装。他待我太好，我简直成了时装模特儿了，可他连一套像样的西服也不肯要。咳，我老实善良的夫君啊！

但我又不得不如实说，我与他——我的丈夫，从恋爱（如果能勉强称得上恋爱的话）到结婚，从未体验过理应有的亢奋、渴望、幸福、焦虑、痛苦与不顾一切的疯狂……而有的只是高兴、满意、朦胧的遐想、全面的权衡、理智的抉择、淡淡的缺憾、生儿育女的烦恼……

我当然是有后悔的。我在过多的无忧无虑、盲目的自我欣赏、浅薄的天真活泼中挥霍了少女时代的美好时光。我在还没有真正弄清楚自己究竟要的是什么的时候，就糊里糊涂地嫁了人。当然，当一切都木已成舟以后，我还自以为是清醒的，以为女人说到底就这么回事。要是我真能够以那种"清醒"过一辈子，事实上也是一件幸事，我看见了许多人的"幸运"。可是，我遇上了你，我亲爱的弟弟。我又走了回来，重新经历了一段从清醒到糊涂，再从糊涂到清醒的道路。这道路上布满了我们滚爬的印迹，回荡着我们的呼吸与呻吟，流淌着我们的灵魂中渗出的泪和血……而今回首，我却有些奇怪的无动于衷，似乎以一种旁观者的超然的目光审视着这一切，审视这一切中的我和你。

四

我还没有与你讲过，我们无须讲这些。但现在我必须讲。

我和丈夫的第一次会面是在一个夏天的傍晚进行的。和现今许多相似的场合一样，出席这场合的不但有当事人，还有两个单线联系的媒人，加上他的一个朋友和我的妈妈。如今看来，把这场合叫作谈恋爱的程序，毋宁叫做自由市场的多方成交更来得确切。他先看中了我。我虽未一下子看中他,但也不打算一口回绝,另换货主。善良的夫君,请务必原谅我这低级庸俗的比喻。

归途中,妈妈远比我这当事人亢奋。她说,小瑜,我看就和他谈定了。小伙子人不错,你看到了他是多么会为人处世吗?一见面就喊人,忙着递扇子搓毛巾,其实他也是满头大汗呀。话不多,却很实在。而且,我看得出来,他是喜欢你的。你看呢,小瑜?千万别挑三拣四的,如今姑娘家可不是太紧俏的……如今写来,我当然不无厌恶。可我当时和妈妈实在是同一层次上的。因为我和妈妈一样,用理智的天平把他的一系列数据称了个翻来覆去,确之又确。

现在,我已知道,我是一个聪明的傻瓜。而聪明会有聪明的报应,傻瓜也会有傻瓜的报应。

弟弟,我忍不住要发一通感慨了。我以为,命运的许多方面——爱情的甜蜜与苦痛,婚姻的美满或悲惨,家庭的幸福或灾难……简直完全是主观的东西。你自己认为怎样,实际上就是怎样,别人的评价可能是符合实际的,然大多数却是另外一回事。一双漂亮的皮鞋和一双打补丁的布鞋,到底哪个更好更合适?只有你的脚趾们知道!可叹的是,有许多人却不顾脚趾头的感受,宁愿选择多受舆论赞美的前者,似乎这赞美才是最重要的。脚趾头在人们成年以前会不停地生长,鞋子也就理应随之不停地更换;待到长到极限,才能选择固定的尺码。如果在未定型之前就硬要给双脚套上尺寸不变的鞋履,那其实宁可光脚,否则就无疑要受削足适履的痛楚。我傻就傻在过早地选定了永远尺码的鞋履,而且又认定这是一双不可变更的铁鞋,无能者无力砸破,也不忍砸破。我命该领受现世现报。

因此,我的婚姻、家庭在遇见你以前是稳固的,在遇见你以后也是稳固的,在告别你以后,它们同样是稳固的,并且将永远稳固。它们是我的一双铁鞋,我既已削足以适,且伤口愈合后已无当初淌血的剧痛,我就应该穿着它走下去。至于感觉不适,比起曾经忍受的剧痛,又算得了什么呢?我必须穿着这鞋走到生命的尽头,我心甘情愿,这一点你完全理解,也完全赞同。

亲爱的弟弟,亲爱的弟弟的妻子,亲爱的丈夫,亲爱的女儿,亲爱的妈妈,亲爱的人们,为我们庆幸,为我们歌颂,为我们祝福吧!

我的家庭,我的婚姻,没有争吵,只有互让;没有风波,只有宁静;对于这样的婚姻和家庭,没有流言,只有羡慕;没有蜚语,只有嫉妒……这一切,归功于我,归功于你,归功于他和她——我们的配偶,归功于社会。

弟弟,先不说这些。让我们像旁观者一样,回到那美丽温馨的小河边,那幽静神秘的古刹旁,那充满心悸与搏斗的湖畔吧……

当我们都意识到那无法遏制却又在百般遏制中迅猛生长的感觉时,我们找到了那条美丽的小河。

那小河从校园的东边悄无声息地流过。仲春时节,两棵遥遥相望的老柳生出了柔嫩婀娜的枝条。晴日明丽,雨天迷蒙;风起舞蹈,风止静思。它是我们爱情的见证。说句迷信的话,枯杨生稊,这本身就孕寓着不祥。河边是茂盛的芦苇,令我们不约而同地想到了"蒹葭苍苍,白露为霜。所谓伊人,在水一方"的哀怨诗句。芦苇旁是一条弯弯的小径,长满了嫩绿的草芽,幽幽地伸向校园外的远方。小河不知从哪里走来,不知又走向何处。这一切,虽然朦胧优雅,却同样明白地展示着不可企求的境地。可我们无法判别这一切,我们谁也不想预见明日是福是祸。我们一任自己的情感极自然、极自由地漫流向前。这境界当是美的,至少你我都如此认为。你写道——

五点五十分,天已是大亮了。手持《徐志摩选集》,忽儿小跑,忽儿闲步,向校园东北角的桃园走。早起的青春之躯纷纷在运动。这是一天中最催人奋进的时候。

桃园旁还是冷清的,有两个美术系的姑娘支起画架,开始写生。有艺术细胞的人是幸福的。

原想好好望一望这片桃花的,然而心中有些迫不及待,便踱进了树丛。那红花像雪中的火盆一样吸引着我。不错,我是从寒冷中走来,来投奔这火盆的。

方上高坡几步,举头一望,不禁惊得拔腿便退——我从来未曾如此清晰而逼真地目睹过这爱的细节——一对男女正忘情地拥抱亲吻！妥密的吻正凝固着。匆忙中我只瞥见了身穿墨绿色滑雪衫的姑娘的半个白皙鲜丽的脸庞。我有浓烈的负罪感，觉得打扰了这对恋人的宁静，虽然他们丝毫未曾觉察。呵，这桃花丛中的热恋情人，无论如何是美不可摹的，我为你们祝福！

我当然想起了我的过去，我的现在，我的未来……

六点一刻，那对恋人仍在花间嬉戏，我却不得不告别这醉人的地方了。我踱向那小河边，那边，远远已见银灰色风衣在晨霭氤氲中飘逸，她又如约而至了，我的人儿！银灰色的风衣很合身，披肩发犹如墨黑的瀑布倾泻而下。至于她的脸，我已无法形容，在她面前，文字是苍白无力的。这脸镌刻在我心的天幕上。

我们又接着昨日的话头，谈了一通弗洛伊德。她明显受了我的影响，对弗氏理论的是非观似有悖当局的调子，这与她的党员身份，与我的"积极分子"身份，当不甚相符。我们都很谨慎，都不用"性欲"之类的词，而代之以"情欲""情爱"之类，其实我们都清楚这些概念是有区别的。

我怎么办呢？她还将如何动作？她到底想干什么？我处于既喜又惊的悬崖边了。

……

我也在悬崖边。我们既没有想到纵身一跃，也没有想到应该勒马回缰。我们事实上压根儿不认为那是什么悬崖。现在我伏案而书，也难以说清是不是什么悬崖。

我托你买了几张音乐会的票，当然，和我的同学一起。

那两个小时的感受你记得很略，只说：

……晚上和白瑜等听音乐会。与白同坐，说了些什么，也无需多记了。

你在回避。我曾感到你的腿有些发抖,你的目光几度游移,你的答话好几次驴唇不对马嘴,你在胡思乱想。而我,竟兴奋得近乎轻佻,大笑得近乎放浪。那一刻,我有些痛恨自己,至今记忆犹新。然而,要说那时候我已有什么邪念,就太冤枉了。你后来也知道,作为一个妻子和母亲的我,那部分与生俱来的欲望,竟还可悲的没有真正觉醒。我是很不幸的。我当时只是感到了愉悦,感到了你的吸引力,它们使我不得不有意无意地与你作手或脚的碰触,我体会了从未有过的心的悸动。皇天在上,我已婚嫁,我已为妻为母,却从未有过如此由男性吸引而激发的心的悸动,我太过可怜了!

或许就是这朦胧意念的萌发,促使我在第三天清晨,用了那拙劣的方式。我把一元二角钱连同一张短笺装在一个偌大的信封里,在小河边反常的简短交谈后,慌乱地递给了你。你的神情是我所企望的,又是那么令我意外。你那么从容,那么肃穆,那么毫无犹疑,仿佛是接过一件归还物一样坦然!

苏靖老师:您好!

　　本来大可以面谈的,但或许是我害怕你那鹰隼般锐利的目光,只好借助于文字了。

　　您也许能够知道,您已经给了我多么难以忘怀的印象。我为认识了您这位比我年轻的老师而万分欣慰。当我们面对面滔滔不绝的时候,我总希望自己能有勇气喊出一声:弟弟,苏靖弟弟!可我又为自己终于喊不出口而烦躁不安。现在好了,因为我已经用笔喊出来。您接受这个姐姐吗?

　　弟弟,您使我感到了从未体验过的友爱之情,我将异常珍视。

　　今晚见您驱车出门,并没带雨衣,挨雨淋了吧?下回记住,勿和老天憋气。

　　前日音乐会票钱请收下,我和葛玲谢谢您!

　　祝你幸福!

学生白瑜
4月28日

万万没有想到,就是我这短短几行字,竟轰开了你不亚于钢浇铁铸的情海大堤。

五

有了你的坦然,我第二天也以同样的坦然接过了你递过来的信笺。使我微微一惊的是,怎么这么厚!一数,十二页,你呀,我似乎有点后悔了。

瑜姐:您好!

感谢你做出的意外之举。您或许已经发现,在您口口声声称我"苏老师"的这些日子里,对您,我至今没有找到合适的称呼,用的只是很有点不礼貌的"哎"或"喂"。而且,我从未答应过您的"苏老师"的尊称。在4月25日(三天前)的日记里,我这样写了:"我已下定决心不称呼她,因我不知如何称呼才合适。'白瑜',不够尊重;'白科长',酸味十足;'白姐'('瑜姐'更好),未免肉麻……她可以口口声声称我'苏老师',我真想劝她别叫了,我担负不起。"瑜姐,请让我正式对您如此称呼吧,既然你已以屈尊认了我这个本来不配的弟弟。或许真的心有灵犀,我们几乎同时想到了这姐弟之称。

我已无须在你面前有所顾忌,瑜姐。中午,我躺在床上痛快地哭了一场。久违了,这干涸已久的心灵之泉!"男儿有泪不轻弹"。我心中有的是坚强冰,且这坚冰还裹着一层花岗岩的硬壳。"哀莫大于心死"。悲观地说,我的心早已部分地死去。我清楚,没有几个人能打碎这硬壳,更没有几个人能溶化这坚冰。"人生难得一知己"。谁都有亲人,但亲人不见得都是知己。谁都可以有妻子和丈夫,然而这和知己也远非一回事。唯有挚友与爱人(和妻子、丈夫绝不是同义词),才会是真正的知己。这是我以有限的经历和真诚的眼泪换来的答案。人们常说,事业和爱情是人生的两大支柱,我却觉得我的生命支柱必须有三根,那就是再加上友情。我越来越感到事业和友情这两根支柱的强大支撑力,然而第三根——爱情——我还没有找见,我在痛苦而执着地寻觅。是的，两只脚的凳子总是难以站稳的呵。我有几个真正的朋友，如今又多了一个——您，我的瑜姐，我感到欣慰，谢谢您！

　　这些天来，我固然仍像从前那样生活着——读书、讲课、思索、吃、玩、睡……然而，瑜姐，我的心中翻卷着别人无法窥见的情感的狂澜。您或许发现，随着我们交往的增多和加深，我越发变得寡言少语了，不是随声附和几句，便是心不在焉地注视着什么遥远的地方。请您原谅，瑜姐，内向的我还不可能无所顾忌地向您倾吐我的欢乐，我的烦恼，我的痛苦，我的回忆，我的憧憬……诚然，面对纷纷攘攘的世界，面对坎坷苦难的人生，面对纷至沓来的变故，面对神秘叵测的前程，必须宁静，必须超脱，必须清醒。然而，宁静并非麻木，超脱绝非遁世，清醒也非世故。我的日益木讷寡欢，别人不解，瑜姐能解。

　　瑜姐，命运之神轻而易举地、玩笑般地把我遣到这个隔世之所在，这是违逆不得的。不知当初是哪位先生在分配表上信手一挥，就把我苏某人的大半辈子钉在了一个他毫无所知的地方。他当然不管一个有血有肉有头脑的小伙子将如何活命，如何思想，如何成家立业，如何一年年老去。何其荒唐，我的上帝！然而，我将活下去，而且要活得尽可能好些。如果屈从什么命运，那我早就该在某个清爽的清晨扑进那条清澈见底、柔波粼粼的小河了。我活着，颇顽强。由于我讲课还很引人，由于我在演讲、征文等比赛中几度获奖，由于我两年发表了近十万字的铅字，也由于我为人诚实无华……我并不失意，至少在别人看来是如此——团委委员、先进工作者、"发展对象"，还差点成了系总支书记的乘龙快婿。在外人看来，我是春风得意的，出人头地的，前程宏达的。可我却时时感到空虚寂寥，感到疚愧自责，感到愤懑不平！我也时常清夜扪心：你要什么？你还想怎么样？

　　我不想得到回答。我只有心力交瘁却又精力旺盛地向前走。我是一个怪物。

　　我爱早晨，晴朗的，阴晦的，雾霭的，清新的，混沌的，潮湿的……我像中学生一样写下我真切的感受。早起的人并不少，我相信各有各的感受。

我爱书籍,它伴我欢,伴我悲。我在书海里漫游。读书人众多,我相信各有各的收获。

我爱课堂,它给我宣泄的场所。上讲台的人走马灯一般,相信各有各的得意,各有各的崇拜者。

我爱群居,我爱独处;我爱四时八节,我爱日月星辰;我爱男女老幼,我爱草木万物……

——我爱人生。热爱人生者芸芸,相信各有各的爱的缘由。

我生活在理想的巅峰,我也生活在庸俗的波谷。我有使不完的热力,我又觉得气息奄奄。我是什么呵,我的瑜姐!

好了,如此写下去,将会没完没了。我不迷信,但我预感到有某种不祥之光,在你我之间游荡。请原谅我的直率和坦诚。

到底是女人的心细,我没被雨淋,借件雨衣的人情还是能够觅得的。谢谢!

来日方长,我需珍重。

顺颂

玉安!

你的弟弟
4月30日凌晨3时

事已至此,我们反倒有几分镇静了!我们只是终于捅破了那一层说不清该叫什么的窗户纸。我们在友情的掩饰下谱着一曲爱的悲歌。

六

许多鲜美芬芳的物品,总是在引来众多高雅的倾慕者的同时,也引来香臭不分的蚊蝇虫豸。我懒得费劲去写它们,好在有你的记载——

……

瑜姐走后,我正静坐,听着东边小河边传来紧锣密鼓般的蛙鸣,熊大书记敲门走进来。熊公与老婆两地分居,过老单身汉生活,颇无牵挂。也亏他想得出许多花点子来,近来又搬到学生宿舍搞什么"三同",估计又要开创某种新的思想政治工作方法的先河。他对我的关心我早已领教,原因无非是我与白瑜交往过密了。该不会是来敲我的警钟的吧?

　　果然。他语词恳切、直率——"小苏,这个女同志有问题,你不能再跟她多接触了。有那么一种女的,总是喜欢和男的在一起。你在现在的处境下不应该和她多接触,没有必要呀,小苏……"他列举我被评为先进工作者,被指派担任一年级班主任,被列为"发展对象"等事实,旁证我的前途千万不要由于毫无价值的事情而受到不应有的影响。他还旁敲侧击地用一个什么同学最近"出了事"——诱导我要谨慎,千万谨慎。

　　我应付着,我似堕入迷茫的渊谷。果真如此严重?明天我得跟她说点什么呢?怎么说呢?可叹我没有这样的经验帮助我摆脱窘境!我体会着人生的丰富和世道的奇幻。我说不出什么我想说的话……

看来,智商再低的人,对男女间"活动反常"之类的"作风问题"也不会反应过于迟钝,上帝在这方面赋予人的智能委实公平合理。

不知不觉间,我们已经危机四伏。仅隔一天,你写道——

　　这是何等残酷肃杀的一天呵!我无论如何也没有料到我会落到这步田地!

　　是乐极生悲吗?不,我和她的交往还谈不上什么"乐极",然而却也悲从中来了。我怎能不诅咒这变态的世道?当然,要诅咒的其实是那些鬼蜮般的被称作"人"的东西!

　　清晨,我迈着蹒跚的步伐,踱到了我梦牵魂绕的小河边。阴风怒号,乌云压顶,好一个阴晦窒息的春晨!

　　读了半小时的《庄子》,她——我的玉姐——那使我心荡神摇的身影闪到了我的身旁。(既然事到如今,我又何惧这真情实感的吐露!瑜姐,这真情又何时才能向你当面倾诉?)

"哟,躲到这儿来了?!"这算是招呼,"不正常"的招呼,"苏老师"被抛到九霄云外去了。

我们时断时续地说了一会儿庄子,她也懂一些,但不太深解。我说,《庄子》是一部好书呵,是一部"金不换"的书。

临了,我于告别的当儿终于说:"有几句话我想找你说一说,不知你有没有空。"我不敢直视她那妩媚深情的双眸,我茫然无力地望着黑沉沉地天边。

"说吧,只要不是上课。下午吧,哦,下午你要开会。"天,我的事她总是记得比我还牢。

沉默。我想约她中午,但没有说出口。(好在没有出口,又谁知中午的变故突如其来呢?!)

"晚上吧?"她问。

"到哪儿呢?你不能再多到我办公室去了。"

她神情肃然地点点头。她是敏感的,不用我多说。

"到外边去吧,走得远远的。"我说。

"好的,反正我随你。"她显得有些可怜巴巴的了。

"世事洞明皆学问啊。"我解嘲地苦笑着摇摇头,似要把一切烦恼甩脱开去。

上午教研组开会,安排三年级学生作品讨论会事。有几篇东西写得不错。

午饭后,正准备跟几个牌友决一雌雄,樊主任叫我,让我十二点半到老师休息室去一下。

我惊惧起来,又颇坦然自若。我猜测着,莫非是熊书记与他通过气了?樊平时是不大在系里的。估计是熊某"告发"的罢。

樊主任为人是极和气的,此时神情也有几分肃然,看来问题不一般了。

几句简短的、显然是礼节性的问话,谈话便上了"正题":

"听说兴华炼油厂的小白经常到你办公室来玩,这是怎么回事?"

我一边思索权衡,一边谨慎而谦恭地回答。我断定他是和熊大人串通后来"挽救"我的。大出我的意料,他的情报还颇详尽。谈话已无法忆全,摘要——

? 她和你是不是同乡?

: 不是。

? 她为什么总找你,不找别人? 你们原来认识吗?

: 认识。我去她们厂联系招生时是她接洽的。

? 她一共到你办公室去过几次?

: 四五次吧。

? 最迟的时候几点钟走的?

: 近十一点,只有一回。其他都走得很早。

? 有没有在一起看过电影?

: 没有,一次也没有。

? 那怎么有人看见……

: 一起听过一场音乐会,是五个人一起去的。

? 你们谈点什么呢? 是不是探讨什么问题?

: 她搞过一些创作,我们一起讨论了一些文学创作及文学理论方面的问题。当然,也谈点别的琐事。我们还想合作写一篇作家论。

? 哦? 这么说今后还会增加接触了?

: 原计划是这样,但现在看起来,气氛似乎有点不对头。那天熊书记找过我,今天您又找……

? 是的,小苏,直率地跟你讲,小白长得有点太漂亮了,女的一漂亮闲话就多。这些问题对你这样一个小青年来说也许是有点陌生的。我今天不是以个人身份找你的,而是以系副主任、党支部委员的身份。我想对你讲,我们对你是寄予希望的,你的素质、条件也比较好,不要因为根本没有的事弄得满城风雨,这对你极为不利。当然,我们是信任你的。我到这里十几年了,这类事也遇到过,大多说不清,对当事人绝不会有好处。我可以告诉你,你们的事已经引起议论,熊书记有所了解,所以他找了你。但看起来你并未介意,所以我今天比较正式地找你谈一次。希望你处理好这事情。我们觉得,也没有必要过于神经过敏,弄巧成拙;但也不能置舆论于不顾,舆论有时是可以吞噬人的,曾参杀人、众口铄金嘛!你是不是这样,主动疏远一下,以身体不大舒服,备课比较忙等理由婉言相拒,就不要再一起讨论什么问题了。至于要合作写文章,这就更不妥了。还是算了吧,各自为政吧,这对你们两个人都有好处。你当然知道我们的一片苦心。你再想想,好不好?

……

这完全是一次审讯式的"思想政治工作"。我感到了奇耻大辱!谈话的当时我还没有明显感觉到,也许是忙于用谎话应付,过于紧张了,现在回忆起来,这奇耻大辱无情地啮噬着我的心!

樊还谈到了我的"个人问题"。想不到我在这方面也早已在让人们议论了,有人已为我塑造了一个挑三拣四、满肚子贪婪和奢望、一辈子不曾照过镜子的形象。对此,我唯有用最恶毒的回答了:我操他娘!而后沉默。

下午去体育馆参加"五四纪念会",心猿意马,却又被优美的集体舞深深地陶醉!我们这座高等学府,学生倒颇"解放",教师则未老先衰了。难怪,"老师"一叫,不老也得老上三分。

一吃晚饭,鬼使神差,我去找了熊书记,告诉他樊主任找过我了。我似乎有几分演戏的才能,表现虔诚而自如。我知道,这事情完全是由熊公"敏锐的洞察力"导致的急变。我必须保护自己,也保护瑜姐。

樊主任有意帮我还合情理,据说他与妻子情深意笃。可此公如此道貌岸然,就难免惹人生厌了。我一来便听说这位书记旁的都过硬,就是造爱太广泛。每每东窗事发,总使远处的老婆金刚怒目,河东狮吼。前不久又有了点"事出有因,查无实据"的谣言,老婆再度杀上门来,耳提面命。我望着他布满皱纹的脸上新愈的抓痕,想必这就是尊夫人的近作了。书记大人,你虽如此喜欢拈花惹草,可人真的懂得爱情么?我不禁可怜起这半老头来。

我望着他的不知疲倦的双眼及左眼睑下的抓痕,诚恳地表示"我有数了"。熊说了一段令我意外的又有几分叹服的话:"我就不用那个词了,如果你没有什么留恋,感情上……当然不一定用这个词了……如果你很果断,为自己计,为她计,为我们系计,你很好回断嘛——'我工作比较忙,要备课,下次请你少来这儿了……'这不就完了嘛!"

最后熊大人竟忘不了问一句:"她今晚还找你吧?"我佯作无可奈何状:"不知道,因为我从来没有约过她……"

可是,今天是约了,第一次,天知地知。

我以为她不来,很庆幸,因为熊书记常到办公室转悠;我又担心她不来,很懊恼,因为我实在想见到她。

瑜姐,我看来是爱上你了!怎么办呢?

她还是来了,八点左右。毋庸讳言,我一见着她就有某种满足,某种依赖,某种慰藉……

她说:"下雨啦!"意思当然是"出去走走"的计划无法实现了。

见我沉默不语,她问:"有人找过你了?"敏感的女性!

门外屡有脚步声经过,我说了句:"今晚不宜久留。"

她于是说:"那我走了,等天好了再说。你到时找我吧……"

"你走吧!"我绝望却斩钉截铁地说。

就这样,几分钟光景。

果然,熊书记巡视学生宿舍归来,又撞进来观察了一番,"怀柔"了几句。好险!

我还看什么书呢?九点不到,回宿舍,径直钻进被窝,没有洗脸,没有洗脚,也没有写日记。

次日补

内在的激情在外在力量的催化下,只会变得更加炙热。弟弟,又是你,想起了一个克格勃般的辛酸游戏。

七

第二天清晨,是个雨大风冷的恶劣天气,我们的心同时飞向那小河边,身子却被囚禁在宿舍里。你约我心切,写了一封主题为"今天晚上如果不下雨的话,我们往碧霞寺那边走一走,走得远远的"的信,投寄给我。为了检验我能不能收到它,聪明的你同时给自己投寄了一封没有内容的信。你想得何其巧妙而周到,然而邮电局却跟你开了个不大不小的玩笑。

两封信作了十分可笑的旅行,它们从校门口的邮筒走向市邮电大楼,又被分拣,盖上邮戳,让同一个邮差送了回来。啊,邮差要知道真情,我想他会因为感到被利用而愤怒的。然而这又是无可奈何的事。

上帝或许是旨在磨炼人,或许是喜欢捉弄可怜的人,反正,你收到了那只信封,兴奋不已,以为我无疑也收到了你的信。你按时赴约。你从热望到失望到绝望到惊惧,最终落魄而归。我没有收到信,我是第二天上午才收到的,如今我还可以看得见你似笼中之兽徘徊暴躁的模样。

……我一同寄了两封信,一封给她,一封给我自己,战战兢兢的。又是一次等候判决的心情。

六点半,我驱车绕道(为的是不被人觉察),抵达碧霞寺旁的弯弯小道上。七点过了。七点一刻过了。我的自信和希望一分分一秒秒地破灭。我后悔自己的故作聪明而不实际——时间太晚,路途太远,地方太偏……我更担心最可怕的事情——那封信会不会被人窃了?我去收发室侦察时只发现自己的而未发现她的,当时以为有人捎去了。两封信应该同时到,她应该收到,而收到她就应该来……莫非没有收到?愿上帝保佑,否则就全完了!

我伫立路旁,抽了两支烟,眼见得夜幕低垂,失望转为绝望。我似笼中之兽……

但愿明晨不要下雨,我得去那河边,我得赶快弄清那封信的下落。

事情总是那么巧,第二天你急于问我,而我却被葛玲缠住。虽然我们见了面,但你找不到机会发问,可以想见你是如何心急如焚!葛玲是我的好友,然而这时候我是多么讨厌她!(哦,请原谅,我的葛玲姐姐!)我只觉得你的目光格外阴沉疑惑,但不知出了什么事。我还是借机向你递上了我的第二封信——

弟弟:您好!

我们在做些什么?是寻求幸福还是在制造灾难?不知您如何想,我感到我有点走火入魔了。这两天,我总怕由于我的所作所为失当而伤害了您。我想,如果有人在我面前伤害您,我会不顾一切地去争搏的!使我痛苦的是,如果由于我的到来给您带来不必要的、哪怕是一丝一毫的损伤,弟弟,那我甘愿永远、永远地避开这一切……

弟弟,请原谅我,由于我的身份,使我无力说出我心中的话。可我还要鼓足勇气说,坦白地说,在我相识的众多人物中,没有一个像您这样吸引着我!我时常莫名其妙地有一种感觉,那就是相见恨晚……

这话我兴许不该说,但我又不愿说谎,我也感到在绚丽的人生舞台上我是太单纯了,太傻了。我知道我该怎样做。我可以失去一切,只是不能对您这样一位弟弟有任何损伤。忘掉您是不可能的了,埋在心里总是可以的吧?苍天总不会过分无情吧!

我尽量克制自己不写长信。我有许多话要对您说,包括文学、爱情、婚姻、家庭……特别是婚恋,我有许多话要说,我们还得找个时间叙一叙。再说,合作为文的事就此罢休,未免太憾!

求求你像以往那样欢快吧!

你的姐姐

5月5日夜

这样,又让你在惊悸中熬过了两天。你一边被我的信引得恸哭失声,一边又以亡铁者的目光审视着一张张可能窃我信件的人的面孔。然而就在上午,我已收到了迟到的信。而这天是星期六,我必须回去尽我做妻子和母亲的那些义务。我曾去教研室找过你,但未遇。又让你多煎熬了一天。上帝就是如此严酷。

我那回是如何度过在这个家里的一天一夜的,请容我下面一并描述。我得热切地再忆那个我俩共有的朦胧哀怨的月夜。

我又来到那光明之所在,你给了我光明。而且,荣幸的是,我也给你带来光明。这就是爱情的力量,这才是爱情的力量。

我远远看见你在球场上逡巡。我似看见了你的焦急面容——其实哪里看得见,我们相距至少有二百米。你与几个年轻的同事在玩球,你不敢明目张胆地撇下他们径直走向我,后来你说过你像热锅的蚂蚁。我看见你夸张地抚了抚额前的黑发,夸张地转身投篮,球没有进。你再转身望着我,再次夸张地抚抚头发。我忽然十足地自信。我凝望你一眼,急步向校门口走去。走出几步,转身再望你一眼,便再不回头,再不迟疑,径直走出校门,折身向北……

爱情使我们变得无比敏锐和聪颖,我们就这样互递了信息和指令。

我解开风衣扣子。好爽朗的春风啊,虽然它在傍晚还有几分料峭,而我正需要这料峭的寒意。它吹进我火热的胸怀,给我的感觉是凉爽而温馨的抚慰!

出校门往北走五六分钟,再转向西,就感觉不到这上百万人口的城市的喧嚣纷扰了。再走约十分钟,便看见了隐匿在翠绿丛中的碧霞寺。

寺院的选址,总是这般的无可指摘。大凡寺院,远望总使人宁静肃穆,置身则叫人似顿悟超凡脱俗的空灵。暮色中的碧霞寺,赭墙墨瓦,脊檐刺天,飞阁流丹,下临无地。恰似一位乌发童颜、历尽沧桑的老者,冷眼注目着高楼林立、烟云混沌的古老城市。一切感慨评说,臧否褒贬,都在它闭目合十的不言之中了……

我是一个唯物主义信徒,是绝不相信神鬼妖魔、佛祖上帝的。但每临佛虚净土,也总有一种与日常处身于喧嚣尘世时截然不同的心境。这地势,这氛围,逼得我摒弃琐事杂念,尽想些深奥玄妙、虚幻高远、不可捉摸的东西。

暮霭愈浓。我数完碧霞寺前曲折而上的石阶,一共是一百八十五级。这数字有没有什么寓意?我不得而知。我脑子空空。我和许多女人一样,是比较胆怯惧黑的。然而此时我一点胆怯的感觉也没有,这当然是因为我坚信我等待的人儿就要到来,我不是孤单的。现在想来我也不知道是不是罪过——我彼时心中一点也不曾想到刚刚告别只两三小时的丈夫和孩子!你的身影占据着我的整个心胸!

我自然也有你不会来的忧虑,但只有那么一点点。我镇定得像一位运筹帷幄的将军。

你来了,同样的镇定,同样的运筹帷幄。

你骑着那辆簇新的凤凰牌单车,沉稳、自信、热切而潇洒自如……

我们的目光相遇,出奇的冷静。真诚、释然的微笑中却不乏倦怠和凄楚。

没有一个字的招呼与问候,便肩并肩走上了绕寺庙而去的弯弯山道。我们有什么可招呼的呢?说你真聪明?——未免太过平庸,且事实上自己也一样的聪明。问信收到了?——已属多余,这约会本身已经说明。吐一吐爱慕?——语言此时是何等苍白无力,且我们的身份还在坚守着它的最后一道防线。诉一诉苦衷?——那些不快此时是何其遥远,且它们只会破坏此情此景的珍贵……

我们谁也不愿开口。物极必反,已说的太多,要说的太多,导致的必是默默无言。

我虽乐意享用这沉默,我绝不觉得尴尬难堪,但我渐渐感到有几分不祥。我担心你的沉默与我的沉默意义不同,会不会又遇上了什么新的压力?

"你……你不是有什么心事要跟我说的吗?"我终于笨拙地开了口。

"不,请你陪我再走一会。就这样,什么也别说。好吗?"你目光散乱地看着前方。

"当然好。"我真想一把拉住你的手,我的弟弟!但我克制了。我最惧怕的就是我的形象在你的心中败坏于一瞬。

从碧霞寺往北,是一片偌大的茶场,茶树吸吮着甘露,又散发出沁人肺腑的清香。月光似水，我们似水中的两条游鱼。这里地势很高。遥望东南方，只见万家灯火，映亮了半壁天空。成千上万的人们在那里忙碌，各有各的思想，各有各的喜怒哀乐……而我们，萍水相逢的一对特别男女，远遁人群，远遁喧嚣，远遁监视的眼睛，远遁正在蔓延的闲言碎语，在这朦胧的月夜，来这里共度说不清什么意义、什么滋味的时光，所为何来？一阵悲凉凄楚之情油然浮上我的心头……

这时，你说话了："我在谈恋爱了。"

我一惊，你终于说出了这可怕的两个字！你这是怎么了？我的弟弟！你不该这样直率无遗！我一时无言以对。

"也许这是义务。可叹的是恋爱还要'谈'！我们刚见了两面，她叫杨小莲，大小的小，莲花的莲。长得还算漂亮，我正在努力寻找她的优点和迷人之处。嘿嘿，什么话啊？迷人之处还用得着寻找吗？然而这却是可笑的真实！不为别的，就为了我这年龄，为了我的父母，为了兄弟姐妹，为了舆论，我或许应该努力把这恋爱谈成，娶妻生子……"

你的鹰隼般的眼睛直愣愣地望着我，两道幽幽的光芒冷飕飕地直穿入我的五脏六腑，我深深地打了一个寒颤。我这才意识到你是在讲些什么。我已经来及为我方才的误解而羞惭，我感到我又面临了一个新的可怕的局面，我意识到了某种悲剧性的开始及悲剧性的结局。我的脑子霎时紊乱如麻。

我开始用自己也觉得异样的声音说话："让我预祝你吧，弟弟。遇上合适的就应该结婚。有了家，也许一切就会好的。你再想想吧，自己拿定主意……"

"你在说谎，我的姐姐！"

"可是我……我能说些什么呢？"

克制的堤坝轰然崩塌，我们投入了对方的怀抱。这拥抱立即凝固。我们似乎找到了疲乏的休憩之所，如若失去对方的支持，我们定会立即坍垮。这爱的举动中的体味，只有绝望中的巨痛，对前景的信心的丧失，在巨痛中企图摄取欢愉的努力挣扎，却丝毫没有一点激荡的快慰，没有一点肉欲的影子。这是精神的拥抱,这是灵魂的依寄,这是情感的吸附……

"一切都太晚了,好弟弟。"

"不,这就够了,我别无他求。"

我们拥得紧紧,却显得生疏笨拙。脸颊一样的冰凉,身子一样的微颤。我们不敢妄动手足,我们惧怕随时可能发生的崩溃。你的脸埋在我的颈窝,你的泪水,这刚强男子的心泉,汩汩流向我的颈脖,又流向我的脊背。我惊魂甫定,就有些害怕起来。我比你多几重身份,多几分由这些身份而确定的义务,因而也容易意识到自己的责任与罪恶。

只是在这时,我才清清晰晰、真真切切地想起了我的丈夫和女儿,想起了我的那个家。我的泪水浸湿了你的肩头,我一点也不知道我在干什么,我该干什么,我将干什么……

当我们发现我们的拥抱和亲吻越来越勉强无力时,我们都知道了这爱抚的举动是一个错误,它该结束了。我们不再说话,手拉着手,互相依偎着,缓缓地、小心谨慎地向着灯光明亮处走去。

这时,碧霞寺里蓦地传来一记清晰的钟声,"咚——嗡!……"

我们情不自禁地停住脚步,听着钟声重重地响起,又沉沉地回荡,而后幽幽地远去……

"咚——嗡!……"

"咚——嗡!……"

八

那个月夜已经铭刻在我们的爱情碑碣上,我们也已无由评说。

从那时候起,被命运之神推上无形的悲剧舞台的,除了两个自觉自愿的主角——我和你——以外,还有另外一些不自觉不自知的人们——他,我的丈夫;她,你的女友;甚至还有她们,我的女儿,我们的父母、亲人和朋友……当然,这种说法未免太夸大其词了。确切地说,既是我们的悲剧,就不会是他们的悲剧。事实上,由于我们的"明智",悲剧的角色一直只是我们两个人。

我们都试图遏制那不该发生的爱,无奈爱神已制造了一个强大无比的磁场,我们根本无法摆脱说不清是自己发出的还是对方发出的巨大的吸引力和诱惑力。

我们仍然去那梦境般的小河边……

然而,只有我们自己知道我们过着什么样的日子。

  ……

  我在交替充任人与鬼的角色。我弄不清何时是人,何时是鬼。我每天早上与瑜姐相会(毋庸讳言,这是无须约的约会!),晚上又日趋频繁地去与那个杨小莲"谈情说爱"(只是谈与说的"情"和"爱"!),有时我觉得,早上我是人,我在按上帝的意志也在按自己的意志行事;晚上我是鬼,我在违心地履行某种义务,我在说假话,我在无耻地欺骗。然更多的时候我又觉得,早上我是鬼,因为我是那般鬼鬼祟祟,心儿惴惴,东张西望,如偷似窃;晚上我是人,因为我是那般光明正大,招摇过市,谈笑自若,似商如贾! 天,我在做些什么呵!

  我弄不清是在品尝爱的琼浆玉汁,还是在消受恋的苦酒涩液;我不知是在自重自爱,吮甘吸蜜,还是在自戕自焚,饮鸩止渴! 苏靖啊苏靖,你是个什么鸟人啊! ……

你那一个劲地抽烟,双手插在乱蓬蓬的黑发中闭目哀叹的悲苦欲绝的模样,虽隔两年,却犹在目前。

而我呢——

我亲爱的弟弟:

  您好!

  夜已来临,我独自一人躺在床上,又拿出您的信默默地读着,不知不觉,泪水顺着脸颊,一涌而下。好弟弟,我多么想像那天晚上那样和您永远、永远地依偎在一起啊,多么想让我们彼此相同的泪水流在一起啊，又多么想能用我的手为您——我亲爱的弟弟抹去眼角的泪水啊……可是，我们虽近在咫尺，却恍若隔世；虽每日相见，却海角天涯！

弟弟，我坚信，人之幸福，全在于心之幸福！是的，诚如您所说，"这是上帝赋予我们至高无上的神圣感情，她决非人所共有，因而也决不理会任何以所谓道德之类的面目出现的廉价的诋毁和亵渎"。您说得好，弟弟，世事纷乱，物各有主，苟非吾之所有，虽一毫而莫取；男欢女爱，阴差阳错；若情真意切，无非上帝喻旨，亦造物者之无尽藏也，而吾与子之所共适。我们是幸运的，虽然看起来我们背负着浓密的阴影。

可是，我们又不得不在这阴影的笼罩下痛苦万状。我们毕竟生活在这纷乱的尘世里啊。弟弟，为什么想和您在一起多待一会儿竟是如此之难呢？众口铄金，人言可畏，在我们这块土地上，还有什么比"舆论"更能毁掉一个人的荣誉、欢乐、幸福和前程呢？一生奋斗，烦恼怎会少，最凄楚世间把我错认！我还能说什么呢？

弟弟，我的心情太坏，再也写不下去了。然而，我更不知这寥寥数语能否到您手中……我没有勇气交给您，我怕！

求您原谅，求您愉快吧！

您的姐姐
5月14日深夜

现在读来，其实已很难全部体会彼时的心境，可我仍不得不强忍盈眶的泪水。我得保证我能把我们的故事写到最后。

清晨，依然是令我们神往的。

那日，我踱至晨曦轻抚着的小河边。手里的书本已成装饰。有几个年轻的大学生在念念有词地啃洋文。我既感到妨碍，怨他们侵犯了我们神圣的领地（何其无理的指责！），又感到坦然和解脱——并不是我们两个人的约会嘛。

你很快向我走来，你的书中夹着几张纸。我"无意"间借过你的书翻一翻，复递给你，便完成了情书的投寄。我们做着纯熟而庄重的游戏。我们简短交谈几句,随即告别。

然而,一团阴云旋即笼上我的心头——我们几乎同时看到了百步开外的两个人,那是可敬可畏的熊书记和樊主任!他们在遥遥而望,娓娓而谈。遇上我们的遥遥一瞥,他们似有所警觉,有几分做作和夸张地指手画脚了一番,便悠然离去。

我们多么希望我们都得了神经过敏症!

然而——

一场围剿又降临了。

下午休息时,我正欲去打球,见樊主任若有所思地在办公室门口踱步,便有几分不祥之感。

果然,我被他喊住了。像被传讯似的跟着他走到了小会议室,空气完全不对劲。熊书记已在会议室,我早已猜着了八九分。樊主任久不开口,双眉紧锁,面容似有几分痛苦。终于,说:"熊书记找你有点话说。"便不再作声。空气凝固了,暴雨将临的片刻,也是这样的。

慈眉善目的熊书记,今天也摆出了几分严肃。他脸上的抓痕已趋痊愈,留下了一道新鲜的白迹,与黝黑的皮肤形成清晰的对比度。他在我对面坐下,古怪地看着我。

我比上回镇静多了。且看二位如何表演,反正不花钱,只是要用点脑子应付台词。照例是"现在看点什么书?""有没有动笔写教研心得啦?"之类的套语,而后便直奔主题。

熊大人向我亮底了——干部班的学员有人在议论,而且已经传到系领导这边,问题相当严重。小苏,我上次已跟你说过,你太不成熟,把没影子的事弄得这样沸沸扬扬……

可是,可敬的先生们,我爱她,她爱我!我们通信,我们约会,可是你们未必就知道这爱情的由来,这爱情的程度,这爱情的方式……只有我们知道,还有月亮、河水、古刹、茶林、老柳、野草、虫鸟……

然而,我却表现得那么惊愕、肃穆、委屈、虔诚和愤怒!

熊说,这事情处理不好,会影响你的进步,会影响你的组织问题,甚至影响到你在系里的工作……

你知道有人怎么说吗?告诉你吧,有人说,中文系的小苏老师和一个结过婚生过孩子的人在河边谈恋爱!怎么得了啊,啊?小苏!

这完全是真情实事,然说出口的却是:是谁这么无聊?说出名字来,我去找他!

我表示我的"申述",表示"冤枉",表示"能处理好"。

我在演戏,不知演得像不像。

可我最要紧的是盘算如何和瑜姐保持不被人们发觉的联系。

上帝毕竟不是太苛刻无情的。晚饭后百无聊赖,独自漫步校园,便看见了飘飘而来的瑜姐。我迎上前去,急速地讲:"明天我不能再去河边了。""又有新情况了?""唉,明晚出去一下,我有话对你说。还是那样走,好吗?"她立即答应了,神情悒郁而坚定。

我期待明天。

杨小莲又来电话了,约我星期天上午八点在东门桥会面。看来要叩见老泰山了,我当表现得出色些,愿主保佑我。——对可能成为妻子的她却没什么可记的,罪过呵!

罪过,实在是罪过!

我们的爱情似雨后春笋,却压在乱石堆下扭曲地生长,畸形得连我们自己也无法解释了。

我们再也不敢公开会面,哪怕是偶然相遇时的短短停留,也竭力避免。

奇怪的是,当我们取消了公开的接触以后,外界的一切都恢复了正常和平静。世事就是如此怪异,光明正大反倒遭人责罚,阳奉阴违却能被人们自觉自愿、慈眉善目地承认和接受。我们实在太单纯、太幼稚了,在这人生的大舞台上。我们上了一堂好课。本来,要是我们高瞻远瞩、晓事喻理,还会有那么一段"不干不净"的历史吗?由己及人,这世界上的人伦道德、真假是非、美丑善恶等等的评判标准,至少还有相当一部分是有待完善的,因为它们无法回避诸如我们这类"风流韵事"而引发的那许多反常而又常见的舆论现象。

九

那是我们第二次幽会的暗夜。我好不容易摆脱了人们的纠缠,去得有些迟了,你似困兽一样在路上蹬着车搜寻。终于看到我,一切失望与烦躁化为乌有。我跳上车,我们向着碧霞寺后面飞去。

熟悉的弯道,熟悉的暮色,熟悉的心境……

我们在茶丛中坐下来。你开始述说你的窘境。你的浑厚嗓音在我耳边低回。我很害怕,我怕我会把你毁了。你说你只要和我在一起就没有恐惧,你说你无法不让自己被爱情的烈焰烧得通红。

这一回是我先行扑向了你的怀抱。我不可遏制地大放悲声。你被我感染,随即呜咽起来。我们抱头痛哭。我们的眼泪啊,如泉,如溪,如潮。我们说不清这是痛苦还是幸福,或许这在我们本来就是一回事。我们在月色微茫中泪眼相望,我们互拭泪水。拭去,流出来;再拭去,还是流出来。这是心灵之泉,这是生命之泉,这是爱情之泉,拭不干,淌不尽的啊!我们的心找到了安憩之所,我们的泪水找到了痛快涌流的地方。我们在泪的洗礼中疯狂地拥抱,久久地亲吻。我们互相抚慰,又各自长叹。我们清醒十分,又如痴如狂……

良久,我不无惊讶地感觉到了你的某种欲望在骚动,我心里微微一颤。你试图把我压倒,我本能地支撑、抵御着。我的心中连连传出不知是什么滋味的阵阵麻栗,我有几分惊慌。我的眼前叠映出两张模糊的面孔,我努力定定神,那是我的丈夫和我的女儿。他们静静地看着我,面带亲切的微笑。我意识到我们似乎不能再在那棵茶树下久呆了。我的话使你略略一惊:"弟弟,不早了,我们回去吧,噢?"你稍惊过后,似乎什么也没有发生,顺从地说:"好,走吧。"

我从心底里对你生出崇敬和尊重,我亲爱的弟弟!

我们艰难地起身,艰难地迈步。那是什么样的情形啊!走几步,停下来,拥抱,亲吻,叹息,流泪。再走几步,又停下来,流泪,叹息,亲吻,拥抱。我们仿佛生离死别……

再难舍难分,却不得不分。我们是多么担心被人发觉!可我们又是多么不愿就此分离!我们宁愿逃出这喧嚣的世界,只要我在你的身边,只要你在我的身边!

这个夜晚留给你和我的记忆虽是同样的深刻,却有了些许不同的感受。我更多的是隐隐的担忧和惊慌,你却增添了几分疑虑——

……我已经驾驭不住我的胡思乱想。我承认,在她不在我身边的时候,我确实曾有过占有(多么可厌的字眼!)她的欲望,但不算过于强烈。而当我和她在一起乃至拥抱亲吻的时候,则几乎没有什么淫邪的念头。即使有,如今晚,也只是隐隐的,难以觉察的。我是多么尊重她,我明白,我其实是在尊重我自己,尊重自己的爱。我感到了一种庄严和神圣,我感到了精神与肉体、爱情与淫欲之间的鲜明分野!我坚信,这正是我与她相爱之不容亵渎的地方!

而坦率地说,和杨小莲在一起的时候,感觉就完全不同。她的娇美并不及瑜姐(当然,她配我是绰绰有余,我欣赏的也正是她的成熟而多情的风韵),可却时时激起我心中不光彩(?)的萌动。但我绝不想过早做出可能导致某些后果的事情,虽然小莲越来越明显地热爱着我。我为什么不以同样的热爱去回报呢?我的爱被瑜姐分去大半了,可怜的小莲!然而,这爱真的是别人能够分得去的吗?你为什么不多分一些去呢?这些,你懂吗?在你未懂之前,我还不能答应你!

我的爱与欲的分离,使我总是生出我自己也难容的狐疑,我情知这狐疑毫无道理。瑜姐,你该不会只是在空虚寂寞之时做着亦假亦真的游戏?你有一个和睦的家,一个体贴无比的丈夫,难道你一边干着感情上寻花问柳的勾当,一边从丈夫那里获得一周一度的肉体上的欢娱?呵,这太卑下了!不,是我这想法太卑下了!卑下已极!可我又无法欺骗自己,我事实上每每冒出这种卑下已极的念头!……

不，不，我亲爱的弟弟，你哪里知道啊！你当时没有讲出你的这些想法，我也只是略有觉察。后来我看了你这日记，我默默地流了多少泪水啊！现在，我仍然忍不住为我悲苦的命运而流泪，而轻叹，而伏案悲思……

弟弟，我知道往下已经很难写了，因为我就要涉及两性交往中最隐秘的部分。在强调含蓄、隐晦的大气候下，这本来就很令人难以启齿，而要由一个女作者准确、客观而又不让人诅咒辱骂地写出来，更是要费尽踌躇、为难十分。记得曾看到过先哲恩格斯先生的这样一句话："最终有一天，至少德国的工人们会习惯于从容地谈论他们白天或夜间所做的事情，谈论那些自然的、必需的和非常惬意的事情。"恩公是共产党员人人崇拜的经典作者，他老人家一百多年前的期望，如今究竟在多少国度里成为现实，至少在德国工人中有没有成为现实，我不可能知道。可是，至少在我，一个中国的女作者，要来叙述性行为和性意识，感到的绝不是从容、轻松和惬意。然而，我得写，我已千百次为自己鼓足了勇气。我很坚定，很急切，很坦然。我相信我能写得好，写得感人，尽管我的思想和众多的人一样很不"解放"。我看此类作品总是独自一人偷偷地进行，一遇旁人，便急速掩卷，心儿会跳一阵，浑身会不自在。我真可怜！或许，我写了这篇文字，将更可怜。不过我已经顾不了那许多了。

可叹我还必须"由浅入深"，自觉自愿地来揭我心上似已早愈的伤疤。

起初，我只是哀叹我并不曾体验真正的爱情，却业已结婚，业已做了母亲。后来，我更惨痛地发觉，我岂止是不曾享受过精神上的热恋，我而且不曾享受过作为一个正常女人完全应该享受的肉体上的快乐。在现今的时代，这方面的交流是贫乏的。我当然不知道和别的姐妹们相比，我是不是最不幸的人，但当我有了后来的经历的感受以后，我确信我至少是一个相当不幸的人，尽管有可能这不幸是我自找的（但我对这一点又深表怀疑）。现在的你，当然会部分地理解我的不幸，但我还是认定这理解也只能是部分的。上帝创造了男女两性，就注定了异性之间的理解不可能完全透彻。好在这文字会公布于众，与我异性或同性的读者，都可以对我评价，和我比较，为我作证。想到这一层，我心里又生出几分莫名的宽慰。

十

我结婚之前,天真烂漫,充满幻想,无忧无虑。二十五岁那年,满怀忐忑不安的憧憬结了婚。前面说过,我有点稀里糊涂,精神上如此,肉体上亦然。我事实上并不知道我要些什么。我知道丈夫对我爱得如醉如痴,这就是我的浅薄的满足。望着他柔顺得像绵羊、小鹿般的深情目光,我为之感染和感动,我相信我是幸福的,因为我有与左邻右舍、亲朋同事们的比较。夫妻同床异梦、丈夫动辄打骂和虐待妻子的事情是多么常见不鲜啊。我是这般崇拜我的丈夫,我从心里满足与快慰。

新婚第一夜的情景,既模糊、遥远,又清晰得如在目前。无知的我惶惶惑惑,手足无措,又充满着神秘的期待。望着一向老实得可怜的丈夫面色潮红,有几分急不可耐的样子,我又觉得有些好笑。他是温柔内向、知道克制的人,他直到此时只不过有一次羞答答地亲吻过我的脸颊,他是尊重我、挚爱我、保护我的。我喜欢他的腼腆,感激他的含蓄。我要向他请教,我要虔诚、热情、一丝不苟地上好这第一堂课。我在记忆的储存里苦苦搜寻,搜寻我读过的少得可怜的小说中美好、朦胧的情节和那些寓意深远的省略号……

充满了暖色调的新房里漫着温馨、甜蜜而又躁动不安的气息。一生一次的伟大转折即将在这里发生。划时代的分野就要在这里庄严、神圣地载入史册。鲜花般的梦幻就要这里圆满完结,代之而起的将是现实的、周而复始的、永无止境的体验、满足与追求……

啊,我们的新婚之夜!

可是……可是,没有舒缓的前奏,没有简洁的导言,没有内容提要,没有渐入佳境的假山幽径,没有神秘,没有兴奋,甚至还没有来得及体验,一切都已发生,一切都已成为过去,一切都是如此简单而短暂!我只是刚刚来得及心儿惴惴,羞涩忸怩地轻轻问了一声:"慢点……亲爱的……怎么弄啊……"就被巨大的惊骇淹没了。

我能体味的,只是意外的撕裂肌肤般的刺痛,异物侵体的不适,不由自主的连连寒噤和周身的瑟瑟发抖。当然,这其中确也掺杂着微弱的、未曾感知过的舒适,只是微弱得难以觉察。

他倒在一旁,很快就睡着了。我却没有丝毫睡意。

夜半,凌晨,又重复了这与想象中完全两样的、令我恐惧厌恶的一课……

噢,这就是我的新婚之夜?一生仅此一遭的新婚之夜?……

我失眠了。

在我的记忆中,这竟是我的第一次彻夜失眠,它发生在我期待了无数时日的新婚之夜!

我亲爱的夫君,请你原谅,我绝对没有一丝一毫责备你的企图。只有我知道,你是多么爱我!直到今天!直到永远!

我把过错与责任归结于我自己。我力图适应,我努力寻觅着。

后来,我也确实有过快意,我以为这就是全部。可是,它绝不是全部——日后的经验已经明白无误地告诉我。

上帝莫非真的可能残忍?我不知道。我没有来得及进入原本应该进入的境地,我已经怀孕了。我顺利地生育了我的女儿,我可爱的女儿。

我还没有从疲乏辛劳中解脱出来,还没有太多地顾及为我的迟熟而反思和筹划,就已经发觉了丈夫的不满。是的,作为一个体魄强健的男子,他的不满完全是合情合理的。家务与孩子的重负,使缺乏精神准备的我疲惫不堪。而在我孕育、分娩及随后而来的备受孩子纠缠的漫长日子里,一个健康男子的生理欲求是不可能满足的。我看见了他时常显现的烦躁的神情,我听到了他望着天花板时发出的一声声长吁短叹。

尽管我那时对爱情、婚姻、家庭的认识远不同于现在,但我在夫妻生活中的表现却一直是努力的。我忠贞、热诚、百依百顺又百感交集地履行着妻子的义务。不为别的,就为丈夫对我的狂烈的爱,就为我的妻子的身份。我的心是那般的平静,我是那样满足于其实只是一星半点的享受,我以为那就是性爱,那就是快乐,那就是夫妻!

本来,我可以一直平静地、满足地生活下去,和为数想必不少的人们一样,走完这短暂的人生之旅。

可是,我遇上了你!可是,你遇上了我!

事过几年,能够比较冷静地想想这事了。那时期,我其实受了两种觉醒的袭扰。一种是精神上的,一种是肉体上的。而首先而且比较彻底的觉醒,则是前者,我渴望爱情!至于后者,对于我,只是作为前者的附属物,在我完全不自觉和完全没有预料的情况下发现的。唉,要是没有后者,我也许要幸福、满足得多,因为我毕竟体验了一次足以使我享受终生的精神生活,体验了那至高无上、狂烈奔放、鲜与伦比的精神之恋!然而,有了后者,则既使我更体味到这精神之恋的珍贵,又使我体味到了我作为一个健全女人的今生今世的不幸,这不幸是如此巨大深重、不可理喻、无法挽回!

这一切,别人看来可能有些晦涩隐约,不甚了了。可你明白,原来我一直想,只要你明白就行,我就满足。现在我总觉得这还不够,我希望更多的人明白。因此,我得毫不犹疑地往下写。

十一

似乎在证明着我们爱情的高尚与圣洁,我们合作的果实终于长成了!我们难得面谈,只得用通信的方式交流构思和文稿。是的,真正的爱情将是创造的源泉,这是真理,我们已经懂得。好像有个诗人说过,醉汉和恋人属于同类。看来这只能在某种意义上成立,我们曾经反问:难道醉汉还能像我们这样创造?我们是一对清醒的恋人!

那一天,我记得如此清晰,你在课后匆匆递给我一本装帧精美的《文学世界》月刊,我的心儿狂跳不已,我知道我们的合作成功了。可我又要装得什么也不知道,多么残酷的世界啊!连我们给人类献上一只文明之果后的巨大欢乐也不能光明正大地表示!

我又独自奔向那小河边,急速打开杂志,在目录中寻找。——"白苏!"我亲爱的弟弟,你终于把我的姓放在了你的前面,我是多么感激!我们终于融为一体,向社会表白了我们的天衣无缝的合一!我的泪水无法遏制,然而这一回却是喜悦多于酸辛!虽然我当时已经发表了几十万字的作品,可这一次的欢欣，比起任何一个作品的问世，却是胜过百倍、千倍、万倍！这是我们爱情的处女作，爱情的结晶和明证！它和后来分别署名"苏白""白靖""苏瑜"的几篇文章一起，白纸黑字，将永贮我们的记忆，别人则无法知晓这悲苦、艰难、可歌可泣的一段合作史。

这时，随着我们这精神结晶的诞生，我们的爱情却出现了无可奈何的迷茫与紊乱……

这时节的我们，卷入了一个古怪的"四角关系"的漩涡，另外的两个人——我的丈夫，你的女朋友——却又毫无所知。在他们，这"四角关系"根本不存在，他们真真切切地爱着自己的妻子或男友，他们的爱是真诚的，实在的，幸福的。

不幸的是我们。我们承受着无可选择的悲哀与巨痛。我们从来没提及过我们爱情的结局，我们似乎不要结局，只要开始。我们并没有失去理智，我们其实谁都知道会是什么样的结局。我们将一无所获。我们绝对不会结婚。我当然并不是没有过这种念头，但却几乎从来没有过这种打算。你也说你只是有过这种念头而已。我们都再清楚不过，如若我们做了爱神手下的勇士，冲破樊篱，投入新的生活，将是一种什么样的情景。我们都无力当这样的勇士，我们都是可怜可憎的懦夫。

事情其实十分浅显。当我们的爱情只是被社会稍有觉察的时候，便接受了它不可抗拒的压力。而当我们以固有的身份一同走到正午的阳光下，我们将承受怎样的加倍而来的重压？我们能否在可想而知的重轭下真正愉快幸福地走向未来？那许多捐躯者的足迹早已给我们提供了明确的答案。世俗的硝镪水将会轻而易举地把我们溶蚀消灭！我们不愿毁灭，我们还要生活，还要搏击，还要创造！

不管别人如何评价，我们坚定地认为我们在做着人道意义上的牺牲。我们属于人类中有良知的一部分。

爱情是一种自我感觉，是最不可理喻、玄奥神秘的东西。爱的多寡与乐苦，犹如囊中的钱币一样，只有自己能够知道它的数量。而且，这钱币只是各个个体私有的，它们并不可以借贷、支助、通融或施舍。这使我们懂得为什么许多的夫妻间也觉得各自钱币是不相等的,有的甚至十分悬殊,却又无法分享。在商品经济的社会里,钱币的多寡决定了一个人的贫富。爱情的富有与贫乏,道理与此实在是相同的。因而,谁享受着真正的爱情,富有、满足的爱情,只有他(她)扪着自己的心窝时,才有资格回答;别人的说三道四,都只能是主观主义的空谈。

因为我们都深知这些道理,因而我们都能知道我们的责任与义务。我们都知道除了我们以外,世界上还有人在深深爱着我们。你的女朋友杨小莲,我的丈夫(请原谅我将永远不会涉及他的姓名)。他们是怎样深深爱着你和我啊!

或许,因为我们的爱过于博大,过于炽烈,远远超过了他们的承受力和需要量?或许,我们付出了与他们对等的爱以后还有巨大的盈余,而这盈余又是他们无力消受的部分,因此我们得以轻松地维系着许多人竭尽全力尚难维系的婚姻关系,又能以如此巨大的热诚沉湎于我们的恋情之中?我们根本无须像那些拙劣的、自私的"第三者"那样,既把家庭捣得终无宁日,有失人道,又把自己糟践得臭名昭著,强颜欢笑,离群索居。我们既成全了他人,又成全了自己。我们至少能称得上是喻世明理,既对自己负责亦对别人负责的人吧?

弟弟,我们根本无从选择,我们也根本无须选择!

我一边爱着你,一边一周一度地回家与丈夫相会。

你一边爱着我,一边与杨小莲"培养"着感情,而且竟也走进了"热恋"。

——让人们去诅咒罢,这都是事实。我早就宣言过,我决不虚假。

何况,我还有下面的话要说……

<h2 style="text-align:center">十二</h2>

我们开始步入更深的峡谷……

  天哪,我不知我在干着什么!

  小莲越是爱我,我就越觉得我的罪孽深重,越能看见自己古怪而奇丑无比的面目！

晚上，小莲约我在她家中相会。从心里说，我还是乐意和她在一起的。她的丰满和妩媚难以抗拒地吸引着我。而且，事实上她的谈吐、举止绝对不俗。当然，这不能与瑜姐相比，我不能要求每个女人都像她那么美貌而富于才华。在小莲身边，确实也冲淡了许多、甚至能短时间释去我对瑜姐的倾慕和思念。她总是毫不犹豫地投入我的怀抱，用越来越含情脉脉、发饧发花的迷乱目光看着我。这使我十分慌乱——我被惊喜、渴望、担心、失落、挣扎、悲伤……等无数莫名其妙的情感包围着。我不知该说些什么，我只有紧紧抱住她，小心谨慎地在她脸上、唇上、颈上印下一个个污浊的吻。我不知道，世上有多少和我一样的罪人！

终于，今天，刚才，她给了我明白无误的献身的表示！可却遭到了我委婉而坚定的拒绝！小莲，我对不起你！你将是我忠贞的好妻子，我也会是你体贴的好丈夫，但现在我还不能，不能。你让我再想想……

她躺在我怀中，先是软软的，而后一次次热烈地吻我。她的眼睛半开半合，目光色迷迷的。白皙的脸上阵阵潮红，喘息声变得粗重而短促。她在我的怀中扭动。她拉着我躺倒在她那张整洁的单人床上。那时，我曾有过一股欲望从胸中升起，且颇明显，颇热烈。小莲许是太过爱我了，我相信这爱是纯洁无瑕的，真挚热诚的，我感到幸福与满足。我呆呆地想着，又似乎什么也没想。

过了许久，她伸手解开了我的衣服扣子，喘息着、迷乱着，又有几分倔强地望着我。她呼喊着我的名字："靖，亲爱的，靖，我爱你……"

我意识到往下将会发生什么。我若干年的憧憬与期待就要变成现实！我就要盗得一个美丽、丰满、妩媚女子的处女之宝！

可是，我环顾四周，目光游移飘浮。瑜姐啊，瑜姐，你分明屹立在我眼前，赶也赶不走。这是怎样的鬼使神差呵！我的瑜姐，你平静地看着我，微笑着不发一言……

我下意识地攥住了小莲娇嫩急切的手。

她不免惊诧、失望。可是你不懂呵，我的小莲！我纵使下遍地狱，我也不会违背我自己!

你哭了,小莲。你求我千万不要责怪你的轻佻。"不,我绝对信任你!"你扑向我大放悲声:"靖,你可千万别抛弃我啊……!"我无法自制地死死抱住你,我泪如雨下!我们抱头痛哭失声!……

可是,你却不可能知道,我们的泪水,包含着几乎完全不同的意义。你为得到我的幸福和唯恐失去我的惊忧而哭泣,我却为得到你的满足与得不到另一个人的巨痛以及对不起你的负罪感而百感交集!

我一直坚信,男子的童贞与处女的贞洁应该是绝对等价的。抑此扬彼,抑彼扬此,都是腐朽的道德观。我不需要因为虚幻的东西对得起任何人。既是虚幻的,精神上的,那我就应该首先对得起我自己,对得起我的心,我的爱和恨!小莲,你是无辜的,你绝不轻佻轻贱,你是高尚的。但我与你一样无辜与高尚!你急于把贞操献给一个丈夫与爱人统一的人;可我也想,也想为此奉献。然而我却没有你幸运。你将是我的合法妻子,我也已决定做你的合法丈夫。但是,你却并不一定是我的爱人。我的爱人已经先你而至,我亲爱的瑜姐!我一筹莫展,我一无所有,我唯有把我的童贞献给她,只要她不拒绝!我只有把我珍重无比然而事实上又不值分厘的童贞,与我的欢乐、我的苦难、我的绝望一道,献给那个使我欲生欲死的人儿!用这份至高无上的薄礼,为我们的至死不渝的爱情,奏上一曲凄婉哀怨、随别人如何理解的浩浩挽歌!……

我曾享有这般忠贞执着的爱情,我是一个多么幸运的女人啊!可是,我是对不起你的,弟弟,无论如何,我有负于你,尽管我知道你或许真的不这么认为。我将为我的过错而后悔终生!

那天——我查对过了,就是你与杨小莲相会的第三天——下午,我在图书馆的台阶上与你相遇。我觉得你那几日变得憔悴疲惫,我心中溢起浓烈的怜悯、负疚之情。

你显得有些烦躁不安:"晚上到我宿舍来一下吧,好吗?"

我为你的大胆而惊讶,但我不能不迅即答应你。

说真的，这一次与其说是热切，不如说是惧怕。虽然我其时并不知道你的可怕念头，但我有了上次茶树旁的观察后，对我们的相会总是有些战战兢兢。可是，无论如何，我想见到你。

我煞费苦心，我知道我身为一个漂亮女人的魅力。这一直是我的骄傲，可此时我却十分怨恨它，我真诚地希望我只是作为一个精神的化身与你相会，而绝不希望有这上帝赐予的艳丽肉体。

我进行了一番何等拙劣的打扮！我尽可能削弱和糟蹋我的诱惑力。我穿上一件早已过时的蓝色列宁装，又换上葛玲的一条肥腿宽裆的棕色裤子。我把头发抿得十分严谨整齐，又扎成一把毫无生机的"洗锅刷"，我丝毫未施任何化妆品……啊，我用心何其良苦！

七点钟，我忐忑不安却又义无反顾地踏上了你们的宿舍楼。

门是虚掩着的，你在焦急而充满信心地等着我。

相视而笑，默默无言。

我环顾了你的斗室，不足十平方米，倒十分简洁舒适。像大人物的办公室一样，办公桌放在桌子的中央，上面整齐地放着文房四宝和几本书籍。书架与办公桌和单人床的距离几乎相等，无疑是为了坐、卧时取书同样方便。窗明几净。我也读书、写文章，但我从未有过如此优雅的环境。我烦透了办公室的喧嚣聒噪，看腻了卧室的过于温暖倦人。我走进这单身居室的第一印象是：简、净、雅。

然而，当我的眼睛与你那有几分游移不安的目光相遇时，我预感到某种纠缠与危险将在这整洁的小屋里发生。我似乎感到我的着意打扮其实毫无用处。

那时候我也朦胧意识到，要使我们减轻折磨，能更集中注意力合作为文，最好的办法是什么——让高潮及早过去！可一念及此，我就不免深深的颤栗！不能啊，我的弟弟，不能！我越是爱你，便越觉得不能，越想求你原谅我。尚且，那时候，我对你，简直没有什么肉体上的欲望——我一点也没有料到我后来的古怪变化！

望着你神色慌乱而急切的面孔，我似窥见了你心底狂突奔涌的潜流，我为你加固着堤坝,我痛苦万分!我相信你也企图加固它,但已体力不济。相信换了别人,结果并不一定都和我们一样!是啊,或大悲或大喜,倒亦畅快淋漓!

半理智的我,尚坚守着我的防线。

你拥着我倒在床上,并随手拉灭了灯:"轻点声吧,就装成没人在。"我未置可否,但心头惊悸骤增。

我们开始熟悉的拥抱和亲吻。我很冷静,显得被动。你终于压在我身上,开始解我的扣子。我攥住了你的手:"好弟弟,要理智呀!"

"不,不要理智。"

"别干傻事,否则我们可能会后悔一辈子……"

我深知你绝不会对我施以丝毫强迫,你是多么尊重我!果然,你一动不动了。

我心中随即生出了类似母亲般的怜恤和宽慰。我轻轻地抚摸着你茂密蓬松的黑发,你灼热温顺的脸庞,你宽厚壮实的胸背……

你孩子般地喃喃恳求:"姐姐,让我抚摸一回你圣洁的躯体吧……"

我默许了。

你用温柔得使我意外,更使我感动的手,缓缓地解开了我的外套,我的背心,我的衬衣,我的乳罩……我饱满丰润的胸脯袒露在你的面前。你轻轻地、柔顺地抚摸着我的颈脖,我的肩胛,我的胸膛,我的乳峰……你是那般小心翼翼,充满温情,专心致志,仿佛我是一件脆弱精美的艺术品。俄尔,你把脸埋在我的双乳之间,一股热流迅即洇满了我的胸窝,又向四周流淌,流向腹部,流向颈部,流向后背……啊,一个刚强男子竟也有如此汹涌的泪潮吗?

弟弟,你埋在我胸窝的口,开始发出剜我心肺的低诉:

"瑜姐,请相信我的圣洁和虔诚……我苦心寻觅,在茫茫人海中寻觅,终于寻见了你……然而,又是一个已经有了丈夫、当了母亲的你。我绝望。可我又不甘绝望,我好苦啊……我一边和杨小莲假戏真做地谈着恋爱,害得她死心塌地地爱上了我;一边又如痴如狂地与你热恋着……"

"别说了,好弟弟。别说了,我求求你……"

"不,我要说,我要说!我现在不说,难道明天去跟她说?姐姐啊,我罪过不小啊!我应该跪在你的面前,我应该跪在她的面前,我应该跪在上帝的面前……罪过的爱情啊,我明知道这是一个泥潭,可我还是攀着你不顾一切地往前走……我自觉自愿地在这泥潭中滚爬。我陷得太深了,我是无力自拔的了。更何况,我根本无心自拔……我想,这或许并不是泥潭,这或许是一座熔炉,它能熔金化石,我该当在这炉中焚化……姐姐呀,你为什么不再和我一同加油添柴?你为什么不让我及早熔灭?我相信,在我熔灭的一刹那,我将哧溜一声,化作一缕青烟,腾向博大无限的天宇……姐姐呀姐姐,原谅我吧,我绝不是一个淫邪的人,绝不是一个好色之徒!我只是想在力图解脱之时,为你,为我,为我们的爱情,献上我至高无上的童贞……这虽说不上崇高,但至少称得上真诚!既然你不允许,我绝不会强迫……我只是感到极度悲伤。我确认了爱情与婚姻、爱情与肉欲的永远分离!但我绝不怪你,你使我认识了什么是高尚、纯洁的女人,我崇拜你,瑜姐……我求你永远不要遗弃我这个可怜的无能的弟弟!既然有情人泪眼相望的现象如此普遍,我们又算得了什么呢?让我们勇敢地、自觉自愿地加入这支浩浩荡荡的大军吧……姐姐,好姐姐,请记住这个童话般的夜晚吧……"

泪河浸湿了被褥。我们谁也不去擦拭。

我们一动不动地躺着。弟弟,你不知道,我的防线实已崩溃!我甚至希望你继续有所要求,我相信我会不再犹疑地顺从。可是你已不再动作。

我们静静地躺在一道,消受着多少掺着几分欢乐的苦难时光……

时间真是个恶魔,它常常使不该热烈的东西变得热烈,又每每使不该冷却的东西渐渐冷却。

良久,我们终于稍趋平静。我起身,整好衣衫。我对你说:"我们什么也不要说了,让应该说的记在心里吧,别的什么也不要说了……"

你孩子般地点了点头。

我终于狠了狠心,留下了悲哀不语的你。有几分遗憾,但更多的是庆幸。这或许便是上帝的意旨,我们只是顺从而已。我这样想着,梦游般地走向我的栖身之所……

十三

就从那一刻起,我惶恐不安地感到有一种莫名其妙的东西在我躯体内涌动。它总是使我没来由地发呆,没来由地脸红耳热,没来由地坐卧不宁……作为一个妻子和母亲,我恐惧地意识到了埋在我体内的某种欲念的日益萌动和觉醒,这是我成年以后从未体验过的。而且,它却不是由我的丈夫勾起,而是由你,我的弟弟,我的一直视若圣明的精神恋人所激发! 这是怎么回事啊,我的上帝!

我毫无目的地在校园里漫步,在小河边徜徉,在桃园里呆坐。我是那样深深地憎恨自己。我既为自我意识的朦胧觉醒而羞惭疚愧,又为隐隐发觉了某种不幸而怨忿不平。我惊诧于内心的复杂活动,我苦笑叹息,我无可奈何。我用插在裤兜的手隔着布狠狠地拧捏自己柔嫩的大腿,我借抚拢头发的机会重重地揪扯自己秀美墨黑的发丝,我用能够实现的折磨刺激自己,我企图以肉体的痛感驱除心中愈显明晰的欲念。我一遍遍捧读我们合写的文章《爱情的层次与衡量社会进步的尺度》,试图用巨大的精神力量驱散那自己总觉得邪恶的念头。可是,所有这些,都无济于事。我整日里思念着你。不但思念你坚毅动人的面庞,也思念你宽阔的胸膛,你强有力的双臂,你修长茁壮的双腿——你健美雄伟的形体……我自己也弄不清我是怎么一夜之间变成这样的。在我二十六年的生活中,如此强烈地带着非精神的欲念渴思一个男人,这可是从来没有过的啊……我是那样强烈的憎恨自己,同时也开始怨恨我的丈夫——你为什么没有能让我产生如此强烈的渴思呢?

第二天吃过午饭,葛玲问我有没有买车票了,我这才意识到这天是星期六,我又该回炼油厂度周末了。我已无法描绘其时是怎样复杂的心境。

回到家,丈夫照例已经把女儿送往奶奶家,并做好了晚饭。他每次都是这样做的,为的是能让我们过一个不受丝毫干扰的周末之夜。

我显得烦躁不宁,我第一次明晰地感到对丈夫的厌倦——啊,这是多么危险的信号!

他殷勤无比的一举一动,都使我产生阵阵反感。从前为他对我的爱的感动,此刻化成了怜悯、嫌恶和嗟叹。爱情真是个怪物。单方面的爱竟也可以如此幸福和甜蜜!我又生出几分一如既往的感动。我因感动而克制,而疚愧。

丈夫温柔而有几分讨好和急切地望着我。我身上的那份躁动又隐隐浮上心头。我有些恍惚。

我呆呆地看丈夫娴熟地收拾碗碟,抹桌子,洗涤,而后催我洗漱。

照例是早早上床,熄灯……

丈夫已学会稍稍等待。

我闭目静卧。在丈夫轻柔耐心的抚摸下,在三五牌座钟沉着稳健的节奏中,我奇怪地感到自己开始离地飞升……

黑暗把我携回到昨夜我们栖身的单人床上,我昏昏沉沉地堕入朦胧的梦幻中。一切都按着昨晚的程式进行,而且接续着昨晚未竟的程式。我被一股巨流裹胁而下……

你又开始为我宽衣解带……

你的低诉又开始在我耳边回荡……

我躯体内的某种东西又开始清晰而有力地搏动,在你的低沉忧郁的声浪中……来吧,弟弟,我答应你,我爱你,我应该是你的,你来……

你来了!我亲爱的弟弟!

我被一股巨大的热流击垮,意识刹那间出现了奇妙的空白。一切不复存在,唯有巨大的快意铺天盖地般由小腹内向上奔突翻卷!这快意在体内横冲直撞,迅即放射到躯体的每一个角落……

我周身剧烈地瑟瑟颤抖,我不顾一切地全身扭动,我感到愉快绝顶的窒息,不得不用尽全力呼气与吸气……

啊,天哪,爱,原来还有这一层巨大的畅快与欢乐?!啊,我终于在结婚将近两年之后,当母亲一年之后,体味到了这肉体之爱的彻底觉醒!我终于步入了男欢女爱的辉煌神殿!

啊,我多想永远滞留在这无边无际的极乐世界中!

啊,我亲爱的弟弟,我该怎样感激你!

我嗓子忽地发紧发痒,我口干舌燥,我不顾一切地放声呼喊:"噢——!噢——!啊——!"

"瑜,瑜,亲爱的,怎么啦?你怎么啦?不舒服吗?"

我猛地睁开眼睛。意识在刹那间恢复——丈夫的目光在黑暗中闪烁着惊恐与不安。我左顾又盼,弟弟,你不复存在——你根本不曾存在!可是,苍天在上,我真真切切地与你共享了一场空前旷古的情爱!

丈夫仍爱抚地拥着我,体贴地问:"怎么啦,瑜,不舒服吗?"

一股莫名的怒火从心头腾起。我充满抗议地反诘:"你真烦死了!这是舒服还是不舒服你都不知道吗?你也太只顾自己了!"说完我立即后悔了。

看不清丈夫在黑暗中的脸色,只感觉到他手足无措地、更加体贴而谨慎地抚慰我。

高潮过去,袭来的是巨大的悲哀与绝望。我体味着突袭而至又倏忽而逝的巨大快感,怅然若失。我想让这快感尽快重复,我有唯恐跌落深渊而欲奋力攀援而上的感觉。我反常地反守为攻,热切地激发着已获满足的丈夫……

可是,我失败了,刚刚过去的体验不复再来。无论眼开眼合,我能见到的,除了你忧郁虚幻的眼睛外,只有见过千百遍的丈夫蠕动着的身躯。

凌晨,我又一次引发丈夫为我一试。这一回更糟,你的鹰隼般的目光死死盯着我,我无法作一点你与丈夫替代的假设。丈夫的体魄甚至比你还要强健,却被我折磨得筋疲力尽。他是温顺的,体贴的,忠于职守的。这一晚,他有求必应,而在此前,这四个字从来只适用于我,我从来没有懂得过一个女人是如何由欲望的驱使而去引逗一个男人的。这是第一遭,却又是这般情势,这般体验!我止不住泪如潮涌……

啊,天哪,我在说些什么啊?!可是,弟弟,我要说。我的读者兄弟姐妹,请允许我说下去。

丈夫被我的举止吓坏了,我自己也不知道我是怎样的一反常态,怎样的怪异骇人。他一个劲地问我,充满了体贴与惊忧:"怎么了?瑜,亲爱的,你这是怎么了?"好在丈夫是比较迟钝的,他在我说了几声"没什么""真的没什么"以后,在我做出高兴开心的样子之后,也就释然了。我早听说过,有了外遇的女人,回到家总会做出趋于两极的表现,不是反常的凶暴乖戾,就是反常的温柔多情。许是我并不算有了外遇,许是我还算聪明,我努力让自己表现得和以前一样,不卑不亢,矜持坦然。或许丈夫把我的那番短暂的反常表现亦同样看作是爱的觉醒——对他的爱的觉醒,也未可知!然这又是何等巨大的悲哀啊!

这个星期日的下午,他更加殷勤。把我送到车上,还叮嘱了好一阵大约是"安心学习""别挂念家"之类的话。

我可叹、可怜的夫君啊!

然而,弟弟,他是幸福的,我的丈夫;还有她,你的女朋友杨小莲,我的妹妹。他们享受着真正的、不掺假的幸福和快乐。他们吮吸着爱的甘露,他们是满足的、充实的、令人羡慕的。遗憾的是,他们的幸福却渗透了我们的心血和泪水!它越来越建立在我们的牺牲之上!一旦真相公之于众,他们的幸福将会烟消云散。

弟弟,我们四个人各具悲哀——我和你的分离、痛苦与无望;他们的被欺骗以及永远无法占据配偶的精神世界的单方面的满足。我们又各有幸福——真正的爱我们人人都有啊。各自的爱,或精神和生理相统一的,或二者分离的,同样是这般真真切切,实实在在!事情就是如此奇妙。有的爱需要维系,发扬光大;有的爱需要遏抑,牺牲割舍。需要维系成全的,是真正的爱;需要牺牲割舍的,同样是真正的爱。多么的不可调和啊!

弟弟,我又回到了你的身边。我的心啊,就像是从暗夜走向黎明,从沙漠走向绿洲,从囚室走向自由……啊,我这幸福的心,罪孽的心,受着爱的滋润、煎熬、撕裂的心啊!

十四

我们更加竭力回避。我不再去那小河边,不去图书馆,不去球场,甚至吃饭也有意提前或者推后,我避免一切可能会遇见你的路线。若是狭路相逢,我会急速而过。我恐惧万分,好在校园很大,这机会并不多,好在你的心境和我也差不多少。我的心在呜咽,在挣扎,在呐喊——

我要抗议!我要控诉!我要呼救!

我从懂得男女之爱起,至今已近二十年,不也只是才遇上这唯一的一次真正的爱情吗?这也该被攻击为卑鄙、淫邪、水性杨花吗?像我这样漂亮得使一群群男人蚊蝇般纷至沓来的女人,一生一世经历一次这样纯洁、真挚、炽热的爱情还算过分吗?我想连上帝也会宽恕默许的。可事实上我却不能获得,这还不值得唱一曲撼天动地的挽歌吗?还不能令人感动、同情、支持,反而该招来污浊、侮辱、围攻、唾弃吗?天理不容啊!

救救我吧,上帝!要换了别人,我完全应该疯狂,应该自杀,应该沦为真正的娼妓……可悲的是,娼妓们出于自愿而获得的,我尚未获得;而娼妓的耻辱,我却已一点不少了——别人给予的和我自己给予的,按照某种伦理道德标准。我无处诉说,无处发问,无处宣泄。我唯有向天长叹,叹我的命运为何如此惨酷……

如今,我承认,其时有两个神怪在我的躯体内激烈地交战。一个叫作情爱,一个叫作性欲。它们的交战是被迫的,因为它们极力要求双黄卵般的亲密和谐,浑然一体。但由于诸多来自个体的、来自社会的因素的威胁和逼迫,它们不得不违心地同室操戈,疯狂亢奋地寻求作战……

我为两个神怪的握手媾和、统一和谐而痛苦、艰辛、不懈地努力着。

我在那次因假设、错位而意外获得的巨大快感的回味中神思恍惚,我在你的单人床和我们那宽大柔软的席梦思之间逡巡神游,我在真与假的世界里东奔西突,一筹莫展……

我是多么希望这世界能真假合一,还我以永恒的权利,赐我以永恒的欢乐!

用理智的目光去看,这时的我,是真正被丘比特之箭射中了,是实实在在地在恋爱着——当然这只是我的理智的评判。而用另一种同样是理智的评判,则应该说,我是真正地被邪魔迷惑了,在一步步向邪恶的深渊堕落。

我无须强求评判的一致,因为鉴赏、批判力比我强得多的人们遍布左右;我只需尽可能客观地把我们的这段经历叙述出来。

这个星期六,我是如此迫切地回到了我的这个家,连下午的时政学习也没有参加。丈夫归来,看见我正系着围裙大动干戈,既喜且惊,连忙动手帮忙,一边温存地嗔怪。

我像发了疯一般。我把卧室弄得面目全非,一塌糊涂。丈夫只是表示茫然不解,但他是不会异议的。我把能搬动的家具都搬到客厅和小房间去,使卧室尽可能变得空旷。我把办公桌放到房间的正中,把书橱放在办公桌与双人床之间。墙上的大幅结婚照取了下来,换上了一帧草书条幅……

我折腾得精疲力竭,丈夫陪着我汗流浃背。我真的是疯了。可我知道我没有疯!我只是在发疯般地寻求,发疯般地尝试,发疯般地挣扎,发疯般地呼唤!……

孩子是我主动送走的,我回来得很早。还和以前的周末一样,就我们夫妻二人。

我环顾着简洁得多的卧室,颇为满意,也颇有自信。是的,很像,很像那个十平方米的单身居室的格局。

我用心良苦啊,我亲爱的弟弟!我想接续那个使我悔恨终生的轻易中止了的华丽乐章,我想寻回那个稍纵即逝的梦境……

我邀丈夫一道洗了个痛快的热水澡。望着他和你一样强健的躯体,我似乎又隐约感觉到了那种由你最初激起的无可言传的悸动,我信心百倍。

为防止丈夫过于急切,我不得不慵倦地一再叮嘱:"亲爱的,慢点,再慢点……"

我似乎忆起那回你是横着把我拥上单人床的,我立即改变方向,斜着向柔软的席梦思横躺下去……

我环顾四周,而后闭上双目,努力进入那想象中的境界。

丈夫的双手循着我的引导,耐心细致地、温柔体贴地给我施以激发。他真顺从啊,不吭一声。我业已恳求他不要像以往那样轻言细语,情话绵绵,我求他安静。我坚信只要他一说话,我的全部努力就会前功尽弃。

我终于迷迷糊糊地飘入了我数度梦见的境界。我抚摸着你强健的宽厚的胸背,我直视着你鹰隼般的眼睛,我开始粗重的喘息……

我又听到了那大潮到来之前的轰鸣,呜呜的、沉沉的、隆隆的、铺天盖地的……

"哦,你来吧,弟弟,好弟弟……"

"瑜,你怎么啦?你从来都是喊我哥哥呀!"

啊——!

轰鸣声悠然退去。一切复归寂静。

我自知我已失言,但我无心顾及。巨大的愤怒从心底爆发,我近乎歇斯底里地喊叫:"叫你别吱声,你这是怎么了?你怕我把你当哑巴吗?"

丈夫的惊愕我能想象,但他不知根底,似乎吃力地克制着这记闷棍,无可奈何地摇着头,长叹了一声。

我被一股强烈的负罪感淹没了。我知道我的努力已经彻底失败。泪水毫无遮拦地涌上枕巾,我哽咽着,真诚地忏悔:"对不起,哥哥,我也不知道这是怎么了。我爱你,你来吧,我是你的……"

丈夫感动得忘却了谨慎和温存,又一次献给我令我难以忍受的狂烈的爱。——我相信他是献给我的!可叹我获得的只是疼痛和绝望,我是一个真正的罪人。我唯有死死地拥抱我的丈夫,忍痛竭力做出兴奋、满足、如痴如狂的姿态……

我的夫君,我们原该合唱一曲悲壮的挽歌!可你无须唱,我甘愿无声地独自哀咏!

我已经确信了我的不祥之感——那众多女人也许司空见惯、周而复始的感觉,我曾获得过,然而它却不仅是空前的,而且也是绝后的了!

我失败了,我毕竟不是巴甫洛夫用作条件反射试验的生物,我是一个人哪,一个活生生的、健全的、有思想的女人!

此后的大体如前的情形告诉我:我再也不能"假设"。我只有更顺从地应付丈夫的造爱。偶尔,于独坐、独卧、独行之时,倒会莫名其妙地生出或强或弱的、朦胧的、由憧憬和臆想而激起的快意。可是,一入丈夫的怀抱,这快意总是烟消云散,无影无踪。我仿佛是一具活的死尸。每当我思及我的权利、我的罪过、我的责任,我又会以反常的亢奋去迎受那其实是自觉自愿的强奸。丈夫有时也难免疑惑,估计我的这段表现也委实反常莫测了。可我总是强颜欢笑:"我很舒服,我需要你,你是我的;我知道你也需要我,亲爱的,我是你的……"接着又是黑暗中的泪水横流,彻夜无眠……

要是没有那一回销魂的感受,我倒一定能以永不觉醒的坦然和平静,度过我的枉为女人的一生。然而,我现在再也不能自欺欺人。我要在完全绝望之前拼命挣扎,我要不遗余力地尝试,我要得到明晰无误的印证。可是,这又是何其艰难困苦——我毕竟是一个严谨的女人!

受着爱的巨魔的驱使,我以巨大的热情,庄严而坚毅地迈着我追寻的步履。

又谁想,这追寻其实是将你和我推向更深的深渊……

十五

又是一个星期六,这时已是赤日炎炎仲夏了。我借口复习功课,没有回家。

下午两点多,我勇敢而果断地截住了刚从图书馆走出的捧了一大摞书籍的你。你那饱含哀怨的鹰隼般的目光中又添了几分惊讶和疑惑:"今天不回家吗?"

"不回。晚上能到湖边走走吗?我在岔路口等你。"

我多么惧怕遭到你的拒绝!我甚至不敢正视你!

"好,好,七点半吧。"

"那太好了,再见!"

我急步而去。心儿狂跳不已,像小时候获得第一枚三好学生奖章的那次,像接到处女作录用通知的那次,像新婚之夜充满期待的惊惧的那次,像毅然撇下你走下楼的那次,像体验生平第一遭绝顶欢乐的那次……啊,上帝啊,给我宽恕吧!赐我勇气吧!为我祝福吧!

我什么也不再多想。我奔回宿舍,像迎接盛大节日般忙碌起来。

我忽然十分镇静,镇静得如同常日。学员们都回家去了。我独自一人,自由自在地洗了一个痛快而彻底的热水澡。我从浴盆中走出,站到那面崭新的穿衣镜前(这是学校对我们干部班学员的特殊照顾),镜子里出现了一个丰满、白皙、健美的女人形体……

这就是我,一个少妇,静静地注视着没有丝毫修饰的自己。

造物主啊,你未免过于慷慨了!我父母的外貌并不见有多少优异之处,他们都是十分平常的人。可他们的女儿却如此秀美艳丽,我只好归功于事实上并不存在的造物主了。

已听许多人说过,这是一张古典美和现代美和谐结合的脸庞。淡淡的双眉,拱着一颗若隐若现的眉心痣,这就是古往今来颇受赞美的"二龙戏珠",天造地设,很不多见。密而长的睫毛给黑宝石般乌亮的眼珠筑起了两道神圣的屏障。双眸凝注,似两顷明澈碧澄的湖水,柔波千里。挺拔俊俏的鼻梁,比寻常人略高,像是意犹未尽的雕刻,这为张脸增添了高贵与圣洁。双唇丰盈,鲜红柔嫩,微露出羞涩与妩媚。白皙的两颊隐着健康的红晕。由于洁白,整个脸庞显得年轻活泼,生动鲜明。浓密的黑发倾泻而下,更映衬了面孔和整个身躯耀眼的乳白和光滑。

形体与几年前比较,并无多大变化,只是比先前略显得丰腴饱满。这要归功于我的不懈锻炼。脖子细腻柔润,双肩浑圆。两臂宛如藕段,十指纤细修长。锁骨隐匿,胸脯的峰峦生动地起伏。双乳虽然放弃哺乳已经多时,却并不见明显的松弛下坠,它们挺拔高耸,投下两弯美妙的阴影。腹部没有多余的脂肪沉积,平坦、紧张、富于弹性。它使我想起那无数个仰卧起坐和俯卧撑。丰厚的髋部、光滑的小腹与腹股沟柔美的线条,组成了常常招来众多男性目光的神秘的三角区。倒三角的底部,是一撮蓬松油亮的黑毛。大腿丰腴,富有弹性与力度。小腿修长,双脚纤巧玲珑……

一座活生生的玉雕,白皙而不病态,丰盈而不臃肿,艳丽而不妖冶。双手上举挽着黑发,右腿微屈,曲线柔和,静谧安详。这神态,使我想起安格尔的名作《泉》;地下一汪水渍,也令我想起汩汩的清泉、寂静的山林……

我久久不动,大胆、细致、充满热诚地欣赏着这大自然无私的馈赠。镜子质量特别好,一点也不变形。阳光充足,四周寂静。

我为自己的美丽而这般久久凝神,如醉如痴,竟还从来没有过。"女为悦己者容"。弟弟,个中道理,相信唯你能够深解。

我穿上了那条黑色的丝绒连衣裙,别上一只鲜红的胸针,向身上洒上淡淡的一层香水。

镜子里的我在为我惊叹,为我鼓劲,为我祝福……

我走出校门。我再不是惊恐忐忑地、鬼鬼祟祟地去干什么见不得人的勾当;我以巨大的勇气、毅力、热诚和信心去赴我们将会火山爆发般炽烈的约会……

铺天盖地的憧憬与热望被我压在心底,我出奇的平静,一路上哼着小曲。一切是这般美好。晚风是多么轻柔凉爽,灯光是多么温暖朦胧,人们是多么友善、宽容、慈祥可亲……

今夜的世界是特别的。

我们准时约会,仍是这般含情而视,这般默默无言,这般抑郁多于快乐!

与以往不同的是,我不容你犹疑,便像热恋中的情人一样自然而急切地挽住了你的臂膀。——可叹,我们难道只是像,而不是真正的热恋着的情人?

我们依偎着走向湖边。我感觉到了你的意外、激动、欢欣鼓舞;你感觉到了我的柔顺、坚定、义无反顾。

然而,我们却不发一言。我们已习惯沉默。

湖光朦朦,烟波浩淼,幽幻无穷。众多的情侣或站,或坐,或卧地拥抱着、亲吻着、凝固着,在湖光的宽阔背景上留下一幅幅动人心弦的剪影。不尽的长卷啊……

我们一言不发。我们依偎得更紧,我们沿着漫长的画卷默默地前行,向着青草更青、更深、更密处走去……

我们停在那块暂时属于我们的领地。湖水在几十米外映着月光。繁星在湖底闪烁。夏虫低吟。阒无人迹。

我以少妇特有的热烈和深思熟虑后的深沉执着把你拥抱。你是个敏感非常的人,你颤抖着喊出一声:"瑜姐!"声音中洋溢着感激与满足。我们开始了前所未有的狂热的亲吻,我们死死地将对方搂抱,我们在茂密的草丛中犁辟了一块天然床笫。

即使在这时,你在热切激烈中也不失温柔与拘谨,你是一个真正的男子。

天地静谧,只闻见彼此猛烈撞击着胸膛的心的搏动,和彼此越来越粗重炙人的鼻息……

终于,我们同时被对方击倒,重重地躺倒在那天然柔软的绿草之笫。

我们的拥抱那般强健有力,我们的亲吻那般热烈、湿润、妥密。我们都信心百倍,坚定从容;而我们又是那般地珍重爱惜,小心翼翼,我们企望尽可能加深和延长这幸福与欢乐。

我的心儿在狂跳,乳峰开始膨胀酥麻,大腿在颤栗,小腹阵阵紧缩,双膝不由自主地有节奏地抽动……最要紧的是,我的思维因难忍的渴望变得迷乱、迟钝,直至一分一秒地凝固。我变得娇弱无力,我双臂舒展,双目发饧,软软地躺着,一动不动了……

亲爱的弟弟,我知道又一次无边无际的快乐就要来临。我该怎样感激你、报答你啊!

……

然而,世界似乎在不寻常地渐渐冷却。我发觉了某种异常的氛围。

啊,弟弟,你一定失之过度亢奋!可怜的弟弟,你莫非一点也不懂得一个女人呼唤男人的方式?

当我再一次努力抬起双臂搂住你时,我惊讶万分!你大汗淋漓,隔着背心的衬衫几无干斑!

我急速地、不犹疑地为你一件件除去衣服……

我似乎听到你喃喃地说:"好姐姐,我太兴奋,我也不知道为什么……"我不让你多说话,用我灼热的双唇截住了你的呢喃。

一阵阵不祥之兆渐渐地、越来越紧地攫住我的心!

我相信在这倏忽之间,我已使你的精力和元气释放殆尽。从你封着我双唇的口中,我知道了你是变得何等干渴。你的唾液沾在我的嘴边,有如稠粘的胶汁。我是那般饥渴,那么自私,又那般急于报答与奉献,以至那般迫不及待,暴露无遗!你知道我不是做作,不是轻率,不是违心,你因而也是那般急切,那般热诚,那般不顾一切!

你亢奋过度,以至须臾间就变得心有余而力不足。我惊恐万分地感到你失败了,你一无所获,尽管你强迫自己说着你已万分满足,你别无他求。不,我知道,你绝望无比,你绝望得濒于崩溃和毁灭!

你仿佛是由于上回我给你的无情拒绝后的抑制,在这挫折的轨道上反向疾行。你沿着上回跌倒的悬崖再度急速地向着无底的深渊滑落,那是一个深不见底的所在啊!我万分恐惧……

我亲爱的弟弟,我不该拒绝,我更不该拒绝后又倒掀高潮!我没有想到我们身份的差异,没有想到你会在一个少妇燃起的狂烈爱火中抵挡不住,会被须臾间烤焦!我不该啊,我后悔莫及!我要给你抚慰与滋润,我要使你尽快复原!我要拉住你!我要助你抓住藤蔓,止住滑落;我要抛给你绳索,促你一寸一寸地拼死登攀!你必须回到光明的崖顶,你的日子还长得很哪!

我是万恶之源!我违心地,却是残酷无比地将你戕害!可是,弟弟,请你相信,我的灵魂,我的元气,在你疲惫衰竭的同时,也坠进了深不可测的渊谷!我因警醒和惊惧而虚弱僵直,我真的没有了一丝一毫哪怕是抚一抚你的气力。

我们静躺着,世界在我们面前崩塌无遗!只有你和我强直的躯体,在崩塌的世界里同受着折磨与煎熬……

万物隐迹遁形,大脑是一片广阔无垠、死寂凝滞的空白。

这哪里是两个生物之躯啊!这是两个灵魂,两个精神,两个思想,两个世界,两个天体,两个宇宙!……

天籁不闻。回荡在我们耳际的,只有你和我衰弱欲泯的喘息。我望着夜空。星儿在你的发丝的隙缝中闪烁。我知道,即使是紧挨着的两颗星点,其实也不知隔着几亿万光年……

我们就这样躺着,一动不动,似一尊活的裸塑。

上帝慈爱地垂注着他的一对儿女……

我们同样衰竭,但我们却完全担待得起这超级的重荷!

我们没能攀上性爱的珠峰,许是体力不支,许是高寒缺氧,许是意志崩溃,许是什么也不是……总之,我们精疲力竭,再也无力前进一步。我们渐渐清醒,我们决定面对现实;我们需要休整,我们必须安然返回自己的营地。

过了许久,我们开始艰难柔弱地互相抚慰。抚摸是僵硬、无力的,亲吻是干涩、淡漠的,拥抱是生疏、疲顿的——一切显现着虚假的亢奋。

我们整好衣衫,一言不发,摇摇晃晃地互相扶持依靠着,深一脚浅一脚地走着,走着,一直走向那灯火辉煌的校园……

十六

随着时光的流逝,我们才越来越认识到,这个夜晚所发生的一切,事实上并不像我们当时及事后所感觉的那样严酷、惨烈、恨无绝期。我们都已相信,片刻的欢娱,哪怕是销魂荡魄、铭心镂骨、回味无穷的欢娱,是人人都可能获得的,只要是活着的生命之躯。然而,永恒的激情,永恒的慰藉,永恒的呼唤与应答,永恒的心灵感应,永恒的生之源泉、生之支柱、生之标的,永恒的自由与超脱,却不是人人都可以获得的,不可以的,绝对不可以的!

可是在那时,我们是多么消沉,多么阴郁,多么愤怒,多么绝望!

就在那时,受你文风的影响,受我胸中激情的驱遣,我的文字也变得越来越奔涌跌宕、汪洋恣肆了,变得越来越失却了女性的柔情——

我害了自己,又害了他!我想到了自戕,我这一百来斤的艳丽身躯并不足惜。我知道,为被冠以邪说异端的信念而殉道,会使上帝和大众哂笑。但,一,我是上帝的女儿,我是真诚的;二,理解我的人们或许会为我洒上一掬同情怜悯之泪,或为我抗议,为我呼吁,为我行动;三,那些怨我、恨我、因我的美丽而企图占有我的人们,也会永久地怀念我,以各自独特的方式、语言和心态……

然而，我是多么珍惜宝贵的生命，珍惜绚丽的人生，珍惜博大的世界啊！我是多么热烈地爱着——我自信比许多人热烈千倍万倍——世界上的一草一木，爱着飞鸟游鱼，爱着有生命的一切巨细生物；爱着朝霞晨雾、西风残照、名山大川、江河湖海、日月星辰、狂风暴雨、电闪雷鸣、彩云追月、百虫低唱、沙场厮杀、情人絮语、老人泪眼、童稚啼笑、英雄浩歌、平民抵牾、琴棋书画、衣食住行、美馔佳肴、糟糠汤水……哦，上帝！我是何等热爱着一切，爱着堪称万物灵长的、大写的人！爱着人的历史、现在和未来！我又是多么真挚地热爱着人类的具体一员——我的父母，我的朋友，我的丈夫，我的女儿……爱着你——我的爱人，我的知己，我的弟弟！我又是多么真切地、实实在在地、无以复加地爱着——我——自——己！

我要活着，我要活着，我要活着！为了世界，为了万物，为了人类，为了你，为了我自己！永远，永远，永远……

相反，你却流露出原本不应有的哀怨、婉约、忧伤冷峻的美。真难以置信，人与人的彼此影响和同化竟能如此惊人，除了爱情、友情、亲情、师生之情，还有什么东西能够具有如此巨大的能量呢？

……疲劳、惊恐、过于热切和自欺欺人的罪恶感是失败的原因。可是，我十分满足，十分坦然。我失败了，但更成功了。柏拉图说过："爱情是一位伟大的导师，教我们重新做人。"我将从头做起。我永远不会为这场恋爱而后悔，永远不会放弃我对爱情、婚姻和家庭的见解。虚假的失败——我相信我是健全的——促使我严肃地发问——我们的爱是邪恶的吗？邪恶当经不起高尚的审视和监督。同样是两性的交合，成功与失败的分野究竟何在？是那些无爱或几乎无爱的强迫与凌辱逃避了圣洁的检视，还是那些强烈而真挚的爱遭受了虚伪道德的摧折？如果在婚姻的堂皇帐幕下演出的强奸是道德的，那不等于说法律意义上的强奸虽属犯罪却也是强烈爱情的宣泄？高尚的爱情与兽性的肉欲竟能如此混为一谈！多么令人触目惊心而又不可思议啊！

无所不知的上帝啊，在成千上万个貌似宁静的家庭中，有多少人为真正的爱情而感到幸福与自豪？有多少人为赢得平静的凑合而满足与聊以自慰？又有多少人在为冲不破的枷锁镣铐作着非人的忍耐与牺牲？有多少人在稳固的婚姻中一边听着赞誉之词，一边为死亡的爱情而嗟叹，而绝望，而转移视线，而自欺欺人？

在大自然面前，人类——单个的或群体的人——有时是那般的伟大和不可战胜，有时又是那般的渺小和无能为力！在爱神面前，可喜亦复可叹，人类同样如此——伟大而不可战胜，渺小而无能为力！

瑜姐啊，我们也许能够确认，爱情，比战争更为辉煌，更为残酷，更为永恒！

弟弟，我总是这样，在我感到力不能及的时候，便不得不大段摘引我们的日记和信件。奇异的是，这些文字虽然是我们自己写的，如今读来，却有隔世之感！

我们有什么打算呢？什么打算也没有。我不会离婚，不会嫁给你；你也不忍心抛弃杨小莲，鼓动我离异并与我结婚。这些都是始终十分明白的。我们还能权衡，什么是福，什么是祸，什么是福祸参半，什么是福大于祸，什么是祸大于福。我们只管耕耘，不计收获。我曾固执地想过，如果不是只能生一个孩子，那我将毫不犹豫地为你，为我，为我们孕育一个真正的爱情的结晶……

然而，这只能是感情剧烈冲动时的妄语，我自己也知道它毫无意义。

十七

我们之间出现了反常的冷静。首先是由于我的警醒，使你跟着我企图一步步爬出泥潭。我严峻地意识到了我对你的责任。我不再有一点非分之想。我不再同意去任何可能发生迷乱的地方，你的想法也和我差不多，我们只是在一切可能的场合里作着坦然的、热诚的、短暂匆忙的初恋情人般的爱抚。这爱抚合情合理，比起那些刚刚逝去的惊心动魄的场景，我们心安理得，心平气和，毫无疚愧，毫无罪恶感。我们坚信着虚假的"纯洁"。

当我回到家里履行妻子的义务的时候，我又与往常一样平静与尽责。丈夫如痴如狂，欲生欲死，周而复始地在极乐世界里遨游。我每每感到欣慰：我没有背叛你，我的夫君，我是纯洁的。可是我又总是随之自嘲：何必如此百般洗刷呢？这有丝毫的意义吗？有时候，欺骗与隐瞒是善良与崇高的，只要它保护、挽救乃至创造着一个或许多勇猛、快乐与幸福的人。我的夫君，请原谅妻子的欺骗与隐瞒，我自信我事实上在保护、挽救和创造着你！

我像一架出了毛病的机器一样，尽管还在工作，却再也造不出一只曾经造出过的产品。上帝啊，那遥远而朦胧却令我追忆无穷的快乐，难道你真的永不再来？

真的，弟弟，它永不再来，直到我写这文字的今天。

　　我只有消受柏拉图式的挚爱，承受并报答丈夫的炽爱，却永远得不到那空前绝后的销魂荡魄的肉体满足了！我努力，我挣扎，非但无用，而且连累了你，多么残酷，多么不幸啊！

　　好像哪个名人说过，性爱是检验一个人操行的最好的试金石，任何人的品性都会在它面前暴露无遗。亲爱的弟弟，你对杨小莲的婉拒，你对我的尊重和顺从，你因对我的巨大热诚而导致的失败，丈夫对我的永远狂烈，使我确信：你是一个真正的男人！卢梭说过："我在女人面前总是失败，因为我太爱她们了！"你不也是这样的吗？弟弟，你太爱我们女人了！你太爱人类，你太爱社会，你太爱名誉，你太爱你自己了！我从心底里对你景仰敬慕！杨小莲是个好女子，只可惜是一个无力完全征服你的好女子。你是一个值得她、值得我、值得女人爱的人。可我呢？我真值得你如此去爱吗？你未免太过真诚，太过善良了！我自卑无比，我哀痛不尽……

　　对于我们奇异的热恋，或许有一些人能够理解、同情和支持，那定是与我们相同命运、相同思想的人们。至于其他人，恐怕只有侮骂、唾弃、憎恨了！难道公正？难道合理？难道应该永远？天哪,但愿我们是微弱得趋向于零的少数,那我们也值得心甘情愿地忍受,忍受一辈子。可是,即使如此,难道就真的应该忍受？上帝啊,退一万步说,精神病人、残疾人、弱智人,不也是少数么？他们也尚得到公众的怜悯、关怀、爱护和照顾,而我们呢？即使我疯了,也请相信我的动机、要求、愿望和追求是正当的、真诚的,以天下为己任的;而非淫邪的、虚伪的、自私的、伤天害理的、企图毁灭伦理、毁灭人类而把世界推向堕落的深渊的！……

那时节,我们是多么激愤,多么迷惘,多么无助！我们满足万分,我们又痛苦万状;我们清醒异常,我们又像两只迷途的羔羊！而今,我冷峻地、平静地、辛酸地微笑着回首我们那紊乱的、东倒西歪的足迹,不知何故,仿佛在审视着与我们素不相干的两个人的荒唐而真实的恋情一样,很有些心同木石,褒贬无由。

我敢说,就是那一夜,我们完成了爱的丰碑的建造。我们抵达了爱情的极点,完成了从心灵到肉体的完全占有。

那一天,你忽然平心静气地对我说:"我打算全部告诉她了,告诉她我们的恋情的全部。我要用我的赤诚——高尚和卑鄙的赤诚,来轰炸她那颗纯洁、善良的心！我既已决定与她结婚,就越来越感到我不得不如此做。我不能欺骗她！我希望她给我一记响亮的耳光,而后傲然而去。那样我将赎清我的罪恶,获得心的宁静。如果她知道真情以后仍然像从前一样爱我,我将匍匐在她的脚下,一辈子为她而活着,为她当牛做马,为她的幸福劳苦终生！而且,我将从此避开对世界上任何一个女人的爱慕,永远,包括你,我的姐姐！今天,我想求得你的准许。如果你同意,我今天晚上就去告诉她。如果你反对,我将心甘情愿地向她——我的妻子——隐瞒一辈子我这一生一世唯一的一次真正的恋爱,我将心甘情愿地当一辈子骗子,心甘情愿地背一辈子苦难的十字架,用我的男人的力和男人的情,为我的妻子做一辈子心和身的奉献,直到她对我厌倦、将我抛弃,或者直到白头终身,海枯石烂！你说吧,瑜姐,不要犹豫,不要勉强。我之所以要听你的,就因为你是一个女人,我相信这世界上女人的心是相通的……"

我是怎样的惊恐万状啊!我周身发颤,四肢冰冷。我为你的奇怪想法而惊恐,为你的平心静气而惊恐,为我们不可饶恕的罪孽而惊恐!你使我完全歇斯底里了:"不!不!不!你千万不能!你别发傻,你怎么可以这样做!你无论如何不能告诉她!你太幼稚了,你会为你的幼稚而悔恨终生的!你走吧,让我安静一会儿,有什么话明天再说,走吧!"

幸亏你当初听了我的话,我觉得庆幸。我相信,随着你年龄的增长,随着你家庭的建立,随着你和寻常人一样步入生儿育女、一日日为琐事而喜怒哀乐的生活之道,你会越来越认识到你当初的想法是多么荒唐!当然,后来的事情我不知道,或许你真的向杨小莲和盘托出了,那到底是大喜还是大悲,我实在无法猜测。各人有各人的思维方式和世界观,但愿杨小莲能代替我一度曾扮演过的角色,那是你何等的造化啊!

正是由于这些想法,我后来才那样努力地在你的心中制造着仇恨,尽管我并未成功,这从后来你给我的全部信件中得到了证明。

而在当时,在知道了你如此奇异的念头之后,我心中只有一个念头:及早和你告别,我必须与你永远分离!否则,我将是制造你一辈子苦难的罪人!

十八

上帝的安排常常是有板有眼的。它有时似乎显得随意,而经常地又显得那样严谨。它会使经不起考验的人丧失理智乃至毁灭,它又能使某些超群者获得新生,重新为人,重新获得新的幸福与安宁。

我们的进修班只安排了短短的一学期,要是它安排了一年、两年呢?真不可设想啊!

我为我们分手的日子一日日逼近而满怀希望——当然,更满怀无边的苦楚。我是那么希望我们能及早别离,可我又是那么希望我们能永不分离!

如果真是天意,那么天意也是苛刻十分的。如果天意旨在给我们以炼狱的洗礼,那么我们的分离又是多么值得!

我们都知道心理平衡对于我们是何等重要。我们共同修筑着心中溃败多日的理智堤坝,支撑着心中颓倾欲折的情感之柱。我们以怎样惊人的毅力,走完了那最后一段泥沼,走向新的平衡与安宁啊!

我们原本是安宁的,我们必须重新走向那安宁的所在。由安宁走向骚动与紊乱,再从这骚动与紊乱走向新的安宁,程度不同地周而复始,这似乎就是整个人生之途。能不能历尽艰辛走过这些人生之链上的每一个折磨人的环节,取决于一个人的心理素质与毅力。走过去,就意味着成功与成熟;走不过,就等同于失败与夭折。

我们安然地走过了那不寻常的一节,我们成功了,成熟了。我们有理由骄傲和自豪——我们有能力走完这欢乐与痛苦交织的绚丽的人生之旅。

记得那是一个炎热的下午,我到阅览室看杂志。黑色的铅字时而清晰,时而模糊,你阳刚动人的面容在字里行间时隐时现,我苦笑无言。圣哲说过,读书可以"神交万古",我却是这般日日与你作着无法排遣的精神之交。

你出现在我的面前。四目相视,万感汹涌,却又平静如水。

你在我身边的椅子上坐下,翻开一本杂志浏览。我们都看到了些什么,可想而知。

你忽然掏出钢笔,在一张卡片上唰唰写起来。

"哎——"即使如此轻声的招呼,也引来了若干道含义各异的目光。我更是骤然一惊。

"你看这首诗怎么样?"

我急急地而又安然地接过你递过来的卡片。每一个潦草的字迹都重重地敲击着我的心弦:

我一吃过晚饭就去碧霞寺的方向等你。请相信,我不会再在你面前哭泣。

当然,我准备失望。点个头,或摇个头吧!

弟弟呀,你的纯真与机智足以使我不顾一切。我为什么不能毫不犹豫地扑向你的怀抱,让泪河洗尽我的哀痛与感伤?

我唯一能做的,是重重地点了两下头。口中喃喃应付,不知所云:"真好,不错,有味道……"

你收回卡片,镇静自如地夹进书页,又漫不经心地翻起杂志来。弟弟,我知道,你一定在为你的杰出的孩童之举洋洋自得,一定和我一样,为即将到来的幽会欢欣鼓舞。

我再也不敢穿那条华贵的黑丝绒连衣裙。自从那个湖边的夜晚以后,我便把它压在箱底,直至今日。我想,我再也不会穿它,直到永远!黑色的裙子啊,你是我们苦难的爱情的最好见证!

我穿了一件白色的短袖衫,一条粉红色的裙子。这是我当姑娘时最爱穿的衣装,现在已经显得过时了。我迎着初起的晚风,走向幽静的碧霞寺。

你没有来。

我在碧霞寺后高高的茶场上,凄苦地将你等待。

夕阳西下,漫天彩霞。在这昼夜交替的时刻,碧霞寺披金溢彩。琉璃瓦在暮色中映射出辉煌的霞光。缕缕香烟自一只只镂花窗户里袅袅升起。香烟在霞光中弥散,融成一层紫蓝色的云霭,给古刹笼罩了万分神秘的色彩。——"云蒸霞蔚",这就是名扬遐迩的碧霞寺晚景啊!据说笃信佛教的人们,置身于这迷人的景色,便会顿悟空灵,飘飘欲仙。你要真能被这景致感染,就会成为一个万念俱灰,百虑皆空,超凡脱俗的人。

此情此景,使我的心中不免生出苍茫与忧伤。

弟弟,你没有来。

你怎么还不来呢?

暮霭渐浓。我想起了我们苦难多于欢乐的爱情。那个一见钟情的雪日。那个初次深谈的良宵。那许多小河边的美丽清晨。那些一夕数惊、如梦似幻的日子。那一封封缠绵悱恻的书信。那情话绵绵的幽会。那合作的心血之果。那单人床上的真诚的求与真诚的拒。那湖边的黑暗绝望的夜晚……可爱可怜的小莲,可叹可悲的丈夫……善与恶、真与假、美与丑、圣洁与淫邪、崇高与卑下、应该与不该……是怎样的混沌混淆、无法分辨啊!我们一切都想顾及,却又一切都无力顾及。我们爱得太真、太深、太苦了!我们干了些什么啊,我的弟弟!

亲爱的弟弟,你还是没有来。

你莫非不会来了?

我不禁接连打了几个寒颤。环顾四周,辽阔的茶场已是一片漆黑。碧霞寺在夜色中似一头巨大的怪兽,高高地翘着它的触角。一股强烈的恐惧感袭上我的心头。我来不及多想,急步走回校园。

弟弟,你到哪里去了呢?你真不该失约,你的姐姐没有你的陪伴,担待了怎样的惊恐!

回到宿舍,葛玲劈头问我:"你到哪里去啦?小苏老师到处找你,问他什么事,他又支支吾吾不肯说。喏,这是他留给你的,还封了口。你们在搞些什么名堂?"

我顾不上回答。葛玲姐是个绝不会有外遇的女人,她也不会懂得婚外还会有什么别的爱情。由己及人,她当然也不会觉察我们真的有什么异常。我接过信封急急拆阅:

白瑜:

　　家中发来急电,老母病重,我得马上赶回去。到处找你未见,太对不起了。我争取在你离校之前返回。等着我!

苏靖即日

十九

这一夜,我怎么也睡不着。脑子里倒海翻江,情绪恶劣到了极点。夜半已过,我忍不住披衣而起,扭亮台灯,写下了那封浸湿了泪水的信。

我抄录徐志摩的《再别康桥》——

轻轻的我走了,
正如我轻轻的来;
我轻轻的招手,
作别西天的云彩。

那河畔的金柳,
是夕阳中的新娘;
波光里的艳影,
在我的心头荡漾。

……

但我不能放歌,
悄悄是别离的笙箫;
夏虫也为我沉默,
沉默是今晚的康桥!

悄悄的我走了,
正如我悄悄的来;
我挥一挥衣袖,
不带走一片云彩。

  这诗是为我们写的。我在夜色中走着,念着,哭着,想着,似一个幽灵,一个夜的幽灵,晨的幽灵,夏的幽灵!一个被爱情折磨得失去了理性的幽灵!
  我估计你赶不回来。我知道你也不该赶回来。谁没有母亲?母亲的恩情任何人都无法全部报答!我多么希望你能赶回来!我又多么希望你赶不回来!弟弟啊,我实在不忍经受那足以撼天动地的却又无法公开表达的生离死别啊!

七月五日,是我们结业离校的日子。我木头人似的开完会,理好行装,最后一眼深深地注视那块神圣的土地……

我把准备还你的一摞书和杂志捧向你的办公室,打算请人转交。

厂里派来接我们的大客车停在校门口。

你奇迹般地出现在办公室!你抽着烟,一脸的平静与安详。你端坐桌前,身旁放着一只空空的行囊。

你终于赶回来了!

还没有下班,走廊里人来人往,一片寒暄话别之声。

你毅然地关上门。

我们同时扑向爱人的怀抱!我们长久地、热烈地拥抱和亲吻,在这阳光灿烂的正午,在这人声喧嚣的地方!

弟弟,我们是幸运的!

多么撕心裂肺的一别啊,一切都将在这一别间变为憧憬和回忆!

你递给我笔记本,求我留下最后的纪念。我一边流泪,一边写下了那首古诗:

　　春草碧色,
　　春水渌波。
　　送君南浦,
　　伤如之何!

字字缭乱,泪雨纷飞!

刚刚写完,校门口就传来了催人上车的汽车喇叭声!

萧萧班马鸣!

别了,弟弟!别了,朋友!别了,爱人!

别了,一别至今!

二十

那别后的日子里,我们曾怎样发疯般地写信啊,就像在做着自发的比赛！那些日子，时间不是以日计，而是以分计，以秒计啊！虽然我日日接受着丈夫热烈无比、温柔无比的爱抚，可我却像走进监狱，失去了自由，唯有思想能无拘无束地驰骋，与你作着无休无止的交流。罪过啊，我这有夫之妇，我这年轻的母亲！

你和我一样，心中只有我的存在，竟至于接二连三地拒绝杨小莲的求婚。我们在做些什么啊，我亲爱的弟弟！

终于有一天，我又一次意识到了我的责任。我害我自己不要紧，因为我心甘情愿。但我不能害别人，不能害丈夫，不能害女儿，更不能害你，不能害无辜的小莲妹妹！小莲是多么善良可爱的姑娘！

我为了下定决心，去理发店剪去了心爱的长发！我终于不再给你回信！

不，我一直在给你回信，只是都写在我的笔记本上，不再给你邮寄只言片语。我必须逼你怨我，恨我，直至忘记我！

我部分地成功了。这成功是以一点一点地分割我的心为代价的，是以你对我的万般矛盾的爱和恨的交织为代价的啊！

几个月后，终于辗转传来了你与杨小莲结婚的消息。

我百感交集。根本说不清是喜，是悲，是爱，是恨，是庆幸，是痛悔，是解脱，是困扰，是超度，是麻木……我只有一任我不尽的泪河一日日流淌！

每日清晨起床，我便直奔阳台，向着并不遥远的东方，向着那个今生今世也不会淡忘的神圣所在，送去我默默无言的、永恒无边的祝福！

弟弟，你是明智的，你是高尚的。你情知得到我回信已经无望，给我写来了最后一封长信。这封信至今读来，仍使我对你倍添景仰与怀念——

我亲爱的瑜姐：

你好！

我能知道你用心的良苦，事实上你也明白，我不是一个因为你的离去而可能发生意外的人。不过我感激你的克制。它鼓励和激发了我的克制。而且，这克制对你我都是有益的，对他人、对社会也是有益的。你使我下定决心，尽快与杨小莲结了婚，我做了一个温存体贴的丈夫。

小莲是一个多好的女人啊！瑜姐,为我们的安宁,为我的清心寡欲、一无他想,为杨小莲的忠贞贤惠、满足幸福而深深地祝福吧!

瑜姐,我们一度摒弃了理智,放纵了情感,最终又无力逃脱理智的监视和审讯,我们成了自作自受的牺牲者,但我们又是那样的自觉自愿!

我们算不算是令公众、令社会厌恶和讨伐的"第三者"呢?有我们这样的奇怪的"第三者"吗?有这样恪守现行道德规范,不以拆散不合理的家庭从而与挚爱的人结合为目的,而出于人道的同情、怜悯与义务甘作巨大牺牲与奉献的"第三者"吗?

和谐美满的夫妻们哪,你们应该为你们的幸运餐餐干杯,日日歌舞,夜夜狂欢!

瑜姐,我们的牺牲是高尚的,我们牺牲了上帝赐予的人人生而平等的欢乐和享受的权利,为的是我们的不知情的配偶的这权利的获得。他们是幸福的,而这幸福是我们创造的,是我们以痛切的牺牲为代价换得的。我们既给他人创造着幸福与欢乐,又为社会创造着安宁与和平。

瑜姐,我以为,我们是痛苦的理想主义者——我们根据已知的经验观照世界,由现实的趋势隐约而惊喜地看见了诱人奋发的未来;我们自觉自愿做人类历史接力中的无名运动员,在为自己造福的同时,也为子子孙孙造福。我们又是清醒的现实主义者——我们清晰而冷静地看清了我们身之所系的合理存在,我们无意攫发飞升,与众多的人们一样,犹如巨人安泰,只要身子不离开大地,我们就能所向无敌。我们是宏观上的乐观主义者——我们对人类的未来充满热诚的希望和绝对的信心,确信理想终将成为现实。我们又是微观上的悲观主义者——我们看到了人的渺小与软弱,看到了世界上如梦似幻的一面和众多人苦大于乐的事实;我们相信社会的巨大进步和个性的彻底解放绝不是一代人或几代人能够完成的;在奋进的征途上,必将有各色人等的各式各样的牺牲,有代价的或无谓的,被承认、赞美的或被否定、斥责的,自觉的或不自觉的;每个人都不应逃避牺牲的义务。我们是高尚的集体主义者——我们能以他人的幸福为己任,以社会的安宁为己任。我们又是卑微的利己主义者——我们不敢去做即使是代表着光辉未来的少数,我们只能和众多卑微的人一样,急流勇退,以安身立命、甘居中游、养家糊口、不被议论为人生标尺……

我们是纯洁的。我们虽有过几乎是毫无保留的肉体接触,但我们最终又没有完成可以被称作爱的顶峰、也可以被叫作恶之极巅的交媾。我们只是未能攀上肉欲的山顶,然而我们却早已伫立于纯洁爱情的峰巅,纵目四顾,俯察人间品类。

我们是污浊的。我们从根本上蔑视某些被许多人称为神圣庄严而不可逾越的道德规范,我们试图按一种我们认为是神圣庄严和全新的道德规范思和行,却又终于既背离了我们力图背离的准则,又在它的桎梏下告别了我们力图奉行的新准则!无论在哪一种准则面前,我们都是可悲的失败者,软弱无能的殉道者!唯一可以聊以自慰甚至值得彰扬的是,我们和那些有意无意的人们一样,为维护他人的幸福而舍弃了自己的安宁。在这一点上,我们有别于那些饱受攻讦乃至凌辱的勇士,我们简直配得上佩戴"高尚贞节""舍己为人""顾大体识大局"的勋徽!……

瑜姐,这就是我们!

让我们庄严地诀别吧。让我们用虚幻天国里的互相扶携,支持这日升日落的一个个时日吧。让我们不断艰苦地创造,为人类多留下一点小小的纪念吧。让我们不再做任何主观上的努力,等待着上帝有可能安排的幽会,一直等到生命的终结吧……

永恒的拥抱与热吻!

你的弟弟:苏靖
3月6日

弟弟,我们就此消失在对方的视线里。我们在平静的家庭里度日。我们都经历了一次升华——爱的、心灵的升华。丈夫依旧爱我,妻子仍然爱你,两个多么稳固的家庭!

我们是自由自在的,不在婚姻的现实里,而在爱情的神殿中。现实中的我们是病态的、懦弱的、低能的;神殿中的我们是卓越的、强健的、无所不能的。

我们共筑了一座爱的坟冢,那里鲜花盛开。没有人去凭吊,没有人去考古。只有我们的魂灵在那里日日做着无形的发掘,为这活着的躯体输送着智慧与毅力,直至生命的黄昏。这是生命之源,创造之源,永不干涸,取之不竭。

好了,就此搁笔。关于文中的故事,关于这文字本身,我将到此了结,再不发一言一语。

(1992 年)

除夕夜

村里没有人会认为今天是除夕。本来,一年只有一个除夕,那就是大年三十或者廿九。而今天是阳历十二月三十一号,离过年早得很,怎么扯得上什么除夕?大家照常懒洋洋出工,急匆匆收工,就像那句顺口溜说的:上工像拉纤,放工像射箭。

我没有像箭,而且走得极慢。我今天特别怕回那个冷窝,小张回城里去了,只我一人。

三间大瓦房,在村子最西头,是生产队专门为我和小张两个知青造的,比村里所有的房子都好。村里再穷,我们知青的房子他们是不敢不造好的。

开了锁,跨进门,空旷的大屋立刻涌来一股阴气。冷灶,冷锅,冷碗。强烈的孤独从心底浮起,升腾,弥漫,旋即钻到周身每一个角落。浑身的肌肉顷刻随之萎缩,有点像澡堂子里晕堂前的感觉。锄头自手中滑落,哐当倒地。我就势一瘫,坐在了门坎上。手抖抖地掏烟,抖抖地点火。猛吸几口,心竟就慢慢安静下来。香烟真是好东西。虽然我才虚岁十八,却已深深领悟这一妙谛。

人是贱物。毛主席说与人奋斗其乐无穷,这个"人"包括自我吗?与我奋斗,其乐无穷吗?其苦也无穷吧。一支烟抽完,我恢复了常态,哼哼唱唱地忙起晚饭。

老套头,籼子粥,萝卜干。这就是我的年夜饭吗?墙根下的酒瓶里还有大约一两烧酒,就着萝卜干喝了。自斟自饮,头更容易昏。眼睛有些发花,仿佛看见闸北区宝山路中段那幢石库门老屋。桌上是一席还算丰盛的菜肴,只是谁也不动筷。老父叹息,老母嘤嘤,兄弟姐妹们谁也不知说什么才合适……

妈的,怎么可能是这样！我一甩手把空酒瓶扔回墙根,端碗喝粥。

两碗没喝完,哨子声"嚁"地急叫起来,旷天旷野,尖厉刺耳。对了,晚上开会,范书记说公社布置了什么紧急任务呢。我像打了一针兴奋药,立即撂下碗,点起一根烟,往队部走。

形容社员们上工慢有一个顺口溜:一喊不则声,二喊头一伸,三喊才动身。可开会集中却出奇的快。开会凭什么不快？不管会长会短,一律记三分工。迟到的不记,早退缺席的倒扣三分。什么也不要带,只要有个尸首到场。要是嫌烦,耳朵塞上棉花也没人管的。

所谓队部,不过是一间搬空了粮囤的四面透风的仓库。横七竖八躺着的树段子,便是凳。屋梁上,一根烂绳和无数根蜘蛛网共同吊着的汽灯呼呼地响,很像不久前因哮喘病过世的老孙头临终时喉咙里发出的那种声音。据说这汽灯是大炼钢铁那年县委蒋书记带来的,满打满算,才不过是比我还小两岁的小伙子,竟也就未老先衰到这副模样。

会没开,烟先升起来。先是袅袅的,再是飘飘的,终于弥漫成浑浊的浓雾。说笑声,咳嗽声,咯痰声,孩子的哭声,女人们纳鞋底的呼呼抽线声在浓雾中交响。

队长三宝开了口:"好了好了,都妈的×不要吵了,开会了！请范书记讲话！上头说又有什么事了,大家好好听吧！张秀英把讨债鬼裹裹好,不要冻伤风了……"

范书记是公社派来当大队书记的,在我们小队住队。他刚从另一个大队调过来,传说在那里搞了好几个女人,蹲不住了,换个地方。他四十来岁,尖嘴,猴腮,一张带鱼脸却白净得很,常年戴着一顶黄军帽。范书记走相很特别,颈缩着,背弓着,大腿紧夹着,小腿外撇着,两手袖着压在肚子上,步子匆匆,像是常年熬急一泡尿老也找不到地方撒。范书记很粗心马虎。听三宝说,一天大小队干部开会,有人拿了张纸请书记盖章,说要到江南去抓小猪,他掏出公章就盖上了。范书记的公章是随身带的,印把子撬去,放在一只大号印泥盒内,随时可用。他的章刚盖好,就引来了一阵哄堂大笑。原来那张纸上写的是想和他老婆睡觉的申请。范书记在我们村住队,并没有多少大事。除了开会,便是跟在几个体面一点的女人身边转,嘴里成天说着七荤八素的下流话。

这会儿,范书记发话了。也难得这人不吸烟,牙齿像瓷片般白,又像玉米般齐。平时只要有人夸他牙好,他便骚刮刮地瞟着女人们说:"全靠不吃烟,我老婆最讨厌香烟味道!"

"这个——今天开会,啊,也没得什的×大事,啊,公社布置了,这个——从现在起呀,要批这个什的……什的'右倾妖案风',嗯,说简单点,就是啊,邓小平这个家伙又不老实了,哎,要反毛主席革命路线,胆子不小哇,啊,刮起这个什的……什的'右倾妖案风'……"

我环顾左右,只好把冷笑咽回肚里。社员们说的仍在说,笑的仍在笑,纳鞋底的仍在纳鞋底,谁也没有理会什的"右倾妖案风"是个什的玩艺儿。

门一响,进来了徐荷娣。我神经质地把头转向范书记。范书记走神了,咽下了半截话,喉头又活动了几下,咽下几口馋水。带鱼眼睛愣愣地盯着徐荷娣的脸,足足有三秒钟,才又前言不搭后语地讲起来:"这个这个——右倾妖案风的风源啊,就是这个,这个邓小平……"

徐荷娣径直走向我,在我身边坐下来。

我的左半边立即变得麻酥酥的。

对这个女人,我向来是退避三舍的,但又总是禁不住接受她浑身放射出来蛊惑。她太漂亮了。十八岁的我,正是有着强烈成人欲的角色。谁要是说我还是小孩,我总是毫不犹豫地找岔子寻衅。我明显地感觉到,我的脑子里,胸腔里,血液里,乃至每一个毛孔里,都时常涌动着一种莫名其妙的东西,这东西活动起来,我便会焦躁非常,坐卧不安,想放开嗓子喊几声,或者压几趟死担子,而后疲惫地睡过去……

徐荷娣坐在我身边的这当儿,我起初还只是半身不大自在。随着她丰满的躯体溢过来的阵阵热气,我周身便有一股热流渐渐奔突起来。这热流涌向心脏,心跳便开始加速。涌向头顶,脑壳便有些晕晕的。涌向小腹,那东西便不大安稳了……

我明明感觉到骚扰着我的是快意的生发,嘴里却无声地骂起来:这骚狐狸精!

我骂徐荷娣的理由,完全不在于我有什么关于她不正经的把柄,而只在于一点:她已日益明显地成为范书记追逐的目标!被范书记盯上的人还会是好货?呸!

徐荷娣一边纳着鞋底,一边东一句西一句地和我搭讪着。我懒得理她,却又总是借回答她一两个字的机会盯着她的眼睛,盯着她的睫毛,她的鼻子,她的小嘴,她的下巴,她的光滑、洁白、浑圆的颈脖,以及她的被棉袄裹着仍很隆起的胸脯。而最吸引我的,还是她的髋部和大腿。有人说她漂亮只不过在于脸盘子(甚至想着把她的头颅搬到自家老婆的脖子上去),绝对不是!她更漂亮在胸部、髋部和大腿!

我狠狠地夹紧两腿,忽地对靠着我的这个肉体产生出极端的仇恨。我开始猜想,范书记得手后,该如何扒去她的衣服,如何……

正想着,徐荷娣猛地一拉我,我着实一惊。定定神,才知是做贼心虚。

散会了。

杂沓的脚步声渐渐稀落,最后只剩下我和徐荷娣两个人。她家在我的"家"西边。

我们并不说什么。

泥路冻紧了,脚踏上去梆硬梆硬。足音在冷风中特别响,又被远处的房舍返回来,同样的脆响。我脑中忽然冒出"空谷足音"这个冷僻的词来,顿时催发了无边的落寞、怅惘和孤独——今天是除夕呵!这就是除夕吗?!

谁家的狗吠了。猎猎声同样被四周参差的房舍踢来踢去,回荡不绝。远近的狗一呼百应,不负责任地狂吠了一气,终于无趣,一切复归寂静。旷野里震荡着的,仍是我和徐荷娣的脚步声。

墨黑的苍穹上,寒星只有稀稀的几点。惨淡的星光下,有一层白雾氤氲在光秃秃的田畴上,那便是明晨遍地的霜了。散落的农舍连同抱着它们的树丛静静地躺着,巨魔一般。有几个豆腐块大小的窗口先后透出昏暗的灯光来,早到家的社员已经准备上床了。遥望我的那座冷庙,孤独感再次在胸中弥漫开来——我们的房子刚造一年,四周一棵树也没有,在团团的房舍黑影的映衬下,它的名字和我一样都叫孤独。晚饭前的那种恶劣心境又渐渐把我淹没。我连忙掏烟划火……

"哎,小华,正好等等,熬死我了!"徐荷娣把纳了一半的鞋底往我手里一塞,两手急急地向腰里摸去。我还没转过神,她已蹲在了路旁,胯下发出急急的哧哧声。朦胧中,可见她的屁股是雪白雪白的。

我知道她对我是丝毫没有戒备的。她比我大了六岁。可她对范书记呢?我忽然想。

她站起来扣着裤子,裤带还挂在颈脖上,说:"夜饭烧得像淘米水,人变成过水竹管了。小华,你在想家吧?我早看出来了。小张又回去了,就你一个人。不是说'每逢佳节倍思亲'吗,明天可是元旦呀!"

呵,原来还有人知道今天是除夕!难为她体谅了我此刻的心境,而且又毫不留情地破坏了它——我的孤独竟被她这一泡长尿冲得所剩无几了,心里有点泛泛的。

她劝了我几句,我一句也没有听进去。我已经到了家门口,忽然莫名其妙地对这个女人生出了几分依恋。

她又问:"小华,什的叫个'右倾妖案风'呀?"

依恋迅即变成了仇恨,我恶狠狠地回答:"我不懂,你去问范书记吧!"说完头也不回地拐进了小道。

她的脚步声在我的背后中断了须臾,又犹疑地西去了。我心中冒出一丝快意。贱货!

开锁进屋。划火点灯。一座冷庙。冷床,冷被,冷枕头。我抽起烟来。

四周死一般静。细听,只有灯芯呼呼地吸油声。烟烧了半段,好像有脚步声传来。凝神听,由远及近。我凑近窗口一瞧,大路上一个黑影急急走过来。范书记!我并没有丝毫根据,却差点喊出声来。然而没错,他从我门口过去的片刻,我看清楚了。那顶黄军帽,那缩颈弓背、袖手护腹、大腿紧夹、小腿外撇的走相,那永远找不到茅厕的步子,是他!今晚的步子更急了,那样子,恨不得一步跨到徐荷娣床上!

我的心骤然间一阵紧缩,眼前随即叠映出一连串我时常向往而此刻却十分厌恶的场面。受一股巨大力量的驱使,我毫不迟疑地闪出门,踮着脚尖,沿着墙根、河沿、树丛,来到徐荷娣的窗户下。窗子很低,稍踮脚便一览无余了。

徐荷娣坐在床边纳鞋底,范书记站在炉子旁边烘手。床上的被子叠得方方正正的。

范书记脸上有些尴尬,找不到话说的样子。嗯?徐荷娣似乎不理他?

炉子上的水开了。徐荷娣把两个500CC的盐水瓶灌满。(那东西灌开水不炸,冷天焐脚透神。)

范书记涎着脸笑,摊开床上的被子,把一只瓶子塞进去,问:"要两只哪?"

徐荷娣竟大喊起来:"你走不走?!你还是去批你的'右倾妖案风'去吧,你这个草包!"

"嘿嘿,说错不为错嘛,下次再也不会错了,右倾翻案妖风,嘿嘿……"说罢把手搭在徐荷娣颈脖上,嘴直凑上去。

徐荷娣推开他:"你再不走,我就要喊人了!"

"喊哪个呢?我看准了你家里没人才来的呢,呆丫头!"说罢,范书记呼地吹灭了灯!

屋里顿时一团漆黑。我的心提到了嗓子眼,准备随时破门而入。

"赵小华——!赵小华——!"想不到徐荷娣死命地喊起我名字来!我差点儿答应出声,急忙捂住嘴。

屋里静了片刻。

范书记的声音:"你别喊嘛,有话好说嘛!"

"把灯点起来!"徐荷娣的声音十分严厉。

灯亮了。范书记的手在发抖。徐荷娣站在地上,头发有点乱,胸脯急促地一起一伏。

原来是这样?!

我又被另一种力量驱使,迅即离开,回到我的窝里。我的灯还亮着。

脚步声由西而来。我趴在窗口看,范书记颈脖缩得更短了,脑袋耷拉着,步子却仍是匆匆的。走过我的门口,还转头张望了好几回。

你这畜生！我恨恨地骂了一句。

我怕进冷被窝,点着一支烟抽。想着刚才的一幕,想着我对徐荷娣的亵渎,想着范书记的丑恶,想着怎么又要批什么右倾翻案妖风,想着这除夕夜的寒冷和孤苦,想着一年来的插队生活,想着……

笃笃笃！

有人敲门！

"小华！"是徐荷娣！我莫名其妙地一喜,迅即开门。

"还在看书哪？"

"呣,看了玩玩。"正好桌上放着一本《学习与批判》。

"听见我喊你了吗？"

"没……没有啊！你喊我干什么？"

"唉,你太专心了。我看你屋里亮着灯才喊的,我……我又找了个盐水瓶,想送给你,喊你去拿的。喏——"她从怀里掏出那只盐水瓶。

我心里最清楚。说喊我去拿瓶子是掩饰,现在她亲自送来,我却丝毫也不怀疑。我亲眼看见了两只。我心里先暖了。

她替我摊好被,把瓶子塞进去。而后在我的对面坐下,看着我。她的目光平静、安详,却有一股暖流注入我的全身。——仅仅是暖流,同样的平静、安详。我低下头,我为开会时的感觉而羞愧。

"你睡吧,我看你睡下就走。"她没有动,仍看着我。

我犹疑了片刻,驯服地脱衣睡下。被窝已被盐水瓶焐热,身子有些像浸入澡盆的温水中,痒酥酥的。头一着枕头,眼睛便有点发烫。

她走到我的床边坐下,替我掖着被角。我忽然一阵冲动,伸出两手拥住她丰满的髋部,头靠在她扭着的腰上。

她并不拒绝我,并握住我的手,静静地坐着。嘴里却说："你还小,有些东西要忍着点。你不会在这个穷地方待一辈子的。把我当作你的姐姐吧,你以后会感谢我的。'右倾妖案风'我已经弄懂了,姓范的是个大草包,你千万不能学他。你的出息是不能和他比的。以后晚上你留心点,我假使喊你,你就马上过去,说不定我会喊你的。明天是元旦,你睡个懒觉吧,早饭到我家去吃,啊?"

虽然她语无伦次,但我每一句都听得十分分明。因为她的声音不但从空气中传入我的右耳,而且通过她胸膛的共鸣传入我贴着她躯体的左耳。

我点点头。

她轻轻地掰开我的手臂,塞进被筒。又用力掖了掖被头,站起来。

"我走了,啊?"

我又点点头。

她看了我一眼,吹灭了灯,走出去,轻轻地带上了门。脚步声悠然西去

我骤然间清晰地想起了母亲。我小的时候,母亲上夜班都是这样走的……

我睁着眼睛,很想在这寂静的时刻再回忆些什么,再悟出些什么,浓烈的睡意却不可抗拒地袭上来,我终于迷迷糊糊地进入了公元一千九百七十五年的最后一个梦乡。

(1986 年)

梦里沐朝晖

悬在远方树梢上的夕阳,大,圆,血红血红,叫人看了有点害怕。

浮子一动不动。其实浮子动不动并没有什么意义,垂钓者注视着的是那夕阳。

"夕阳无限好,只是近黄昏。"

不,明天,它又是一个光芒四射的太阳,它有再生的希望与骄傲。

我呢?六十四岁了,薄暮了,却不能再生。不过,只要略去这一节,我的历史仍是辉煌而清白的。

清白?这两个字还属于你吗?要得人不知,除非己莫为。

不,我实在是被迫的,完全被迫的。相信被迫者绝不止我一个。

被迫?能作为理由吗?几十年的觉悟哪里去了?可耻!

夕阳只剩下可怜的一半,该回家了。

昨天,在他那宽敞明亮的客厅里,他把两个一万元的存折分别交给了待娶的儿子和待嫁的女儿。三个人的手都有些颤抖。那场面并不像巨富庇荫后辈那般庄严、神圣而热烈,倒有点像瓜分死者遗产那样静穆而沉闷。

他的坚定中明显掩藏着空虚:"你们的事我管完了,你们看着办吧!"

这种生硬的语气,使儿子和女儿即使有感激的话语也不便说——何况还不知他们有没有这种话。

他口袋里还有一个一万元的存折,这是留给自己和老伴的,只有他自己知道。是的,谁也不能告诉。

他还想对儿子女儿再说点什么。可是说什么呢?什么也不要说了。他感到底气不足。

事实上,他一直算得上是清白的,直到一个月前。

他出身贫寒，祖辈都是扛长工做苦力的，他从小恨透了不劳而获。

他一直问心无愧。在商业战线（他这代人喜欢用这样的带有火药味的词）战斗了几十年，他没有沾过公家的什么光。工作勤恳，生活俭朴。要说有愧，至多在三十来岁的时候想过一个女公务员的心事。然而也只是"想想心事"而已。那时候夫妻分居，他的邪念刚刚生出，老婆就调到身边来了。他是本分人。他几乎历年都是系统里的优秀党员。退休前，市里的领导亲笔给他写一张条幅："诸葛一生惟谨慎，吕端大事不糊涂。"他感激老领导的赏誉，同时也觉得当之无愧。

老领导当然记得，他自己也永远不会忘记，在"五反"的高潮中，他毫不含糊地上交了一个资本家塞给他的三个24K的金戒指和一条"小黄鱼"，使那个倒霉的行贿者蹲了几年班房。他痛恨黄金、白银！他觉得那是千百万劳苦者的血铸成的，人不能当喝同类血的野兽！

可是，想不到这光辉历史也成了老婆孩子奚落他的笑柄！当他的宝贝女儿缠着妈妈要金戒指作陪嫁时，他失去了痛斥的勇气，因为许多做父母的都能向女儿提供这类时髦的东西。他开始感到有点无能。小儿子更不像话。直到未婚妻屡次三番索要黄金首饰时，他才被母亲告知父亲还有那一段反行贿的历史。儿子竟敢公然指责做老子的是傻蛋！他忍无可忍，发了大火，摔碎了心爱的紫砂茶壶。儿子的怨言被捺回去了，他却感到十二分的疲惫。

他退休了，在许多人觊觎着他的商业局长宝座的时候，他坚决地退休了，而且连巡视员也不肯当。那时候，商业领域里的倒买倒卖、买空卖空已露端倪。他感到震颤，他无法理解又无能为力。他退休了，又一次遭到一家人的反对。他保持沉默。

许多退休者门可罗雀，可他的门庭却比先前更加热闹。

"老局长，批个条子吧，一吨钢材就可以赚……"

"老局长，走一趟吧，一吨化肥可以……"

"怎么样，老局长？不要你跑腿，一台彩电……"

他始而惊讶，继而糊涂，然后恐惧。

几万元？这在他听来不啻是天文数字！他的工资每月才一百多，扎着脖子十年才一万多，一纸手书就能等于一辈子的辛劳？！这帮人腰缠万贯而心安理得，逃之夭夭，刘青山、张子善岂不要在九泉之下冤声如雷？

可人家的话也不是胡搅蛮缠：那是过去的事，凭你老局长的贡献，难道真的不如十字路口那个卖赤豆粥的老太婆？

他迷惘了。

门庭若市带来的是儿女和老婆的合伙围攻，软硬兼施。这世道莫非真的反了？连清正廉洁也成了无能的代名词？连共产党员的称号也可以奚落、揶揄么？

他真切地感到了自信心的丧失，对治家的能力开始怀疑。小儿子、小女儿的婚事，使这种感觉与日俱增。钱，钱，钱，可恶的钱！银行里的存款一再贬值，他感到愤愤然。半辈子省吃俭用，每月坚持储蓄，其间的艰辛难以为外人道。好不容易攒了八千多块钱，他成为人们艳羡的对象。谁曾想到，形势像变戏法一样发展，艳羡转眼间变成了嘲弄。半辈子俭朴还换不来儿子女儿的婚宴！他觉悟再高，也无法不牢骚满腹，怨愤之至……

难，难，难啊！

这一天，原来在他手下工作的秘书，如今的新宇公司经理小王又一次坐在他那张过时的三人沙发上。西装生辉，革履夺目。"万宝路"使"牡丹"黯然失色。一向雍容大度、叱咤风云的老局长第一次感到自己的猥琐寒酸。

"老局长，不要你费心，我来跑腿，就弄五十台。好不好？"小王经理说。他沉默了。小王经理及时递上纸和笔。

肮脏的一幕，在他眼中前后只演了一刻钟。小王经理走了。客厅里只听见风扇单调的呜呜声。他默默地抽着小王留下的洋烟。

一个月后，也就是昨天，在交给儿子女儿每人一万元存折后，他心里一再说："就这一回，就这一回！"

就这一回，几十年来，一生一世……

他买了一根最便宜的鱼竿，决定每天来这池塘钓鱼。他根本不会钓鱼，也明知道这池塘里没什么鱼。他是不会到有鱼的池子去的，他固执地想。

浮子仍然一动不动。垂钓者欣赏着夕阳的余晖。

晚霞血红。该回家了。

可手里忽然觉得有东西牵拉。他一看,浮子正急速地向远处游动——有鱼咬钩了!

他惊恐十分,心脏突突地跳。只重重一提,一条鲫鱼便优美地钻出水面。水花起处,平静的池水漾起圈圈涟漪。

他听说过,无鱼的水塘固然钓不着,而喂足食的鱼塘也是使垂钓者扫兴的。他摸着鲫鱼瘪瘪的肚皮——它一定是饿极了!假如它吃饱了,还会来咬钩吗?

他读过几段《庄子》,他希望自己和这条鱼互换身份。

他轻轻地把鲫鱼放回水中,望着它悠然而去。

你不该咬钩的。他默默地收起渔具,站起身。他再一次凝望着漫天彩霞。

他感到有无边的落寞与忧伤充溢他衰老的心田。他又念了一遍:

"夕阳无限好,只是近黄昏。"

当他转身背向夕阳的一刹那,口中忽然喃喃地续上两句:

"且踏暮色去,梦里沐朝晖。"

(1988 年)

奇 案

那天上午,商业局吴局长的太太惊慌失措地走进刑警队办公室,正在聊天的人们万万没有料到她是来报案的,她家失窃"夏普"牌18吋彩电一台。

刑警队年轻的王队长简要地作了案情笔录,便带了两个人跟局长太太去察看现场。

这个盗窃犯也未免太胆大了——吴局长的住宅与县公安局斜对面,相距最多不过二百公尺。在侦探们的眼皮底下作案,不能不说是对人民卫士的嘲弄和蔑视。

来到吴局长府上,三个刑警大失所望。现场几乎没有任何可供侦查的痕迹。案犯显然是个老手,至少侦探小说看过不少——戴了手套,鞋底上裹了布条。刑警队长和两名队员除了喝一杯茶,抽两支烟以外,简直没有什么可做的事。趁着局长夫人咒骂的间隙,他们匆匆起身告辞。

吴局长回到家,王队长他们刚走。老婆还在喋喋不休地诅咒小偷。

就在吴局长坐在办公桌前的当儿,他奇异地发现文件堆上多了一只信封。拆开一看,他随即惊呆了——里面是一叠两千元的钞票!

钞票里夹了一张字条:

> 对不起,我被逼急了。两千元请笑纳,我想您还是能很快再买一台的。谢谢!

商业局长不懂刑侦学,但他也听说过,这种用直尺划出来的笔迹是无法侦查的。

夫妻俩面对这今生今世头一遭见到的奇怪场景,面面相觑。

他们都渐渐地为轻率的报案而后悔了。这钱怎么办？他们也明白应该立即交给公安局以提供重要线索，但又都觉得这种奇事未免荒唐，而且很可能反而于己不利。

这台彩电是吴局长一个月前写条子从县五交化公司买来的。他一下子买了三台，儿子女儿各一台，老两口一台。他们知道，知情者无不议论纷纷，侧目而视。再把这两千元公布于众，岂不等于把自己推进更尴尬的境地？何况，这钱除了作案（多奇特的作案！）者外，并无人知道，为什么非要上交呢？

很遗憾，局长夫妇终于把两千元放进了三门橱的抽屉里，卡断了一条重要线索。

吴局长这才想起失窃的彩电是保了险的。他对保险公司的灵敏度和服务态度不由得不佩服。当然他知道，这固然是由于自己的局长身份。

保险公司的人虽是公事公办，却十分热情："吴局长，您受惊了。这是两千一百元赔偿金，请您在收据上签个字吧！"

局长送走了客人，和妻子相对无语。妻子取出案犯留下的两千元和赔偿金放在一起，简直有点手足无措。

因祸得福，否极泰来，使失主不知是应该后悔去报了那个案，还是应该庆幸立即报了案，还是应该为保险公司的热情和高效率而感激叹服……

吴局长有些恍惚地去上班。

办公桌上的一封信，更使他恍惚惶恐——又是那种用直尺划的笔迹：

想不到您还是报了案。报案就可以领取赔偿金，这使我于良心上更加没有自责。两千元我是心甘情愿出的，赔偿金您却不该拿。您是管买卖的，到底比我高一筹。佩服。再见！

邮戳是本县的。公安局说对了，这是个老手。公安局又说错了，这不是个流窜犯。

吴局长颓然倚坐在藤椅中。

可惜,商业局长又隐匿了这一重大线索。

失主再也没有追问过这案子。

这案子没有破。

这案子怕是破不了了。

其实,这案子实在用不着再劳神去破了。

(1989 年)

干部履历表

我们科一共五个人。巧得很,科长姓管,科员是百家姓开头的四个——赵、钱、孙、李。我们经常开玩笑说,一个科长"管"了"百家"。

科长和科员有管束关系,"共同语言"势必少些。老赵已经五十开外,老婆孩子热炕头,和我们小单身汉谈不来也是顺理成章的,不奇怪。

我们三个是一同毕业的大学生,年龄相仿,同吃同住同吹牛,血气方刚,一直处得蛮好。

然而,如今,我们已不那么合得来了,每每各自都觉难堪的沉默,或是各看各的书,或是早早上床睡觉。

细想起来,这状况是去年夏天开始的。先是小钱被批准入了党,我们的话题就少了些。再是小孙和我也入了党,情况稍有好转。等到他们二位分别有了女朋友,我们就很少在一起吹牛了。后来小钱被指定为管科长写材料,小孙在报纸上发表了几块"豆腐干",我因为被支部表扬了两次,我们三人的关系就发生了奇妙的变化。

我企图认识自己和分析他人,但总觉得不得要领。

忽然有"风"传出来,说我们科要提拔一位副科长。

会是谁呢?

我们都忐忐忑忑,十分谨慎而又兴味盎然地吹起这个话题。三人都开着玩笑:一定是你!不,不会,一定是你!不,不不不,一定是你!不知为什么,我们似乎都服了一片兴奋剂,都不能自已地有几分亢奋甚至失态。不知他们二位怎么想,反正我权衡了权衡,心里直嘀咕:赵,不可能,年纪大了,又没文凭。钱,有可能,科长挺欣赏他写的材料。孙,也有可能,毕竟见了几回报,不能说没有才气。李——我,虽说表现不很突出,但从学历、组织问题、工作态度、为人处世等方面看,也并不差到哪儿,那么说不定,也许……

这天,我有些头痛,没上班。傍晚,小钱拿了份表格回来,我一瞅,心里一咯噔:"干部履历表",中共中央组织部制,××地委组织部翻印。

难道竟是他?

小钱吹着口哨吃饭去了。瞧他那得意的样子!我头痛仍甚,索性钻进被窝里想心事。到底还是他!唉,说什么呢……

我一夜头痛未愈。第二天,总觉得躺着不舒服,索性去上班。一进门,便看见桌上放着一份东西,那封面上的黑体字十分醒目:"干部履历表",中共中央组织部制,××地委组织部翻印。桌上有一张字条:

小李:组织部搞干部审核,你把此表填好,三日内交我。管,即日。

我颓然跌坐在藤椅中。头是不怎么痛了,浑身却十二分的疲惫。

(1987年)

籍　贯

新来的组织部长还没有到任,关于他的"活档案"却早已在机关大院的办公室、会议室、打字室、档案室……以及大院外的许多客厅里、饭桌边、厕所上乃至枕头旁传播开来。姓名、年龄、籍贯、学历、简历、政绩、过错以及好恶、烟酒与食物嗜好、婚姻状况、父母及子女、亲戚和朋友……

许多人的谈论,仅仅只是谈论而已,而文化局秘书科的辛项尚科长却有点心急如焚。辛科长同样打听和传播着有关新部长的消息,但他的打听和传播和别人却不完全一样——他在掌握和分析"情报",因为这直接关系到他的升迁与否。提起升迁,辛科长的心中真是十分的愤愤然。本来,他提升文化局副局长的事情已经十拿九稳,而现任局长的年龄已经过了"临界点",既有文凭又近中年的他升任副局长后的前途是不言而喻的。就在这节骨眼上,对他十分赏识的组织部长却"下"了。辛科长难免忧心忡忡,担心事有舛错,横生不测,误了前程。

要避免闪失,无疑要赢得新部长的赏识和信任。辛科长好些天食不甘味,寝不安枕,费尽了心思。一日,当他得到了新部长的籍贯资料后,心中忽然一动,眉头皱了几皱,脑子里有了一个想法。灵感猝发,眼前亮起希望的光,辛科长禁不住一拍大腿,恨不得立即登门拜见新部长。

过了好一些时日,在辛科长认为是合适的一个夜晚,他登了新部长的门。万没料到,文化局局长、顶头上司老郑也在座。辛科长先是一惊,稍定神后,心中暗喜——老局长在场对他绝不会有坏处。

好一阵寒暄之中,自然谈到些各人的简况。辛项尚科长这才得知,新部长原来还在某大学干部培训班就读过,和自己是标标准准的校友,心中顿觉亲近了许多。果然,部长在他认过校友之后,脸上露出了和悦的笑容。

辛科长及时捕住了机会："听说部长也是 A 县人,那我们还是同乡呢!"说罢,他盯住了部长的脸。

部长出现了不耐烦的神情!他平常地说:"那是人家误传了,我虽在 A 县生活多年,但我出生在 B 县,祖辈一直是 B 县人。"

原来如此!

辛科长愣了约一秒钟,脑子飞快地运转。突然,他猛地一击茶几,大声笑起来:"哎呀,那就更有意思了!我和您正好相反——我也只是个假 A 县人,我其实也生在 B 县,而且一直是在 B 县长大的。我的父母是 A 县人,我爸爸总是叫我填表时在籍贯一栏上写 A 县。真有意思!后来我读了些书,才知道他的说法也有道理。因为'籍贯'一词的定义不止一种。有些词典说,籍贯就是'一个人出生的地方'。可另一些词典又说,籍贯是'出生地或祖居的地方';有的说是'出生地或父母久居的地方'。这么说来,我的籍贯填 A 县或 B 县都是可以的了!真有意思,哈哈哈哈!"

辛科长说得轻松自如,连新部长和老局长也被逗得笑起来。

辛科长觉得礼节性的拜访该结束了,便及时告了退。

新部长和老局长重又坐下来。

部长问局长:"你刚才说的就是这个科长?"

"正是。三十七岁,和你一个学校毕业的,写过几个不错的剧本,现在是秘书科的科长。"

"唔,看样子他读的书还真不少,连字典都这么熟悉。"

老局长点点头。

新部长点燃一支烟,若有所思,许久没有出声。

(1987 年)

关于一只野兔的悲喜剧

不知是谁最先发现那只灰黄色的野兔的。它在鬼头鬼脑地散步。

正是工间操时间,众人活动过后,浑身轻松。然而,还要再坐两个小时的硬板凳,真没劲。

"哎呀,野兔子!"

"一只野兔子!"

"好大好肥的家伙!"

一向沉寂、谨严而肃穆的大院顿时活动起来!

一个数十人的包围圈眨眼间便组成了。

野兔慌了,迅即狂奔亡命。并没有人指挥这场围歼。将士们的脸上洋溢着反常的亢奋,赤手空拳,穷追不舍。万马奔腾,大院内一片欢呼声。五十来岁的长者,二十来岁的后生,一向矜持文静的姑娘们,仿佛登时着了魔,灵敏异常,勇猛非凡,配合密切,发狂地大叫大笑。

千不该,万不该,野兔不该窜进了那个两边设有围墙和铁门的小院子!也许它在惊惧恐慌之际,只看见了那盛开的鲜花和茂密的野草?

追逐更猛。欢呼更甚。大院在沸腾。

两边的铁门自然已经关死。野兔东奔西突,晕头转向,体力不支,纵然插翅也难逃脱了。

人事科的范科长拎起了剧烈喘息着的野兔的耳朵,脸上绽开了胜利者的欢笑。

高潮过去了,兴奋的人们走回办公室,坐在并不觉得硬的板凳上,热烈地谈论着战况。

晚上,范科长约了几个好友,痛快地喝了几盅。野兔皮由范夫人处理,计划做一条漂亮的大衣领。

在人们已经忘却这场追捕的第三天,姜局长在全局人员会议上发了大火。他说,光天化日之下,竟有这许多人在机关大院内追捕一只野兔,影响多坏!他说,这不但破坏了正常工作秩序,而且踩坏了十几株名贵花卉!他说,连平时表现不错、本本分分的女同志,也跟着疯疯癫癫,裙子挂在花枝上,大腿裸露无遗,成何体统!他还说,有的人工作萎靡不振,追兔子倒力大无穷,怎么解释!他最后说,这事情要追一追,查一查,请诸位借此机会好好反思反思,到底出于什么想法如此起哄!

在以科室为单位的讨论会上,许多人纷纷作了自我批评。有几个因没有吃上兔肉而有意见的人,还诚恳地批评了范科长一向讲究吃喝,下乡工作期间还偷过瓜菜鱼虾等严重错误。

范科长在这次事件中责任重大,他在全局人员会议上做了深刻的检查。

大院又恢复了往日的宁静、严谨、沉稳,秩序井然。

(1988 年)

国际长途

"莫老师,你的电话!快,是美国长途!"小张一脸诧异的神情,仿佛我是克林顿的什么远亲。

我的美国长途?我敢打赌一定是搞错了。在那个地球反面的国家,我可没有任何熟人。

"喂,你是莫旭老师吗?"声音是陌生的,但十分清晰,和市内电话没有一点区别。是谁在和我开玩笑?

"你是谁?"我有几分不快地问。

"是这样的,莫老师。霍宝国是你的同学吧?"

"是的。"

"你几天前刚去过他那儿吧?"

"对。"

"那就对了。我姓胡,是霍宝国的朋友,去年刚来美国,在一个驻美办事机构工作。我经常和老霍通电话,方便得很。刚才给他打电话,他说起了你,说你很有才华很有成就,只是一直困在一个山区中学里,很可惜的。又说到你前几天在他家住过一晚,把一双袜子丢在那里了。是吧?他本想打个电话告诉你,但他的电话是姓'私'的,我就说我来打吧,我的姓'公',反正方便得很。你要是下次再去,或是有人顺便,去他那里拿一下……"

"好好,谢谢你,老胡。还有别的事吗?"

"没有了。我马上还要再打电话给老霍的,告诉他已经找过你了。你有什么事要跟他说吗?我可以转告的。科技发达了,通信卫星真的方便得很哪!"

"没什么事,谢谢。"

"那好,就这样吧,再见,莫老师!"

霍宝国就住在省城,离我不过一百公里。为了我的一双臭袜子却动用了国际通信卫星,这……唉!接完生平头一遭接到的国际长途,我心里感到说不出的别扭。

"莫老师真会保密,从没听你说过有什么'海外关系'嘛。"小张一脸艳羡的神情。

"不是美国打来的,一个老同学和我开玩笑。"我几乎未假思索地撒了个谎。

小张狐疑地望着我,满脸的不高兴。

(1994 年)

谋　杀

眼下,很有些人意识到优生优育的关系重大,并为之身体力行了。简单的如找对象需要考虑到配偶的身高、外貌、体型、血型、智商、遗传、性格、气质、祖寿等等,复杂的如精确测算和设计受孕时的情绪曲线、身体素质、季节影响、药物残留、心理感觉、噪音磁场、交媾姿势、床笫方位……简单地考虑使众多男女陷于人海茫茫知音难觅的困扰中,复杂的设计则使美好的洞房变得像实验室一样无聊乏味。

高悟远经过严谨的恋爱和精心的准备——光忌烟酒、忌药物、忌污染、忌过敏、忌辛辣、忌房事、忌暴怒、忌烦恼、忌忧伤……就准备了三个月零十天——终于满意地让妻子怀了孕。夫妻俩欢天喜地,做好孩子出生的一切准备工作,——其实还早着呢。一个活蹦乱跳的十全十美的神童身影在他们眼前跃动,赶也赶不走。

可是天有不测风云,受孕五十二天起,妻子忽然出现间歇性腹痛,随后伴有下身见红!

紧张恐慌自不必说。

高悟远惊魂甫定,便意识到必须立即得到两个结论:一、妻子安全问题;二、胎儿取舍问题。

他随即带着妻子找到泰山大人——市人民医院业务处主任柳心天。柳主任立即亲自去找妇产科主任廖萌琳。其实柳主任的夫人、高悟远的丈母娘就是妇产科的医生,但是诚为民间古训所言:瞎子不算自己命,郎中不看自己病。丈母娘对女儿的病从来只能和高悟远一样手足无措。

廖主任仔细地实施了检查,问题不大,先兆性流产,子宫未开,只要休息保胎就行了。

高悟远却连珠炮似的发问："廖阿姨，要紧吗？会不会是畸形儿？或者是葡萄胎？该不是眼睛胎吧？"

对这种幼稚的恐慌，廖主任只好报以微笑，同时觉得难堪。

高悟远把优生优育的想法略作介绍后，说："廖阿姨，这一胎要不要，全由您做主了！"

这句话提醒了廖萌琳，她又一次感到了心头的沉重负担。专家犹豫了，答话也有些支支吾吾："这……你不要慌，先用点药，休息休息，等我再和别的医生商量商量吧！"

妇产科主任已经不止一次遇到这样的难题了。赵局长一定要个孙子，超声波确认他媳妇怀的是男孩，没料到最终却生下了个女婴！赵局长再也没有和她说过话，局长太太则放出了妇产科经常"调包"的谣言。吴书记的外孙其实是好好的，却硬要说智力不行，说三岁了还认不到一百个字，早知如此当初不该要的——言下之意当然是廖主任帮了倒忙。孙部长更怪，他硬要个孙女儿，再三劝说也不肯听，终于做了人工流产，没料到手术中发生大出血，险些送了孕妇性命。还有张主任……唉！廖萌琳没想到这几年怪事这样多，她为学这个倒楣的妇产科，当这个倒楣的妇产科主任后悔不已！

这回怎么办呢？柳主任的女儿出了事情，可不是闹着玩的。

她找到几个经验丰富的医生，商量对策。她并不希望他们能和她分担什么压力，她知道那不可能，她只是想听听他们的意见。可是，平时分析病例滔滔不绝的专家权威们却默默不语。谁都知道这事情最好不要多嘴。他们心里都想说：廖主任你说得是对的，先兆流产，并不要紧，保胎就行了。可是，万一出了问题呢？万一柳主任的乘龙快婿的神童之梦破灭呢？谁能保证这个胎儿是完美无缺的呢？于是，专家们都说："廖主任你看着办就是了。"便不再说话。

廖主任一连几日心事重重，食不甘味。她让高悟远陪妻子作了诸项检查，并把检查单都让柳心天主任过目。她想在拖延中让柳主任，让高悟远夫妇决定胎儿的去留。可是柳主任并不发表主观意见，只是一再信任地说："你决定吧廖主任，我相信你！"高悟远则近乎乞求了："廖阿姨，一切拜托您了,我们听您的!"

其实,孕妇的腹痛两天后就消失了,阴道也不再流血,完全进入了正常妊娠。

然而,一天早晨,神色倦怠、眼眶发黑的廖萌琳找到了业务处主任柳心天,郑重地说:"柳主任,我考虑再三,为慎重起见,还是流掉吧!"

柳主任信任地说:"好,好的,谢谢你!"

于是,高悟远陪着妻子做了人工流产。手术很顺利,只是妻子满面痛苦。人流的痛感尚是妇产科的一个难题。

高悟远专程找到廖萌琳,献上了两盒高档点心,真诚地说:"廖阿姨,太谢谢您了! 如今这社会,没有熟人,实在靠不住啊!"

廖主任的笑容里其实是带着明显的苦味的,高悟远当然不可能觉察。

一个月后,高悟远又精心收集和计算了各种必备的资料,开始准备妻子的第二次受孕。

(1989 年)

笑赴黄泉

张莲的父亲是老毛病了,支气管哮喘并发肺气肿与肺源性心脏病。张莲是闻名遐迩的孝女,她没有兄弟姊妹,独女一个。她深知,她不孝谁孝?她不孝,对得起早逝的母亲,对得起半辈子的父爱,对得起自己名牌大学副教授的身份么?

所幸的是,父亲近十年来并没有让女儿烦多少神,他能够自顾自。商品经济的兴起,也使他寻得了一些生活费的来路。他毕竟积蓄了几千块钱以供养老送终,虽然他也知道在医药费住院费猛涨的光景下,这几千块钱并看不了几回病。唉,谁让他是种田人呢?瞧那些城里人的公费医疗都开了些什么药啊!电视机里说有的医院竟开出了茶几、台灯、电热毯!

今年入冬以来,老父亲身体很不好,张莲不能不忧心忡忡。她终于说服了父亲,把他接到城里来治病。

到门诊部一查,病情不轻,白血球二万三,肺部有感染呢,怪不得咳喘如此剧烈。医生建议住院,老头子先不肯,后来终于被说服了。他倒并非是舍不得钱,而是嫌住院太难受,且连累女儿女婿一家,过意不去。

张莲的初中同学朱文友,现任第二人民医院副院长。他向张莲伸出了援助之手。老父亲被安排在三病区二楼的房间里,采光好,床位少,整洁清静。张莲和老父亲感激十分。可是,这种照顾又使张莲颇为忧虑。她已听人说,这种病房住院费要比普通病房高出将近一倍,这对自费的人来说,不能不是一块心病。

老父亲就在这种情况里住了十一天。症状基本上控制并缓解了,只是双脚仍有些浮肿。医生说最好再住几天,可是老头子无论如何待不住了,于是决定出院。

算账时,会计和蔼地问:"公费还是私费?"张莲答:"私费。"会计唰唰唰地开了发票,说:"一百六十四元。"

张莲大吃一惊。据事先颇为精确的估算,药费、治疗费加住院费至少三百出头,这……张莲糊里糊涂交了款,去找老同学朱文友副院长,老朱友善而轻描淡写地说:"我跟他们打过招呼了,你父亲是农民,挣两个钱不容易啊!"张莲的感激之情难以言表,再三道了谢。

老父亲出院太匆忙了。一个星期后,病情突然加重,张莲也不好多责怪父亲,只得又用自行车推了父亲再次去就诊。

这次张莲决定不再麻烦老同学了,副院长很忙,再加上医药费的事使书呆子的她于心不安。

门诊部的叶医生已认识她们,态度自然热情,仔细检查后,郑重地对张莲说:"马上住院吧,你看,一动就喘,双脚浮肿,颈静脉怒张,肝脏肿大并有压痛,这是右心衰竭的症状,要好好住几天。还是住二病区吧,你们反正熟悉了!"说罢就开了住院单。

叶医生完全出于真诚的关怀,何况,还是副院长介绍过的病人。至于张莲关于医药费的忧虑,他不可能考虑到。

张莲扶着父亲又来到熟悉的二病区。老头子一边喘,一边对女儿说:"能不能不住呀?"女儿说:"医生叫住,还是住吧!"她和父亲一样,并不懂得什么是右心衰竭。

二病区的医务主任林医生拿着病历,心里直犯嘀咕:"怎么又来了?"

张莲当然不知道林主任的难处。现在各病区经费是承包的,上次的医药费少开了一百五十多元,要转嫁到别的公费病人头上,已经想了不少办法。几个医生都有意见,只是碍于副院长的面子不好多说。这下子再来住,不能不叫他犯难。而且,看样子病情并不严重,在门诊对付几天也许可以缓解的。这个叶医生也真是,干吗把难题随随便便往病区推呢!

正在这时,老头子发问了:"先生,你看我要不要再住呀?"

林主任笑了笑:"这就由你自己决定了。我们在这种情况下一是听门诊医生的,二是听病人的。"

张莲说:"门诊叶医生开的住院单。"

林主任说:"是的,叶医生比较谨慎,也是为你们好。住院有住院的好处,治疗比较正常,比较及时等等。不过住院也有住院的坏处呀,比如交叉感染,这是最讨厌的,旧病未去,新病又来;还有病房里比较嘈杂,休息不好;再就是一天要送三顿饭,天冷饭菜容易凉;何况,住院费用大,你们又是自费,尽管我们已经帮了点忙,但毕竟还是个不小的数字。当然,我们是欢迎你们住院的,你们自己拿主意吧!"

"叶医生说他右心衰竭,严重不严重?"张莲问。

"这很难说,就现在的情况看,他能坐自行车来,还上了二楼,怎么能说是心力衰竭呢?叶医生只是说有这种征兆,他是为你们好。再说他也知道你有副院长的同学嘛!"

林医生是老主任了,说话是很周到的。

张莲很为难,又去找门诊部的叶医生。不料叶医生有些不高兴:"我让你们住院不是很好么?不错,现在病情是不那么严重,但要看到发展呀!药我是不能开的,我的意见还是住院治疗好。"

张莲的窘境当然是自找的,如果她当初不去找老同学,而是和普通人一样陪老父亲去看病,事情就会简单多了。

可叹,她棋错一着而未及时觉察,反而再错一着,毫不自觉地拿老父亲的性命开了玩笑。这实在是天底下所有孝子孝女们的悲哀!她找另一个医生开了些药,就把父亲推了回去。

第三天,张莲和丈夫、孩子一起再把父亲火速送到医院的时候,老头子只剩下一口气了。

朱副院长、林主任、叶医生闻讯都立即赶到抢救现场。他们异口同声地责问悲痛欲绝的张莲副教授:"为什么不住院?为什么不住院啊?"

是啊,为什么不住院呢?!

"怪我……全怪我!"张莲泣不成声。

三位医生都委婉地责怪副教授的糊涂大意,同时指挥医护人员全力抢救。

老人弥留之际，神智一直清醒。这个种了一辈子田的老农民，为这样隆重的送别场面感动得老泪纵横。他一再说着："院长……先生……谢谢了……太谢谢了！"

老人终于安然合上双目，含笑赴了黄泉。

（1989 年）

散 文

烟花三月下扬州

"故人西辞黄鹤楼,烟花三月下扬州。孤帆远影碧空尽,唯见长江天际流。"耐人寻味的是,这首并不是直接歌咏扬州的诗,却比包括李白诸多诗作在内的众多直接描写扬州景物的诗篇更为著名。这到底是什么原因呢?真值得我们细细揣摩与品味。

那个李白在黄鹤楼写诗的故事,千百年来一直被人们传说着。据元人辛文房《唐才子传》载,李白登上黄鹤楼,本欲赋诗,因见崔颢《黄鹤楼》诗,即为之敛手,说:"眼前有景道不得,崔颢题诗在上头。"我想这个故事倒未必有贬低李白之意,而是为了说明崔颢的诗确实写得好。事实上李白也曾两次作过拟崔诗格调的诗,同样证明崔诗无愧于严羽《沧浪诗话》所说:"唐人七言律诗,当以崔颢《黄鹤楼》为第一。"然而,李白却在黄鹤楼写下了一首千古流传的送别诗。这首诗当时一定让孟浩然十分感动。但他和李白大概没有料到,这首诗将感动一千多年中的无数中国人,更将感动从此以后世世代代的扬州人。

我们来分解一下,看看能不能找出这首诗千古传颂的魅力所在。地点:长江边的黄鹤楼、长江那头的扬州;时间:烟花三月;人物:诗人李白与孟浩然。李白这首离别诗的魅力,固然在于一座重要的江边名楼,在于两位风流潇洒的主人公,但更在于这次离别跟一个繁华的时代、繁华的季节、繁华的城市紧密联系着。开元盛世,太平而又繁荣,春意最浓的烟花三月,送朋友一路繁花似锦,去那中国东南地区最繁华的都会扬州城。在愉快的分手中,显然伴随着李白对扬州的热烈向往,这就使得这次离别有着无比的诗意。唐代的扬州何其了得!"扬一益二",何况是烟花三月时节的扬州城!

充分理解李白诗的意境,也就充分理解了李白诗对于扬州城的永恒意义。也正因为如此，一千二百多年后，众多扬州人不肯接受那首题为《烟花三月》的歌曲所表达的情愫。这首歌是根据李白的诗意演绎的，可是它却改变了李白诗中最重要的、可以称之为"诗魂"的东西。歌中虽不乏离别的深情，可是其间却掺杂着浓郁的忧伤与疑虑。尽管歌的最后几句同样写出了思念："烟花三月是折不断的柳，梦里江南是喝不完的酒。等到那孤帆远影碧空尽，才知道思念总比那西湖瘦。"可是这种思念却早已建筑在牵挂、忧伤与疑虑之上："扬州城有没有我这样的好朋友？扬州城有没有人和你分担忧和愁？扬州城有没有我这样的知心人？扬州城有没有人和你风雨同舟？"扬州城有这么多令人不放心的地方，那是什么样的烟花三月呢？繁花似锦的春天里，一个对扬州疑疑惑惑的人，送走一个心中装满秋风落叶的朋友，这就与李白诗的欢快畅想曲的意境南辕北辙了。孟浩然来扬州是愉快的，李白的送行同样也是愉快的，这里没有忧伤，更没有疑虑。我们不能相信，口中唱着《烟花三月》的歌，心中还能有烟花三月般的热烈与欢快，还能有烟花三月中的期盼和向往。所以这样的演绎是不成功的，扬州人完全有不接受它的理由。扬州人只会永远接受与感激李白的诗句，接受与感激李诗仙笔下和心中的烟花三月。

在李白的诗里，扬州成为一个不变的意象，一个人人向往如百川归海的地方，能去那里一游是一件十分惬意的美事。而黄鹤楼从此便虚化为一个象征，一个送别地的象征，一个送朋友去扬州的任何地方的象征。渐渐地，黄鹤楼显然已变得不那么重要，关键是朋友要去的那个美妙而神奇的地方，那个天下闻名的扬州城。吟诵着李白的诗，北京人、上海人、广州人、西安人与武汉人的心中，共有了一个虚化的黄鹤楼，更共有了一个真实的扬州城。扬州人无疑会永远感谢李白，他给了我们一个天长地久的专词——"烟花三月"。

(2005年)

烟花三月瘦西湖

第一次听说扬州有个瘦西湖,是三十多年前的事。那是一个饥饿的年代,一听到"瘦"字心里便不舒服。心中想,扬州人什么名字不能取,偏偏就取了个"瘦"字?二十年前寓居扬州,愈来愈深深地爱上了这座天下无双的湖上园林。后来偶尔得知关于瘦西湖的英文翻译,曾有过 thin(瘦)和 slender(苗条)的区别和取代,心中明白用 thin 的译者显然犯了和我当初同样的错误。瘦,无非是由于饥饿或营养不良,可以说与美无涉;而苗条,则属于美学意义上的典型词汇了。瘦西湖之瘦,有了 slender 的翻译,便没有误解之虞了。由此想到,与食不果腹者谈美,未免奢侈与残酷。"也是销金一锅子,故应唤作瘦西湖。"瘦西湖名字的来历,恰恰与 thin 相反,她原本就是官绅富豪们一掷千金的天堂。

物换星移。瘦西湖经过了历朝历代的经营,她的兴盛与衰颓,理所当然地折射着扬州城的起落沉浮。当初湖上曾有二十景、二十四景,后来更有"两堤花柳全依水,一路楼台直到山"的胜境。曾几何时,扬州城没落了,瘦西湖诸景湮灭,满目疮痍。建国后,湖区得以多次疏浚清理,景点一一修葺。到八十年代,更恢复了二十四桥景区,世人交口赞誉。尤其值得称道的是景区的周边环境控制,纵目环视,四周看不到一处有煞风景的建筑。如此大范围视线走廊的构建,令人叹为观止。静立的白塔,安卧的五亭桥,一岁一枯荣的花草树木,它们阅尽了扬州城的沧桑,它们最知当代扬州人经营瘦西湖的煞费苦心与独具匠心。

瘦西湖有着太多的历史典故。卢雅雨红桥修禊,七千余人作诗唱和,无疑是中国最盛大的诗会;一代枭雄徐宝山,他的传奇故事徐园是装不下的;盐商们为了讨好皇帝一夜造成白塔,离奇的传说令人解颐,而盐商们的财力确实曾让皇帝一再惊叹;月明星稀,玉人吹箫何处？二十四桥的传说至今扑朔迷离……一座秀丽的园林,有着如此众多说不尽的故事,使瘦西湖拥有了永不衰退的魅力。瘦西湖是一本厚厚的引人入胜的大书,让人们感到爱读、易读和耐读。

然而,并不是每个人都应当或必须在瘦西湖探究历史,也许很多人生来就对陈年旧事少有兴趣。他们却同样会喜爱瘦西湖,因为每个人都可以按自己的意趣享受到瘦西湖不可言传的美的境界。

瘦西湖确实美。或许,她美在如烟如梦的柳。柳条依依,临风飞舞,柳絮飘飘,如雪轻飏,引人作无限遐思;柔弱婀娜的柳枝柳叶,古往今来,不知寄托着多少人不尽的相思和忧伤,令人无法不生百般依恋之情。或许,她美在如泣如诉的水。风平浪静,明镜一面,微风过处,粼粼波光,无论是走在岸上任双眼蒙眬,还是荡舟碧波听橹声欸乃,总能叫人不由自主地陷入超凡脱俗之空灵。或许,它美在一座又一座桥。大虹桥、小虹桥、春波桥、玉版桥、五亭桥、二十四桥,桥桥不同,给人以变幻无穷之美感;桥桥相连,又让人生逢水必有桥、彼岸终可达的信心。或许,她美在四季不败的花。桃花灼灼,梅花冷艳,琼花冰清玉洁,桂花浓香四溢,荷花清丽俊逸,芍药如火如荼,告诉人们世界的多姿多彩,也提醒人们去珍惜花儿一般的人生年华。或许,她美在自然,美在清新,美在引人注目而又不事张扬的个性,美在如诗如画而又不可言传的意境……总之,她确实美,她真正称得上美不胜收。

美丽的瘦西湖,还是一个四季相宜的所在。春去秋至,寒来暑往,她有素面朝天的日子,也有浓妆艳抹的时节,更多的时候她只是化着一脸淡淡的晨妆。烟花三月,万木葱茏,百花争艳,游人如织。瘦西湖就像一位盛装的新娘,美得有些让人眩目。新娘们是灿烂的,却也常常让人们分不清彼此。卸了妆的新娘,回归于自然常态,我们又看清了她们的美丽与本真。烟花三月的瘦西湖,一脸盛装,显现出略带矫饰的艳美,但她却绝不矫揉造作。

"水光潋滟晴方好,山色空蒙雨亦奇。欲把西湖比西子,淡妆浓抹总相宜。"西湖如此，我们的 slender 西湖何尝不是如此。这是一位美人，一位淡妆浓抹总相宜的美人，一年四季都耐看的美人。为什么扬州人春夏秋冬都去瘦西湖？因为那是一位让人永远看不够的美人。

(2002 年)

落日余晖中的平山堂

每当有朋友来扬州作客,我总是喜欢在夕阳西下时分带着他们拜谒蜀冈上的那处名胜——平山堂。十余年间,我曾分别于清晨、正午和傍晚去过这个地方。我觉得,绚烂华丽的朝霞,温煦热烈的午日,似乎都不符合这座"仙人旧馆"所洋溢弥漫的浓郁的历史氛围。而只有在落日的余晖中,才能使我们准确而充分地领略这处历史陈迹突现和昭示着的人文精神。

这时分,流金般的晚霞披上蜀冈的青峦翠壑,清脆的鸟鸣使山林更显出超凡脱俗的幽邃。已然稀少的游人,正陆续迈着急切的脚步匆匆归去。在一种逆行的奇特感觉中,四顾着来到平山堂前的行春台上,便接纳了这位历史老者的庄严、凝重、冷峻、睿智和渊博。如果有经验的比照,便能很容易地领悟,不惟早晨和午后的阳光不属于这位老者,而且白日里游人嘈杂戏谑的喧闹、花哨华贵的衣饰、不着边际的品评……也都通通不属于它。他所拥有的,只是夕阳、晚霞、鸟鸣、松涛、雾霭和来访者(不一定是游人)不言不语的默契。也就在这时候,每每从邻近的大明寺里传来僧人们做晚课的钟磬声、木鱼声、鼓钹声和朗朗的诵经声,这不是天籁而胜似天籁的声响,听来倒是叫人觉着与暮色四合中的平山堂有十二分的暗合与和谐……

在这有几分神秘的令人超脱和宁静的意境中,我和朋友们的目光开始搜寻和浏览此处的楹联与碑刻。——此乃不少看热闹的游人不感兴趣或者觉得枯燥无味的一个节目,而这或许恰恰正是他们以为朝霞艳阳中的平山堂与如血残阳中的平山堂没有什么区别的缘由。

平山堂与两个宋代的大名人密不可分。一个是欧阳修,一个是苏东坡。欧阳修曾官高枢密副使、参知政事,以为官正直著称,却因推行"庆历新政"失败而屡遭贬谪。他晚年自号"醉翁""六一居士",足见其抑郁不得志。他在一首《朝中措》的赠词中写道:"平山栏槛倚晴空,山色有无中。手种堂前垂柳,别来几度春风。文章太守,挥毫万字,一饮千钟。行乐直须年少,尊前看取衰翁。"年未及"耳顺"而自称"衰翁",这在当时并不奇怪(他的学生苏东坡三十七八岁便"老夫聊发少年狂"了),但这种未老先衰的暮日般的心态,与当初发出"夫祸患常积于忽微,而智勇多困于所溺,岂独伶人也哉"之类浩叹的欧公,委实不可同日而语了。如此这般"坐花载月"的浪漫情状,风流是确实的,只是比起两三年前的那个"醉能同其乐,醒能述以文"的滁州太守来,未免又退步多了!

欧阳修作古十余年后,他的高足苏东坡登谒平山堂时,写了一首《西江月》,词云:"三过平山堂下,半生弹指声中。十年不见老仙翁,壁上龙蛇飞动。欲吊文章太守,仍歌杨柳春风。休言万事转头空,未转头时皆梦。"这首词读来只觉消沉郁闷,个中因睹物思人而生发的联想,倒颇能扣人心弦。词句中充溢着的"四大皆空"的浓郁的禅佛气息,叫人很难相信这位忽而婉约忽而豪放的词人,两三年后居然又呼喝出了"大江东去"那样摇山撼岳的千古绝唱!此一时,彼一时,让人觉得那句出自引车卖浆者之口的"名言"——"到什么山唱什么歌",难怪也流传千年。既然如此,置身于落日余晖中的平山堂,也只需体味这时节的意境,而无须故作高深地作"为赋新词强说愁"之类的"投入"了。

尚有几副名联值得一读。比如:"过江诸山到此堂下,太守之宴与众宾欢。""晓起凭栏,六代青山都到眼;晚来对酒,二分明月正当头。"

不难想象——夕阳西沉,彩霞布天,暮霭氤氲;飞鸟各投林,倦兽已归巢;初上的如豆灯烛在晚风中摇曳跳荡,满座宾朋的寒暄戏谑之声飘向幽寂的山涧;清醇的酒水落入杯中发出清脆悦耳的乐音,热气腾腾的维扬菜肴由水袖飘舞、螺髻高耸、花容玉貌的侍女轻托上桌……是延宕了一天的盛宴即将散席,还是又一场豪华的晚宴在笙箫管弦声中刚刚开饮?

我和朋友们不能再作深究,因为这时急于下班的工作人员一定已经催促过好几遍了。沿着大明寺前的石阶拾级而下,可以听到我与朋友们的双脚踏出的空谷足音。当初,欧阳太守披星戴月,由侍者搀扶着,也是从这里下山的吧?

(1994 年)

你这颗流星

你们杨家的隋朝,被称为流星王朝,确实很形象。这个流星王朝,在中国数千年的历史夜空中划过了三十七年。你和父亲是这组流星中最大的两颗,他飞过了二十四年,你划过了十三年。在你身后,你的孙子杨侑、杨侗,侄儿杨浩,孙子杨政道,都曾作为皇帝在瞬间闪烁过,但短暂得几乎没让人们看清,更没让多少人弄清或者记住。

你这颗流星在扬州亮起,最终又陨落在扬州。你是短暂的,却光耀万丈,千年以后,人们还能看见你的余亮……

你黥首般的谥号

在古代,不可一世的帝王,为了震慑百姓,发明了各种刑罚,简直无所不用其极,黥刑便是一种。所谓黥,就是在罪犯或逃兵脸上刺字,再涂上黑墨,留下印记。这样的印记至死也不能消除,以方便官府随时捉拿归案。

恶谥其实是一种无形的黥刑。无论是谁,一旦得了恶谥,便留下了万世挨骂的恶名,而且万劫不复。你真倒霉,轮到了这无形的黥刑,后世人很少再称你的名字,大家只喊你的恶谥。

事实上你有两个谥号,一个是"明帝",一个是"炀帝"。可是,前一个几乎不为人知,后一个早已牢牢钤在你的骨头上。给你恶谥的人真是狠啊。

是谁发明了谥法?要用一两个字的谥号,对一个人的一生做一个概括性评价,这太难了。谥法却偏要去做,用谥号给皇帝盖棺论定。谥法初起时,只有"美谥"(如文、武、明、睿、康、景、庄等)、"平谥"(如怀、悼、哀、闵、殇等),并没有"恶谥"。恶谥源自西周共和行政以后,周厉王因其暴政而被谥为"厉"。恶谥代表明显的批评和否定,如厉、灵、炀等都是。由于恶谥是对死者的贬损,令人反感,所以北宋做出规定,不立恶谥,只作美谥、平谥。

你真倒霉,得了个恶谥。而且,你得恶谥,仿佛是一个玩笑——由你送出,复归于你。当初你灭掉陈朝后,给陈后主陈叔宝上了个谥号,就叫"炀帝"。这难道只是报应吗?

你在江都宫被勒死后,留守东都洛阳的殷达等七大臣拥立你的孙子杨侗为帝。杨侗在大业十四年(618)四月为你进庙号"世祖",上谥号"明帝"。可是,五年后,杨侗被王世充鸩死,杨家的隋朝彻底灭亡了,杨侗为你上的谥号当然也就不算数了。

你的姨表兄李渊大业十三年五月在太原起事,十一月废你为太上皇,立你十三岁的孙子杨侑为帝。次年五月,李渊得知你已被杀,立即废掉杨侑,自立为帝。九月,李渊为你改谥号为"炀帝"。李渊真狠啊,把你送给陈后主的谥号反过来送给了你自己,他对你这个表弟实在羞辱和贬低到无以复加了。

唐贞观三年(629),魏征在李世民的授意下,重新撰写《隋书》。虽然你的"明帝"谥号在前,"炀帝"谥号在后,都是由身披皇袍的人钦定;虽然两个谥号一在东都洛阳,一在西京长安,两地同时并用了五年;但是,魏征是李世民指派的唐朝官员,他当然采用李渊的说法,用"炀帝"这一谥号给你写了《炀帝本纪》。从此,你几乎不再叫杨广,而成了受了黥刑般的"隋炀帝",你被牢牢钉在历史的耻辱柱上遗臭千年。

为你上"明帝"谥号的杨侗是你的孙子,褒你自然会出于感情因素;为你立"炀帝"谥号的李渊虽然是你的表兄,却是夺你江山的政敌,也就不会不发泄怨恨。这样带有恩怨情仇的谥号,无疑都不可能准确地概括和定性你的一生。

谁有资格确立谥号? 翻检历史,十分清楚,所谓"正史"都是胜利者所写,胜利者嘴大,历史就是胜利者的历史。在这里,客观公平常常只是侈论奢谈。因此,相信所谓盖棺论定,不是失之片面,就是失之幼稚。

谁书写了你的历史

千年以后,一个饱受冤屈的名人说,好在历史是人民写的。然而,读遍封建皇朝的历史，是不可能得出如此结论的。从史书对你的记录中，人们足以看到捏造和篡改历史的可怕。

李世民胜利了，于是他的人生传记可以由自己来写了；你失败了，你的人生传记只能由你的敌人去写。于是，他成了后世人人敬仰的英明君主，你成了遭万世人唾骂的亡国暴君；他成了一尊巍峨的神像，你成了一个下作的小鬼。

对魏征，你应该十分了解。你无论如何不会预料到他将来会有写你历史的权利吧？当然谁都知道，魏征的背后，站着的是你既是表侄还是女婿的李世民。

魏征长得那么丑陋，心地也差不多和长相一样丑陋，可他竟给后世留下了作为谏官的正面形象，历史怎么总是开这样的大玩笑？

幼年聪明好学的魏征，因为相貌丑陋，却性格倔强，被父亲认为难以入仕，即使做官也会顶撞犯上，有杀身之虞，因而送他出家当了道童。但魏征偏要出人头地，勤学不辍。大业十二年，他进京求官，你因他貌丑，未加重用，只让他到武当郡了一个文职官员。他为此怨恨在心，决心造反。

造反就造反，人总要讲忠义信用，反复无常只能是小人行为。他先是鼓动元宝藏造反，元失败后他投靠杨玄感的军师李密，李密被王世充打败后，他又去投奔已经攻占长安的李渊。李渊见他相貌丑陋，也不用他，他憋着一肚子气去投靠与李渊为敌的李密部将徐世勣。宇文化及杀死皇帝北上后，他又投奔了宇文氏。宇文氏被窦建德俘虏，他又投靠了窦。他和窦一起被李世民俘虏，他又投降了李建成。他屡次劝李建成杀死弟弟李世民，未被采纳。玄武门之变后，魏征第二次被李世民捉住，倒也临死不惧，刀架在脖子上还敢直言，被留下当了谏官。就是这个为了造隋反而前后投了九个主子的魏征，被李世民用来重写隋史，他还能不尊奉皇命并夹带私货吗？

形容你的罪恶，有一则尽人皆知的名句，这句话出自李密的造反檄文——"罄南山之竹，书罪未穷；决东海之波，流恶难尽。"这个发布檄文的李密，是一个什么样的人呢？他参与杨玄感造反，失败后死里逃生，投奔翟让的瓦岗军，却杀死翟让夺取兵权，后又被越王杨侗招抚，在被王世充击败后，便率残部投降李唐,没多久又叛唐自立,最终被斩杀。这样一个反复无常的小人,喊出的这样一则口号式"名句",其煽动性自不待言,然而竟也能成为对你盖棺论定的证据,称得上是滑稽加荒唐。

然而,所有这些,你已无法作半点辩解。这就是所谓历史的无情吗?难道历史真的成了某些胜利者的文字游戏?谁又能最终拨开历史的迷雾?

明君、昏君与暴君

穿越时空的隧道,人们越来越看到,与你最可比的皇帝,是你的姨侄李世民。

你们同是皇子,同是弑兄杀弟上位,同样平定天下,开拓疆土,建功立业,同样爱好文学,诗文传世……只是,李世民比你更为凶残,他杀死兄弟四人、叔父一人、侄子四人。在弑父一事上,很多人怀疑是后人对你的诬陷,因为所谓仁寿宫事件漏洞百出;而李世民逼父下台后,将其囚禁至死,则是铁的事实。你被说成沉迷美色,连等父亲死了也来不及就要烝淫陈夫人,至于是真是假成为一笔糊涂账。而李世民杀了弟弟李元吉后将漂亮弟媳妇收归己有,杀了堂弟李瑗后也将漂亮的堂弟媳妇同样收归己有,仿佛名正言顺。

按理说,你们都是丑闻百出,却在所谓的历史上结论迥异。唐太宗是明主,隋炀帝是暴君,成为历史常识。这正应了那句俗语,胜者王侯败者贼,成功者功绩比山高,恩情比海深,失败者一无是处,狗屎不如。

说你残暴,其实并不冤枉,历史上有几个皇帝不残暴?然而你又在很多时候姑息小人,表现出妇人之仁。

你早就了解姨表兄李渊是个酒色之徒,他多次装病不上早朝,东征高丽时你却让他督运粮草,结果误了大事;杨玄感造反时,他又坐阵不剿,致使贼势猖獗,而你却一再心慈手软没有杀他,留下祸患。

宇文化及和宇文智及兄弟,完全就是市井无赖,后来竟与突厥私市,按律当斩,兄弟二人已被绑至法场,就要砍头。你却念及他们的父亲宇文述临死前的请求,把他们放了,这是放虎归山。非但如此,你还一反常规任命宇文化及为右屯卫将军,任命宇文智及为将作少监,成为近卫军的头领,这纯属养虎遗患。

你纵容李渊，他最先起兵造反。你对姨兄有情，他对姨弟不义。你刀下释放宇文兄弟，他们却把绞索套上你的脖子。如果你是过于自信，那你可谓狂妄颠顶；如果你是迷恋亲情旧恩，那你是用人不察，自践法制，身死国亡也是咎由自取。

你在位十四年，大赦十次，蠲除赋税四次，豁免徭役八次，这在中国历史上任何皇帝都没有做到过。可是，李世民却说，他不轻易大赦，"民不畏罪，乱之兴也"。

你是历史上帝王中屈指可数的诗文大家，留下千古绝唱。可是，李世民说，梁武帝、陈后主、隋炀帝皆有文集行于世，"何救于亡"？

你开运河，建大仓，固一统，却被说成只顾巡游，乘龙舟，看琼花，玩美女。人们不多思考，听信夸大传言。说你的龙舟长二百丈，那就是六百多米，比航空母舰长得多，这样的大船能在运河里航行吗？说你下扬州看琼花，可是所谓琼花当时还没有任何记载，这不是关公战秦琼式的移花接木吗？

你为防御外敌，修长城，筑驰道，后世却只说燕赵长城、秦长城、汉长城、明长城，而对一千多里的隋长城几乎不提。

李世民励精图治，留下了贞观之治的美名。而你的隋朝留下大量财富，"天下储积可供五十年"，史书上却没有大业之盛之类的说法。"大业"，是你按照父皇遗诏所嘱，为表示自己治国雄心而设立的年号。按理说，只要稍有理智，就不会因为你的作恶多端、身死国亡，而全盘抹杀你的创业功绩。然而事实上，人们却在为这一简单道理而长期争论不休。

你到底算是暴君，算是昏君，还是明君呢？

你开创大业，修东都、开运河、拓疆土、修长城、行科举，做了这么些功在当代利在千秋的大事好事，你还不是明君吗？

你恃才傲物，有才无德，自我膨胀，视百姓如蝼蚁，杀人如游戏；你为了征高丽，实现自己的政治抱负，不顾百姓死活，任性妄为，把国家和人民一起拖进灾难深渊，你还不是暴君吗？

你的暴政导致民怨沸腾,面对义军蜂起,你不思悔改,浑浑噩噩,酗酒淫乐,自暴自弃,坐以待毙,最终国破身亡,你还不是昏君吗?

所以有人说,你是一个有魅力的皇帝,一个有功业的皇帝,一个有重大道德缺陷的皇帝,可谓恰如其分。

你的光芒照亮了谁

世界潮流,浩浩荡荡,顺之者昌,逆之者亡,自古而然,永远不会改变。千头万绪,归根到底,你的罪过在于迷信皇权,滥用民力,视民如草芥。你的"名言"是:"天下人不欲多,多即相聚为盗耳。不尽加诛,无以惩后。"奉行这一"名言"的后果,一是你自取灭亡,二是给你的聪明的姨侄以启发,让他说出了意思完全相反的名言:"为君之道,必须先存百姓。若损百姓以奉其身,犹割股以啖腹,腹饱而身毙。"这无疑就是说的你呀,你不就是"腹饱而身毙"的典型吗?

人们说你顶了一个"炀帝"的谥号确实有点冤,说你千年以来被人唾骂,被泼污水,确实有点冤。然而,这样说就等于要为你鸣冤叫屈,等于要为你翻案吗?为什么不少人的历史观总是非此即彼,只有两极?平民百姓既相信所谓正史,更对野史津津乐道,他们宁可相信定论、官方、权威,也不会轻易使用自己怀疑的权利。让所有历史人物回归真实,难道真就这么难吗?"文化大革命"中孔子、周公、秦始皇、曹操、宋江等一大串历史人物的褒贬毁誉,说明了什么?历史人物被当政者利用,被反复贴标签的时代应该过去了。

我在一个十分重要的场合,引用过一位历史研究者的话,他说即使任何人骂你,扬州人不应该骂你,因为你给扬州带来了很多好处。媒体三裁两剪,让人们听到的是从我的嘴里说出了"扬州人不应该骂隋炀帝"这句话,令我尝到了断章取义的厉害。事实上我基本上不同意这一说法。评价一个涉及全中国人民利益的历史人物,怎么可以出于一个城市的私利呢?极端地举例,如果一个皇帝在全国滥杀无辜,只是对一个村庄网开一面手下留情,那么这个村庄的人就应该不骂这个皇帝?这是典型的历史自私,已经站到反人类的立场上去了。在我看来,你是皇帝,功就是功,过就是过,不能只从为扬州留下了什么而夸大或缩小。该赞的就应热情地赞,该骂的就得无情地骂,不管对谁,都是一视同仁,这才合乎起码的史学道德良心。

你的宿敌留下了名言:"以铜为镜,可以正衣冠;以古为镜,可以知兴替;以人为镜,可以明得失。"你这颗流星光焰万丈。你照亮了谁?最直接的,你照亮了李世民,训诫了你这位姨侄,造就了贞观之治的辉煌。你还照亮了谁?殷鉴不远,隋鉴更近。皇朝相继,都是流星,谁真的见过千秋万代,万寿无疆?

或许,你不只是流星。你也许是一颗行星,比如启明星。

(2014 年)

不老的大河

这些年,年岁渐长,马齿徒增,偶尔就会涉及关于老的话题。有一个几年不见的朋友,再次相遇,大大惊异于我头发的大幅度荒芜与花白,并为此几番感叹,足见印象之强烈。人之叹老,是永恒的话题。

我喜欢联想。老家一位堂叔父,饱经沧桑,已经将近百岁。我每次去看望他,就会有很多联想。比如,因为我居住的城市很古老,我就会联想这座城;因为这座城与一条河同生共长,我当然也就联想到这条河。

这条河最初叫邗沟,很古老,快要两千五百岁了。扬州城的市民都以拥有古老的邗沟而自豪,因为它在中国乃至世界独一无二,令人自豪理所当然。然而,每次当我面对快满百岁的叔父,就觉得邗沟并不是太老。心中想,假若以一个个百岁老人的人生来作接力,那么,两千五百年,不也就只是二十五个人的一生相加吗?那么,古老的运河边,从古到今,也只不过是站着排成一列的二十五个百岁老人啊。

这时候,我便会依稀看见一列飘忽的身影和一串飞扬的神采:夫差、刘濞、谢安、陈登、杨广、齐浣、陈瑄、靳辅、玄烨、嵇曾筠、张謇……事实上,我行走于扬州大地,漫游踏访,自由遐想,常常会与他们相遇。

当我去到黄金坝,走在邗沟故道边,就会遇上夫差,是他"城邗,沟通江淮",开启了扬州城的历史;当我去到茱萸湾以东一线,就会遇上刘濞,他开通的运盐河至今犹在;当我到了邵伯,就会遇上谢安,是他构筑了邵伯埭……再有,陈登穿沟,将邗沟裁弯取直;杨广发淮南民夫十余万开挖邗沟(山阳渎),又开通了千里南北大运河,惊世骇俗;齐浣开掘了伊娄河,也就是扬州城南到瓜洲的这段至今仍在流淌的运河,他在河上建造的二斗门船闸,比意大利伯豆河上的船闸早了七百多年;陈瑄开淮安河渠引湖入淮,开扬州白塔河直通大江,筑高邮、宝应、氾光、白马诸湖长堤作为纤道;靳辅高瞻远瞩治理水患,构筑运河大堤,使河海安澜,漕运大通;康熙帝玄烨为兴水利、治漕运可谓殚精竭虑,南巡时亲自乘坐小船测量水情;嵇曾筠和嵇璜,为治理水患父子接力,继往开来,令乾隆皇帝大为称赞;张謇以后半生的主要精力从事导淮,策划了"江海分流""七分入江,三分入海"的创举……

或许,在一些人眼中,这一个个古时人物,无非是留在风雨驳蚀的石头上的一群模糊形象,或是残缺泛黄的纸页间的几点缥缈痕迹。其实绝非如此。只要我们循着运河水远远地回望,就会知道,如果没有他们,我们的城市乡村,我们的平原沃土,我们的黎民百姓,我们的前后左右,都会是另一番景象。

为什么千年运河没有断流,成为至今流淌着的活态文化遗产?正是因为有了一代代人的千年接力。历代的官府和民众,都对运河的开挖、疏浚、治理作过诸多努力,才使运河水千年不断。正因为有了一代代人的付出和牺牲,我们才能行走在固若金汤的运河大堤,才能目睹河上航船穿梭来往,才能让淮河洪水驯服温顺并收放自如,才能让运河之水旱时灌溉千顷良田涝时尽快归江入海,才能在河边的城市和村镇安居乐业,繁衍生息……正是有了所有这些,也才有了如今纵贯数十个城市的、声势浩大的大运河保护与申遗工程。

"后之视今,亦犹今之视昔。"后人所做的,常常只是前人事业的延续。如果一项有意义的事情,在某一代人的手中断档失传,这一代人就理所当然地成为既愧对先人又愧对后人的反面教材。是的,所谓的伟业,常常不过是十分简单的字眼:延续,传承,接力。

"不尽邗沟水,微茫日夜流。"不知多少次,我独自梦游般地走向运河边,望着那日夜奔流不息的河水,若有所思。

运河,不老的河。你奔流千年,如今正一步步走向世界文化遗产名录,走向人类文明的丰碑。我的脸上在为你微笑,我的心中在为你放歌。

我深知,每一个个体,在宇宙天地间是多么渺小。余生也晚,我才在运河边生活了几年?风已经吹皱了我的额头,霜已经染白了我的双鬓。然而,我却能在跨进二十一世纪的大门之后,亲历了大运河保护与申报世界文化遗产的辉煌年月,岂非三生有幸!

运河不老,是因为人类不老啊。于是,面对滔滔运河水,我会轻轻地询问自己:你既有幸生活在这条永远不会老的大河的怀抱,还能为它做点什么呢?

(2012 年)

东西南北宜居城

我来扬州二十六年，住过三处地方，不久就要搬第四处了。

初到扬州，住在城北蜀冈脚下。我曾在《平山堂印象》一文中写道："我的住所在平山堂南约一千米的地方。我住在三楼，每日出门，稍一抬头，平山堂便远远地跃入眼帘。我几乎每天都要往那群气势不凡的建筑动心地望上几眼，仿佛它们能给我什么慰勉，给我什么力量似的。"

这块地方当时是标准的乡下。我清楚地记得，有一块写着"扬州"的界牌，立在如今念四北路的瘦西湖新天地旁边。我和同事骑车进城，每到此处，都要故意振一振衣衫，笑着提醒："进城了。"

曾几何时，我旧日的寓所不见了，如今那里是一处环境优美的培训中心。与之紧临，正在建设名动扬城的顶级别墅区——唐郡。

一九八九年，我所在的单位在通泗街置办了十几套房子。领导一番研究过后，我分得一套六十八平方米的住房。虽在六层顶楼，领导也勉励我譬如锻炼身体，其实我很满意，因为这套房子"麻雀虽小，五脏俱全"，还是"三室一厅"，三口之家，互不干扰，各得其所。我为此还特意取了个笔名，叫"陆留仁"（六楼人），以示自得。

我的新居地处闹市而不喧嚣，生活和交通都很方便，为此引来不少羡慕和妒忌。在北京工作的三哥当时三代同堂，居室逼仄，看了我的新居，羡慕得回家向老母亲"告状"："虎华在扬州住了一处大房子！"确实，当时普遍住得不够宽敞的朋友们，对我的住处没有不艳羡的。

此后，恰似雨后春笋，一片片住宅小区在扬州城拔地而起。我们一家都很好静，渐渐对西北部念四桥边的楼群日益向往。可是，只是向往而已，因为我们囊中羞涩，积蓄可怜。

世事难料，好梦居然成真。我们搭上了房改的末班车，住进了念四三村。事情还有些阴差阳错，起初分给我的住房在东关街282号内，这里原来是一位盐商尚未建成的宅院，颇有根基。一九五二年在此设立苏北治淮总指挥部，专家云集，门庭若市，盛极一时。我当时也很高兴，因为能与武当行宫的巍峨大殿，以及三株历尽人间沧桑、枝若虬龙的古银杏为邻。但我最终还是与大殿和古银杏擦肩而过，因那套房子内有工作人员暂住，无法腾空，我于是购得了念四三村的一处住所。

"二十四桥明月夜，玉人何处教吹箫？""念桥边红药，年年知为谁生？"能在念四桥边居住，那是何等福分！为此，我又特意取了个笔名，叫"年思克"（念四客），以表达心中的欣喜得意。

搬家后，我太太说，这下安定了，一辈子也不要动了。我说，未必。目睹房产的发展变化，我断言，我们再也不会像过去的人常常安营扎寨几十年，最多十年就会搬一次家。我太太不同意，认为不可能。

然而，刚过去五年，事实就证明我的说法已属保守。

事情还是得从我的三哥说起。三哥在北京工作，思乡心切，常回南方老家。我于是向他建议，在扬州买一套房子吧，退休后两边住住，来去有直达列车，方便自由。经不住我几次鼓动，三哥三嫂动了心，说是先来看看再定。

那天，他们下了火车，立即对西区的环境赞不绝口。到富春酒楼吃过早点，再在西区转了一圈，他们立即做出决定：在扬州买房子！不但如此，他们又怂恿我们和他们一起买，在扬州做邻居。我们当时手头并不宽裕，但经不起兄弟为邻的鼓动，更经不起西区绝佳环境的诱惑，何况三哥三嫂还主动提出借给我们部分资金，令我们十分感动，于是立即决定响应他们的建议。

后来，三哥三嫂好几次说，真得感谢我们，房价一下子涨了好多，他们赚钱了。我立即回应说，我们互相感谢吧，因为我们也因为他们的"反建议"加上资金扶持而赚了钱。其实，我们都知道，我们更应当共同感谢，感谢扬州成熟的住房市场，感谢扬州优美的居住环境。

我们弟兄俩的新居，又一次引得其他兄弟的称赞和羡慕。四哥出于他自己在南京买房的切身体会，看了我们的房子后，竟说出了"天下无房"的过头话，足见他对扬州西区环境的高度肯定。我兴奋之余，又在心中为自己取了个笔名，叫"金华仙"（京华仙），足见对未来生活的期许。

时常会听到人们在议论，扬州城东南西北中，到底住在哪里最好？有一则广告词说，"扬州向南我向南"，很有创意。我则看到了这则广告所衍生的普适意义。不是吗，扬州城不仅仅是在向南，同时也在向东，向西，向北——南有开发区，东有广陵新城，西有新城西区，北有江阳新区。那么，照此推理，这则广告的普适意义完全成立：东西南北，处处宜居，悉听所好，各得其所。

不过，日常生活中，我们常常会犯"己所不欲，强加于人"的错误，居住问题上同样如此。曾经听到一位热爱老城区的老者，几乎是斩钉截铁地说："西区的房子，送我一套我也不要！"他是一位可爱的长者，一直令我尊重，可是他这样的执着却让我无法接受。我开玩笑说："你放心，没有人会送给你。"其实，我很想说，扬州城不管哪里的房子我都喜欢，只要有人送我，我都会一概笑纳，只是同样没有人送给我。

一座古老而优美的城市，理当有多个不同文化、不同风格、不同环境的区域，理当有不同年龄、不同喜好、不同传统、不同风习的人群各自热爱的区域，这才是和谐宜居，这才是至善至美。扬州正在走向这样的完美，正在日益成为一座东西南北都宜居的魅力之城。

（2008年）

南山吟

面对敬重的人物,讲话便会嗫嚅。面对心仪的所在,写文章便会踟蹰。这是我的性格,也是我面对镇江南山的心理。

扬州没有山。到了南山,便有人说,多好的山,要是能将它任何一角搬到扬州,都会被奉为至宝。这种想法有些可爱,但却又近乎虚妄与贪婪。造物者的造化与恩赐,即使厚此薄彼,又岂能改变。事实上,扬州人已经做了不少掠美之事,将人家的好景搬来据为己有。从杭州搬来的叫瘦西湖,从南京搬来的叫小秦淮河,从镇江搬来的叫小金山。总不能再搬一座小南山吧,过分了。南山既然这么好,它并不遥远,为什么不径自去游,偏要搬来扬州呢?

因此我去南山,一而再,再而三,不嫌重复。我知道,我还会再去。一再去却不敢轻易写下什么,我对南山就是这样的敬重与心仪。

文为心声。南山在我的心上留下的是什么呢?

南山是竹林寺的幽眇。

石坊上慈舟大师题写的四个字是"竹林幽眇"。这绝不是像一些人所理解的,只是说此处非常幽静。幽眇之意,在于精深微妙,个中蕴涵,全凭各人所悟。

完全掩藏于南山竹涛中的竹林寺,是个地偏心远的所在。"结庐在人境,而无车马喧。"我辈凡夫,自然不能望陶公之项背。但我想,陶渊明也绝不可能将草庐建在六车道的马路旁。此南山虽彼南山,但相信"城市山林"对于现代人,较之于对南山对于陶渊明,一定更为难得。摩登时代,寸土寸金,地偏已然难得;灯红酒绿,心远谈何容易。

竹林寺有这样一副对联:"梵远惊天籁,钟清趁籁音。"我不知道,有多少人能在古刹钟磬的袅袅余音里，还能听到竹笋的一片片皮壳掉落地上的声响。世外桃源不知何处，此处可谓世外竹林罢。

南山是招隐寺的浩博。

"读书人去留萧寺，招隐山空忆戴公。"戴颙不求仕禄，却以遍游名山大川为快事，任凭宋武帝怎么招请，他也始终拒绝。南山的风景，在他心中至高无上。昭明太子最终选中南山招隐寺定居，筑读书台，建增华阁，其行为本身就是对戴颙的一种评定。他竟然将东宫藏书三万余卷移至读书台，历时十年编订《昭明文选》。在他的心中，做皇帝虽然尊荣之极，但人生一世，草木一秋，只有灿烂华章才是千古之事。百年千年，永远会有人阅读妙文，追念作者。所以他宁可不做皇帝，也一定要在文学上做出不朽贡献。

萧统用三十一岁的短命，换得一部《昭明文选》，究竟值不值？问南山，南山默默不语。太子的雕像坐着，仿佛在说，别问我值不值，如果我认为不值，我怎么会选中南山。太子和南山一起在问每个游人：你自己认为值还是不值？

南山是文苑的哲理智慧。

文苑虽是新建，却名副其实。正门两边有茗山大师题写的《文心雕龙·指瑕》篇中的名句："丹青初炳而后渝，文章岁久而弥光。"道理并不深奥。一幅好的图画，起初色彩非常鲜明，时间久了，就会暗淡下去；一篇好的文章，越是经过时间的考验，越是能放射出灿灿光华。

刘勰画像两边，引用西晋文学家陆机《文赋》中的名句："抱景咸叩，怀向毕弹。"意思是，不要急于把浮上心头的心思匆忙写下，应该经过反复推敲，就像试弹每一根琴弦，找出最美妙的音色一样，用最准确的语词表达文义。

这仅仅是说的写文章的道理吗？

一定有人会说，游玩就是游玩，何必弄来如此沉重的话题，岂不自寻烦恼。是这样，历朝历代，总会有一群异类，不肯放下自作自受的重轭，我行我素，根本不在乎别人怎么说。

当然，南山也是休闲的山，烧烤的山，吸氧的山。但我想来想去，南山还是戴颙的隐居之山，萧统的文选之山，米芾的"城市山林"。

来这样的地方,应该是三种情形,一是背着行囊独游,二是伴着最好的朋友,三是携着最爱的伴侣。因为我的自言自语,我和朋友的海阔天空,我与爱人口与心的交流,南山一定都会懂得,并乐意接纳。

　　我对镇江城的方向一直不能弄准。到南山,这一次觉得朝南,下一次会觉得是面北,这让我感到很是奇妙。如果在城里,我会因走错路而焦躁抱怨;而在南山,不管方向错成怎样,却又永远不会迷路。心地因而十分坦然,胸中永远只会有那份超凡脱俗的恬静。

(2006 年)

谒陈独秀墓

我到过的地方不算多，但早就注意到一个细节，那就是如果在许多地方总是遇到同一个人的行迹与事迹，那么这个人一定是个对历史有过重大影响的人。陈独秀在我的印象中就是这样的一个人。仅我所到过的几个大一点的地方，比如北京、上海、南京、武汉等，总免不了一再撞见他的身影。安庆当然算不上是什么大地方，但和陈独秀却更密不可分，因为他不仅生于斯，长于斯，而且葬于斯。许久以来，安庆在我心目的印象，除了它曾经是安徽省的省会之外，恐怕就是陈独秀的故乡与归宿之地了。因而此番去安庆，拜谒陈独秀墓虽是题中应有之义，在我却不失为愿望中的一个头等大事。

汽车出了城北，沿着一条不宽的柏油马路行驶着。我早已从一本书上得知，这条七米宽的路是八年前五四运动七十周年前夕修建的，此前通往墓地的一直是一条狭窄的泥路。这条小有起伏的马路在万木葱茏的一片翠绿中蜿蜒，把我引向那个心仪已久的所在。

尽管汽车是沿着既定的路线，驶向既定的目标，但我更愿意将这种既定的投奔看作一次刻意的追寻。追寻什么呢？我是颇教过一段时间历史课的，陈独秀这个名字在我的口中说出过恐不下千万次，然而我知道我尚没有真正弄清楚这个人一生的十之一二，远远没有。不过仅我所知道的，就足够我回味大半辈子了。

陈庆同是谁？恐怕全中国也没有多少人能认识。一个人以笔名著称于世而使人们反倒不知道他的本名，这样的人自然不是很多，陈独秀算是一个。安庆有座独秀山，到底是山因人名还是人因山名，竟有许多人都不明白。据传，五十年代毛泽东坐轮船驶过安庆，问左右道："先有陈独秀，才有独秀山，还是先有独秀山，才有陈独秀？"左右竟一时答不上来。其实安庆城西南的独秀山早已有之,三十五岁的陈庆同(字仲甫)为了表示对故乡的怀念而用了"独秀山民"作笔名,后来舍去"山民"只用"独秀"二字。不料这一用,非但竟至连陈庆同的本名都差不多丢失了,而且还造成了一些人以为他用"一枝独秀"之意以示自命不凡的误会。其实此前的陈庆同中过秀才,四次去过日本留学,参与过暗杀清朝大官的密谋,做过辛亥革命中权重一时的安徽都督府秘书长,袁世凯复辟后被通缉而再次亡命日本时"穷得只有件汗衫,其中无数虱子"。这些在"陈独秀"三个字还没出世前的事迹,知道的人并不多,此后陈独秀创办《新青年》,就是人所共知的了。

历史似乎很有些魔力,比如它可以在相当长的时期里让相当多的人不认识或者扭曲地认识一个人或一件事,这在我们这个历史悠久的国度里应该说是毫不新鲜的。就拿我们这一代人来说,在很长时间里只知道陈独秀是一个右倾投降主义者。当初我太太有一位高中同学,母亲的名字与陈独秀一字之差,便顺理成章地成了"陈独秀"的女儿,受尽奚落。我们许多人都知道李大钊是革命先烈,却很少知道有"南陈(独秀)北李(大钊)"的说法。而早在八十年前《新青年》风靡一时的日子里,青年中就流传着这样一首小诗了:"南陈北李,两大星辰;漫漫长夜,吾辈仰承。"直到我八十年代看书备课,才知道毛泽东早在一九三六年就说过:胡适和陈独秀"一时成了我的楷模"。一九四二年说过:"陈独秀是五四运动的总司令。"一九四五年又说:"他创造了党,有功劳。"于是我在课堂上将这些话照本宣科,居然也还有不少人觉得新鲜。"文化大革命"过去二十多年了,但我不知道有多少人弄清了对陈独秀的重新评价。

在我的胡思乱想之间,陈独秀墓到了。规模比想象中的小一些,简洁,干净,平凡。四周松青杉翠,幽雅寂静。清风过处,林涛阵阵,如泣如诉。墓碑上只有五个字:"陈独秀之墓。"我知道原先墓前是有华表的,却不知道是何人所立,又是何人所毁。环顾之间忽然设想,如果撤去墓碑,大概人们既不会猜测这是一个平民的墓地,更不会想到这是连任了五届中央总书记的人物的墓地。这本身就是极富意味的,就很能让人想一想安眠地下的这位从秀才到总书记,又从总书记到平民的主角那富有悲剧意味的坎坷一生。

关于陈独秀的话题太多了，他的功绩，他的错误，他的学术，他的政见，他的沉浮，他的个性，他的骨气，等等。别的不提，单说他的骨气，就足以令人景仰了。

陈独秀自始至终没有放弃对真理的追求，虽然在这种追求中难免失误。尽管陈独秀因组织"反对派"而被开除出中国共产党，蒋介石还是在一九三二年十月以"危害国民罪"逮捕了他，并判处有期徒刑八年。狱中的陈独秀充分表现出了他的铮铮铁骨，他的斗争令敌人胆寒。他拒绝修改辩护词，拒绝劝降，拒绝写悔过书，相反写诗言志，痛骂蒋介石，最终被宣布无罪释放。出狱后当胡适试图劝他进入国民党的"国防参政会"时，他坚决地说："蒋介石杀了我许多同志，还杀了我两个儿子，我和他不共戴天！"但他绝不是一个单凭仇怨处事的人，他又说："现在大敌当前，国共二次合作，既然国家需要他合作抗日，我不反对他就是了。"

不吃嗟来之食在陈独秀的一生中有过多次表现，他是一个真正的"贫贱不能移"的人。诚然，也许正是他的倔强个性造成了他早年的错误和晚年的悲剧。要他认错看来是不容易的。他出狱后，董必武曾奉中央之命去访问过他，董劝他说："应以国家民族为重，抛弃固执和偏见，写一个书面检讨，回党工作。"陈独秀说："回党工作，固我所愿，惟书面检讨，碍难遵命。"就在一个多月前，我还在一篇文章中看到，一九三八年陈独秀避居江津以后，周恩来也专程从重庆去看过他。此时的陈独秀贫病交加，对周的探访自是十分感动。周对他说："希望你抛弃个人成见，向中央写出个人的书面检查，争取回党工作吧。毛泽东同志和中央其他同志，都希望您去延安工作。"陈独秀说："回党工作，亦为我所愿，不过这书面检查，一时从何说起。"一生特立独行的陈独秀为人之固执，由此可见一斑。

在墓地附近的一处简易的陈独秀事迹展里，看到了陈独秀一九三五年在狱中书赠刘海粟的一副对联："行无愧怍心常坦，身处艰难气若虹。"我们固然可以从中看出他身陷囹圄时的从容心态，推而广之，这难道不是他一生六十四年中的惯常人生态度吗？我以为，左右着舆论对一个人生前身后的毁誉褒贬的，相当大的成分取决于这个人的人格因素。陈独秀是具有震撼人心的人格力量的,这决定了他将会在中国的历史上活得十分长久。

一进入墓地的时候,我就对那块"安庆市文物保护单位"的碑牌表现出一己的敏感:怎么陈独秀墓只是一个市级文物保护单位?陪同拜谒的李先生是安庆市党史学会会长和安徽省陈独秀研究会副会长,他随即介绍说,确实很不相称,这次已上报国家级文物保护单位,只是国务院尚未批下来。李会长还说,安庆市政府已拟议拨出上千亩山地,辟为陈独秀墓园,打算将陈墓迁至更高的山头上,只是与陈的后人还没有商妥。

我感到欣慰,因为与我有相同想法的人看来不在少数,要不然就不会有扩大墓园的事了。至于迁墓,当初(一九四七年)陈独秀的三子陈松年千里迢迢将父亲的棺木从四川江津迁至家乡,以遂其叶落归根之遗愿,如今为了政府的总体建设规划,再迁个几百米,料想独秀本人不会有何怨怼吧?我只是在想,如果说现今的独秀墓地过于窄小简陋,给前来拜谒的人留下的回味空间太小的话,那么,上千亩的墓园似乎又太过空旷了,恐怕很难有多少人能面对偌大的地盘而不留下思想的空白。同时,对一生清贫简朴的前总书记来说,让他独居如此之大的山林也太铺张了吧?或者说,他会不会因为家园过大而感到寂寞和孤独呢?

(1997年)

独行千里拜东坡

有一些埋藏已久的愿望，常常能够在一念之间痛下决心后很顺利地去实现。去河南郏县拜谒苏东坡的夙愿，就在这样的情形下实现了。

正月初三晚上，在寒冷中静静坐在灯下，忽然觉得应该出去走走。进城几十年，已经与拜年的民俗彻底告别了。给谁拜年呢？仿佛神示，瞬间就做出决定：去给东坡先生拜年。从扬州驾车到郏县，百度地图显示单程有七百余公里，有三天时间足够了。次日清早，独自驾车上路，开始了轻松愉快而又庄严肃穆的千里投奔。

苏东坡一生坎坷，宦海浮沉，最终为何选择郏县为归葬之地？在我心中一直是一道无解的题。他死在常州，既没有葬在那里，也没有归葬四川眉山祖茔，而是北行千里，以郏县为最后归宿，成为千古之谜。流行的说法固然有理，却总觉得未免牵强。我明明知道，即使去实地拜谒，也不可能找到答案，但我宁愿让这一谜团对我有更大更深的诱惑。

苏轼墓坐落在郏县茨芭乡，此地宋时属汝州郏城，因苏轼、苏辙兄弟葬此，因名苏坟村。苏墓地处许（昌）洛（阳）古道上的小峨眉山麓，背依嵩山奇峰，面对汝水旷川，景色绝佳。据郏县县志记载，东坡生前多次路过此地，见这里山清水秀，景色宜人，"形似类其乡"，遂生终老于此的愿望。他在常州临终前，给弟弟苏辙写信说："即死，葬我于嵩山下，子为我铭。"次年，苏辙和苏轼的幼子苏过一起，将东坡移葬于此。苏辙与哥哥手足情深，死后葬在苏轼身边，这里遂被称为"二苏坟"。元代至正年间，郏县县尹杨允在苏氏兄弟两座坟墓之间建造了其父苏洵的衣冠冢，自此，此处称为"三苏坟"。我想，很多人都不知道苏轼兄弟葬于此地，或许正反证了此事颇为蹊跷？

入三苏坟园，一看到"青山玉瘗"牌坊上的楹联，便因心中大动而停足伫立。"是处青山可埋骨,他年夜雨独伤神。"很多人都知道这首《狱中寄子由》的背景。当初,苏轼因"乌台诗案"被关押在开封监狱,儿子苏迈每天送饭。父子二人约好,平时只送菜和肉,一旦有坏消息即送鱼,好让苏轼心中早有准备。某天,苏迈外出筹钱,让妻兄梁成送饭,梁不知原来的约定,送去了几条鱼。苏轼大惊,以为死期将至,就在惶恐匆忙间写下了这首诗:"圣主如天万物春,小臣愚暗自亡身。百年未了须还债,十口无家更累人。是处青山可埋骨,他年夜雨独伤神。与君今世为兄弟,更结来生未了因。"苏氏兄弟情同手足,有口皆碑,今世未了,来生再续,怎不令人动容。

古柏森森的墓园里,三苏墓的简朴既让我意外,又令我欣慰。墓冢由东北向西南呈一字形排列,苏洵墓居中,苏轼、苏辙墓分居左右。这就是我千里独行的目的地,深深鞠躬,良久流连,再三徘徊,一任心中的崇敬、肃穆和感动涌动与弥漫。

三苏坟给人留下印象最深的,莫过于茂密茁壮、参天蔽日的柏树,自古就有"苏坟柏树数不清"的说法。令人称奇的是,墓园里的柏树都齐刷刷向西南倾斜,仿佛舞台造型亮相。对这一未解之谜的解释,是流传已久的传说:这是苏轼、苏辙兄弟在日夜遥望四川眉山的故乡。此情此景,令我随即联想起屈原的诗句:"鸟飞反故乡兮,狐死必首丘。"都说草木无情,莫非冥冥之中真有一种神力,使草木也与人情共通?

据说,在"大炼钢铁"的年代,平顶山境内张良故居、元结故居等地的树林均被砍伐用于炼铁,但三苏园内的柏树一根未动。"文革"破"四旧",境内所有古迹几乎无一幸免,唯独三苏坟园内的一切包括树木都保存完好。郏县人为此十分自豪,也感叹三苏的巨大影响。依我看,其终极原因,是一种文化的敬畏与威严。如今,在这种敬畏与威严颇有些每下愈况的情形下,对三苏园的大肆包装又让我觉得颇为可疑。据介绍,为了"保护"三苏园,业已建成了六百八十亩的纪念园;在规划中,还将建设两万亩的"三苏大湿地公园"。走在宽阔冗长的全新景观道上,我的感觉就像拆去那些珍贵物品外的过度包装时的那种烦琐与靡费。所有这些,真的与你有关吗?东坡不语。

千年以来,对苏东坡的评价实在太多。逗留在苏公身边,我一时无法准确说出感想,心中只是蹦出几个不连贯的词语:浩然正气,不合时宜,才气超人,有趣可爱……"浩然正气,不依形而立,不恃力而行,不随死而亡矣。故在天为星辰,在地为河岳,幽则为鬼神,而明则复为人",而"不合时宜",正是东坡那坚韧执着性格的真实体现。由于才气超人,即使仕途坎坷,也不妨碍他激情喷发,终以诗文传世。官场上如此倒霉曲折,他却对生活热情不变,兴趣不减,留下这么多令人难以置信的发明创造。在林语堂先生眼中,苏东坡是一个这样的人:"一个不可救药的乐天派,一个伟大的人道主义者,一个百姓的朋友,一个大文豪,大书法家,创新的画家,造酒试验家,一个工程师,一个憎恨清教徒主义的人,一位瑜伽修行者,佛教徒,巨儒政治家,一个皇帝的秘书,酒仙,厚道的法官,一位在政治上专唱反调的人,一个月夜徘徊者,一个诗人,一个小丑……"善哉斯言。

千古一人,高山仰止。教科书人人都读,而历史在每个人心中,却有着迥然不同的版本。东坡先生,你能否告诉我,随着年龄和阅历的增长,在我心中的人物谱上,称得上千古一人的为什么越来越少?你默然无语。你若九泉有知,当能笑纳一位千里之外孤身一人赶来的新年拜谒者。我什么也没有带来,只有一颗虔诚的心;而我带走的,将是无穷的念想和不尽的回忆。

又是一个千里独行,我回到了扬州。眼中一切依旧,然而世界仿佛已大为不同。

(2013 年)

梅香如故

梅花岭上的蜡梅含苞欲放了。它们一定在无言中期待着一个人四百岁诞辰的来临。

诗人曾说：有的人死了，但他还活着。史可法已经活了四百年，他无疑将永远不会死去。史公早已不只是一个具体的历史过客，他成了一个象征，象征着一个民族的精魂。一个民族，一个国家，乃至整个人类，都是需要并具有一种精魂的。这种精魂是神圣的，不可亵渎。但也总会有人出于各种企图，对一些神圣的东西意欲不恭，这就难免遭千夫所指。这样的例子已屡见不鲜。关于岳飞、文天祥是不是民族英雄的风波，或许算得上是一个极致。我想眼下大概还不至于有什么必要向扬州人发问：史可法是不是民族英雄？

当清兵围攻，扬州城岌岌可危的时候，史可法严词拒绝并痛斥了总兵李栖凤、监兵副使高歧凤的出降阴谋，连夜赶往梅花岭举行誓师大会，激励士气。后来他在托付临终大事时说：我死，当葬梅花岭上。史公的遗愿有无寓意？是出于对梅岭誓师的交代，是由于愿与梅花岭畔李庭芝、姜才"双忠"之魂结伴，还是缘于要与岭上芳香高洁的梅花永远相随？

我想，当初史公也许不会料到，他所抗击的清朝，日后会为他隆重修建祠堂，皇帝会赐以"褒慰忠魂"的匾额。彼时，忠君即爱国，为忠君爱国而死，就是死得其所。时至今日，为国牺牲的口号，仍被每个民族和国家写在自己的旗帜上并高扬着。唯其如此，古往今来，那些在民族危厄、亡国灭种的时刻见风使舵、翻云覆雨、投降变节的人，总是无法得到世人的原宥，甚至也得不到新主子的真正信赖。史公或许更没有料到，岳飞、文天祥是不是民族英雄，如今在有些人那里竟也成了疑问。史公是有心还是无意，定要以梅花岭为冢,似乎颇具先见之明。无意苦争春,一任群芳妒。面对离奇的价值"多元",料史公在天之灵只能与岭上梅花一样默默无言。

作为一种人类的精神,史可法是永恒的。方苞的《左忠毅公逸事》曾让多少仁人志士热血沸腾。左光斗怒喝为恩师遭遇哭泣的史可法:老夫已矣,汝复轻身而昧大义,天下事谁可支持者!铁石肺肝的左光斗用自己的精神铸造了铁石肺肝的史可法,这是一种伟大的传承。史可法牺牲后,到处盛传史公未死,仍在率兵抗清,假借史可法名义举旗抗清的事件则接二连三。这是史公精神的传承。事实上,中国历史上这样的假托英雄名义抗暴的例子不胜枚举,都是这种一以贯之的精神传承。纵观古今中外人类发展史,缺乏这样的精神传承的民族和国家就等于缺乏希望。中华民族的灿烂文明中,像岳飞、文天祥、史可法等等英雄们的爱国精神的一脉相承与代代相传,无疑占据着重要地位。

爱国主义自然摒弃投降主义。全祖望在《梅花岭记》中讲了一则生动故事。与史可法形成鲜明对照的明末一号巨奸洪承畴,与被俘的吴中义军首领孙兆奎有一段精彩对话。洪问孙:你在军中,知不知道史可法是果真死了,还是活着?孙反问:你从北边来,知不知道在松山殉难的洪承畴是果真死了,还是活着?洪承畴狼狈不堪,恼羞成怒,急令斩杀孙兆奎。洪被清廷派到南京任招抚江南大学士时,有人写了一副对联:史册留芳,虽未灭奴犹可法;洪恩浩荡,未能报国反成仇。成仇为承畴谐音,上联颂大忠史可法,下联斥大奸洪承畴,忠奸并列,流芳百世与遗臭万年,亦同属永垂青史了。

我们绝不会因为史可法的英雄精神,而去夸张或美化他的整个政治生涯。明清易代之际,"激于义而死"者不可胜数,史可法因其官阶高和影响大,成了无数为国捐躯者的精神领袖,为后世所景仰与崇拜,这完全是情理之中的事。人们景仰与崇拜史可法,正是景仰与崇拜着以他为代表的那种民族精神。

郁达夫说:"三百年来土一丘,史公遗爱满扬州;二分明月千行泪,并作梅花岭下秋。"梅花岭,成为史可法精神的载体。梅花,正如史可法精神的神圣高洁。零落成泥碾作尘,只有香如故。梅香四溢,是史公精神的永恒徘徊。梅香永恒,史公永恒。

(2008 年)

棠樾牌坊群随想

一个夏末秋初的下午,我独自站立在安徽歙县棠樾村一块稻田旁的泥路上,久久没有动弹。阳光灿烂,几乎没有一丝微风,远近的树木静悄悄地挺立着,正在灌浆的大片水稻静悄悄地挺立着,一切自然界的物体仿佛都静止不动了。我远远地凝望着由同样静悄悄挺立着的七座牌坊组成的建筑群落,恍惚中似乎看得见时光的巨流在我面前捷速地奔泻,心中似乎一下子涌出许多想法,只是一时不知从何说起。

其实,静悄悄完全是我的幻觉,游人的喧嚣正剥夺着这个古老村庄拥有的最后一分宁静。导游小姐正用嘶哑的嗓音介绍着关于牌坊群的知识、故事和传说,还一口气报出了包括《红楼梦》在内的以棠樾牌坊群为拍摄背景的一大串电影、电视剧的名字。所有这些当然都是极具吸引力的,然而我却深深感到关于牌坊群的话题无疑不止这些,远远不止。我刚从黟县的西递村过来,在那里产生的一些念头,仿佛一下子又被这些蔚为壮观的牌坊激活了。

我从扬州来,对扬州与徽州府治歙县的关系之密不可分,略知一二。我久久地将目光投向七座牌坊中居中的那座"乐善好施"坊,它的主人公与扬州是紧紧联着的。完全可以说,不谈扬州,这座牌坊就成了无本之木。

棠樾村的牌坊群体,展示了一种在中国罕见的文化景观,这一文化景观是聚居在这个村的鲍氏家族留给世人的。自南宋以来,这个家族出现了众多的忠臣、孝子和节妇,其中孝行的事迹尤为突出,出现了许多诸如为父母吮吸痈疗、割自己的肉为父母作药引的著名孝子。同时,这个家族又以所出的富商大贾而闻名于世,清代乾嘉时期,曾出现过鲍志道这样被称为"藏镪百万,号称江南首富"的显赫巨商。这座"乐善好施"坊,就是皇帝为表彰鲍志道的儿子鲍漱芳而建的。

二百四十三年前,一个十一岁的男孩子从这个村子里走出,传说当时他身边只有一分钱,凭着自己的玲珑和勤快获得了别人的帮助,在外面立了足。此人二十岁只身来到扬州,人地生疏,只好在一家豆腐店里帮记账。后来他参加了盐商吴尊德的招聘考试,这场考试很有意思。吴老板的考试方法很特别,考生考完会计科目后,吃完面前摆放的一碗馄饨即可离开。两天后,他把考生叫来一一询问,那日所吃馄饨一共几只?有哪几种馅?每种馅各几只?大多数考生目瞪口呆,唯有这位歙县来的考生说得一清二楚。吴尊德也是歙县人,他高兴地把这位小同乡领进了他的"虹桥别墅"。这位歙县小伙子许多扬州人都熟悉,他就是后来发了大财,担任两淮总商要职长达二十年的鲍志道。他的前任江春也是歙县人,乾隆皇帝每次到扬州,都要把跪在路边上迎接他的江春喊过来唠家常的。

许多徽州人都和鲍志道一样从小就出门经商了。徽谚说:"前世不修,生在徽州;十三四岁,往外一丢。"这句旧谚使我感到新鲜——我们一般人外出谋生,会说将亲人"丢"在家中,而徽州人却说将出门的人"丢"向外面,两种说法虽然同样表明了背井离乡的被迫,但其间主动与被动的区别是很显然的。徽州人的父母是狠心的,他们把还未成人的儿子往茫茫商海中一丢,让他们在呛水中学会游泳。鲍志道终于学得俯仰自如,如鱼得水。

徽州商人告诉人们创业的艰难。我在黟县西递村的笃敬堂看到了这样的一副楹联:"读书好营商好效好便好,创业难守成难知难不难。"我们不难从中看到徽州人希望提高自己地位的强烈欲望和敢于奋斗的乐观主义精神。代价是可想而知的,外出闯荡的第一天,不管日后成功与否,都意味着从此开始了父母倚门企盼、妻子独守空房、自己提心吊胆的漫长日子。然而像鲍志道这样的成功者毕竟是凤毛麟角,更多的人充其量只留下了一种无声无息的不朽精神。

鲍志道的精神更是不朽的,其中之一是他不仅在发迹前崇尚勤俭,而且在声名显赫后仍能一如既往,这不是许多人能做到的。扬州盐商的奢靡竞赛是历史上闻名的,恐怕绝不亚于西晋的王恺与石崇。《扬州画舫录》上的例子很多人都熟悉：夫妻俩一顿烧几十只菜，不如意的下巴一扬就撤下去；某人喜欢马，养了几百匹，每匹马一天要花几十两银子，早上浩浩荡荡赶出城，傍晚赶进城，观者如堵；某人想一下子花去一万两银子，就全部买了金箔，跑到镇江金山寺的宝塔上去对风放飞，顷刻间纷纷散落于树木野草间；某个喜欢大方的角色，用纯铜做了只高五六尺的小便桶，夜里要方便必须爬上去才行；更有甚者，有人用木头雕成女性裸体，还安上活动自如的机关，使进门的客人看都不敢看……如此等等，不一而足。鲍志道力倡俭朴，居然使得扬州城的侈靡之风大变，委实不容易。鲍志道还真做得出，他仍坚持要妻子儿女亲自操持烧饭洗衣等家务，家中不搞无谓应酬、不演戏、不容车马、不留宿淫巧之客。试想，在风气大坏的当初，这样做要顶住多么大的阻力！

这就不能不令我们思考了，财富带给人们的就一定是奢侈腐败吗？如果说那当然不是绝对的话，那为什么又是如此普遍呢？为什么那许多富商都传不了三代就纷纷败落，以致被人们认定是必然规律？创业难，守业更难，为什么就如此亘古不变？

包括徽州人在内的商人，给扬州带来了些什么呢？当然首先带来了财富与繁荣，离开商人谈论古扬州是无知的。扬州城内的数十处名园和无数知名建筑，都出自盐商之手。扬州盐商为皇帝花钱之出手不凡是吓人的。康熙、乾隆南巡，盐商可谓挥金如土。他们大造行宫，不但在茱萸湾造，在天宁寺造，在高旻寺造，还造到了镇江的金山。而他们为老百姓花钱，也是慷慨的，鲍志道修筑"西园曲水"固然是为了讨好圣上，但他出钱修建了康山西至钞关而北抵小东门的街道，创立了十二门义学，还出银千两助修扬州会馆等，也是事实。他的儿子鲍漱芳更是义举不断，单为里下河赈灾他就捐米六万石，麦四万石，为疏浚芒道河他一下子就捐银六万两，他一生为赈灾、输饷、治水等捐银达三百多万两。嘉庆皇帝敕建棠樾"乐善好施"牌坊，可谓名副其实。完全可以说，没有徽州商人，没有扬州盐商，就没有扬州当初的繁荣，没有扬州城内那许多标志性的建筑和景点，那么扬州在人们的心目中也就不是后来这个样子了。

徽州商人曾有过"宁发徽州，不发当地"的说法，但这事实上不可能办到。尽管商人们在外面发了财以后，为了光宗耀祖，纷纷把钱带回家乡造祠堂、建牌坊、修庙宇、办学校，但一来这些费用与那些巨额商业投资相比毕竟有限，二来随着客籍商人们的土著化，他们的资金流向自然而然地转向了他们的侨居地，比如扬州无疑是江春、鲍志道们的第二故乡。其实扬州成了许多歙县人的第二故乡，仅在《扬州画舫录》中，歙县人就可以找到包括江春、鲍志道父子以及"扬州八怪"中的汪士慎、罗聘等在内的三十几个老乡的名字。至于徽州籍商人和文人，则更是不计其数。徽州商人真是了不得，他们居然制造出"无徽不成镇"这样的谚语，这是何等宏大的业绩与宏伟的气魄！徽州商人给中国许多城镇带来了生命与繁荣，其功劳之巨大，实在是难以言说的。

当然，商人的财富也给扬州带来了奢靡，带来了懒惰，带来了"上午皮包水，下午水包皮"的悠闲，甚至带来了懒觉的惬意。歙县人所谓"三竿红日尚高眠"，也同样成了扬州盐商们的时髦风尚。郑板桥先生感慨："长夜欢娱日出眠，扬州自古无清昼。"扬州人睡懒觉的陋习给乾隆皇帝留下了深刻印象，他看到一个皇子因睡懒觉耽误了读书，责备说："你想安逸享乐，何不做扬州商人的儿子，怎么偏偏生在我家呢？"此外或许还有麻将的风行。一本论述徽商的书上说："扬州盐业，以吃酒看牌为事，积习成例，积例成弊，自官场至民间，无不三朋四友，群居终日，论办公则一筹莫展，论聚赌则迭生百计。"我曾听说扬州有"清明不看牌，死了没人抬"的俗谚，大概可以看作扬州人好打牌的一种写照吧。

学者们还说到扬州市民的游手好闲，"虚子"风气，繁文缛节等等陋习，我想这其中有不少也是昔日商人们留给我们的遗产罢。不过，对扬州人一些陋习的指摘尚需慎重，这方面易君左先生的狼狈遭遇当是一面明亮的镜子。我想易先生所犯的错误或许在于把先辈们的骂名扣在后辈们的头上了？要不然真难以解释当时扬州人有什么理由情绪那么激动。

徽州宋代为州，元代为路，清代为府，治所始终在歙县，如今地级黄山市的治所在屯溪，歙县的地位无疑比从前大大降低了。棠樾村属歙县，当初住在这里的显赫一时的鲍氏家族，如今后代都怎么样了？我不得而知。只是无论在棠樾还是在西递,都可以看到不少卖古董的人守着摊子坐在路边,我心中总有一种说不出的酸楚。也许我不该胡乱作"创业与守业"之类的联想,但我又禁不住想起平日议论的一个话题。假设一个扬州人,如今有一份临街的祖传房产(这房产当然极有可能是徽商祖先留下来的),他是下决心自己去张罗经营,还是着力寻找一个主顾把房子租出去呢?恐怕更多的人会选择后者。显然,他可以从拿到第一份租金起就开始过上心安理得的日子,上午"包"一下,下午"包"一下,晚上摸个十二圈,或去卡拉 OK 几曲,他何苦自己去经营,奔波辛劳不说,还要去担那份无情竞争的风险呢?我们能说这种做法不对吗?要是我有一份那样的祖产,我就一定不作这样的选择吗?我不敢保证。这或许就是我们所习惯的一种思维方式。然而,试想,如果当初歙县商人、徽州商人乃至所有商人都是如此思路,又何来"无徽不成镇"的说法?又何来扬州的繁荣?如今我们又何来可供出租的祖产呢?

思绪纷繁,一时难以理清头绪,只觉得扬州与徽州、与棠樾的关系实在密不可分。迄至今日,徜徉于扬州南北河下的长街短巷,青瓦白墙、马头山墙的建筑造型,以及残垣颓壁间依稀可辨的雕刻装饰,仍可强烈地感受到徽州的乡土气息。这种聚落景观的神似,自然也令人追溯那些逝去的生活方式,那生活方式中的人和事。

几天后,我从歙县回到扬州,重又步入扬州城的人流中。望着各色人等的面孔,我想,在这许多说着扬州话的人们中间,无疑会有昔日徽州商人的后裔,只是他们早已融入扬州的风土和文化之中;而那些说着外地话的人们中间,也一定会有近年中来自徽州地区的客居者,他们大概不至于那么快就已融入扬州的风土文化。那么,这些新老徽州人的后代,对他们共同的祖先的品质,又都做了哪些继承、发展与扬弃呢?

(1997 年)

从瓜洲渡到大散关

我终于来到了这座天下名关。

还是在二十五年前,语文老师慷慨激昂地讲解大诗人陆游的《书愤》,"楼船夜雪瓜洲渡,铁马秋风大散关"这一句给我留下了极其深刻的印象。但当时坐井观天,地理上的概念一片模糊。后来,被命运之神投进距瓜洲渡仅三十里之遥的扬州城,我曾经是那样急切地奔向那个扣人心弦的所在。伫立古渡头,遥想八百年前那楼船披雪、战鼓乱耳、杀声震天的惊心动魄的场面,心绪如潮。同时,也在心中发问:那"铁马秋风"的大散关又在哪里呢?

如今,我终于从瓜洲渡来到了大散关。

此行是我主动要求的。宝鸡市的朋友说大散关没什么可看的,不一定要去了,我坚持说那地方非去不可。我从瓜洲渡来,大散关是我几十年的向往啊。

汽车沿着川陕公路南行,不一会儿,气势磅礴的秦岭就横亘在面前。一路上我想,"蜀道难,难于上青天",当初大散关是由秦入川的第一道要隘,其险要自不待言,然而因为后来修了川陕公路和宝成铁路,当年那"一夫当关,万夫莫开"的气势,如今恐怕只能在想象中复原了罢。

不料,登上大散岭举目四顾,蓦地使我这个千里投奔者心潮汹涌。但见群山叠嶂,万木葱郁,一座座山峰如卧牛,如奔马,如飞龙。川陕公路像一柄利剑,将秦岭劈开一道缝隙,直插汉中腹地。宝成铁路似蛟龙一般钻山穿岭,时隐时现。秦岭主峰直插云天,散水奔流,诸山峥嵘。好一派秦国风光!

然而,历史从来就不是田园牧歌。作为八百里秦川的大门户,大散关素有"川陕襟喉"之称。因其地势极其险要,易守难攻,遂成为兵家必争之地。在中国自古及今的战争史上,发生在这里的重大军事行动多达七十余次。

楚汉相争,韩信"明修栈道,暗度陈仓",倒攻大散关,关下刀光剑影,血肉横飞;曹操西征张鲁,诸葛亮两出祁山,关下白刃相向,尸横遍野;南宋大将吴氏兄弟坚守雄关,击败十万金兵,使遭重创的金兀术弃甲而逃;吴三桂反叛,占据大散关与清廷交锋,人民备受蹂躏……那如雨的马蹄,如雷的怒吼,如山的尸骸,如河的热血,还有那惊天的桴鼓、猎猎的战旗、闪光的剑戟、蔽日的烟火,连同志士仁人保家卫国的赤胆忠心,复国统一的凌云壮志,一切的一切,都化入了岁月的深谷,了无痕迹。

到如今,还有多少人愿意认真翻一翻那些早已发黄的书页?还有多少人愿意静心吟一吟陆游们那字字泣血的诗句?"塞上长城空自许,镜中衰鬓已先斑;出师一表真名世,千载谁堪伯仲间?"我感到一阵难以言说的沮丧。

下山时的心情如此沉重,是始料未及的。出山门前再次经过新建的陆游祠,最后望一眼手持诗稿、注目远眺、气宇轩昂的陆游像,心中肃然起敬,不由得深深鞠了一躬。此时,几年前在哈尔滨街头见到的一副对联不合时宜地浮现在脑际,那对联贴在一家小酒店的门上:"天不管地不管,酒馆;兴也罢衰也罢,喝吧!"此时想起这副楹联,真是罪过,一种亵渎感壅塞于胸,我仓皇退出了陆游祠。

我就这样告别了陆游,告别了天下名关大散关。

(2000 年)

草原上的湖

汽车行驶在一望无际的大草原上。"天苍苍,野茫茫,风吹草低见牛羊。"这是从小就读熟了的诗句,而今终于来到了这个许久以来只能神游于想象中的所在。

碧草连天。羊群像是在天上飘游,而白云则仿佛是落在了草地。我惊诧于那天的湛蓝与草的青绿,惊诧于那草原尽头起伏着的曲线的优美,惊诧于那梦境般陌生却又熟悉的感觉,我因这种惊诧而沉默不语,而有些心慌意乱和手足无措。

达赉湖就是在这样的情势下闯进我的视野的。

早就听人说过,在草原上纵马,远望着前方曲线美妙的丘阜飞驰而去,转眼之间那丘阜却消失得无影无踪了——你举目四顾,却原来方才看见的丘阜正在你的脚下!果不其然,汽车刚刚爬上一座丘阜,便迎面撞见了这片草原之湖。由于汽车忽然间从高处俯身下行,就使得突如其来的景象中的宽阔湖面与我们的视线形成一个奇妙的夹角,明明是俯视,却活生生地变成了仰望。这是生平中第一次遇见的奇特感觉,故而久久不忘。

达赉湖确实颇似一位"养在深闺人未识"的处子,即使是在五六年之前,因满洲里尚未成为开放城市,来领略达赉湖壮美风采的游人仍然寥寥无几。如今国门大开,边城满洲里吸引了大批客商和游人,来这里一睹达赉湖风采的人自然多了起来。但值得庆幸的是,这片净土尚没有成为喧嚣的所在。谁都知道,某个旅游景点一经开发,浩荡的人群便纷至沓来,接着便是建筑的蜂拥,商业的袭扰,植被的破坏,环境的污染——这是诸多旅游胜地的共同悲哀。

事后想来,投入达赉湖的怀抱,我最深的感觉其实是一个字:"清。"清朗的天空,清新的空气,清澈的湖水,清净的沙滩——清明的世界。

蓝天碧水,鸥鸟翻飞;空气甜润,沁人心脾;纵目骋怀,物我两忘。此情此景,仿佛一幅无法用笔墨与语言描摹的灵动着的山水画卷。在这幅画卷面前,我们这些常常因寄居城市而沾沾自喜的人们只有默默无言了。据说,达赉湖已是我国唯一的几乎没有污染的大湖了!漫步湖畔,昂首遥望万顷琼浆,低头凝视五色沙砾,令人在万分庆幸的同时,却又不无担心:若干年后呢?达赉湖还能以这"清"字为自豪吗?我唯有虔诚地祈祷着,同时又不得不为心中不由自主地生出的凭吊般的心情而深深自责。

主人盛情,招待我们吃了一顿达赉湖的"全鱼宴"。刚捕的鲜鱼嫩虾,自然是生猛肥美,然其制作之精良,造型之美观,更令人赞不绝口,不忍下箸。难忘者有"鲤鱼三献""狗鱼丸子""鱼肉饺子"等样式,而最感新鲜的,要数"生拌鱼丝"。以生鲤鱼肉切成丝条,佐以醋精葱蒜调料等,配以黄瓜、芹菜等菜蔬,吃来无半点腥味,鲜美无比。我一边品味,一边在想,说千道万,归根到底,"全鱼宴"最"拿魂"的,是用没有半点污染的达赉湖水,来烹煮刚从这水中捕捉上来的鲜鱼活虾啊!

窗外碧波万顷,水光接天;席间笑语欢声,其乐融融。此等人间仙境般的感觉,今生今世是十分难得的了。原以为此地人既为蒙古大汉,一定是大碗喝酒,大块吃肉的,却没料到主人们一个个温文尔雅,举酒热情相劝,而绝无半点勉强,大大出乎我意料!相比之下,我不觉为我生活着的南方时常可见的劝酒风格感到羞惭。

席间联欢,主人要大家说说达赉湖观感。我想,达赉湖是草原上的湖,要谈观感,两者实在分不开,于是作了两行拙劣的句子:"羊行蓝天,云落碧草;昂首望水,低头看天。"

(1997年)

缘悭一面想天池

我知道很多人都和我一样,想去很多很多地方。我们都拿"读万卷书,行万里路"的古训作为理由,其实心里并不真想读书,只不过是想找个借口出去玩个痛快。于是,我们都作着这样那样虚妄之极的谋划,恨不得将天下名胜佳处一网打尽,当然我们也知道这谈何容易。

去年夏日,我倒是兴致勃勃地实施了一次期盼已久的旅行。这次旅行让我明白了一个简单而深刻的道理,那就是,即使我是富翁,或者我是皇帝,可是如果我没有缘分与福分,那么并不是我想看某个东西就一定能如愿的。告诉我这个简单道理的,就是那个远在中国东北角的神奇的天池。

计划不可谓不周密。季节选在夏末,一年中游天池的最佳时光。有人接应与安顿,朋友唐先生在二道白河专程等候,订好酒店,备有专车。我们如约而至。如诗如画的长白山区,蓝蓝的天空游弋着朵朵白云,微风轻拂,气温凉爽,秋天早早地将夏天送走了。在站台等候的唐先生兴冲冲地说,你们运气真好,这两天天气都不错,昨天我陪朋友上山,看到天池了,今天你们一定也能看到。我听了这样的祝福,越发兴高采烈,踌躇满志,跃跃欲试。

驱车到运动员村住下,据说有好几位游览天池的政要都曾在这里下榻,果然墙上有墨宝为证。在山下每人租了一件羽绒服,便换乘景区的越野吉普车向山上进发了。

好险的山道。吉普车一路怒吼爬着陡坡,弯道一个接着一个。最奇的是,随着高度的上升,山上的植被变化得如此明显。起先满山遍野都是葱茏的大树,品种繁多,姿态各异。走一段,便全是稍矮的小树了,同样苍翠碧绿,浓密茁壮。再往上,忽然就都变成一丛丛的灌木,参差错落,色彩暗红。不一会儿,满眼都是低矮的草本,随着海拔的上升变得稀稀落落。到最后就什么也没有了，只剩下光秃秃的山石。放眼望去，山峦的色彩与层次是如此分明，赤橙黄绿，雾霭氤氲，忽明忽暗。

然而，正当我们为变幻的山色啧啧称奇的时候，天空的云层越来越厚。汽车渐渐驶入了迷茫的云雾里，四周的景物完全模糊了。天气如此说翻脸就翻脸，大出我的意料，看来想见天池一面有点玄了。唐先生开始安慰我，说天池就是这样，天气可谓瞬息万变，等一会儿或许就会云开雾散。

接受安慰就等于接受不愿接受的现实。在距天池大约二三百米的地方将车停下，我们不但没有看到云开雾散，而是被大风雪困在车里了。刚刚还是蓝天白云，一会儿居然风狂雪猛，寒冷刺骨，让人无论如何也不能接受。唐先生经验丰富，让我们别急，在车内等一会儿，实在不行，只好下山。我的心中已和天空一样晦暗。天池，我千里投奔而来，你非但云遮雾罩，销声匿迹，而且还如此昏天黑地，风雪相加，你就是这样显示你的神秘莫测吗？

焦急与无奈的等待。我打开摄像机，留下山顶上风雪的景致。镜头里，被拉近的山峰抖动着，已经爬上去的人们在风中摇摇晃晃，隐隐约约，他们的雨衣被狂风吹得高高的飘起，手忙脚乱地拉来拉去也只能是顾此失彼。唐先生此时还不失幽默：他们精神可嘉，只是他们和我们一样看不见天池。

过了许久，唐先生判决似地说：下山吧，今天看不到了。我心中的感受无法形容。这是从未有过的突如其来：什么时候专程看一样东西，最终却没有看到就无功而返的？从来没有过啊。我很有些不死心，却又毫无办法。

下山路上，唐先生仍忘不了安慰我：这就是天池，它的神秘就在于不能轻易看见，其实看不见才是正常的，看见反倒是反常的了。他的话引发了我的联想。以物喻人，莫不是我们日常看到的许多面孔，倒反而不一定是他们的真面目？

随着海拔的降低，天气又晴好如初，我的心情也和天气一样平和清朗起来。回头远望天池的所在，那一片天竟还是黑云笼罩。天池就是这样特立独行，我行我素。

天池躲在云雾深处告诉我，不要目空一切，不要不服气，是你的就是你的，不是你的就别去勉强。天池以它的拒绝与我见面让我明白，所谓"万物皆备于我"，其实只不过是人类一种妄自尊大的狂想罢了。是啊，诸事随缘，不可强求。有些事强求不至，旷日持久，却又极有可能不期而遇，垂手而得，我们称之为时来运转。

归途中到处都有天池的大幅照片出售，我没有一点心思买上一幅，因为图片上的天池我早已无数次见过，那却不是我眼见为实的天池。

（2005 年）

兜率寺散记

一

南京市江浦区西北,有一高三百六十三米的山岭,峰峦起伏,状如卧狮,名为"狮子岭"。狮子岭林木葱茏,风光秀丽,环境清幽。山不在高,有仙则名。狮子岭的出名,主要还是因其怀抱了一座古刹——兜率寺。

兜率寺前身为狮子岭道场,始建于明代末年,清光绪年间改建为寺。它既无围墙、山门,又无大殿,只有以藏经楼为主体的一群建筑,这在诸多寺庙中颇不多见。

清末民初,兜率寺名声大振,各方僧侣云集寺中竟达百余人,每日晨钟暮鼓,香火缭绕,成为佛门不可多得的修持圣地。至抗日战争前夕,寺院计建一百○四间,钟、鼓、法器俱全,藏各种经书数千卷。

"大革文化命"期间,兜率寺名存实亡,僧侣全无,香火灭绝。一九七八年以后,寺庙得以复建,斋室大殿、三圣殿相继落成。这段历史,仿佛众多劫后余生的大小寺庙的翻版。

"兜率"二字,出自佛经"兜率天"。"兜率"是佛家梵语,义译为上足、知足、喜足、妙足等。兜率天为欲界六天中之第四天名,分内外二院,内院为弥勒菩萨的净土,外院为天人享乐的地方。

可见,兜率寺以"兜率"命名,体现了创建者对狮子岭宝地的满意如愿,仿佛置身于"兜率天"超尘脱俗,心满意足。

二

为何要去兜率呢?组织者丹珍说了,其一,"庙里晨钟暮鼓的生活,对一般人而言是神秘的"。其二,"活着就是修行"。注意事项也说了,一缺水,二吃素,三干活,四念佛。很清楚了,去兜率寺,一是体验出家人的生活,二是做一次简短修行。

说是两天,其实在庙里的时间只有约二十五个小时。我们都做了些什么呢?

参观。兜率寺真是简陋,或者说破旧。去过灵山大佛旁的梵宫吗?再来这里做个比较吧,或许会怀疑向佛也有真假、多少之分。兜率寺的水源是一个池塘,积聚着雨水。官方已把自来水接到山上,但寺庙却不用。单就这一点,就令人深省。芸芸众生的奢靡,已属无法容忍了。

吃素。兜率寺出家人的食物,会令所有善心未泯的人心中发酸。吃一餐可以,吃一周或许也能熬,吃一辈子呢?常人无法想象,高僧贫僧却安之若素。最起码的,不说话,不发出声音,所有食物全部吃光,不留一丁一点,这在我们的生活中已经都不存在了。

念佛。早晚都做功课。早课五点就打板子了,五点半上课,前后一小时。晚上听讲经,我们虽然坐着,却由于白天太困,惭愧地打了好几回瞌睡,实在是大不敬。

劳作。丹珍一心向佛,带我们一同行善。在长江大桥北首就买了饺皮和做馅心的粉丝香菇诸物,远远地沉沉地拎到庙里。忙活了好几小时,其间丹珍招来几批善男信女帮忙,包了一大堆饺子。庙里做义工的居士说,和尚看到饺子要馋死罗!其实,饺子的馅心只是白菜、粉丝、香菇、豆腐干。我们男人还劈了柴,然而力既不大,又不会用巧力,与年届八十的当家和尚正方师傅相比,羞得足以挖个洞钻进狮子岭。

三

我曾用最短的话告诉关心我们此行的人:"吃得很差,睡得很脏,干得很累,想得很多。"

我不是佛教徒,但我必须了解佛教。就在去兜率寺的路上,收到朋友的短信:"恳请大家诵持'南无大悲观世音菩萨'圣号,回向给云南和日本地震受难和受灾众生。南无阿弥陀佛。"此处的"回向",是佛教修学过程当中非常重要的一种修行功夫。回向,又叫作转向、施向。通俗地说,就是以自己所修之善根功德,回转给众生,并使自己趋入菩提涅槃;或以自己所修之善根,为亡者追悼,以期亡者安宁。

是的,我们需要修行,我们需要行善。修行行善,利己益人。俗话说,"师傅领进门,修行靠自身。"寺庙是修行的地方,然而,唯有寺庙才是修行的地方吗?绝对不是。

善行无处不在,修行处处皆可。心中有善,亦如心中有佛。酒肉穿肠过,佛祖心中留。食荤茹素,不是成佛与否的关键所在。人人皆可成佛。放下屠刀,也能立地成佛。

宗教的力量是巨大的,它引领着芸芸众生弃恶向善。那么,其实是善的力量巨大。然而,恶的力量同样巨大。它使血肉横飞,生灵涂炭,饿殍遍野;它高喊着无所畏惧,或以怨报德,或以恶报善,或视生命如草芥,或视善行为可笑,它以极度自我消灭别人的自我,最终导致神人共灭。善恶交锋,是何等惊心动魄。渺小如沙砾的我们,何去何从?

为自己的修行,是最起码的修行,这样的修行人人可做,处处可做,时时可做。为别人的修行,已是"回向",当然高人一等了,虽然不易,仍然可做。为众生,亦即为全人类的修行,是最高境界,虽高不可攀,却心向往之。

(2013 年)

铁山寺感怀

到过的寺庙很多,却从不进香。对佛,我有自己的理解。从铁山寺走出来,一些念头久久不能释怀,便想说出来。念头二字,本来就出自佛经。

登过山,望过石,看过藤,听过鸟,远远眺过铁山寺,而后进庙踏访,这个与习惯游览顺序相反的线路,随意却有深意。拜佛,当然应该由远及近。远远望着青山环抱的寺庙,先让心慢慢静下来,而后向佛走近,与佛接近。这个顺序合情合理。

先踏访铁山寺遗址,再拜谒新建的大庙,则完全是沿着时空隧道由古及今地急速穿行,感觉奇妙。一踏上铁山寺遗址,顿时来了精神。我似乎早已得上"遗址病",一遇遗址就会发作。拨开树枝,踩着乱石,左摇右晃,向遗址纵深走去,走向清、明、元、宋、唐、汉……

出发前在互联网上翻查,说是铁山寺东汉就诞生了,它的古老令我意外而肃然。如此古老而兴旺的古刹,竟然在延续了约一千七百年后,被土匪霸占,实在难以置信。遗址上新立了一块木牌,用中英文字介绍,铁山寺由中国汉人出家第一人严佛调建于东汉末年,后历代扩建,到明万历年间寺庙规模达到鼎盛,形成以铁山寺为中心,汪姑庵、清凉寺、龙山寺等十四座寺庙群落,被称为皖东地区的"小九华",僧尼达到千人。清末民初,铁山寺被山匪所占,最终毁于民国十年的剿匪战火。土匪竟然占佛寺为匪巢,为害乡里,看似对佛不敬,实是对人不敬,这是不可饶恕的罪孽,覆灭是必然的。

我试图在遗址上发现什么,还真有了收获。有一块嵌于山岩上的汉白玉石碑,刻着:"铁山寺建于北宋太祖末年太宗元年(公元968—978),初为宋大将军谢静吾家寺,后屡次扩建,规模宏大,占地近100公顷,僧尼达680多人。"碑上纪年表述显然有误,宋太祖开宝年号为968—976,宋太宗太平兴国年号为 976—984。"北宋太祖末年太宗元年（公元 968—978）"的说法，让人无法理解。而令我吃惊的则是，石碑与木牌上的建寺年代相差近八百年，这不是一个小的数目。孰是孰非？我带走了一个没有答案的疑问。人们都希望自己的历史尽量久远，然而，弄清根底才是真正的认祖归宗。

很欣赏铁山寺择地另建的做法。让遗址永远成为遗址，并不是所有决策者都能做到的，因为不是所有人对历史都有相同的理解。与其在遗址上重造，不如让遗址成为遗址。

当初，严佛调希望自己的开山道场像香火一直延续，像铁打江山般牢固，因而取名"铁山寺"。岁月如流，物非人非。铁山寺屡经兴废，并没有成为"铁山"。然而，人们从佛向善的信念，却如铁似钢，坚如磐石；薪火相传，千秋不息。铁山寺的复建，是这种信念延伸不绝的强烈体现。

走进大雄宝殿，有女士递上三支香，说，进香吧，免费的，礼貌地谢绝了。我每每谒拜，但从不进香。瞻仰大佛，端详罗汉，心静如水。拜佛，首先净心。净心，就是寻找心中之佛。

菩萨造像是专门艺术，大有讲究。铁山寺佛像的饰色，似都比别处寺庙的光鲜明丽，从天王殿中的四大天王，到大雄宝殿内的释迦牟尼佛、药师佛、阿弥陀佛和十八罗汉。我注意到罗汉的手明显偏大，颇感新奇，未知其中奥妙。

大佛万千，泥塑金身，千姿百态，其实是人们心中之佛的物化，是艺术家和大师工匠们心中具象的表达。不同国家、不同地区对佛像的不同塑造，是佛教造像艺术研究的课题；而对于一般信众而言，豪华的佛像和朴素的佛像之间，其实没有区别，区别恰恰在于信众自己。

人类发展史上流传的诸多宗教，总是引导信众向善。倘若宗教徒作恶，就是背叛了佛祖、天主或上帝。如果宗教引领人们向恶，那就是邪教了。

富有与贫穷不是区别佛缘有无和深浅的尺度。佛缘实是心缘，心中无佛，再叩拜再进香也是徒劳。行善者即使不拜佛，不进香，也会得到佛陀的怜爱与佑护；而一些作恶者，企图通过进香叩拜获得佛祖的保佑，既是痴心妄想，也是对佛祖的最大亵渎。

走出铁山寺,更觉得此地是有佛缘的。山上自由生长的藤蔓,树枝间吊挂的鸟屋,山坡上木制的台阶,被一一认养的珍稀树种,人工种植的大片树林……所有这些,不都是阿弥陀佛的善举吗?它们使铁山成为名副其实的"铁山"。

佛在看着,佛在微笑。佛在心中,我心向善。古人云,"从善如登,从恶如崩";"学好千日不足,学坏一日有余";都是说的向善之难。是的,进香拜佛易,立德向善难。

铁山寺还要再来,我心中想。

(2012年)

荷　殇

在我早先二十多年的生活里,找不到多少关于荷花的信息。我的记忆里有浮萍、水浮莲、水葫芦、水花生,还有不多的菱盘,但没有荷花。作为植物的荷花于是我陌生的,它许多年只是存在于年画上、书本里和故事中。是的,许多未曾谋面的物种,我们会从书本上熟悉它们,比如沅芷澧兰,比如洛阳牡丹,比如泰山青松。荷花于我也是如此。虽然在很长时间里,从是否亲眼目睹的角度说,荷花就仿佛昙花,我都没有见过,但却知道,昙花是极稀有的,而荷花则完全是大众的。读了《爱莲说》,又知其虽大众却又十分高洁:"出淤泥而不染,濯清涟而不妖","可远观而不可亵玩焉"。不能轻易见到的东西,会在人们心中引发神往,甚至引发崇拜。年复一年,对于作为高贵精神物种的荷花,我在心中就很有些神往与崇拜了。

若干年前,从媒体上和人们的推介中,得知宝应的荷花名声很大。不知怎么就形成了一个固执的思维:没到过宝应,不能算是看过荷花。心中也知这看法有些可笑,因为事实上其时我早已看过荷花,而且,据说荷花的品种超过一百种,因此要看荷花最好去看规模宏大的荷展,那才是真正的赏荷。可是,我似乎不能轻易改变那明知不对的看法。传媒和舆论的力量是巨大的,它们足以确立和巩固人们不管是正确还是偏颇的观点。宝应的荷藕种植面积和产量已连续多年居全国之首,有"冠军县"之誉。那么,没有看过那"接天莲叶",没有闻过那"百里荷香",还能算是看过荷花吗?

于是,去宝应看荷,成为一个郑重的企盼和愿望。然而,万万不曾想到,我与宝应荷的不期而遇,竟是这般情状。

二○○三年初夏,里下河地区发生特大洪涝灾害。我受派参加市抗洪督查组工作,奔赴宝应。行前,我对灾区的担心和牵挂是不言而喻的。我担心和牵挂着宝应的农民,还有农民们赖以生存和富裕的粮食、经济作物和鱼类。对荷藕,我则以为没有任何麻烦,因为它本身就生长在水里,水再大,岂不还是"如鱼得水"?说实话,我还为能利用这一特殊公差,歪打正着地欣赏一回百里荷香而暗暗高兴呢。孰料,事情远远没有我想象的乐观。

一到宝应,我们立即赶往灾情特别严重的射阳湖镇。沿路所见,一片汪洋,农田淹没,鱼塘漫溢,民房进水,令人唏嘘不已。在一阵急雨中,我们站在一座桥上,狂风将大家的雨衣哗啦啦扬起,裤腿转眼间就湿透了。年轻的镇党委书记指着一望无际的水面,说,那一大片都是荷藕,全闷在水里了,要不了几天,就会缺氧,慢慢死亡。他不住地咂着嘴,连声说,不得了,不得了,这下子农民的损失大啦。我这才知道,原来荷藕也是害怕大水的。

放眼望去,是灰蒙蒙一片的接天之水,情景异常惨烈。荷藕与所有作物一起遭受了灭顶之灾。森森水中,荷叶的颜色模模糊糊,似有似无。想起年复一年看荷的愿望,我的心中铅一般沉重。我忆起了童年几次被水淹没的此生难忘的经历,仿佛听到荷叶在水下痛苦呻吟,仿佛体会着一种夺命的窒息。我只有一遍遍默默地祈祷,祈祷大水尽快退去,让荷叶早日喘气呼吸,让荷花还能健美开放,让莲藕依旧获得丰收,让荷农再度发出欢笑。

一个天色阴沉、乱云飞渡的下午,我们到西安丰镇视察。镇长陪我们乘船进入湖荡,我得以在特定的情境之中,近距离地体察了宝应荷的另一番风采。

"接天莲叶无穷碧",杨万里要是从西子湖畔来到宝应水乡,又如何挥舞他的生花妙笔,吟出什么样的绝世佳句?照我说,只有身在这里,才知道什么是水阔天空,什么是无边无垠,什么是"接天莲叶"。诚然,我体会过大海的磅礴气势,那确实堪称广阔无垠。可是,那是除了水还是水的世界。而在这里,无垠的水的世界里,和你在一起的,不只是水,不只是天,更是铺天盖地的荷,是荷的碧绿,荷的馨香,荷的舞蹈,荷的生命,荷的灵魂。

只是,连日来狂风暴雨的肆虐,使荷藕遭受了无情的欺凌与摧残。阔大的荷叶已不再恬静平展,随着阵阵风过,不时出现一片片碰撞与骚动,风止处,留下的是一片片凌乱与委顿。荷茎也不再刚直挺拔,有的歪斜了,有的折断了,有的疲惫地匍伏在水面上。然而,大难临头的荷,决不轻易向洪水猛兽低头,它们依旧黾勉支撑着,奋力挣扎着,顽强等待着,仿佛坚信大水终将退去,坚信主人们会竭尽全力挽救它们的生命。

听了镇长介绍,得知不同的荷塘,荷藕也有不同的命运。面对洪涝,农民们摸索出了保护荷藕的方法。他们知道,如果荷藕一下子全部闷入水中,就无可救药了。于是他们先是努力加高圩坝,尽力挡住来水,而后再慢慢向荷塘放水,让荷藕逐渐适应。原来荷藕也有着顽强的自我防卫能力,水涨高了,荷茎就跟着极力往上生长,以逃避没顶之灾。这样一天天坚持下去,就有望抗到水退的时候。那大片大片的碧绿,就是在这样的顽强抗争中保留下来的。

我不禁大为感慨。荷与人何其相似,荷藕与荷农如此相依。荷藕的生命是荷农所给予,它们最后反过来用生命的果实报效它们的主人。荷藕的蒙难与呻吟,何尝不是荷农的蒙难与呻吟。荷藕的不屈与抗争,又何尝不是荷农的不屈与抗争。荷藕与荷农的命运早就连在一起了。有道是"野火烧不尽,春风吹又生",我心中再次生出由衷的祈祷与祝福,愿美丽而坚强的宝应荷"大水淹不尽,春潮催又生"吧。我知道洪涝灾害对宝应荷的损害会很大,但我相信,待大水退去,宝应荷乡一定还会重现"映日荷花别样红"的壮丽景象。

这年夏天,我还是没有机会再去宝应欣赏荷花。今年,又有朋友发出邀请了,我不知能否成行。看宝应荷花,至今是一个美好的梦。也罢,既是好梦,索性让它再做得长久些吧。

(2004 年)

雨劫桃花

扬州城西北郊的蜀冈上,有一片不小的桃林。来扬州五年,几乎每年春天都要到那里去一两趟的——我偏爱桃花。

当时,我为发现了那片圣地净土而万分兴奋和欣慰。我已颇有了一点阅历,学会了一点伤感,明白了古往今来人世间对这桃花也是有褒有贬、毁誉参半的。"桃之夭夭,灼灼其华""忽逢桃花林,夹岸数百步,中无杂树,芳草鲜美,落英缤纷""桃李不言,下自成蹊""桃李满天下"。多么令人神往的理想世界,多么质朴无华的由衷赞美!可也有人对桃花贬之又贬,切齿忌恨。"颠狂柳絮随风舞,轻薄桃花逐水流。"谁敢轻易染上"桃色事件""桃色新闻"之类的"桃"字?可是,无论如何,我爱桃花!无论如何,我不能不一年一度去拜谒蜀冈上的那片桃林!

今年四月,我自然又去那桃林。只有在那里,我的心胸才会难得的开阔、舒坦。这回去得有些迟了。桃花业已大放,湿湿的地面上铺有疏疏的花瓣。一阵清风吹过,落红如雨,飘飘洒洒。然遍野枝头的花色却仍是那般艳红。"桃花初也笑春风,及到离披将谢日,颜色逾红。"不是常去桃园而又悉心细察、倾心相爱的多情人,谅也不会有此逼真的感受。红日西坠,彩霞布天,嫣红的花海与彤红的霞光融为一体,交相辉映,富丽堂皇。微风拂面,花香沁心;飞鸟归巢,农舍笼烟。抽一支烟,静静伫立花海中,竟又灵魂出窍般地痴迷了。不知不觉间,夜幕降临,花海在星空下泛出一片暗红清凉的光。蹒跚寻上归途,好一路神不守舍。踏进家门,方见手中尚捏着早已熄灭的烟蒂……

不料就在这一夜,下了春天第一场雷雨。夜半惊醒,呆呆地望着电闪雨帘,木木地闻着雷鸣风吼,怯怯地想着那狂风暴雨中的一片桃红,唯觉寒冷彻骨，横竖也睡不着了。

　　我曾不止一次想去那桃林凭吊一回，终于一直没有去成。我猜想，那桃花再茂再旺，恐再也难以结出多少丰满的果实了。

　　然而，事实证明了我的浅陋。桃上市后，但见一颗颗仍是这般丰硕、鲜美。恰巧一回遇上的正是侍弄那片桃林的果农，问及收成，她的笑容似篮中颗颗鲜桃一般诱人："不错不错，谢天谢地，比去年还要好些！"

　　当然由不得我不信。可我的胸中却一连几日无法平静。历尽雨劫的桃花，竟仍能结出如此丰硕之果；而自称万物灵长的人，倘若经了纵使不太重的挫折，还能如此顽强地修身养性、再图奋起、有所作为么？

　　我只有更热切地希冀着明年。

（1987 年）

君山银针

把一个大湖比作一只"银盘",一座岛山比作一只"青螺",似乎大俗。然而刘禹锡就是这样描写洞庭湖中的君山,而且诗句得以千古流传:"白银盘里一青螺",这让我略略悟出一点大雅与大俗之间深奥而微妙的关系。漂过"银盘",踏上"青螺",凭吊过娥皇女英二妃,缅怀过柳毅龙女,想象过吕洞宾,领略过诸胜之后,好客的主人领我们进了一处茶室,请我们品尝君山名茶"君山银针"。

只见一位小姐走进来,在黑漆茶几上等距离摆放三只玻璃茶杯,分别撮进茶叶,走了出去。俄顷又进来,拎一只铝制茶壶,往三只茶杯里注水,而后站在一旁,对大家说:"请注意看。"我一听就犯了嘀咕:口中正渴着,有茶大碗筛来便是,还看什么?接下来发生的事实很快将我这种陋人之见击成齑粉。奇观出现了!但见茶叶很快向上浮起,一根根并列着笔直竖立悬于水面,每一芽叶尖上含一细小水珠。小姐介绍:"这叫'雀舌含珠'。"俄顷,茶叶三三两两徐徐下沉至杯底,依旧一根根立着,最后在杯底铺了一层。惊异之间,小姐说:"这叫'春笋出土',也叫'刀枪林立'。"细细察之,实在酷似。待三只杯子中的茶叶全部落定,小姐将杯中之茶倒去大半,复出去取铝壶进来,一一斟上水。奇怪,杯底的茶叶又三三两两地慢慢浮了上来,一会儿就又铺满了水面!这奇观众人都没料到,大家不由自主地啧啧连声。小姐又说话了:"这叫'万笔朝天'。此茶反复冲泡,能三起三落,被称为君山的一大奇观。"主人接着向我们介绍了一些有关"君山银针"的传说和故事,相比之下,这类东西倒是各地皆有的。

介绍完毕,小姐为我们每个客人献上了一杯"君山银针"。举杯察之,色淡;细细品之,味亦淡。主人最后算是抖了个"包袱":"君山银针色淡味淡,它主要是一道观赏茶。而要观赏,最主要的是两条,第一当然是要用玻璃杯,第二是一定要用沸水。你们刚才看到小姐跑进跑出,就是去拿沸水的。当年毛泽东主席把君山茶带到北京,怎么也泡不出'三上三下'来,打电话来问,才知道问题出在水温上。"

饮毕话别,深觉不虚此行,只因从此识了"君山银针"。

(1997年)

君山红绿叶

我这人生来对树木花草的感觉甚为迟钝，努力观察并非不用心，专心听讲并非不认真，却总难免于倏忽间遗忘得一干二净。有一种树，却一直不曾忘记，许久了，我还记得它的名字叫"杜英"。我想，这绝不单单是因为我当时采了两片树叶夹在了书中的缘故。

那是在洞庭湖中的君山上。游毕湘妃祠，走在一条新铺的石甬道上，路两旁植着绿树。主人笑着问："你们瞧瞧这树，看看可有什么发现？"这两排树木我不认识，但它们很容易地让我联想起女贞、香樟一类的树，当然这同样是我迟钝的感觉。细看之间，便有人惊叫起来。原来，但见葱绿一片的树叶之间，夹杂着些许鲜红的叶片！常听人们用"万绿丛中一点红"来形容花的娇艳出众，此时我们谁也弄不明白一棵树上同时生长着的翠绿与殷红是怎么回事。主人揭谜一样地介绍起来，他脸上的得意与自豪，是我们这些常常给人当导游的人都能体会的。

此树学名杜英，俗称君山红绿叶，常绿乔木，为我国的稀有树种。杜英树木质坚硬，开白花，结花生米大小的甜果，可以吃。它主要生长在我国的浙江、台湾、湖南等地。洞庭湖的君山上，长着一百多株杜英树，那夹杂在深绿丛中的一片片红叶，红绿映衬，反差强烈，奇妙无比！一般说来，杜英树在换叶时，新叶嫩绿，老叶由绿变红。君山的杜英有其独特之处。在一些大树老枝上，可以见到有的叶片下面红色，反面却是绿色的；而有的红叶亮着光泽，红得透明，竟是嫩叶。有些地方的杜英树春天全绿，夏天红绿相间，秋天全红，君山的杜英一年四季总是有红有绿，尤以春末夏初景色最佳。君山红绿叶，不愧为君山一绝。

啧啧称奇的同时，伸手摘下一红一绿两片树叶，把玩良久。回旅店夹于书间,随行囊携回故乡。如今翻看早已干枯的两片叶子,红的那片由嫩红变为暗红,绿的那片则转为浅褐,而在叶脉的纹理间,又洇出一片片淡淡的红晕。面对红绿叶,固然让我想起那些愉快的旅行,而我又总会因为这两种不同的颜色,联想到春天老柳上的新枝,冬天枯草间的嫩芽,或者中年黑发中的华发,老人白发下的黑眉。

(1998 年)

溱湖盛会

早就知道古镇溱潼的会船节名扬天下,唯恨无缘一见。多少年来,只得一任有关会船的美妙传说,像梦一样在心中萦绕。孰料,机会说来就来了。这使我更坚定地以为,诸事随缘的达观与明智,在我们面对众多愿望有待实现的人生无奈中,实在是越发重要了。

汽车在高速公路上飞驰,我的思绪也不禁随着车的晃动信马由缰。溱潼镇我去过,那是里下河地区的一个历史重镇,四面环水,是一颗名副其实的水上明珠。对这座古镇可小看不得。这绝不只是因为它乃江苏百家名镇之一,而在于它拥有许多名镇所无法比拟的悠久历史和灿烂文化。这座位于姜堰、兴化和东台三地交界、素有"犬吠三县闻"之称的古镇,有着"东方袖珍威尼斯"的美誉。溱潼八景、岛镇巷陌、溱湖簖蟹、溱湖野鸭、鱼饼虾球,无不名闻遐迩,令人遥想神往。而一年一度的溱潼会船,更有"天下会船数溱潼"的美名。

古老的地方,古老的习俗,总是离不开奇妙的传说。尽管人们都明白传说的不可靠甚至荒诞不经,但人们还是需要它。几乎可以说,离开了传说,就没有了习俗,甚至也就没有了历史。关于溱潼会船的来历,传说颇多。其一说:南宋绍兴初年,山东义民与金人血战溱潼村,金兵大败,义民伤亡亦众。溱潼百姓礼葬阵亡将士,并于每年清明节撑篙子船,争先祭扫,渐成会船习俗。其二说:朱元璋登基后,清明节想上坟却找不到父母的墓,军师刘基出主意,让皇上清明后的一天到没有烧钱化纸的无主坟中寻找。于是皇帝乔装打扮,乘船在江淮一带寻找祖坟,他嫌船慢,下令添加船篙。这一举动感动了百姓,人们竞相撑船去祭孤坟,后来演变成会船风俗。清嘉庆《东台县志》记载,"宋建炎年间,张荣、贾虎率义兵与金兵转战南下,与敌相遇于秦潼村"。看来,第一种说法至少存在着与史实接近的可能,而第二种则纯粹是无稽之传说,属于那种满足人们某种心理需要的荒诞不经。我个人也宁肯相信第一种说法,因为它与延续至今的会船风俗所崇尚的精神是一致的。一种历经千百年而不衰的习俗,却已无法弄清的由来,这本身就是极具吸引力的事。而成千上万的人们以无比高涨的热情参与这种习俗,一呼百应,趋之若鹜,万人空巷,个中的缘由,我想绝不单单只是民俗学家值得研究的课题。

第二天一早,我们随着川流不息的人浪向会船的水上舞台——鸡雀湖行进。从镇边的码头登船,沿黄村河向南航行,一路上已见到许多条装饰一新的船只争先恐后却又有条不紊地前行。但见船上男女全都穿着鲜艳夺目的服装,脸上无不充溢着毫不掩饰的洋洋喜气。这样的装扮,在我是今生第一次目睹。男的一概白衬衫,白绑腿,头扎素毛巾,腰系红布条,裤子却一船一个颜色,或青,或蓝,或黄,或黑;女装则以红和绿为主要色调,红衣服配绿披风或绿腰带,绿裤子便配红绑腿。常听城里人说:红配绿,丑得哭。然而,此情此景,相信谁也不会如此轻率评价,因为红与绿在这个特定的时空里组成了一幅美好无比的画面——和谐、纯朴、喜庆、热烈,呈现出一种不容贬损的至善至美。我们常常错误地以为,自己喜欢的东西别人也一定喜欢,自己讨厌的东西,别人也理应讨厌。我们习惯于指责别人的自以为是或强加于人,孰料自己却不知不觉地经常犯着同样的毛病。试想,让眼下这些船民都换上西装革履,换上牛仔裙与高跟鞋,那将是怎样一幅不伦不类的图景?岂不反而叫人笑掉大牙。面对这些赏心悦目的服装,也许会使人产生某些错误判断,以为他们平时也是这般穿戴,就像我们对少数民族的节日盛装也会有类似错觉一样。既是节日盛装,便不是日日穿戴在身的。农民们有句俗话,叫作"上什么山唱什么歌",在这一点上,其实足以令富裕且文明的城里人自叹弗如。

我们的小船与漂亮的赛船簇拥着,汇入了鸡雀湖。欢腾的鸡雀湖,已远非我的笔力所能描绘。湖上,舟楫云集,竹篙如林,百态千姿;岸边,彩旗招展,人声鼎沸,鼓乐喧天。我意外,我惊讶,我叹为观止。我领略了什么是盛会之盛,我看到了黎民百姓的强大力量和冲天气势。

经过行家指点,我看懂了会船的种类。最大最豪华的是花船。它是一种表演船,由两条船固定在一起,上面搭着漂亮的戏台,有乐队,有演员,个个浓妆艳抹,且歌且舞。灵巧活泼的荡湖船和声势浩大的舞龙队,在花船上一展风采。搭着飞檐翘角楼台的是供船。这种船原来是用于供奉菩萨和祭祀先人的,挂灯笼,悬对联,船上有僧人诵经祷告。如今,供船依旧用来祈求风调雨顺,五谷丰登,而聪明的水乡人也学会了抓住机遇,他们把大幅广告堂而皇之地拉上了供船。篙船最为威风凛凛。这种平时被称为"丫梢子"的大船,有十几米长,是会船节上赛船的主角。三十名水手分列两舷,一人一篙,篙子顶端扎着一块小红布,阵容严整,气度不凡。小巧灵便的名为划船。桨手是清一色的女性,大红大绿,英姿飒爽。小划船只载九人,形同一片树叶飘荡水面,却耀眼醒目。

简短的表演过后,最为激动人心的赛船开始了。一组四条篙船对齐之后,随着发令枪响,每条船上的锣声有节奏地响起,篙手们齐声呐喊:"下!下!"整齐划一地挥动竹篙,笔直地两上两下,篙子与船帮相碰,发出悦耳的"笃笃"之声。扬篙如长矛列阵,下篙像巨蟒入水。大船犹如从水面上一腾而起,箭一般地离弦而去。岸上的人海中顿时爆发出海啸般的声浪,气冲霄汉,响遏行云。千根竹篙起落,万朵浪花翻飞,端的是大场面,大手笔,大气派!划船赛事又别具一种风情。与旧时代足不出户的女人相比,水乡的女桨手向人们展示了由她们开辟的另一个世界。锣声中,她们手起桨落,前俯后仰,小划船像一只只海燕从水面飞掠而过。比赛终有胜负,"镗镗镗"一阵乱锣,赛船便停篙停桨,互贺互祝,皆大欢喜了。

一年一度,寒来暑往,会船业已成为以古镇溱潼为中心的里下河地区人民的盛大节日和著名习俗。著名习俗的价值,我以为就在于它的无法动摇的延续性,以及它的不可模仿性和不可替代性。溱潼会船,千百年来薪火相传,具有难以想象的近乎魔幻般的强大生命力。它超越时空,不受任何改朝换代影响,不以任何个人或少数人的意志为转移。官方组织也办,不组织也照样办。你可以因势利导去改进它,丰富它,完善它,却不可以随心所欲去利用它,扭曲它,败坏它。放眼神州,船会、船赛并不罕见,然而苏北小镇溱潼的会船却能独领"甲天下"之美誉,正是因了它的不可替代性。汨罗江的龙舟竞渡船大人多,气势磅礴,粗犷豪迈;杭州的龙舟竞渡花样繁多,娱乐性强;台湾的"斗龙舟"则侧重于祈求平安,也别具特色。然而,它们都不能取代溱潼的会船。别的不说,单从时间而言,溱潼会船在清明前后,而其他船会几乎千篇一律地放在端午节,这里面就大有文章。何况,在船的种类上,各地的船会与溱潼会船也不可同日而语。从总体上说,各地龙舟竞渡的主要特点是赛力竞技,而溱潼会船的最大特点则在于"会"。会者,集会也,八方会师,千舟竞发,大壮声威;会者,会面也,一年一会,以船会友,共祈太平;会者,聚合也,众船汇聚,戮力同心,势不可当。也许,这些正是溱潼会船之所以经久不衰而又独树一帜的奥秘所在。

返回途中,我忽然注意到,篙手和桨手里,中老年者居多,男子尤为突出。我想,一定是由于即使是在经济不甚发达的里下河地区,年轻人常年在家的也已不多的缘故。随着经济的日益发达,年青劳动力的流动无疑将会更加扩大,那么,篙手与桨手还能不能后继有人?溱潼会船还能不能代代相传?

我的答案是肯定的。今日的老年,正是昨日的青年,尽管也许不会太多,但他们中间一定会有人年轻时曾在外奔波流浪。那么,如今为生计而奔走四方的青年,必定会在明天或者后天,成为赛船上风姿不输当年的又一辈老者。他们今天乘船而去,为的正是明天乘船归来。船,是他们随身的桥,是他们游动的地,是他们漂浮的根,是他们不沉的家。望着篙手们在水面上点出的圈圈涟漪,再看看他们脸上那饱经风霜的道道皱纹,我仿佛看到了一代代水乡农民的生命年轮。他们辈辈相传,生生不息,却有幸保留了如此古老雄浑的风俗,他们是伟大的,也是幸运的。试问,与他们相比,我们有没有丢弃了什么?我们又留下了一些什么?不错,这样的民俗或许低级,或许粗俗,或许不上档次,可是,我们比他们更高级、更高雅、更高档次的时尚又有多少呢?像溱潼会船所表达出的纯朴、热烈、欢乐、喜庆、祥和、神勇、威猛、凝聚、奋进，以及天真烂漫、乐观豁达、友爱互助、公平竞争、集体荣誉等等人类亘古亘今孜孜以求的美好精神财富，我不知道在如今的都市里还剩下多少了。

（1999年）

"船到十二圩小"

自古以来,民谣中隐藏着历史。"船到十二圩小,人到十二圩老",便隐藏着十二圩的辉煌历史。前一句是说十二圩的大船多,足见其经济繁荣;后一句是说十二圩的年轻人多,足见其城市兴旺。这样的民谣得以流行毫不奇怪,因为在相当长的时间里,十二圩曾被称作"小上海"。

这些年,我好几次到过十二圩。目睹苍老而破败的古镇,不免感慨唏叹。如果不了解它的历史,说它是"小上海",岂不纯属梦话。

圩,即江边堤坝。十二圩,即第十二道江堤。当初,谁也没有想到这道江堤边,会赫然冒出一座规模宏大的城镇吧?

从同治十二年设立淮盐总栈起,到一九三〇年后总栈撤销,十二圩前后兴盛了六十年。有十五万以上的人口,有九街十八巷,有三十座码头,有占地约三百亩的堆盐场,有现代文明标志的发电厂和电报局……这是一座规模宏大的"盐城",有"小上海"美誉当之无愧。

正常情况下,在十二圩堆储的盐多达十亿斤以上。逗留于十二圩的船工、水手,多达三四万人。停泊在十二圩江面上的大小运盐江船达两千多艘,绵延二十余里,把江面挤得满满当当。最大的江船长十三四丈,船桅高十二三丈,可装载食盐一万六千包(约合一千二百吨)。帆樯林立,人声鼎沸,这是何等壮观的景象!

"船到十二圩小",再大的船,到十二圩能不"小"吗?

然而,一座城市的衰落,其迅速,其剧烈,其彻底,常常难以置信,匪夷所思。曾几何时,盛极一时的十二圩,有"小上海"之称的十二圩,与大上海无法比拟了。上海的历史不长,它由小到大,长盛不衰。在历史的长河中,十二圩恰如昙花一现,由大到小,很快衰颓。在大运河沿线城镇中,它的衰落最为彻底。

六十年,太短了。我们阅读古籍,常常一个哈欠便会打掉上百年。一个城市的历史,确实经不起几个这样的哈欠。可是,有谁细想,泛黄的书页间,浓缩着多少人的开创拼搏,生生不息,喜怒哀乐,爱恨情仇,血汗、泪水与生命。十二圩昔日的辉煌,早已载入史册。"船到十二圩小",成为骄傲,也成为叹惋。

我近年若干次到十二圩,主题只有一个,考察踏访,体会古镇的兴衰,研究古镇的保护。这一次又去,任务完全不同,此行是见证十二圩的变迁,或者说是一次与古镇的告别。

十二圩的复兴,犹如它早年的兴盛一样,迅猛得同样让人难以置信。

方兴未艾的船舶工业园,是十二圩的现代奇迹。在圣淘沙船厂和金陵船厂,矗立着五百吨的龙门吊,十万吨级的船坞正在生产,停靠在码头上的二十万吨级巨轮正等待安装各种设备。站在巍峨大山般的大船旁,站在摩天大楼般的塔吊下,谁都会被震撼。什么是昂首挺胸,什么是光宗耀祖,什么是民族复兴,都会涌上脑海。

面对仪征经济开发区的沙盘,可以看到,规划中的商贸居住区广达八平方公里,将聚集五万人口。我横看竖看好长时间,还是不敢肯定哪里是十二圩老镇。介绍的人说,在这里,这一片,将会有大批建筑被拆除,当然,有价值的建筑会被保留。

我看清了,如今的十二圩,已是另一个所指,它是仪征经济开发区中的一个区域。它被重新设计与改造,以新的"小上海"的容颜呈现,是理所当然的事。想与十二圩古镇的容颜道别,时间已经不多,用不了多久,它就会"旧貌变新颜"了。

天道轮回,世事机缘。十二圩的兴衰,居然暗合了六十年甲子的周期。有人说是巧合,有人说是必然。六十年甲子重开,十二圩仿佛涅槃再生。

"船到十二圩小",这句几乎被人淡忘的民谣,竟又悄然回来了。

(2008 年)

桥的随想

如同兴之所至间拜访了一位朋友一样,我与建设中的"靖江—江阴长江大桥"不期而遇。在靖江开一个会,有人建议去看看长江大桥工地。我想,工地有什么看头?要看也要待它有了个雏形才有点意思啊!我把这想法在电话中与一个朋友说了,朋友却说:"哎呀你错了,值得一去,很……很壮观的。"就凭这"壮观"二字,我不得不"屈尊"一次了,尽管灰蒙蒙的天气搅得我的心也同样灰蒙蒙的。

在大桥北岸建设办事处,介绍情况的副主任印先生是我的老朋友,我从来没有见过他在叙述一件事情时是这般的如数家珍,是这样一副眉飞色舞、自豪自得的表情,仿佛他介绍的这座大桥简直就是他的一份家产。不待听罢,我已经明白了印先生的自豪完全有其充足的理由,换了我或许只会比他自豪得更甚。不仅如此,我还又一次明白了那个简单的道理:我们对一件事物缺乏兴趣,往往是因为对它的不关心和不了解。

固然,我对"靖江—江阴长江大桥"的动工兴建非但不是无动于衷,而且是在心中放声欢呼的。这不单单因为靖江是我的故乡,还因为我对这座"中国第一桥"的重要作用的认识。然而我却犯了一个错误,那就是忽视了大桥建设过程本身的巨大意义。这错误我们其实是很容易犯的——我们常常太看重甚至只看重结果,而轻视甚至忽略了过程。拿旅行作比或许很贴切,难道目的地反而比沿途的观光更为重要吗?

尽管听完介绍有了一点理性认识,当远处工地上高高的塔吊透过汽车车窗扑进眼帘时,我心中还是产生了一种莫名的悸动,因为这样高大的塔吊在我有限的经历中太不常见。接着看到的是已然建成的每隔50米一个的巨大桥墩。有人忽然说:"好像并不怎么大嘛!"印先生答:"桥面宽33.8米,6

车道,应该说是很大的了。篮球场看起来够大的吧?可它也只有宽14米、长26米啊!"大家立即明白自己出错的原因——在这江边的旷野上,失去了必要的参照系,竟就如此容易地失去了判断力。

对世界第一大的北锚碇沉井的远望与攀登,同样可以令人产生对自己眼界的思索。这一由上海基础公司制造的庞然大物,远看似乎也没有想象中的大,无非像一处在建中的半截楼房。可是待你登上"楼顶"一望,或许就在一瞬间便领略了"壮观"的含义!宽51米、长69米的范围内,居然要浇成下沉58米深的混凝土大碇,以承受从跨于桥塔的两根主缆传来的6.4万吨的力,这在我等庸人看来,简直匪夷所思。难怪外国专家说:"能建这样的沉井,世界上任何沉井都不在话下了。"将近10个篮球场的面积还不大么?我们远望怎么还不觉得?我仿佛在忽然间明白,一种其实是很大的东西,忽然在我们的眼中变小了,我们就称之为"壮观",却原来,所谓壮观,就是我们的眼界得以大开。当然,有许多东西在参观者还只能是想象中的,比如高280米的桥塔,比如粗96公分由两万多根平行钢丝组成的主缆,比如拥有24个收费口的大型收费站……然而这种想象却不同于上月球观光之类的想象,它不过是一种有充分依据的、有具体实现时间的实实在在的企盼。

"靖江—江阴长江大桥"的意义是巨大的。它将对沟通长江南北的经济交流,联结沿江区域的城镇群,扩大浦东开发开放的辐射范围,促进长江下游地区的大联合和大协作,发挥难以估量的作用。

回望烟雨迷蒙中的大桥工地,不由对桥的意义产生了许多联想。桥是一种用于联系与沟通的工具,当然首先是地域之间的联系与沟通。于是,当我们需要联系与沟通的时候,就想到了桥,就企望有这样那样的桥。地域与地域之间,物体与物体之间,学科与学科之间,甚至是心灵与心灵之间,现实与理想之间……

足见桥——有形的和无形的——对于人类的巨大作用,它关乎我们每个人的物质生活和精神生活。从某种意义上说,我们每个人不都是形形色色的桥的构筑者么?

(1996年)

孤　山

小时候常听罗家桥的二姐夫说,他家就住在海边,这使我们十分向往。后来知道他说的"海"其实是长江,心中就颇为不屑,以为长江与海的差别实在不可以道里计。可是再后来,当我对靖江的历史略知一二之后,却对"海"的说法有了新的视角与感悟。

孤山早在二百五十万年之前就隆起为海上孤岛了,那时候它的周遭是汪洋一片。长江在当时显然还无从谈起,罗家桥则还在海底沉睡。直到东汉末年,孤山脚下还没有陆地。如此说来,罗家桥人把长江说成"海"就一点也不奇怪。是早先的海变成了长江,而"海"的称呼则理所当然地延续至今。"海"的称呼引导我们去追溯靖江的历史,尤其是追溯孤山的历史。

"海客谈瀛洲,烟涛微茫信难求。"遥想当年,洪波涌起的大海上,一座仙山赫然升出海面,形成一道静悄悄的奇观。在惊涛骇浪的催生与洗礼中,日日夜夜,月月年年,这座仙山栉风沐雨,傲然挺立,顽强地生长着,生长着,越长越高,越长越大。在它的周围,慢慢又生长出一片片沙洲:马驮沙、面条沙、东开沙、尹家沙……最后这些沙洲连成一体,一块新的陆地出现了。移民们一批批来到这片土地上开垦劳作,一个生机盎然的绿洲诞生了,一个新的县名——靖江——也随之诞生。

毫无疑问,孤山是靖江的根基,靖江的本源,靖江的始祖。

孤山不高,不过区区五十多米,但它却名闻遐迩。在广袤的苏北平原上,它突兀而起,昂首挺胸,傲视四方。孤山是一座真正的山。字典上说,所谓山就是"地面形成的高耸的部分",然而用这样的定义来解释孤山,未免显得苍白平淡。孤山先是海中孤岛,沧波一柱,后来变成辽阔冲积平原上的一座奇突山峰,它让人们真正懂得什么叫沧海桑田。孤山是名副其实的山,它不是一般意义上的小小土堆,它有嶙峋的巨大磐石,有二百五十万年以来由石头风化而成的黄泥,有根植于山坡与石缝中的苍松翠柏。孤山既是一座天造地设的名山,又是一处文人与官员多年经营的名胜。蹑云坊上的楹联早已镶嵌在众多靖江游子的心头:

  对此长江,左蠡烟波今宛在;
  位当绝顶,西湖风月定何如。

  孤山是靖江的形象,靖江的徽号,靖江的骄傲。
  我是孤山的儿子,我为此深感荣幸。每当向人们介绍故乡,只要说出我老家是孤山的,许多人都会说:孤山,知道知道。此时我便感到十分自豪。
  孤山在我心目中一直是一个象征。象征什么呢?我并不能完全说得出来。我心中经常生出关于孤山的联想:孤独静处,但不孤僻古怪?孤高不群,却不孤行己见?孤芳自赏,而不孤立无助?
  孔子云:"德不孤,必有邻。"是的,有道德的人不会孤单,一定会有志同道合的人来与他作伴,就像孤山一点也不孤单,终年都有慕名叩访的人络绎不绝地向它投奔一样。

(2001 年)

故园老屋

　　故园的老屋几年前就从这个世界上消失了。它成了我心中的一个梦，一个永远的梦。几年了，我还是一直没有弄明白，对于老屋，我们到底是做对了，还是做错了呢？

　　老屋是上个世纪五十年代初由祖父和父亲合力主持建造的。它历经寒暑，沐雨栉风，挺立了近五十个春秋。五十岁，对于一个人来说，还不能算老；可是对于一幢瓦房而言，它却一定会老态龙钟了。我们或许确有理由让我们的老屋安然地消亡？那我为什么还要念念不忘地来记这个梦？

　　如今已不再有人能体会那幢老屋的昔日风光了，包括我们这些曾经生长在老屋里的人们。面对老人们不厌其烦地讲述过去的荣耀，我们常常会强忍着内心那种好汉不提当年勇的不屑。其实我们是浅薄的。如果父辈们果真在当年是做得最好的，那就愈加证明了我们的浅薄。扪心自问，我们做到最好了吗？如果是，那至多只能说明我们没有愧对先人；如果没有，那我们还有什么理由和资格对他们表示不屑呢？

　　父亲偶尔也会说起当年造屋的艰辛与风光，他却并没有不厌其烦，说到底他是一个崇尚实干而讨厌吹嘘的人。他讲述如何披星戴月的攒钱，讲挑着菜担子走六十多里地到黄桥成了家常便饭；他讲述置办造房材料的难处与趣闻，讲从长江里往大港再到小河放木排的兴奋与历险；他讲述新房子落成后的轰动，讲全大队的社员聚在新屋里开会时的赞叹。父亲是一个十分要强的人，他身上有一种永不服输的不屈精神。这精神使他成功，使他荣耀；却不幸也使他失败，使他失望。

　　老屋一共有八间。三间五架梁和三间七架梁，组成前后两进，外加两间小屋。这样的房子，靖江土语称之为"实盖"。究其要素，一是有做工考究的石灰勾缝的砖砌夹墙,而非简单的土坯泥抹单墙;二是房顶椽子上铺有雪白的单片望砖,而非芦苇帘子做成的芦望;三是做有高高的屋脊和漂亮的鸱尾,而不是薄薄的瓦脊;当然,还有粗大的正梁、桁条和柱子,笔直的椽子,方正的石磉,细致的檐头,明亮的天窗,厚实的门扇,等等等等。简而言之,它具备了那个时代方圆几里的人们羡慕的标准。老屋确是一个奇迹,是文盲的祖父、父亲和母亲创造的一个奇迹。他们做到了最好,而他们却没有因此喋喋不休,我不知道这是不是也是一种必然。

很长一段时间里,人们会对不认识我们家的人这样指路:你只要看全埭上最好的房子就是他家!是的,我们无不以此为荣耀。我们知道,我们分享的是父辈的荣耀。

老屋在我的心中,是一幅画,是一首诗,是一支歌。

它被掩映在一片绿色中。这绿色是树。有钉槐、枫杨、榆树、桑树、皂角、泡桐、水杉,等等。这些树给了我们那么多的快乐。爬着玩,捉迷藏,乘阴凉,藏东西,掏鸟窝,罩知了,捉昆虫,不一而足。那绿色是竹林。老屋后面是一片竹园,这是我们的一个乐园。爬竹竿,翻跟斗,捉麻雀,用竹叶做小船、灯笼之类,夏天则可以在竹园里尽兴地睡午觉。那绿色是瓜果和菜蔬。丝瓜、黄瓜、南瓜、扁豆、豇豆、蚕豆、青菜、韭菜、菠菜、大蒜、小葱、芫荽,总之是一年四季的绿。

老屋的两边被小河围绕。那河水的清澈,如今只能在记忆中搜寻了。河中的罱泥船,河面的菱盘和水葫芦,河中的大嘴巴一张一合的鲢鱼,像一组天然的动画。我们吃着河中的水长大,我们跳进河水中痛快地游泳,我们从河中钓出各种鱼来,我们在冰封的河面上嬉戏玩耍。

老屋与许许多多小动物联系着。燕子们春来冬去,黄鼠狼鬼鬼祟祟,赤练蛇神出鬼没,壁虎子躲躲闪闪,蜜蜂们在土坯墙上钻了一个个圆圆的小洞。

我在老屋里度过了整整二十个春秋。这是生我养我的地方,也是我二十年生命和情感的维系。这二十年里,老屋里发生的大小故事,足以让我回味终生。二十年间,我们兄弟姐妹七人一个个相继离开了老屋。两个姐姐出嫁了，兄弟五个先后工作、参军、上大学，分布天南海北。我的父母亲成了"五子登科"的典型实例，一时间名扬乡里。

于是很多人找到了原因，那就是这座老屋有绝好的风水。我不懂风水，不能贸然否定他们的发现。但我知道，当初祖父兄弟四个，老屋的宅基是争到最后剩下的一处。剩下的也许反而正是最好的，不知在风水学上有没有这样的解释？如果真是这样，与世无争的人就会真的获得好运，这或许就是风水学乃至命相学最精彩的诠释了。

物换星移，白驹过隙。曾几何时，老屋风光不再。故乡的村庄上楼房一幢接着一幢地出现，老屋非但不能坚守昔日的威风，而且年久失修，越来越经不住风侵雨蚀了。

终于，人们这样对不认识我们家的人指路了：你只要看全埭上最丑的房子就是他家！从此，父亲再也不感到荣耀。我们众兄弟负笈远行，客居他乡，却没有能力造房尽孝，让父亲分享儿子们的荣耀，这也许并不是我们的过错，却又不能不让我们疚愧万分。父亲毕竟是要强的人，他也能设法生出阿Q式的安慰。他曾这样说过，儿子们在外面都有房子，而且都是楼房，北京的老三住在二十几层上，手伸出窗外就可以摸到云朵。

可是，老屋还是成了父亲无法治愈的心病。一提起，他便满面愁云，默不作声。父亲终于又表现出了他的好胜与倔强。他一度踌躇满志，跃跃欲试，心中筹画着他的楼房。他忙着在儿子们中间奔走游说，要我们共同出力，造出新屋，以一洗他心中的屈辱。他虽没有明说，但我们知道他是感到屈辱的。弟兄们都想答应他，但却都没有财力。父亲很失望，勉强同意对老屋进行一些必要的修缮。

忽然有一天，父亲重重地倒下了，再也没有起来。楼房是父亲的一个梦，他带着这个遗憾的梦驾鹤西去。我为父亲写了一副挽联，刻在他的墓碑上：

　　一生躬耕似夸父追日，
　　百世景慕犹河伯望洋。

父亲在造房问题上最终是失败了。他失败的原因在于不切实际,没有正视作为书生的儿子们的窘迫,硬要去做实力达不到的事情,这是难免碰壁的。但他却留给我们一份宝贵遗产,那就是他那种不屈不挠的奋斗精神。

倏忽间又是几年。说话间我们手中就都有了一些积蓄。如何处置老屋的事,被理所当然地提上议事日程。

可是,使我们每个在外的人都有些感到意外的是,我们此时非但不以老屋为耻,反而对它更加依恋了,我们都不忍将它拆去。我们居然出乎许多亲朋好友的意料,做出了一个全面修理老屋的决定。这一决定让许多人觉得我们是读书读呆了,简直不可理喻。我曾经在一封家信中这样设问:"我们做出修房决定,一定有许多人会觉得可笑,然而可笑的就一定是我们吗?为什么长了知识见了世面的我们反而变得可笑了呢?也许这里面有些缘由罢。"面对鸡立鹤群的寒碜老屋,我们却不肯破旧立新,个中况味,确实不是诸多不曾远游的人们所能理解的。

不过,我们最终还是否决了业已做出的决定。一个重要的原因,是我们觉得应该圆一圆九泉之下的父亲的那个梦。我们都不会忘记那一段无力尽孝的日子。

更何况,在钢筋水泥的森林中,我们的老屋已经再也不是过去的老屋了。竹园早就没有了,竹林在很多年前忽然全部生病,开花、烂根、枯死。清清的河水没有了,鲜活的鱼虾没有了,呢喃的燕语没有了,热闹的鸟鸣没有了,许许多多原先的东西都没有了。与老屋依存着的一切几乎全都没有了,那么老屋的消失大概也是必然无疑的罢。

我们面临着艰难的抉择,还因为母亲已经年迈,我们的户口都在外地,如果再不拆去老屋,建造新楼,我们可能会最终连这块出生之地也彻底失去。我在另一封家信中说:"故乡的房屋是维系我们弟兄情感的纽带。我们不肯丢掉老家的房屋,其实是不想扯断这一根重要纽带。这物化的存在联结着我们的精神,无论何时,无论我们走到哪里,都会寻找机会奔向我们的家园,那生我们养我们的地方。"我们不得不建造新房了。

没料到弟兄五个建造一座漂亮的三层楼房有些轻而易举,真是今非昔比了。我们的房子尽管造得迟了些,但毕竟圆了父亲他老人家的那个梦,我们终于获得了些许安慰。

可是,我们多少年来梦牵魂绕的那座老屋呢?我们在圆梦的同时,却又在自己心中制造了另一个遗憾的梦。莫非这个世界上真的没有两全的事?

是啊,我们与芸芸众生一起生活在这块大地上,我们谁也无法擢发飞升。我想,一定还会有许多有形或无形的东西,在往后的日子里一一变成梦幻。那么,让我们好好珍藏每一个梦罢,因为它们已经是我们生命中无法分割的部分。

(2002 年)

小　车

小车如今在靖江几乎绝迹了。然而，在我的故乡情结里，那木头打造的独轮小车却占据着一个重要的位置。

我的父亲，我的祖父，都是地道的小车夫。曾经有相当长的一段时间，他们是靠推小车养家糊口的。那时候，小车的用途之大，已令现代人难以想象。田里的庄稼需要壅了，就到靖江城里去买粪，装在大推桶里，用小车推回来。收粮、卖粮、卖菜、卖猪，都是用小车。至于进城做生意，也是家常便饭——帮鱼行推鱼，帮油坊推油，帮布庄推布，帮酒店推酒……其中要数尖底酒坛子最难推，车子一倒就得吃赔账。还有一样常做的事，就是推人，充当交通工具。坐车子的各色人等都有，比如出诊的郎中，找郎中的病人，烧香的香客，还有做生意的、回娘家的、走亲戚的，等等。小车，成为靖江农民生活中不可或缺的重要物件。

到了我出生的二十世纪中叶，靖江人已不大用小车了。在我的记忆中，家里的那部小车一年用不了几回。必用小车的是两件事。一是上城卖猪，父亲在后面推，我们派一个人在前面拉（靖江话称"背"）。"背车"的差使小朋友们是要争一争的，因为卖完猪，大多能进总部饭店吃一碗八分钱二两的阳春面，再加上空车打转，还能坐上一段路。另一件事就是推"方垡"，稻田收割过后，挖出一块块泥垡头，码在田埂上，等风干后，就用小车推回家堆起来，留着垫猪圈。我就是在推方垡的时候学会推小车的。像我这么大年龄的人会推小车的人已经很少了，能够成为小车夫的最后一代传人，使我深感庆幸。

父亲多次讲起过有关小车的话题，使我对小车的知识有了相当的了解。比如，一部好小车，做工十分讲究。车身一色要用楮木，直而且硬，颜色暗红,也好看;固定车轴和辐条的"肚子"要用榆木,这木头不容易开裂;车轴和耳板更有讲究:车轴要用檀木,耳板只有用枣木。又比如,车子推起来一定要"喊",否则推得就没劲了,想睡觉。而要让车子"喊",就必须在枣木耳板里嵌进一块丫杈树疙瘩,这块小疙瘩和涂了麻油的檀木车轴一磨,小车就咿哩哇啦地喊起来了。再比如,每一部小车的喊声都是不一样的,车夫们都知道自家的车在说些什么。只要你听得多了,就会觉得真的蛮像——

"吱咛嘎咕嘎——咕!"

"今年不如往——年!"

"嘎叽叽嘎咕——!"

"又吃一天苦——!"

"咿叽啦安——呜!"

"捧紧了饭——碗!"

靖江的小车无论是在结构还是在造型上,都有它的独特之处。邻县泰兴人的小车就和靖江的完全不同,体格小,车轮也小,且不用辐条,耳板特别长,没有车篷,顶部是平的。这种小车靖江人称之为"鬼头车",颇含贬义,恐与靖江人一向瞧不起泰兴人的狭隘心理相关,实不足取。后来我在外面走动,也看见过一些小车,却没有见过和靖江小车完全相同的。尤其是在徐州淮海战役纪念馆内,我见到了各式各样的小车,大小悬殊,形状各异,可谓林林总总。细细察看,还是没有发现一部和靖江小车同样的。这使我在惊讶的同时感到骄傲:靖江小车的独特,显然证明了历代靖江人的创造意识和创造能力。

八十年代初,父亲将那部虽百般留恋但实在已没有什么用场的小车,卖给了一个泰兴人。于是,小车对于我们这个家庭,终于彻底地成了历史。那时候我已经离开家乡好几年了,卖小车的事是父亲后来告诉我的。此后,我从父亲一次次下意识的唠叨中,听出了他对小车的那种无法割舍的情愫。是的,小车曾是父辈们生命乐章中一串串音符的重要载体,父亲不厌其烦地向我们讲述一则则小车的故事,其实是要通过这个载体,让那些动人的生命乐章在我们的心中发生共鸣并永远唱响,让祖祖辈辈那种不屈不挠的奋斗精神在我们的身上得以薪火传承。

(2001年)

埭上来了勘探队

一

我一再为靖江这块地方的神奇诞生而感叹。要而言之,它是从海水里长出来的,从一个一个沙洲,连成一片,最后变为一片陆地。

这就涉及靖江对村庄的叫法。靖江人对村庄的通常称呼,叫作"埭"。这个"埭"字,从前在地图上常常被写成"垈",对此我原本一直不懂。后来悟出,这个字不对,应该是"埭"。尽管字典上说"垈"的意思是"用于地名",没别的意思。而"埭"呢?则是"土坝""堤岸"。我以为几乎可以一口咬定,靖江用于村庄名的,是此"埭"而非彼"垈"。——海中生出的沙洲,要住人,要开垦,挡水是第一要务,就要筑埭。不筑埭,就没有靖江了。

为此,我很不满意《靖江方言字典》的解释——尽管我对这本书爱不释手——"垈":"靖江老岸地区称村落时多用垈字……现在多写作'埭'字。"而对"埭"字本身,方言字典竟没有一个词条!我以为这恰恰是弄反了。应该是:埭,土坝或堤岸,靖江老岸地区多用作村落名,过去常被误写作"垈"字。

再一个是对"场"的解释。"场"也是靖江一个重要地名用字,我出生的村庄就叫王家场。可方言字典只说"场"是"量词,用于事情的经过",如"一场病"。可是,我们家附近好几个村庄都以"场"命名啊,像许家场、刘家场、孙家场、徐家场等等。按我的理解,这个"场",当是从晒场、场院演变而来。一般字典对"场"的解释是"平坦的空地,多指农家翻晒粮食及脱粒的地方"。而"场院",是指"农村中用来打谷、晒粮食的平坦场地"。这就对了,靖江话里叫"野场"。可以很明白了,由场院而演变成村庄名,王家场、许家场,实则是以王姓、许姓为主的家族的聚居地。

我们王家场早先又名"大草子埭",则更能作为佐证了——"草子"即草堆,大野场旁堆着大"草子",又叫"场",又叫"埭"。

当然我的理解也并一定正确,就当是我因对家乡热爱而表达的一种情愫吧。

地名的事,要弄明白尚且很难,那如果要想知道,靖江这个地方的地质构造如何,地下埋着几千年几万年之前的哪些东西,一般的臆想推测就更不得而知了。有一个办法,就是钻井,勘探。于是就有了我想要说的勘探队的事了。

二

一九七〇年春的某一天,十三岁的我听到了一个消息,这消息让我兴奋无比:勘探队要来了,而且会有人住到我家!大人们把家里地方腾好,照常出工下地,孩子们则兴奋不已,奔走相告,引颈期盼。其实,勘探队又会给我们带来什么呢?谁也说不清。

一辆辆卡车开过来,运来了一根根角铁,一大堆螺丝,几十根硕大的方木。埭上的人还没怎么在意,工人们就变戏法似的在田野上架起了一座铁塔。铁塔很高很高,比埭上最高的树还要高。工人们把笨重的钻机运进铁塔,安装好,又在铁塔上蒙上帆布,随后就有隆隆的声音响起,开钻了。

在宽阔的田野上,忽然立起了一座高高的钻塔,成为一个醒目的地标,远远就能看到,这在我们的心中激起莫名其妙的激动。好久以后我才知道,勘探队的钻机有编号,进驻我们埭上的是505钻机。

我们的生活中多了一项内容,就是有空可以到505钻机去看热闹。钻井的设备并不复杂,一台大钻机,几只大小管钳,一大堆钻杆,还有装了几颗金刚石的钻头……平时只听见钻机隆隆地响,钻杆呼呼地转,泥浆哗哗地淌,十分枯燥单调,连值班的人也昏昏欲睡。只有下钻杆和起钻杆的时候有些看头,工人们分工合作,有条不紊,跑来跑去,颇有韵律。他们或者把地下所有钻杆提上来,一根根排放整齐,或者在调换钻头后,再用一根根钻杆连起来把钻头送入地下,继续钻进。

遇上大风天气,工人们便会揭去钻塔上的帆布篷,防止钻塔被风吹倒。而钻探却不能停歇,工人们便在风雨中作业,一个个弄得活像泥猴子。

他们还有更像猴子的时候,那就是爬钻塔。往上爬的时候,保险绳只是在后腰上挂着,三蹿两蹿,便爬到塔顶,扣上安全绳,开始安装或维修工作。那是一个崇拜英雄主义的年代,有我们这些忠实观众,工人们的动作更加矫捷潇洒,情绪更加兴奋饱满。

日复一日,并没有听到多少关于勘探队工作进度或成果本身的信息,埭上人很少问,工人们也很少说,也许农民们的活计和工人们的工作天生就不搭界?

只是听到,钻机偶尔会出事故。最常见的麻烦,是钻杆掉在钻井里了,要"打捞"上来很不容易。于是又有卡车开过来,运来一大堆"反丝钻杆"。工人们就是用这些反丝钻杆,设法把井里的钻杆"捞"上来。后来我们就有了经验,如果看到工人们一个个面无笑容,默默不语,听不到他们开玩笑,或者老有人唉声叹气,那就十有八九是出事故了。

一个钻点钻完了,钻塔就被拆除,搬到另一处架起来,继续钻探。但住地不宜搬迁太勤,因此队员们往往上班越走越远,因而怨言不断。

三

勘探队员们住进了埭上几户房子多的人家,有七八个人住进了我家的后一进。进进出出的工人们,穿着蓝色工作服和大皮鞋,与埭上的农民形成鲜明对比。他们操着各种口音,有的和蔼热情,有的木讷寡言,有的讲究整洁,有的邋里邋遢。

当时流行着一些时代烙印极深的语句,比如,"什么阶级说什么话","有比较才有鉴别",要说对505钻机队员们的印象和评价,这些话都用得上。

无疑,勘探工人的劳动十分辛苦,然而农民们却不止十二分地羡慕他们。道理很简单,有苦的,还有更苦的。埭上人一天三顿粞子粥,天天饿得前胸贴后背还要上工压死担子,可勘探队员呢?不但吃饭,而且吃肉,每月竟有四十五块钱的工资！什么是天壤之别？这就是。

勘探工人们的富足，不仅引来农民们永无休止的艳羡，也引来了众多美丽村姑频送的秋波。这丝毫也不奇怪，他们不但有米饭和肉，有工作服和皮鞋，有雪白的的确凉衬衫，有西瓜和棒冰，还有收音机、手表和自行车……所有这一切，农民们一样也没有啊！于是，就有消息流传，而后得到证实：某某漂亮丫头跟了某某，某某丫头想追某某而没有成功。

有几件小事情，不知为什么一直没有忘却，莫非它们可以成为勘探队员生活的某些注脚？

有一个队员皮肤特别白，夏天也晒不黑，大家给他起了个绰号叫"白种人"。白种人特别爱干净，却成为埭上人口口相传的笑谈。有一次，我们在河边玩耍，他端着脸盆正要从河里舀水。这时，一个小伙伴掏出小鸡鸡就往河里撒尿。白种人一见，连忙制止，一脸厌恶。小伙伴哪里会听他的，哗哗哗把尿撒完。白种人气得满脸通红，拿着空脸盆回头了。我们所有人都觉得好笑，这么大的一条河，撒一泡尿算什么，还值得你如此小题大做穷讲究呀？这么讲干净，日子也不要过了。

有一位彭大哥，平时默不作声。某天他一人在房间里，忽然弄出很多烟冒出来。我家里人进去看看怎么回事，只见他正在点火烧着什么，嘴里若无其事地说："旧衣服太多了，烧掉点。"这事一传开，没有人不觉得彭大哥脑子有问题。旧衣服一可以送给别人穿，二可以拆了做鞋底，三可以卖废品，无论如何也不该付之一炬呀！他完全是暴殄天物。靖江有为死者"化尸草"的风俗，尸草中就有死者生前穿的衣服，因此平时烧衣服绝对是不吉利的事，也被看作是作孽。彭大哥是北方人，可以根本不管这一套，但奇怪的是他为什么不知道旧衣服可以送人。

队员们是三班倒，在不上夜班的晚上，他们就会闲谈拉家常，话中也会有一些"儿童不宜"的内容。有一位沈大哥，家在孤山北边，原先他一直在外地勘探，老婆好长时间没怀孕，很着急。这次到了家乡，他一有空闲就会溜回去。后来老婆怀上了，生了个女儿，自然很高兴。队友们祝贺他，和他开玩笑，他就笑嘻嘻地说："要不是到靖江来，弄到咪？"当时我不懂，后来才体悟到,勘探队员到处转战,都是夫妻分居,谈不上有什么家庭生活,不可谓不苦。

对于勘探队员工作,当时人们怎么看?有一首经典的歌可以看作时代的评价,这首歌是电影《年轻的一代》的主题歌,题为《勘探队员之歌》:"是那山谷的风,吹动了我们的红旗;是那狂暴的雨,洗刷了我们的帐篷。我们有火焰般的热情,战胜了一切疲劳和寒冷。背起了我们的行装,攀上了层层的山峰,我们满怀无限的希望,为祖国寻找出富饶的矿藏……"这首歌曲调强劲,充满着乐观和不畏险阻的气概,可是,它同时不也反证了勘探工作的艰辛单调吗?

四

实在难为情。

在更早的时候,也就是六十年代初,我们家也住过勘探队员,有一件事情让我终生不忘。五六岁的我,看到工人们在吃肉馒头(包子),馋得不肯走,扶着门框看着他们吃。这在靖江话中叫"相嘴",是很不光彩的事,会遭到大人的呵斥甚至体罚。一个好心的工人果然给了我一个馒头,我立即飞奔着向四哥报喜。两人分享一个馒头,可谓"到嘴不到肚"。比我大三岁的哥哥已有廉耻之心,自知不能"相嘴",但仍怂恿我再去"相"一个来。我虽觉得为难,但毕竟馒头的诱惑力太大,竟又去了。勘探工人都是穷苦出身,颇具同情心,我又得到了一个馒头。如果说五六岁的孩子也有理想,那么,当上勘探队员,天天吃上米饭馒头,就是我想都不敢想的崇高理想了。

这一次不同了,我长大了,十三四岁了,再也不可能"相嘴"了。但实话实说,看见工人们吃肉、吃西瓜,心里还是非常非常不舒服。

我自认为我和四哥在埭上的小朋友中还是属于很本分的,但在勘探队员上班走了以后,还是有一些调皮的事发生。

某个晚上,看到了杨大哥的一袋剩下一半的卷子面,馋得要命,于是偷偷抽出几十根,点着煤油炉煮熟了,两人分享。啊呀,那个香啊,一辈子也不会忘记。

某次在王大哥的枕头底下轻轻地翻,看到了他父亲写来的信,便忍不住读起来。信的主要内容是教导他好好工作,积极上进,我们在侵犯他人隐私的同时,竟也无意间受到了一场教育。

最刺激的是"偷听敌台"。那个白种人有一只晶体管收音机,能收到短波。上班前,他会把收音机放在一只帆布旅行包里,拉上拉链锁上小锁。夜深人静的时候,我们便悄悄地在那只帆布包外面摸索,隔着帆布摸到收音机,拧开电源开关,再隔着布调台,找到那些"敌台",控制音量,竖起耳朵听。"中央广播电台,自由中国之声,现在报——告——新闻!"啊,那种兴奋、冒险与战战兢兢,一辈子也体会不到几次。于是我们知道了,除了耳熟能详的"中央人民广播电台"的呼号之外,还有别的呼号,有中华民国,还有美国之音。我们知道了,除了北京,还有"香港九龙",还有"马尼拉"。这样的"偷听",简直让我们上瘾。

多年以后,我才悟出,勘探队带来的,不光是吃的穿的用的等有形的物品,更有许多看不见摸不着的东西。

五

勘探队的成果,就是从地底下取出一段段石头样本,送去检测和研究。村上人常常也问他们,钻到煤了吗?他们的回答总是含糊其词。

也就是在这前后,孤山脚下开起了煤矿。让人奇怪的是,孤山煤矿不是由靖江所属的扬州地区负责开采,而是由南通地区主持开挖。先是在山脚下挖斜井,后来巷道遇上大水,开掘受阻。于是,扬州地区煤矿建设指挥部又组织在北边几公里处开挖竖井,后来出了一些煤,但很少。

靖江有句谚语,叫"三里无真言",足见谣传的力量。王家场离孤山煤矿有十来里,"无真言"就很正常了。

有一则关于孤山煤矿的神奇传说。说是当年开矿时,地下遇到了流沙以及湍急的暗河,巷道无法延伸,用了大量快速水泥也无法封堵。无可奈何之间,有人在一根木头上刻了字,将这根木头射进了暗河,迅即无影无踪。大约半年后,忽然有徐州煤矿的人来到孤山,了解地下暗河的事。原来,那根木头被他们从黄河里捞到了！由此人们得出结论：孤山下面有暗河，直通黄河。这个传说实在太过神奇。黄河从一百多年前就改道北徙山东了，在徐州留下了一段黄河故道。即使我们运用善良的逻辑，那根刻了字的木头，也应该是在黄河故道里被捞到的了。

我想，之所以有如此神奇而荒唐的谣传，也说明了靖江的地质构造相当复杂，人们对它的认识十分有限。

在我们埭附近进行的地质勘探，应当是与孤山煤矿同属一个系统工程吧。孤山煤矿以夭折而告终，表明这个工程最后是失败了。当年的中国大地上，开展了大规模寻找资源的活动，有成有败，亦属正常。如今，我们可以在《泰州市旅游指南》上看到这样一段话："靖江孤山煤矿地质储量 800 万吨，煤质好，因地下水量大，开采成本高，暂未开发。"这并不完全符合事实，因为它隐去了那段失败的开掘历史。

附记：住在我们埭上的勘探队员们，不到两年后就开拔走了，从此去向不明。只有王大哥与我们家关系亲密，后来有过一段联系，如今也早已音讯全无。四十多年过去了，我已不可能弄清勘探队员们的现在，也无法知道他们的将来。他们当初住过的王家场，已在迅猛的城镇化大潮中消失。再过四十年，我的故乡将是什么模样，我更无力想象。

(2013 年)

迷恋手枪的岁月

工会组织我们去城西的一个靶场打靶,手枪五十米胸环靶射击,五发子弹打了四十环,甚为高兴,不由得想起了那个迷恋手枪的岁月。

古时候,"生女弄瓦,生男弄璋"。生了女孩子就给她玩纺锤,希望她将来精勤女红;生了男孩子就给他玩玉佩,希望他将来品德高洁。等到我们光临这世界的时候,没有这档子事了。穷人的孩子早当家,不论男女,一律干活忙家务。苦中作乐,玩的东西倒也不缺。最使男孩子们来劲的,恐非手枪莫属。

男孩子谁没玩过手枪?手枪的种类真是太多了。纸折的,泥捏的,钢丝拧的,砖头磨的,木头雕的,千奇百怪,无所不有。实在不行,山芋萝卜,一削就成。只要你想玩,不愁找不到办法。可是,玩手枪可不像玩玉佩那样是大人们提倡的。大人们要的只有两样:读书与干活。因此,玩手枪只能是地下活动,最多是半公开。

一天放学回家,但见四哥忙得满头大汗,他正在实施一项伟大工程,做一支郭建光用的那种驳壳枪!他必须赶在父亲回来之前完工并清扫战场,否则挨骂挨打还在其次,花大气力做成的驳壳枪肯定会被缴械。啊,那支后来涂成黑色的驳壳枪引来了多少艳羡的目光!它为我们赢得了尊严与荣光,至今在我的记忆里还是如此清晰。

然而,手枪最早留给我的记忆却是蓝色的。《钢铁是怎样炼成的》里的朱赫来就拿着这样的手枪,小说中屡次出现那支"瓦蓝瓦蓝"的手枪,令我无比神往。那时看的电影都是黑白片,无论是李向阳还是胖翻译,都看不出他们握着的手枪的颜色,但潜意识里我认定它们也是蓝色的。忽然有一天,一支长途拉练的解放军队伍在我们村子里停了下来。一位军官带着几个士兵借我家的灶烧饭,他屁股上晃荡着的皮枪套格外抢眼。啊,里面是真枪!这支手枪怎么是黑色的?我激动万分,跟着这位军官直打转,忍不住一次次伸手去摸那诱人的皮搭扣。军官看出了我的心思,一边和我换帽子戴,一边居然解开枪套,说:"可以让你玩半分钟。"哦,我看见了真手枪,我还拿到了真手枪,是乌黑的,真重!

上世纪七十年代初,在公安局供职的大哥出差顺道拢家,我忽然发现他腰里鼓鼓囊囊的,一问,果然他带着家伙。那是一支德国造的花口撸子,防身用的。弟兄几个轮流举着手枪装模作样地照了相,大哥出人意料地宣布:"今天给你们每人打一发!"群情激奋自不待言。"叭!"一缕青烟从枪口飘出,十来米外的白纸上什么也没有,子弹不知飞哪儿去了。从此懂得,手枪射中目标是非常困难的。

往事像那缕青烟一样飘散远去,带走了我们对手枪如醉如痴般的迷恋。我们生长在那个尚武的年代,而那个年代并没有去得太远,满耳朵以"打打打"为主题的口号至今烂熟于心。时过境迁,我们对手枪已不再迷恋,甚至已兴趣索然。有道是物极必反,过犹不及,那么,对待手枪这一充满血腥色彩的武器,迷恋与漠然,到底孰是孰非?

(2014 年)

清明行

年年清明，今又清明。年年清明行，我走向生我养我的故乡，走向父母祖辈长眠安息的土地。

我们照例是在清明前的双休日回故乡祭祖扫墓。各地风俗不同，有些地方一定要在清明节当天扫墓，有些地方则是在清明后，而在我的老家则一定要安排在清明前。这习俗很利于我们远离家乡的游子，要不我们就不可能每年都专程回乡扫墓了。

时至今日，家乡祭祖扫墓的风俗已相当简约，大体分为两部分。一是在家中祭祖，家乡称之为"请老"。就是在先祖的灵前献上一桌饭菜，并焚化纸钱。一家人按辈分在灵前磕头作揖，行礼如仪。

再就是扫墓，全家老少，浩浩荡荡开往墓地。仪式也不复杂，擦拭墓碑墓体，插上幡旗，焚纸，磕头。此时，大家总会情不自禁地回忆起一些先父母和先祖们的往事，以表达此时此地顺理成章的缅怀。如今一个行政村的墓地已经集中，远远望去，旌幡迎风招展飘扬，焚纸的青烟袅袅升腾，墓地里人头攒动，实在蔚为大观。

然而，我们的清明仅仅是这些吗？一年年的周而复始，仿佛轮回，我越来觉得清明的意义远远不只是这些。

每年在墓地，我们都会例行做一遍巡视。我们恰似走向一条生命的长廊，既有"人生自古谁无死"的坦然与省悟，又有"忍看朋辈成新鬼"的慨叹与惋惜。死者长已矣，生者多珍重。

我们在清明走向亲友。隔壁的堂叔寓居无锡，已是八十五高龄，我们每年都会在清明与他相遇。短短的相聚、问候与祝福，竟只是在一年一度的清明。有很多亲戚、朋友、故旧，春节倒不一定相会，清明却必定相逢。就是我们弟兄五人，又何尝不是如此。清明对我们是多么重要。

　　清明行，我们走向春天，走向自然。油菜花、蚕豆花盛开，闻着花香，望着青青的麦苗，我们扑向春天的怀抱。多少年，我唱着"看见春天走向你我"，却与春天失之交臂。春天走向我，敲我的门，我却闭门不见。不过，春风穿过那许多水泥森林与漫天尘埃，吹进我的客厅，还能有多少清新与温暖呢？"挡不住的春风吹进胸怀"，前提是我们必须走向郊外，走向广阔的田野。

　　我们在清明走向童年，走向倒流的历史。我们回到了故土，我们曾在这里呱呱落地，在这里无忧无虑地欢乐嬉戏，在这里和父母一起流下汗水。我们从这里走出，走向四面八方。这里永远是我们魂牵梦绕的地方，一次次清明回乡，仿佛是一次次心灵的抚慰与回归。

　　清明行，我们既走向感伤，更走向欢乐；既走向过去，更走向未来；既走向祖辈与亲人，更走向自己的心灵深处。

（2007 年）

心中的琴

我知道我没有资格写琴,因为琴在我的心中是那么高贵。

很小的时候就注意到,在家乡姑娘们的嫁妆中,必有两张矮矮的像长条桌一样的东西,大人们称之为"qindeng",但我并不知道是哪两个字。许多年以后,我方悟出,那是"琴凳"。琴凳实为琴桌,因其矮如凳,上面又从来没有放过琴,便被乡下人讹称为"凳"了。琴为何物?并不知道。

后来读书识了字,关于琴的知识,也只局限于那个典故了:"钟子期死,伯牙终身不复鼓琴。"而读《史记·孔子世家》,也只是知道孔子是鼓琴高手,并以其"十日不进"的精神以自勉。琴为何物,依旧不知。

直到十五年前,编辑一组史料文章,算是"认识"了琴,"认识"了几位琴师和几首琴曲——然而却只是在纸上。虽然知道了琴的形制,知道琴的演奏手法有吟、猱、绰、注等,知道《樵歌》《龙翔操》《梅花三弄》《墨子悲丝》等曲目最为著名,可是,琴声是什么样子?还是不知。

一九九六年的一天,陶艺先生送给我一盒磁带,上面录的是他外公弹奏的八首琴曲。陶艺的外公,就是广陵派古琴大师刘少椿。我在一个万籁俱寂的秋夜,聆听大师留下的美妙琴声,感到了此生从未有过的享受,同时也为自己不知琴为何物而深深羞惭。感谢陶艺先生,他让我得以用耳朵认识了琴。

只偶尔听过几次古琴现场演奏。一次是在大剧院,那实在不是合适演奏古琴的地方,但为普及国粹,人气颇旺,毕竟令人振奋。史公祠内辟有广陵琴派博物馆,偶去一二,看琴听琴,眼耳双福。近日在东关街绪壶园内,几个朋友围坐,听刘扬先生鼓琴数曲,留下极美好亦极深刻的记忆。刘先生是刘少椿的孙子。但高超的琴艺,尤其是对琴的理解,无疑不能只靠家传。从他对环境近乎苛刻的要求,和听众勤于交流的热诚,对琴曲深入浅出的阐释,都让我很容易感到,琴艺高超固然重要,但更重要的,是要用心去弹琴。

琴以其七弦,又名七弦琴。它的声音,使我联想起人的七窍与七情。人有耳眼口鼻七窍,在我看来,听琴却不单单只用耳朵。要不然,为什么我耳朵听着琴声,眼前会变幻着许多奇异缥缈的画面?鼻孔里怎么会闻到深沁心脾的馨香?嘴巴里缘何会循着那深厚低回的旋律不由自主地吟咏有声?我知道,我是在用七窍"听琴"了。人有七情,喜怒忧思悲恐惊。完全外行的我于是以为,不懂得律吕其实并不要紧,琴韵入我七窍,牵我七情,它令我喜,令我怒,令我忧,令我思,令我悲,令我恐,令我惊——我就算得上是部分地懂得了琴。

中国的琴曲,大多属于主题音乐,每一首琴曲都是一则古老的故事。《樵歌》带我们走进大宋朝隐士们幽居的山林,《龙翔操》引我们融入战国时代庄周梦蝶的物我两忘的境界,《梅花三弄》让我们看到了晋代寒风中摇曳着的不屈梅枝,《墨子悲丝》令我们与战国时代的墨子一同为洁白的丝帛被染成杂色而悲哀叹息……这又使我觉得,对琴曲不能完全听懂也不要紧,它毕竟能让我们引发自由的联想,由千百年前的过去,想到千百年后的现在,看到千百年后的将来。

高山流水觅知音。美妙的琴声,源自琴弦的灵巧拨弄;而奇妙的感受,源自心弦的激越震颤。琴家创造了美妙的琴声,而琴声拨动的,却不只是他们自己的心弦。

我不懂琴。眼中的琴,耳中的琴,都让我感动,而更让我感动的,是心中的琴。

(2010 年)

永远的敬重与怀念

常听人说,对人们的品格的养成影响最大的,一是父母,二是老师。我深以为然。我之所以对毛益群老师难以忘怀,正因为是他使我养成了不少终身受用的良好习惯和品格。

毛老师是靖江县中学的语文教师。二十年前,我做了一年多他的学生。如今想来,在那个特定的灾难岁月,他还能那般勤谨地履行一个教师的天职,实人令人感佩。

他的讲课是极有特色的。一个地道的靖江人,却说一口标准的普通话,再配上端庄的仪表和沉稳的手势,使他的课具有强烈的感染力和不容你分神的震慑力。当他发现我们这些被耽误的乡下学生竟都不会查字典时,便果断地拨出几节课来教我们汉语拼音。满教室已近成年的高中学生,齐声朗读"aoe",那情景现在想来,仍令我心灵震撼。我如今能说标准普通话,能飞快地翻检字典,能轻松地辅导女儿的拼音,竟全是毛老师教给我的"看家本领"。

毛老师对作文要求极严。他有一条引起不少老师和同学非议的规矩——作文最高分不超过八十五。这一规矩也许有些苛刻,但毛老师的用心良苦,我能深深体味。就如父母教子的道理一样,廉价的夸赞只会扼杀智慧而贻害无穷。毛老师对潦草和不规范的书写切齿痛恨。他的办法也十分简单而果断,只批两个字:"重誊!"

一向慈眉善目的毛老师,偶尔也会发怒,那一定是遇到了哪个不争气的学生。记得最清的是一次作文期中考试,毛老师准备让我们依据记忆改写一篇文章。不知怎么回事走漏了风声,一位同学死活不肯上交印着原文的讲义。毛老师满脸通红,指着这位学生说:"要不是'革命'革成这个样子,我……"他情知说走了嘴,立即停住,转身在黑板上写——"《布谷声声》",说:"改写这个题目!"便气得回办公室去了。这篇作文我得了八十三分并作为范文在班上宣读,我心里暗暗感谢那位抗命的同学,仿佛是他"造就"了一篇范文似的。

一九七四年,学校搞起了"开门办学"。学制业已缩短,运动接连不断,再停课下乡劳动,毛老师不住地摇头叹息,说:"雪上加霜,雪上加霜啊!"住下后,他竟亲自动手改制一只烧饭用的大风箱,并揶揄道:"不上课了,改当发明家吧。"看得出,他很无聊,很痛苦。

一天晚上,毛老师忽然有几分神秘地说:"我给你们讲《红楼梦》吧,一天讲两三回,四五十天刚好可以讲完。"同学们的兴奋和意外简直无法形容。然而,大家才兴致勃勃、如醉如痴地听了几回,毛老师便停住了。据说是给中学生讲"宝哥哥""林妹妹",很有些"毒害"之嫌。于是,每天吃完晚饭后,望着大家失望而无奈的神情,毛老师总是摇摇头,讷讷地说:"早点睡吧,明天还要下地呢。"多么无聊、乏味、空虚和漫长的暗夜啊!

一九七七年以后,毛老师又有了用武之地。有消息说,靖江县中两度培养出全省"文科状元",其中有毛老师的汗马功劳。我没有怎么感到意外,凭毛老师的功底和为人,这完全是情理之中的事。可是,没过多久,令我震惊的消息传来,毛老师得了不治之症!

现在,无论我说什么,写什么,毛老师也听不见、看不到了。我的这位未逾盛年、本可大干一场的恩师,已于三年前被病魔夺去了生命。"人生多错迕",为什么我们往往不能在我们所敬重的人健在的时候,献上一己记挂之情呢?在毛老师的学生中,定有许多人像我一样深深地怀念着他。毛老师在九泉之下,当有一份令人向往的欣慰罢。

(1993 年)

高山景行

白驹过隙。倏忽间,亲历母校南京大学八十周年校庆,已忽忽过去二十一年。二十一年前的场景能记住的已经不多,校庆大会的情景之所以一直不忘,不只是因为有幸躬逢其盛,更是因为它和一个人紧紧联系着。这个人就是我们的老校长匡亚明。

一九八二年五月二十日的南京五台山体育馆,用两个词便可以形容:人山人海,掌声雷动。当主持人介绍到匡校长的名字时,会场顿时沸腾起来。匡校长起立,掌声急雨般骤起。匡校长坐下,掌声雷鸣般滚动。这样几个来回,老校长便不再站起,让掌声慢慢平息。不知当时有没有人留意掌声持续的时间,我只能说那样的掌声在我的经历中绝无仅有。要解释这经久不息的掌声是有些困难的,不过有一个背景无疑十分重要,那就是一九七八年初复出的匡亚明,在这年年初辞去了校长职务,从此担任南大的名誉校长,而校长职位一直空缺着。

在我们多年被剥夺上大学资格的学生中,用如雷贯耳形容匡亚明三个字是一点也不过分的。记得刚进校不久,在南园宿舍区,常常在晚霞满天的时候,我们会看到一位散步的老人,穿着中山装,身板很硬朗,戴着老式眼镜,嘴唇很厚,面容慈祥。后来我们才知道,他就是我们的校长匡亚明。匡校长"文革"中被诬陷为"叛徒""走资派",撤销了党内外一切职务,又被造反派"扫地出门",由汉口路71号小楼搬到学生宿舍十四舍底层一间十多平米的房子里安身。而他的校长"官邸",是只有十平方的简易旧房。曾有记者写了一篇《陋室生辉》的文章,记叙这个在全国大学中独一无二的佳话。

我们能在匡校长复出后不久考进南大,在他辞职后不久毕业,真可谓三生有幸。匡校长在这四年里的很多举措已被传为美谈,载入史册。而其中的两件事,最使我们直接受益。一是匡校长于一九七八年秋倡议重新开设"大学语文"课程,并在南京大学首先实行。被"文革"耽误了大好时光的我们,读书固然如饥似渴,但毕竟是"麻袋绣花——底子太差",匡校长心中一定有恨铁不成钢的焦急。于是我们捧着油印的讲义,在大教室里聆听侯镜昶、吴新雷等先生精彩生动地讲解《陌上桑》《古诗十九首》《孔雀东南飞》……是匡校长培育了我们新一代大学生的语文修养。另一件事是在南大首先实行学分制,这使我们得以在完成必修课的基础上有相当时间自由选择选修课。于是我们几个志趣相投的朋友,相约跨系去听普通心理学、楚辞研究、当代作家作品论等与专业"不相干"的课程,事实上大受裨益。是匡校长开风气之先的勇气和创举,为我们解除了"死读书、读死书、读书死"的桎梏。

南大学生众多,平时要召开全校大会是不可能的,我们只能从广播里听到匡校长带着浓重丹阳口音的洪亮声音。匡校长关于校风的一段高论我至今记得十分清楚。他说,我们要努力形成良好而浓厚的学习空气、学术空气、科研空气、政治空气、民主空气……空气流动,就形成风,我们就会有良好的校风。匡校长不愧是老教育家,他的话是如此精辟而通俗。匡校长极力推崇孔子,也给我留下了深刻印象。他在《大学语文》教材定稿会上说:打开《论语》,卷首三句话就驳不倒,今天还有生命力。"学而时习之,不亦说乎?有朋自远方来,不亦乐乎?人不知而不愠,不亦君子乎?"两千多年前的孔子能提出这三句格言,不愧是一个伟大的教育家、思想家。出于四十多年的"孔子情结",匡老在古稀之年撰写出三十多万字的专著《孔子评传》。在此基础上他提出一个宏大的文化思想建设规划,拟定了"从孔夫子到孙中山"跨越中国社会两千多年时空的二百六十多位思想家,着手主持编写《中国思想家评传》丛书,遴选全国优秀的学者撰稿。到一九九六年五月,丛书已出版五十部。是年十二月十六日,匡亚明溘然长逝。而在去世前一个月,他还风尘仆仆驱车数百公里,专程看望丛书的一位徐州作者。"高山仰止,景行行止。"斯人已去,风范永存。

毕业前夕,同学们积极筹备制作毕业纪念册,有人提出请匡校长题词,不少人担心老校长是否愿意。没想到匡校长的题词很快就写好了："必须坚持学习,善于学习。匡亚明,一九八二年四月。""匡体"我们都很熟悉,此番更是倍感亲切。由于校长位置空缺,我们的毕业证书上只有副校长章德的签章,而校长前的"副"字是临时用铅字加刻的。大家都说,要是匡校长迟几个月辞职该有多好,就不会给几千名学生留下毕业证书上没有校长签名的遗憾了。不过,大家又都认为这无关宏旨,因为谁都知道我们的校长是不久前主动辞职的匡亚明。

(2003年)

一页荒唐的历史

在我的书箱里,至今还珍藏着一个小日记本。我很庆幸这小本子跟着我走南闯北,十二年不曾丢失。我之所以对它如此厚爱,不为别的,只为它记载了一页荒唐的历史。

那是一九七六年的春天,虽然"文化大革命"已近尾声,但历尽浩劫的中国人当时却还无法看清这场"革命"如何收场。"革命"的一个特点,就是人们出奇地热衷于政治。政治谣言的风靡,是人们热衷政治的一个畸形的表现。那时节的谣言是何其多啊!人们以巨大的热情竞相探问,而后诡秘而惊恐地奔走相告。

这一天,在靖江县城北学校代课的我,从同事的手中得到了辗转传来的"周总理遗言",其时谁也不可能知道这只是杭州一个二十三岁的工人李君旭的杰作。人们都敏感异常而又愚蠢轻信。传抄者像"地下党"一样胆大敢为而又缺乏安全感。

"遗言"是获释不久的"五·一六分子"陈传义老师弄来的,大家虔诚地把他看作有胆识、有门路的秘密传播者。传抄者争先恐后,一节课后,才只有两位教师先录为快。忽然有人建议:"这样太费时了,为什么不刻张蜡纸呢?"这想法立即获得大家的拥护。谁也没有意识到刻印与手抄是性质完全不同的举动。写一手好字的刘梓轩老师当仁不让,着手在钢板上刻字。两节课后,抄刻大半,刘老师三四节有课,只得辍笔。大家根本等不得,于是推举我接手刻完。我毕竟年轻,阅历太浅,字迹竟因手颤而欠美观。在大家的赞扬和勉励声中,我惭愧地把"遗言"抄刻完毕。滚筒开始运转,每人很快得到一张散发着油墨芳香的、前后笔迹不同的"周总理遗言"。

第三节课后休息,稚嫩的乡村初中生表现出了使老师们意外而欣喜的热情。他们各自带来白纸(大小不等,不少是废旧的账册、报表之类),自发地印出了一份份"遗言",随即兴奋、紧张而认真地阅读,而后细心地收藏起来。多么虔诚、热情而充满忧虑的年代!

我的油印件第二天就被别人索去,好在此前我已把它恭录于那个小本子上了。

只过了几天,公安部门便开始追查这起政治谣言。细致的排查、笔录、收缴,一直进行到薄暮时分。油印件数量无法搞清,老师们惊恐万状。作为抄刻者的刘老师和我,更是首当其冲而听天由命。还好,公安部门没有为难我们。

当我披着月色走进家门,老父老母的眼中噙着泪光!我这才知道学生们给他们送了信,并误传已有教师被带进县城去。"三里无真言",大谣言派生了小谣言,谣言的岁月实在令人啼笑皆非。

我无法肯定我是出于勇敢还是好奇还是冒险,在那种肃杀的日子里,竟冒天下之大不韪,保存了那个小本子。我只是胆怯而自作聪明地在"遗言"题首加了一行小字:"此系反革命谣言,供批判用。"小本子安然保存已逾十二年,我总感到一点小小的骄傲和荣幸。

(1988 年)

寒夜里的歌

那一年的冬天特别冷。其实,那些年一年四季都冷,因为那是一个不寒而栗的年代。

但并不是每年冬天都下那样大的鹅毛大雪,后来我再也没有见过那样大的雪。就在这样的大雪天里,我们"毛泽东思想宣传队"的队员们正抓紧排练,迎接快要到来的新年。农民们在新年里除了看看我们的节目之外,已经不可能有任何娱乐活动了。老人们经常饶有兴味地向我们讲述旧时过年的丰富多彩,什么舞龙灯、荡湖船、挑花担、打莲湘等等。说者眉飞色舞,听者目瞪口呆,曾几何时,这一切离我们已是那么遥远。没有了精彩,农民们退而求其次,看个热闹也行,因而每年那些内容虚假空洞、表演僵手硬脚的"文娱节目"倒也场场爆满。

一遍又一遍的排练是枯燥乏味的。如今有"男女搭配,工作不累"的说法,照我的体会,那时候恰恰相反。男女之间平时从不说一句话,大多数场合下见面就如同陌生人一样。万不得已了,比如要传达一下领导的指示,要通知一下开会的时间,要劳驾拿一下什么东西等等,语言也是像电文一样简洁。要是哪个男的和女的多说了几句话,立马就会被当成思想政治工作的"新动向",严重的就会被扣上"思想意识不健康""生活作风有问题"之类的大帽子。有一部电影叫作《被爱情遗忘的角落》,十分真实地描述了那个年代的情景,可惜要是让如今的年轻人去看这样的电影,他们已经无法理解也无法相信了。

又是一个大雪飞舞、饥寒交迫的夜晚,闲着没事的兽医蔡金邦医师在一旁看我们排练。见大家一副没精打采的样子,蔡医师鬼鬼祟祟地对我们几个小伙子说:"一会儿我给你们唱一首歌。"我们都知道蔡医师在内蒙古当过兵,肚子里有不少传奇故事,但没想到他还会唱歌,纷纷催他:"快唱,快唱!"他神秘地向那帮姑娘们努了努嘴,我们都明白了,他唱的歌不能让她们听到。

好不容易等姑娘们都走了以后,大家急不可耐地围成一圈,紧张而兴奋地竖起耳朵,只等蔡医师开口唱歌。我挤在同伴们中间,心里扑通扑通直跳。蔡医师清了清嗓子,很轻很轻地唱起来——

十五的月亮升上了天空啊,
为什么旁边没有云彩?
我等待着美丽的姑娘啊,
你为什么还不到来哟?

世界上竟有这样的歌?屋子里静得出奇,大家都屏住气不敢用力呼吸。蔡医师继续唱道——

如果没有天上的雨水哟,
海棠花儿不会自己开。
只要哥哥你耐心地等待哟,
你心上的人儿就会跑过来哟!

蔡医师唱完了,他居然唱出如此彻头彻尾的"黄色歌曲",把我们一个个都惊呆了,大家好长时间谁也不作声。这使得蔡医师顿时变得紧张起来,嘴里反复说着:"你们要我唱的噢,你们要唱的噢!你们不能出去乱说噢!"大家纷纷说着"不会不会",就出门回家了。一路上谁也没说一句话,只听见脚底上的积雪被踩出吱嘎吱嘎的声音。

许多年以后我才知道,蔡医师唱的那首歌叫作《敖包相会》,是一首动人的爱情之歌。然而在那令人诅咒的年代,扭曲人性的"革命"使人们把纯洁的爱情与原始的欲望简单地等同了。

(2001年)

有朋自台湾来

五一节这天,偶然结识了台湾来的薛先生。若干时日过去,心中竟有一种驱不走的欲望,极想将我对这个普通台湾人的感觉跟朋友们聊一聊。

台湾人什么样子?这种仿佛出自乡下老妪之口的疑问,其实绝不只是老妪们所独有。见了薛先生,首先使我联想起一件趣事。

一位年轻朋友去美国探亲,大张旗鼓地置备了几套颇上档次的西装革履,心中很有几分为中国人争一争脸面的庄严而神圣的使命感。孰料旅美归来,那几套华贵的服装原封未动。只听他说:"错了,美国人穿得十分随便,我准备的行头有点像瓜皮帽和圆口鞋,根本穿不出去。"

薛先生也带着一件漂亮的西装,到一处住下便细心地挂起来。但他说,那是为着应付某些"正规场合"的。平时,他总是穿着很不显眼的棒针衫和牛仔裤,这使已届"知天命"之年的他显得十分年轻、干练和洒脱。

薛先生一口标准"国语",使不少新朋故旧感到新奇和意外。对此,他大有感慨地忆起了一件旧事。

"一九八六年,我到了 N 市。那时候两岸间了解极少,看得出,N 市对我有点'如临大敌'。事后得知,有关方面曾把握不准:台湾人讲什么话?追随美国那么久,看来是讲英语了。于是,他们给我配了英语翻译。哪知道一见面,我的中国话说得比他们好多啦!倒是 N 市的土话十分难懂,我开玩笑说:你们的翻译配错了,应该配一个'国语翻译'。"

薛先生是一家美国公司台湾分公司的经理,又是一位指挥着一条八千吨大轮船的船长。他对那首风靡一时的《水手》很熟悉,我八岁的女儿得知这位爷爷是个船长,便一遍遍唱:"苦涩的沙吹痛脸庞的感觉……"薛先生总是认真地听着,脸上现出肃穆、专注、向往和慈祥的表情。

一次,他忽然说:"'文革'中,大陆所有的船上都挂着硕大的标语:'大海航行靠舵手。'错了,舵手听船长的,大海航行靠船长。"

人常说:"世上三样苦——撑船、打铁、磨豆腐。"撑船是第一苦。八千吨的船虽用不着撑篙拉纤,但却要在大风大浪中搏击闯荡,一定很不容易。薛先生却一身轻松地说:"行船虽辛苦,却也有寻常人所没有的经历和乐趣。"

他把自己的航海生涯看成是"劳碌命"所注定,却由此在"认命"的前提下练就了拼搏、超脱的积极人生态度。对许多人视为畏途的满世界奔波,他却乐此不疲,津津乐道。

薛先生有正在上学的一儿一女。儿子每周六和周日都去"跑堂",女儿每周一至周五为人做家教。他们挣的钱用于买唱片、磁带之类的娱乐。教育费和娱乐费明确分开,前者由父母出,后者由自己挣。薛先生以为,这样做,儿女既能体会做父母的责任,懂得金钱的来之不易,又能从小具备经济头脑,树立"人应当自食其力"的起码观念。

"台湾是买卖社会",薛先生说,"知识也是商品。我女儿星期一到五做家教挣钱,而星期六她跟一个俄国老师学俄语,一小时六百元,讲完就付。教别人就收钱,请人教就付钱,很公平,很正常。"

应当说,在市场经济建立伊始的大陆,这种"公平买卖"和"自食其力"的意识还没有普遍确立。平心而论,有多少父母舍得让宝贝儿女边上学边去"跑堂"?有多少家庭"教育费"和"娱乐费"有明确的分野?这些问题,对许多人来说,当是饶有意味和值得思考的。

薛先生有几分自豪地宣称,他是到大陆很早、对大陆了解很多的台湾人。他一再对两岸关系的不断加深和祖国统一的最终实现表示乐观。

那几日,举世瞩目的"汪辜会谈"正在进行。薛先生十分关注,十分兴奋。他别具见解地说:"最重要的是看开头和结局,过程其实是并不重要的。开头和结局都很好。这是划时代的事,大幸事。我有理由对统一充满信心,一九八六年以来的变化我是亲身经历的。不用担心两岸关系因老人们退出舞台而疏远,因为有一点十分明白,老一辈的人有'故土之恋',而新一代人却有'利益之恋'。钱在哪儿,心在哪儿,有投资就不会没有感情。"

是的，薛先生在大陆也已有投资，他的父母并在扬州买下了住宅，他的行动证明了他对两岸统一的信心。

薛先生临走时一再说："后会！后会！"何时再会？何处再会？望着他远去的背影，我竟忽生遐想：会不会在不太遥远的一天，我迈上薛先生指挥的八千吨大船，驶过并不太宽的海峡，走进他那台北的漂亮寓所，端起酒杯，从容地听他高谈阔论？

（1993年）

高　考

二十年前，经历了"十年浩劫"的中国终于恢复了高考制度。说起来真令人痛心，因为历年积压的考生人数实在庞大，使穷得叮当响的国家连印考卷的纸张也拿不出来，中央果断决定紧急调用印制《毛泽东选集》的纸张印刷试卷。当然，这些情况人们都是后来才知道的。

猛然间重新获得了高考的权利，举国青年奔走相告，欣喜若狂。我有幸躬逢其盛，记忆可谓镂骨铭心。说实在的，在那个"吃饭问题最大"的年代里，我们是多么希望早日脱离"面朝黄土背朝天"的苦海！弄上个"国家户口"吃"皇粮"，可以说是芸芸众生的毕生所求，更何况是考上大学当上国家干部！因而，当我们弟兄两个一起考取的消息传开之后，简直轰动了四乡八里。

然而，具体到复习考试的过程，留下的印象却是如此的简单。现在想来，那时候不可能像现在这样对高考重视到"唯此为大"的地步，其根本原因还在于饭碗之虞——考大学事大，考取考不取都要吃饭事更大。因此，脱产复习是根本不可能的，白天出工干活，一天喝三顿薄粥，夜里看书复习。入夜，饥肠辘辘，睡意浓浓，虽不曾悬梁刺股，自拽头发自掐屁股却是家常便饭。没有书，求人讨一点油印资料。有的要连夜抄录，第二天得还人家。那年夏天恰逢高温，那是蚊虫最喜欢的天气，腿上一撸就是好几只，撒一泡尿等于跳上一曲"踢踏舞"。无奈，躲到床上去。没有电，两个小伙子挤在一盏油灯下，深刻领会了"汗如雨注"绝不是什么成语。一夜喝一瓶水，也不见小解。第二天早上一掏鼻孔，但见一团漆黑的烟垢，是煤油灯熏的，那东西看来是有些毒的。吃了这么大的苦还不忘叮嘱父母不要让外人知道，否则考不取难免为人耻笑。

文盲的父亲看着我们可怜,一个劲地打退堂鼓唱低调:"考不上拉倒,大家都考取了,大学门不要被挤破了?"他老人家当然不愿看到我们永远在家挑大粪,我们也都知道他说的是安慰话。老头子急在心里,却不给我们一点压力,心理学家的大道理他全懂呢。

　　开考了。炎炎盛夏,蝉鸣乱耳。刚坐进教室,只听见周遭一片窸窣之声。呵,原来有不少考生牙齿打架,两腿筛糠了。难怪,"文革"中被耽误,在校就没学到什么名堂,再加上毕业后多年的荒疏,光靠两三个月的突击显然无法应付其实颇为浅显的试卷。文科三个考场九十多个考生,最后竟就考取我一个!我在为自己庆幸与骄傲的同时,也不能不为我们这一代人付出的沉重代价而悲哀和不平。

　　二十年匆匆过去了,世事的变化实在太大,高考亦然。对高考,我知道我已经没多少发言权,因为我对许多司空见惯的现象无法理解。我尚未老,但已深感跟不上趟了。我已回忆不起,从什么时候开始,高考变得像一场恶战一样牵动着这许多人的心?举目四顾,不一而足。加班加点,重金聘师,心理学家、教育学家利用传媒年复一年连篇累牍地循循讲解,责任感驱使家长们恨不能用电脑来合理安排考生的作息时间、营养搭配、喝多少饮料才既不口渴又不至于频频如厕。我原来曾一厢情愿地希望,我的女儿在若干年后迈进考场时,也能像她父亲当年那般轻松自如——考不取大不了还是种地么,看来这是不可能的了。

(1998年)

五兄弟见证高等教育史

一九八二年七月的一天,我毕业离校。离开生活了四年的大学,离开南京城,真是百感交集。连春和何平送我到车站,火车开动了,我一个人默默地流下眼泪。

早在四年前,一九七八年十月下旬的一个清晨,父亲用扁担挑着我和四哥的行李,跨出了家门。我回望一眼生活了二十年的家,年已花甲的母亲站在门口目送着我们,我的眼泪夺眶而出。

我正告别父母,告别老家,告别土地,告别农民身份,告别贫穷与饥饿,告别二十年的酸甜苦辣……这是一次历史性的告别,我心中难免翻江倒海。

我常常开玩笑说,我们兄弟五个上大学的历史,就是活生生一部新中国高等教育史。有一句流行的话,叫作"知识改变命运",其实未必。因为这句话只有在国泰民安的背景下才能实现,若是在"文革"那样的大劫难中,情形就会相反,当时的流行语是"知识越多越反动"。

父母生有二女五男,含辛茹苦一生。为了全家生计,大姐王素英、二姐王秀英都有一部"我要读书"的辛酸史。这是父母心中的无奈与疚歉,更是我们弟兄们心中永远的痛楚。

大哥王继华比我大十八岁,初中毕业后就去无锡谋生了。先是跟堂叔学皮匠,后来进了无锡柴油机厂,从工人进步为一个副科长。一九六四年初夏的一天,大哥回到老家,对父亲说,我马上要去北京上大学了。在父亲听来,大哥真像在说着梦话,但事实上却是真的。原来,毛泽东主席提出要从工人中选拔大学生,他复习报考,居然考取了北京政法学院,成为王家历史上的第一个大学生。

二哥王彤华是兄弟五个中最聪慧的,从靖江县中学考入江苏省泰州中学读高中。用家乡话说,他上名牌大学是"系在老杨树上的牛",跑不掉的。可是,他就要毕业的一九六六年初夏,"史无前例"的"文化大革命"爆发了,大学居然成为二哥一辈子也不能再圆的梦。厉害的终究厉害,他在当了军官以后,参加自学考试,竟然获得江苏省党政干部专修科总分第一名,几张答卷完整地刊登在《江苏自学考试报》上。尽管他一直讽刺我们,那么容易的数学题都不会做还上名牌大学,但我们还是奚落他终归是一个"野路子"大学生。

三哥王振华先是当兵,复员后种田,恰遇推荐工农兵学员,初中毕业的他竟然做梦一般地走进了上海外国语学院。三哥是一个老实人不吃亏的典型,因为我父亲只是一个生产队长,根本没有权势资源。三哥以埋头苦干远近闻名,在干部社员中有很好的口碑,但当初谁也没有想到这样的品质与上大学有什么关联。

我和四哥王熳华分别于一九七三、一九七四年高中毕业,好了,这下死心了,推荐的事八辈子也轮不上我们了。然而,又仿佛做梦,高考制度恢复了。当时不乏冷嘲热讽,认为我们弟兄俩一起复习是癞蛤蟆想吃天鹅肉。在酷热的夜晚,我们躲在厚厚的夏布蚊帐里苦读,叮嘱父母亲不要让别人知道,免得被笑话,没想到还是走漏了风声。后来四哥被华东化工学院录取,我进了南京大学,确实惊动了乡里,蚊帐里的大汗如雨倒成了"头悬梁"一类的美谈。当时大家的底子都太薄了,我所在的文科考场,共有九十个考生,最后就取了我一个。其实我们复习时有好多题目不会做,都是二哥认为是很简单的,当时的教育质量与濒临崩溃的国民经济堪称同步。

在祖辈受穷的乡亲们眼中,上大学和进工厂的意义是一样的,那就是变成了吃皇粮的"国家户口"。当时,一些女知青用身体换到返城指标的事时有所闻,说来说去还是为了一个"国家户口"。曾几何时,户口没什么用了,某些部门却用它作为诱饵,赚农民的血汗钱,真是不该。我几个外甥买了城市户口,不但花了钱,照样失业,还把原来赖以生存的责任田给"买"没了,真是人财两空。这时候他们才明白,上大学不只是"国家户口"事。当然,现在又不同了,毕业等于失业的人越来越多了,我们的儿女们又会总结出什么新的体会来呢？二〇〇七年，扬州的高考录取率达到百分之八十五，全市只有4 335名考生落榜，报纸上有"今年我市24 207名考生金榜题名"的大号标题。如此大的金榜，恐要价值连城吧，近来黄金市场大涨，不知是否与高考金榜面积猛增有关。

多年来，我的太太一再说，你们应该感谢邓小平，是他恢复高考改变了你们的命运。我说，是的。不过，要是毛泽东不搞"文革"呢？我想，即使是邓小平本人，也宁可不要这样的感谢，因为它的代价未免太大，那是一个国家长达十年的动荡与衰败、几代人受尽饥饿与折磨的代价啊！

我离开了那段不堪回首的国殇，离开了曾让我饱受饥饿与折磨的故乡，就要开始我全新的生活，怎能不泪下潸然。

二十多年来，南大的课堂与校园无数次在我睡梦中出现，我在梦里常常与同学和老师相会，足见大学生活的来之不易与终生不忘。梦醒来，难免一腔惆怅。

或许，高考的命运就是国家的命运，大学生的命运就是民族的命运吧。至少，在我，在我们弟兄，感觉是如此实在和真切。

(2007年)

无法告别

许是受了父亲的影响,我自小也不信鬼神。但近几年间,我多次体会了不知是巧合,还是心灵感应,抑或是什么其他天玄神妙的奇怪现象。一九九二年九月二十一日下午,我为何那般烦躁不宁?我的电话铃为何着了魔似的响个不停,仿佛我是个日理万机的政要?晚上九点半,电话里便传来了四嫂慌乱的声音:"爹爹生病了……医生说是脑溢血……你快回来吧……"

晴天霹雳!我哭泣,我祈祷,我通宵守着电话,我欲飞无翅。第二天黎明,便直奔车站。时间太早,我如笼中之兽一般在寒风中疾走。终于乘上了汽车,望着窗外的一片秋色,一任泪水纵横。许久没有这样伤心地哭泣了。忽然间就意识到,成年以后的哭泣,居然都是因了告别。告别故乡,我哭泣过;告别大学,我哭泣过;告别恋人,我也哭泣过。是的,那都是永远的告别。如今,莫非真的要永远告别亲爱的父亲么?

与父亲的许多次告别,一幕幕在我心海里闪现。

父亲王浩生出生于一九一七年,少年丧母,一生辛劳。父亲和母亲养育了五男二女,儿女们长大后如离巢之鸟,一一别家远去,他们也因此经历了一次次告别。十五年前,最后两个在家种地的儿子一同考取了大学。我去南京,四哥哥去上海,六十一岁的父亲执意要将我们送到无锡。又一次告别来临了。

这是一次庄严的告别。我们将永远告别辛勤劳动过的土地,告别歌哭于斯的故乡。晨光熹微中走出村庄,我没有让父亲看见我脸上流淌着的泪水。

送走了四哥,在无锡的叔父家住了一宿,次日早晨去火车站。我的行李太大,总也挤不上公共汽车,眼看时间就要耽误。父亲毅然操起扁担,说:

"不能再等了,走!"我不能不佩服父亲的英明,他出门时坚持带了我们认为是累赘的那支扁担。我说:"不行啊,太远了!"父亲头也不回:"嗨,最多四五里吧!"就这样,父亲挑着铺盖和箱子,我拎着网兜和提包,大步走在无锡城车水马龙的街道上。实在不曾想到,父亲送我离开土地离开故乡的告别仪式,竟是这般情状!当我挤进车门,望着站台上敞着衣襟操着扁担向我挥手的父亲,泪水迅即模糊了我的双眼。

大学四年,有人能在寒暑假里不回家,我无论如何做不到。我不能不回去看望我亲爱的父母双亲。这就有了许多次的相聚,许多次的告别。有相聚就有告别,有告别总有相聚。父亲总是叮咛:"有空就回来噢!"我总是答:"晓得的。"

毕业后寓居扬州,我依然经常回乡省亲。就在这年暑假,就在二十几天前,父亲与我小酌,居然还雄心勃勃地谈及他关于修房甚至造房的计划。我听了既感动,又辛酸——当初建造了全大队最漂亮最令人羡慕的大瓦房的父亲,如今在楼房林立的村庄里,住着全村最矮小最破旧的房子了!凭他七十六岁的老身子骨是造不起楼房的,一群无奈的儿子们也是造不起的,可他却不死心,企图在耄耋将至的晚年,做一件充其量只能是挽回一点老面子的大事,怎不叫做儿子的感动和心酸!又有谁能料到,在他的计划才露端倪之时,他就突然倒下了……

我终于赶到了医院,我终于见到了我的父亲。啊,这就是辛劳一生的父亲?这就是永不低头的父亲?这就是慈祥严厉的父亲?这就是二十几天前谈论着他的计划的父亲?从没住过院的父亲倒下了。他穿着我嫌小不穿他其实同样嫌小的灰布上衣,穿着二哥送给他的别人早已不穿的黄军裤。他双目紧闭,两腮塌陷,呼吸困难……凌乱的氧气管、输液管,围着抹泪的亲人们——所有一切都告诉我:父亲垂危了!

是的,父亲再也没有醒来,再也没有说一句话,他在五个儿子一一行色匆匆地赶到他身边之后,撒手而去。他的毫无眉目的计划,竟就成了他的遗言!

一晃三年过去了。我很羡慕一些人,他们在自己的亲人大去以后不久,便能写出真挚而感人的祭文。我却不能。三年里,我曾若干次试图写一篇怀念父亲的文字,然而却屡写屡辍,一直没有写就。于是就有好几次在梦中,面对父亲平静的微笑,我手足无措,一如旧时做错了事或考试砸了锅后的情形。我知道,父亲虽已远去,但我永远无法摆脱他那慈祥、宽和却又不失严厉的目光。我可以告别土地,告别故乡,告别老师和学校,告别青春和恋人,告别昨天和今天……我却永远无法告别我的父亲。

父亲一生不信鬼神,我唯有在每年清明时节,拿着一则则言我心声的文字,去他那蒿草青青的坟头焚化,自忖这才是对他老人家的最好报答和怀念。

(1996年)

冬至记梦

傍晚,暮色四合之时,我推着自行车到了大屋的后门口。这很特别,我从来都是从前面走进家门的。我支好车,走进天井,就和无数次回家一样,看见了在一边忙碌着的父亲。他用一把长柄的耙子在粪池里使劲地搅和着,想把池中的粪肥搅匀。我喊了一声:"爹爹!"父亲并没有抬头看我,只是嘴里轻轻地哼了一声。他从来都是这样的,他只知道干他的活,没有任何客套,甚至连起码的寒暄也很少。父亲嘴里似乎在嘀咕着什么,我听不清。我再仔细一看,暗淡的光线中觉得他的脸色很有些不好,便立即关切地问:"爹爹,你是不是有什么地方不舒服?"我们弟兄五个长期在外,最担心的就是父母的身体。从前写信固然每封必问,后来电话问候仍免不了以此为中心。父亲的回答往往极简单:"你们不要担心我,只要你们都好我就放心了。"

父亲今天的回答出我意料:"今天从一早就不舒服了,头一直昏到现在。"我大惊,忙说:"那你怎么还不歇歇,还在这样忙?"父亲一边更用劲地干着活,一边恼怒地说:"我就不相信,我倒要看看它要昏成什么样子!"这是他的一贯脾气,有了病总是硬挺,从来不肯主动找医生的。我已经焦急万分了,却又毫无办法,只得一再劝他赶快住手进屋休息。可是父亲的犟劲上来了,不但不停,反而越干越猛!

我再也忍不住了,双膝一软,"扑通"一声跪了下来,眼泪哗哗地淌下来,声音也由呜咽变成了号啕:"爹爹,我求求你了……"

我醒来了,泪水将枕巾洇湿了一大片。我静静地躺着,眼泪还在不住地流,心中却忽然感到十分宁静,同时又感到十分幸福。我终于又一次梦见了父亲!

父亲已在五年之前去世了。他走得是那样突然,他下午还在地里劳作,吃晚饭时忽然就坐着不动了。送医院后诊断为脑溢血,昏迷六天后西去。我一直在想:像父亲那样一点准备也没有地飘然而去,是否因而也就能够没有一丝牵挂呢?一定是这样,父亲辛劳一生,正直一生,清白一生,他有资格配得上这样的走法。

都说"日有所思夜有所梦",可我白日里那许多次念着父亲,他为何总不来入梦?这使我遗憾,使我焦急,使我失望。然而,在这个冬至的前夜,我又一次地梦见了父亲,而且,梦中的父亲,无论从形象到性格,都是这般的真实,一点也没有走样!

我是不迷信的,但我真诚地希望冥冥之中有一种力量在,希望它主宰我的思念,我的忧伤,我的歌哭,我的愉悦。然而,我怀疑这种力量的存在,要不然,父亲怎忍心让我梦见他的次数如此之少呢?

(1997年)

母亲的足迹

母亲周美金生于民国七年(一九一八)农历六月十九日,这天是佛家所说的观世音菩萨的成道日(老百姓讹传为生日)。如此说来,母亲似乎天生就不是一个凡人,注定是要长寿多福的了。然而,前半生一年年捱过,艰辛的日子无奈地重复着,母亲一点也没有看到什么享福的迹象。她和乡下所有女子一样缠了小脚,吃足苦头不说,还弄得一辈子行走不便。母亲几十年的生活五个字足以概括:下地,忙家务。

如果以家为圆心,以活动距离为半径画圆,母亲和众多农村妇女一样,活动范围小得极其可怜,颇有"画地为牢"的意味。几十年中,母亲到过的城市是我们的县城,去得最远的地方是十几里外的女儿家。

六十年代以后,情况发生了变化。母亲先后去了上海和南京,到三哥和二哥的军营去探亲。一九七四年,远在内蒙古工作的大哥请母亲去照看孩子,母亲于是第一次远行。途经北京,大哥带她浏览了天安门、故宫、颐和园。大哥在信中引用母亲观感的话,我至今记得:"这么多金子,这么多宝贝,真好看。"然而,大哥尽的这份孝心实在是苦中作乐。他当时思乡心切,许多钱都"捐"给了铁路局,常常不得不借债度日。不过,母亲总算一下子拥有了一大笔"资本",她逢人便讲紫禁城里的龙椅和金子宝贝,那时节方圆几里的小脚老太太还没有谁去过京城。

八十年代以后,情况转眼间就不同了。母亲频频出行,去府城扬州,去省城南京,去京城北京,远比年轻时走亲戚还来得勤。她那双小脚,登上了平山堂,登上了中山陵,还登上了八达岭长城的烽火台。有天我忽然问她:"你去过几趟北京了?"她随即答:"五趟。"而后一一回忆哪一趟玩了哪几个地方,一清二楚。我又问:"南京呢?"她答:"那就记不清了,太多了。"

去年是母亲八十大寿,大哥专程带她去无锡看灵山大佛。母亲的那双小脚又登上了马山,登上了大佛所站的莲花宝座。许多游客都说,这个老太太好福气,如此高寿还能来"抱佛脚"。

母亲每去一处,不晕车,不晕船,吃得下,睡得着。听到别人夸她,羡慕她的好福气,母亲便会呵呵大笑,露出整齐洁白的假牙,一脸孩童般的天真神情。

前些天,我陪亲戚去大明寺,曾经去过两次的母亲也要跟着去。我担心她走不动,她却主意已定:"好几年没去了,我走得动。"在大雄宝殿烧过香拜过佛,便走到朝北的海岛观音面前。我开玩笑说:"妈妈,这就是和你同一天生日的观音菩萨,就是她保佑你健康长寿的呀!"母亲朝观音像拜了几拜,又孩童般地笑了。

往回走的路上,母亲说了一段话很让我惊讶:"拜菩萨实在也是意思账。拜的人多呢,有福气的还是有,没得的还是没得。我两个姐姐都只活到二三十岁,我八十二岁了,还到处花钱玩耍,一张门票就是几十块钱,你说奢乎不奢乎?"

(1999 年)

山 歌

在一个温馨的日子,我和随我小住的老母亲漫无边际地闲聊,又一次说起了靖江的山歌。母亲对这一话题的被提起很是高兴,她老人家高兴我当然更高兴。我趁着兴致,从书架上找出那本《扬州歌谣谚语集》,我记得早先在这本书上曾经看到过几首靖江的山歌。于是,戏剧性的场面出现了。

我翻到一处靖江的山歌,念道:"号子不打水不流,黄豆不打不出油。"母亲很快就接了过去:"芝麻打油郎吃面,菜籽打油姐梳头。"我连声说"对"。这时,妻子和女儿都惊讶地凑了过来。八十二岁的母亲出生于民国初年,缠过小脚,是一个彻底意义上的文盲,只是在"文化大革命"期间的扫盲运动中学会了自己的名字。她和我手上的书本怎么会发生什么关系呢?

我又念:"四句头山歌不算难",母亲很快就接:"毛脚螃蜞两个螯;一年四季十二个月,半年辛苦半年闲。"在妻子和女儿的赞叹声中,母亲布满皱纹的脸上不无几分自得。

我再往后翻,看到了一首很长的,心里既有一点存心为难一下老太太的意思,但更主要的是想看看这本书中收集的山歌到底有多大的代表性,于是念了第一句:"正月里长工来拜年,口含砂糖蜜蜜甜。"母亲立即说:"这是'十二个月长工',我会的。——'主家究竟好不好,让我长工试一年。/二月长工来上工,看看主家实在凶;不管你多恶,不管你多凶,忍气吞声做到冬。/三月长工来领牛,领条豁鼻子老水牛;老牛打了归墒去,小牛打了转横头。/四月长工斫麦忙,手拿钩刀斫头行;前后斫了几十亩,还说我长工不着忙;不着忙来不着忙,挑担小麦进磨坊;磨子口里粉粉碎,箩筛底下白如霜;主公主婆吃的头铺面,我长工吃的麸皮糠。/五月长工栽秧忙,手拿黄秧七寸长;栽它三寸泥里去,四寸留在水面上;栽一行来又一行,抬起头来望一望;茶不来,饭不来,拿它黄秧倒过来栽;黄秧青青死下去,稗草青青长上来……九月长工来耕田,前后耕了几十片;日出耕到日头落,黄昏耕到五更天;老牛耕了不吃草,小牛耕了丧黄泉;丧黄泉来丧黄泉,你主家心肠辣似姜。/十月长工去樵柴,鸡不开啼就起来;身上无衣多寒冷,脚上无袜又无鞋。/十一月长工去投军,一投投个大将军;河南河北且慢管,先管他主家一家门。/十二月长工去报仇,身骑白马铁笼头;右手拿把钢刀剑,左手拎了主公主婆两个头;紧打锣,慢打鼓,杀掉他主家大媳妇;大媳妇做饼铜钱大,还说我长工吃得多;紧打锣,慢打鼓,留住他主家二媳妇;二媳妇待我长工好,一面烧火还替我长工补袜头。'"母亲一口气说了这么长,妻子和女儿听得简直目瞪口呆了。

我也很意外,但我并不诧异。母亲记忆力的惊人,我是早就知道的,只是到如今她还记得这么长的山歌,我没料到。俗话说,"拳不离手,曲不离口",她老人家这些年根本不可能重温这些老掉了牙的山歌,却一点没忘,堪称奇迹。

我小的时候,曾经听见母亲经常哼唱山歌。母亲不识字,不可能给我们讲牛郎织女、嫦娥奔月,更不可能讲什么伊索寓言、安徒生童话,山歌是我们这些农家孩子最基本的启蒙教育之一。夏夜的星空下,冬日的火钵旁,父母亲哼唱的一首首山歌,深深地印刻在我们童年的记忆里。这些山歌,有的是对劳动和劳动者的吟咏,有的是对艰难生活的感叹,有的是对爱情的赞美和向往,也有的是对世事的讽喻和鞭挞。当然,也有一些只是无聊的消遣,低俗的释放。

很长一段时间里,我颇瞧不起山歌,以为那是无知者的作品,土不拉叽的,登不了大雅之堂。后来我知道自己错了,错得还很严重。《诗经》里的山歌还少吗?有谁能否认它们的文学地位呢?"关关雎鸠,在河之洲;窈窕淑女,君子好逑。"无非是那个周南贵族青年唱出的山歌。"南风没得北风凉,白姐没得黑姐香;豆腐虽白黄泔气,枣子虽黑蜜样甜。"不也道出靖江小伙子旗帜鲜明的恋爱观吗?

我早已不敢对山歌有任何轻慢之心了,也早已不再为自己受到山歌这样的启蒙教育而羞惭。我知道,故乡有许多东西早已溶进了我这个靖江之子的血液,无论我走到哪里,它们都终生伴随着我,这其中,就有母亲所唱的山歌。

(2001年)

送别母亲

前年年底,母亲到医院检查,被宣布患了不治之症。兄弟间互通信息,屡屡哽咽不能成声。虽说母亲已是八十六岁高龄,患病随时都有可能,可是儿女们总是不希望这种可能真的成为现实。母亲的病情急剧恶化,于两个月后的那个凌晨溘然逝世。她的神态十分安详,仿佛长眠。我理了理母亲的白发,而后握着她的双手,我终于确信她老人家已经西去,眼泪奔涌而出。我们一同为母亲穿好衣服。妈妈,你的病痛结束了,我们送你上路。

我们怎么送别亲爱的母亲?按照本地的习俗,办丧事必须有一整套繁文缛节,其中不乏一些带有浓厚迷信色彩的东西,常常使得悲痛的悼念活动失去应有的严肃。我们无法接受这些。兄弟姐妹们商量,一致认为应该以新的方式送别母亲。

为母亲的送行,开了故乡丧事新办的一个先例,在周围十里八里之内绝无仅有,一时成为乡间一大传闻。

花圈与花篮摆满了灵堂和庭院,给母亲带来了风光与荣耀。在这个世界上,父母与儿女的荣耀其实是互相给予与拥有的,儿女以父母为荣,父母以儿女为贵,代代相传,生生不息,这就是所谓光宗耀祖吧。

城里殡仪馆有一个很大的告别厅,据说只有送别大人物时偶尔一用。我的母亲是一个文盲,但我们在大厅里与她老人家告别。横幅,挽联,花圈,鲜花,低回的哀乐,告别仪式简朴、隆重、庄严、肃穆。我代表兄弟姐妹宣读悼文。其中说:

"我们悼念妈妈,她老人家茹苦含辛,一生勤劳。妈妈吃过的苦太多太多,她的后辈们已难以想象。她十七岁来王家场时,只是住在半间茅草房里。月月年年,寒来暑往,起早摸黑,劳碌一生。到了晚年,大家都说她老人家是有福之人,那是她一生辛劳的当然收获。苦尽甘来,也是我们儿女的莫大安慰。

"我们悼念妈妈,她老人家养儿育女,母爱如山。妈妈生了我们五男二女,把我们抚养成人,教我们如何做人,又把我们一一送出家门,走向天南海北。儿行千里母担忧。妈妈一辈子中,不知经过了多少次与儿女的别离。她一次次送我们远行,送我们远行求学,远行戍边,远行成家立业。她是那样从容,那样坚强,那样充满期待和信任。滴水之恩,涌泉相报。妈妈儿孙满堂,福气满门。可是无论我们怎样尽力,也不能报答妈妈山高水长的养育之恩。

"我们悼念妈妈,她老人家任劳任怨,胸怀宽广。她老人家不识大字,但识大体,顾大局。她总是为儿女子孙们着想,为整个大家着想,只知道为别人多做事,从不给别人添麻烦。她大事很明白,小事不计较,温良恭俭,克己让人。事实上无论是大事小事,她都心明如镜,保持着对所有儿女子孙们的挚爱与公平。

"我们悼念妈妈,她老人家至善至贤,有口皆碑。她老人家虽是文盲,却聪明智慧。我们每个人都不会忘记她说过的故事、唱过的山歌、念过的民谣。她性情温和,脾气随和。身教重于言教。种豆得豆,种瓜得瓜。如果说我们兄弟姐妹具有一点孝心,那么,孝顺长辈是妈妈一言一行的教诲,也成为她一生一世的回报。如果说我们兄弟姐妹为妈妈争了一点光,那么,首先是她老人家为我们争了光,因为她所到之处,都受到人们发自内心的真诚欢迎;因为我们所到之处,都可以听到人们对她的真心赞扬。妈妈的贤德,是我们永远的遗产,是我们不尽的财富。

"茹辛茹苦养儿育女大慈大爱似江河行地;任劳任怨为人忘我至善至贤如日月经天。"

参加告别仪式的是我们的亲戚和村上的邻里们,他们与我们一起垂泪,他们对我们的做法表示出强烈的赞赏与羡慕。可是,他们也都说出了自己复杂的心理,说是你们都在外面,可以这样,当地人这样做,是行不通的。

是啊,移风易俗,需要巨大的胆识与勇气。看来也只有我们能用这样的方式送别母亲,这在故乡还只能是一种倡导与示范。而这样的倡导与示范者,其实是我们的母亲。关于她的后事,她有足够的时间,却没有留下任何要求。我们知道,她是多么相信她的儿女们,她一定相信我们会用合适的方式与她诀别。

(2005 年)

求 人

如果有谁说"我一辈子从没求过人",那他一定是在撒谎。不错,"求他求你,不如求自己",是许多人推崇并奉行的生活准则。然而,在这个世界上,真正能做到"万事不求人"的,除了庙宇里高高在上的"泥塑金身",别的人我想大概几乎是没有的了。也有另外一些人,认为不求人就办不成任何事情,并以此作为主攻"关系学"专业的理由。大事自不必说,就连买一双鞋、买一段布之类的事,也常常托来托去,使生活平添了许多热闹与繁忙。

"万事不求人"与"凡事必求人"都过了头,前者办不到,后者叫人厌。我生性驽钝,最不善口舌社交,不知多少次在心底里臭骂过自己的"烂死无用"。记不清有多少回,要找一个人,若是那人不在,就感到十分庆幸,仿佛逃避了一场苦役。如果要找的人在,就每每会在他的门前来回"转经",直到担心被人怀疑为小偷,才最终决定是斗胆敲门,还是溜之大吉。

这样,就对求人的事十分敏感,十分头痛,对求人中有过的某些经历就十分难忘。记忆中的难堪情境,至少有那么三段。

整整二十年前,我高中毕业,没有大学考,只得回乡。十六岁的人了,还没有像模像样地发育起来,要成天去挑一百多斤的大粪担子,委实勉为其难。无奈,只得屈居于女劳力中去挑轻一些的灰肥担,不但工分少,还要受奚落,全失了男子汉大丈夫的气节与威风。所幸不日被大队领导看中,抽上去写写画画,算是稍稍抬起了头。很快,竟又有更激动人心的消息传出,要我去大队卫生室学医,当"田春苗"那样的赤脚医生!我的妈,别人面朝黄土背朝天,胼手胝足,汗流浃背,我却背着红十字药箱走村串户,救死扶伤……我简直不相信是自家的哪座祖坟冒了烟,好一阵子头脑晕乎乎的。然而,过了许久,并不见有正式通知下来。狐疑之际,竟听说有一个女人正在积极活动,就要抢占我的位置! 在这关键时刻,一向拙于"公关"的父亲毅然决定:请客,请大队干部吃一顿。

"办酒容易请客难",一点不假。二十年前的大队干部们应酬就已经很是繁忙了,不预约根本请不上,预约了也不一定能请上。父亲和我都没有经验,以为到时候一喊就行了,因此而铸成大错。记得那是赤日炎炎的盛夏,当我大汗淋漓地回家报告客人没有请到的消息时,父亲脸色铁青地骂了一句:"真钝(无用)!"母亲则一脸愁容地说:"那怎么得了呢? 菜到夜里就要馊了!"一家人急得团团转。要知道,这一桌如今看来寒酸得丢人的饭菜,少说也抵得上当初一家人半个月的伙食呀! 父亲望着我,狠狠地说:"还像木头干什么? 还不快去约他们晚上再来!"我又马不停蹄地赶在大队干部们赴午宴之前去逐一邀请,得到的回答是:晚上再说吧。饥肠辘辘回到家,但见母亲已经将菜盘一一装好,用脸盆小心翼翼地浮在水缸里,以阻止它们在溽暑中迅速变质……

傍晚,我徒劳而拙劣的"公关"又归失败。这一回父亲没有怪我,却粗野地骂了一句脏话:"日他娘,算了吧!"母亲把中午的菜倒进锅中热了一回,心存侥幸地说:"明天早上再去请请看,也许菜不会馊的。"可是,第二天一早,菜已经发出了一股怪味,只好由我们自己享用了——即使是馊的,这种自我享用也已纯属奢侈。不用说,我的赤脚医生梦这回泡了汤。

十二年前的大学毕业前夕,又求过一次人。分配方案中有一个武汉大学出版社的名额,两个朋友力劝我去找领导争取争取。我的"烂死无用"又表现出来,死活不肯去(不敢去)。朋友陈君把我臭骂一通后,说:"我陪你去,还要怎么样?"再赖就有得罪朋友的危险,只好"慷慨一赴"了。在管分配的领导家里的方桌旁坐定,寒暄几句便冷了场。领导的脸上露出了明显的不耐烦,陈君的脚在桌子底下一个劲地猛踢。无数次决心下过,我终于说明了来意。接下来便是手足无措地听候判决,好在手里有一把纸扇能一刻不停地摇着,多少拂去一些心中的惶恐。系领导打开了话匣子,认认真真地给我上了一堂政治课,无非是"服从祖国挑选""一颗红心,多种准备"之类的官话。我谦恭而下贱地笑着,只感到脸上的肌肉于僵直中不时有几次恼人的抽搐。好不容易熬到领导的兴致将尽,说出"我们再研究研究"的结束语,慌忙告辞。回宿舍的路上,陈君说了一句令我终生难忘的话:"王虎华呀,我第一次发现你的笑是这么难看!"我说不出是懊恨、失望,还是后悔、悲哀——连一个自然的媚笑都做不出来的我,还去求什么人,简直丢人现眼!不用说,我去武大的梦想泡了汤。

两年前的一个盛夏,为了争取一个合乎专长的职业,通过拐弯抹角的关系,登了一位某省厅领导的府门。礼节性的接待过后,领导和夫人开始认真而投入地探讨中央电视台"综艺大观"节目的长短得失。我告退嫌早,不告退又插不上半句嘴,只得如坐针毡(罪过,其实坐的是真皮沙发!)地充任"陪看"。回家后妻子关切地问我情况,我文不对题地说:"那天的'综艺大观'拍得蛮好的。马兰的客座主持比倪萍毫不逊色。郭达和蔡明的小品风格一如从前,构思却很新颖,令人捧腹又发人深思……"一个求人帮忙的人,居然能对那天晚上的电视节目作详尽的评论,其被冷落的场景可想而知。不用说,此番努力的结果也只有两个字:泡汤。

直到写作这篇无聊文章的时刻,我才忽然发现,上述三次倒霉而失败的求人,都发生在与目下同一个季节——盛夏。这固然只是偶然的巧合,不必去作什么无谓的联想,但我总愿意设想这么一个共同的原因:盛夏的酷热使人心情烦躁,于是就有人有意无意地拒绝了原本可以帮的一个小忙——也许就是这个小忙,足以改变一个人一辈子的命运。理智却又告诉我,我假设的原因并不符合历史的真实。

然而,牢骚归牢骚,事实上,有许多受人恩惠的事更令我难忘。总有那么一些人,在我拜求以后,只简略地说:"放心吧,我一定尽力。"而后投给我一束足以叫人信赖的目光。往往过不了多久,便有明确的消息传来:"办成了。"或"办不成,因为……"对这样的人,无论事情的结局怎样,我都对他们怀着由衷的崇敬、满腔的感激与深深的疚歉。

由此我想,无论求人还是被求,只要双方真诚而平等地相待,事情就一定会有圆满的结果——这圆满的结果绝不仅仅在于事情有没有办成。如果我们在求人的时候多想想别人的难处,在被求的时候多想想自己曾受过的恩惠,那么,我们就会被称作"乐善好施""知恩图报"的人,而不被指责为"看人兑汤""忘恩负义"的人。

(1994 年)

西瓜感言

记忆中第一次吃西瓜,至少已是十四五岁。家乡由贫穷而形成的风俗,立秋日吃西瓜。每人能分上一瓣,就如立夏日吃鸡蛋,每人半只,用母亲的头发割锯平分一样。多年一直为此心酸,但当十年前目睹五十岁的大姐居然还不认识香蕉时,心酸转为感悟。

当尝不起三分钱一瓣的西瓜时,却捡过西瓜皮,为了喂猪。但很难捡到,许多城里人把瓜皮放进鸡棚让鸡啄食,以补充鸡们的维生素。便退而求其次,觅见撤出鸡棚的已经极薄的散发着恶味的瓜皮,亦照拾不误并沾沾自喜。偶遇立于街头啃瓜的穿着府绸或的确凉衬衣的绅士,便在一旁候着,总能有一块瓜皮的收获。却也遇见一位"绅士",笑着:"要瓜皮?你等着。"口中吞咽着涎水,心中感激着恩赐。不料"绅士"啃毕,扬手将瓜皮扔上了屋顶,扬长而去!心中固然痛恨这狗娘养的,但却又不敢骂出口。如今忆来,仍免不了要骂,不过已能骂得文明些:真缺德!

待用不着拾瓜皮,亦买得起西瓜吃,却总也丢不掉节约的美德与恶习。每吃西瓜必啃至不留一丝红瓤,屡遭耻笑,遂慢慢改了。某年夏日归乡省亲,白发老母竟将我们吃剩的瓜皮重又拿起,把留有道道牙痕的瓜皮的一层红色依次啃食干净。一向敬老的妻子无法容忍,我亦尴尬十分,愀然相阻。母亲坦然说:"都是家里人,要什么紧!"从此更不敢有一点暴殄天物之举,而且有一种奇异的心理生成:要我平白无故地扔掉几毛钱可以,而要扔掉没啃净的瓜皮则万万不肯。不少东西与钱无涉,信然。

行路于途,竟见不止一处西瓜摊明码标价:"跳楼价,每斤0.5角!"固然不会糊涂到相信三五分钱一斤西瓜的日子重又回了头,心知那"角"乃"元"之误,否则卖主真要跳楼。女儿说:"0.5角不就是五分吗?就按他写的给,他要啰嗦就和他打官司,准赢!"然我却不敢,怕官司尚未开打人已挨打。女儿又有新发现:"为什么卖西瓜的都赤膊?不少人膀子上还都刺了青龙?"当然可以肯定不是执行了什么规定,但我却说不上为什么。只好答非所问:"种瓜的人也都赤膊,但手上没有青龙。他们的汗流得绝对比卖瓜的多,但赚的钱绝对比卖瓜的少。"女儿还问:"那为什么?""长大了你就知道了。"不再答,挑一只西瓜回家。

(1995年)

馒　头

傍晚下班路上，照例要买几个馒头，或当晚饭，或备早饭。所买的馒头完全是本色的，不加盐也不加糖的那种。我对吃饭要求颇低，十分偏爱此等本色馒头，就几片小菜与一杯开水，一顿就对付了。要是能蘸些辣酱之类，就更会心满意足。

一个人偏爱的食物，常常会与一些故事联系着。对于我，馒头就是这样的食物。

我们家乡对馒头的称呼有些怪。家乡话里没有"包子"一词，包子被称作"馒头"，而馒头则被称作"面糕"。二三十年前，家家都很穷，平时是没有面糕吃的，馒头更没有。大人威吓小孩时会说，"再犟请你吃肉馒头"，是要暴打一顿的意思，这从另一个侧面说明了肉馒头的珍贵。什么是幸福的日子？有肉馒头吃的日子，毫无疑问就是幸福的日子。过年，就是比较幸福的日子，因为到亲戚家做客，可以吃上面糕和馒头。只是纯肉馒头还是少见，大多是萝卜丝之类的馅心中拌有肉粒。

大约五六岁的时候，村子里来了地质勘探队，几个勘探队员借住我家。啊，这些人几乎天天都吃面糕和馒头！我们的方言中有一个词，叫"相嘴"。就是盯着看别人吃东西，以期获得进食者同情或者厌恶后的恩赐。小孩子"相嘴"是会遭到大人呵斥甚至体罚的，原因无非是因为此举有失尊严，不符合大丈夫不食嗟来之食一类的传统理念。然而，"仓廪实而知礼节，衣食足而知荣辱"，对于成天半饥半饱的孩子，"相嘴"之举就在所难免了。我就做过一次这样有失礼仪的事。那天，我看到勘探队员在吃馒头（包子），便扶着门框"相嘴"。一个好心的工人果然给了我一个馒头，我立即飞奔着向哥哥报喜。两人分享一个馒头，可谓"到嘴不到肚"。大三岁的哥哥已有廉耻之心,自知不能"相嘴",但仍怂恿我再去"相"一个来。我虽感为难,但毕竟馒头的诱惑力太大,竟又去了。勘探工都是穷苦出身,颇具同情心,我又得到了一个馒头。如今想来,我倒并不觉得五六岁的我有多么可耻,只是觉得有十二分的可怜。如果说五六岁的孩子也有理想,那么,当上勘探队员,天天吃上面糕馒头,就是我想都不敢想的崇高理想了。

无独有偶,异曲同工。一位省报的总编也对我说过一则馒头的故事。那是六十年代初"困难时期",某次在招待所吃饭,他们桌上是普通的本色馒头,而邻桌上则是油炸馒头。一打听,原来那桌上坐的是一位副厅级干部。这一差别给他以巨大刺激,使他在那一刻立下坚定的决心,一定要努力奋斗,将来吃上油炸馒头。他最终也当上了副厅级的干部,当然此时油炸馒头已不值一提了。

曾几何时,对于若干代人而言,得到馒头曾是那么强大的动力。如今,固然还有一些人为馒头而奔波奋发着,但对于更多衣食无忧的人们,什么是馒头一样的动力呢?我有些茫然。这样想着,还是花一块钱买了四只馒头。

(2003年)

伤心月饼

明月几时有？中秋几时有？月饼几时有？都不知道。只知道月饼越来越失宠了。做的人，卖的人，吃的人，都无可奈何。许久以来，在我心中，因月饼连着中秋，而中秋乃国人之传统佳节，故一向神圣待之，未敢有丝毫亵渎。然而，现在我也已无可奈何。

一组题为《月饼今昔》的漫画，引起了我的强烈共鸣：一个孩子瞪圆了双眼，大人正用刀子将月饼切成四份；另一个孩子正在哭闹，四周有好几只手递过来月饼也无济于事。真实，生动，同样无可奈何。

流年似水。曾几何时，过年分花生，端午分粽子，立夏分鸡蛋，立秋分香瓜，中秋分月饼，年复一年，分走了童年和少年。月饼成为一个无法替代的记忆。

然而，如今确实不那么喜欢吃月饼了。单靠自小建立的感情来吃，已谈不上品尝，心里难免不是滋味。吃着想着，不得不承认，作为农民的后代，我们对月饼的感情，其实和对山芋、南瓜之类的感情是一回事。这些东西并非有多好吃，我们却要设法吃到它们，其实是设法实现对逝去时光和年华的追忆罢了。吃月饼同样变成了追忆。眼下的年轻人和孩子们，不曾有过那样的时光和年华，他们凭什么去喜欢月饼呢？

中央电视台"焦点访谈"做了一个月饼的专题节目，令我的伤感更深一层。月饼被可怕地异化了。且不说馅心的无奇不有，单包装贵于月饼这一事实，就让我匪夷所思。我想，聪明的厂家迟早会用油泥之类的东西做出月饼来的。最让我意外的，还不是有人把月饼扔进垃圾桶，而是某厂家将霉变的月饼混进猪饲料卖钱，把人家的猪毒死了不少。

于是我想，彼时我们把月饼当作美味佳肴，是由于匮乏。其实那时候也有不匮乏的人和地方,只是我不知道。如今,月饼已属寻常之物,我却知道还有匮乏的地方和人。我们批判外国资本家将牛奶倒进大海,中国的奸商又有什么理由把坏月饼混进饲料赚钱?扔掉已是造孽,坑人则太缺德了。

　　读报纸才明白,月饼的保质期只有十天,比我想象中的少说短了十分之九。我简直无法相信,这许多月饼,十天之内就都吃完了吗?如果吃不完,它们又都将到哪去呢?

　　月亮是美好的。中秋节是美好的。月饼的故事已经不那么美好了。

　　月饼遭到了冷遇。而遭冷遇的岂止是月饼?还有月饼赖以生存的中秋节,还有中秋节赖以生存的月亮。

(1998 年)

火钵头

冬天又来了。冬天一来，我就会想起火钵头。

富家的少爷小姐，冬天用的是擦得锃亮的铜铸手炉或脚炉。手炉脚炉当然是穷人造的，但穷人用不起，他们只能用火钵头。穷人劳作，富人享受，千万年了，天经地义，这没有什么奇怪。

火钵头是一种陶制的容器。它甚至并不是专用的，平时它被用来装杂物或喂猪喂鸡，冬天才用来装炭火取暖。火钵头不及脚炉的地方，除了价贱而难看之外，最主要就是掉在地上会跌碎。如果只是跌出裂璺或是碎成两半，那还舍不得扔，用竹篾打上箍，还可以用。

火钵头是穷人冬天里忠实的朋友。它的用场大得很，烘手烘脚自不必说。架上竹编的烘篮，夜里烘床，让你钻热被窝。天阴下雨，尿布、衣服、鞋子放到烘篮上，慢慢烘吧。家里有不会走路的小孩子，便用稻草扎一个"立窝"，半腰间隔上木板，下面放一只火钵头，孩子或站或坐，其乐融融。就连刚生下的小猪，也要装进竹篮，用火钵头烘一阵。

火钵头常用来表孝悌。父母兄嫂田间归来，做儿女弟妹的，会立即递上火钵头，挨冻的人心里先就温暖了。火钵头也用于待客。亲戚朋友进门，接过主人递过来的火钵头，暖意也就从手掌传入心中。夜晚，一家人围坐桌旁，谈着话，互相推让着火钵头，这是冬天里发生在无数个农民家庭中的温馨故事。

火钵头给了我们这些农家孩子许多乐趣。有一桩事情便是爆蚕豆。先用木棍把炭火拨旺，再将蚕豆埋进去，等着吧。"叭"的一声脆响，爆裂的蚕豆能把炭灰炸得飞起来老高，不小心会迷了你的眼睛。如果能弄到花生来爆，那简直就是奢侈了。

当然,火钵头也会带来不快甚至是灾难。在家玩昏了头,烧饭时忘了装炭火,大人回来了,一准挨骂。烘篮上的衣物忘了翻调,就会烘"黄",同样会挨骂甚至挨打。小孩子不小心,一屁股坐进火钵头,后果可想而知。还有的人家大意了,火钵头将孩子的"立窝"烧着,烧残废的甚至烧死的都有,自然这是极个别的了。

　　曾经听过一则关于火钵头的幽默,一直没忘。某人过年穿了一件新袍子,蹲在地上玩。旁边一个人对他不紧不慢地说:"有一件事,不知该不该告诉你。"某人问:"什么事?你说呀。"那人卖关子说:"说吧,怕你不高兴。不说吧,又怕你要怪我。"直到某人问得急了,那人才说:"你的袍子拖到火钵头里,烧着了。"某人急忙转身,新袍子已然烧出一个大洞了!

(1998 年)

逃　票

看了中央电视台"实话实说"就逃票一事专门制作的一档节目，顿时生出无限感慨。节目围绕丹东市一位女工专程到公交公司补交二十多年前的三十多元逃票款一事，各抒己见，众说纷纭。那位女工的理由主要是两条，一是偿还折磨多年的心债，二是教育孩子今后不要再做这样的事。对此我先不作评论，我很想说说关于逃票的亲身经历与亲耳所闻。

我第一次认识公共汽车，是在一九七〇年的上海，二哥带着四哥和我去看望正在当兵的三哥。十三岁的我刚过一米三（如今已是不可思议），上轮船用半票蒙混过关。从十六铺码头上岸，二哥就带我们爬上了一辆许多人都站着的奇怪的汽车。开了一段便稀里糊涂下了车，我和四哥感到新奇无比，禁不住哈哈大笑。二哥低声喝道：不许笑，当心被抓住！我们这才明白原来是逃了票。二哥跟我们交了底，父亲倾其所有只给了我们二十块钱路费，他是大人（二十一岁），不买票不行，我们两个人小个子矮，能不买就不买吧。尽管如此，他还是有备无患，给了四哥五角钱，叮嘱说：如果被发现了就补票，不要找我。就在从松江往佘山的路上，我们真的被卖票的老师傅抓住了，他对我们大加呵斥。四哥一边抖抖索索地掏出那五角钱出来补票，一边用目光向二哥求救。但见二哥两眼望着窗外，似乎跟我们没有任何关系。在人生地不熟的大上海，面子问题对他这个乡下小伙子依然十分重要。此情此景，我今生今世永远不会忘记。

二十年前上大学的时节，逃过不多几次的公共汽车票，每次都要先把校徽藏好以防不测，心理负担很重。彼时我们的伙食费是十四块五角（甲等），平均每天不到五角，除去一角五分买饭票，菜金必须控制在三角之内，月底方能积余一两块钱去买特价书。在这种窘境里，我甚至逃过两次火车票。

靖江到南京有直达汽车，票价是四块九角五。但寒去暑来，八遭往返，我只因要拿一件大东西而乘过一次直达汽车。只因从南京乘火车到常州，学生可以享受半票，再乘汽车到靖江，加起来比乘直达车便宜一块多钱，尽管这样走要比乘直达车辛苦和麻烦几十倍。有一段时间，二哥的家安在南京西站里，促使我产生了逃一段火车票的念头。于是，我返校时从常州上车，只把车票买到镇江，只要混过查票，一直乘到南京，往二哥家一钻，玩一阵吃顿饭，从出站口堂而皇之走出。这一逃，便可逃掉七八角钱了！毕竟我胆小又爱面子，这样的逃票真是一场苦役。那天深夜，车过镇江，我已成了逃票之人，故作镇静地坐着假寐。乘务员每一次从身边经过，都足以令我一阵心惊肉跳。终于，最令我恐惧的声音传来了：查票了查票了！票拿出来看一看了嚎！我如坐针毡，心里想着用什么谎言来掩饰自己的卑劣行径。就说本来到镇江看同学的，临时改变主意了，准备到南京再补票；再有，无论如何不能让他看学生证，要不闹到学校去就糟透了！这样的煎熬不知过了多久，乘务员却始终没有真的来查票，谢天谢地，我终于逃过了这一劫。此情此景，我自然今生今世也不会忘记。

  我的逃票有一个显著特点，那就是在我无法自食其力的时候，这无疑是我的过错，但我始终认为这绝不单单只是我一个人的过错。为什么在那个时代我们都不能自食其力？历史已经有了明确的回答。正因为如此，当我领到了第一份工资起，就与逃票彻底告别了。几年后，一位女同事向我们炫耀说，她七八岁的儿子真是聪明，他从后门上车，慢慢就蹭到了前门，这就对前后两位售票员都进行了成功的蒙骗。我感到了刻骨铭心的厌恶。我发誓决不让逃票的悲剧在我的女儿身上重演。有一件事使我更坚定了我的誓言。前些年，二哥的儿子要到北京的三叔（当年上海当兵的三哥是也）家去玩，而我二嫂在铁路部门工作，同事已经答应她把孩子带去再带来，用不着分文路费。然而，二哥坚决不肯，他亲自买好车票把儿子送上车。他对我说：这一百多块钱省了不值得，对孩子的影响太不好了。初闻此事，我一下子就起了当年二哥望着车窗外的身影，也想起了我在夜行列车上的心惊肉跳，同时也难免联想了那位同事对儿子的夸耀。

我对那位女工的评论已经明白了——她是对的,尽管我们许多人不一定都要去像她那做,然而,我们无论如何不能不像她那样想。古语云:仓廪实而知礼节,衣食足而知荣辱。但也会有例外的情形,比如我的那位同事。

(1999年)

被自己写的情书感动

一个偶然的日子,妻子封海燕不在家,我翻箱倒柜找东西,忽地就发现了那一摞信件。每一封信都是写给妻子的,每一个信封上都是我十分熟悉的相同笔迹。最多在一秒钟之内,我就明白了谁是这些信件的作者——不是别人,正是我自己!真没想到妻子把它们还如此珍藏着,我忍不住急急地看起来。奇怪,看自己写的信怎么竟也很有些偷偷摸摸的感觉?是啊,毕竟这是妻子的私信呀,偷看别人的私信难免总要鬼鬼祟祟的。看着看着,自己就被自己所写的情书感动了,那真是一种从未有过的美妙而奇特的感觉!

信中所表达的对妻子的爱恋、思念、体贴、担心、疚歉、叮嘱……无不引起我的深深回忆,我也因此而一再动情。有几封信我自己已没有一点印象,读着读着就产生了一种陌生的亲切:当时还发生了这样的事?我怎么还使用了这样的美妙语句?我对妻子还有过如此亲昵的称呼?有一封信的称呼居然是画着一只笨拙的猪(妻之属相),而署名则是一只走了样的狗(我属狗)!最让我感到发笑的是,有一封信是我写给尚在妻子腹中的孩子的:"小与,你好!你和妈妈昨日旅途顺利吗?可曾挨饿?晚上怕不怕?妈妈总说她一个人害怕,她是把你忘了!你们俩人一起走一起住,还怕什么呢?……爸爸就担心你妈妈不好好吃饭,不好好睡觉,不注意安全。不过,为了你的健康,你的成长,我相信妈妈会注意的。我说话你妈妈有时不听,你说了她会听的,她喜欢你。"事隔十余年,我不禁为自己竟还曾经拥有过这份幽默独自笑出了声。

和妻子同在一座城市,恋爱的日子里光知道约会看电影轧马路,竟没有写过一封情书,委实是一个无法弥补的大缺憾。现存的书信大都是在我出差途中写的,真得感谢当初曾经令我一再抱怨的一次次出差。信封上的地址画出了我游荡的足迹：南京、北京、西安、烟台、丹东……我仿佛看到了一幅幅由我自己不经意间画出的漫画——一叶风筝，不管放得多高多远，不管是什么风向，总是由一根线牢牢地牵着，最终回归它的出发点。不用说，这叶风筝是我，这放筝人是妻子，这起点是我的温馨小家。那么这根线呢？无疑就是我不好意思但其实又很乐于承认的爱情了。

另有几封信使我产生了另一种感动。那是我和妻子发生抵牾时写下的。这些信没有通过邮局投递，是我当初放在饭桌上或抽屉里的。回望那些令人苦痛的不快、冲突甚至危机，体会我们各自为安然度过夫妻"磨合期"所做的艰苦努力，感慨系之。真没想到妻子把这些即使是便条式的短笺也同样珍藏着，这足以说明她是如何与我一样认真地面对着我们两个人的历史。

信大多已被时光的画笔涂上了黄色，其中大部分信纸显现着道道皱褶，一看就知道妻子曾经不知多少次展读过。总以为妻子是一个大而化之的人，没料到她还有着这一份难得的细腻。忽然想起，自从家中装了电话，我出差在外就不再写信了，总是打一个电话了事。我有时为发现这种严重的倒退而感到不安。这样下去，再过十年、二十年，我还能给妻子留下什么新的珍藏？又能给自己留下什么新的感动呢？

（1996 年）

背　影

我想，很多人都会像我一样，儿女小的时候，总是盼望他们快快长大，早日自食其力，孝敬父母，服务社会，报效国家。然而，当他们真的长大了，终于有朝一日就要负笈远行，我们又是那般依依不舍。望着他们远去的背影，我们会百感交集，说不出是高兴、欣慰，还是牵挂、伤感。

一个月前的那个午后，站在新落成的首都机场三号航站楼的检票口，望着女儿小雨一步步远去的背影，我心中就是这样的百感交集。此前，我和妻子曾经相互鼓励过，坚强些，不要哭泣。可是，可是，事到临头，我们还是扭开了脸，泪下潸然。

这已不再是一般意义上的喜极而泣，这是实实在在的别离。别离总是勾起我们的回忆、联想与思考。

送行前，南京大学的老友陈红民教授发来短信："恭喜你们王家三代人三大步，这是近代中国人的缩影，你应该据此写成一篇精彩的小说。"陈教授是著名历史学家，他的目光总是穿越时空。是啊，我的父母都是文盲，我从田舍郎成为一个学士，我女儿如今则去马里兰大学攻读博士了。

望着女儿渐渐隐去的背影，一个个往昔的背影，在我模糊的眼前，再现，飘渺，叠加，跃动……

中国传统教育强调"棒头出孝子"，这已经遭到现代西式教育的挑战与否定。我反复揣摸，觉得一味的高压，与一味的怀柔，似都不可取。我打过女儿，但很少。我还有自以为是的"高论"：理智地打，真发火时不打。也就是说，我的打总是有预谋的，目的在于强调与震慑。

女儿很小的时候，有一次跟我们在瘦西湖玩耍，一转眼她就不见了。四处寻找的焦急之中，我看到了她一蹦一跳的背影，原来她正偷偷地向着不远处的外婆家飞奔。我打了她的屁股。这次"安全教育"或许并非正确,事实上却大获成功。

有一天在文化宫游玩,妻子忽然想逗一下女儿,便让她去帮看一样东西,而我们则故意躲了起来。望着她的背影,我们暗暗发笑。女儿回头了,找不到我们了,脸上慢慢露出了惊恐。我们很快走到她面前,她发现了这场骗局,哭着抗议:"你们叫我去办事,为什么要这样骗我?"做父母的无言了,女儿揭示了最简单的道理。曾子杀猪,教子不应戏言。从此,无论何种情形,我们都不再用拙劣的欺骗去换取短暂的安宁,因为那是真正的因小失大。

女儿上小学的时候,她妈妈送了一个星期,便鼓励她自己走。她开始感到新鲜,答应了。没过几天,她就反悔了。我们没有妥协,不断用她自己说过的话鼓励她,她坚持了下来。也有好心的朋友批评甚至指责我们,说你们怎么忍心,孩子这么小,一个人是那么孤独可怜。我们悄悄跟过她,只见她小小的背影独自向前,一会儿蹦蹦跳跳,一会儿用小手摸摸墙壁,一会儿哼着什么歌曲。她不是很快乐吗?怎么是可怜呢?就这样,她从小学走到初中,走到高中,一路走了过来。

我们看到不少家长用心良苦,为了儿女读书,又是接送,又是租房子。我们没有。就在女儿考取扬州中学读高中的那年,我们搬离了学校附近的住宅,又受到了不少朋友的批评甚至指责。可是,女儿自己毫无怨言,她觉得骑车上学很好,很自由。况且,活动正好太少,骑车健身,不是有益于学习吗?

距高考只有半年了,女儿也开始感到一阵阵压力。我一次次望着她上学的背影,觉得她或许需要另一种力量。于是,我开始每天晚上接她回家。就在这从学校到家的二十分钟里,我和女儿有了久违的交谈。我们无所不谈,天文地理,古今中外,生活趣事……唯独不谈成绩,不谈考试。女儿和我都获得了意外的愉悦与轻松,这对我们这个迎接高考的家庭不失为一个独创。

高考来了,女儿却不要我送考。那天,我站在窗口,看着女儿骑车离去的背影。她知道我会目送，回头向我挥挥手，一笑而去。我自我安慰着，我也送考了，用我的目光。

高考成绩并不理想，报哪所学校呢？女儿和我一起商量，其实是她自己作主，选定了远在东北的吉林大学。开学分别的时候，望着她融入人流的背影，我对妻子说，女儿上大学，其实已经离开我们了。不是吗，这迟早会有的分别，共同培养着父母与儿女对距离的心理适应。

大学，对一个人知识的拥有，人生观的塑造，不可谓不关键。一度，为了表达一种重视，一种情怀，我竟放弃电脑写作和电子邮件，改用手写信件，一封封发给千里之外的女儿。我们又在一种从未有过的全新的交流中，获得了理解与共勉。

此次赴美之前整理行装，我惊讶地发现，女儿把我的信件整整齐齐地放在行李箱里，原来她不但一直未曾丢弃，而且要带着它们远涉重洋。我想了很多，在父母儿女之间，到底有哪些刻意的东西却并不能久留，而那些不经意的表达带来的却是持久的感动？

我随意展读着自己早已忘却的"作品"，感到陌生的亲切——

"坚持吧，姑娘。我事实上心中颇有怜惜之意，可是，过多的怜惜既廉价也无助，我于是反过来向你致意与祝贺！'复印着日子是一种温软的悲哀'。只有一日日地翻新，才是生命之火焰，幸福之内容。记住老农的话：'牛系桩上一样老。'耕田吧，用点力气，流些汗水，却毕竟能迈步垄上，吃些鲜草，吹些清风，望望日升日落的变幻。"

"节俭为要，不必太抠。宁俭勿奢，这是一辈子的事。即使以后自己挣钱，道理还是不变。卡上的钱你先用着，反正是人民币而非美元。美国在哪里？美元哪里来？"

信是女儿第二学期期中写的，原来那时我们就在共同编织着出国深造的梦境了。这样的回忆与温习，让我们感到十分新鲜，十分温馨。

告别前的日子里，我和女儿愉快地回忆起了那些在家中、在咖啡馆、在邮件里的一次次长谈。正是这些长谈，使女儿知晓了我们家族那些苦难而艰辛的过去，我们国家那些讳莫如深的历史，我们身边那些众口一词的误导与误读。这些长谈，使我们共同体悟到一个人对于家庭和家族，对于民族和人类所承担的责任，体悟到有很多东西，原本就不是高调，它们实实在在地显现在我们一日日、一年年的学习、工作和生活中。

也就在这次整理行装中，发现了女儿的一摞作文簿。在一篇题为《让世界充满爱》的初一作文中，女儿对北约轰炸南联盟进行了让我大为惊讶的评说——"世界需要爱心，爱心从何而来？有正义感才会有爱心！而除了极少数国家对北约轰炸南联盟表示反对与愤慨外，其余那么多国家呢？为何都装聋作哑？""中国本身的表现就令人失望——既然呼吁立刻停止轰炸，又有领导人到北约的成员国意大利去访问，而那里的阿维亚诺机场，就是许多罪恶的本源：空袭南联盟的北约飞机大部分从这个机场起飞。"老师批语说："作为一个孩子，有这样的议论和抒情很可贵了。"这让我联想起我们那些一以贯之的交谈。

大学四个寒暑，女儿的意志在八次往返中得到了磨练。一次次看着她远去，一次次迎得她归来，一次次感到她的沉稳与成熟。最后一次回家，她竟乘了四十多小时的硬座，却照样精神抖擞，笑语盈盈，这让我倍感欣慰。

伴随着女儿一日日长大，我曾不断思考着父母与儿女的关系。我有自己的基本看法。父母和儿女是互相影响，互为师生的。代沟固然不可避免，但其间弥补与缩小的要诀，恰恰是互相学习。如果说，儿女小的时候，向父母的学习更多的话，那么，儿女长大、成熟以后，父母向儿女的学习，则理应不断扩大与加深了。这些年，我不断酝酿与坚定这样的态度和理念，我实在不想因为我自己的原因，与女儿的心离得越来越远。

一度，我和妻子曾经以为女儿是一个不太细腻的人，因为我们的别离从没有那种一步一回头式的不舍，我们的团聚也从没有那种欣喜若狂的激动。有一次说到这个话题，女儿说，她分别时总是装得十分轻松，甚至是义无反顾，这样大家都可以少些惯常会有的酸楚和伤感。女儿竟是用另一种方式表达她的情感，实现她的孝敬，真是用心良苦。

航站楼的检票口，这块离别之地，不知洒下了多少送别的泪水。我们的流泪，固然是情之所至，同时在很大程度上也是受了一群群送行人的情绪感染。看,他们在话别,在嘱咐,在拥抱,在抹泪……

可是,我的女儿,她再一次头也不回地离去,留给我们的,是一副灿烂的笑脸,和一个昂首挺胸、义无反顾的背影。

女儿,离别了,你独行而去。这是一次新的成长,是一种新的接续,是一场新的征战。

我们从此开始了漫长的等待。等待什么呢?等待团聚,更等待收获。让我们在不同的田野上辛勤耕耘,去收获属于我们自己的果实吧。

(2008 年)

欢乐时光

我辈凡夫俗子,总难免有无所事事的时候。又是周末了,我有一大堆事却又一点也不想做。女儿向转来转去的我看了几眼,不失时机地说:"打牌吧!"不等我犹豫,她妈妈已大声附和:"来来来!"二比一,立即在床上盘膝坐下,天大的事也不做了,"斗地主"闹革命吧。一个夜晚又在欢声笑语中度过。一旦出现奇牌或者抠了底劫得大笔"浮财",常常是笑得眼泪直淌,纷纷倒下。细细算来,女儿让我们教"坏"的东西委实不少。扑克的逃牌、八十分、斗地主、拱猪牵羊之类都会打,还会打麻将。至于游戏机,更不在话下,偶尔打来,叫骂声一片,我被女儿大骂为"笨蛋"非但不生气,反而开心得大笑。终于,有一只手掌机因我们父女俩玩得失控,被我太太藏起来了,时间一长又忘了地方,至今未能找到。

齐景公晚年得子,甘为"孺子牛",不幸跌落几颗牙齿。我也曾常为年幼的女儿学着狗的模样在地上爬行,她坐在我背上高兴得大叫。那真是一段难得的好时光,我们带着女儿徜徉在公园、博物馆、蜀冈上、运河边,还有故乡的田埂上、小河旁。上了小学,女儿经常被作业的浊浪淹没,做父母的那个急呀,无法言表。好多次,我不得不亲自出马,代女儿抄作文、画图画、做手工,换得家里的一点欢快情绪。急极了,我便会抛出下策:装病吧,我来给老师打电话。可惜女儿很少肯听,她不愧是一个好学生。

偶尔我会和女儿打赌。有一次,我们对一个英语单词的读音发生了分歧,我胸有成竹,居高临下:"打赌!"女儿毫不示弱:"赌什么?""肯德基!""你损失太大了吧?"我一点不害怕她的讹诈,想蒙我?没门。可是,我输了!几十块钱转眼间不翼而飞,我顿时傻了眼。岂止是钱,还有我作为父亲的尊严呢,一起输光啦。然而男子汉说话要算数的,这历来不含糊。我太太大摇其头:"老子不像个老子。"我说:"我要当一个'现代老子',走,去肯德基。"

女儿三年级开始学钢琴。钢琴初进门,简直是请进了一个魔鬼,一触及琴的事就有人愁眉苦脸。一家人去上琴课,真像是"文革"中老干部被拉出去批斗。这怎么行?还不如不学了,"黄连树下弹琴"也还有一乐啊。我开始找原因。原来,那个像一尊凶神的老师对表扬太"吝啬"了,而在我们背后他常常夸我女儿聪明。真相一明,哗啦一下拂去了大家脸上的愁云。当然,是孩子总会知难而退,甚至会后悔,因为弹琴事实上剥夺了许多玩耍和看小说的时间。于是我狡猾地说:"我们去问老师,他说你不值得学我们就停止。"她几乎是不假思索地反击:"废话,那怎么可能!"有得必有失,这一永恒的人生真谛女儿算是有些领悟了。关键在于,所得何物,所失何物?孩子不可能全懂,就得靠我们做父母的定夺了。如果我们的定夺导致的是得不偿失,肯定等不到儿女们抱怨,我们就已后悔不迭了。

良好的家庭气氛是一家人共同营造的。这并不容易,因为它既需要太多的热爱、真诚、宽容和体谅,更需要太多的责任、严格、自律和民主。正因为如此,破坏这种气氛就特别容易,常常只要一句话就足够了。我想,不论贫富贵贱,我们至少应该给孩子以应有的欢乐,而欢乐与吃、穿、用的满足事实上完全不是一回事。

(1999 年)

青春寄语

上个世纪的最后一天,我被女儿的学校请去向举行十四岁集体生日庆贺活动的同学们讲几句话。事情不大,我却十分认真,思前想后,我讲了下面这些话:

"新千年的第一道阳光就要照射到我们的脸上和心头。在这世纪之交尤其是千年之交举行跨进青春大门的庆典,这十分令人羡慕。

"从少年走向青年,一个重要标志就是具有了独立思考的愿望与能力。而独立思考是应当受到鼓励的尊重的,这是一个需要独立思考的时代。我们常说你们比我们幸运,是因为我们十四岁不仅深受饥饿、贫穷之苦,而且失去了独立思考的自由。

"同学们正在走向成熟,成熟的人总是善于全面地、多角度地分析问题,善于理解和谅解别人。这样我们就能懂得,为什么老师和家长总是提出很高的要求。古人云:'取法乎上,仅得乎中。'确立上等的标准,往往也只能达到中等水平。那么如果确立中等的标准,岂不只能是等而下之了?自然,杰出的人们只是少数,但他们是我们的旗帜,我们的楷模,我们的荣光!他们的成功表明,从来不会有低标准下的高水平。作家冯骥才说过:'你的敌人有多大,你就有多大。'学习上的困难当然是同学们的敌人,但这远不是全部。大家的敌人还很多,比如懒惰、自私、冷漠、嫉妒、粗野、贪婪等等,更何况还有许多更大的敌人有待我们去战胜,专制、迷信、愚昧、腐败、空虚、堕落等等,无不是我们的大敌,都需要我们去英勇作战!

"同学们大多数都是独生子女,迈进青春门槛,要尽量使自己的目光走出自我,走出狭隘的天地。应该更多地关心父母、关心家庭、关心他人,还要关心社会、关心国家和世界,关心自然,关心我们的生存环境。知识的狭隘与宽广,胸怀的狭隘与宽广,都将是衡量新一代青年的重要标准。'长江后浪推前浪',一代人胜似一代人是历史的必然。在迎接新千年曙光来临的时候,我向每一位十四岁的少年朋友送上一份最诚挚的祝福!"

话讲完了走下台,女儿的一位同学兴奋地对我说:"叔叔,你讲得太好了!"我反问:"有什么好?"她说:"像朋友一样,我们爱听。"这评价令我高兴。我们这一代人是在各种各样的教导声、训斥声中长大成人的,我们的下一代对这些声音已经很不买账了,我们必须换一种声音。

(2000 年)

没有上天的风筝

大年初一,我和妻子女儿一道去南京中华门玩。城楼上,许多人在放风筝,成了一道好景。一对父女进入我的视线,以至我无法不久久地注视他们。女儿大约四五岁光景,做父亲的戴着眼镜,一副文弱书生模样。父亲在放风筝,他当然是为女儿放的。遗憾的是,他们的风筝总是放不上去,小女儿的神情已是十分焦急。年轻的父亲一趟又一趟地来回奔跑着,额上沁出了细密的汗珠。他的脸上始终微笑着,就是这笑容让我一直难忘。每一轮预备的时候,这笑容充满了希望和信心;每一趟奔跑的时候,这笑容凝结着坚定,也凝结着祈祷;又一次失败了,这笑容掩饰着浓烈的失望、深重的疚歉惭愧与自责,于是它便掺和了几分诌媚。我先是为这笑容感动,随之而来的是好一阵心酸。我不忍再看下去,便和妻女走开了。我猜想,那只风筝十有八九最终没能放上天。

许久以来,我一直想对那个小女孩说几句话,可这办不到。于是,我只能自言自语。你的父亲努力了,一而再、再而三地努力了,然而,他却没有像别的父亲那样获得成功。这当然是由于他技不如人,长进不快,但他是尽力的。他多么希望风筝及早上天,换来你的开心和自豪,可是该死的风筝就是不肯就范。何况,或许这只风筝本来就是坏的也未可知,根本上不了天,那你的父亲本事再大,最终又怎么能让你如愿呢?无论是技术的原因还是风筝本身的原因,你都应该原谅你的父亲。他是一位尽职的、不屈不挠的、深爱着女儿的父亲,因而他也是一位伟大的父亲。可惜你现在太小了,你只能用风筝上不上天来要求你的父亲,你不可能再有第二条标准。实在无法想象,你和你的父亲带着一只没有上天的风筝走回家去,心中将是一种什么样的失望与痛苦。快快长大吧,你一定会在将来某个时候,又一次忆起这个中华门城楼上的大年初一,面对你两鬓斑白的父亲,你将忽然间被深深的感动。

(2001年)

冷水澡

我去青岛、大连,那里的人都把下海游泳说成"洗海澡",这令我倍感亲切。同时我对我的靖江祖先源自山东王氏的说法越发深信不疑。这本身就是一个证明:我的家乡靖江也从来都把游泳说成"洗澡",最多说全了——"洗冷水澡"。

真想象不出这个世界上还会存在没有洗过冷水澡的童年、少年和青年。烈日当空,一群光着脊背、浑身晒得黝黑的孩子们吆五喝六、前呼后拥,急不可耐地奔向清澈的河流,光着屁股争先恐后地跳进清凉的河水……那幅动人的场景,如此清晰地镌刻在我的记忆中。

冷水澡几乎是我们夏天唯一的娱乐方式,它是我们乡下孩子的狂欢节。那是一个很难找到理由欢乐的年代。每当我们嬉戏取乐的时候,性情暴躁的父亲就会大声呵斥:"起低高(什么)劲啊?是吃得好还是穿得好啊?"这句话让我终生不忘。当时年纪小,觉得很委屈,吃不饱穿不好已是不幸,再被剥夺欢乐的权利,岂不是雪上加霜!长大成人后渐渐明白,为生活所迫的父亲当时的心理负担是何其沉重。洗冷水澡理所当然地成了我们的狂欢节,尽管因为它多少总会耽搁一些做事情的工夫而遭到大人们的反对,但毕竟这样的欢乐不需要任何本钱,因而在大多数时候都会被容忍。

冷水澡是我们解暑的途径。劳作半日,大汗淋漓,洗个冷水澡,那种痛快是任何诸如棒冰、冷狗、吹电扇、进空调房之类的解暑方式所无法比拟的。冷水澡还是我们劳作的载体。捞水草,摸螺蛳,捞蚬子,捉螃蟹,既消暑又有收获,一举两得。

记忆中的冷水澡可分为"小洗""中洗"和"大洗"。小洗就在自家的水码头边,以解暑为主要目的,大多是自娱自乐,游几圈就上岸。园沟里岸陡水深，又多为树荫掩映，水温因而特别凉，浑身的畅快仿佛透进骨髓。周遭一片寂静，"狗爬式"双脚鞭水的声音传出去老远老远。中洗到东港，一般总要邀上五六七八个同伴，跳进水中，不是打水仗，就是"捉呆子"。大洗就是上十圩港了。一个垛从西到东一走一喊，少说也有十五六个人的队伍。去十圩港要走上二三里路，大家却乐此不疲。十圩港真宽，潮涨潮落，船行如梭。声势浩大的水中狂欢往往要持续好几个小时，临上岸一个个还是依依不舍。这样的大洗常常充分体现出一垛一村的团队精神，团队与团队间的示威、对峙甚至交手，是时常发生的。一些不老实的家伙偶然也会犯些砸船、偷瓜、搞些小破坏之类的错误，给大家惹下麻烦。有时衣裳裤子被大人没收了，一帮人不能老捂在水里，只好光着屁股去认错求情。

不知为什么，这世界上命贱的总是命大，总是不会轻而易举地死去。洗冷水澡的经历一再证明了这一点。乡下的孩子，谁没有几次差点儿淹死的经历！

记忆中的第一次被淹只有六七岁。一群人到十圩港里洗澡带摸蚬子，我太小，不会干什么，二哥便将一顶草帽戴在我头上，将我安顿在水浅的地方坐着等他们。我老老实实坐着。屁股下面的河底是一个斜坡，表面的淤泥很有些滑。我稍为动一动，人就往河心的方向滑去，水就深了不少。不一会儿，水就没过了我的头顶。我并非不想站起来，我也知道只要站起来，水最多到我的胸部。然而我一动人就往河心滑，已是彻底的身不由己了。于是我开始一口接一口地吃水。这样的吃水后来又经历过几次，感觉很特别。一是很痛快，因为气憋久了极其难受，要吸气却不可能，只有别无选择地一口一口地吞咽；二是很恐怖，此时心里十分清醒，知道自己就要很快死去却毫无办法，只能听任阎王摆布；三是绝望与希望同样强烈，明知旁边有许多人，他们怎么还不快来救我？快来救我，越快越好！接下来无非是两种可能，一生一死，我既然现在正坐着写文章，就不必多说了。我理解所谓"大难不死"，所谓"吉人自有天相"，无非是碰巧被人发现救了一下而已。据说那一次是二哥偶然回头一望，只看见一顶草帽浮在水面上，立即感到大事不妙："咦，虎华呢？"直到他将我从水底捞上来，我的肚子已经吃得发胀了，但我神志十分清醒,心里充满了对二哥的无限感激。

后来常常回忆起几次被淹的经历,觉得颇有所得。是的,我们应当正视死,更应当珍惜和善待生。

洗冷水澡的岁月倏忽间便离我远去了。进城以后,我也曾好多次走进游泳池,企图借此怀念洗冷水澡的时光,然而我理所当然地遭到了彻底失败。只有水是冷的,其他没有一样是相同的了。

偶尔夏日还乡,也有下河畅游一番的冲动。可是,我这一简单的愿望居然再也不能获得满足了。我走遍故乡的东西南北,再也找不到一条清澈的河流。它们呈现给我的,都无一例外的是污浊与恶臭。

永别了,冷水澡的岁月,这令人难免生几分伤感;永别了,洗冷水澡的河流,这又怎能不令人万分痛惜!

(2001年)

高教练

赶时髦学驾驶,于是认识了高教练。做高教练的学生,是驾校分配的。就学校而言,或许只是随意的安排,然而对我来说,却无意间拜得了一位独特的师傅,这将使我终身受益。

高教练是独特的。只不过见第一面时他给我的印象,是形象不佳的独特。矮个子,黑面孔,胡子老长,说话间不时带个把脏字,双手经常拎一拎总是往下掉的裤带。我心中有一种油然而生的不恭:就跟这样一个教练学习吗?可是高教练第一次就表达了明确的态度:"要学就要学好,性命是自己的。"性命交关,说到我心里了。

很快就领教了高教练教学的独特。学倒车,他说:"我要保证你真的能倒进车库,要不你们以后会骂我。"别的教练喊得嗓子都哑了,改用手势指挥。高教练不屑一顾,说:"就是考试过关,那是喊进去的,以后倒不进车库有屁用。"他坚持让大家自己找感觉,自己悟。他呢,常常在一边轻轻松松袖手旁观,说着风凉话:"你最后倒不起来,不能喊教练来帮你倒啊。倒车不能光听别人的。别人喊'倒倒倒',你知道还有多少?等到'咚'的一声,人家喊'好'。还好呢,已经撞墙上了。人家才不负责,还不是你自己的事。"训练之余,他还故意让我们到别的场地去看"西洋景",还不忘狡黠地叮嘱一句:"什么也不要说噢,各学各的。"

高教练真是妙语连珠。教你各行其道:"路又不是你家买下来的!"教你过马路:"要找机会,不要急。没有位置,你忙个什么名堂?就像你们在机关,科长有人当了,没有位置,你瞎想有什么用?只好等啊。但是有了机会就要过,不要愣,愣一愣,不得顺。"教你多练动作:"要做动作啊,考试时就像模特儿上台,总要做完规定动作,不能到台上一站就下去啊。"批评你换挡用力过猛:"你这样子用劲,人家坐你的车子怎么过意啊?"让你放松一点:"你紧张什么？我批评你又不影响你升官,又不影响你涨工资。"批评你姿势不好看:"你脸上没得麻子没得坑,我就是看着不舒服。"别看他邋里邋遢的样子,却一再强调开车子姿势一定要好看:"一开始不养成好习惯,到八十岁还是这样。你给领导开车,换挡位摇头晃脑,打方向龇牙咧嘴,领导谁敢坐你的车?"即使表扬你也不忘了教育:"老王你憨厚啊。憨厚好,不要'甩',就是学了玩玩的也要玩得开心,不要乐极生悲,命毕竟是自己的啊,有的人就是把命'甩'掉了。"

要考试了,高教练一面鼓励,一面又教我们谦虚:"龙门要跳,狗洞也要钻。你们机关当官的一定要放下架子来,要买考官的账,当面要喊个'报告'。"我们跟在一辆考试车后面等待,只见那辆车上的学员像走马灯一样下车,表情沮丧,不是摇头就是摇手,显然都没有通过。看来这个考官要求很严啊。可是高教练带的我们三个人,最终都顺利考过关了,真让我有些不大相信。难怪一个同学一个劲地问:"是不是真的过关啦?"是真的。

考试过关当然令人高兴,可是高教练说话一点也不讨喜:"不要以为你拿了照就不得了了,狗屁!"他一再强调不要掉以轻心,不要"麻",不要"甩",好好提高技术才是根本。

难怪驾校的校长一口一个"高老",那是一种尊重。其实高教练一点也不老,他六十岁还没有到呢。谢别了高教练,我想,开车如走路,人生也如走路,每个人都应走好自己的路。所以我说,高教练的教导将使我终身受益。

(2005年)

哑子金生

许金生是他的大号,但没人喊,喊了他也听不见,人们一律叫他"哑子"。这称呼并不含什么歧视,只是一种乡间的习惯罢了。也有人称他"活死人",大家总觉得这不道德。许金生的名字只会在一些特定的地方派用场:计工簿上,分粮草的本子上,还有年终的"五好社员"奖状上。

哑子似乎每年都被评为"五好社员"。那时候"大寨式记工",哑子最看不得别人偷懒,常常检举。有一次挑粪,天冷路远,有人便找机会到避风的地方躲一阵。傍晚记工,哑子站在记工员旁边(他认识阿拉伯数字)忽然"嗷嗷"直叫,他从口袋里掏出一把细树枝,指着张三。张三立即傻了眼,他虚报的几担算是曝了光。哑子又从另一只口袋里掏出一把树枝,指着李四,李四也顿时蔫了。喜欢偷懒的人因此对哑子恨之入骨,想方设法捉弄他。若是谁有偷窃行为,让哑子发现了就更要倒霉。一次在开河工地上,某人偷吃了一个馒头,被哑子撞见,想打招呼哑子根本不理,直奔队长身边告了状。我亲眼见过哑子打一个小偷,那一脸的愤怒,让人看了实在吓怕。

因为哑子表现积极,有的人就故意支使他。队长让他吹上工哨子,他满脸涨得通红,从村东头到西头来回吹,反正他自己听不见。分粮草时,有人总是让哑子送最重最远的,他一声不吭挑起就走。收工了,一些扫尾的事总是留给哑子。

哑子十分聪明,活计做得又快又好。可是,在那个年月,身强力壮的哑子却总是挨饿。一到月底,哑子常常没了粮食,只好饿着肚子出工。从他的脸色,可以猜想他吃了没有。每次看到哑子皱着眉头拍着空空的肚子,我感到心酸,又爱莫能助。出河工是许多人害怕的,太苦了,而哑子居然喜欢开河,只因工地上一天三顿能吃个饱肚子。

哑子自然讨不到老婆,但他并非不懂男女之事。看见人家娶亲的队伍,哑子会十分兴奋,脸上洋溢着羡慕的笑容。平时干活,大家也喜欢拿哑子开开心,他似乎也很乐意开这一类善意的玩笑。看着别人暧昧的手势,他就会害羞地笑,露出两排又齐又白的牙齿。

清楚地记得,我考取大学就要离家的那些天,哑子曾好几次向我竖起大拇指表示夸耀,他什么都懂。几年前的一天,我回到故里,偶尔问起哑子的情况,村上人说:死了,快一年了,胃癌。我唏嘘良久。算起来,哑子金生五十刚刚出头。胃癌,这和哑子经常饿肚子出工有没有关联?

(1995年)

旅伴唐兄

上火车前,唐兄买了一大堆食品,说车上东西贵。对此我完全赞同,但我担心天热有些东西要坏,没敢买太多。果然,行程方至一大半,他的食品已坏掉不少,只剩下了一样苹果。他死活不肯买列车供应的盒饭,又不肯吃我的东西,光靠吃苹果充饥。后来被我劝急了,一到吃饭时间,他索性上铺睡觉。这一来我则更急,他毕竟是五十多岁的人了,饿坏了我岂不和他一起倒霉?

总算熬到了目的地,安顿好上街去吃饭。唐兄的犟劲又让我大吃一惊。他带着我走了一家又一家饭店,不是嫌贵,就是嫌脏,要不就是不对口味。终于看中了一家小店里的水饺,询问价钱,小姐答了。唐兄对我说:"四元一斤,不贵。"要了半斤。吃完,要钱不多,我有意让唐兄付,好让他心里平衡些,因此前我付了一顿饭钱已使他心事重重。然而,唐兄递给小姐一张五块的票子,却迟迟不见找钱。正当我疑惑之际,唐兄大喊:"找钱!"小姐说:"找什么?五块钱正好啊!"原来,唐兄把四川话的"十"听成了"四"!十元一斤,半斤五元,岂不正好。

饭后,去会务组交纳费用,每人六百四十元。唐兄好不容易从里三层外三层的秘密口袋里掏出了七百元交上,获找六十元。令我意外的场景出现了!唐兄拿起那张找来的五十元票子,迎着灯光反复查看有无防伪水印,时间达数十秒。我浑身不自在,实在等不下去,便先行退出。片刻,唐兄亦出,然而,他边走还在就着路灯光继续认真查看着那五十元的水印呢!

接着必须从速决定返程路线。唐兄是准备乘此难得机会游览三峡的,但当他听说重庆至宜昌的游船票需四百多元时,便默不作声了。一问,原来他的盘缠带少了,可能不够。"唉,几年前去大连就弄得钱不够,到家只剩一百来块了,这次又没敢多带。"我立即许诺借钱给他,让他宽心。

唐兄开始打听游船的乘法,结果是愁容满面。他说:"游船要在好几个景点停下让人上岸参观,那我们的东西怎么办?有人看吗?随身带又太重了。"我实在听不下去了,说:"除了钱,还有什么'东西'?"他没听出我的揶揄之意,认真地说:"怎么没有?包,衣服,还有买的东西……"我说:"随你吧,那只好不玩了。"唐兄若有所思地说:"再说吧。"

开完会游览峨眉山。峨眉山盛产药材,如今也盛产骗局了。我对付骗局的办法简单而有效:死死捂紧钱袋,天大的便宜我也不想沾。同伴中被骗的事情一件件发生。治糖尿病的灰莪巴,每斤从一百二十元到四元都有人买了,简直仿佛天方夜谭!唐兄经不住一帮帮推销者的如簧巧舌,对中药锁阳动了心,买了六两,计十八元。与别人左比右比,都便宜,甚是得意。不料,未到山下,听一女导游介绍,有不少昧良心的商贩常常用泡过酒的锁阳晒干后再卖给游客。唐兄紧张了,忙把所买锁阳给女导游看。他们的对话如下:

唐:"请你看看这是不是泡过再晒干的?"

导(看):"不是。"

唐:"好不好?"

导:"哟,发霉啰!发霉的不能吃,有毒的呀!"

唐:"那怎么办?"

导:"还能怎么办?扔掉!"

唐兄到底舍不得扔掉花十八元钱买来的锁阳,重又放回包里。也不知他回去泡酒了没有,如果泡了,药效如何就更不知道了。

我因绕道访友,在成都与唐兄分了手。后来得知,他到底没有去游三峡,那么,他的行李是不会有丢失之虞了,当然包括那六两发霉的锁阳。

(1998年)

地球之巅的邂逅

我和冰冰的雪山之缘，看起来十分偶然，但其实却又是偶然中的必然。说是偶然，因为我和冰冰同乘一辆吉普前往珠穆朗玛峰大本营，完全是碰巧。说是必然，因为我和冰冰都是珠峰的崇拜者和朝圣者，西藏之行是我们生命中旅程的不懈追求和不变选择。就如两颗流星，在同一点相遇相撞，纯属偶然，而它们按着自己的轨道义无反顾地划过天空，却是必然。

二〇〇九年盛夏，刚刚在美国旧金山度过五十一岁生日，回到扬州，时差还没完全倒过来，我就踏上了飞住西藏的朝圣之路。据说这有点危险，但我全然不顾。后来认识了冰冰，更觉得就意志而言我比她相差甚远。

一般的西藏之旅的景点中，没有珠峰大本营。原因不说自明，那里不仅海拔高达五千六百米，而且不像是到米拉山口等处那样一经而过，必须在大本营附近住宿一夜，这对平原人无疑是一个严峻考验。在选择路线时，我执拗地认为，不到珠峰大本营，西藏之行宁肯可取消。到了世界上海拔最高的高原，却不去看一看世界屋脊，简直岂有此理。

在日喀则，一个临时车队组成了，一共五辆越野吉普车。旅客由各旅行社拼凑而来，每辆车五人，是老天爷的随意组合。一个小姑娘中途登上了我们的吉普车，她身穿冲锋衣裤，肩负登山背包，一副户外运动打扮。她就是冰冰，我们珠峰大本营之旅的新朋友。

一开始我对冰冰的印象很一般。因为她长相一般，举止也没有什么特别。随着交谈的深入，这个和我女儿同龄的小姑娘很快让我心生欣赏和怜爱。

冰冰是湖南益阳人，由于高考发挥失常，进了山西运城学院读书。这个聪敏而不安分的姑娘，有着超强的独立能力——独立思考，独立行动，独立生存。她加入了网上的自行车车友会，与志同道合者云游四方。这次来西藏，就是与车友们租车从成都花了一个多月时间骑过来的。如此娇弱的姑娘，竟有如此胆略、意志和毅力，让我刮目相看。我对敢于挑战的人向来激赏，并在心中努力见贤思齐。

冰冰是昨晚独自与旅行社谈判后插班进入车队的。由于路费便宜了很多，因此说好自己管饭。每到用餐，她便自己躲在一边，啃着自带的馒头。如今娇惯的孩子太多了，冰冰却是这般以苦为乐，令我由衷赞叹。听她说，常常在奔波的路上囊空如洗，于是不停地借钱，也曾在布达拉宫门前当街乞讨。哦，这是怎样的野姑娘啊！可我从心底里喜欢她。

我太太是个菩萨心肠，立即与我商量如何帮助冰冰。我建议，像冰冰这样要强的人，不一定愿意接受支助，因此数量不宜太大，以免事与愿违。果然，我太太和她像打架一样纠缠了好几分钟，她还是不肯接受。我说，冰冰，你和我们的女儿同年，我们真的十分喜欢你，如果你愿意，我们想把你认作干女儿，好吗？冰冰在一路上的交谈中已经接受了我们，于是也接受了我的愿望。我们夫妻俩的旅游，立即变成了一家三口的偕行。在世界最高的地方遇上一见如故的年轻人，只能解释为老天爷的恩赐。

在藏民的帐篷旅馆住了一晚，我经历了一场生死考验。心脏一阵阵剧跳，像奋蹄的奔马；呼吸时急时缓，像随意抽动的风箱。第二天一早，发现同行的五辆吉普变成了四辆。司机说，有一辆车上的客人实在吃不消，半夜两点开回去了。哦，珠峰大本营之旅真的极具挑战啊。

路上，忽然看到冰冰神情黯然，眼中有泪，大为惊讶，不知道一夜之间发生了什么。再三询问，冰冰大声地哭了起来。原来，她的车友昨天在那木措附近出了车祸，一个绰号叫小黑的男孩伤势过重，不幸离去了！而冰冰就是在拉萨与小黑分手的，不料竟成永别。我和太太陪着冰冰垂泪，虽然我们与小黑素不相识，却无法不为早逝的生命心伤。

我们不停地劝慰冰冰，而自己却不能止住流泪。在珠峰旁的每一张留影，我都红着眼睛，眼睑明显浮肿。我独自坐在那条地球上最高的河的岸边，遥望着时隐时现的珠峰。生命啊，往往是那么坚强，却又常常是如此脆弱。

　　冰冰身上的背包就是借的小黑的，物是人非，让人唏嘘。冰冰把背包对着珠峰的方向摆放端正，咚的一声跪下，向着背包，向着珠峰，磕了三个长头。此情此景，令我心碎。后来我在冰冰的博客上看到了她的文字："小黑，珠峰你还没有去过，我代你看了。如果你的家人愿意把包留给我，我以后去哪里都会带上的。以后这个包就叫小黑，我要带它，代你去看全世界。"

　　我和冰冰在珠峰脚下分了手，再未见面。我们偶尔会上 QQ 上相遇，问候几声，闲聊几句。我为有这个旅友干女儿很感骄傲。

　　网上一位名为恒河沙的网友写了一段《看冰冰旅途照片有感》的文字："冰冰一个人去了尼泊尔/冰冰一个人去了印度/冰冰一个人去了巴基斯坦/冰冰拍了许多异国的照片/我看到了碧绿的田野/我看到了清澈的河水/我看到了黄昏的树/我还看到了/耷拉在火车上的冰冰的两只脚/脚下是飞驰的路/我的眼睛就模糊了/我的心就难过了/我想起了张楚的一首歌——孤独的人是可耻的/冰冰在路上孤独吗/我不知道。"冰冰真是天不怕地不怕，独往独来，周游世界。

　　而冰冰并不是只说不做、只玩不做的人，她有思想，也有作为。她写了一篇题为《阅读，光荣的荆棘路——谨以此文献给钱晓华和他的先锋书店》的博文，被钱晓华看中，邀她到南京先锋书店工作。一段时间后，冰冰发现书店并不适合她，就离开了。我知道有很多人在为寻找工作奔忙着，博弈着，甚至乞求着。而冰冰对工作似乎并不那么"珍惜"，她不迁就，不怕失去，勇往直前，信心百倍。

　　"从来不需要想起，永远也不会忘记。"刚才，我对 QQ 里的冰冰说："近来忽然常常想起西藏之行，忽然常常想起你。你在哪里？你都好吗？"很快，冰冰回复了："王爸爸，我很好，我现在就在腾讯公司工作。很抱歉上次到南京没有去看望你们。"实在意外，她又到 QQ 的老家工作了。这就是冰冰，放纵游历，刻苦做事，行踪不定，四海为家。

　　也让我没有想到的是，在写这篇文章的时候，才在人人网上查到冰冰当初写下的博文，里面竟然提到了这一节："去珠峰的路上跟扬州来的王爸爸和封妈妈坐同一辆车,跟他们聊了一个下午。我很喜欢他们,他们也很喜欢我。到了珠峰脚下他们要认我做干女儿,我很开心地答应了。第二天知道出事以后,他们一直在鼓励我,帮助我。"博文写于出事后一个月的九月十九日。"二十九号早上去柳梧汽车站,去樟木的车已经开走了。我给妹妹多多发短信说想家,她马上就回了信,我一字一字地看完,在大街上幸福地哭了。觉得这趟出来真的很值了,我多了一个哥哥,一个妹妹,一个爸爸,一个妈妈。然后我直接去对面的火车站,买了第二天去西宁的票。"

感谢上苍,感谢珠穆朗玛,让我在地球的最高处与冰冰邂逅。

(2012 年)

笔　名

　　二十多年前,土不拉叽的我正在南京大学读书。一天,有事要上新街口,向同学说好话借了一辆自行车,兴冲冲而去。临走时同学叮嘱,千万不能闯红灯,免得被警察抓住罚款出洋相。我记牢了。我深知自己口袋空空,根本无款可罚,真被抓住只有"要命一条"了,岂不是要出十足的大洋相。

　　那时的新街口远不像现在繁华热闹。我在东南角的一处地方停了车,进商店去查找一样东西。几分钟后出来一看,用呆若木鸡实在不足以形容我的当时:我的自行车不见了!一个拿甲等助学金的穷学生借来的自行车不见了,问题的严重性不言自明。脑子空白了几分钟后,茫然无助的我一眼看到了远处站着的警察。仿佛心有灵犀,我猛然间意识到会不会是车停的不是地方而被警察没收了。一定是,因为我停的时候那里是空荡荡的,现在那里依旧是空空荡荡。再看,离警察不远的路边上放着几辆自行车呢。再细看,啊,我借来的自行车果然混迹其间!犯了错的我心里反倒一下子踏实了:谢天谢地,车子没丢。

　　我怦然心动地走向警察。正准备向他打躬,他却向我敬了个相当标准的军礼。我情知这礼消受不起,立即还之以躬。我边鞠躬边痛悔,只恨挤不出两滴眼泪来。可是这位警察叔叔仿佛是铁石心肠:到学校去开证明来。接下来,他晓之以理,我动之以情。终于,他退了一步,要我写一份检查,并表示这是底线。我说我既没带笔更没带纸,他不再理我,朝不远处的商店努了努嘴。懂了,是让我去买。

　　站柜台的大姐听我说要买一张纸,立即说,是写检查的吧?这个警察坏死了,专门跟你们乡下小孩过不去。买纸好像是花了一分钱,笔是那位大姐慷慨借给我的。在玻璃柜台上写好了追根溯源、深刻反省、痛改前非的检查,临签名前,心里蓦地生出一股怨气:不就是放车放错了地方吗,不知者不为过,用得着这么顶真吗？正儿八经写的检查,他还不定扔哪儿去呢,岂不是白白玷污了我的名字！于是有如神示,信手写上了两个笔划少的字:丁万。

点头哈腰地告别了警察,虽不免口是心非,从此却再也不敢乱停乱放。后来觉得丁万这名字还不算坏,便索性做了笔名。

毕业后来到扬州。我把在南京不闯红灯的习惯带了来,不曾想却常常成了十字路口的一只呆头鹅。红灯亮了,众人我行我素,比翼齐飞,只我一人仿佛一时犯了傻病,好好地忽然停了下来。至于乱停乱放,在扬州的词典里则好长时间根本不存在。二十年倏忽逝去,如今扬州也有不少红绿灯了,人们也渐渐地边骂边守起了规矩。美中不足的是,乱停乱放依旧表现积极,短期内似乎还没有退休赋闲的迹象。每念及此,便会想起我笔名的由来,不由得深深感慨:"十年树木,百年树人。"新街口那位警察是一位忠于职守的好警察。

(2004 年)

随 笔

时　间

早先学哲学,懂得了时间和空间一样,是"运动着的物质的存在形式",时间是"物质运动过程的持续性和顺序性"。从那以后,一想到空间的"无边无际"和时间的"无始无终",就觉得不可思议而心里发慌,以至一触及便立即岔开,担心因此走火入魔。

后来在"马齿徒增"中开始了对时间的留意,居然有了自以为很重要的发现。为什么一个人的幼童时期总是十分漫长,而成年以后特别是懂得应该干一点事业以后的时间总是倏忽而逝?为什么一个人在动荡时期、危险时期、痛苦时期的时间总是漫长,而反过来的时间则如白驹之过隙?为什么无聊的日子在发生的当时觉得漫长,而在日后的回忆中却变得那样短暂?为什么我们对不了解的远古或别的国度的时间常常含糊不清,甚至发生几十年几百年的混淆?

原来,漫长与短暂,完全出于人们的感受。也就是说,时间对每个人而言,说到底是一种感受。"逝者如斯夫,不舍昼夜。""来日苦短,去日苦长。""壮士嗟日短,愁人知夜长。"这些都是人们的感受。我们翻看一本历史书,一个哈欠便会打掉几百上千年,打掉多少代人的恩恩怨怨、生生死死、烧烧杀杀。为什么我们竟如此淡漠?太遥远了呀,遥远得让我们无法感受。

终于懂得,作为宇宙中物质存在形式的时间是无始无终的,而作为在宇宙中尘埃般渺小的个人存在的时间不但有始有终,而且极其短暂。你一定悲哀地看到,有的人活了九十岁上百岁,却由于他的一天被几百天重复,一年被几十年重复,使得他和活了十年二十年的人没有什么大的区别。而有的人虽则寿短,然其一生却抵得上别人几辈子那样丰富与精彩。这就是人与人之间在时间上的差异。一个有些作为的人,就是能在"有始有终"的有限时间里,在这个世界上刻下他逗留过的一个个印记,从而最终对"无始无终"的时间做出他的一份不朽贡献。毫无疑问,这样的人才是对时间二字具有真正意义的人。

(1997年)

不争朝夕

"多少事,从来急;天地转,光阴迫。一万年太久,只争朝夕。"这是毛泽东的词句,稍上了些年岁的中国人个个会背,不管他是不是文盲。这词句中的豪迈气概是毋庸置疑的,它曾经激励无数苦久了、穷怕了的中国人去战胜敌人,战胜天地,战胜山河,战胜一切。一句话,要快,快些解放,快些发展,快些富裕,快些强大。

快当然好。摩天大楼如雨后春笋,拔地而起直上青云,曾被唤作"深圳速度";各行各业发展迅猛,最常用的形容词是"日新月异";从驴车马车汽车火车到飞机,从算盘到计算机,从六百里快马到信息高速公路,从雕版印刷到激光照排;我们要上月球,要走出太阳系,要搜寻宇宙间的生命信息,只恨没有像光那样快甚至比光更快的航天机器……快,简直就是科技发展和人类文明进步的唯一标志。快,成为激烈竞争中的现代社会人们植之于心、诉之于口、付之于行的通俗理念。

确实,在相当的意义上,快,意味着前进,意味着胜利,意味着成绩,意味着功勋。例子不胜枚举。可是——问题往往就出在这讨厌的"可是"上,有道是物极必反,过犹不极,快,又每每令人难以置信地成为倒退,成为失败,成为过错,成为灾祸。例子同样不胜枚举。

历史是值得深刻回味和反思的。

中共党内早年出现过若干次"左"的错误,有些事后觉得很是可笑的说法和做法,却能一而再再而三地重演,将革命一次次拖向死亡的边缘。最典型像王明的错误,在红军已是四面被围的危难境地,他们还在喊着似乎十分动听的口号:"御敌于国门之外!""两个拳头打人!""取得一省或数省的革命胜利!""左"的错误核心是什么?是"快"啊,最好是一举成功啊,一夜之间改天换地呀。结果恰恰相反,事与愿违,它带来的是大失败与大危难。八年抗战,使中国人深深懂得了反侵略战争的残酷与艰苦。战争伊始,针对盲目乐观与悲观失望两种错误思想,毛泽东在窑洞中写下了不朽名篇《论持久战》。什么是"持久战"? 就是"慢"啊,在"慢"中坚持,再坚持,直至胜利。而那种盲目急进只能是以卵击石,灯蛾扑火,自取灭亡。战争的进程,证明了毛泽东"慢论"的英明。

解放战争的战局瞬息万变,让人难以置信,使计划一再调整,颇有些跟不上趟。解放军造就的战争奇观,举世瞩目。然而,任何事都有其两面性,巨大的胜利无疑是大好事,但也让一些人产生了胜利者便无所不能的错觉。

错误接踵而至。东南部的海岛战事,轻敌冒进曾使解放军遭遇了重大损失。朝鲜战争中,志愿军一度长驱直下,快速突破,貌似大胜,没料到美国佬从后面包抄过来,使志愿军吃了大亏。事实表明,刀光剑影,你死我活,战争中冒进的"快"是万万要不得的。

社会制度的革故鼎新,同样会出现欲速则不达的失误。中国的社会主义改造原计划用三个五年计划左右完成,后来一发不可收,不到五年就"基本完成"了,煮了一巨锅的夹生饭。由于"一大二公"过了头,远远超越了历史发展阶段,到头来还是被迫退回去。安徽小岗村的农民为了这活命的"退",竟要冒天下之大不韪,立下生死契约。"快"字当头,苦果自食,代价之惨重,令人不胜唏嘘。当时确实不是一两个人被胜利冲昏了头脑,而且不但没有及时意识,反而变本加厉,大刮"共产风",猛搞"大跃进"。邓小平后来反问得多好:说毛主席头脑发热,我们大家的头脑就不发热? 当初对"多快好省"总路线的解释,竟然将"快"字作为中心,恰恰在总路线上犯了路线错误。"赶英超美",后来被证明是热昏头了的口号。但当彭德怀打了"高烧"的比方,却终于难逃临头大祸。事实是最好的老师,后果极其严重了,饿死人了!"宝应事件"使这个苏北水乡名闻全国。于是,再也"快"不下下去了,"跃进"成了"跃退"。可是错误却并没有被真正认识。刘少奇说了"三分天灾,七分人祸"八个字,最终引来的是"文化大革命"长达十年的浩劫。不承认虚假而过头的"快"是灾难的根源,到头来只能导致更大的灾难。灾难中,不该快的快得惊人,传达"最新指示"不过夜,狠斗"私"字一闪念,其实是把中国迅速推向万丈深渊。而该快的却快不了,"不要着急,慢慢来","今年解决不了明年解决,明年解决不了后年解决",久拖不决的结果是国民经济濒临崩溃的边缘。老百姓说得朴素:"不怕慢,就怕站。"走路如此,一个国家亦是如此,遑论大踏步地倒退!

仿佛大病一场的人恢复了元气一样,中国又迈步前行了。可是,我们熟悉的"快"字,常常像鬼魅一样附着在中国经济建设的身躯上,一次次作祟,一次次纠缠。经济建设中的"左"表现为什么?就是"快"。洋冒进,高指标,经济过热,通货膨胀,物价飞涨……若干年间,反复纠正,反复总结,可谓千难万险。

以"白猫黑猫"论而著名的邓小平喜欢使用形象的比喻:"摸着石头过河。"就是要慢慢走啊,不能太快呀,弄不好还应当退回来另找别路,因为前车之鉴,性命交关,大意不得。邓小平说话总是一针见血:"中国要警惕右,但主要是防止'左'。"老人家总结历史像拉家常一样朴素和亲切,却又是如此简明而深刻:"'左'的东西在我们党的历史上可怕呀!一个好好的东西,一下子被他搞掉了。"

尽管如此,祸水般的"快"字仍然如影随形。全国性的"大跃进"没有了,局部地区的"小跃进"屡见不鲜。这和某些体制有着密切的关联。我们常常用什么来衡量"政绩"?用"快"!真快当然好,但我是那么想要政绩,却快不了啊,怎么办呢?那我就造假吧。造假快啊,一串假数字,一张假报表,一挥而就,真可谓"以快对快"。"数字出官,官出数字",恶性循环。朱镕基总理深感假账泛滥的切肤之痛,他为第一所会计学院题词朴实得让人惊讶:"不做假账。"后来又题词:"诚信为本,操守为重,坚持准则,不做假账。"总理的话却并不是所有人一下子就都肯听的,积重难返,我们与假账、假数字的斗争,同一切居心叵测的形式主义的斗争,也是一场"持久战",同样快不起来。

为了急于获得"政绩",那些动机不纯的官员们念念不忘"快"字,日日热衷于"快"字,他们的标准错位了。而该加快发展的事业他们却不感兴趣,比如文化建设，比如环境保护，比如推进民主。在这样的背景下，社会上弥漫着一股浓烈的浮躁之气。短期行为，掠夺性经营，滥用资源，竭泽而渔，夺子孙的饭碗，不一而足，触目惊心。"可持续发展"在一些人的嘴里完全成了应景的口号，他们顾不了那么多那么远，他们只是太需要"快"，需要数字，需要政绩，需要升迁加冕。他们的"快"是别有用心的，是祸国殃民的，为有识之士所深恶痛绝。

例子令人触目惊心。早先的一个个"普及"，什么沼气村、电视村、电话村……劳民伤财，怨声载道。近几年破坏古城的案例接连发生，浙江定海古城转眼之间便消失了，全国各地许多文物常常在一个夜晚就被夷为平地，而破坏者总是高举着"建设"的名义，他们有理由无所畏惧，因为大不了落个"好心办坏事""动机还是好的"等不疼不痒的批评。这些官员办事确实快，但这种快恰恰是"高速犯罪"，还用不着"罪有应得"。

许多事情应该慢慢去做，才能真正成功。古人说"十年磨一剑"，这种勉励人们埋头苦干的比喻，值得当代人深刻反思。曹雪芹写作《红楼梦》"披阅十载，增删五次"；司马迁倾其毕生精力著作《史记》；贾岛自称"独行潭底影，数息树边身"十个字是"二句三年得，一吟双泪流"……如今有些学问做得快得让人瞠目，几天就可以出一本书，可是往往错误百出，鲁鱼亥豕，不忍卒读。北大的博导王某教授，居然抄袭外国人十几万字的著作，无非也是为了快出和多出成果。

事实上，就像治学、练武、习艺等等的百行百业都适用于"台上一分钟，台下十年功"的比方一样，干革命、搞建设等伟大事业，也都同样需要坚实的基础，而这些基础是要老老实实、脚踏实地去奠定的，来不得半点的投机取巧和急躁冒进。我国近二十多年来的巨大进步，有一条极其重要的经验，就是该慢的就应该坚定不移的慢，而该退的则要义无反顾的退。社会主义初级阶段理论的确立，所有制形式的变革，经济建设速度的控制，经营管理制度的改革，等等，无不体现着"快"与"慢"的辩证法。

道理是如此简单明了：该快则快，该慢则慢；慢是为了快，为了更快更好。然而，大家都懂的道理，却又总是不能全部做到，这到底是为什么？要是我们所有懂了的东西就都能做到,要是有人明知不对硬要去做的话,就都会受到不可逃避的约束、监督、处罚和制裁,那该多好啊!

(2002年)

历史悖论

说来惭愧,我早先读了几年历史,却并非因为我有多么热爱这门学科。当初考大学的理想一点也说不上有什么崇高,说穿了无非是为了脱离饥饿和劳作的苦海,混上个"国家户口"。填志愿的时候,生怕不取,就拣考得分数高的专业报,于是第一志愿准备填某某大学哲学系、历史系。孰料在填正式表格时,竟阴差阳错地下笔就先写了个历史系,心中连叫不好,却又怕改得糊涂了会让管录取的人生气,便将错就错地把哲学系写在了后头。被剥夺了考大学权利多年的我真是卑贱,只要能上大学就阿弥陀佛了,还管它什么系不系呢?何况,哲学与历史,我当初确实弄不清更爱哪一个。

这段经历,令我后来在读书时多次发生联想:古今中外,不知有多少像我这样的随意,铸就了不可更改的历史。这些随意的铸就,使我增添了不少阅读的乐趣,因为伟人的不经意常常会闹出些极具戏剧性的笑料来;同时,也使我对历史的态度总是无法像我的老师们那样认真与执着。

在好长一段时间里,如果问我什么是历史,我会不加思索地说:历史就是过去发生的事。不是么,写历史读历史,不外乎是为了弄清过去的事,以免数典忘祖,再在这个基础上多接受些经验教训,所谓"以史为鉴"嘛。

可是忽然有一天,我觉得有点不对头,原因是我无意间转过身来向前望了望。啊,我简直大惊失色:历史怎么是过去的事呢?它分明是将要发生的事啊!道理很简单,没有将来哪来过去?我们不是都在说"务必抓住历史的机遇"吗?过去的东西还有什么可抓的?要抓的当然是将来呀!

我顿时看到了一味目光向后去皓首穷经的悲哀,把二十五史全部背下来就真能"鉴往知来"吗?看来未必。退一步说,就算是"知"了,如果却无法去改变它,那又有什么意义呢?因此,如果说目光向后看十分重要的话,那么从现在起就依据得出的结论去做无疑更为重要,否则我们的所谓"研究"真是一钱不值。

可是我们似乎已太习惯于等待。须知对善良者来说,等待常常等同于放任自流,那样不是留下一片空白就是造成更大混乱,而这空白与混乱本身便也倏忽间成了历史。而对阴谋家而言,等待往往被用作一种恶招。"多行不义必自毙,子姑待之。"庄公是多么阴险,他在等待,等待自己的亲弟弟把错误犯得大些,再大些,最后好有足够的理由去收拾他,他用等待使将来的事顺理成章地化为历史。

也许你认为我拙劣的标新立异是根本站不住脚的,我却还不死心,居然也在辞书里为自己捞到一根"救命稻草",为我的悖论找到了"印证"。比如有一部辞典这样解释"历史":"自然界和人类社会的发展过程。"好,显然这一过程不能专指过去,如果地球在我写这句话之后一秒钟之内还没有毁灭的话。如此说来,我至少能对一半:历史即一半是过去,一半是将来。原来我们一直就是生长在历史中的,我们是在历史中创造历史的。

结论也许只能是陈旧的,陈旧往往叫人丧气;但纵观了整个推导过程,或许能让你从我这陈旧的结论中嗅到一丝新鲜之气——总结历史不能改变它,转过身来把目光、智慧和力量指向将来,才能挥洒自如地创造历史。更陈旧地说,抓住今天就是抓住了历史。比如当初我填志愿时的一念之差,就使我读了历史系而不是哲学系;比如我今天为写这篇文章而推掉了一场牌局,就使这个夜晚的历史成了写文章而不是打牌。

(1998 年)

回　归

　　时常会听到一些关于回归的感喟、欣慰、渴望乃至呼吁。事实上,我们的生活中也确实不断发生着这样那样的被称之回归的情事。比如,女人发式的摩登,不外乎是长一阵再短一阵,直一阵再卷一阵,扎一阵再披一阵;服饰,不论是中山装、旗袍、列宁装还是西服,常常是谁先倒回去谁就反而最领导新潮流;照片从黑白到彩色,从模糊到清晰得纤毫毕现,忽然有一天,黑白又成了时髦,将画面模糊得近乎版画则是高雅艺术了。

　　又比如,早先吃素的是穷人,富人才吃得起荤,而当穷人为时常吃肉而沾沾自喜的时候,富人们已在寻觅未被污染的野菜野果了;现代工业造就了一座座光怪陆离的城市,乡下人做梦一般地渴望进城,当他们中的一些人在城里拥有一处小小蜗居,而以浅薄的目光鄙视早先的同类的时候,住腻了摩天大楼的富豪们已纷纷到乡间别墅去度假休闲了。

　　再比如,少年们向往外面的精彩世界,青年们背井离乡出门闯荡,中年们开始怀恋故土,老年们则企望叶落归根;年轻人羡慕成熟,中年人留恋活泼,老年人却每每不顾体统地甘当老顽童;平民中有不少人翘望着顶戴花翎,而视乌纱为枷镣的官老爷又并不鲜见,他们或真或假地吟哦着陶元亮的名句"田园将芜胡不归"。

　　所有这些,算得上是人们所说的这个意义上或那个意义上的回归了吧?

　　那么,到底何为回归,究竟回归何处? 回归自然,召回天性,返璞归真? 是什么神奇的力量在操纵着这许多的回归? 鬼使神差是不存在的,那只是人们一时不明就里而寻得的无奈答案。

　　疑惑间翻开字典,查看"回归"条目,不觉悚然一惊! ——解释竟是如此简单明了:"回归:后退。"呵,莫非我们感喟后退,欣慰后退,渴望后退,呼吁后退？不，不是，绝不是！看来终归是有人弄错了，我想字典一般来说不会错，那么一定就有许多东西不能轻易称之为回归。至于哪些是，哪些不是，就颇值得细细地看，细细地想了。

(1996年）

奸佞一笑

汶川地震，日月同悲，举国痛悼，中国大地沉浸在泪水中。可是，就是在这样的时刻，我们却看到了一种笑容。

胡锦涛主席飞往灾区，在机场与温家宝总理紧紧握手，时间长达数秒，一切尽在不言中。国家主席和总理并肩步出机场，走向废墟。然而，此情此景，在他们身后，一位官员的脸上竟绽放着开心笑容！

胡锦涛主席走进灾民的帐篷，灾民一片哭声。这是悲痛的宣泄，真情的迸发，就如死难家属见到了亲人。人民把领袖当作亲人，实乃不幸中之大幸。可是，就在主席对灾民说话时，他身边的某官员对灾民的哭声十分不满，他一会儿摇手，一会儿将食指放在嘴边，以嘘声提醒灾民不要哭。他的脸上，露出貌似亲切的微笑，但明眼人一看便知，此官心中万分着急，恨不得捂住灾民的嘴。

胡锦涛主席在废墟上慰问灾民后，情不自禁地俯首亲吻了身旁一个幼儿，他身旁的某官员立即报以开怀大笑和热烈掌声。（我反复观看此段视频，周围的人是在此人的影响下鼓掌的。）这一笑，令人厌恶得作呕。主席没有看到某官员的笑，但他一定听到了身旁的掌声，不知他作何感想，他没有笑，他表情凝重。

第一位官员的笑容发表后，有国外媒体强烈谴责：这时候他还笑得出来！这些笑容在国内媒体上频频公布后，反响不得而知。愚以为，这是奸佞的笑。因为这类人一直怀有"陪侍"的自觉，他们的笑容犹如面具，已在"陪侍"中凝固。至于身在何处，愚蠢的佞臣因为连起码的演技也不具备，便会既露出狼尾又露出狼心了。

漫漫中国历史，历来不乏佞臣。我想记者或许是想避开这些奸佞之笑的,但镜头所限,实难回避。或许,避了官甲的笑,却又有官乙以至官丙的笑了。

奸佞一笑,露出了他们心底的秘密:灾难是小民的,官位与前程才是自己的。事实屡屡证明,小民的灾难,总是成为一批批官员表演作秀的广阔舞台、升官晋爵的绝好机遇。有人预见,浩大而短暂的以正面宣传为主的救灾报道过去之后,各种各样的慰问、表彰、嘉奖,便会纷至沓来。一部好经又会被越念越歪,最终成为闹剧,遭世人耻笑斥责。于是,灾难中,人们听到了一句让人震撼的呼喊:"请不要站在埋着孩子们尸体的废墟上表演!"

不管是灾是福,是悲是喜,是乱是治,奸佞一笑,就会有人倒霉了。然而有一条是铁定的,倒霉的只会是小民,只会是国家。温家宝说,抗震救灾要经得起历史的检验。说得好!奸佞们的笑也接受了历史的检验,这笑容将钉在历史的耻辱柱上,遗臭千年。

(2008 年)

"贫·贱·穷"与"富·贵·达"

十分明了,这是互相对应、互为反义的六个单字。古人使用这六个各具独立意义的单字词,长时间里一直没有弄乱它们的对应关系。最为人们熟知的例子,可举《孟子》中的两句名言:"富贵不能淫,贫贱不能移";"穷则独善其身,达则兼善天下"。在这里,六个词的意思是清清楚楚的——"富"与"贫",是指财产多少;"贵"与"贱",是指地位高低;"达"与"穷",是指得志与否。

不知从何时起,这些单词发生了组合与串位。最典型的,是"贫穷"一词的生成,终于使《古汉语字典》不得不进行"贫""穷"二词的辨义。简单的理解,大约是没有钱财自然就不得志的社会现实,造就了"贫"与"穷"的联袂不分。饶有趣味的是,与"贫穷"一词相对应的,是"富贵"而不"富达"。想来是贫必穷,贫必贱,富必贵,富必达。因而"贫穷"与"富贵"二词已能涵盖,故不再需要有"贫贱""富达"之类的赘疣了。

然而,疑问还是产生了。古往今来,并非所有"富"者都既"贵"且"达"(钱财多就地位高,就得志),也并非所有"贫"者都既"贱"且"穷"(钱财少就地位低,就不得志)。腰缠万贯的富商巨贾,未必就都地位显贵、志得意满;而家徒四壁的大师鸿儒,低三下四、萎靡颓唐的却并不太多。一心想挤入官场的酸秀才固然常见,而花钱买个"文凭"附庸风雅的"钱白丁"也绝不止三个五个。——这大约是"贫"不一定就"贱"、就"穷","富"不见得就"贵"、就"达"的一种注脚。历来读书做学问的人大抵不会很富,却又大多孤芳自赏,怡然自得。这竟迫使一些发了财的人,一边怜惜或鄙视着书生的潦倒,一边又买来几册漂亮至极的精装书放进炫目的书橱以装点门面。这是不是也在为贫富、贱贵、穷达的关系提供着某种佐证呢?近年更听到一种绝妙的悖论,竟有人慨叹:"穷得只剩下钱了!"(此处的"穷"实为"贫"之义)此种"富态",又何谈"贵",更何谈"达"? 真教人哭笑无由。

适应历史的发展,汉语言也是不断发展的。为了准确地表达纷繁的世态,比如除了"贫穷"与"富贵"之外,还有"钱财少而地位高、很得志",以及"钱财多而地位低、不得志"等等复杂多元情状,那么,在我们的词汇中,上述六个单字词出现新的组合与串位,形成一些新的复合词的可能性,应是完全存在的。

显然,这些词就是:"贫贵""贫达""富贱""富穷"。

(1995 年)

"我"和"我们"

很浅显的问题,"我""我们"——第一人称单数和复数,竟至于成了一个令我长期关注的问题,甚至最终下决心为此写一篇短文了。

回想起来,最早的"刺激"来自一位朋友,他和新婚妻子居然为了"我"与"我们"的小题目吵了一通。情节很简单,向亲朋好友介绍新房,新娘总是出于她的口语习惯,眉飞色舞地说"我这套房子"如何如何、"我这套家具"怎样怎样。朋友便不高兴了,私下对娇妻说,不要总是"我我我"的,应该说"我们"嘛,房子是我们单位分的,家具是我向父母要钱买的,我也从不说"我"而总是说"我们"呢。新娘便也不高兴,埋怨丈夫咬文嚼字扫她的兴,真酸。新郎偏不示弱,说这不是酸不酸的问题,而是反映了一种婚姻观、家庭观乃至世界观。一来二去,年轻气盛互不相让,结果可想而知。

于是便留意起来,便发现了误用"我"与"我们"的种种奇妙。

一种是积极的误用。此种误用都是着意的,它既是出于讲话者的诚恳心地,也出于其高超的语言艺术。比如,一个谦虚的人,对于他的个人成果,也常常说"我们一起弄的";一个热忱宽和的主人会这样询问客人:"我们怎么安排?"在北戴河,主人这样对我们一群不速之客说话:"咱们扬州很美呀!""咱们扬州要比北戴河热吧?"心中热乎乎的同时,以为其中显然有某种地域文化差异的折射。

一种是消极的误用。不敢说所有这类误用全是故意的,也正因为如此,个中的深层文化内涵才值得引起注意,因为潜意识支配下的言语举止往往最能反映人的内心世界。比如,在炫耀成就时,容易误用"我":"我这个厂的产值……";在显示权力欲时,容易误用"我":"我的公司……";当意欲独占成果时,容易误用"我":"我这个项目……"而在有意推卸责任时,则容易误用"我们"："我们犯了错误"；在企图代表多数时，也容易误用"我们"："我们认为……"；等等。

当然，也有用"我"的特例，那是出于一种热爱，一种自豪，一种主人翁和责任感，比如说"我国""我党""我市""爱我中华"之类。可是，"我厂"与"我这个厂"，意思就大不一样了。前者有"厂即我家"的寓意，而后者则是私营企业主的口吻了。推而广之，"我校""我县"与"我这个学校""我这个县"意义也显见是迥然不同的。

一则幽默故事说，甲乙同时发现一把斧子，甲却说："瞧，我发现了一把好斧子！"乙说："不，应该说'我们发现了斧子'！"甲坚持要独占。这时斧子的主人追了过来，甲着急了："我们现在逃不掉了！"乙立即反驳："不要说'我们'，你应该说'我逃不掉了'！"

"苟利国家生死以，岂因祸福避趋之？"（林则徐）"我以我血荐轩辕。"（鲁迅）看来，该说"我"还是"我们"，绝不是咬文嚼字的简单修辞，它至少反映了对一个个体与他人或社会的某种利害关系的认定。不管说者有心还是无意，这两个人称代词自有其微言大义。

（1996年）

说 "傲"

"傲"字很值得一说。

最通常的理解,"傲"即骄傲,即自大。骄傲自大是我们的大敌。毛泽东的名言至少有几亿中国人能随口背诵:"虚心使人进步,骄傲使人落后。"在相当长的时期里,一个人要是沾上一个"傲"字,那么他不倒大霉也要倒些小霉。在对"傲"字的挞伐中,知识分子首当其冲,被一再警告"不要翘尾巴",要老老实实改造,改造到去见马克思。不知道别人怎样,反正我要是听到有人把我和"傲"字联在一起,一定会惊出浑身冷汗而寝食难安的。

当然,我并非不知道骄傲也还有褒义的解释,比如自豪。但这意义似乎只限于当一个人作为某个群体的一员时,才能理直气壮地说出。诸如,作为一个炎黄子孙我感到骄傲,四大发明是中国的骄傲,我为祖国赢得了荣誉因而感到十分骄傲,等等。反正无论如何乱用不得,不信你可以试一试,乱用的结果会是什么。

其实"傲"字的涵义并不那么简单,它与别的字组成的一些词的意义就更丰富了。比如"傲岸"。李白诗云:"崔生何傲岸,纵酒复谈玄。"其中激赏的意思是明显的。比如"傲骨"。"人不可有傲气,但不可无傲骨",这是徐悲鸿的哲言名句。那么"傲气"当算作贬义的词了?但似乎也不尽然。你看中国幽默祖师林语堂的自诩:"两脚踏中西文化,一心评宇宙文章。"外星人的文章他大约是读不懂的,所以此处的"宇宙"充其量只是指地球这个村落。因林氏确有其独绝之处,故评论家非但不以为他信口河汉,反而觉得斯言还比较得体。又比如"傲然"。"傲然正气""傲然挺立"都是为人们击节赞赏的风度。还比如"傲雪青松""傲霜红梅",也常常成为人们高贵品格的喻体。即如"高傲",也并非像我们寻常理解的那样基本是贬义,高尔基的名篇《海燕》中有:"在乌云和大海之间,海燕像黑色的闪电高傲地飞翔!"海燕的高傲当是令许多人可望而不可即的了。

这些例子似乎说明,"傲"的褒义是建立在某些基础之上的,这基础便是那些为人们所崇敬与折服的学识和品德。如果不具备这些基础而胡乱"傲"将起来,便会自作自受地使自己成为"傲"的贬义的标本,诸如傲慢、傲物、倨傲、孤傲、狂傲……总之是被人所讨厌。如此说来,"傲"字的意义还真有点复杂。唯其复杂,才容易被误解,被误用,被误做。

曾几何时,并未见官方或民间为"傲"字作任何平反昭雪,浑身傲气的先生女士却忽地又多了起来。无论是齐家治国平天下,还是道德文章十八般武艺,用"舍我其谁也"都无法表达其气魄的十之一二。那气魄真是口一张可以开一条河,手一挥可以堆一座山的。听他们的话,常常是既感到自己渺小如草芥,同时又觉得连草芥还不如的人尚大有人在。

一般说来,骄傲的人总有相当的资本,却又闻说"我们的骄傲大多基于我们的无知"(莱辛);一般说来,骄傲与自卑简直不共戴天,却又闻说"自卑虽是与骄傲反对,但实际上却与骄傲最为接近"(斯宾诺莎);一般说来,过于谦卑便委琐得让人瞧不起,却又闻说"当我们大为谦卑的时候,便是我们最近乎伟大的时候"(泰戈尔)。——真教人将信将疑,莫衷一是,毁誉无由。

(1996年)

防人之心不可多

"害人之心不可有,防人之心不可无"这句名言,大概称得上是妇孺皆知的为人处世之圭臬了。不过,在一些人那里,前一句话似乎成了一种点缀,后一句才是他们要强调和奉行的要害。更有甚者,"防人之心不可无"还不够,这句名言简直已经被发展为"防人之心时时要有,处处必在"了。

不是么,对领导要防压制,对下属要防欺骗;对同事要防落井下石,对朋友要防背信弃义;对父母要防偏心,对子女要防忤逆;对丈夫要防藏私房钱,对妻子要防艳遇;居家要防盗,出门要防劫;须眉要防骗,妇孺要防拐;买要防假,卖要防窃;旅店里大多贴有"不要吃不认识者的东西,不要请不认识者看管物品"之类的警示,报刊上连篇累牍地教导学生们"不要吃陌生人的食物,不要与陌生人交谈,不要告诉陌生人家庭住址"……我想,只要稍加搜罗归类,编一本大部头的《防范大全》绝非难事。正是:处处须设防,防而不胜防!

我们的社会真的到了如此险恶的境地了么?"世上还是好人多""绝大多数的人是善良的"等佳句真的已成了明日黄花?恐怕稍有判断力的人就不会得出这样的结论。确实,社会多元化发展的今天,人际关系发生了一些重大变化,其中难免有消极成分产生;经济领域内的重大变化和人员的大量流动等原因,也带来了社会治安状况的错综复杂,出现诸多不如人意之处。不幸的是,由于心理承受力的脆弱,加之某些宣传媒介的误导,使一些人的思维方式发生变异,个别的甚至"走火入魔"。在他们的心目中,这个世界上别的人,甚至包括家人朋友都不可靠不可信,只有一个人可信可靠,那就是他自己。上面举的例子,就反映了这种怪异的心态。

具有几千年文明史的中国,历来提倡"仁者爱人""与人方便,自己方便"

等等处世道德。新中国则更倡导"相信人、尊重人、理解人、帮助人"的社会公德。到了"文革"十年浩劫,这种公德丧失殆尽。那个人人自危、朝不保夕的年代,"教"会了人们如何在处处设防的异化心态中保护自己。时过境迁,遏制这种异化心态在新的历史条件下的复活和再生,已然成为社会主义精神文明建设中的一项重要任务。

须知,对每个人而言,"防人之心不可无"毕竟是消极被动的,而"害人之心不可有"才是积极主动的。如果说害人者最终只会害己的话,那么防人者最终也只会误了自己,因为将心比心,别人也是照你的样子防着你的。要是绝大多数人乃至全社会的人都无"害人之心",那还要存那许多"防人之心"又有何用呢?因此,让我们每个人首先在自己的心间,进而向全社会大声疾呼:"害人之心不可有,防人之心不可多!"

(1996年)

唱给眼睛的悲歌

眼睛对于一个人的重要是无须多言的了。古往今来，极言眼睛重要的佳篇名句实太滥太多。"巧笑倩兮，美目盼兮。""回眸一笑百媚生，六宫粉黛无颜色。"撇开眼睛的笑简直不可想象。"一顾倾人城，再顾倾人国。""顾"，当然是由于眼睛；而被"顾"，同样是由于眼睛。"借我一双慧眼吧，让我把这纷扰看个清清楚楚明明白白真真切切。"歌声中显然弥漫着一种无奈的悲凉，足见人们是何等渴望拥有一双孙行者那样洞察一切的火眼金睛啊。

眼睛的意义首先在于它具有视力，它能看到世间一切有形的物体。在所有残疾人里，一辈子生活在黑暗之中的盲人最令人同情。科学家为弱视者发明了眼镜，我从心底里敬佩他们。然而，弱视者到底还是值得同情的。残缺的美固然感人，而美的意义毕竟首先不在于残缺而在于健全。蒙娜丽莎不戴眼镜，玛丽莲·梦露不戴眼镜，每年兴师动众选出来的"香港小姐""亚洲小姐""环球小姐"以及形形色色的"模特儿"也都未见有戴眼镜的，可见眼镜虽为文明时代的产物，但终究属于一门"遗憾的艺术"。当然，尚不能排除上述"小姐""模特儿"有戴"博士伦"隐形眼镜的，从这一点上说，"博士伦"的发明者确实功德无量。

如今健全的双眼缘何日见其少了？眼镜充斥于我们的生活中。课堂里，办公室内，大街上，到处是寒光闪烁的镜片，我们已经生活在眼镜的汪洋大海之中。"爱眼日"实在叫人困惑，各种劣质的眼镜的残酷戕害令人发指，五花八门的"明目器"，只是为了让可怜的弱视者腰包里的金钱，百川归海般地流入制造商与经销商的钱袋。似乎很少有人认真地想一想，什么是制造弱视的罪魁？我们每个人在不是"爱眼日"的众多日子里，为中国人的眼睛做了些什么？

更何况眼睛还是心灵的窗户。儿童的眼睛天真顽皮,清纯无邪,充满好奇;少女的眼睛清清朗朗烂漫,纯洁无瑕,如梦似幻;小伙子的眼睛热情奔放,机警敏捷,勤于追求;老人的眼睛恬淡安宁,慈祥宽和,洞明世事……壮士的眼无所畏惧,哲人的眼深邃睿智,隐士的眼冷峻淡然,君子的眼善良谦和……眼睛的神奇,只能归功于造物主伟大而慷慨的赐予。

然而,那一扇扇心灵之窗是染上了尘土,还是糊上了窗纸,要不就是挂上了厚厚的窗帘?儿童的眼睛里哪来的惊惧、厌倦和孤独?少女的眼睛里哪来的冷漠、戒备和无聊?小伙子的眼睛里哪来的落寞、空虚和荒芜?老人的眼睛里哪来的忧伤、困惑和失望?为什么在"仆人"的眼睛里看到了狂妄与霸气,在"主人"的眼睛里却看到了谄媚与觊觎?为什么在"凡人"的眼睛里看到了狡诈与贪婪,在"上帝"的眼睛里却看到了警惕与狐疑?为什么在"小皇帝"的眼睛里看到了蛮横与蔑视,在"老臣民"的眼睛里却看到了巴结与无奈?

最不能容忍的是女人们对自己眼睛毫不留情的污染与作践。她们不惜工本胡乱破费倒还在其次,可她们在眼睛上涂抹的那些黑的、青的、蓝的、金的……简直到了暴殄天物的地步!于是,我们拥有了人工雕琢出的娇艳、妖冶、妩媚、煽动与诱惑,却失去了自然孕育出的清纯、质朴、明丽、吸引与征服。真是横竖弄不明白,到底是"窗户"太过简陋,因而需要像时下的豪华装修之风那样对眼睛大兴土木,以充分展示"窗户"里的美妙,还是心灵本就偏于黯淡,需要像当今的形式主义之风那样借对眼睛的摆弄,来掩饰"窗户"里的瑕疵?

我们在强调爱惜某个东西时,常常比喻说:"要像爱惜眼睛一样爱惜……"看来,这样的比喻已经很有些不合时宜了。也许,现代社会里需要我们去爱惜的东西已经太多,比如其中最重要的金钱、名誉、地位等等,它们的重要性都已远远在眼睛之上了。那么,我们似乎应该这样向一些人发出忠告和呼吁了:"请您像爱惜您的金钱、名誉、地位等等一样爱惜您的眼睛吧!"

(1996 年)

笑谈学笑

曾经有好长一段时间,我因不常在人前面带笑容,招致妻子的严肃批评。我颇为苦恼,便痛下决心改正错误。

我渐渐以微笑的形象出现在各种场合。有好一阵还真不习惯,总觉得自己的笑是装的,总担心会被人说成皮笑肉不笑,虚伪,阴险,不怀好意,居心叵测……然而,却没有。这实在叫我有几分狐疑。妻子不断向我反馈信息:某某说了,老王近来情绪不错嘛。某某说,你们家先生常有笑脸,日子一定过得不坏吧……妻子很高兴,我也很高兴,大家都很高兴。

我读过一点历史,自然知道周幽王千金难买褒姒一笑的典故,却不知道原来普通人的笑容也如此有价!嗨,为什么不早笑?为什么不多笑?为什么不大笑?我简直欣喜若狂:我学会了笑!

忽一日闲谈间,一位挚友对我说:老兄近来好像变了嘛。我依旧笑着,问:怎么变了?朋友不再接话,谈起天气真冷之类的不相干的事来。我不再笑,朋友也不笑。忽然就觉得没话找话的无聊,枯坐片刻便送客了。总觉得哪儿不对劲,便独自坐下细细检点。这才猛然忆起,方才我傻笑着的时候,朋友正在讲述一个人的悲惨遭遇!问题的严重性还在于,我并没有开小差,我确确实实在听着他的叙述!

我不得不深刻反省我自鸣得意的笑了。朋友间的误解不难解释,然而谁知我在与领导、同事、熟人以及各色人等相处之间,业已犯下多少类似的无可挽回的错误?

初步反省便得出了比较明确的结论:一、该笑而不笑,不该笑而笑,都是错误的;二、该笑和想笑不是一回事,该笑必须笑,想笑不一定该笑;三、分析该不该笑之后的笑已很难是真笑,而不加分析地想笑就笑难免闯下大祸……在笑的哲学面前,我简直无所适从,有些神经质了。

和许多次一样,胡思乱想之间,呆病就犯了——我翻开了字典。第1260页,笑:露出愉快的表情,发出欢喜的声音。解释显然无法令我满意,然而我却不具备修改字典的资格和能力,只好不再去多想,我怕因此而神经错乱未免太不值得。

一天,去看望一个新的生命。年轻的母亲骄傲而欣喜地向客人介绍:看,宝宝已经会笑了!我的心里一个咯噔:莫非得来全不费功夫?是呀,人们来到这世界的第一部宣言,竟是嘹亮的哭而不是开怀的笑!哭是天赋,笑则需要学习。人的一岁岁长成,伴随的是哭与笑的自由的一份份失去……

那个夜晚,在如水的月色中,一个严肃而沉重的人生课题凿上我的心头:我必须学会笑,无论如何!

(1994年)

回　首

　　许多年来都是这样。每当辞旧迎新的时日，总会有好几天的惶恐不安和六神无主。并没有什么急着要办的事，却总怕忘了什么。有时的确有事应该去办，却偏偏忘了。成天价不知所措，茫茫然若有所失。不是顾影自怜，不是多愁善感，也不是无病呻吟。这样的时日，仿佛是对自己思想和情感泛滥的失控。这些日子里，极不愿往前面多看多想，而只是一任自己回首往昔，回望刚刚逝去的一年时光里的自己，以及与自己无法分割的那些人和事。

　　一年，又一个若干分之一的人生匆匆逝去。得到了什么？失去了什么？付出了什么？接受了什么？抓住了什么？错过了什么？关注了什么？思考了什么？弄懂了什么？或许这些都是惶惶惑惑的缘由。这些得到与失去，付出与接受，每每更多地会被人们乐意理解为物质上的。这不奇怪，因为它们是那么的重要。"民以食为天。"那些被提高到社会价值层面的符号，包括职业、职位、待遇、财富、名誉，等等，如今大都可以用物化的尺标来衡量了。还有什么比得到它们更为重要的吗？不知是不是没事找事的庸人自扰，不知是不是常常钻进了什么牛角尖。如果不是，为什么常常会在一些物质上有重大"收获"的年头，同样感到浓浓的失落？为什么在得到的同时总觉得有巨大的失去？而且常常并不明白到底失去的是什么？莫非得到与失去是一对天生的孪生兄弟？

　　问题在于，为什么有些失落是莫名其妙的呢？莫名的失落带来的必定是深深的惆怅与忧伤。相比之下，获得一个职位，与一位朋友的离去，哪一个在心中留下的痕迹更深？月薪的增长，与母亲的病重，哪一个更让人不能释怀？白发的陡增，与女儿的一位十七岁同学的早夭，哪个更让人伤痛？

如果一年中有过大笑,也有过大哭,大笑往往变得模糊,大哭却不会轻易忘却。我知道我在经历一年一度的回首。我仿佛经历着痛苦的蜕变。我之所以一任情感泛滥,因为我知道我需要回首。在这新年与旧岁交割的时日,收一收沾沾自喜与陶然自得,藏一藏忧伤与苦痛,振一振有点皱褶的衣衫,昂一昂时常不由自主垂下的头颅,直一直时常不再挺拔的腰板,静静地过几日,再开始新一年的日子。

回首也是一种修炼罢,要不然怎么会如此伤神。超凡脱俗绝不是一天两天的事,也不是一年两年。明年的此时再回首。一次次回首,构筑成一个酸甜苦辣咸的人生。

当我们须发似霜,漫步在如血夕阳里或是在如诉的清风中,我们的脑海里,一定会将那些岁末的回首似有似无地串起,不慌不忙地慢慢拾掇那些沾满尘土的记忆碎片。真不知那时候想起的会是些什么。

(2004 年)

别以为……
——致朋友

别以为一片污泥浊水中就找不到一缕清泉,我们多么需要一双不断发现真善美的眼睛,而这双眼睛要靠知识、道义和修养来经常擦亮;

别以为金钱至上的滔滔浊浪淹没了所有真诚和善良,人格的力量毕竟是一部分杰出者始终不渝的追求;

别以为金钱、权力、名利才是财富,如果没有孝悌、友爱、理解与真情,金山银山最终也没有任何意义;

别以为捞了一点小好处就真的占了便宜,很多人连"因小失大"的浅显道理都不懂,就更不用谈"吃亏是福"了;

别以为读书不再有用,"知识改变命运"这道题事实上有很多答案,许多做父母的只要求孩子学习,而不与他们共同学习,让我感到痛心和无奈;

别以为自己总不如人家,也许更多的时候我们只不过是牛皮和脸皮不如人家,问题在于有很多事我们自己能做却没有去做;

别以为所有男人一定都比女人刚强,许多时候他们不得不做那样的表演,这也许是上帝赋予他们的一份义不容辞的责任;

别以为在芸芸众生为功名利禄奔忙的社会里就没有了浪漫,心灵禁锢的人们永远也无法理解浪漫情怀,从某种意义上说,浪漫就是心灵的独立与自由;

别以为快乐与忧伤是一对矛盾,其实更多的时候它们是难解难分、形影不离的孪生兄弟,一位朋友在我毕业赠言上希望我"永远忧伤",让我今生不忘;

别以为……

别以为我说的就都是对的,尽管它们或许称得上是一个思想者的呓语,但充其量也只不过是一家之言。

(2004 年)

生日是哪天？

这是一个时常会遇到的问题。回答不外乎几个：一、农历某月某日；二、公历某月某日；三、农历公历一起说出来。所以，我原先只知道非此即彼的两种过法，或按农历或按公历，充其量两个都过就是了。然而，我亲历好几次以该按农历还是该按公历为题的争论。争论者总是以"农历（或公历）会变动"作为理由来驳斥对方，但常常是谁也说服不了谁。

如按农历记生日，因农历的月大月小设置相当复杂，所以几乎每一个月里都会有人找不到自己的生日——这个月根本就没有三十！至于闰月生的人，就更不知一辈子能正儿八经地过上几回生日了。虽说"三年闰两头"，但同一个闰月是要好些年才等得到的。而按公历呢，只委屈了一小部分人每四年才能有一次生日，那就是二月二十九日这一天出生的人。显然，按公历记生日，麻烦会少很多。

公历之所以在世界各国通用，因为它是一种阳历，表现出了以回归年为历法基本单位的优点，尽管每隔三千三百三十三年它也会有一天的误差。而农历在我国之所以仍被同时采用，则因为它不只是一种阴历，更是一种阴阳合历，它不但兼有阴历月和阳历年的特性，而且巧妙地按照二十四个节气来设置闰月，使得月相不乱，回归年不乱，四时八节不乱，从而使我们的耕作和衣食有了依据和保障。相比之下，我们生在哪一天，在哪一天过生日，又算得了什么呢？

我的父母只弄得清农历，我总算既能弄清公历也能弄清农历，而我的女儿则根本不去理会农历了。这或许提供了某种信息：当我们懂得了太阳是一个中心，是我们的生命之本以后，对月亮有些冷落了。然而月亮对于我们其实也是重要的。我国农历的突出优点就是阴阳兼顾，阴阳合一，"月亮的月,太阳的年"(如此说来公历之"月"实在名不副实,理应改掉),它提醒我们不但感受每天的日升日落,也要去感受每次的月圆月缺。如此看来,对待农历和公历的态度,还确实是一个值得讨论甚至争论的问题呢。

(1998 年)

那时候……

许多人都知道,按照文明社会的要求,是不能轻易对一个女人谈论年龄的。其实不唯对女人,难道对一个男人就可以毫无顾忌地说"你看上去真老"吗?喜欢别人说自己年轻,并不是女人的专利,而大抵上是中老年人的一种普遍心态。

有一个熟人,长得格外显老,一次在火车上,邻座问他:"老先生高寿?"他反问:"你看呢?"邻座估摸着说:"六十左右吧?"他一笑:"谢谢奉承,七十四啰!"邻座惊叹:"不像不像,老先生真的福气!"其实呢,此人"高寿"不过四十七而已。我很欣赏这个人对于年龄的豁达而幽默的态度。不是有"心理年龄"的说法吗?事实上,有的人虽年轻俊俏,却老气横秋,暮气沉沉,萎靡不振;而一些人虽头童齿豁,却神清气爽,精力旺盛,成果迭出。人们敬重和推崇的,当是后者。

和一些年龄相仿的四十岁左右的朋友闲谈,大家总是有一个感觉,就是二十岁以前的时光显得那么漫长和丰富,而二十岁以后的日子却是这般短暂和贫乏。细想起来,大约是生活的背负越重,就越发感到了时光的宝贵;而越是懂得时光的宝贵,便越发慨叹时光的飞逝了。

记得二十多年之前,就经常听到父辈们使用这样的口头禅:"那时候……"在我的心目中,父辈们似乎从来就是那么老。其实,当时他们也不过就是我们现在这样的年龄啊。那么,莫非我们也到了使用"那时候……"的年龄了?这不是太可怕了么?果然,就在报纸杂志上不时地看到了差不多年龄的朋友们所作的一篇篇深情的忆旧文章,其中也果然用了许多"那时候……"的"过去时"的句式。我感到了一种深深的悲哀。我无法相信自己忽地就到了适合写忆旧文章的年龄——在我的心目中,写这样的文章是老年人才应该做的事。

这使我联想到一种对待人生的态度。许多中国人在教育孩子的时候,总是谆谆地说:"现在不好好学习,将来就……"这话并不全错。然而,孩子们现时活着,难道单单只是为了将来么?如果现时只是"两耳不闻窗外事",除了读书之外一无所知,到了将来又能怎么样呢?正是受了那种"将来说"的影响,一些大学生进了校门之后,身心皆如强弩之末,呈颓然倒下之势,全然失去了进取之心。是啊,十二年寒窗苦(如果加上幼儿园应作十五年),苦尽甘来,"也该歇歇啦"!然而,到了再以后的"将来",他们也许就会有些后悔了,宝贵的大学时代原本不应该那样度过的,唉,"那时候……"

据说,热衷于回忆是一个人衰老的标志。是的,我们需要回忆,但无论是年轻人、中年人还是老年人,都不应该"热衷"于它。歌德先生说:"我们旅行不仅是为了到达目的地,而且是为了在旅行时活着。"如此看来,不管是什么年龄的人,要紧的都是今天——如果今天本身就不那么丰富多彩,那又何来丰富多彩的回忆呢?

(1995年)

收藏自己

收藏可以保值增值，还可以成名成家。但这种以占有为前提的收藏，往往有一个共同的特点，那就是收藏别人。对我们这些不以收藏为业的人而言，我看倒不妨收藏一下自己。我说的这种收藏实在简单得很，简单到也许人人都正在或多或少地做，那无非就是有些东西舍不得轻易扔掉而已。

我已记不清我这种不经意的所谓收藏始于何时。现在想来，我最早的家庭文物，是一块二十五前生产的钻石牌手表。这块手表记录着七十年代末中国人消费品极度匮乏的历史，更记录着我们兄弟间的手足之情。它是当兵的二哥用积聚的生活费买给上大学的三哥用的，而当时二哥自己并没有手表。三哥毕业工作后又把手表送给了我，而此时身为民兵营长的四哥还没有戴表，他说我当赤脚医生比他更需要。就凭这些，我怎么也舍不得把这块旧表扔了。

接下来就是那张二十年前的准考证了。我把这张小纸片从靖江带到南京，又带到扬州，一直没舍得扔。当时主要是作为离开土地与故乡的纪念保存的，恢复高考制度二十年后的今天，面对依然殷红的"江苏省靖江县革命委员会高等学校招生委员会"的印章，所引发的联想就不可能局限于个人的历史与命运了。有趣的是，这张准考证一直装在当初寄送录取通知书的信封里，那信封上的地址是"南京大学革命委员会"。真是恍若隔世，要是我的女儿问我革命委员会是个什么东西，为什么是它给我寄通知，我一时还真说不清。与准考证联系着的，是一只橘黄色的水瓶，它是我二十年前在南京买下的，奇怪的是一直用到今天它的瓶胆居然一次也没有换过，在伪劣商品充斥的时下，简直匪夷所思。大学毕业前的一件事，我一辈子也不能忘怀。系里要求办理毕业手续时必须将校徽和学生证上交，否则就以两块钱作为赔偿。我实在舍不得上交这两样东西,特别是那枚校徽,因为上面的硬印恰好是0001号!然而,犹豫到最后我还是交了,两块钱毕竟是我当时一个月生活费的五分之一啊。时过境迁,这件小事真足以令我抱恨终生。

这些年来,在一些东西舍不得扔去的同时,我也开始有意收留一些东西。一大堆其实早已不用的讲稿总是舍不得扔,那上面改得密密麻麻的笔迹,总让我想起无数次深夜独归的身影和满天闪烁着的灿烂群星。自己花钱买来的书无论如何舍不得扔,即使明知已没什么大用,望着上面的签名和日期,就像面对着自己的孩子一样恋恋不舍。我留着一套自创刊以来的《小说选刊》,一册不缺,只因为它寄托着我的文学之梦。偶尔也到过一些地方,总是舍不得将所有车票、门票全部扔掉,还养成了每到一地就要买一张地图的习惯。这还不够,有时居然也禁不住附庸风雅地胡乱摘两片树叶、拾两块石头装入行囊。那一次心生奇想,在毛泽东故居和刘少奇故居旁边分别抓了一把黄泥带回了家,打算糅合起来看能长出什么花。这些东西总是让我感到亲切无比,它们使我回忆,使我联想,使我淡泊,使我安静,使我为天地之博大悠远而惊叹,使我为自己的眼界之狭小短浅而惭愧。

(1999年)

清　理

　　如果我们留意就会发现，几乎每天走进家门，我们总会带进一些东西——一只箱子、一只盒子、一只袋子，甚至是一张报纸、一张广告。而被我们带出门的东西，总是比带进门的要少。于是，一点也不奇怪，我们的家拥塞了，凌乱了。无奈，我们不得不过一段时间就来一次清理。然而，我们往家里拿东西的时候，总是那般兴致勃勃，多多益善；我们往外面扔东西的时候，总是这般的犹豫不决，欲弃还留。我的一位朋友说过一句"名言"：如果某样东西两年也没有用过一回，就应该毫不犹豫地把它扔掉！话说得确实精辟，可惜事实上却连他自己也做不到。于是，我们渴望有更大的居住空间，能够多容纳一些东西。好，我们终于搬了新居。不过，这意味着又开始了新一轮的增添、拥塞、清理，循环往复，以至无穷。

　　电脑很厉害，一张软盘可以存放汉字几十万，一张光盘的容量则多达几千万个汉字，至于硬盘，十几千兆的已很常见。于是，我们便慷慨大方，一个劲地往里存。这个程序也拷进去，不管有用没用；那个游戏也放进来，不管玩还是不玩。要不了多长时间，电脑的运行速度变慢了，我们会经常得到它提示："内存不够！""磁盘空间不够！"没办法，我们被迫清理磁盘，删除一些东西。同样，我们储存的时候总是那么慷慨，我们删除的时候总是这般吝啬。于是，我们希望换一台更高级的电脑，容量大些，再大些。好，新电脑进门了。当然，新一轮的储存、拥挤、删除又开始了。

　　这使我产生了联想。我们每个人肩膀上扛着的一颗脑袋，倒颇像一所房子或是一台电脑。每日里，我们都有意无意地往这个"袋子"中装进这样那样的东西，有的是自觉自愿的，也有的是被逼被迫的。从小学到大学，谁也说不清一天要看、要读、要记多少有用或无用的东西。步入社会，要记、要想的东西类型变了,但内容并不见少。一个家庭主妇,开门七件事,柴米油盐酱醋茶,一样马虎不得,至于上下左右,公婆叔伯妯娌七大姑八大姨,一个也不能得罪;而她们绝大多数又都同时是职业女性,邻居同事下属上司张三李四王二麻子,一方也不能大意。至于一个大男人,无认他是一个小公务员,还是一个掌权者,一个蓝领白领,还是一个大老板,每日里要记要想的东西都不会少。除了正常的工作业务以外,为了自己的地位、荣誉和利益,一只只脑袋不得不时时高速运转。服从、领会、汇报、指示、命令、批评、权衡、揣摩、提防、警惕、应答、反击……是是非非,恩恩怨怨,疙疙瘩瘩,人们要面对的实在太多太多。是啊,我们哪里还有工夫看书啦,学习啦,与下属谈心啦,和朋友叙旧啦,陪父母聊天啦,跟妻子儿女交流啦……算了吧,大家一起"拉二胡"(自顾自)吧!

  我想,按照物质的定义,事物的容量总是有限的,即使是光缆,或者芯片,更何况是人脑。我不知道人脑的储存量到底有多大,尽管我确信愚人与智者的大脑有天壤之别,但我同时也确信储存量再大的脑子也一定有个极限。据说人的脑子越用越活,记忆力越炼越强,但我也不相信任何人的脑子容量能够无限多,记忆力可以无穷大。因此,我坚信,就像清理房间和清理电脑一样,大脑也是需要经常清理的:该留心的留心,该忽视的忽视,该记住的记住,该忘却的忘却,该糊涂的糊涂,该深究的深究。依我看,有许多聪明无比的大脑,本可以成就伟大的功业,却被大量庸事俗事所扰所困,宛如一处处陈设拥塞的寓所或是一台台储存庞杂的电脑。这无论于个人、于单位、于民族,都可惜了。

(2000年)

垃　圾

现代化生活的另一种表达方式就是人们成倍地制造垃圾。捡垃圾的队伍以惊人的速度扩大着。倒垃圾的倒不胜倒,捡垃圾的拣不胜拣,这是城市现代化进程中的一大景观。垃圾有幸成为当今为数不多的令市长和普通市民共同关注、皱眉与头疼的一种东西。

垃圾问题困扰着人类。你看,大街小巷,门前屋后,上下左右,哪里没有垃圾的尊容与倩影?垃圾袋、垃圾桶、垃圾箱、垃圾堆、垃圾车、垃圾站、垃圾场、垃圾山,这些已是一座城市必不可少的组成部分。我们步出家门,走在路上,坐在车上,行在船上,所到之处,目光或四肢无法不与这些城市的组成部分接触。可以毫不夸张地说,地球正日益成为一片垃圾的汪洋,我们正日益迈入这片海洋的更深处。其实岂止是地球!随着人类空间技术的发展,原本洁净的太空也已漂浮着越来越多的垃圾,大到废弃的人造卫星和航天器的部件,小到宇航员们的工具和排泄物。与地球相比,太空成为垃圾场的速度究竟如何,一时似乎还难以弄清。

上天入地无所不能的人类,居然被乱七八糟、肮脏污浊的垃圾弄得很有些狼狈被动,几几乎一筹莫展,简直是天大的冤枉。有什么办法呢?人类自作自受的事情,又何止是制造垃圾一桩!

其实,还有另一种垃圾同样成为人类越来越严重的灾害。这种垃圾常常是看不见、摸不着甚至是感觉不到的,它就是所谓无形的精神垃圾。精神垃圾的表现形式是多种多样的。比如那些多如牛毛的形式主义会议上发出的毫无意义的一阵阵声音,那些汗牛充栋的报纸、刊物、书籍上印刷的虚假、低俗甚至下流的一段段文字,那些充斥荧屏的连篇累牍的连续剧中叫人不是恶心就是起鸡皮疙瘩的一幅幅画面,等等,等等。

有许多物化的垃圾是具有利用价值的,即所谓变废为宝,要不然就不可能出现如此浩大的垃圾大军了。据说生活垃圾可以发电,可以分解还原出各种有用的材料,这又一次证明了人类的非凡创造力。而所有精神垃圾则永远只能是垃圾,绝不可能分解出任何宝贝来。对那些假话、大话、空话、废话,骗人甚至害人的文章,胡编乱造的故事,庸俗下流的新闻,教人学坏的电影电视等等,除了花功费时去揭露它们的毒害之处以外,还能有什么别的办法发挥它们的"价值"呢?

现代文明社会应当在成倍制造物质垃圾并不断寻求处置它们的办法、降低其危害的同时,卓有成效地降低精神垃圾的排放量,千方百计堵塞垃圾排放的源头,并形成对那些肆无忌惮的排放者的约束与惩罚机制。否则,物质生产资料再丰富,我们建成的也只能是一个畸形的高消费社会。

(2001年)

牌局与人生

有一首新民谣说：十亿人民九亿赌。数字的不确切显而易见，民谣的特色之一就是夸张。又有一幅题为"异口同声"的漫画，画的是老师提问，组词，"麻——"全班稚童齐声大叫："麻将！"生动极啦，不由你不笑。

说打麻将是堕落，或说不打简直是白活，都过激了。堕落和白活皆与麻将没有必然关系，消灭麻将，照样可以堕落与白活。无论是麻将还是其他，过犹不及，堕落等于白活。何况，你说我堕落，我说你白活，原本没有统一尺码。至于赌博违法，更不言而喻。

牌局犹人生。且不说观战者的意见与主战者每每不合，以至"臭牌"不绝，乃至谩骂中伤，固然司空见惯，已与处世态度的抵牾十足相似。即如一己作主的牌局，酸甜苦辣咸之人生五味，竟也俱全了。

顺遂难免得意。"春风得意马蹄疾"，不觉飘飘然错认自己。怎么样？我的牌技如何！若答：你的牌实在好，大多这样回敬：三分牌运七分手艺，你刚才那张就不配打，要不就是你和啦！越顺越忘形，成大牌以至于脑溢血心脏病发作去了极乐世界。这仿佛正应了那句日常警语：人生大顺，或有大悲。

失误也难免悔恨。刚打出的牌又抓来了，覆水难收。捶胸顿足算是轻的了，更解恨的做法是尽情地打自己的头和脸，痛骂自己愚蠢，猪还不如。当然，看见别人如此这般，则会真诚地宽慰：何苦呢，不就是打错一张牌么。

至于心比天高末了一场空，而小大由之倒聚沙成塔；不住地察言观色、虚张声势；老实人竟也屡屡出诈、斤斤计较；赢者故作姿态，连声"不好意思"，关切地问"要不要换换位子"，输者更显豁达大度，强调"友谊第一"，"谁输还不一样"；一场打罢为时光虚度而后悔不迭，过天相遇又手直痒一拍即合……更不一而足。方城赛事的林林总总,与人生际遇的形形色色,又何其相似乃尔!

与其无奈而无谓地苦苦烦恼人生,不如抽暇打几圈麻将罢。人生一场,牌局几圈。几分运气?几分人为?只要用心切磋,你大可演示出种种美妙组合。什么时候你无论输赢,都能在牌桌上心如静湖,身似泰山,终局后心平气和,安然而眠,你的牌技就算是入了境界了;与此同时,你对人生的大彻大悟也算是八九不离十啦。

只是,不必上瘾。牌局与人生,毕竟只是相仿,而非等同啊。

(1993年)

扬州麻将

说麻将是中国国粹，很多人都会同意。

我在宁波看过麻将博物馆，那里面说，麻将是宁波人陈鱼门发明的。麻将从中国传入西方，最早的国家是美国，因此，美国成为最早建立"全国麻将联合会"的西方国家之一。而麻将在日本和东南亚地区也十分流行。据说日本人对麻将兴趣浓厚，不到一亿三千万人的日本，竟有三千万麻将爱好者，麻将俱乐部、麻将店多达两万五千家，仅东京就有四千五百家。

以会打麻将但从不参与赌博的身份，我敢说，麻将绝对是活着的，而且是鲜活的、生命力旺盛的中国文化遗产。因此，不会打麻将，不能说有什么不对，有什么不好，但终归是一个缺憾。

早年我为了学打麻将，曾经买了书认真读过，算是自学成才。通观几个城市的麻将规则，我对扬州麻将大加推崇，而有些城市的麻将远没有扬州的好玩。

上海、南京麻将带春夏秋冬梅兰竹菊八花，一百四十四张，大大增加了运气的成分。上海麻将抓满八朵花就可立即胡牌，叫做"八花齐"，典型地奖励手气。成都麻将竟然把东西南北风中发白全去掉了，只剩下了一百零八张牌，那还成什么中国麻将？连麻将的祖先纸牌也不如了，纸牌还有红花、白花和老千呢。扬州麻将一百三十六张，取中庸之道，降低手气投机，增强竞技色彩。

扬州麻将的最大特点是计番的花色多，大大增加了排列组合的几率，这使乐于赌博却怕用脑子的人们望而却步。一般而言，倘若打牌以赌博为主要目的，则张数越少越好，如上海的梭哈、四川的诈金花。作为把赌博与竞技相结合的游戏，麻将似乎最为适合。而规则中所带花样的多少与繁简，大抵成为衡量赌博与竞技成分大小的基本尺度。没有看到哪个地方的麻将，像扬州麻将这样有这么多的小番计数标准，足以说明扬州麻将的竞技成分相当高。

打法上，成都麻将居然只准碰不准吃，这使麻将竞技中奇妙组合的智慧和乐趣大打折扣，令扬州人无接受也无法忍受。上海麻将虽然准吃准碰，但胡牌花色少到只有四种：清一色、混一色、碰碰胡、乱风向，让扬州人觉得单调简单到近乎无聊。成都麻将缺一门才能胡牌，这让扬州人很不理解，三种花色的牌不由分说先去掉一种，组合概率大大缩小，似乎是没开战先作茧自缚。

成都麻将还不断创新，这也十分可疑。去掉字牌的规则也才是上世纪九十年代才出现的，进入新世纪后，为了追求赢钱的最大化，偷懒的四川人觉得洗牌麻烦，在此基础上发明了"血战到底"，有人胡了牌，别的人继续打，一直打到全部胡牌或者黄庄。进而发展到"血流成河"，名字也太血腥。在成都麻将不断"创新""改革"的同时，扬州麻将却始终坚守传统不变，传承正宗。传统的博弈，贵在传统，创新太多，会坏了其根本，使传统变得不伦不类，还不如另起炉灶创造别的游戏。

"包牌"是防止作弊的重要监督机制，从包牌的规定上，可看出扬州麻将的宽容。南京麻将的包牌很奇怪，如果我被某人碰了三嘴后，此人只要再碰一嘴成了对对胡或是清一色，我就要包牌，不管是另外两家出铳还是此人自摸，也由我付钱。这岂不弄得人们光知道扣牌而不敢组牌了吗？此外，被人抢杠不但要包牌，成牌人还算自摸，包牌人出三份，简单有些蛮不讲理。而扬州麻将则有"吃包碰不包""清（一色）不包清（一色）"等规矩，既强调监督机制，又扶持平等竞争，还鼓励适当冒险。

扬州麻将合理地建立了赌博与娱乐的关系，众多的麻民，赌博也只是小赌，扬州人叫"小来来"，他们更从麻将中获得了休闲与益智。休闲与益智，无疑有益于身与心健康的齐头并进，谁能说这不是于己、于家、于国都是意义重大的好事呢？

某日，我漫步在仁丰里，一家棋牌室门前玻璃上的几排字让我停住了脚步。一共二十四块玻璃,每块写一个字:"门清一条龙爽/自摸清一色妙/要想生活得好/把麻将打到老。"我看了两遍,站了几十秒钟,似有所悟。

都说玩物丧志,然而玩物未必铁定丧志,丧志未必都因玩物。

(2012年)

与书交友

我不讨厌逛商场,但更喜好逛书店。逛商场空手而归却庆幸没被盘剥,从书店两手空空回来反倒怅然若失。之所以在书店受了盘剥却有怨无悔,是因为我从书店请回了一位位朋友,我至少可以把所花的钱当作是结交新朋友所设的饭局吧,我想饭店的刀一定不会比书店的钝。

将书这种朋友领进家,用不着我去让座泡茶客套一番。我忙我的,闲下来再去理会它。起初朋友不多,但都挺高贵,它们使蓬荜生辉。日子久了,在我的殷殷相求之下,朋友慢慢多起来。坐拥书城,哪怕一动不动,只是静静地望着这些一位位请回来的朋友,也会禁不住心花怒放,有时或许会因为联想到"拥有"甚至"占有"一类的字眼而自我哂笑——朋友间用这样的词,犯忌。

交朋友意在情感的交流。与书交往主要是听这些朋友诉说,只不过这种听是用眼睛罢了。由于这些奇特的朋友年长的已不知是几千岁,遥远的不知是住在地球的哪个角落,因而他们说话常常是晦涩难懂,比如庄周、孔仲尼,比如马尔克斯、乔伊斯。所以听他们说话急不得,恼不得。当我终于花力气听懂了,居然觉得几千年仿佛几个月,几万里犹如几百米,因为孔夫子完全是说着今天的话,而某熟人正是乔伊斯讲的那个人。"衣不如新,友不如旧。"书也是这样,常常为请回一位满嘴新名词的朋友而高兴,转眼间却会对它的喋喋不休不知所云感到恼怒与厌恶。

如果认为读书只是纯粹地听(看),那就错了。确实,读书犹如聆听著书人倾诉,但同时读书人也正在将他的想法与著书人交流。虽说著书人听不到这些想法,但这种亲切的会见又是多么美好!这种会见便是所谓"神交万古",所谓"朋友遍天下"。这样的神交是高尚的,纯洁的,幸福的,难以言说的。

我的书朋友当然大多数是从书店里请来的,但也有的书像是不速之客,那就是单位发的或是某人送的。原来不速之客竟也有一些是谈得来的,那就喜出望外地谈谈。至于话不投机,那就不作深交。古人说"交绝无恶声",就是说朋友间断绝交情不要说难听的话,既然是朋友,我也就做得客气一点,让它们仍留在书架上听听我的自言自语,不急于送进废品收购店。

最令我不安的是有不少朋友被我请进门,我却一直将它们冷落在一边。每当我看上它们一眼,便会疚愧地低下头,我情知我不该如此寡情,尽管我有这样那样的理由。想想自己遭人冷落时的心情,我无论如何也应该抽出时间与这些朋友们谈一谈,哪怕只是寒暄几句也是好的。

偶尔也有误交的,一谈,才发觉这些家伙满嘴胡说八道,要不就是满嘴仁义道德一肚子男盗女娼,那就立即停止与它们浪费时间的交谈,设法尽快请它们去造纸厂粉身碎骨变成纸浆。

人们常说,看一个人的品行,只要看他交的是哪些朋友就可以了。我觉得与此同理,看一个人的高低深浅,只要看看他读的是哪些书也就差不多了。

(1997年)

乡谚教我

我的父亲不识字,但他绝对不笨。他教育儿女的方法,集中体现为身教多于言教。言教是他的短处,他唯有扬长避短。由于不识字,就不能引经据典,由于谨言讷行,也没有多少自创能力,于是便常常借助于乡谚。几十年过去,很多经典后来在书本上学到了,再后来有不少又都忘却了;而父亲引用的那些乡谚,却大多没忘,而且足以受用一生。

父亲崇尚勤劳。他常引用乡谚说:"浪头上佘来也要起早。"因为起迟了就被别人捞去了,何况正常情况下,浪头上根本不会佘来任何东西。又说:"吃西北风还要等起(刮)呢。"因为西北风并不是每天都刮,不是一天三顿都刮的,如果不刮,岂不要挨饿。还说:"牛系桩上一样的老。"意思是干活是一辈子,不干活也是一辈子,不能贪图享受。或说:"六月(阴历)里冻死懒汉。"这是用极度夸张的手法,讽刺怕干活总是喊冷的人,谁都知道六月里的太阳最毒。

父亲痛恨不劳而获。他告诫我们:"做贼就从偷菜起。"他嫉贼如仇,曾以善捉贼而闻名于乡里,那些偷粮食、偷农具、偷禽畜的贼,被他抓过不少。说到某人"贪小""手脚不干净",父亲的嫌恶之情便会溢于言表。

父亲一生无所畏惧,他崇尚"为人不做亏心事,半夜不怕鬼敲门"。他处事冷静,从容应对,喜说"船到港直",亦即车到山前必有路,不能前怕狼后怕虎。但他又主张有备无患,常说:"六月里出门带寒衣。""穷家里,富路上。"不可事无准备,盲目乐观,粗心大意。又常说:"小洞不补,一拉一尺五。"不注意防微杜渐,最后会弄得不可收拾。他办事强调"宜早莫宜晏",意思是凡事宜未雨绸缪,抓住机遇,过了这一村,或许就没有这一店。他还主张随遇而安,要我们"毡里也要睡,草里也要眠",能屈能伸,适应环境。

父亲讨厌夸夸其谈瞎吹牛的人。有一句乡谚叫"东说扬州西说海",常被他用来批评这些人。因为对于家乡靖江而言,扬州在西,大海在东,这些人吹牛豁了边,和把地理概念完全弄反是一回事。

父亲看重计划用度。他最喜欢说:"吃不穷穿不穷,算计不到一世穷。"这一条让我们极为得益,因而绝不会好吃懒做,奢靡无度。但也与很多人一样,因穷怕了,总是过分在乎"丰年防荒年",以至跟不上现代消费观念。但父亲在大处也表现得十分开明,他认为再穷也不能总一直窝在家里,主张多走多看,多长见识。一九七〇年他曾花 20 块钱让我们弟兄三人去上海军营探亲,顺便游览,这在当时会被看作没有"算计"的奢侈之举,却让我们眼界大开。

父亲对家庭教育极为严格。他说:"桑树条子沿(从)小拐。"这个"拐"字是靖江方言,用力使物体变直或变弯的意思。父亲脾气暴躁,责子过严,简直到了过犹不及的地步。凡遇冲突,他不问三七二十一,先怪自己的孩子。我们因此十分怕他,只要妈妈说,"你家爹爹家来罗",我们立即像老鼠见了猫,噤若寒蝉。总体上说,"严是爱,宽是害",但尺度过严,难免有负面影响。然而,两下相权,宁严格勿溺爱,对于文盲的父母,我们不会苛责。

让我们受益的乡谚还可以举出不少,但篇幅所限,就此打住。

(2009 年)

懒汉风采？！

江南某厂别出心裁,为其产品生活茶炉取了个名字叫"懒汉"。经常可以看到该厂在大小报纸上刊登的大幅广告,那广告词也很是醒目、独特,曰:"懒汉风采!"使用这种茶炉确实可以十分偷懒,因为它"一天只需加一次煤"。据省报载,"懒汉牌"茶炉产品畅销全国二十多个省、市、自治区,上海一下子就订货五百多台,连用惯了洋货的外国驻沪领事馆也上门争着订货。

在中国语言中,"懒汉"绝对是个贬义词,即使加上引号,也不会有多少变化。在我的家乡,流传着一个妇孺皆知的故事。有一个只知饭来张口的懒汉,他老婆回娘家时,特制了一个硕大的烧饼,中间掏了一个洞,套在这懒汉的脖子上。可是等她几天后回到家,丈夫还是饿死了。烧饼只吃掉了嘴能啃到的部分,这个懒汉连转动一下烧饼的力气也不肯出!如果为这个大烧饼设计商标,称之为"懒汉牌烧饼"大约是贴切的。然而,它还是没能保住那个真正的懒汉的性命,足见离"客户"的要求还有一段距离。看来,对于连一天加一次煤还嫌麻烦的用户,"懒汉牌"茶炉"懒"得依然不够彻底。这就需要像建自来水厂那样建造"懒汉自来茶厂",龙头一拧,"懒汉牌茶水"便可注入口中。(尽管拧水龙头比加煤省事得多,但毕竟还是需要像那个著名懒汉转动烧饼那样用力,故还称不上"至善至美"。)若是"自来茶厂"的人、水管厂和机械厂的人、钢铁厂和发电厂的人……都想偷懒,那就什么也弄不成了!

一切科技发明,都是为了使人们从繁重的劳动(体力或脑力)中获得解放。如果说这都是为了满足人们的惰性,那末,所有科技进步的产品就只需一共同的商标——"懒汉牌"了。"懒汉牌"汽车?"懒汉牌"电话?"懒汉牌"计算机?"懒汉牌"宇宙飞船?……显然不能让人接受。

"懒汉牌"茶炉毕竟获得了成功,成功之首要因素当然还在于它的内在性能和质量,但亦少不了它这"懒汉"招牌迎合了受众的猎奇心态。但我想,这恐怕也只能是"懒汉牌"茶炉使用的一次性"专利",推而广之,则不会普遍显灵,因为受众毕竟不会逆来而顺受。

(1994年)

鸡毛掸的命运

看到一份宣传健康知识的小册子,其中将"湿式打扫"作为预防肺部感染的一项措施,勾起了我的一些联想。

记得在很小的时候,常常望着从屋顶洞隙中照射进来的太阳光柱,那里面有无数的小尘埃在飘浮游动着,我感到奇怪和忧虑:我们吸进去这么多灰尘,怎么没见到吐出来?后来便知道了硅肺(矽肺)等尘肺疾病与灰尘的关系,懂得了灰尘的厉害和防尘除尘的重要性。

对付灰尘最常用的方法是扫和抹。抹不用说,扫则分为两类,即低处用笤帚,高处则用鸡毛掸。在用鸡毛掸时我又产生了疑问:灰尘哪里去了?不是飞在空中吗?那我们不是吸得更多吗?有一次看动画片,唐老鸭打扫卫生的画面证实了我的想法。唐先生抓着鸡毛掸夸张地甩了几下,桌上的尘土悉数飞扬起来。不过几秒钟,这些尘土又一粒不少地落到了桌上。动画的设计是幽默诙谐的,同时又告诉人们一个普通而容易被忽视的道理。灰尘哪里去了?我们打扫环境的时候,不一定都问一下这个至关重要的问题。灰尘与肺部感染之间有什么关系?将这二者联系起来发问的人恐怕也并不太多。"湿式打扫",通俗地教给了我们生活中的科学道理。

所谓"湿式打扫",就是要人们将灰尘先沾到抹布或拖把上,而后用水冲进下水道。而这一点鸡毛掸子办不到,它只能使灰尘扬起来再重新落下,充其量移动一下位置而已,而在这移动的过程中却增加了我们对尘土的吸入量,造成对肺部的伤害。因此,鸡毛掸的命运大概是穷途末路了,难怪眼下已经很少看到它的影子。

(1997年)

李白的过错

话说那年春天,李白到黄鹤楼游玩,心旷神怡之际,照例准备题诗助兴。铺纸研墨之间,忽见墙壁上已写着一首七律诗,诗曰:"昔人已乘黄鹤去,此地空余黄鹤楼。黄鹤一去不复返,白云千载空悠悠。晴川历历汉阳树,芳草萋萋鹦鹉洲。日暮乡关何处是?烟波江上使人愁。"作者署名是崔颢。大家都觉得,这首诗写得不赖。一向潇洒狂放的大诗人李白此时竟自卑起来,他忽然觉得很扫兴,不由得放下了手中的毛笔,口中喃喃道:"眼前有景道不得,崔颢题诗在上头。"这句话被在场的人听到了,并记了下来,一直留传到今天。

黄鹤楼上的李白真是个知难而退的孬种。难道崔颢题了诗他就不能再题了吗?否。

李白当时的名气之大,被稍后的段成式在《酉阳杂俎》中形容为"名播海内",崔颢在他面前充其量只能算是个小名家。既然如此,李白见了崔诗即畏葸搁笔,未免尽失名家风度。试问,世上哪有大名家害怕小名家的道理?虽说文坛不是战场,但竞争亦属你死我活,李白何不乘此机会题上一首,把崔颢这家伙的名气趁早压一压?就算他信心不足,可能会写得不如崔颢的好(其实这也不必担心,因为诗的高下档次说到底还不是与诗人的名气成正比!),然而李白诗篇洋洋洒洒,虽"十失其九"还是留下了九百余首,即使夹上一两首质量一般的又算得了什么呢?再说,他崔颢一共才写了几首好诗,怎么能和李白抗衡比高低?堂堂大名人李白怎么能见了他的诗就不敢再写了呢?真令人弄不清他是哪根神经搭错了。

李白虽然也写了一首"故人西辞黄鹤楼,烟花三月下扬州"的诗,但黄鹤楼在诗中只是一个不重要的背景,人们引用这首诗大多用于对扬州的赞美

（其实这首表达离愁的诗并不见得有多少赞美的成分），却不能用于对黄鹤楼的称颂，实在是可惜得很。试想，凭他李白的名气，要是当初在黄鹤楼写了诗，哪怕是几句顺口溜，人们还会不记住他的而记住崔颢的吗？何况，诗的好坏，本来就没有什么一定的标准，从来就是见仁见智，又有什么"道不得"的呢？大诗人李白竟然一时糊涂，怯懦自馁一至于此，实在叫人恨铁不成钢。

更重要的是，崔颢的这首诗格调显然过于消沉，什么"不复返""空悠悠"，什么"日暮乡关""使人愁"，简直消极透了，与自古以来中国文学的主潮很不和谐！李白完全可以一反其意，本着对人民负责的态度，写出积极向上的作品，以激励人们奋发向上的斗志和乐观主义的精神。读者的鉴别能力从来是足可信赖的，孰是孰非，孰高孰下，自有公论，人们还会去记崔忘李，抑李扬崔吗？

就艺术而论，崔颢的《黄鹤楼》也犯了律诗之大忌。前四句就像大白话，而且一气叠用了三个"黄鹤"，第三句几乎全用仄声，第四句又用"空悠悠"三个平调煞尾，简直是胡闹；且颔联全不顾对仗，完全不成体统。后世的评论家竟然纷纷对崔诗一吹再吹，真是睁着眼睛说瞎话。如果有一点艺术的良知，大诗人李白怎么能就此装聋作哑，默不作声呢？即使不说什么，至少也应写上一首诗作为示范，在诗坛起一个导向作用吧。

李白的错误还在于，他该在黄鹤楼题诗却不题，反而在心里暗暗与崔颢较劲。后来跑到南京，他终于写下了一首《登金陵凤凰台》："凤凰台上凤凰游，凤去台空江自流。吴宫花草埋幽径，晋代衣冠成古丘。三山半落青天外，二水中分白鹭洲。总为浮云能蔽日，长安不见使人愁。"尽管后人认为李白总算和崔颢打了个平手（方回《瀛奎律髓》："格律气势，未易甲乙。"），然而李白这首诗学了崔颢是一清二楚的。反正是学，何不就在黄鹤楼学而非要跑到凤凰台呢？论古迹的名气，后者比前者相差太远了。事实上，评论家再说好，老百姓还是因为不知有凤凰台而也就不知有李白的这首诗。要是李白当初在黄鹤楼写，崔颢的诗就难保不被人们淡忘了。

更何况，崔颢的个人历史可谓"劣迹斑斑"。他虽有才，却为人轻浮，赌博成性,还好酒色,选美女为妻也就罢了,居然"时娶时弃",真是是可忍孰不可忍!政治上首先就过不了关,还谈什么艺术价值?而南宋诗评家严羽竟说"唐人七言律诗,当以崔颢《黄鹤楼》为第一",真不知立场站到哪里去了!对这样一个诗人,从来都以仗义行侠著称的李白居然忍心默不作声?这就更让人匪夷所思了。

可以设想,要是当初李白写了诗,比如诗可以写成这样:"登黄鹤楼,次崔颢先生原韵。游人已然纷纷去,此地依旧黄鹤楼。我来登楼喜忘返,把酒临风乐悠悠。桃红柳绿有佳树,莺歌燕舞无荒洲。人间天堂何处是?生逢盛世心无愁。李白××年仲春于黄鹤楼(印章)。"再令人勒石一方,留传永久,那真善莫大焉了——既为我国文化宝库留下了珍贵遗产,又为黄鹤楼胜迹留下了绝世珍品,也为收藏者留下了致富机会,还为后世人留下了谦虚、大度、热爱祖国河山、弘扬祖国文化、提倡积极向上的诗风等等可贵精神遗产,真可谓一举数得。

总之,从各方面的意义上说,李白能写诗却不写,不管出于什么考虑,于他自己,一时疏忽事小,于历史于后人,不负责任过大矣!呜呼李白,时隔千年,事实越发证明,你的过错实在不小,你留给后人的遗憾实在不小!

(1997 年)

文字的魔力

我每到一个地方，总是对那里的历史文化遗存很感兴趣。边看边想，常常就会悟出一些十分简单但也十分深刻的道理。

比如，著名的江南三楼我先后都到过了。洞庭岳阳楼不高，但它的盔式顶使人永不会忘记。南昌滕王阁已远非想象中的阁，而几乎是一座巨大塔楼了。武昌黄鹤堪称楼中之俊杰，其高大，其雄伟，其辉煌，都不在话下。然而，尽管如此，每次参观之后，总有一丝说不出的惆怅，一种浓烈的不满足之感，以至于有一种兴冲冲而来、灰溜溜而去的感觉。为什么呢？想来想去，原因仿佛一下子找到了，那就是，这些仿古建筑太新，新得太过虚假，新得让人看了浑身不舒服。

现今的岳阳楼算是资格老一些的了，它是一九八四年对清光绪六年（一八八〇）所建的旧楼进行重修的结果。值得骄傲的是，此次重修，保持了原有的规模和结构，且许多构件为原楼旧物。也就是说，岳阳楼的部分构件为一百多年前的，勉强算得上是古建筑。而另外两楼，则与古建筑不沾边了——黄鹤楼一九八四年再造完工，滕王阁一九八九年重现于赣江之滨。

当然，和所有著名建筑一样，江南三楼完全有重修和重建的理由，这理由尤其可以从历史上它们的屡兴屡废中轻易找到。据记载，岳阳楼在一千余年间曾重修三十多次，滕王阁在一千三百多年间重修二十八次，黄鹤楼则在一千七百多年间的屡毁屡建"更莫能纪"，仅清代的重修即有八次。

于是我想，是什么魔力使得历代的人们对这些建筑总是一修再修，大有永不停歇、永无穷期之势？个中原因其实并不玄奥，那就是它们与某些不朽的文字有着不解的渊源。这是一种奇妙的颠倒，是物化的建筑与无形的文化的神秘融合和错位。许多人没有到过江南三楼，但却不会不知道范仲淹的《岳阳楼记》、王勃的《滕王阁序》和崔颢的《黄鹤楼》诗,谁不会背诵"先天下之忧而忧,后天下之乐而乐""落霞与孤鹜齐飞,秋水共长天一色""晴川历历汉阳树,芳草萋萋鹦鹉洲"这样的千古名句?相反,如果你到过三楼,却不知道这些名句,无疑会被彻底瞧不起。在这里,美妙的文字与承载这些文字的建筑相比,孰轻孰重,孰易朽孰永恒,是不言自明的了。楼以文贵,已是不争的事实,也是名楼屡毁屡建的重要乃至唯一原因。据说阿房宫也要重建了,难道不也是因为"宫以赋贵"吗?

因此我要说,世界上难以有任何不朽的建筑,却会有大量永远不朽的文字。建筑的魅力固然很大,然而它却无法与文字比拟。原来是因为有了三楼,才有"范记""王序"和"崔诗";到后来情况就完全相反了,正是因为有了"记""序"和"诗"的存在,才有了三楼的永远存在。一部小说上说,"文学作品的伟大与超越时空,是这个世界上一切人造物质设施都不能比的",我深以为然。建筑是瑰丽的,而那些不灭的精神则更为神奇。游览江南三楼,我们固然为这些建筑喝彩叫好,而更令我们震撼和神往的,则是凝结在这些建筑中的精神力量。这力量的巨大和不朽,将随着人类文明的昌盛而得以越来越明晰地显现。

(1999年)

"好话"与"坏话"

人喜欢听好话,这大约是称得上一般规律的。适应人的这一本性需求,人世间总是好话连连,便很正常。同理,从古到今,有不少人写下了不少说好话的文章,这也丝毫没有什么奇怪。不过,流传千古的文章,似乎说"坏话"的更多。二者的例子同样不胜枚举,就不去说它了。此处要说的是,如果有的人说的是一半好话,一半坏话,人们会怎么听?据我陋见,更多的人是只听那好的一半,坏的一半只当他是放屁。我说这话固然失之粗俗,但我看还有比我更恶劣的呢,那就是人家明明是说的坏话,有些人却偏反过来听,反过来用,我看其实他们心里并非不知道,他们故意反用,是基于他们的虚荣和自慰。请别误以为我是在大肆攻击时弊,我的议题乃属于文学范畴。

举一点关于扬州的例子,我想决不会以偏概全,因为人们很容易在我的基础上推而广之。古扬州的美艳无比,不说天下无双,也是鹤立鸡群。描写扬州的诗词歌赋,可谓连篇累牍。我们来看一看至今仍被我们津津乐道的名句罢。

扬州城是月亮城。"天下三分明月夜,二分无赖是扬州。"作者徐凝对扬州的赞美简直深入骨髓了。然而这首《忆扬州》的上两句是"萧娘脸薄难胜泪,桃叶眉长易觉愁",极言扬州美女对诗人的别离之情,全诗似以"忆扬州美女"为题更为贴切。"明月夜"实为"美女相伴之夜",这毕竟不太好说,那我们就取其一半罢。

扬州城是杨柳城。"绿杨城郭是扬州",美不胜收。往下读,王士禛的《红桥怀古》写道:"西望雷塘何处是?香魂零落使人愁,淡烟芳草旧迷楼。"诗人写"绿杨"原是为了让人联想"隋堤柳",从而引发"西望雷塘"的怀古之叹。怀古是多么吃力不讨好的事,省略罢,取一句中听的足够了。

扬州城是水之城。瘦西湖风光天下扬名,然而追溯它的来历,却有些不太妙。请看汪沆《瘦西湖》:"垂杨不断接残芜,雁齿红桥俨画图。也是销金一锅子,故应唤作瘦西湖。"言下之意是说扬州就像南宋时偏安一隅的杭州一样挥金如土,歌舞升平,纸醉金迷。那就别去深究了,反正用其繁华之意吧。

扬州城是桥之城。"入郭登桥出郭船",与"东方威尼斯"几为同义语。诗句出自罗隐《炀帝陵》,下三句为:"红楼日日柳年年。君王忍把平陈业,只换雷塘数亩田?"又是陵墓,又是雷塘,好不吉利,知道就行了嘛。

扬州城是花之城。"千家有女先教曲,十里栽花算种田",这是郑板桥《扬州》中的名句。看许多人的引用,仿佛板桥老人真的是在赞美"教曲"与"栽花"似的,事实上却远不是这么回事。不妨引其全诗:"画舫乘春破晓烟,满城丝管拂榆钱。千家有女先教曲,十里栽花算种田。雨过隋堤原不湿,风吹红袖欲登仙。词人久已伤头白,酒暖香温倍悄然。"画舫、游船、侵晓拉客,靡靡之音才能挣钱,家家女儿学曲陪客,花价日涨无人种粮,游人如织,雨过地干,风吹红衫,少女如仙!这就是文化名城扬州?这就是太平盛世?静观和沉思中的郑板桥,显见已有一种夕阳西下的预感和天下大乱的先觉。郑诗与歌颂和赞美丝毫不搭界,逼得舞文弄墨者只好反其意而用之。

扬州城是灯之城。"夜市千灯照碧云",说是唐代的"亮化工程"恐不为过。但王建的这首《夜看扬州市》还有重要的三句:"高楼红袖客纷纷。如今不是时平日,犹自笙歌彻晓闻!"是褒是贬,再明白不过了。我们斩其颈脖用其一句,按说也并不算过分,然而某机关大厅的巨型漆器屏风上居然入木三分地刻着此诗全篇,实在令人惊讶。堂堂人民政府,"高楼"何处?"红袖"何在?岂不是自成讽刺?

此外还有一些"扬州名句"亦不可深究,比如"春风十里扬州路",是杜牧用以赞美一位十三岁的姑娘的,说扬州十里长街上找不到比你更漂亮的人了;又比如张祜的"十里长街市井连,月明桥上看神仙",说白了就是站在月明桥上看妓女看得着了迷,以至于接下去说出了死在扬州最值得的过头话。

就对扬州城的描写而言,历朝历代留下来的"坏话"绝不会比"好话"少,但我们似乎宁愿多读、多听、多用"好话",这是十分耐人寻味的。依我愚见,如果判断不当,"好话"并不一定都能引出好的结局。一味说好话和听好话,就会使我们多了自豪,少了忧患;多了沉醉,少了警策;多了回忆,少了筹划;多了饶舌,少了务实;多了享受,少了勤勉;多了慵懒,少了奋发……

(2000 年)

皮包水　水包皮

我不喜欢"皮包水""水包皮",首先是由于此说不美。把一个大活人说成一个皮袋子,有一丝一毫的美吗?简直让人讨厌。谁都知道用"皮囊"比喻人的躯体历来是具贬义的。因此我很愿意把"二包"这样大俗的民谚,理解为旧时扬州人对有钱人生活方式机智和幽默的反讽,不过又横竖总觉得不大像。如果说早先的扬州文化只能孕育出"二包"这样的俚语并大肆流行的话,那究竟是我们古城后裔的荣耀还是悲哀呢?事实并非如此,许多人都知道,"数百年人家无非积善,第一等好事只是读书"是当初扬州人家最常见的对联。因而我是不会对"二包"津津乐道的。试想,假如在又一个千年伊始的今天,我们在所有茶社门前挂上"早上皮包水",再在所有浴室门口拉上"晚上水包皮",扬州还配叫作历史文化名城吗?俗语毕竟只是俗语,在许多场合是不怎么提得上嘴的。

至于"皮包水""水包皮"的生活方式到底代表着什么样的文化层面,已经用不着我来多加置喙,"前人之述备矣",至今沸沸扬扬。事到如今,要说体验旧时生活、让人生思古之幽情,扬州"二包文化"理应继承和弘扬,使之成为"致富之源"。而作为一种生存状态,如若让当今的扬州人都来深刻体会和不懈追求,那我同意韦明铧先生《扬州盐商》中的那句话:"扬州在近代的落伍,似乎早已在茶馆和澡堂里注定了。"完全意义上"二包"生活,是指上午在茶馆,下午在澡堂,这与现代生活节奏和现代都市文明相差何止千里万里!

看不到传统的扬州"茶馆文化"和"澡堂文化"与现代都市方兴未艾的休闲文化有着本质的区别,是不能正确对待"二包"遗产的症结所在。我们眼下要发展的"茶文化"与"浴文化"应该与"二包"的生活方式有完全不同的内涵。更具体地说，以经济快速发展为背景的扬州"茶文化"与"浴文化"，主要的消费对象恰恰不应该是扬州人。什么时候我们的茶客和浴客十之七八是来自全国各地乃至世界各地的投资者和旅游者，我们的"二包文化"才算是得到了最好的发扬光大。而不淡化"皮包水""水包皮"这样的不雅说法，要发扬光大恐怕也不容易。

（2001年）

扬州虚子

不少人都有绰号。有的人对自己的绰号无所谓,一笑了之;有的人听了就发火,跟人家急脸。你急脸人家是不是就不叫你的绰号了呢?不是,别人在你背后叫,弄不好叫得更凶,只是你听不见。

"扬州虚子"就是一个绰号,扬州人的绰号。有绰号其实很正常,不必发急。近的如淮安人叫"淮瓶子",苏州人叫"苏空头",无锡人叫"烂泥磨磨";远的如"四川辣子"、湖北"九头鸟"等等,多的是。须知,一个绰号被加到某个地域的全体人头上,固然让人难堪,但个中定有绝非偶然的道理。

朱自清先生对扬州虚子的解释应当算是经典的了:"这个'虚子'有两种意思,一是大惊小怪,二是以少报多,总而言之,不离乎虚张声势的毛病。"例子就用不着多举了罢。铺张,虚荣,摆阔气,讲排场,死要面子活受罪,打肿脸充胖子,已经被大家说滥了。朱自清先生让扬州人产生好感,恐怕相当程度上是因为他明确宣布"我是扬州人"。按先生的意思,似乎承认是扬州人就取得了"骂"扬州人的资格,因为"浙江人骂扬州人是会得罪扬州人的"。朱先生"骂"扬州人的文字其实不少,扬州人还是喜欢他,更证明了他判断的正确。其实,只要"骂"得对,为什么要管他是哪里人呢?

照我看,喊喊绰号,不应该算是"骂"得太重,何况有不少人完全是善意的。关键在于,有着"虚子"绰号的扬州人,自己到底应该采取什么样的心态才是明智的。明智的态度,能激发改正毛病的勇气,到头来绰号就会成为一种满身轻松的回忆。上海人多年来背负的"洋泾浜""门槛精""小气鬼"等坏名,如今已被他们扔进了太平洋;面对苏州气势恢宏的"东园西区",谁都会觉得"苏空头"的绰号早已过时了。

如果认为"扬州虚子"的绰号就是等于污蔑扬州没有一个实实在在的

人,那未免又显然犯了错误。曹聚仁先生多年前提出一个命题:为什么扬州人习于都市的浮夸,而扬学又以笃实宏通著称。这一命题足以让今天的我们平心静气地反省,而后热血沸腾地振作。其实朱自清先生当初就很讲辩证法,他在议论"扬虚子"时特地说明:"这里只就一般情形说,刻苦诚笃的君子自然也有,我所敬爱的朋友中,便不缺乏扬州人。"我们总不能为了"爱我家乡",就非得要像某些八股文的套路那样,让朱先生把文章改成:"扬州人绝大多数是刻苦诚笃的君子,但也有极个别的人存在着虚张声势的缺点,他们被称为'虚子'。"如果这样,朱先生不愿意是可以肯定的,而且,如果我们至今还这样想,先生的文章也算是白写了。

(2001年)

欢迎订阅《中国会议报》
——虚拟广告

具有五千年文明史的泱泱华夏,会议之多,有目共睹,文件之众,有口皆碑。会海茫茫,横无际涯;文山巍巍,直上星汉。然而,我国至今尚无一家纯粹报道会议新闻与研究会议学科的专业性报纸,以至众多会议消息和会议文件分布于诸多报纸上,为浩如烟海的各类信息所淹没。如此情状,既令有识之士痛心疾首,又与我国国情极不相称。

有鉴于此,经诸位同仁多方努力,《中国会议报》终于诞生了!

即将创刊的《中国会议报》,国内国际统一刊号,国内外公开发行。她是全国第一张专门报道会议新闻、探讨会议艺术、研究会议科学的专业性大报;她以全面报道国内所有大小会议为己任,力争不漏报,不错报,不乱报;追求大而全,不怕长而空;同时隆重推出国内有关会议研究的最新成果,为尽快建立具有中国特色的"会议学"打下坚实的基础,建立稳固的阵地。

《中国会议报》版面按会议级别分,有中央版、省(市)版、地(市)版、县(市)版、乡(镇)版、村组版等等;按会议行业分,有工业、农业、交通、教育、财政、金融、贸易等等;按会议内容分,有动员、部署、汇报、通报、报告、交流、现场、总结、表彰、工作、例会、研讨、座谈、纪念、碰头、务虚、订货、洽谈、论证等等。

《中国会议报》栏目设置新颖独特,丰富多彩,精品纷呈。主要有:"会海泛舟""文山览胜""短会长开""空会实开""座位技术""席次指南""会议通知""会议签到""会议证件""会场标语""会议保卫""会议交通""会议救护""会场音响""会场录音""会议播音""会场照相""会场灯光""会场花卉""会场温度""文件印刷""会议报道""会议娱乐""游览要诀""会议伙食""席间幽默""醉酒趣闻""茶水研究""会费技巧""礼品技术",等等,等等。

本报原则上仅限于公费订阅,事实上也最适宜于公费订阅。

凡订数超过 100 份的单位,可免费刊登会议新闻每月一则,字数不低于 500 字。订数超过 150 份者,可加配会议照片,每两月一帧,篇幅不小于 4 cm×6 cm。以此类推。

《中国会议报》,各级各业真需要!

一报在手,可遍览我中华之会海文山!

继往开来的盛事,世纪之交的壮举!

据有关专家精确预测,即将创刊的《中国会议报》,发行量将于极短时间内飙升至全国报界之首!

欢迎订阅,欢迎来稿!

《中国会议报》社址:莫须有市子虚路乌有巷 5 号

社长:惠　海　　副社长:闻　山

主编:贾大空　　副主编:霍国民

(2000 年)

我为孩子呐喊

我也许是一个中国目前教育状况最激进的批判者。这种态度既源于对教育现状的肤浅了解，更源于女儿这六年所受的摧残而生出的切肤之痛。我无数次自欺欺人地祈祷，但愿我所见到的都是偶然的个案，尽管这些个案已是如此的触目惊心。我的女儿今年小学毕业，我只能以小学生家长的身份来阐述我的看法，但愿这些看法在今后短时期里被教育改革否定得灰飞烟灭。

最近听女儿转述了一首同学改词的歌："起得最早的人是我，睡得最迟的人是我，书包最重的人，作业最多的人，是我是我还是我。"我从心底里感到悲伤，为可爱的孩子用戏谑的口吻唱出的这首歌。然而，可怕的是那许多大人都已麻木，那许多现行制度的执行者和那许多有失人道现象的旁观者。

让我用我女儿的亲身经历来做例证吧。正常在校时间是上午七点半到十一点半，下午两点到七点，整整九小时；晚上做作业一般是七点三刻到十点半过后，约三小时。最近我才得知，在相当长的日子里，在一天的九小时中，除去上厕所，学生们一直被牢牢固定在座位上动弹不得！我说一句刻毒话，养一条狗还要每天牵出去遛一遛哪，何况是我们的孩子？包括我女儿在内众多孩子的眼睛都已坏得不成样子，这固然可以说出种种原因，可是试问：一天十几小时的凝视，什么样的火眼金睛抵挡得住？我实在无法理解，到底是什么魔力，使如此公然践踏《未成年人保护法》和《教育法》等法律的行径，却得到这许多人的容忍、理解甚至亢奋地执行与支持！

或许，校长和教师会说，我们同样是受害者。且慢，自从政府今年做出初中"划片"招生的决定之后，为什么学生们不曾来得及有半天的欢呼，就仍在考试的苦海中绝望地挥舞着小手？且不说这学期我女儿语文大小考试计十一次,数学在约考二十次的基础上,为什么最近十天中还要每天考一次?既然明令"划片",为什么还要搞所谓"模拟考试"?我女儿在上星期四居然一个下午考了思想品德、历史、健康、数学四场,请问到底谁是"受害者"呢?我们的校长、老师真是辛苦,可悲的是他们已经陷入了应试教育的思维定式中无法自拔,一旦解除了"小升初"考试的桎梏,他们便无所适从,一个劲地埋怨孩子们"心散了",只得依旧用考试的撒手锏把他们箍住。

围着"应试"指挥棒转的教学,使教师无暇也无须去研究教学法、儿童心理学等重要知识。作家的作品被肢解成可怕的背诵条目,而在"分段"问题上老师们则屡屡出尔反尔自打耳光,数学变成了喋喋不休的唠叨和做不完的僵尸般的习题,老师企图用不下课、枪毙副课、题海战役来实现全班同学全部满分的梦想。"德智体美劳"五位女神一个也不见了,只剩下了一个恶魔:分数。

如果老师的师德再有欠缺的话,学生们则会雪上加霜。体罚是被明令禁止的,但绝非每个老师都能理直气壮地对天发誓。"猪脑子""笨蛋""弱智"是一位老师的口头禅,她有时忍不住将"笨蛋"等字样写在作业本上,教育局来人检查之前不得不派学生一一擦去。我一直无法理解,到了六年级还令全班同学统统"趴下"是依据的哪一家哪一条王法?但愿"趴下"的只是躯体,而不是人格、个性还有无邪的童心。

我的女儿也许称得上是出色的,作为家长我当然高兴,然而我无法肯定成绩好的就不是失败的。但我也有值得自夸的,那就是从未给孩子增加过一点课外负担,相反曾"昏聩"地帮助女儿代抄作文、代写大字、代画美术,并提供计算机做数学。我认为,增加孩子负担的家长没有资格批评现行教育制度,因为他本身就已经太残忍。

我有一个正在外交学院就读的侄儿,是证明我观点的实例。我哥哥几乎不管孩子的学习,而南京外语学校的老师则着重对家长说,下午四点放学,如孩子未按时回家就是在路上玩了,相信那些老师亦非三头六臂。据我所知,我女儿的学校也曾有过一位很少布置作业但却使学生考得并不差的教师,非但不为一些同事所容,而且被校长找去好几次,要求他多布置些作业,这又说明了什么问题呢?

某些现行教育制度是摧残下一代的罪魁祸首,但是,我们的校长、师长、家长难道就没有推波助澜的责任吗?每个人扪心自问,不管有什么理由或借口,不管是出于自愿还是无奈,在摧残孩子们的巨大合力中,有没有我们自己使出的一份?如果有,我们又该做些什么呢?

(1998年)

标　准

不久前,接连获得两个有关教学和科研方面的信息,大有感慨。一件事是,一个留美学生深深感到美国考核方法与中国的不同,那里实行的是"周分制",每周考核,最后算总账。另一件事是,英国普林斯顿大学一位教授,九年没上课没出成果,忽然间公布了一项世界性先进课题的新发现,"九年不鸣,一鸣惊人"。

由此我自然而然地联想到我们的考核标准。教学上,我们从小学到大学都是实行的期中期末考核制度,一张卷子定乾坤。你平时再认真,节骨眼上没考好,一切等于白费。你平时轻轻松松懒懒散散,到时拼一拼,照样能出彩。至于弄个"六十分万岁",那更可以潇洒不羁了。在美国不行,他和你平时记账,最后汇总。美国佬厉害,读书就是读书,别想投机取巧,他不让你平时有丝毫懈怠,用制度来制止你的一曝十寒。科研上,我们的职称评审制度和奖励制度,说到底是促使研究者们急功近利,多出快出成果。大学和科研院所的领导们真是心急如焚啊,恨不得教授研究员们像勤劳的母鸡们一样,一天下一只大蛋,因为那不但是母鸡们的功劳,更是领导们的政绩。因此他们不能不热衷于订计划、发表格、造气氛、搞奖励,因为奖励别人的同时也奖励了自己。于是,学术界也同样沾染、弥漫着重重的浮躁之气,"冷板凳"的功夫越来越退化了,半生不熟的粗制滥造的成果越来越多了。北大博导王铭铭教授的严重抄袭剽窃,除了操守的因素以外,恐怕不能说与考核体制无关。

两相比较,我们可以清楚地看到两种标准的颠倒,这种颠倒是令人震惊的。学生时代,正是需要用合理的考核制度对他们的行为进行经常性的强制或半强制约束的时候,我们却没有这样的合理制度去约束,而是把这样的约束转交给老师、家长和学生自己,让他们共同完成向着那个黑色七月的狂奔。而对于潜心遨游于科学王国的教授和研究员们,我们却不停地催促和打扰,使他们心慌吃不得热粥。试想,在我们的大学,能允许一个教授九年什么课也不上,什么成果也没有吗?那岂不是用人民的血汗钱养着你吃干饭么?

看来,到底什么标准最能促进教育、科研和国家的昌盛,实在大有研究之必要。

(1999年)

呼唤营养师

二十世纪的中国大约已经进入"营养时代"了罢,要不然不会有那么多关于营养的话题不绝于耳。营养固然是闲谈的永恒主题,身体是革命的本钱嘛。至于那些以权威口吻讲述营养的文章,用连篇累牍、铺天盖地、目不暇接来形容,大概不算过分——春夏秋冬四季进补、老年进补中年进补乃至青年进补、妇女经期孕期产期哺乳期进补、婴儿营养幼儿营养青春期营养生病后营养考试前营养,等等,我们几乎可以天天在报纸上不经意地看到。如此看来,中国业已具备一个"营养大国"的资格,我想大概是不成问题的。

然而在事实上,有许多言必称营养的人未必就很懂营养。你说非洲难民们营养不良,固然不会有什么异议,而你要说那许多小胖子其实也是营养不良,恐怕就会有人骂你是神经病了。你若说有许多老革命家吃尽千辛万苦照样长寿,大概立即就会被反问:革命家晚年补的是什么营养你看见过?你如果说那些豪华宴席总是山珍海味其实并不符合营养科学,那你就会被讥讽为吃不到葡萄反说酸的阿Q了。你要是说西方人吃饭如何简单如何真讲营养,也许就会被嘲笑得更惨了:你怎么还不赶快搬到国外去呀?

我想,也许有些人是真不懂,因而在具体操作上出了偏差。而有些人则是明知故犯,"随口所欲",先放开肚皮快活它一回再说。当然也有谨小慎微、聪明反被聪明误的人,事情到头来反而给他们弄糟了。我以为这些都难怪,因为绝大多数中国人都没有机会接受营养学的系统教育,大家这方面的知识无非是来自于读书、看报和道听途说。许多人真是命苦,刚刚过上几天好日子,这样那样的"富贵病"就上身了!

可能有些人已经注意到,在那些世界运动强队的参赛名单中,除了官员、教练、队员外,总是有着种类繁杂、人数众多的营养师、理疗师,这足以引起我们的羡慕、不安和焦急。一位在早春的寒风中只穿一件短袖衫的英国海员对中国人说:"你要像我们一样吃,也会不怕冷。"我理解,像他们那样吃,并不是吃得比他们多,也不是吃得比他们好,而是像他们那样吃得营养,吃得科学。比如西方人,能生吃的东西就绝不熟吃。越南人就认为,吃法式面包和生菜是法国人留下的宝贵文化遗产。

看来,对于实现了温饱正迈向小康的中国人而言,营养学方面的知识很有些跟不上趟了。举目四顾,在这个师那个师多得近乎泛滥成灾的今天,是不是有必要多培养一些名副其实的营养师了?而营养作为我们这个星球上的共同课题,大概不必也不允许具有太多的中国特色。

更何况,对于现代人而言,还十分需要精神上的营养。读过茨威格的《象棋的故事》的人,都应该知道精神营养对于一个有思想的人的生命的巨大意义。精神营养的要害,大概也不外乎是品种的丰富与结构的搭配——这同样是需要大批高水平的营养师的,不过这又是另外一个话题了。

(1998 年)

绿色生活，从心开始

几年前，见过一本澳大利亚人坦尼娅·哈写的书，书名就叫《绿色生活》。这里"绿色"的含义，是指环保、健康、安全与节省，作者企图引导读者们在选择化妆品、购买家电、装修住宅、节省能源等诸多方面，作"绿色"的努力，不仅省钱，而且同时让生活变得更加美好。这本书告诉人们，每个家庭都应当努力过上"绿色生活"。后来，在报纸、电视等媒体上，看到了大量提倡"绿色生活"的呼吁。这些宣传告诉人们，人类应当提倡并践行自然、环保、节俭、健康的生活方式，我们的国家，我们的星球，都应当朝着"绿色生活"前行。

那么，为什么近年来"绿色生活"的呼声一浪高过一浪？为什么有识之士为之唇干舌燥奔走呼号？为什么连我们的高考作文也选中了"绿色生活"？因为我们向往的绿色生活，正在相当范围、相当程度上一步步离我们远去。

绿色意味着自然、环保。然而，现代化、城市化的"双刃剑"，正无情毁坏着我们的家园，我们的绿色所剩无多，弥足珍贵。绿色意味着节俭、永续。然而，建设的巨浪席卷而来，势不可当，有人不顾子孙后代竭泽而渔，地球已不堪重负，仿佛日日在呻吟。绿色意味着健康、向上。然而，一些人一掷千金，纸醉金迷，变态享受，一些人走入畸形养生的邪路，巫婆神汉风水先生大行其道。"绿色生活"，心向往之，人同此心，心同此理。人们企盼江河湖海不再变黑，沙尘暴不再肆虐，病魔不再猖獗，生活秩序不再失衡……人们企盼用绿色荡涤污泥浊水，用绿色塑造新的世界。

举目四顾，屏息谛听，提倡绿色生活，我们不乏动听感人的口号："少生孩子多植树，小康路上迈大步""生产大发展，不忘治污染""既要金山银山，又要绿水青山"……然而事实上却常常是每况愈下,积重难返。更何况,如上所述,绿色生活的意义,还远远不只是植树造林、保护环境层面上的。创造绿色生活,可谓任重道远。

其实,具体到一个公民,一个家庭,一个政府,"绿色生活"既是理念,更是责任和使命。如果说"绿色生活"是一棵大树,那么,它的根系生长在人们的心田,它需要芸芸众生心灵阳光的沐浴,心灵雨露的哺育。如果心灵是一片干涸荒芜的沙漠,那么,生活之树岂能长绿?绿色生活又怎能从天而降?如果心灵缺失绿色,"绿色生活"的口号喊得再响也是枉然。

绿色生活,从心开始。

(2010年)

日全食

我将不会忘记三月九日,这一天漠河发生日全食。

上午,和两位朋友约好八点三刻到其中一个朋友家去参观电脑,而就在八点半刚过,扬州地区可见的日偏食达到了食甚,而电视台正在预告,漠河地区的日全食在九点零八分达到日甚。我是一个守时的人,当然不能因为看日食而失约。于是我在观看了本地可见的最大遮盖度以后,急速下楼取车上路。心中在计算着:到友好会馆与两位朋友会合,再赶到念四新区那个朋友家,可以正赶上看到电视台转播的漠河的"彗星拜日"。

一路上明显感到天色比平时昏暗,因为毕竟太阳被月亮遮去百分之七十了。频频回头眯眼望日的同时,使我有点意外的是,街上熙熙攘攘的人们,并没有谁在观看正在发生的日食,哪怕只是往天上望一眼的人也没有。是的,也许是我自作多情了,小题大做了,可是这毕竟是本世纪末难得的天象奇观啊!从整个汶河路上,我只看见一个骑车的女子往太阳的方向望了几眼,她无疑是一个对日食有些兴趣的人。从她自行车上空着的小椅子可以判断,这是一位年轻的母亲。

友好会馆旁边聚着一群中学生,从校服可以看出是某中学的。他们在叽叽喳喳,一定是为难得的"放风"而感到开心无比吧?可是,令我感到十分遗憾和不可思议的是,他们中间竟没有一个人在观测正在发生着的日食,甚至没有一个人向着太阳望上一眼!是他们没有谁知道今天发生日食呢,还是他们对此根本就不感兴趣呢?是他们的老师在课堂上只字未提这次本世纪末的重大天文现象呢,还是眼下聚会的意义要远远大于那天象奇观的意义呢?我无法判断,只是心中有一种堵塞之感,觉得实在匪夷所思。

由于自行车刹车不灵,路上人又多,我迟到了两分钟。在预定地点没有找到两位朋友,我为他们比我更守时而自惭。于是直奔念四新区。一路上很担心赶到那儿看漠河的直播来不及了,便希望能在路边哪家店铺里碰到一架电视机,停下来看完了再去朋友家,我想这样的特殊迟到朋友是绝不会怪罪的。然而,我奢望了。一路上确实遇到了几架开着的电视机,但主人们都不在观看中央台的天象直播,而是欣赏着"咳哈嘀呀"的武打片。我想飞奔,却又怕一头撞上什么东西。这样的心急如焚还真不多。

一脚跨进朋友家门,一群人围看着的电视机上,"黑色的太阳"的右边已经露出了一道美丽的"月牙"了!我急切地问:"看见海尔-波普彗星了吗?"朋友们异口同声地答:"当然看到了。"我像泄了气的皮球,跌坐在椅子上。

次日,大小报纸都在一版显要位置刊登了日全食的报道。我唯有细细阅读,以弥补未能一睹直播的遗憾。同一天,我也看到了《扬州晚报》关于扬州人对这次日食关心者很少的报道。我清楚地记得,那位科协的人对一位询问者说:"你是第一个打听日全食情况的人。"这句话使我伤感多日。

(1999 年)

走投无路

　　看来,古话也难免有过时的时候。比如:大路朝天,各走半边。时下再这么说,起码是有些一厢情愿了。路再大,再宽,那是机动车道,是高速公路,别说你想走半边,就是挨一挨边,也无异于是找死,据说司机在高速公路上撞死行人是不负什么责任的。可见,大路朝天,不能沾边。

　　汽车增多无疑是好事,大路让给它们吧,我辈骑自行车就是了。哈呀,我可爱的城市,真是一个偌大的自行车竞技场,只是未免少了一点章法。骑反道的竟会对骑正道的大声呵斥,带人的车和懒散的警察居然能相安无事,呼啸而过的飞车表演则屡屡让人心惊肉跳。有人讥讽自行车大国却很少在世界比赛中称雄,他们实在是看走了眼。因为比赛总是比快,要是比慢或者比停呢?或许结果会不一样嘛。

　　当然,开车和骑车,都不是严格意义上的走路。走,得用两只脚才算。想当初身为乡巴佬,路几乎是由着性子走。"大道如青天",李白真会夸张,在他的笔下路和天一样宽广。何况,即使没有路也并不可怕。"其实地上本没有路,走的人多了,也便成了路。""敢问路在何方?路在脚下!"多么豪迈。后来进了城,一下子就不会走路了。又是铁栏杆又是红绿灯,烦死人。好不容易学会了,又忽然发现实在已无路可走。快车道上的车子越来越慢,终于停着不动。于是,拓宽,再拓宽,直至挖去安全岛,砍去行道树,取消人行道。我们走着的路已根本不能叫路,那是一连串的"屋檐下"。人过屋檐下,哪能不低头?于是,我低着头,唯恐碰了人踩了脚,踉跄的脚步画出丑陋的曲线,真是活受罪。这还不算,兜售的扯破嗓子,乞讨的前呼后拥,算命的拦住去路。好不容易到了宽敞处,出租车接二连三在我面前停了下来,莫非我连连摇手司机真的误以为是招手?从他们不满与不屑的神情看,仿佛我走路也成了罪过,不是穷鬼就是怪物。过马路了,要走斑马线,斑马线是生命线。有这么惊险的生命线吗?为什么汽车摩托车依然风驰电掣?斑马线是行人的线还是它们的线?我知道,我们迟早也会没有斑马线可走,过马路就像大城市那样上天(桥)入地(道)。谈何容易,把这许多路都造到天上和地下去。

眼下,走投无路的已不只是城里人,例证之一是用于封闭高等级公路的铁丝网屡屡被农民们扒开。城里人骂农民,他们却用俗话回敬:人不能把脚扛在肩膀上走路。细想想也是,农民们献出了土地,为国家造出了最好的路,不料想却挡住了他们为生计而奔忙的必经之路,真是于心何忍。国情如此,对那些盛极一时的轿车进入家庭之类的鼓噪,难怪老百姓会嗤之以鼻。其实,将慢车道上奔跑着的自行车统统换成小汽车放到快车道上,会是一幅什么样的动人画卷,以一个正常人的智力并不难判断,这就难免使人怀疑是不是有人在不负责任地瞎说。

(1999 年)

"打的"的夯货

我客居扬州二十余年,应该算是一个扬州人了。但我对扬州话的掌握总是不能满意,既不会说,也不能作完全准确的翻译,为此心中颇为自卑。题目中的"夯货"一词,就费了好几天的脑筋,还是拿不准,同时想用的词还有"假ZOU""愣种"两个。不知道到底哪个更为贴切?盼望读了下文内容的高人有以教我。

不常打的,却早已对某些"的哥""的姐"的所行所言深以为恶,于是屡屡"发夯",生出"愣劲",空惹了几多怨责与骂詈。

多年前我即开始走着上班。走着走着,就会有一辆的士慢慢靠在我身边,司机将头探出窗外:"走啊老板?"我是在走啊,只是我不是老板。见我摇手,司机一脸不屑,大约视我不是穷鬼就是怪物。

不知道怎么有那么多的车上充满了噪音与秽语?我实在不能忍受。如果上车放着什么音乐或歌曲,我会请司机关掉,他们却大多不情愿。某次那位女司机一路听着如何使性生活和谐的咨询节目,劝她关掉,死活不肯,最后我坚持中途下车,她不肯丢掉生意才被迫将收音机关了。至于对讲机里的打情骂俏与男女生殖器俗称,更令我忍无可忍,我会厉声斥责,常常弄得司乘两不高兴。

市内道路大多不许机动车掉头,因此我站在路边等车,反向的车来我是不会招手的。可是有的司机总是主动疾速调头,唧的一声停在我身边。这时我会拒绝上车,去等相同方向的车。挨骂是必然的,有时骂得响听到,有时车窗关得严听不到。有车不乘,我不知道我是不是该骂。

我虽是田舍郎出身,进了城却渐渐变得十分讲究干净,所谓"作怪"吧。本城内十分干净的的士实在不多,这使偶尔打的的我颇感烦恼。已经不止一次，拦下一辆车，开门见车内污渍斑斑，不忍下脚，于是关上门说"对不起你走吧"。有的司机不明就里，嘟嘟囔囔，白我一眼开走了。有的硬要问我怎么了，催我"走撒走撒"，我只好直言车子太脏。司机听了会瞪眼如牛，大惑不解。大概他们很少碰到此类情形，即使是"二八姝丽"也不会这样，何况我这个面目丑陋的半老头子。

还有一怪也让我糊涂。在并不抄近的情况下，明明是宽阔的大路司机却不去走，而偏要走拥挤不堪的街道，他们的理由是那边有一个红灯。红灯几十秒抵不掉无数次减速乃至一再停车吗？真是铁算盘。司机说，多数乘客都要从这边走。怪，我怎么又成了极少数。可是我死不改悔，命令司机从大路走，少不得又招来白眼与怨怼。

某年扬州城禁鸣了，我为之三呼。可是总有一些司机不买账，一路鸣叫，在下不免心中恨恨。有一次实在恨不过，朝那辆叫着的车招了招手。司机停车，见我并不开门上车，脸上有了狐疑。我靠近他，问："看到那个牌子吗？"路边的牌子上写着："违鸣扣证一个月！"司机立即起步走了，留下三个字："神经病！"我知道我会挨骂，并不生气。只是违鸣的车太多了，我挨骂事小，要是挨打事就大了，于是不再贸然招手。

我也有些讨厌自己，打的并不经常，怎么老是遇到自己不满意的景况？到底是别人的不是还是自己的怪异？有道是江山易改，本性难移，下次打的，弄不好还是发夯发愣。

(2004 年)

同顶一个毒辣日头

夏天来了，仿佛是一年一度的献演，女人们的心中一定在欢呼歌唱。她们可以一天换一只奇形怪状而又活泼可爱的帽子，她们可以借口遮挡阳光，故意将衬衣反穿着，把自己装扮得像小孩子一样调皮，一样让人怜爱。她们光足穿上貌似凉鞋的拖鞋，理直气壮地出入重要场所，不但让人们看到漂亮的脚，还让人们看到贴着花抹着油的趾甲。她们可以不穿裤子了，当然，她们穿裙子，穿林语堂用以比喻精彩演讲的越短越好的裙子，毫无顾忌地露出小腿与大腿。她们穿着吊带衫满街行走，裸露圆圆的臂，白白的背，甚至肚皮与腰。她们自己旁若无人，反而倒让别人感到不好意思。

夏天来了，就像是年复一年的苦役，男人们的心中一定在不停地诅咒。他们上班前从一条短裤头开始，一件件往身上添加，还要穿上袜子，最后穿上皮鞋。早几年还看见有男人穿凉鞋和西装短裤上班，如今谁也不敢了。他们简直买不到一顶合适的帽子，又不能打伞遮阳，因为那样会被骂成"二姨娘"。他们唯恐衣服颜色太浅太艳影响了庄重，连多解开一粒衬衫扣子也会犹豫踌躇。他们居然提出将西装和领带放在家里的奇怪口号，简直匪夷所思，让人怀疑是不是热昏了头。他们一到家便三下五除二，终于又只剩下一条短裤头，真不知他们一路上是怎么过来的。

女人和男人一同走在街上，头顶着同一轮毒辣的日头。你们互相多看几眼吧，要不女人的少穿与男人的多穿不是同时失去意义了吗？女人们，不要耻笑男人们傻乎乎的样子，不要看见他们汗湿的衬衫沾在背上却无动于衷，他们何尝愿意穿得这么长这么厚这么多。男人们，不要光顾着看女人们漂亮的样子，如果看见她们的文胸带子露出无袖衫，或者她们不慎忘了拉上腰间的拉链,你们都应该友善地轻声提醒,而不要不好意思,更不要幸灾乐祸。

(2005年)

女人要脸

文章的题目容易让人误会，以为在下我要劝诫女人们要有羞耻之心。那不行，要说羞耻心，也要先说男女平等，男女都要有。很小的时候，在下就听一位老师经常告诫："人要脸，树要皮，蟹要脸，躲洞里。"老师强调人要脸面，知羞耻，当时就没有分男女。女人也是人，当然也要脸。

在下说"女人要脸"，有这么几个意思——

一、女人要脸，要知羞耻，这是普遍意义，无须在下多说。

二、女人要脸，要漂亮，要不就优势大跌。有句话叫"干得好不如嫁得好"，算是不但说到点子上，而且说到骨头里去了，足以入选开放三十年重要语录。

三、女人要脸，就要化妆，就要像画画一样在脸上画，但并不是人人都是画家，有的人是艺术学院水平，有的人是幼儿园水平。加上情况复杂，如果"麻袋绣花——底子太差"，水平再高也白搭。我看韩剧，把母女看成了姐妹，遭到讥笑。我既对韩国导演的瞎胡闹大为不满，又对韩国的美容业大为赞叹。

四、女人要脸，不但要脸，还要有其他，有胸，有臀，有腰，有臂，有腿。可是，这些被不少女人大卸八块弄没了，只剩下了一张脸，脸就失去依托，变成一张搁在一个什么架子上的画（或面塑之类）。

五、女人要脸，要身，还要"心"。汉语传统意义上的心，不是得不得冠心病的这颗心，而是脸面包着的脑子。脸面要包藏善心、爱心，而不能包藏恶心、祸心。因这一点不只是适用女人，所以不需详说，否则又有性别歧视之嫌。

在下想，如果一个女人，有漂亮的脸，有漂亮的胸和臀，又有漂亮的臂和腿,那已经近乎完美了。当然这说到底还只是肉体上的完美,如果她还有漂亮的心,那无疑就是最"有头有脸(脸面)"的人了,料想天使和圣母也不过如此吧。当然,天使和圣母只是人们的偶像,然而,人们正是向着偶像的方向看着和做着的。

在下知道,我们对一件事,要想清是很难的,要说清那就更难。"女人要脸",含义深深,在下只能略陈皮毛而已,徒增笑耳。

(2009 年)

千万别跟臭男人们握手!

我本来是一个乡下人,如今差不多变成城里人了,尽管我并不以变成城里人为目标和自豪。早年,我做梦都想成为一个城里人。城里人穿着漂亮的衣服,举止优雅,浑身散发出香喷喷的气息。哪像我们乡下人,一年到头脏兮兮,臭烘烘。想当初,去到上海滩,听到高傲无比的女郎用上海话骂一句"乡下人",那是很伤很伤自尊的。

那时候,"城里人"和"国家户口"是同义词,因此区分乡下人和城里人的标准很简单,看你是不是国家户口就可以了。但是,如今情况变得复杂起来。同是在城里,很难区分城里人和乡下人了。如果还用户口的标准,简直就乱了套。那就用文明与野蛮作为标准吧,谁知更乱套了。如果用文明与城里人划等号,用野蛮与乡下人划等号,那你很快就会发现,有很多原先的乡下人早已比城里人还城里人了,而大量的城里人则变成乡下人,有不少则比乡下人还要乡下人。我说会乱套吧,但我相信看官一看就懂,也就不加什么引号啦。

以我所见,乡下人有很多陋习。陋习之一,就是几乎不洗手。我老家最典型的例子,是瓦工到了收工吃饭,不能洗手,说是一洗手会把喜气、财气之类洗掉。于是,他们从屋顶上、断墙边、灰坑旁聚拢来,拍拍沾满泥灰的双手,围坐到桌边就开心地吃饭。

有一个做官的朋友,和我说起过一件事,至今不能忘记。那是上世纪八十年代,两岸关系开始松动,家乡也有台湾人回来探亲。这位朋友的村上,回来了一个台湾人,一连几天找不到地方出恭,怨声迭出。因为那里的农民就在露天的粪池边大解,台湾人无论如何也蹲不下来。这并不稀奇,我们从小就是这样过来的。蹲在茅坑边,泰然自若,怡然自得,有人经过,还友善地打着招呼。

无疑,乡下的男人是臭男人。即使他洗手又怎么样,他一年到头与脏东西包括臭大粪打交道啊。

我进入城市凡三十二年,根据我逐年不断的观察,城里也有不少臭男人。当然,这也缘于此间我对划分臭男人的标准也在不断变化。我认定,臭男人绝不是按乡下人还是城里人划分的。乡下人不都是臭男人,而城里人也不乏臭男人。

臭男人的著名特征之一,就是上厕所拉屎撒尿之后竟然不洗手!早先在乡下,我也是这样的男人,但那时候谈不上什么臭不臭,因为不和城里人打交道,臭者自臭吧。到了城里,养成了洗手的习惯,于是积习不改,这可是好的积习。可是,我越来越发现不少或很多男人上完厕所,路过水龙头视而不见,扬长而去。

哦,真可怕。

自助餐是个文明的东西。可是,有了臭男人,自助餐就变得很恐怖。臭男人们刚上完"洗手间",却并没有洗手,径直走进餐厅,用刚刚掏过那话的手,拿起盘子,操起菜夹,抓起汤勺……五星级又有什么用呢?给臭男人们糟蹋得还能有食欲吗?我好不容易找到了一种吃自助餐的办法,拿上一双筷子(注意,要拿臭男人没有碰过的,这也是不容易的),而后去撮菜,再也不碰那些菜夹、汤勺啦。

握手是西方来的文明。中国人早先是以作揖为礼,在"非典"流行时有过短暂复辟,又很快退出了社交场合。于是,我常常是刚刚洗了手,精心烘擦过,迎面过来了一个臭男人。不得了,还是长者或官员,他刚刚摸过那话的手热情地伸过来了,握还是不握呢?不能不握呀!没有选择啊!好,握一下,脸上堆着笑,心里骂一声"臭男人",立即回到洗手间重新洗手。

女士们,先生们,只要躲得过,千万别跟那些臭男人们握手啊!我的话完了。

(2010 年)

"马桶盛饭"不再是故事

"小食品包装是'马桶''垃圾桶',食用起来会是什么心情?可最近,南京、扬州一些超市和卖场就出现了这样一些冠之以'疯狂马桶''老鼠垃圾桶'标签的玩具糖果,并自称是'开发儿童想象力',引起了部分消费者的争议。"看见报纸上的白纸黑字,还有清晰真实的画面,我真以为是大清早遇见了鬼。

立即想起了从小就听过多遍的民间故事。话说有一家人,为"眼不见为净"还是"见水为净"展开激烈辩论。持"眼不见为净"观点的是小媳妇,包括公婆在内的其他人则都认为"见水为净"。小媳妇败下阵来,成了孤家寡人,但她最终以独特的方式证明了自己的正确。在稍后的一次大宴宾客时,小媳妇做的白米饭特别香,客人们胃口大开,赞不绝口,公婆也喜上眉梢。小媳妇说:"好吃大家就多吃点吧,我把饭桶端桌上来。"她端上的是一只装着米饭的马桶。场面可想而知,小媳妇却镇静地说:"不是说见水为净吗?这只马桶我可是洗了又洗的,你们尽管放心吃呀!"故事有着农民式的幽默,遗憾的是它在支持小媳妇的同时还是支持了愚昧的观点。

农民喜欢使用朴素而直率的语言,便常常陷入以毒攻毒的不文明。在我的家乡,最恶毒的咒骂莫过于:"是吃屎长大的吗?"马桶里应该装什么,思维正常的人都会很清楚。天翻地覆,时过境迁,见怪不怪。可是真的有人以马桶盛饭,开发出了"疯狂马桶",并且说是为了开发儿童想象力,还是着实令人蓦然惊悚。必须承认,此类产品开发者的想象力确已极其超常。恕我刻薄,恐怕真是吃了马桶里的东西,才能生长出这样的超常想象力吧。这个世界还会出现什么?已经看到报道说外国人造出了女人红唇样的小便池,令许多人不忍解溲。不知下面会不会开发出饭碗或咖啡杯形状的马桶？缺乏想象力的我辈是不能预测的,还是拭目以待罢。

(2005 年)

恪守与放纵
——读《廊桥遗梦》

沃勒的《廊桥遗梦》位居美国金奖畅销书榜首,好莱坞也已拍成了由著名影星出演的同名电影。这本描写一名云游四方的摄影师和一名乡村女性浪漫奇遇的八万字的小说,被称为"触动了美国人的神经"的作品。它从文学的角度为困扰美国社会的"中年危机问题"提供了一种解读方法,促使美国人重新考虑真爱和婚姻生活的种种问题。《廊》书三年内在全球印行一千万册,中译本也印了十五万册外加若干疯狂的盗版。众多中国读者特别是女性都毫不讳言读后曾泪下潸然。看来,这本惹得世人争说的书,也"触动"了美国以外其他国家一些人的"神经",激起了人们对相关问题的思考。

当对罗伯特·金凯和费朗西丝卡这样的中年男女的恋情的一味指责与唾弃成为古板甚至可笑之后,人们无非是两种选择:恪守与放纵——后者似乎更为时髦与新潮。于是,不由分说地、毫不犹豫地砸碎婚姻的"枷锁",成为诸多"为自由而奋斗"的人的"义举"。痛快则痛快矣,而自由与幸福却仍如大旱之望云霓。罗伯特·金凯几乎是完全意义上的自由人,他可以做到一切,包括向费朗西丝卡的丈夫说明详情,尔后带着爱人四海为家。但他没有这样做,他是真正尊重女性的,他没有占有欲,他能做的就是对恋人的至死不渝却又绝不相扰。弗朗西丝卡的两难情境,或许就是使诸多女读者凄然泪下的最终原因。她选择过放纵,更选择了恪守。前者是偶然的、短暂的,后者是最终的、永恒的,而两者都是坚定不移的。然而,正是那瞬间的放纵造就了生命与爱的永恒,得到的亦即失去的,痛苦与幸福相辅相成。两位主人公告诉人们,失却了喷发的激情,就无所谓真爱;而失却了责任感的管束,任何真爱也只会误入歧途。——这是把握不住恪守与放纵尺度的大男子主义者与伪女权主义者永远无法理解因而也永远无法做到的。相爱在廊桥的一对中年男女,以牺牲一生幸福的沉重代价,宣告了那些号称"海枯石烂""地老天荒"的爱情的虚假与浅薄。弗朗西丝卡做对了,她的女儿在得知已故母亲的那段恋情以后这样说:"我们这样随便对待我们的婚姻,而这场非凡的恋爱却是因为我们而得到这么一个结局。"作者的目的在很大范围和程度上达到了,那些流着泪的读者或许懂得了应该以什么样的责任来善待爱情,善待恋人,善待婚姻与家庭……

《廊》书是通俗的,它经不起理论家们这个"主义"、那个"框架"的条分缕析。然而它却提示了不惟为美国人、更为全球人所关注的社会问题,因而以其简洁的内容和方式赢得了读者,风靡于全球。在众多人为礼崩乐坏、人心不古而慨叹、而愤怒、而无可奈何的今天,无论是写者还是读者,花几小时读一读这本小书,大抵都会得到些许属于自己的收获。

(1995 年)

对生活的渴求

——读《梵高传》

新近看到一则短文介绍美国人衡量"名著"的六条标准,十分赞同。我想其实这些标准也是世界各国的人们所公认的,比如:读者多,通俗,经得起时间考验,有教育意义,等等。用这些标准来衡量,欧文·斯通的《梵高传》作为名著是当之无愧的。十五年前它就被翻译成八十种文字,销出二千五百万册,足以说明它的读者之多;只要是粗通文墨的人就能读懂它并被它所吸引,充分说明了它的通俗程度;至于时间的考验,此书诞生距今已经六十多年而长盛不衰,也大抵可以证明了。

当然,具有教育意义或许是最根本的一条。而《梵高传》的教育意义绝不是通过什么说教式的口气或方式表现出来的,因为作者牢记这是一本传记小说。

作为十九世纪末欧洲最杰出的艺术家之一,梵高热爱生活,渴求生活,他把从事艺术创作视为献身人类的一种方式。他对艺术家头衔的理解是具有反叛意义的:"艺术家难道意味着——卖?我认为艺术家指的是一种始终在追求,但未必一定有所收获的人;我说我是艺术家,我的意思是'我在追求、我在奋斗,我全心全意地投身于艺术中'。"梵高的追求在常人看来是匪夷所思的。他对艺术追求的痴迷和执着,与他早年不惜每星期都要跑上两天两夜去看望一个单恋着的姑娘的倔强精神如出一辙。他常常几天不吃一口东西,却在贫病交加中一天也不停笔。在他不为别人所认识时,他是一个彻头彻尾的失败者,然而他却"失败的次数愈多,就愈兴奋"。世事就是这般奇妙,梵高的一次次失败,居然在他身后被证明其实是一次次成功!然而,相比之下,梵高成功的代价委实太大了。试想,与他一样享有盛名的艺术家,有几个尝了和他一样多的艰辛磨难,受了和他一样多的挫折坎坷,对贫苦人民怀有和他一样深切的关怀同情？梵高一生中不是去资产阶级上流社会的客厅沙龙为绅士淑女画像，而是去矿井、野外，去矿工的棚屋、织工的茅舍，去三等列车的候车室寻觅描绘的对象。正因为如此，他的画才洋溢着生活的激情，富于人道主义精神，表现出他心中的苦闷、哀伤、同情和希望。

　　明明是欧文·斯通写了一本绝好的书，但他还是谦逊地说："永远要记住，是温森特的身世打动了读者。"而温森特·梵高的一生又被作者概括为这本书英文原版的题目："对生活的渴求。"渴求生活的人无疑是众多的，这一定就是这许多年来许多人被《梵高传》深深打动的原因了。

（1997年）

文学家写的艺术史
——读《人类的艺术》

我对艺术实在懂得很少,而且讨厌的是那些大部头的书又几乎读不进去。房龙的《人类的艺术》让我摆脱了尴尬,走了捷径。郁达夫早就说过:"房龙的笔,有这一种魔力,但这也不是他的独创,这不过是将文学家的手法,拿来用以讲述科学而已。"然而,房龙做得这样好,好像还没有发现半个多世纪以来有谁超过了他。读了《人类的艺术》,可以通过鲜为人知的逸闻、趣谈和掌故,轻松愉快地了解人类有史以来的艺术史概貌,这使我对那些枯燥无味的"专著"作者是否真正弄懂了他们的学问产生了怀疑。不过,读《人类的艺术》这本书,如果仅止于了解史实,我们就未免有些辜负了房龙。

房龙告诉我们什么是艺术。自然界与人类接触是通过万物,人类则以对万物做出反映来表白自己。房龙认为,这种"反映"和"表白"——音乐、绘画、建筑、雕塑、舞蹈等——就是艺术。正因为如此,房龙才不愿花多少气力去为人们提供太多琐碎的史实,而是着力于使读者"从音乐或绘画这类东西得到乐趣"。

房龙告诉我们什么是最高的艺术。他反复强调,"一切的艺术,应该只有一个目的,即克尽厥职,为最高的艺术——生活的艺术,做出自身的贡献"。换句话说,一切艺术都要为美化人类的生活服务,为此房龙在书中一再批判"为艺术而艺术"的口号,他居然能在五十年前就猛烈抨击广告牌给乡村景观带来的丑恶。

房龙告诉我们什么是艺术家。他认为,真正的艺术家几乎完全是一个很孤独的人,他们视个性为最宝贵的财产;然而他们又是很简单的人,只知埋头创作,对自己的作品好比对热恋的女人一样倾注全部的爱。用这样的眼光,我们从《人类的艺术》中看到了伦勃朗、梵高、贝多芬等房龙刻意塑造的真正的艺术家的丰满形象。

房龙还告诉我们很多很多,比如纯民族主义的艺术是不存在的,比如在"时间就是金钱"的口号下产生不了伟大的艺术,比如东方艺术对西方艺术的影响可谓"恩重如山",等等。

当然,房龙并不企望所有的人都喜欢他的书,就像他认为艺术不可能让所有人都成为知音一样,他要寻觅的是这样一类伙伴:他们"偶尔可以少吃一顿正餐与早点,但他们认为,如果在生活中,不能从音乐或绘画这类东西得到乐趣,这种生活,就毫无价值"。我感到惭愧,作为一个忠实的读者,我又能在多大程度上有资格成为房龙的知音呢?

(1998年)

光忏悔还不够

上海有个办得颇有些档次的东方书林俱乐部,定期在《文汇读书周报》上公布售书排行榜。七月份位居榜首的书是韦君宜的《思痛录》,我感到欣慰,因为我刚刚拜读了这本书。在人们进行一系列纪念活动的时候,我真希望有尽可能多的人用读一读《思痛录》的方式,来完成这些纪念。

《思痛录》只有十二万字,它虽然称不上是中国的"运动史",但半个世纪以来举凡造成重大伤害的运动,它基本上都涉及了。其至真至诚,其大彻大悟,其忧国忧民,其言简意赅,都是多年来所不曾见到的。从这本书的字里行间,我真切地看到了一个年届八旬的老知识分子的良知。人们呼唤良知,然而出于良知的直言常常不合时宜,这或许正是《思痛录》"书稿暂时搁浅"的"种种原因"中的一种罢。这本书今年终于得以出版,但愿不只是作者的亲家牧惠先生"尽快设法找出版社"的结果,更是某种"气候"信息的透露。

我经常喜欢使用"反证法"。既然《思痛录》的出版曾一度受阻,说明它至少有一些话不合时宜。于是我就在书中留心找起来,把一些"尖锐"的语句都划上杠杠。不妨举几个例子。"真正使我感到痛苦的,是一生中所经历的历次运动给我们的党、我们的国家造成的难以挽回的灾难。""抢救失足者"运动中居然"发现出六岁的小特务","太荒谬了!""我痛苦的觉得,我那一片纯真被摧毁了!""三反五反"中挖出了贪污了五角钱的"老虎",作者从这时开始,"继承了那个专以整人为正确、为'党的利益'的恶劣做法"。胡风冤案,"当年把这样的胡说八道当作中央文件,大字刊载在全国报纸上",而直到案件查明的九十年代初,人们"只能从杂志上看到当时的一点点真相"。面对反右风潮,作者慨叹:"参加革命之后,竟使我时时面临是否还要做一个正直的人的选择。这使我对于'革命'的伤心远过于为个人命运的伤心。"到了"反右倾运动",作者方知"荒谬、黑暗、冤屈""并不是只发生在文艺界",从此"真正自己把自己的威信整垮了",作者直言:"让老百姓挨饿有罪。"一九六二年刚缓过气来,"就又戴上放大镜找起'敌人'来",习仲勋因"利用小说反党"被整倒了,作者方知"原来就连老红军也并不是那么绝对受信任的",这样"加罪于人的路子就越来越宽了"。于是,疯狂的"文革"就不可避免地发生了。作者写道,把"文革"中人们"所受的一切冤屈,都归之于'四人帮',这够了吗?我看是还不够"。因此,作者特意写了《十年之后》一章,述说人们是怎样深受"左"的影响而丧失自我的,人们"已经不习惯于做一个平等自由的人,也不能以平等之心待人了"。如此等等,我横竖弄不清到底是哪些话不合时宜,于是想起十多年前的一条"规矩"。那时节我们党史教师被反复叮嘱,在叙述历史上那些错误时,不准用"荒唐""荒谬""违背常识"等评价。《思痛录》莫非是犯的这一忌?时过境迁,我又怀疑是自己过于多心了。事实上,我以为上面所引的话正是《思痛录》所触及的"痛点",是值得人们细细回味的地方。

作者为自己"由被整者变成了整人者"而一次次深深忏悔,进而痛切地呼吁:"光忏悔还不够,应当认真深思造成悲剧的根源。"然而,设若有的人连些许忏悔也不肯,又遑论其他呢?

(1998年)

告别"一种声音"

如果冷不丁向人们发问:"请归纳出当今中国有哪几种不同的声音?"我想一定会得到许多有意思的答案。凌志军和马立诚做出了一种归纳。这两个人我们都熟悉,去年初他们合作了一本《交锋》,一时间闹得沸沸扬扬。如今,他们又合作了一本《呼喊》,看样子也已闹得扬扬沸沸了。

凌、马二位将"当今中国的五种声音"作为《呼喊》的副题,让人不由自主地在阅读之前,先作出自己或清晰或朦胧的归纳,而后边读边将自己的想法与作者的说法进行对比。这对比的过程,就成为了解、认同、接受、赞赏,或者挑剔、怀疑、否定、批判的过程。把二十年来中国的思潮概括为五种——"主流的声音""教条主义的声音""民族主义的声音""封建主义的声音""民主的声音",到底合适不合适,准确不准确,完全可以讨论争鸣,何况作者已经有言在先:"所谓'五种声音',只不过是对'多种声音'的一种表述方式。"总之,《呼喊》和《交锋》一样,是一本难得的引人思考的书。走马观花,图书市场汗牛充栋,真正贴近时代而又引人思考的书又有多少呢?

《呼喊》同样不乏"内幕"。比如,汪东兴说,邓小平"马列主义水平不高","他那两下子比我们华主席差远了";比如,戏剧家吴祖光在政协会议上说,陈希同"应当被判处两次死刑";又比如,周扬面对胡乔木斥责:"这样做法不正派,不正派,这样做法不正派。"书中许多材料都令我们耳目一新。要了解历史,就要占有材料,《呼喊》满足了人们这一基本需要。

然而,《呼喊》绝不只是靠"内幕"取悦读者。不错,它确实列举了许多鲜为人知的第一手资料,同时还不厌其烦地引用了大量不同的观点,供读者去评判鉴别。然而,它更有作者自己的鲜明立场。你看它对"左"祸的控诉:"今天我们回看极'左'思潮统治下的无数冤魂,可以发现他们其实都是受害于一种共同的罪恶,这就是,仅仅凭藉思想来定罪,并且大范围地使用政治运动甚至专政的手段去压制和消灭不同的思想。然而这一罪恶所产生的后果,还不仅仅是造就了无数冤魂,它还深深地扭曲着我们国家的社会风气和政治风气。"你看它对义和团历史的反思:义和团"盲目排外、笼统排外的民族主义,以及排斥近代生产方式、排斥科学技术的愚昧封闭,则具有明显的落后性,阻碍了中国的前进和发展。义和团反对改革(戊戌变法)的取向,也是一种历史的倒退,令人痛心"。你再看它对不问国事倾向的忧虑:"那个时候,文人们无论是非正误,总还有着一腔热血,现在,人们的行为则更多出于利益的动机,至于热血沸腾地指天说地,很多人都会认为那是傻瓜。"类似这样的赤诚之言,书中多处可见,令人感动,发人深省,催人奋起。

去年,一本题为《一九五七年的夏季:从百家争鸣到两家争鸣》的书,让人们感到了历史的压抑和沉重。我们曾经长时间被禁锢于只许"一个声音"的岁月,万马齐喑的寂静使人们时刻牢记出言不宜会有性命之虞,人们早已习惯于三缄其口。终于,我们告别了"一个声音"的时代。邓小平的警告叫人刻骨铭心:"一个革命政党,就怕听不到人民的声音,最可怕的是鸦雀无声。"有谣传说《呼喊》是在北京出不来才在广州出的,我个人宁肯不信这种谣传,因为如果真是那样,岂不等于说被这本书所赞颂的"多种声音"的日子还没有到来?我完全同意作者所说:"既坚持'主旋律',又最大限度地体现我们的包容度,对于国家和民族的进步,一定是好事而不是坏事。"

(1999 年)

海明威的胜利观

写于近半个世纪前的《老人与海》也差不多老了,如今却仍然卖得很俏。看来绝不只是这篇小说给海明威挣得了诺贝尔文学奖的缘故,事实上读者对很多获奖作品并不买账。一九五四年的评奖权威们的授奖理由是:"因他精通于叙事艺术,突出地表现在他的近作《老人与海》之中,同时也因他在当代风格中所发挥的影响。"这与五十年后《老人与海》依然大受欢迎似乎也不大沾边。那到底是什么原因呢?我以为是小说中塑造的硬汉形象,以及海明威通过这一形象所表达的胜利观。

主人公桑提亚哥是一个典型的硬汉,他被各种形式的挫折、失败所笼罩,但始终顽强、坚韧地与失败做斗争,百折不挠。其实在桑提亚哥的心目中,他与大鱼谁胜谁负、谁死谁活都是次要的了,他追求的是谁杀死谁的过程。他对大鱼的态度,简直是一种近乎宗教式的虔敬:"兄弟,我从来没有见过一种东西比你更大、更好看、更沉着、更崇高了。来,把我给弄死吧。管他谁弄死谁。"这个十分简单的故事,蕴涵着非常朴素而深刻的道理:面对困难,只有不屈不挠地去斗争,生命才有意义。

然而,失败了怎样,胜利了又如何呢?桑提亚哥的"胜利"又引导人们进入更深层次的思考:人类经常面临的恰恰是失败而不是胜利,何况失败与胜利往往只是毫厘之差,甚至根本难以区分。老人杀死了大鱼,但他却变得僵滞起来,丢失了与大鱼搏斗时的强大活力和必胜信心。没有了对手,就谈不上什么目标与欲望,没目标与欲望还谈得上什么胜利呢?因此,胜利常常等于失败。那么,胜利与失败的意义又在哪里呢?海明威说过:"人生来就不是为了被打败的。人能够被毁灭,但是不能够被打败。"大鱼虽然被消灭了,但桑提亚哥并没有真正击败它。一群鲨鱼吃掉了老人的战利品,老人只带回一具鱼骨骼,他显然在鲨鱼面前失败了。然而,海明威却通过老人光荣的失败,热情讴歌了他那顽强的战斗精神。可见,浅显而机械地追求胜利还是失败的结果,是没有多少意义的,关键在于战斗与奋进!勇敢的战斗与奋进着才是最伟大的胜利,这就是海明威的胜利观,简单而又深奥。

  于是我们不难理解,海明威这个在两次世界大战的战场上一而再再而三地受伤也从不退却的硬汉子,为什么晚年却在丧失写作能力后毫无畏惧地向自己的脑袋扣动了扳机。有人说,海明威的悲剧就在于为了不甘心被打败而选择了自我毁灭的结局,我却以为,这正是他特立独行之所在:不奋斗,毋宁死。

(1999 年)

日月经天　江河行地

世事的演进真是波谲云诡，不可逆料。我们这一代人，经历了一段中国传统文化被发掘和传承、被批判和糟蹋、被昭雪和弘扬、被质疑和抛弃等种种悲欢离合、眼花缭乱的重要过程，可谓饱经苦难而又三生有幸。我们从荒漠中穿过，进入百草丰茂的绿洲后继续前行，无意中成为可遇而不可求的历史见证人。那么，我书架上的那本《论语》，就完全有资格充当一段民族史和我个人生活史的物证了。

王氏虽称得上是望族，可我却出身于文盲之家。奇怪的是，睁眼瞎的父亲，竟也偶尔冒出一两句"之乎者也"，什么"三人行必有我师焉""温故而知新"，等等。见我们不懂，老头子强调指出："这是孔夫子说的！"因此我从小就知道孔夫子是比脾气暴躁的父亲至少厉害一百倍的人。然而，转眼间"文化大革命"开始了。在这场以大革文化命著称的"革命"里，我在听说孔子是古时候的大坏蛋的同时，还知道了当代第一号大坏蛋刘少奇在他的"黑《修养》"里曾引用过孔子的话。又转眼间，开始了"批林批孔"，开会、广播、演出，不一而足，有一则快板我居然至今没忘："孔老二，坏东西，当面讲仁义，背后杀奴隶……"足见其深入人心。可是，已经有相当多的中国人心里明白，孔夫子不是坏东西，是一帮坏东西居心叵测地往他头上扣屎盆子。圣人蒙尘，黄钟毁弃，瓦釜雷鸣。

噩梦终于醒来，我于一九七八年秋进入南京大学读书。就在这时，老校长匡亚明向全国高校倡议重新开设"大学语文"课并在南大首先实行，我有幸躬逢其盛。教育家匡老本身也是一位孔子研究专家，他后来出版的《孔子评传》一书影响甚大。老校长关于孔子的一段话我终生不会忘却。他说：我们为二千年前有孔子这样的祖先而引以为荣，打开《论语》，卷首三句话就驳不倒——"学而时习之,不亦说乎?"可谓字字皆碑,我们应像孔子那样好学一生;"有朋自远方来,不亦乐乎?"孔子是通过朋友带来的信息进行调查研究;"人不知而不愠,不亦君子乎?"孔子认为人家不了解你不要抱怨,你有学问迟早会有人赏识的。孔子在二千多年前能说出这三句格言,不愧是一个伟大的教育家、思想家。匡校长对刚刚被"平反"的孔子如此推崇,给我们这些"垮掉的一代"的心灵以巨大震撼。我在大学里得以完整阅读了一些有关孔子的书籍,当然包括《论语》,我终于比较清楚地认识了历代被尊为"圣人"的孔子。孔子被糟践,乃国之悲哀;孔子被正名,是国之幸甚。正是:"必也正名乎!""名不正,则言不顺;言不顺,则事不成。"

曾几何时,各种思潮、各种流派像雾一般涌来,这种反拨成为长期思想禁锢之后的一道亮丽风景。中西方文化发生着激烈的碰撞、交锋和无声的渗透、融合。二十年来,记不清有多少个夜晚,我几乎是下意识地捧起杨伯峻的《论语译注》在灯下静读,写下我愚者千虑的批注。红的、蓝的,钢笔、铅笔,这本书已是五彩缤纷。有一位皇帝说过"半部《论语》治天下"的话,委实言简意深。孔子关于"仁"的哲学思想、伦理思想、政治思想以及有教无类、诲人不倦的教育思想,我们可以不懂,但绝对不会因为我们不懂就影响它的巨大价值。

在此我想用有限的篇幅引用几句《论语》语录以示重温,括号中是匡亚明先生的翻译。"巧言令色,鲜矣仁!"(讲漂亮话,假装正经,很少是品德完美的人。)"举直错诸枉则民服,举枉错诸直,则民不服。"(把正直的人安置在邪恶者之上,老百姓就会心服;把邪恶的人安置在正直者之上,老百姓就不会心服。)"见贤思齐焉,见不贤而内自省也。"(看见贤德的人就想向他看齐,看见不贤德的人就反躬自问有无同他一样的毛病。)"德不孤,必有邻。"(有德的人不会孤立,一定有志同道合的人与他相伴。)"不义而富且贵,于我如浮云。"(那种通过不正当手段得到的金钱和地位,对我来说就像空中的浮云。)"后生可畏,焉知来者之不如今也?"(年轻人是可敬畏的,怎知他们将来不如现在的一辈呢?)"欲速则不达,见小利则大事不成。"(图快反而达不到目的,贪小便宜就做不成大事。)"志士仁人,无求生以害仁,有杀身以成仁。"

（志士仁人不因贪生而损害仁的高尚品格，只应为维护这种品格而牺牲自己的生命。）

　　无论世界变得怎样天翻地覆，也无论学问做得多么深奥无比，总有一些东西是万古不变的，比如求真的人心、向善的人性、爱美的人情。那么，就总会有一些东西永远不会失去它们的价值，就像太阳和月亮运行于苍天，就像长江与黄河奔流于大地，比如孔子，比如《论语》。

（2000年）

笑着回首
——代后记

十年前的岁末,我在《扬州晚报》上发表过一篇题为《回首》的千字文章,文中说:

> 回首也是一种修炼罢,要不然怎么会如此伤神。超凡脱俗决不是一天两天的事,也不是一年两年。明年的此时再回首。一次次回首,构筑成一个酸甜苦辣咸的人生。
>
> 当我们须发似霜,漫步在如血夕阳里或是在如诉的清风中,我们的脑海里,一定会将那些岁末的回首似有似无地串起,不慌不忙地慢慢拾掇那些沾满尘土的记忆碎片。真不知那时候想起的会是些什么。

我写《回首》,是人到中年的必然状态吗?但愿不是我的心态出了毛病。其实我知道,文字中的淡淡忧伤,只不过是作者心境的一个侧面,就像我们的一声哼唱、一声叹息一样,并不能代表我们心情的全部。

如今,我虽未头童齿豁须发似霜,却要拾掇那些记忆碎片,作一次新的回首了。

艰难的"逃离"

我多次对女儿说,你们比我们幸运,现在的社会,风险大,危机多,但机会也多,不像我们,在职业上选择是如此艰难。事实上,在大一统的计划体制下,"选择"二字在很多人的经历里是不存在的,或者说它仅仅是字典上的两个字而已。

于是,我和很多人一样,有过很多次"逃离"的企图。

当初高考填报志愿，其实也很偶然。原来我是想报考医学院的，因为考前我正当着赤脚医生。后来复习时间来不及了，才改考文科。分数公布后填志愿，第一志愿准备填南京大学，专业志愿填哲学、历史两个。填正式表格时，顺序写错了，误将历史专业写在前面，就没有再改。可见我当时根本没有什么专业理想，只要能上大学脱离苦海，拿上"国家户口"，就是我真正的"第一志愿"。正因为如此，我不顾任何"身价"，在是否愿意录取其他院校、其他专业，甚至是否愿意录取中专的栏目内，一律写上"愿意"。心中也感到屈辱，但也坚信这绝不只是我个人的屈辱。

毕业时公布分配方案，扬州地区人事局有两个名额。有道是"哪里来哪里去"，谁都看出来有一个名额是我。困兽犹斗，我还丢人现眼地求过一次人。我的朋友陈红民说了一句让我终生难忘的话：王虎华呀，我第一次发现你的笑是这么难看！我绝望了，连一个谄媚的笑都做不出，还指望什么呢？（见《求人》）

怀着一颗惴惴不安的心来到扬州地区人事局，得知被分配到中共扬州地委党校。我不是党员到党校工作？我担心有些不妙，事实果然如此。于是赶快进步，总算在三年后入了党。

有一位同事，教学与科研都很不错，学校安排他在县处级干部培训班讲课。可是某老教师坚决不同意，到组织部去参了一本，说，县处班是党校主班次，不是党员，也能给党员领导干部上课吗？组织部查问，学校只好将那位同事撤换了。可怜如他，讲稿写了一大摞，备课花了好多天，都做了白工。

此某老教师是教研室主任，党小组长，苦大仇深，德高望重。上至校长，下至公勤员，他都关怀备至，经常敲打，从不懈怠。尤其是对年轻教师，在入党、提拔、评职称等重要关节上，几乎都要被他整顿修理一番。话说有一次，我参加一个纪念抗战四十周年研讨会回校，经过他的办公室，难免寒暄几句。他问我拎着一摞什么，我说是会议材料，已经翻过，没有什么东西。他当时没说什么。日后，在一个十分正式的会议上，他严肃地说，一个研讨会的材料，竟然会"没有什么东西"？年轻人未免太不谦虚了吧？把我批得背上凉飕飕的。

在党校这样的气候里，我显然不适应，于是就想"逃离"。

先是冒出了考研究生的念头。虽然我曾为自己在大学里胸无大志，没有报考研究生而后悔与惭愧，但细想想就不是这回事了。想当初，我读大学时吃饭零用全靠甲等助学金，大的开支靠哥哥支助，做梦都想着早早毕业拿工资，怎么可能还去读什么研究生呢？

领导开始是关心我，说，真的舍不得让你走。后来见我铁了心准备报考，领导也就铁着面和我摊牌，说，不可能，我们不会同意的。真是出师未捷身先"死"，其实我能不能考上，连自己都十分怀疑。既然这样，死了心也好，免去落榜的难堪了，从这一点上看还是应该感谢器重我的领导的。

有时无事可做，就瞎做事。比如，主动报名参加团市委组织的"学习张海迪，树立共产主义人生观"演讲比赛。开始完全是弄了玩的，只是演讲稿写得很认真（很多选手都是背诵别人写的稿子），题目是《人生观与成才》，没想到通过了预赛、闯过了复赛进入了决赛。这时惊动了领导，大概事关单位荣誉了，于是像党校备课一样，组织教师一起听讲、讨论提意见，着实令我受宠若惊。决赛中选出了五个一等奖，我名列第一，也就是冠军了。消息登在《扬州市报》上，这是我来扬州后第一次"扬名"。由此认识了担任评委的扬州师范学院老师张泽民先生，他对我说，我与第二名之间谁排在前大家有分歧，他坚持我排第一，因为我更像是演讲，第二名更像是朗诵。他的观点与我完全相同，只是他是评委，我是选手。

又比如，去写单位门口的大牌子，写各教研室的门牌，全是义务工，为此还得罪了原来负责写这些字的同事。起因是党校要换门口的大牌子，我觉得原来的写得不好，便用当年在乡下写标语练就的功夫，写了一幅"中共扬州市委党校"的纸样子。分管校长看了，虽觉得好，但不想由他决定换人，就将两幅字挂在会议室，让大家品评挑选。我的"作品"被选中了，被制成白底红字的大牌子挂在校门口，每次经过，心中难免得意。

略有闲暇之时，我还试着写起小说来。写小说使我在本城的文学圈子混了个脸熟，这毕竟是让人开心的事。然而，万万没想到，小说也成了自己不小的麻烦。

一九八八年夏天,我到丹东参加一个研讨班。在地处蛤蟆塘的丹东师范的教室里,我每天晚上奋笔疾书,竟在几天内写成了一篇一万字的小说。当时信笔写来,过后一看,没敢拿出去发表,因为有涉及男女性事的内容。几年后,《扬州文学》副主编许少飞先生向我约稿,我就将这篇题为《归途》的小说给他看了。他觉得可以,就发在一九九一年春天的《扬州文学》上。这下好了,我仿佛"一夜成名",仿佛是最著名的色情作家。其实《归途》的描写,与张贤亮早在一九八六年写成的《男人的一半是女人》相比,真是小巫见大巫。

后来听说,省作协有关会议上提到过这篇小说,我们的市委书记偶尔翻看后也说过什么话,市委宣传部则有人直接指明有"自由化"嫌疑。许少飞先生一定颇有压力,但他从没有对我说过一句什么,他是一个合格的文学编辑,令我敬重。时至今日,我觉得这篇小说写得还不错,发在《扬州文学》上未免有些可惜。

我在党校十一年,经历过三任校长。到了小说风波的时候,主政的常务副校长某先生(党校惯例,校长由市委副书记兼任,常务副校长实际上是一把手)。我一直想不通是如何得罪某副校长的,这种莫名其妙的过节很叫人窝囊和怄气。大体情况是,他将我们几个常在一起聚谈的同事,看成是与他过不去的帮派。照此推理,他所器重的一些人就是另外的帮派了。

此时我已经正式提出要调离党校,尽管接收单位并没有落实,以至某副校长提醒我,不要弄出最后没有单位要的洋相啊,可见我"逃离"的心切,他"关怀"的叵测。我正式找某副校长谈了一次话,严肃地表明了态度。在我的经历中,这是我有生以来唯一一次和顶头上司摊牌,不免紧张,但很果断。

因为此前某副校长已说过,小说问题是影响我"进步"的重要原因。我当面质问他:是什么人反映的问题?对文学作品的意见谁具有权威性?我的小说到底有没有问题?是什么问题?是政治问题,是品德问题,还是其他问题?在没有明确结论的情况下,就说是影响我进步的原因,这是对我负责任的态度吗?我最重要的一条理由让某副校长无言以对:市文联不但没有说我小说有什么问题,而且欢迎我调去工作。最后我请校领导研究我的意见,同意我调离。

某副校长一边说"研究研究",一边却有另外的动作。他对一位总支委员说,王虎华的小说看过了吗?总支的人都应该看一看,要统一认识。那时候正在整党,他是想在这节骨眼上搞我一把。我得知消息后,就主动去找其他副校长和总支委员询问,他们都表示惊讶,有一位说,总支不要闹出笑话来。信息反馈到某副校长那里,他也知道失策了,主动对我说,我们这么多年并没有什么矛盾,有些话传得不实,不要相信。"小说事件"就此胎死腹中。

另外两个副校长都同意我调动的请求,这样,不久就传出了校委会同意放我的消息。一九九三年底,我调进了扬州市政协。

当然,促使我痛下决心离开党校的,是因为我无课可上了。当初为了兴办学历培训班(简称"大专班"),把我们弄进了党校。除了马克思主义理论课(哲学、政治经济学、科学社会主义理论)的教师以外,还弄来了历史、语文、体育甚至是物理(讲科学常识之类)等各类教师。短短五届,大专班停止了招生,我们便成了多余的人。不走也可以,改行做别的。可是我又能做什么呢?

现在想想,要是在党校混下去,弄个教授当当,一年两个假期,到处讲课"外快"不少,其实也很好。只不过要做很多自己不愿做的事,说很多不愿说的话,对我这样的人而言,代价会很大很大。要知道,如果有人要对我施以处罚,那么最严厉的,就是让我去讲不愿讲的课,说不愿说的话,写不愿写的文章。

与黑头白头偕老

调到机关后滚爬了几年,悟出了一个其实很简单的道理。这个社会对男人们似乎有着永恒的"准则",你很难真正"清高",很难"大隐隐于市"。你在学校,无非就是沿着讲师、副教授、教授、博导等等一路走去;你在机关,无非就要向着入党、科级、处级、厅级等等一个个关口突进。社会逼着你走,你拗不过社会,做真正的"高人"几乎少有可能。

可是,像我这样连个像样的笑容也做不出,该说的话也说不出的人,怎么办呢？记得有一次我将陈红民教授请来扬州做报告，他对我们的政协主席美言说，王虎华是很有些内秀的。在我听来，他是在一片苦心地为我不会说话寻找一种合理的解释与借口。

人必须认命，不能勉为其难，那我就认真做事吧，管不了那么多。编辑文史资料，撰写调研报告，起草领导讲话，偶尔有时间有情绪还写点小说、散文、随笔……加了不少班，这在很多人闲得难受的政协机关，显得颇不协调。有一位老主任的话我记忆犹新，他说，哪个说政协机关还加班，不要笑话吧！天哪，好在我没公开说。还算好，所做的事得到了上司们的承认，五年内，我从副科级混到了副处级。可是，又五年后，往正处级台阶上跨的时候，差点儿摔断腰板。

别看我不会说话，贼脾气还有几分。在党校与某副校长过了几招，就是这种脾气的集中爆发。在政协，在提拔受挫之时，我的贼脾气又暴露了一回。

情况是这样的。一九九八年政协换届前，我和另外两位同事一起从科级提为副处级。五年后换届，最好的情形当然是三人齐步走，一起上，皆大欢喜，但大家都知道很难。于是猜测和谣传四起，只上一个是谁？能上两个是谁？其中有一种说法是，王某某会写文章，这一点比另两个强。我听了很受用，难免都往好处想。但我也明白，从"距离"上说，我离"中心"比他们"远"得多，如果只提一个，恐怕不是我。

揭谜底的时刻来到了，那天的情形记得很清。

下班后，我被通知到前面二楼会议室去。进门一看，主席和几个副主席都在，表情都很严肃。我心中无数，不免乱猜。主席开口说话了，他说，有件事向你通报一下。接着说，你工作很好，能力很强，等等。我以为好事到了，有些心跳。不料他话锋一转，说，本来是要提拔一下，但是……啊？我知道完蛋了。主席说，市委考虑到干部交流，机关提拔名额有限制，委员会主任中要安排一名党外人士……说什么都是多余了，总之是这次不能上了。

这样的场合，作为在机关工作多年的我，并非不懂得应该说些什么话。无非是正确对待，接受考验，一如既往，请领导继续关心之类。但我不知出于何种心理，只是生硬地问，各位领导还有什么要对我说的？主席有些意外,象征性地问了一声,当然没有人讲话。我说,我知道了!起身,开门,重重地摔门而去。

会议室内的反应我无从知晓。其实政协的领导也有怨言,他们是想一起提拔三个人的,但决定权在市委,我对他们发脾气未免冤枉。使我感到安慰的是,秘书长对我说,每次民意测验都是你第一,在市委征求意见的会上,主席和十个副主席没有一个没为你说话。可是,安慰只能是安慰,没什么用的。

一位从政府部门转来政协任职的资深同事对我说,像你这样不跑不送的人,这样的结果也属正常。我深受刺激,又想"逃离"了。

我找省政协的老同学唐立鸣兄帮忙,想去省政协,他做了不少工作,令我感动。我还找大哥帮忙,他认真地帮我找人打了招呼。起初我还想保密,后来被领导知道了,我担心被动,两头落空。不料有消息传出,有一位副主席在会上说,王虎华的事要解决啊,要不他要去南京了。好像我想去哪儿就能去哪儿似的。不过事实证明,为提拔不成而闹情绪,并非完全不被同情与接受。人不能过于屈就,到哪里都是为人民政府做事。

几个月后,我被通知到已经兼任政协主席的市委副书记办公室去一趟。我好一阵紧张,领导一定是要提醒我接受考验,安心工作,不要弄得鸡飞蛋打。大出意料的是,副书记兼主席热情地告诉我,市委常委会研究过了,要对你提拔任用,明天就要公示,按惯例要进行公示前的谈话。

世事常常就是这样难料,上次以为是通知我要提拔,结果恰恰相反;这次担心会被敲打,却是好事临头。主席叮嘱我,据说你想走的呀,不要走噢,好好干。我当然暂时不能走了,也必须好好干了。

可是我却仍心猿意马,一个已去海口多年的党校同事,一直怂恿我将来去海南,说那里是另一番天地。我心里一直痒痒的,我能真的成行吗?

在二〇〇二年的同学聚会上,有人戏说,政协是个"混吃等死"的地方,对我很有触动。我理解,大约是因为这地方一无权,二无钱,三没什么前途吧。成天和一帮老头子在一起,弄些不咸不淡的意见找党委政府的麻烦,不是"陪你一起变老",而是在老人们更老中自己也一起变老了。

不过,在政协有一个好处,就是老头子多,自己就会显得年轻,赢得廉价的自信。像我这样的人,多年来经常被说成是年轻的,足见四周的老头子之多。有个文物一般的词叫"白头偕老",某日看电视,我灵感突生,发明了"黑头偕老"一词。你看看,眼下哪怕是脸像核桃的老人,哪个不是满头乌发青丝?为此,我已决定今生拒绝染发,以抢救"白头偕老"这一文物。准确地说,是以我之"白头"与"黑头"们偕老。

话说回来,我所在的文史资料委员会却是政协一大特色,我身边的老头子们很少染发,我很乐意与他们"白头偕老"。早就有人说,政协到头来能留下来的,也就一样东西——文史资料,说得我心中大为窃喜。是的,我就是奔着这个来的,要是干别的,我绝对不会来。

某年春天,省政协的一位副主席布置我一项任务,让我组织几个专家编写一本《扬州简史》,说是要送给一位十分重要的人物阅读。某日开会请作者讨论稿子,我对这位副主席说,这些老先生们都是"老来俏",忙得很,事情做不了。这是我身处老人堆里的重要体会。有很多退下来的官员们闲得发慌,盼望老干部处经常组织活动,让他们有发牢骚的地方。而我们的作家和文史专家们,却总有忙不完的事。

某日与老先生们喝酒,我环顾左右,忽然发现他们竟没有一个染发的。这绝不是巧合,他们至少没有时间去染发吧。再就是,他们几乎都不是名牌大学、科班出身,却都因终生学习而赫然有成。我若有所思了,自己正一步步老去,我将是一个闲得发慌的人,还是一个"老来俏"呢?

"骑鹤"在扬州

南朝殷芸《小说》载:"有客相从,各言所志:或愿为扬州刺史,或愿多赀财,或愿骑鹤上升。其一人曰:'腰缠十万贯,骑鹤上扬州。'欲兼三者。"这个贪婪的人,要兼另三个人当官、发财、成仙的志向于一身。虽然那时的"扬州"是指建康,即今南京,但这句话早已被今天的扬州占有。我从那个"扬州"来到这个扬州,三个志向一个也不敢有,只想做点自己喜欢做的事情。

也有人说我是当官了,正处级嘛。深谙官道的人便知道,我是一个什么样的官。有不少从政府部门来政协任职的人,会有明显的失落感,因为他们原来呼风唤雨,独撑一方天空,可是到了政协,连个专车也没有了。从坐专车到乘公交车,这也是一个党性的考验吧。可是,我没有这样的失落与考验。我也有"专车",那是一辆破旧的捷安特,我亲自"驾驶"。而我早晚还常常放弃驾驶,安步当车,年岁大了,要锻炼保命了。

我开玩笑说,当官、发财、成仙,我一个也没有,不是"骑鹤上扬州",而是"骑车在扬州"。不过我想,当官发财不可强求,成仙倒可以自己成全的,那我就"骑鹤在扬州"吧。

我着急的是,真正要在职业与志趣尽量结合的前提下做点事,还不是那么容易。很多年前看到过一句话,说是"要把事业当作爱情来追求,把爱情当作事业来对待"。说得极妙,而要真正做到又何其艰难。有的人双丰收,有的人一头热,有的人两空空。尽管也无数次自勉自励,甚至写出"生活上知足而常乐,事业上知不足而常忧"的话来,但还是有那么多的计划一再落空。时常回望,仿佛是那个一只兔子也没有捉着的农夫,不免喟然长叹。

早年有过小说家的梦。那时候刊物与作者的关系很贴近,至少不像现在投稿会石沉大海,加上我初生牛犊不怕虎,自己觉得写得不错就敢往《人民文学》这样的杂志投。也像做梦一样,小说《良宵》居然被王蒙主编的《人民文学》录用了。翻开邮赠的杂志一看,嗬,都是些什么人的作品啊。刘心武的《5·19长镜头》、理由的《倾斜的足球场》、徐星的《无主题变奏》、张博文的《太阳每天都是新的》,还有王兆军、李庆西、黄蓓佳、俞天白、蒋子丹的小说,孟晓云、舒婷的散文,田间的诗,叶延滨的杂文。无名鼠辈如我,算是开了个如梦如幻的大洋荤。

后来有一篇以笔名发表的中篇小说《爱的挽颂》,有人拟收进"女性小说丛书"中,因规定作者必须是女性,一联系我,得知是个男的,便作罢了。在选编这本集子时我才偶然发现,这篇小说曾被收入谢冕、钱理群主编的《百年中国文学经典》中。该书一九九六年由北京大学出版社出版,在第八卷(1990—1996)中,入选的中短篇小说一共只有十篇,作者都是铁凝、毕淑敏、何申、叶兆言、何立伟等一班名家,《爱的挽颂》竟有幸忝列,令我大为意外。我心想,要是早知道有这回事,说不定我还会加倍用功呢。选编者真是过分,选了我的小说,竟然不告诉我一声。

写作毕竟让我对世事、对人生做过一些思考。早年我因不甚会笑,写过一篇《笑谈学笑》,其中说:

> 该笑而不笑,不该笑而笑,都是完全错误的;该笑和想笑不是一回事,该笑必须笑,想笑不一定该笑;分析该不该笑之后的笑已很难是真笑,而不加分析地想笑就笑难免闯下大祸……人们来到这世界上,头一部宣言竟是嘹亮的哭而不是开怀的笑。哭是天赋,而笑则需要学习。人的一天天成长,伴随的是哭与笑的自由的一份份失去。

看到许多孩子眼睛戴上了眼镜,我悲从中来,浮想联翩,写下《唱给眼睛的悲歌》;看到孩子们被作业压得喘不过气来,我写下《我为孩子呐喊》;看到历史研究不能改变现实中的种种积弊,写下《历史悖论》;看到发展"大跃进",写下《不争朝夕》;看到汶川大地震举国哀痛却有人在笑,写下《奸佞一笑》……

这些思考固然浅显,甚至可笑,但我还是敝帚自珍,为自己尚想说几句真话而聊以自慰。

一辈子也不会"成熟"

某年,全国政协文史委员会在河北沧州开会,主任王蒙到会。原来他的家乡南皮归沧州管辖,他是回老家了。王蒙是中国文人中的一个传奇人物,以至于人们不能肯定他是作家还是官员,是作家官员,还是官员作家。不少人抓住机遇,与王蒙单独照了相。我则没有,只有会议代表的合影,但这丝毫也不影响我对王蒙的敬佩与景仰。

我早已将我的书房命名为"无为斋",既取清静无为,也取有所为有所不为之意。后来看到王蒙的《不仅消遥》,其中《无为》一文中说:"无为,不是什么事情也不做,而是不做那些愚蠢的、无效的、无益的、无意义的,乃至无趣无味无聊,而且有害有损有愧的事。"深以为然,只是望尘莫及。

我很想尽量保持自我。但社会是一个如此之大的染缸,我眼睁睁地看着人们被染成七彩颜色。自己是什么颜色？其实并不十分清楚。我于是降格以求，只求不要过于为难自己，不使心灵扭曲得濒临疯狂，或麻木冷漠得近乎顽石坚冰。

但这常常就会把自己弄成一个不识时务的人，很难。某日看报，看到赵丹对周恩来说："总理呀，你知道我是艺术家，不是弄臣！艺术家有良心，不会拍马屁；弄臣尽拍马屁，可没良心哪！"大为感慨。

我知道我做过不少不识时务的事。在党校十多年，最不能忘的是两件事，抓作弊和不肯改考分。

有一年中央党校函授入学考试，领导为了照顾我回去看看父母，让我回家乡巡考。哎呀，那个考场我此生第一次看到，百分之八九十的人都在抄书。这怎么行？我仿佛受到了极大侮辱，急火攻心，严令当地校长立即扭转局面。最后，一些作弊严重的考生被取消了资格。

我知道家乡有不少人在骂我，但我不后悔。后悔的是我不该去，眼不见心可不烦。后来听另外一个同事说，他也回家乡巡考，开考时正要履行职责，校长说，哎，你们也辛苦了，让人陪你到公园走走吧。考试的平安顺利可想而知。相比之下，我就太不聪明，太不灵活了。

再就是不肯改考分的事。有一次考试过后，有几个学员一起找我，说是其中一位成绩要是能多几分，就可以获得单位奖励之类的好处，当然对日后的"进步"也会有益。我当时还是个"坚持原则"的愣头青，始终没有松口。有道是日久见人心，好多年后我有难事找到这位学员，他已是一位重要部门的局长，热心帮了我的忙，而且一直尊称我为"老师"。我不知道他是否还记得当初的事，是否觉得我的可笑。但我却同样不后悔，并对这位局长的大度和风度深感敬佩。

到政协后也有类似例子。某次写调研报告，内容是关于扬州的古城保护。开会协商时，报告中说到过去破坏老城区的例子。主席听了说，我是罪魁祸首啊。却原来，当时他是市长。本来是和市政府协商，竟批评到自己主席头上来了，你说窝囊不窝囊。

无独有偶。又一次，写了关于加强文化环境建设的报告，举到关于推广普通话的例子,批评扬州的领导干部们说方言的现象普遍。这下好了,开会协商时,主席听了说,谁都知道,我的方言口音是最浓的。与政府协商,又批评到自己主席头上了,连分管副主席审阅稿子时也没有注意到这一忌讳,和我一起带了灾,你说窝囊不窝囊。

某年组织"政协论坛",鼓励政协委员和专家写作措辞尖锐的批评文章,编进论文集。明知市委书记将出席论坛,却有意组织"火力凶猛"的作者上台演讲,对扬州文化博览城建设中的失误严厉批评。书记听了大为恼火,中途取消了本已答应的共进午餐。好在政协主席随机应变,脱稿发挥,说书记虚怀若谷,海纳百川,集思广益,于是局势"转危为安"。书记顺势拾级而下,答应留下吃饭。事后,主席非但没有说我不是,反而大加赞赏,说政协协商就应当这样实话实说,真是令我喜出望外。

只要稍为玲珑一点,就不会做出如此愚冥顽钝的事。再就是对一些事情的看法,也没有别人灵敏快捷。

某年的政协全会上,要增补一位副主席,谁都知道这是一个严肃而又没有任何悬念的程式。选票统计结束时,我正在主席台上忙于宣传报道上的杂事,主持会议的副主席从我身边走过,说,嘿嘿,虎华呀,不知哪个还投了你一票。我觉得意外与好玩,不禁笑了笑。按规定,所有有效选票都要公布,于是在庄严的大会上,就有了"王虎华,一票"的宣布。散会后,有几个朋友开玩笑祝贺我,我仍旧只是觉得好玩。忽然,一位同事脸色凝重地问我,是谁和你这样过不去?他很为我不平,说不应该开这样的玩笑,认为是谁和我作对,让我出这么大的洋相。我很不以为然,有这么严重吗?他这不是太多心了吗?后来一直没想通,无法同意他这样的判断,到头来只能归结为自己政治上不敏感,不成熟。

某年开全会,从来不写提案的我,终于按捺不住,交了一份提案。提案呼吁政府救救学生的身体,说,中小学生睡眠十分重要,关系每个家庭,关系教育事业,关系国家前途。《扬子晚报》报道说:"王虎华委员此次提交了'采取切实措施保证中小学生的睡眠'的提案。他说,目前扬州高中生每天平均睡眠仅为五点五小时,初中生约为六小时,小学生约为七小时。而科学研究表明,小学生需要十至十一小时的睡眠,中学生则至少需要八小时的睡眠。"可是,很多人对教育局狠抓教育质量,提高升学率的得力举措称赞有加,我显然又提了不合时宜的建议。虽然教育局也认乎其真地答复了我,但面对媒体夸赞教育部门政绩的大字号标题,我自己也感到灰头土脸的。

怎么办呢?说是四十而不惑,我早已年过半百,却常常大感不解,不知谁能教我。几年前,女儿见我动辄慷慨激昂,忧国忧民,大放厥词,便套用"愤青"而誉我为"愤中"。我情知她怕我多心,界定我为中年,索性明确更正为"愤老"。"愤老",是不成熟的同义语。老而不熟,就是歪瓜瘪桃式的废品了。好几年前买了一副老花眼镜,一看牌子,竟是"夕阳红",不觉心生忧伤。我们的商家也太忍心了,当时在下年届五十,眼睛老光伊始,便被判为"夕阳",不亦悲夫!

结　语

机关仿佛染缸,最令人可怕的,是会让人变得少有趣味。板着面孔浑身虚伪,迎上压下多种嘴脸,肉麻吹捧亦步亦趋,颐指气使不近人情,模棱两可不知所云,是大批官员们的基本模样。有一幅绝妙的漫画,画的是一个下了班的官员,正把一副假面具往墙上挂,嘴里说着:"终于到家了。"煞是可怜。不过此人还只是戴着假面具,而那些已经将真脸皮修炼成假面具的人们,则让人不寒而栗了。

一个没有趣味的人会让人敬而远之,或望而生畏。什么是"趣味"?字典上说:"使人愉快,使人感到有意思、有吸引力的特性。"可见,"没趣味"和"没意思"是同义语。综观大千世界,"没意思"的人不在少数。让我感到庆幸的是,看来我这辈子还不至于要买假面具成天戴着,这已令我恨不得跑到峨眉山去烧三炷高香了。

〔注:此稿当初是为倡议大学同学共写一本毕业三十年回忆录而作(2012年作,后有修改)〕